LE DERNIER HYVER

Belfond | un département **place des éditeurs**

place
des
éditeurs

FABRICE PAPILLON

LE DERNIER HYVER

belfond

À Valérie,
et à toutes les femmes

PROLOGUE

Le chœur

Tu t'avances, belle Hypatie, en ta ville brisée
Par l'esprit belliqueux de l'inique Cyrille,
Redoute son courroux, ô parfaite Alexandrine !
Va, fuis loin, détourne-toi de l'ire du zélote !

Protège-toi, invoque l'esprit de tes aïeules,
Qu'Athéna la salvatrice arbore son égide,
Et que la terrible Gorgone pétrifie ceux qui,
Fondant sur ton sein, souillent ton corps immaculé.

Mais ton âme immortelle emporte les secrets
Qu'Aphrodite, Hermès et le fruit de leurs amours
Ont confiés à ton immense sagesse, et là-haut
Qu'ils t'accueillent, parmi eux, au divin panthéon.

Chapitre 1

Août 415 après Jésus-Christ, Alexandrie

Le jour commençait à décliner, sans que l'âpre canicule qui brûlait Alexandrie depuis des semaines faiblît. Les pavés semblaient jonchés de braises, et les roues des chars se déformaient sous la chaleur. Les bêtes et les hommes haletaient, suaient, et bien peu s'aventuraient sur les larges artères qui formaient un parfait damier.

Une fine silhouette, pourtant, glissait le long des hauts murs qui bordaient la rue du Sèma, en plein cœur de la cité. Elle paraissait suspendue à d'invisibles fils, s'efforçant de limiter le contact avec le sol bouillant. Le visage fermé, Hypatie pressait le pas, plus que d'habitude. Était-ce la chaleur écrasante, ou bien l'inquiétude envers cette ville passionnément aimée qui ne cessait de subir de profondes meurtrissures ? Car plus rien n'était comme avant, tout pouvait basculer d'un moment à l'autre. La belle Alexandrine, drapée dans sa simple tunique de philosophe, tel l'uniforme de la sagesse, se savait menacée. Elle avait renoncé depuis plusieurs jours à se déplacer dans son célèbre char, aisément identifiable. Mais rien ni personne, fût-ce Zeus lui-même, n'aurait pu l'empêcher de déambuler comme chaque soir, après une longue et profonde méditation avec ses disciples.

Elle quittait le quartier Rakotis, au sud de la ville, pour rejoindre à bonne allure le *Mouseîon*, tout au nord. Elle allait se réfugier parmi les milliers de rouleaux de papyrus qui peuplaient les alvéoles de l'immense bibliothèque, fierté de toute la Méditerranée, dont elle était la gardienne, la muse et la grande savante. Aucun écrit, hébreu, grec, babylonien, latin ou bâtonné de hiéroglyphes ne lui était inconnu. Quatre cent mille œuvres sur lesquelles elle veillait, comme s'il s'agissait de sa propre et foisonnante progéniture.

Noyée dans ses pensées, Hypatie ne prêta aucune attention aux deux hommes qui l'épiaient depuis l'autre côté de la rue, discrètement lovés sous l'arcade d'une forge. Quand elle parvint à leur hauteur, ils s'engagèrent dans une filature, peinant à suivre la cadence. Ils quittèrent le quartier d'Alexandre le Grand, du nom de l'immense conquérant dont on prétendait que, pour fonder la cité, il en avait hâtivement délimité les contours avec de simples craies. Ils bifurquèrent sur la voie Canopique, moins suffocante car elle ouvrait directement sur la Méditerranée, offrant à la brise marine de s'évader jusqu'au cœur de la ville. Au loin, par-delà le port, s'esquissait l'île de Pharos, ou plus exactement le colossal phare qui dardait son puissant rayon chaque nuit.

Hypatie tourna furtivement la tête et croisa le regard de ses deux poursuivants. Surpris par l'intensité de ses pupilles bleutées, aussi sévères que pénétrantes, ceux-ci stoppèrent net et firent mine d'admirer l'échoppe d'un cordonnier.

Mais Hypatie les avait transpercés sans les voir. Ces plébéiens n'existaient pas. Elle considérait le peuple avec mépris, ce qui lui valait autant d'ennemis que de zélateurs. Ses partisans la vénéraient, car elle avait atteint le paroxysme de la sagesse, la plus exigeante vertu cardinale : la parfaite maîtrise de soi. Devant ses disciples, triés sur le volet et tenus au plus grand secret, elle entrait dans des transes extatiques. Elle savait l'astronomie, mais ne prêtait aucune foi aux devins, astrologues et autres charlatans. Elle acceptait l'existence des divinités, mais ne leur vouait aucun culte. Cette indifférence lui conférant une rare tolérance, elle acceptait en son école aussi bien des Grecs polythéistes que des juifs et des chrétiens. Pour elle, la foi n'avait aucune place dans la vie de la cité, et elle prônait un État laïc aux dépens de l'emprise que le nouveau patriarche chrétien de la ville, Cyrille, tentait d'exercer sur Alexandrie. Cet homme anéantissait la cité, bafouant sa tradition œcuménique réputée dans toute la Méditerranée.

Hypatie honnissait déjà le prédécesseur de l'évêque, Théophile, qui avait eu l'impudence de fermer le *Mouseîon* alors dirigé par son propre père, le grand Théon d'Alexandrie.

Non, son regard furtif n'était nullement destiné aux deux hommes qui la talonnaient ; il s'élevait tout au nord, vers le majestueux phare, symbole d'une magnificence perdue. Son esprit s'était transporté jusqu'à son sommet et contemplait avec désolation les sept cents années d'histoire d'Alexandrie, de la splendeur hellénique à la lente agonie romaine, achevée par le joug chrétien qui exterminait la culture et ravageait les temples, qu'ils fussent dressés en l'honneur de divinités égyptiennes, grecques ou même romaines.

Les deux poursuivants reprirent leur marche forcée. Ils observaient cette femme âgée de quarante-cinq ans, mais aux courbes toujours aussi parfaites, à peine voilées par son simple drapé. Le pas vif, elle semblait glisser sur un coussin d'air. Elle les fascinait, comme tous ceux qui l'approchaient. Elle aimantait quiconque croisait sa destinée, ne fût-ce qu'un instant. Ils imaginaient tout ce qu'ils feraient subir à cette mécréante qui soutenait le préfet romain contre la divine autorité chrétienne de la ville.

Ils étaient de plus en plus nombreux à dénigrer la savante, pourtant célèbre et respectée jusqu'à Rome. Sa morgue, ses préceptes secrets, mais aussi le puissant soutien de la classe supérieure gréco-romaine finissaient par agacer de nombreux plébéiens, surtout parmi les chrétiens. Ceux-ci croyaient aux rumeurs que le patriarche Cyrille faisait courir dans toute la ville. Et si cette femme n'était qu'une sorcière à la solde du Malin ? Et si elle professait la magie noire, adorait le diable et jetait des sorts aux fidèles ?

Hypatie et ses poursuivants n'étaient plus qu'à deux stades de la bibliothèque, quand des hommes sortirent de nulle part. Elle n'avait rien vu des signaux adressés par ses suiveurs à leurs comparses en embuscade.

Soudain, elle comprit.

Une fraction de seconde lui suffit pour embrasser la scène et en deviner l'issue. La violence sourde qui allait s'abattre telle la foudre de Zeus et qui la condamnait au destin d'une héroïne de tragédie d'Eschyle ou de Sophocle.

Le groupe, formé d'une vingtaine d'hommes, l'encercla prestement. La plupart puaient le bouc et arboraient une longue barbe ébouriffée, collée par la transpiration qui suintait sur leur visage. Les yeux écarquillés, comme possédés, ils brandissaient des lames de berger et de simples tessons de poterie. Ils portaient des robes de bure ténébreuses, ceintes d'un cordon blanc, et semblaient sortir d'un office. Ils allaient donc commettre un sacrifice au nom de ce nouveau dieu qui supplantait tous les autres.

Le plus grand, au centre, menait la troupe. Au contraire de ses congénères gras et bâtés, ses yeux brillaient d'une vive intelligence. Sa barbe fuselée allongeait son visage jusqu'au torse. Encapuchonné jusqu'aux paupières, la peau burinée par des années d'un soleil de plomb, il fixait intensément Hypatie qui soutenait son regard. Quand le premier sbire s'avança et leva son poignard, elle n'esquissa aucun geste. Elle attendait, impavide, que la haine se déchaînât. La température, à cet instant, franchit les 50 degrés, comme si Hélios, le dieu Soleil, voulait lui venir en aide en tentant de suffoquer les bourreaux.

Le premier coup lui entailla profondément la cuisse. La douleur fut cinglante, une violente brûlure, mais Hypatie tint bon et resta debout. Elle n'avait poussé aucun cri. Le deuxième assaillant visa la poitrine, et un craquement sourd retentit en même temps qu'une atroce souffrance l'envahissait. Des côtes avaient rompu, et la lame déchira le poumon. Cette fois, la plaie béante provoqua une hémorragie spectaculaire. La vue du sang déchaîna les autres tortionnaires qui se ruèrent sur elle. La philosophe était affalée sur les pavés, dans une mare de sang. Elle ne criait toujours pas. Ils arrachèrent sa toge, découvrant ce corps éblouissant qu'aucun homme n'avait jamais vu. L'un d'eux, armé d'un tesson, la pénétra frénétiquement et déchira l'hymen, dans un hurlement sauvage. Les autres redoublèrent de violence et frappèrent, aveuglément.

La vie abandonnait ce corps qu'Hypatie avait toujours considéré comme inutile, un fardeau qui suscitait le désir charnel et faisait obstacle à l'élévation de l'âme. En la massacrant, ils la libéraient. Elle n'avait jamais supporté les hommes infatués d'eux-mêmes, en quête perpétuelle d'honneurs, avides de pouvoir et de banquets, las de leur épouse dès le lendemain de leurs noces. Ces tyrans, ivres de violence, s'acharnaient toujours sur son corps. Mais ils étaient désarçonnés par son absence de réaction, d'expression de douleur, pas même un gémissement. Hypatie, dans sa profonde maîtrise de soi, était entrée en ataraxie dès les premiers sévices. Elle s'était aussitôt déliée de ses sens, et son cerveau ne traitait plus les signaux de souffrance. Ils s'évanouissaient, quelque part dans son encéphale, mais son esprit, lui, se trouvait parfaitement détaché de ces événements physiques. Trente ans de méditation venaient frustrer le délire sanguinaire de ces hommes, qui ne récoltaient pas même une larme.

Dans ses derniers souffles, Hypatie fut traversée de centaines d'images, album d'une vie feuilleté en quelques secondes. Elle aperçut les milliers de pages noircies sous sa plume, traités de mathématiques, exégèses de l'œuvre de Platon, traductions frénétiques en grec de centaines de manuscrits venus de toute la Méditerranée. Finalement, des gouttes de sang tachetèrent les papyrus, et les caractères s'estompèrent dans un nuage pourpre.

Puis le grand moine leva le bras et tous cessèrent. Il s'avança et porta le coup de grâce, tranchant l'artère carotide d'un geste sûr. Le sang jaillit par saccades, comme un hoquet. Il tira ensuite le corps par les cheveux, maculant les pavés d'une longue traînée rougeâtre.

L'âme d'Hypatie quitta sa dépouille et s'éleva au-dessus de la scène macabre. La rue restait déserte malgré les cris barbares qui auraient dû ameuter le quartier. Tout était prévu, calculé, pour que ces charognards dévorassent leur proie en toute quiétude. Des groupes barraient l'accès à l'arène, et l'exécution se déroulait sans public. Nul besoin de baisser le pouce, le massacre était ordonné et sans pitié. Des ombres s'aventuraient aux fenêtres des villas, mais les sages patriciens s'évaporaient au vu de l'horreur perpétrée quelques mètres plus bas.

Hypatie n'était plus qu'un pantin écarlate et désarticulé. Un attelage tracté par deux étalons pénétra sur la voie. Trois hommes, sous le regard attentif du meneur, hissèrent le cadavre dans la carriole. L'attroupement s'ébranla vers l'antre d'Hermès, trois rues plus bas. Cyrille avait fait démanteler bien des temples, mais celui-ci avait échappé à la folie destructrice du patriarche.

Quelques instants plus tard, ils gravirent les marches de pierres brunâtres, franchirent l'imposante colonnade qui ceignait l'édifice et traînèrent le corps dans le *sékos*, la vaste galerie abritant la statue de la divinité. Un brusque courant d'air gifla les égorgeurs, comme si le dieu de l'Air et du Vent soufflait son ire sur les profanateurs.

Hermès, pour ces chrétiens, incarnait le dieu du Mensonge. Enfant, ce fils de Zeus tout-puissant avait trompé son frère Apollon en égorgeant plusieurs de ses vaches, puis en les dépeçant avant de les rôtir. Les sbires assoiffés de sang envoyaient donc Hypatie rejoindre le dieu fourbe, bonimenteur et trompeur ; un dieu à son image. Elle finirait comme le troupeau d'Apollon. Déjà égorgée, il ne restait plus qu'à l'équarrir, puis la frire.

Sur ordre de Pierre le Lecteur, ainsi que les moines nommèrent pour la première fois leur mentor, les hyènes enragées s'emparèrent des membres, puis écartelèrent bras et jambes dans une indicible cohue. Les os craquaient, et le maître, avec des gestes vifs et précis, achevait la besogne en sectionnant les articulations à l'aide d'une lame bien affûtée, comme un boucher dépèce la carcasse d'un gibier. Enfin, il décapita ce qui restait de la belle philosophe.

Hypatie n'était plus qu'un amas de chair difforme. Les lyncheurs s'emparèrent des restes, puis contournèrent le promontoire soutenant la haute sculpture d'Hermès et gagnèrent le péristyle, à l'air libre. Là, ils firent prendre un feu, nourri de branches d'olivier et de dizaines de rouleaux de papyrus pillés dans la bibliothèque en l'absence de la savante.

Les flammes s'élevaient maintenant à hauteur d'homme, et ils y plongèrent les membres en lambeaux. Hypatie observait la scène et continuait de s'élever jusqu'aux Champs Élysées, le paradis grec. Ces impies ignoraient qu'Hermès était aussi le messager des dieux auprès des hommes, et le pâtre qui conduisait l'âme des mortels jusqu'au ciel. Il accompagnait l'esprit de la grande sage vers sa dernière demeure, auprès de tous ses pairs.

Hypatie, en s'élevant, emportait son secret ; cette ambition qu'Hermès avait lui-même encouragée. Désormais, il chérirait l'âme de la divine philosophe et veillerait sur tous ceux qui, après elle, poursuivraient son grand œuvre et accompliraient, un jour, son dessein.

Chapitre 2

Les restes fumaient encore, exhalant cette terrible odeur de brûlé, aigre, prégnante, qui assaille les narines et les irrite aussitôt. La statue d'Hermès, juchée en équilibre sur un cheval massif suspendu à dix mètres de hauteur, comme en lévitation, plongeait son regard sur la scène macabre.

Au début, il y avait eu le coup de fil au 17. Le commissariat du 6e avait aussitôt dépêché un équipage de police-secours toutes sirènes hurlantes. Le brigadier Lantieri avait constaté, non sans mal, le « problème », comme disait le directeur de la boutique. Puis il avait entamé les premières mesures de préservation. Un ruban jaune, pour empêcher quiconque de déflorer la scène de crime. Car d'emblée, après avoir bien observé les restes, Lantieri avait pris sur lui d'écarter l'accident et le suicide… Dans la foulée, coup de fil à l'état-major, qui avait basculé sur la PJ et informé le parquet. Ça allait être le grand jeu : la Crim, au 36, quai des Orfèvres, et les experts de l'IJ, l'identité judiciaire, la fameuse police technique et scientifique.

Marie n'en revenait pas. Elle débarquait pour la première fois sur une scène de crime et c'était le feu d'artifice. La totale. Elle n'était en stage à l'IJ que depuis une semaine. Les premiers jours, elle s'était imprégnée de l'ambiance et divertie des blagues de potache, un gentil bizutage. Le service régional d'identité judiciaire était lové au cœur de la Conciergerie, sur l'île de la Cité, dans une aile isolée du Palais de justice.

Le majestueux bâtiment historique s'étalait sur les quais de la Seine, avec ses quatre tours superbement illuminées la nuit, dont les flâneurs nyctalopes apercevaient les reflets sur l'eau depuis l'autre rive. Un lieu mythique, siège des rois de France au Moyen Âge, puis geôles et salles de torture sous la Révolution. Les cent quatre-vingts fonctionnaires du SRIJ voisinaient tous les jours avec les fantômes de centaines de prisonniers, dont Robespierre et Marie-Antoinette en personne, qui avaient tous péri décapités. Au fond, le bâtiment gardait son âme, une atmosphère de cadavres exquis. Et les stagiaires en étaient pour leurs frais, avec quelques bonnes blagues – comme planquer dans un vestiaire la lame de la guillotine qui avait raccourci Lacenaire, enduite d'hémoglobine. Marie avait poussé un cri d'effroi en découvrant l'objet ensanglanté qui avait vacillé dans ses bras. Après ces amuse-bouche et la visite des labos exigus logés dans d'anciennes cellules de prisonniers défraîchies, elle attendait impatiemment le terrain. Le frisson.

C'était pour ce matin, au cœur de ce quartier cossu du 6e arrondissement de Paris. À deux pas du Bon Marché, le plus vieux grand magasin de la capitale, et du Lutetia, le palace qui renaissait de ses cendres après plusieurs années de rénovation.

Au pied de la camionnette, Marie avait revêtu l'uniforme, d'abord la combinaison blanche et les deux paires de gants en nitrile bleus, enfilées l'une sur l'autre pour prévenir toute contamination de la scène de crime par son propre ADN. Puis elle avait ajusté les surchausses, un masque et, cerise sur le gâteau, une indéfinissable charlotte. Le summum du sexy.

Ensuite, elle avait reçu une belle décharge d'adrénaline en franchissant le cordon de police, devant les badauds attroupés sur le trottoir qui l'observaient avec un zeste de fascination. Elle respirait péniblement sous la bande textile, d'autant que son pouls s'accélérait avec l'excitation. Les techniciens et l'ingénieur qui l'accompagnaient s'amusèrent de sa respiration haletante.

— Tiens, la stagiaire est tachycarde, pouffa Thierry, photographe et agent spécialisé depuis six ans, et qui en avait vu de toutes les couleurs.

— Ouais, on va finir par se fader un deuxième macchabée si elle monte encore dans les tours, rétorqua Julien, le dactylotechnicien de l'équipe de permanence.

Marie s'empourpra, d'autant qu'elle transpirait à grosses gouttes sous son scaphandre hermétique. Un vrai four. Elle prit une profonde inspiration et tenta de se concentrer sur l'action. En excellente élève appliquée, comme elle l'avait toujours été, elle ne voulait rien manquer.

Deux gardiens de la paix sécurisaient l'entrée et barraient la route aux curieux. La boutique Hermès, rue de Sèvres, était une vénérable institution, arborant toilettes, bijoux et parures sur deux niveaux, dans un décorum grandiose qui mêlait structures aux longues tiges de bois et sols constellés de mosaïques. Mais ce matin, tout allait de travers. Les vendeuses étaient délavées : mascara, rouge à lèvres et fard à paupières bavaient sur les visages, stigmates des crises de nerfs et des cris d'orfraie qui avaient dû succéder à la découverte du cadavre. Marie fut frappée par cette odeur de roussi qui s'infiltrait sous son masque, tenace, agressive. Au bas de l'escalier, enfin, s'étirait la bande jaune « Police nationale – zone interdite ». Un flic en civil tournait autour comme un vautour.

— Ah, voilà l'IJ ! Vous avez mis le temps !

Le commandant Brunier avait éructé d'une voix rauque. La cinquantaine, il affichait un mètre quatre-vingt-cinq au bas mot. Une vraie armoire à glace. Marie fut frappée par son menton prognathe. Un air d'Américain détaché du FBI en mission spéciale.

— Ceylac vous a sonnés y a au moins une demi-heure ! Vous avez cueilli des pâquerettes sur le bitume ou quoi ?

— Eh, toi, t'enfiles pas ta tenue de superhéros quand tu décolles du poulailler ! C'est bagnole, pimpon, à cheval sur le trottoir et laissez passer les stars de la maison poulaga ! Nous, c'est combi, mallettes et matos. On fait dans le sophistiqué, le technologique, le genre qui demande un minimum de préparation.

Thomas, le manager de la scène de crime, avait osé clouer le bec du gradé en le tutoyant effrontément. Marie se figea, redoutant une méchante réaction du vieux flic de la Crim. Mais l'autre se dérida et, devant Marie qui n'en croyait pas ses yeux, s'élança vers l'ingénieur et lui claqua la bise. Crins de barbe contre masque chirurgical, hallucinant.

— Thomas, je t'avais pas reconnu dans ton sac à patates ! Alors c'est toi qui t'y colles, t'es de perm ?

— J'enquille ma deuxième journée, trente-six heures d'affilée et j'ai pas fermé l'œil... On s'est farcis deux macchabs cette nuit, repêchés dans la Seine. Pas jolis à voir.

— Ben nous, c'est le contraire. Cinq mois qu'on n'avait pas dérouillé. Je peux te dire qu'on était contents d'être de doublure ce matin. Les gars commençaient vraiment à s'emmerder ferme.

Face aux deux points d'interrogation qui s'étaient matérialisés dans les yeux de Marie, Thomas lança une bouée discrète au creux de son oreille.

— Dérouiller, ça veut dire sortir du poulailler et passer à l'action ; la doublure, c'est leur permanence. T'inquiète, je vais t'affranchir sur le lexique de la Crim, tu vas vite apprendre.

Tout en badinant, l'ingénieur sondait l'édifice d'un regard implacable, jaugeant les difficultés qui s'annonçaient.

— Ça commence mal. C'est une autoroute ici. On va ramer, les employés ont dû ruiner toutes les traces...

— En tout cas, les bleus ont assuré, siffla Brunier. Dès qu'il est arrivé, le bricard a tendu le ruban et reflué le personnel au premier. Ensuite, Ceylac a tout gelé. On n'attendait plus que vous.

Le commandant de police s'écarta légèrement et désigna une étrange protubérance noirâtre derrière lui, à même le sol, près des marches d'escalier.

— Tu me diras si t'as déjà vu ça. Moi, vingt-sept ans de PJ, jamais vu.

Marie et le reste de l'équipe s'approchèrent du cadavre. Du moins ce qu'il en restait. Les morceaux s'entassaient pêle-mêle, laissant deviner les jambes, disposées en L, qui chevauchaient les avant-bras. Par-dessus reposait le crâne. Quelques volutes de fumée s'évaporaient encore des orbites. Les membres étaient tous calcinés, les os saillaient entre les derniers lambeaux nécrosés. L'œuvre d'un boucher pyromane, songea Marie, prise d'un violent haut-le-cœur. Elle n'osa pas détailler davantage le tas de charbon encore tiède. Pour une première, c'était sévère. Elle haussa le regard pour se détacher de cette insoutenable vision. C'est alors qu'elle tomba sur la statue, harponnée plusieurs mètres au-dessus du cadavre. Que faisait cette sculpture, un personnage dressé sur un énorme cheval, dans une boutique de luxe ? Son corps de faune efféminé et son casque ailé, planté comme une casserole renversée, lui donnaient un air parfaitement ridicule.

À bien regarder, le casque d'Astérix et l'anatomie incongrue n'étaient pas les seules excentricités de l'œuvre. La monture aux mensurations de percheron se terminait par une queue de poisson ! Une sorte d'hybride, un chesson ou un poival. À moins que l'artiste eût plutôt visé la fusion d'un bourrin et d'une sirène ? Un cherène ? Une sival ?

Marie éclata de rire, bêtement. Une sorte de décompensation nerveuse, pour évacuer la pression et le dégoût.

Le commandant Brunier détourna le regard, stupéfait.

— Qui c'est, ça ? Une nouvelle ? Et ça la fait marrer ?

Thomas s'approcha de la stagiaire.

— Ça va pas, Marie ? J'ai l'impression que tu tiens pas trop le choc, là... Je m'attendais pas à ça non plus, c'est un peu hard pour un début de stage, tu devrais retourner au camion et nous attendre.

— Non, non, ça va, pardon, je suis... j'ai... enfin, c'est... parfait, non, on continue. Je reste.

C'est alors que Marie prêta attention à l'« astronaute » qui s'affairait autour de la scène de crime depuis son arrivée, tout en prenant des notes frénétiquement. L'homme était vêtu d'une combinaison aussi sophistiquée que celle de l'IJ, mais n'appartenait pourtant pas à l'équipe. Thomas lui révéla qu'il s'agissait du lieutenant Lorrain Ceylac, le procédurier du groupe Brunier, chargé d'établir les constatations et de glaner tous les actes, procès-verbaux, scellés et autres documents qui permettraient de bâtir le dossier de procédure à transmettre au procureur. Cette fonction n'existait qu'à la brigade criminelle de Paris, de manière à décharger les limiers du Quai des Orfèvres de toutes les paperasses chronophages. Sur la scène de crime, il devait mémoriser l'environnement, et surtout ne rien rater.

Après sa confidence, Thomas s'approcha du policier-expert et commença d'échanger des propos techniques sur la configuration des lieux, l'état du corps et ce qu'il fallait faire. L'ingénieur opina plusieurs fois du chef et finit par donner ses ordres aux techniciens.

Aussitôt, la machine de guerre se mit en branle, impressionnante.

Julien inspectait consciencieusement l'environnement du tas carbonisé, prêt à disposer ses cavaliers jaunes gravés de chiffres noirs devant le moindre élément suspect, le début d'une preuve ou d'une pièce à conviction. Un gros cavalier « A » trônait déjà face au monticule fumant. C'était la règle : une lettre pour les cadavres, des chiffres pour les indices ou les traces manifestes.

Pendant ce temps, un ASPTS, agent spécialisé de police technique et scientifique, épandait une poudre dactyloscopique sur diverses surfaces, comme les présentoirs, avant de l'épousseter à l'aide d'un pinceau magnétique. Elle permettrait de révéler les empreintes papillaires laissées par les doigts ou les paumes. Parfois, il manipulait aussi un écouvillon, ce long coton-tige servant à prélever des traces de sang, de salive ou de sperme.

Thomas et le procédurier de la Crim, eux, examinaient les restes humains avec une grande attention, sous le regard concentré de Louis. Le dessinateur écrasait sa mine sur un carnet à dessins, forçant le trait pour bien rendre compte de la noirceur du cadavre carbonisé et dépecé.

Comme en soutien, Thierry, le photographe, bombardait la scène. Dès son arrivée, il avait immortalisé toute la boutique et même l'extérieur, jusqu'au trottoir. Avec le dessinateur, chargé de relever cotes et mesures pour figer la disposition du commerce sur un cahier millimétré, ils devraient ensuite bâtir un album d'état des lieux comportant clichés et levée de plans. Plus tard, ils reporteraient l'ensemble sur un logiciel 3D permettant de reconstituer tout l'environnement et d'y évoluer de manière virtuelle. Comme si la scène morbide devait demeurer gravée à jamais et se rejouer sans fin, à l'image d'un jeu vidéo malsain.

Enfin, un peu plus loin, à l'intérieur d'une étrange structure décorative tendue de longs liteaux de bois qui formaient comme le squelette d'un tipi, l'équipe de techniques spéciales commençait la préparation du matériel, lampes et produits, qui aiderait à révéler l'invisible.

— T'as mis le paquet ! s'exclama Brunier. Mais elle fait quoi, elle ?

Thomas finit par faire les présentations.

— Marie Duchesne, en stage chez nous pour l'été, à Paris en juillet et, en août, au siège de la PTS à Écully. Marie, voici le commandant Marc Brunier de la brigade criminelle.

— Vous bossez au 36, quai des Orfèvres, c'est ça, de l'autre côté du Palais ? interrogea Marie, émoustillée.

Le policier fut frappé par son regard, un intense vert émeraude, et se demanda ce que sa chaste combinaison pouvait cacher d'autre.

— Plus pour longtemps, on fait les valises comme tout le monde, mais oui, c'est ça, on est encore voisins.

— Je pourrais visiter ? C'est super mythique…

— Il n'y a pas grand-chose à voir, à part les murs pisseux, mon burlingue en vrac et les cartons qui s'empilent. Mais si vous voulez passer... On en reparle, hein, on a comme qui dirait du pain sur la planche ce matin.

Brunier tourna les talons et héla le directeur de la boutique, criblé de tics et qui ne parvenait pas à se départir d'un affreux rictus. Il était au bord de la crise d'apoplexie et se contenait de plus en plus difficilement. Brunier sentit qu'il fallait faire vite, avant que l'homme ne défaillît. Depuis le début, le directeur et le personnel se trouvaient parqués dans le salon de thé, à l'étage, le plus loin possible des accès et de la scène de crime. Les policiers, sous l'autorité de Ceylac, avaient tenté de tout préserver, dans l'espoir de découvrir ne fût-ce qu'une infime trace utile.

Là-haut, deux autres membres du groupe Brunier prenaient les dépositions des salariées. Marie remarqua d'abord une femme, la quarantaine, svelte et plutôt musclée, qui arborait un bandeau « police » autour du bras. Puis elle observa le jeune officier, endimanché dans un costume-cravate, fidèle à la réputation de seigneurs des limiers de la Crim. Ils passaient d'une vendeuse à l'autre, supportant les hoquets et gémissements qui hachaient les témoignages.

Marie revint auprès des techniciens et suivit leur manège. Ils évoluaient comme des clones tapis sous le même camouflage, indiscernables les uns des autres. Elle était fascinée par leur ballet éthéré. Avec leur combinaison immaculée et leurs gestes lents, précis, presque suaves, ces anges dégageaient une vraie douceur, et même de la sensualité. Un contraste saisissant avec cette vision d'effroi, la victime expiatoire d'un monstre démoniaque. La scène ressemblait à une fresque religieuse : des chérubins piégés aux portes de l'enfer, et l'ange déchu, Lucifer, sur le point de les engloutir dans le Styx.

Marie sentit soudain un frisson glaçant lui parcourir l'échine jusqu'à la nuque.

Le diable, avec sa légendaire rouerie, emportait une première victoire : malgré le branle-bas, aucun cavalier disposé, sinon devant les restes. Aucun indice visible. L'examen tournait court.

— Vous ne trouvez rien ? risqua l'étudiante.

— Non, c'est très particulier… Vraiment atypique, répliqua l'ingénieur, désabusé.

Le commandant, qui en avait terminé avec le directeur, s'était rapproché. Thomas poursuivit en haussant le ton à son attention.

— Les restes ont été transportés jusqu'ici, et c'est la galère. Tout est cramé, je ne peux rien prélever, il va falloir la jouer fine en salle d'autopsie. Pour obtenir un squelette dans cet état, il faut des températures de plusieurs centaines de degrés. S'ils avaient fait ça ici, la boutique serait partie en fumée avec la victime. On va passer le CrimeScope, mais on trouvera sûrement une foule de traces papillaires ou biologiques qui ne nous apprendront rien. Trop de passage.

Le commandant Brunier se massa le menton en dodelinant de la tête, comme pour acquiescer, perdu dans ses pensées.

— Et du sang, il pourrait y en avoir ? Si l'enflure s'est coupée en charcutant le corps, s'il avait une plaie qui saigne, même trois gouttelettes…

— On va passer le luminol, mais j'y crois pas. C'est du travail de pro. Un truc de dingue. Le mec a dû tout prévoir, je suis sûr qu'il s'est pointé super protégé.

— Trouve-moi quelque chose, on repart pas sans des scellés, on n'a rien d'autre.

— Oui, merci, Ceylac m'a déjà bien mis la pression, j'ai compris le message ! On relève tout, mais je te préviens : on va rapporter l'annuaire téléphonique avec toutes les traces qui traînent… Ceylac va crouler sous les scellés, et le labo va mettre des plombes à tout analyser.

Soudain, une femme et deux hommes ombrageux déboulèrent dans l'escalier, puis fondirent sur le commandant Brunier. Costume-cravate pour ces messieurs, tailleur pour madame, et tous bottés d'absurdes surchausses bleues et bouffantes qui les transformaient en clowns tristes.

— Ah, ça m'étonnait aussi, souffla Thomas.

Marie se rapprocha de l'ingénieur en fronçant les sourcils.

— C'est qui ?

— Les huiles. Elle, c'est une des substituts du proc. Elle doit être de perm, donc elle écope du bordel avant de passer la main à un juge d'instruction, au bout de la période de flagrance. Les procs se déplacent rarement, mais là, vu l'affaire, j'aurais été surpris qu'elle se pointe pas.

— Et les autres ?

— À gauche, c'est le divisionnaire Giudicelli, taulier de la Crim, et à droite, le commissaire Mornac, chef de la section dont dépend le groupe de Brunier. Manque plus que le préfet et le ministre de l'Intérieur, mais pour ça, il faudrait au moins la mort d'un flic, d'une star, ou un attentat terroriste.

Brunier, les haut gradés du Quai des Orfèvres et la substitut s'esquivèrent, puis entamèrent un étrange conciliabule.

— Qu'est-ce qu'on a ? questionna abruptement le divisionnaire, un quinquagénaire à la peau légèrement mate, rasé au cordeau, et dont on pouvait sentir les effluves du parfum musqué à dix mètres.

— Un corps carbonisé, dépecé, déplacé et conduit ici de l'extérieur sans qu'on sache comment. Pas de trace d'effraction. Ça pue la mise en scène macabre et le jeu de piste. Une belle affaire comme on n'en a pas eu depuis longtemps, conclut le commandant de police.

Les mines blêmirent, mais le divisionnaire brisa rapidement le silence.

— Brunier, je vous l'ai déjà dit, je n'aime pas ces remarques. Il n'y a pas de belles affaires. On ne souhaite la mort de personne dans mon service, même si on ne vit que pour ça.

Brunier esquissa une vague moue, puis enchaîna.

— Chomet et Varin ont fait le personnel. J'ai fait moi-même le directeur, c'est l'inventeur[1]. Mais rien à en tirer. Ils sont tous en état de choc. La psy tente de les calmer. Varin s'occupe de saisir la vidéosurveillance. Dehors, j'ai Brénam et Lonzoni qui commencent le voisinage, il faut faire tout le

1. La première personne qui découvre un cadavre.

porte-à-porte. Ceylac et l'IJ se chargent des constates mais rien de probant pour l'instant. Quant aux empreintes, elles peuvent appartenir à tout Paris. Ça permettra au moins de désincriminer les salariés. Et on verra si certaines paluches matchent avec le FAED[1].

— On a relevé toutes les issues ?

Le commissaire Mornac, petit et menu, scrutait les lieux de son regard aiguisé et lorgnait vers la statue suspendue au-dessus des restes.

— Il n'y en a qu'une, et un accès aux réserves au sous-sol. L'IJ relève tout, on fera le tri ensuite.

— Dès mon retour au 36, je vous mets des renforts, trancha Giudicelli. Pour le porte-à-porte, il faut faire vite. J'ai les groupes Charleroy et Rimet qui tournent en rond, ils sont en queue de procédure.

— Oui, d'autant qu'il faudra aussi se colleter la vidéosurveillance des caméras de rue et vérifier les portables qui ont borné dans le quartier cette nuit, ajouta Mornac.

— Bon, on a donc un psychopathe, et un sévère, qui court dans les rues de Paris, lâcha la substitut. Je compte sur vous pour me tenir étroitement informée.

Le groupe rompit, et le divisionnaire ainsi que la magistrate s'évanouirent comme ils avaient surgi. Ne restait que Mornac, le chef de section, en plus des enquêteurs, des techniciens et du directeur. Les employés étaient partis, renvoyés chez eux après que la psy de la Crim leur eut proposé le traditionnel suivi psychologique.

Cela faisait près de deux heures que les experts passaient la boutique au peigne fin. Thomas cherchait à comprendre le parcours du cadavre. Par où l'écorcheur était passé. Des poussières de cendre, de terre, des fibres, dans l'espoir de débusquer une belle trace biologique. Sang, sueur, empreintes de doigts ou de pieds, peu importait. À ce stade, tout servirait. Comme l'examen minutieux des marques visibles ne

1. Fichier automatisé des empreintes digitales.

donnait rien de convaincant, il fallait déployer le grand jeu. Marie espérait cet instant depuis son arrivée : le recours aux techniques spéciales.

Il était pratiquement midi, et Thomas demanda au directeur de plonger la boutique dans l'obscurité. Les dizaines de luminaires, plafonniers et projecteurs qui exaltaient la précieuse marchandise furent aussitôt coupés. Marie pensa qu'elle pourrait sans mal en profiter pour carotter un carré Hermès, avant de se raviser, consternée d'elle-même. Elle n'était décidément pas dans son état normal.

Une ombre oppressante avait recouvert les lieux. Ne subsistait que la faible pâleur du jour, de ternes rayons solaires qui s'infiltraient par les interstices du rideau de fer. L'image des ténèbres s'imposa de nouveau à Marie qui ne pouvait s'empêcher de ressentir un profond malaise, comme si Belzébuth en personne allait jaillir du corps carbonisé et fondre sur les anges de la police scientifique pour les terrasser.

Au bout d'une minute, elle discerna un premier technicien. Il enclencha son CrimeScope, une boîte noire prolongée d'un flexible de douche et d'une sorte de pommeau de LED. L'engin projetait une lumière rasante apte à révéler des traces effacées, imperceptibles à l'œil nu. Le technicien chaussa alternativement plusieurs paires de lunettes adaptées aux différentes longueurs d'onde émises par l'appareil. L'examen dura plus de cinquante minutes. L'ambiance était lourde, morbide, aggravée par le silence et l'obscurité, avec ce cadavre dont l'odeur continuait d'agresser les papilles et qui ne faisait rien pour se faire oublier.

Puis ce fut le tour du luminol, cette molécule capable de révéler des traces de sang même vigoureusement nettoyées. L'agent spécialisé avait préparé son produit, du Bluestar, et le vaporisait maintenant sur toutes les surfaces, des mosaïques aux boiseries, en passant par les présentoirs. En cas de présence d'hémoglobine, une magnifique trace bleutée scintillerait, que le photographe saisirait aussitôt. Mais, en dépit de nombreuses pulvérisations, rien n'apparaissait.

Le directeur faillit s'évanouir en pensant aux dégâts que ces substances allaient causer sur ses précieuses marchandises, et aux heures qu'il faudrait pour tout briquer. La boutique resterait fermée de longs jours, d'autant qu'elle hébergeait une scabreuse scène de crime placée sous scellés. Une catastrophe plus grave que ce tas d'os carbonisés, qu'un taré avait choisi de déposer au beau milieu de son magasin. Mais pourquoi ici ?

C'est la question qui taraudait Marc Brunier. Et qui était la victime ? Avait-elle un rapport avec les employés ou le directeur de la boutique ? L'équarisseur pouvait-il être un ancien salarié, un client éconduit qui exerçait une vengeance démente ? Le commandant fut tiré de ses pensées quand Thomas l'interpella, après que la lumière eut enfin été rétablie.

— On a trouvé beaucoup de traces, comme prévu, essentiellement du papillaire et des empreintes de pas. En revanche, pas de sang. Quelques fibres textiles. Des poussières, reste à voir si c'est de la cendre du cadavre, ce qui nous aiderait à définir le parcours. Ça vaut peut-être rien, mais on a relevé. L'ASPTS file les scellés à Ceylac quand c'est prêt. Pendant ce temps, je lève les restes et on décarre.

L'ingénieur, aidé du procédurier, concentré et taiseux depuis le début, entama une sorte de mikado morbide : déplacer chaque morceau de corps consumé sans effriter ni faire vaciller le monticule d'ossements en équilibre instable. Julien déploya une ample housse noire et fit glisser les deux fermetures Éclair de chaque côté. Avec une infinie prudence, Thomas logea les morceaux à l'intérieur, en prenant soin de respecter l'ordre dans lequel ils se présentaient. Au bout de dix minutes, il zippa lui-même les deux fermetures qui confluèrent au centre de la housse. Puis, sous les yeux éberlués de Marie qui se sentit soudain projetée sous l'Ancien Régime, il sortit un petit bloc de cire rouge qu'il fit chauffer, et scella les fermetures, comme un véritable cachet. La police oscillait ainsi entre les outils primitifs d'un Javert, dans *Les Misérables*, et la science-fiction la plus futuriste…

— Je viendrai à l'autopsie, prévint Thomas tandis qu'il faisait signer le lieutenant Ceylac sur une petite étiquette lacée à la housse. Je récupérerai les prélèvements, si on peut dégoter de l'ADN dans ce tas de charbon. Il faut bien qu'on lui trouve un nom, à ce macchabée !

Marie et le groupe de l'IJ s'extirpèrent enfin de la boutique. La jeune femme dénoua aussitôt son masque et sa charlotte, puis inspira une longue bouffée d'oxygène. Elle était cramoisie, trempée de sueur, et rêvait d'une douche. Le commandant Brunier avait décidé de raccompagner l'équipe pour prendre l'air après ce huis clos oppressant. En découvrant le visage de Marie, il fut frappé par sa jeunesse. C'était une gamine, à peine sortie des jupes de sa mère. Elle lui rappelait sa propre fille, pensée qu'il réprima aussitôt.

Thomas et les siens semblaient épuisés, mais sereins. Tout pouvait maintenant disparaître, et la vie reprendre son cours. Une vague angoisse subsistait chez les plus jeunes, moins expérimentés : n'avaient-ils rien oublié ? Car sous peu les preuves s'évanouiraient, les traces s'estomperaient et tout serait différent. S'ils manquaient ne fût-ce qu'un détail, toute l'affaire pouvait capoter et demeurer non résolue. Les enquêteurs étaient accros aux expertises de l'IJ, au point qu'ils ne pouvaient plus s'en passer. Ils les réquisitionnaient à tout bout de champ. Et paraissaient démunis, perdus même, lorsque les magiciens en blouse blanche rentraient bredouilles. Des traîne-misère abandonnés à leur triste sort.

Marc Brunier n'échappait pas à la règle, même si ce vieux limier de la Crim avait hérité des méthodes plus personnelles de ses aïeux du Quai des Orfèvres. Interrogatoires, enquêtes de terrain, indics. Sens aigu de l'observation, des recoupements. Des équations permettant d'improbables rapprochements. Il était équipé d'un logiciel interne, un algorithme capable d'établir des corrélations complexes, dans l'espace et dans le temps, entre de nombreux protagonistes. Tout moulinait et, au bout, la solution s'imposait.

Le groupe remonta la rue de Sèvres jusqu'à la camionnette. Thomas et les autres commençaient à ranger le matériel quand Marie fut pétrifiée par l'incroyable statue qui dominait la petite place, à cent mètres à peine de la boutique Hermès. Elle connaissait bien l'endroit, l'ancien carrefour de la Croix-Rouge, désormais place Michel-Debré. Au loin, on distinguait le Bon Marché et, dans l'axe de la rue du Vieux-Colombier, la façade nord de l'église Saint-Sulpice. Elle venait souvent rendre visite à des amis de Sciences-Po, à deux pas d'ici. Et sa mère habitait un bel immeuble plongeant sur le jardin du Luxembourg, à moins de dix minutes. Cette statue, elle l'avait peut-être vue cent fois, mais ce jour-là elle lui parut transfigurée.

Il s'agissait du *Centaure*, une œuvre du célèbre sculpteur César. Une créature mi-homme, mi-cheval, issue de la mythologie, qui peuple aussi des contes modernes comme *Harry Potter*, avec sa colonie de centaures retranchée dans la Forêt interdite. Une statue de métal, à l'image des autres créations de l'artiste, tels les fameux trophées remis lors des cérémonies du monde du cinéma. Mais celle-ci était haute, large, imposante et déroutante. Ce qui frappa Marie, c'était l'incroyable coïncidence avec l'autre statue, chez Hermès. Un personnage juché sur un cheval à la queue de poisson. Et ici, ce buste d'homme prolongé par un corps d'étalon… Dans les deux cas, des figures mythiques, qui entraient soudain en résonance.

Le commandant Brunier s'aperçut de l'émoi de Marie, qui ne décrochait pas de l'œuvre d'art.

— Vous aimez la sculpture ?

— Oui, enfin c'est fou, non, cette histoire d'homme-cheval… Comme dans la boutique…

— Dans la boutique ? Quel homme-cheval ?

— Au-dessus de l'escalier. Quand vous vous retournez, vous la voyez au-dessus des marches. Au-dessus du corps…

— Ah oui, je l'ai aperçue… Le directeur m'a dit qu'elle représente le dieu Hermès, avec son bâton, debout sur une bonne grosse pouliche. Très laid, d'ailleurs... Quand les commerçants se piquent d'art ou de culture, c'est souvent pitoyable. Ces marchands de savon restent des prolos, sous leurs costards à mille euros. Des ploucs endimanchés.

Marie fut surprise du mépris du vieux flic, limite facho. Elle l'aurait plutôt catalogué à gauche. Elle s'apprêtait à monter dans l'utilitaire quand son regard buta sur un détail anatomique. Et pas n'importe lequel. Le cheval qui prolongeait le thorax humain était émasculé. Marie se souvenait parfaitement de ces deux bourses globuleuses et provocatrices qui pendaient sous la queue du Centaure. Elles avaient disparu.

— Bon, t'as été touchée par la grâce ou quoi ? s'impatienta Thierry, qui n'attendait plus qu'elle pour démarrer et foncer quai de l'Horloge.

— Elle kiffe peut-être les mecs avec des queues-de-cheval, si tu vois ce que je veux dire, pouffa Julien.

— Ben, justement, il n'a plus de queue, le cheval, balbutia Marie.

Cette fois, Brunier prit le comportement de la jeune stagiaire au sérieux. Cette gamine l'intriguait. Elle lui paraissait vive, intelligente et très atypique. Douée d'un sens aigu de l'observation.

— Qu'est-ce que vous voulez dire ? Quelque chose a été modifié sur cette statue ?

— Oui, j'en suis sûre... L'appareil génital... Quelqu'un l'a cassé, ou sciemment retiré.

Le commandant de police contourna la sculpture et observa l'arrière-train de la chimère. Marie avait raison : une section nette, encore fraîche, marquait l'ablation des testicules et du sexe de l'animal mythologique. Le métal luisait, la coupure était propre. Nul doute que la résection était très récente.

— C'est dingue, cette histoire, marmonna Brunier comme pour lui-même.

— Vous pensez que ça peut avoir un lien avec le crime ?

— Là, franchement, c'est aller vite en besogne. Je vois pas bien le rapport. Mais tout est utile dans une enquête, surtout aussi merdique que celle-ci. Vu la misère, je prends. Eh, les gars, vous viendriez me faire un petit relevé sous le cul du cheval ?

Les techniciens n'en croyaient pas leurs oreilles. Julien fusilla la stagiaire du regard ; elle ne manquerait pas de se faire houspiller de retour au bercail.

Thomas, l'ingénieur, fut le premier à bondir de la camionnette pour se rendre compte par lui-même. Il héla l'un des agents pour qu'il procède aux premières recherches de traces. Une aiguille dans une meule de foin, mais le diable se niche dans les détails. Et le diable, dans cette affaire, rôdait depuis un bon moment.

Le commandant Brunier examinait les alentours. Il ne lui manquait que la loupe pour paraître Sherlock Holmes. Et Marie semblait parfaite dans le rôle de Watson, sur ses talons, excitée par sa trouvaille. Elle était fière d'avoir suscité l'intérêt du limier de la Crim.

— Je crois que notre petite stagiaire a une bonne étoile, lâcha-t-il soudain. Regardez, on dirait un morceau de charbon…

Thomas et les autres s'approchèrent avec prudence, en prenant soin d'éviter de piétiner. Au sol, sous la statue, en plein milieu de la placette, un maillage de plusieurs grilles formait un large rectangle perforé. Elles semblaient recouvrir un trou béant, sans doute une aération du métro. Coincé entre le grillage et le bitume, un débris noirâtre, à peine visible. Le policier avait l'œil et flairait les indices comme un chien d'arrêt hume le gibier.

Julien, qui avait enfilé deux nouvelles paires de gants, procéda au relevé avec précaution. Brunier et Thomas l'auscultèrent de plus près, avant que l'agent ne loge le fragment dans une enveloppe kraft. La même pensée traversa leurs regards : ce rogaton avait tout l'air d'un bout d'os calciné…

Chapitre 3

Septembre 415 après Jésus-Christ, Alexandrie

Au lendemain du massacre d'Hypatie, Alexandrie s'éveilla abasourdie. Quelques chrétiens sortirent clamer leur joie dans les rues, mais la plupart des habitants demeurèrent terrés chez eux. La noble sage incarnait le dernier symbole des lumières de l'Antiquité. Ce phare venait de s'éteindre, et beaucoup d'Alexandrins en éprouvèrent du dégoût.

Les Wisigoths et leurs hordes sauvages avaient pillé Rome cinq ans plus tôt. Avec d'autres peuples barbares, dont les terribles Vandales, ils faisaient désormais peser une lourde menace sur l'Empire romain d'Orient.

Mais avant même la fin du régime, le génie des Anciens sombrait déjà dans les ténèbres. Un long chaos dont l'humanité ne se relèverait pas avant mille ans.

Synésios avait appris la nouvelle plus de deux semaines après la sanglante exécution, le temps que les premiers messagers atteignent Ptolémaïs. Il en fut profondément meurtri et demeura mutique de longs jours, méditant de l'aube au crépuscule. Il se remémora ses années d'apprentissage auprès de sa maîtresse. Il avait été l'un des plus brillants disciples d'Hypatie, l'un des plus célèbres aussi.

Contre toute attente, et malgré la réprobation de la philosophe elle-même, Synésios avait choisi de rejoindre les rangs des chrétiens. Remarqué par l'ancien patriarche d'Alexandrie, il s'était rapidement élevé dans la hiérarchie ecclésiastique, jusqu'à sa consécration comme évêque de Ptolémaïs, dans l'actuelle Libye. Il avait donc quitté Alexandrie depuis plusieurs années, mais avait continué d'entretenir une abondante correspondance avec la belle philosophe.

Depuis des semaines, plus une seule missive d'Hypatie ne lui parvenait. Il craignait un drame, du fait des postures politiques de sa belle initiatrice, qui soutenait le préfet romain contre le patriarche chrétien. Il l'avait maintes fois mise en garde contre les risques qu'elle encourait à prendre de telles positions plutôt que rester neutre. Le nouveau patriarche, Cyrille, n'était qu'un chien avide de pouvoir. Ses bassesses et la haine qu'il nourrissait à l'égard d'Hypatie auguraient du pire. Synésios le savait, mais n'avait rien pu empêcher.

Après cinq jours de réflexion, il se décida. Il devait agir avant qu'il fût trop tard. En sa qualité d'évêque, il était le seul capable d'atteindre le *Mouseîon* et d'éliminer toute trace. Le temps était compté.

La sixième nuit, Synésios emballa quelques vêtements et plusieurs *volumina*, des rouleaux de papyrus qui lui tiendraient compagnie pendant les haltes. Il quitta discrètement ses vastes appartements, en veillant à ne croiser aucun prélat. Il subtilisa la monture d'un courrier de l'évêché, taillé pour trotter des heures sans s'épuiser. Il se couvrit d'une capuche noire, afin de longer sans être reconnu la côte qui s'étirait de Ptolémaïs, près de l'actuelle Benghazi, à Alexandrie.

Le voyage fut éprouvant, Synésios chevauchant au moins huit heures par jour. Il n'était plus accoutumé à de telles expéditions, seul, à même la selle, comme n'importe quel plébéien. Il lui fallut vingt et un jours pour parcourir les deux cent vingt-cinq lieues qui le séparaient de la capitale égyptienne d'alors. Chaque soir, il entrait dans une longue et profonde méditation, comme Hypatie le lui avait enseigné, pour surmonter les douleurs et contusions de ses cavalcades harassantes.

Le 27 septembre, il pénétra enfin dans Alexandrie. La nuit tombait. Il emprunta plusieurs ruelles discrètes jusqu'à l'auberge qu'il fréquentait jadis. Son extrême fatigue et l'ombre que son capuchon portait sur ses traits éprouvés le rendirent anonyme. Personne, pas même la vieille taulière qui le connaissait par cœur, ne le reconnut. Il emprunta un improbable accent cyrénaïque, de la région qu'il habitait désormais, pour passer commande de son dîner et de sa chambre.

La nuit suivante, ayant repris quelques forces, il passa à l'action. Seul, sans prévenir aucun de ses anciens condisciples ni éveiller l'attention de quiconque, il se dirigea vers le *Mouseîon*. L'antre d'Hypatie, son jardin secret autant que son temple du savoir. Il s'introduisit facilement dans la première salle, car il connaissait intimement toutes les entrées, officielles et secrètes, de l'imposant édifice. Aucune muse ne veillait plus sur les œuvres des géants qui l'avaient peuplé, mais Synésios comptait sur la bienveillance des dieux, celui des chrétiens comme ceux des Égyptiens, Grecs ou Romains, pour le soutenir dans sa tâche. Il savait qu'ils comprendraient. Et l'aideraient.

Lorsqu'il atteignit la bibliothèque, il fut submergé par l'émotion. Des milliers d'alvéoles garnies de rouleaux, comme une immense ruche, habillaient les murs du sol au plafond. Il fut assailli par les arômes des vieux papyrus qui avaient complètement saturé l'atmosphère, par manque d'aération. Ses souvenirs déferlèrent comme une impétueuse marée, et il ne put retenir ses larmes.

Hypatie était là, face à lui. L'esprit du grand Platon dans le corps d'Aphrodite. Il en était éperdument amoureux, et ne s'en était jamais remis.

Un matin, quinze ans plus tôt, il avait pris son courage à deux mains. Il revivait la scène avec une telle acuité que son cœur battait à tout rompre. Il s'était approché d'elle, presque à la frôler. Sa fraîcheur, son parfum, sa crinière, son regard azuré l'envoûtaient. Sa toge était si fine qu'il crut distinguer ses seins et ressentit un désir d'une telle intensité qu'Hypatie en fut frappée. Il ouvrit la bouche mais elle posa aussitôt un doigt sur ses lèvres. Il aurait pu le goûter, le lécher, l'avaler, le dévorer même. Cette phalange resterait le premier et seul contact physique qu'il aurait jamais avec sa prodigieuse maîtresse.

— Ne dis rien, Synésios. Tu le regretterais. Tu suis mes enseignements depuis trois ans et tu me connais. Je ne suis pas une femme, mais ta maîtresse. Je ne ressens ni passion ni désir, n'éprouve aucune attirance pour les hommes ni les femmes. Tu ne dois te fier qu'à mes paroles et ignorer l'enveloppe qui enrobe mon âme.

— Maîtresse, je ne puis résister, c'est bien trop puissant ! N'éprouves-tu pas ce sentiment brutal, incontrôlable, qui me submerge ? Comment rester insensible au pouvoir de cette force qui m'attire vers toi ?

— Qu'as-tu appris du grand Platon ? Mes leçons furent-elles vaines ?

— Mais… Platon encense l'amour ! Dans son *Banquet*, il en fait l'éloge ! Phèdre n'explique-t-il pas que l'amour pur est le lien entre l'amant et l'être aimé ? Que des hommes ainsi amoureux et unis formeraient une armée invincible ? Je ressens pour toi cet amour pur…

— Le banquet rassemble bien d'autres convives que Phèdre, t'en souviens-tu ? Phèdre prend la parole le premier, cependant les autres disent l'amour bien autrement. On aime et désire ce qu'on ne possède pas, répond par exemple Socrate. Si tu me possédais, tu ne m'aimerais plus. Tu me dominerais, et ton bel amour ne vaudrait plus rien. Il serait ma prison, rien de plus.

— Pourtant, l'amour physique entre deux êtres n'est-il pas la première marche vers l'amour pur, celui des Idées intelligibles et de l'esprit, ce que tu professes chaque jour ?

— « Les yeux de l'esprit ne commencent à être perçants que lorsque ceux du corps commencent à baisser. » Baisse ton regard, Synésios, oublie ton vil désir charnel, et ce bel axiome du *Banquet* de Platon, que tu as aussi oublié, te fera m'aimer vraiment, d'un amour parfait.

Soudain, comme pour couper court à la conversation, Hypatie enfouit sa main sous sa toge, brandit un tissu maculé de sang et le jeta à la figure de son disciple. L'odeur, un relent d'urine et de transpiration rance, écœura aussitôt Synésios.

— Mais… que fais-tu ? s'étrangla le jeune homme, pantelant et livide.

— Voilà ce qu'est une femme, Synésios ! Tous les mois, voilà ce que mon corps excrète ! Voilà ce que tu crois aimer ! Éveille-toi, élève-toi ! Souviens-toi des préceptes de Plotin, mon maître ! Le corps est une geôle, un carcan inutile et contraignant ! Seuls l'âme et l'esprit comptent ! Tu dois atteindre l'Un, cet état métaphysique, symbole de l'unité cosmique entre l'Univers infini et les profondeurs de la Terre, que je t'enseigne chaque jour ! Il te faut te débarrasser de tes passions animales, qui érigent un rempart entre ton esprit et les Idées pures ! Rentre chez toi, Synésios, et ne reparais que lorsque tu auras médité cela.

Un craquement dans les vieilles boiseries de la bibliothèque rappela soudain Synésios à la réalité. Le fantôme d'Hypatie s'évapora aussi soudainement qu'il était apparu. Il sanglotait, à genoux, comme un enfant. Secoué par des hoquets, il ne pouvait plus refouler ses sentiments meurtris, frustrés depuis tant d'années.

Il était entré dans les ordres pour punir Hypatie, l'humilier, elle qui s'élevait avec de plus en plus de véhémence contre ces nouveaux croyants qui voulaient imposer une seule divinité contre toutes les autres. Il avait aussi choisi, ce matin-là et pour toujours, l'abstinence sexuelle. Aucune femme n'oserait séduire un évêque. La réciproque était vraie. Il pourrait ainsi ruminer son amour déçu pour la belle philosophe et l'aimer par la puissance de l'esprit par-delà son trépas. Au fond, il finissait par suivre l'enseignement d'Hypatie et de son maître Plotin, et considérait désormais son corps comme une entrave à l'élévation de l'âme.

Synésios reprit ses esprits, sécha ses larmes dans un pli de sa toge et se releva. Il devait faire vite, les sbires du patriarche Cyrille pouvaient surgir d'un instant à l'autre. Ils savaient, eux aussi, qu'Hypatie cachait un secret. Ils avaient rasé sa demeure, après l'avoir retournée de fond en comble. Ils n'avaient pas encore osé s'attaquer au *Mouseîon*, considéré comme l'un des joyaux intouchables de l'ancestrale cité, tout comme l'orgueilleux phare qui rayonnait chaque nuit. Mais cela ne durerait qu'un temps, il le savait bien.

Il hâta le pas au cœur des rayonnages de papyrus, qui s'étalaient à perte de vue. Il se déplaçait à la seule lueur d'une chandelle et se remémorait le plan des lieux avec une surprenante précision.

Au détour d'un rayon, il crut voir le grand Théon d'Alexandrie, le père d'Hypatie, qui avait dirigé l'établissement sa vie durant. Il perçut aussi la présence occulte des illustres pensionnaires du *Mouseîon* abandonné qui avaient assidûment fréquenté ses salles de travail, bien avant la naissance de Jésus de Nazareth. Car autrefois, dans le dédale de ce labyrinthe de la connaissance, point de Minotaure, mais une famille de grands savants, tous brillants, mathématiciens et philosophes, comme Hypatie elle-même, mais aussi géomètres, astronomes ou poètes. Entre ces murs, Euclide étoffa sa géométrie, Galien réforma la médecine, Archimède découvrit le nombre pi et révolutionna le calcul. Ici, des géomètres établirent qu'une année durait trois cent soixante-cinq jours et un quart, et proposèrent de créer une année bissextile tous les quatre ans. Des astronomes postulèrent que la Terre tournait autour du Soleil. Ératosthène découvrit même que notre astre était rond et en déduisit la circonférence avec une précision presque parfaite. Tous ces génies recevaient une solde en échange de leurs exquises créations. Ils venaient nourrir le savoir des mortels comme l'ambroisie et le nectar délectaient les dieux immortels.

Mais, depuis vingt-cinq ans, les salles demeuraient désespérément vides et les innombrables papyrus s'empoussiéraient.

Les autorités religieuses, ses propres pairs, avaient décidé de fermer le *Mouseîon*. Seuls Hypatie et quelques assistants, dont Synésios avait fait partie durant deux ans, avaient entretenu les lieux et s'étaient nourris des œuvres des génies disparus.

L'évêque contourna le buste de Socrate, au bout de l'allée centrale. Il obliqua vers la gauche, puis poussa l'épais rayonnage qui se dressait à la verticale. Il dut s'y prendre à trois reprises ; le bois avait dû travailler sous les assauts du froid, de l'humidité, puis des écrasantes chaleurs de l'été. La grande étagère finit par pivoter. Il poussa une nouvelle fois pour dégager entièrement le meuble gavé de rouleaux.

L'escalier émergea enfin.

Un brusque appel d'air souffla la chandelle, et Synésios mit plus d'une minute à raviver la flammèche. Il descendit lentement les marches, moulinant des bras pour balayer d'épaisses toiles d'araignées qui barraient le chemin. Enfin, la tanière de la grande sage se matérialisa. Ici, aucun papyrus, mais un large billot recouvert d'un chapelet d'objets. Des coupes, une jarre, plusieurs vasques, des couteaux, des pinces, une dizaine de bougeoirs. Un petit fourneau, recouvert de suie, trônait au fond de la pièce. Et, sur une étagère, une ribambelle de flasques, fioles et flacons, et une grande carafe. L'ensemble exhalait une terrible odeur de pourriture et de moisi. À force, cette fragrance nauséabonde finirait par s'épandre à l'étage, et les suppôts de Cyrille, quand ils débarqueraient, ne tarderaient pas à découvrir le repaire d'Hypatie.

Il fouilla rapidement et ne découvrit rien d'autre que les outils et récipients qui s'étalaient un peu partout. Mais soudain, comme sonné par une illumination, il s'agenouilla et entrouvrit la porte du petit fourneau. Il était là, qui attendait patiemment qu'un adepte le débusquât. Un épais codex, à la couverture sombre, et qui ne portait qu'une épure, à peine discernable. On eût dit deux serpents, l'un pointant la tête vers le sommet, l'autre vers le bas. Puis deux cercles, peut-être deux astres. Mais les traits restaient évanescents, et la chétive lueur de la chandelle empêchait de bien distinguer les veinures.

Synésios fut stupéfait. Il contemplait ce texte qu'il devait à tout prix récupérer, comme il l'avait juré dans ses dernières missives à la belle philosophe. Et, pour comble, il s'agissait d'un simple codex, ces nouveaux supports de l'écriture, formés de parchemins reliés entre eux, qu'on feuillette de droite à gauche ! Les Romains avaient progressivement imposé ce nouvel outil dans tout l'empire, au détriment des traditionnels *volumina* égyptiens. Ces ignares se plaignaient des difficultés à dérouler les rouleaux de papyrus. Ils préféraient ces supports rectangulaires, enchaînant les feuillets les uns après les autres, et non plus les uns sous les autres afin de les enrouler. Mais comment Hypatie, cette intransigeante puriste, avait-elle pu rédiger son œuvre sur un simple codex ? Elle qui méprisait tous les écrits ne figurant pas sur l'antique papier égyptien ?

Au fond, pensa Synésios en compulsant rapidement l'ouvrage, il fallait bien reconnaître que cet échafaudage de parchemins se révélait fort pratique.

Satisfait de sa découverte, il gravit aussitôt les marches et s'empara de dizaines de rouleaux qu'il déversa dans l'antre secret d'Hypatie. D'inestimables œuvres, dont certaines avaient passé deux millénaires, et pour lesquelles Synésios eût préféré mourir plutôt que les voir disparaître. Mais l'heure était grave. Il n'avait plus le choix.

Tandis qu'il enfournait les *volumina* dans l'alcôve souterraine, il songea au courroux d'Hypatie lorsqu'elle relatait l'incendie de la bibliothèque, cinq siècles plus tôt, par l'irascible César *imperator* après qu'il eut conquis la ville. Des centaines de milliers de papyrus s'étaient embrasés dans un immense feu de joie, sous le regard médusé des grands savants qui œuvraient alors au *Mouseîon*. Il avait fallu plus de quatre siècles pour régénérer l'immense collection, patiemment, rouleau par rouleau.

Les réserves n'étaient entièrement reconstituées que depuis quelques années. Enfin. C'était la plus grande réussite de la belle philosophe. L'accomplissement d'une vie.

À cet instant, Synésios saisit un ultime rouleau et l'approcha de sa chandelle. Il contempla une dernière fois les milliers d'alvéoles qui peuplaient l'immense salle, puis laissa la flamme de sa bougie caresser le papyrus. Le papier séché par les siècles rougit, puis s'enflamma comme une torche. Synésios eut juste le temps de lancer cette torchère improvisée dans le refuge d'Hypatie, avant qu'elle ne lui dévorât les doigts.

En un instant, une immense flambée jaillit du sous-sol. Synésios courut vers la sortie pour que le piège ne se referme pas sur lui. Il se faufila par l'étroite porte du pignon sud, avant de filer entre les colonnes et de disparaître dans la nuit.

Quelques minutes plus tard, un gigantesque incendie ravageait le *Mouseîon*. Les flammes s'élevaient dans le ciel d'Alexandrie et léchaient les étoiles.

— Me pardonneras-tu ? murmura Synésios, interrogeant les astres embrumés par l'immense foyer qui illuminait le quartier.

Les papyrus desséchés par les siècles s'étaient embrasés comme un feu de paille. La bibliothèque se consumait, pour la seconde et dernière fois de son existence.

Les habitants sortirent hébétés de leurs logis, et la rue finit par grouiller d'une foule gémissante et impuissante. Synésios remonta incognito à contre-courant, puis s'empara de sa monture. Il logea le codex dans une sacoche et s'élança au galop dans la voie Canopique, en direction de la porte de la Lune, à l'ouest de la cité.

Sans jamais se retourner.

Il poursuivrait l'œuvre d'Hypatie et ses précieuses recherches.

Avant de transmettre le codex à la prochaine élue.

Chapitre 4

11 juillet 2018, Paris

Marie dévala un large escalier et déboucha sur un couloir bordé de belles fenêtres à ogive. Elles donnaient sur la Seine et baignaient les lieux d'une lumière radieuse. Au loin, on devinait les bateaux-mouches. Difficile d'imaginer qu'elle se trouvait aux portes de l'enfer.

Thomas patientait déjà dans le corridor.

— Salut, Marie, on attend Brunier et on y va. Ils sont déjà tous là.

Neuf heures deux. Le grand flic n'était pas matinal. Bonne nouvelle. Marie avait toujours été du soir, et trouvait suspects les lève-tôt, bon pied bon œil dès sept heures du matin. Chaque jour, elle se forçait à quitter son lit douillet et démarrait aussi lentement qu'une vieille micheline diesel. Thomas, lui, était impeccable. Rasé de près, les yeux étincelants de cette intelligence pragmatique, parfois insensible, qui caractérise les experts de la mort. Pour lui, un corps n'était qu'un objet de curiosité, qui devait parler. Alors que Brunier paraissait généralement plus marqué par cette confrontation avec le néant.

Un chariot en inox couvert d'une housse noire déboula brutalement d'un ascenseur et manqua de percuter Marie qui l'esquiva. Le garçon en combinaison bleue s'excusa vaguement puis badgea la porte en vis-à-vis. Les deux vantaux coulissèrent, dévoilant une petite salle où s'affairaient déjà cinq ou six personnes.

— C'est notre victime, lâcha Thomas.

— Il l'amène d'où ?

— Des frigos. Y en a des dizaines. Mine de rien, ils ouvrent trois mille macchabées par an à l'institut médico-légal...

Marie leva un sourcil perplexe, se représentant difficilement cette étrange usine à découpage de charognes. Quel job improbable, médecin légiste, pensa-t-elle. Glauque, rebutant. Ce n'était vraiment pas la meilleure partie du stage. Mais Thomas avait insisté pour qu'elle participe. « Une autopsie, c'est incontournable dans un stage à l'IJ », avait-il asséné. Sans discussion. « D'accord. J'y serai. » Scout toujours prêt, bonne élève, studieuse, qui accomplit ce qu'on attend d'elle même si c'est contre nature.

Sa migraine se raviva. La barre s'était abattue dans la nuit, percutant ses tempes au rythme des pulsations cardiaques.

Des pas résonnèrent, lents, pesants, comme en écho aux secousses cérébrales qu'endurait Marie.

— Voilà Brunier, sourit Thomas, tout en nouant son masque et coiffant sa charlotte.

La silhouette imposante de l'officier se dessina sur le seuil de l'escalier.

— Salut, la compagnie, lança-t-il avec sa tête des mauvais jours, visiblement dépité de s'infliger une dissection.

— Alors, t'es puni ? Il paraît que ton procédurier t'a planté ? répliqua Thomas, goguenard.

— M'en parle pas. Super mauvais timing, il est de SAV aux assiettes, une affaire vieille de deux ans.

Marie fouilla discrètement sa mémoire. Thomas l'avait enfin briefée sur le jargon de la Crim. Le procédurier, Ceylac, assurait le « service après-vente » d'une affaire jugée aux assises. Il intervenait donc ce matin-là en plein procès pour expliquer le travail des limiers du 36, lors d'une enquête menée deux ans plus tôt. La poisse pour Brunier qui se trouvait de corvée.

Tandis que Marie restait plongée dans ses pensées, Marc Brunier se glissa à son tour dans l'uniforme, combinaison bleue, gants, masque et charlotte. Le supplice allait débuter, impossible de le retarder davantage.

Une foule inattendue était massée dans l'étroite salle d'autopsie. Marie resta légèrement en retrait, incommodée par les relents de formol et de Javel qui empestaient jusque dans le couloir. Les murs jaunâtres et le sol tendu d'un lino brun orangé rendaient l'endroit sordide, en phase avec les circonstances. Face à elle, sept personnes camouflées, impossibles à discerner. Au total, avec elle, Thomas et Brunier, cela faisait dix vivants pour un mort, entassés dans une salle presque aussi étriquée que son studio du Quartier latin. C'était dire.

— Bonjour, commandant, cela faisait longtemps qu'on ne vous avait vu !

Petit, trapu, l'œil globuleux, le Dr Camus émergea difficilement d'une petite cour qui l'écoutait religieusement.

— Vous n'êtes pas venu seul, ça fait du monde tout ça ! Je vais finir par faire payer l'entrée ! s'amusa le légiste, particulièrement détendu.

— Thomas Longuinot, de l'IJ, je suis là pour les prélèvements. Et je suis avec une stagiaire.

L'ingénieur désigna Marie d'un coup de menton désinvolte.

— Ah, Longuinot, c'est vous qui avez signé le rapport de la scène de crime avec le procédurier… Compte tenu de votre description, le procureur de la République a requis la participation du Pr Bellême, anthropologue judiciaire, qui interviendra donc à mes côtés.

L'homme se déplia et se tourna vers Marc et Thomas. Il était resté assis jusque-là et ne s'était pas fait remarquer. Mais sa stature, près de deux mètres, impressionna Marie. Brunier avait une rude concurrence.

— Bonjour. Merci de m'accueillir, docteur Camus.

Le scientifique dépassait le légiste de plus de deux têtes.

— Avec plaisir, cher collègue, avec plaisir. Nous avons là également deux internes en anapath.

Le légiste marqua une pause et posa un regard réprobateur sur les deux derniers participants, qui échangeaient des messes basses enjouées depuis le début.

— Et puis les deux couillons qui rigolent, là, ce sont mes garçons d'amphithéâtre.

Aussitôt, les deux bipèdes dégingandés se renfrognèrent et cessèrent leurs ricanements.

— Garçons d'amphithéâtre ? murmura discrètement Marie à l'oreille de Thomas.

— Les assistants du légiste. C'est eux qui se tapent la sale besogne. Ils sont comme les commis en cuisine : ils découpent, épluchent, jettent les déchets, nettoient le sang, les ustensiles... Et en général, ils se poilent, histoire de tenir le coup.

— Charmant ! s'exclama Marie, avec une moue écœurée. Et l'anthropologue, qu'est-ce qu'il fait là ?

— Bellême ? Il est connu chez nous, il est prof à Paris-VIII. C'est un grand spécialiste des ossements. Il est intervenu sur les charniers en ex-Yougoslavie et au Rwanda. Il est capable de faire parler n'importe quel squelette et n'importe quel corps charcuté.

Tous avaient revêtu la tenue de rigueur, mais le légiste et les deux grands dadais qui l'assistaient bénéficiaient d'un uniforme encore plus comac. Blouse, surblouse, long tablier, gants, bonnet, et même une visière à portée de main, sans doute pour se protéger des projections. Marie eut le sentiment d'être invitée dans un abattoir, à l'heure du désossage d'un bœuf. Sur une tablette, elle distingua clairement un sécateur, un marteau et une scie électrique. Elle imagina le carnage qui guettait le cadavre. Pour comble, il ne devait pas faire plus de 15 degrés, sans doute pour conserver les corps dans de bonnes conditions pendant les dissections. Avec ce froid, sa migraine et les odeurs entêtantes de désinfectant, Marie faillit tourner de l'œil. Elle prit appui sur le rebord d'une étagère métallique d'où débordait un fatras de consommables.

Le premier assistant activa les scialytiques suspendus au-dessus de la table d'autopsie, qui jetèrent une lumière crue sur la housse noire.

— Commandant, à vous l'honneur !

Brunier brisa les scellés. Le cachet de cire s'émietta sur la table en inox.

Les deux garçons d'amphithéâtre firent glisser les fermetures Éclair. Puis, à six mains, avec l'aide du légiste, ils ôtèrent lentement les restes charbonnés. Le Dr Camus réorganisa ensuite le puzzle, afin de reconstituer la position anatomique du corps. Pour la première fois, Marc, Thomas et Marie découvrirent la forme humaine qui avait existé, avant l'équarrissage. Le crâne, le tronc, les bras, le bassin et les fémurs. Mais avant-bras, mains, tibias et pieds s'étaient volatilisés.

— Quand on leur dit de pas rôtir des heures au soleil ! lâcha l'un des assistants en pouffant.

Brunier écarquilla les yeux, stupéfait, et croisa le regard espiègle de Thomas qui goûtait la vanne de l'auxiliaire.

— Silence ! Respect pour les morts ! Combien de fois devrai-je le répéter ? s'égosilla le légiste.

Excédé, il interpella l'un des internes en anatomopathologie.

— Bon, allez, toi, là, je ne sais plus ton nom ! Landru, je vais t'appeler Landru, ça me paraît de circonstance, tu veux faire légiste ou bien ? Alors prends les notes.

Le jeune homme, désigné par un geste agacé, se remua et saisit une planche couverte d'un long formulaire destiné à recueillir les observations du légiste. Le médecin, haletant, reprit péniblement son souffle.

— Nous voici donc en présence d'un corps carbonisé, dépecé et incomplet. Il a subi une crémation entraînant des brûlures profondes au quatrième degré, d'aspect noirâtre sur l'ensemble des restes. Il manque les extrémités ; les mains, les pieds, et les bras se terminent en moignons. L'amputation des membres est classique en cas de crémation intense. Vous l'avez trouvé où, déjà ?

— Dans une boutique du 6e arrondissement, répondit Marc, placide.

Les assistants et les internes roulèrent des orbites, puis échangèrent des regards éberlués. Le légiste ne cilla pas, il devait en avoir vu d'autres.

— Ah oui, c'est vrai. Les restes ont été transportés, ce qui soulève de nombreuses questions : les circonstances de la crémation... L'individu est-il mort avant ou pendant la carbonisation ? Et s'il est mort avant d'être calciné, quelles sont les causes du décès ? De même, a-t-il été dépecé avant ou après la crémation ? Et, bien sûr, toutes les questions d'identité, le profil de la victime. Landru, tu notes ou tu roupilles ?

L'interne ne tolérait plus d'être brocardé avec le patronyme d'un des pires tueurs en série de l'Histoire.

— Docteur, s'il vous plaît, je m'appelle Gabin.

— Va pour Jean Gabin, ça me plaît aussi.

— Non, Gabin, c'est mon prénom !

Le médecin leva les yeux au ciel et pensa très fort que les gamins d'aujourd'hui portaient des prénoms ridicules. Marc Brunier s'impatientait sérieusement et regardait sa montre avec insistance.

— Bon, on n'est pas venus prendre le thé, on peut enchaîner ?

— À vos ordres, commandant ! À la vue des restes et de leur état, il est malheureusement très difficile de se faire une première idée. Plusieurs morceaux sont squelettisés, comme le crâne ou les fémurs. Ailleurs, l'épaisse couche nécrosée ne laisse pratiquement rien paraître. Et, en soupesant les os, on voit qu'ils sont légers et friables. Qu'en pensez-vous, professeur ?

Le géant se pencha au-dessus des restes et les observa attentivement.

— Les restes sont profondément altérés, en effet. Je pense qu'il n'est pas possible, à l'examen externe – et cela sera sans doute très difficile à l'examen interne –, de faire la part entre les éventuels traumas *ante mortem* et ceux qui pourraient avoir été produits par la crémation. Sans compter les conditions de transport et de conservation des restes, y compris dans la housse. Et je ne parle pas du conditionnement sur la scène de crime, qui a pu provoquer d'autres fractures.

Thomas tordit le nez. Il l'avait parfaitement rangé dans la housse, le tas d'os.

L'anthropologue soupesa la boîte crânienne avec une extrême délicatesse.

— Le crâne est très léger, fragile, et ne demande qu'à s'effriter. Si vous ouvrez, il risque de tomber en miettes. Il faut scanner avant tout.

— J'allais le proposer, acquiesça le légiste. Allez, tout le monde au scan !

Tandis que tous s'ébranlaient, Marie interrogea Thomas du regard.

— Le scanner, c'est pour la virtopsie, l'autopsie virtuelle. On la pratique de plus en plus fréquemment avant une autopsie, et presque toujours avec les corps carbonisés ou putréfiés. Parfois, on ne fait même plus d'autopsie après.

Marie eut soudain l'espoir que la matinée s'achèverait là et qu'elle éviterait les affres de la dissection. Marc Brunier n'était pas fâché non plus de cette petite transhumance. Ces huis clos sordides le rebutaient toujours, et le retour à la lumière du jour lui rendit quelques couleurs.

Pendant le court trajet, il observa la démarche de Marie. Depuis la veille, la stagiaire suscitait sa curiosité. Quelque chose d'inhabituel émanait de cette gamine, comme une noblesse naturelle. Droite, plutôt grande, élancée, elle dépassait le légiste d'une bonne tête. Sa peau, pétrie de collagène juvénile, affichait un tonus insolent, à des lustres de l'obsolescence qui guettait Brunier. À cinquante-quatre ans, il sentait ses forces s'amoindrir et son moral fléchir. Il frisait la péremption.

Brunier n'était pas le seul à porter son regard sur la jeune stagiaire. Le second interne, légèrement en retrait, la sondait avec insistance. Un scanner avant l'heure. Il ressentait la même attraction que Brunier et la plupart des hommes qui croisaient sa route. Il s'amusait à parier sur sa coiffure, bien remisée sous la charlotte, et sur ses mensurations. Les yeux de la stagiaire l'avaient hameçonné dès son entrée en salle d'autopsie. Ils brillaient d'un vert qui lui rappelait le palais du Grand Trianon, à Versailles. Ce vert lumineux, presque fluorescent de la malachite, une pierre sublime dans laquelle plusieurs vases et vasques du grand salon étaient sculptés. Pour l'étudiant, passionné d'art et d'histoire, aucun doute : Marie dégageait quelque chose d'aussi racé et majestueux que le salon des Malachites. Elle irait très bien dans le décor. Sa rêverie s'évapora lorsqu'ils pénétrèrent dans une vaste salle où trônait un gros anneau flambant neuf.

Le légiste, pas peu fier, vanta l'installation.

Il invita la troupe dans un poste de contrôle couvert d'écrans, séparé du scanner par une vitre épaisse. En quelques minutes, les restes disposés dans un petit conteneur furent bombardés de rayons X sous tous les angles. Les os se matérialisèrent sur les moniteurs en coupes multiples, avec une étonnante acuité. La récréation fut de courte durée. Vingt minutes plus tard, ils refluèrent vers la salle d'autopsie, nantis des clichés. Les garçons de morgue disposèrent de nouveau les restes dans la position anatomique.

Le légiste et l'anthropologue examinèrent pendant de longues minutes les photos sous le faisceau d'une lampe. Les internes restaient en retrait, mais allongeaient le cou dans l'espoir de glaner des informations. Le légiste reprit la parole.

— Le premier intérêt du scanner, c'est vraiment de localiser les orifices d'entrée et de sortie des projectiles. En général, on les voit. Mais rien de tel ici, nous pouvons déjà écarter la mort par arme à feu. Nous allons débuter l'examen détaillé. Voulez-vous commencer avec le crâne, Pr Bellême ?

— Merci. Grâce au CT-Scan, on aperçoit de nombreuses dilatations des sutures, des enfoncements multiples. Le crâne est presque vide, il n'y a pratiquement plus de parties molles. Je voudrais vérifier la nature et la couleur des os. Je vais laver, avec votre accord, docteur Camus.

Le légiste tendit le bras comme pour l'inviter à procéder.

Le scientifique saisit le crâne avec habileté et l'approcha du petit lavabo intégré à la table d'autopsie. Il se munit d'une brosse à dents qu'il imbiba de savon liquide, puis commença de brosser très lentement le crâne, le rinçant sous un mince filet d'eau tiède. Après quelques minutes, les dépôts noirâtres s'effilochèrent et s'évacuèrent en tourbillons dans la bonde du lavabo. Progressivement, les os bruts se révélèrent. Malgré la délicatesse des doigts de fée, ils s'effritèrent partiellement en une fine poussière blanchâtre.

— Je dirais que ce crâne est légèrement rétréci. Les os ne sont pas tout à fait en place. On distingue bien les fissures, les sutures entre les différents os du crâne sont disloquées, ce qu'indiquait déjà le scanner. La boîte crânienne a sans doute éclaté de l'intérieur, à cause de la pression de la vapeur d'eau et du gaz carbonique relâché par l'albumine du cerveau en décomposition.

Un silence pesant accueillit les premières constatations de l'expert.

— Ça nous renseigne sur le mode opératoire ? Comment on a brûlé le corps ? questionna Marc Brunier, très attentif.

— Oui, mais c'est surtout la couleur et l'aspect des os qui nous aident. Ils sont laiteux, crayeux, légers, un peu friables. C'est typique d'une combustion entre 700 et 800 degrés. À ce stade très avancé, on parle de calcination. On n'est plus très loin des températures de certains incinérateurs.

— Vous pensez qu'on l'a passé dans un crématorium, sans aller jusqu'à l'incinérer ?

— Non, c'est un processus très différent. Dans les crématoriums, les corps ne sont pas vraiment touchés par les flammes, c'est la chaleur qui les fait fondre. L'aspect des restes serait différent. Je pencherais plutôt pour un bûcher. Comme en Inde ou au Népal, par exemple, pour brûler les morts.

La surprise imprégna tous les visages.

— Un bûcher ? répéta Marc Brunier.

— Oui, c'est assez typique. J'ai vu ça des dizaines de fois et je retrouve bien les mêmes stigmates. Vous savez, rien qu'un foyer ouvert, dans une simple cheminée, peut atteindre 800 à 1 000 degrés. Et les braises s'échauffent jusqu'à 1 800 degrés. À cette température, tout fusionne, même les os. Alors un gros bûcher, savamment entretenu, le temps qu'il faut, fait très bien l'affaire. Il faut environ un stère de bois, soit un mètre cube, pour brûler un corps et le mettre dans cet état. En plein air, c'est facile. Si nous avions retrouvé les bras, les tibias, les mains et les pieds, je vous parie qu'ils seraient contractés, en position pugilistique ou, pour parler plus clairement, dans une apparente position de combat. On parle aussi de la position du boxeur. À cause de la déshydratation des tissus musculaires, typique des premiers stades de ces crémations. Mais le corps a brûlé plus longtemps et les extrémités ont été incinérées, je pense. Étymologiquement, réduites en cendres. La température a pu atteindre plus de 1 500 degrés dans certains compartiments du foyer.

Un long silence plana. Chacun méditait les réflexions nauséeuses de l'anthropologue.

— Est-ce qu'on n'aurait pas cherché à reproduire un rite mortuaire de l'Antiquité gréco-romaine ? Ils brûlaient aussi leurs morts, non ? lança soudain Marie, à la surprise générale.

La jeune stagiaire, blottie dans un recoin, était sortie de son apparente torpeur. Elle restait marquée par les statues d'Hermès et du centaure, qui plongeaient l'affaire dans d'énigmatiques références à l'histoire ancienne.

Un instant décontenancé par la sagacité de la jeune femme, l'anthropologue répondit calmement, sur le même ton professoral.

— Eh bien, je pense que oui, sans doute… Voyons, les Grecs et les Romains ont brûlé leurs morts jusqu'au IIe siècle après Jésus-Christ. Les plus riches, les patriciens, les incinéraient complètement. Ils se faisaient fort de les réduire en une fine poussière blanche. Tout un art. C'est exactement ce qu'on obtient dans un crématorium aujourd'hui, mais grâce aux ultrasons qui réduisent les os en poudre. Les autres, les pauvres, finissaient en morceaux d'ossements crématisés. Leurs restes n'étaient pas totalement incinérés, parce que les plébéiens maîtrisaient mal la technique. Malgré tout, ils lavaient les os avec du vin, ou du parfum, avant de les placer dans un sac de tissu, le plus communément. Ici, on s'est arrêté juste avant. Les os ne sont pas totalement consumés ni lavés. En l'absence de ces soins, très codifiés même chez les plus pauvres, c'est un peu comme si on avait voulu imposer une crémation inaboutie, qui ne permette pas au mort de passer dans un autre monde. Une sorte de punition ultime, sans retour, si vous voulez. Au-delà même de la mort.

Marie buvait les paroles du chercheur. La porte qu'elle venait d'entrouvrir s'élargissait. Thomas parut parfaitement rétif à ces hypothèses, trop fantasques. Il préféra prendre des photos pour alimenter le dossier de procédure. Le commandant Brunier, au contraire, sentit que ses engrenages cérébraux se mettaient en mouvement, produisant de premières équations méthodiques.

— Et sur les circonstances de la mort ? intervint-il. Il a été brûlé vif ou bien il était déjà mort ?

— Elle, lâcha le légiste. La question est : était-elle déjà morte ?

Un frisson parcourut l'assistance.

— Le crâne présente tous les caractères morphologiques féminins. Par exemple la glabelle, entre les arcades sourcilières, qui est très discrète ; l'ouverture du nez est ovale. Sans compter le pelvis, bien évidemment. Le bassin est large, avec une grande échancrure sciatique. C'est une femme.

— Absolument, confirma l'anthropologue. J'ajouterai qu'il s'agit probablement d'une jeune, même une très jeune femme.

Le commentaire, qui se voulait anodin, glaça le sang de Marie. Marc Brunier se raidit, et le sourire de Thomas s'estompa.

— Regardez les dents.

Le scientifique manipula le crâne afin d'écarter la mâchoire de la mandibule et de bien dégager la denture, restée masquée par une épaisse couche noirâtre jusqu'au nettoyage intensif. La fragile ossature s'effrita encore et une fine poussière se déposa sur la table d'autopsie.

— Cela nous a sauté aux yeux au scanner. Ces dents, quoique fragilisées par la calcination, sont fines, régulières, dénotant une belle hygiène buccale. Aucune carie, aucun plombage. Mais surtout, les quatre fois huit ne sont pas encore complètement sorties.

— Les « quatre fois huit » ? interrompit Brunier.

— Les troisièmes molaires. Les quatre dents de sagesse si vous préférez ! Elles apparaissent entre seize et vingt et un ans, en moyenne à dix-huit ans. Cette gamine n'était peut-être même pas majeure.

Les mines blêmirent.

— Et ce n'est pas tout, enchaîna le légiste. Les 13, 22 et 42 ont sauté. Soit une canine et deux incisives.

Au scanner, Marie avait remarqué les étranges interstices dans la denture, qu'elle avait préféré attribuer au délabrement de la combustion. Elle retint son souffle, redoutant le constat glaçant du médecin.

— On distingue les cassures, bien nettes, grâce au nettoyage. La jeune victime a probablement reçu de violents coups au visage. À l'examen, on constate aussi plusieurs lésions traumatiques sur la face : l'os nasal et les sutures intermaxillaire, naso-maxillaire et internasale sont enfoncés. On retrouve aussi des traumas sur le temporal gauche, le pariétal droit et l'occipital. En fait, on s'est acharné sur elle. Elle a eu le nez et plusieurs dents cassés, et reçu de nombreux coups violents au visage et sur la tête.

Marie était passée de la fébrilité intellectuelle à un profond abattement. Elle n'était vraiment pas carénée pour encaisser ce type d'abjections.

— Elle a été battue à mort ? articula finalement Brunier, après un long silence.

— C'est probable. Les scanners sont éloquents à cet égard. Les fractures sont nombreuses, mais comme dit le Pr Bellême, il restera un doute sur leur origine, à cause des manipulations : *ante* ou *post mortem* ? Certaines déformations proviennent aussi de la crémation, et du léger rétrécissement osseux.

Le légiste brandit l'une des radios face à l'assemblée et désigna l'os avec la pointe d'un stylo.

— Mais certaines, par exemple ici sur les fémurs, avec ces cassures nettes, ont très vraisemblablement été infligées avant la mort. C'est cohérent avec la face. Idem pour les côtes. D'après les radios, je pense que plusieurs fractures sont dues à des chocs violents. Pour en avoir le cœur net, passons au tronc. C'est par ailleurs notre seule chance de trouver des tissus mous, donc du sang, et de faire les analyses. Les os du gril costal et les viscères ne sont pas de bons conducteurs thermiques, ils protègent mieux les tissus de la combustion, plus longtemps que les membres ou le crâne. Le scanner montre bien qu'il reste des organes, mais dans un état visiblement très altéré : plusieurs sont amalgamés, fondus entre eux…

L'un des garçons d'amphithéâtre s'approcha et tendit un scalpel au légiste. Marie détourna la tête. Marc Brunier demeura impassible. Thomas s'avança imperceptiblement vers le corps. Les deux internes se penchèrent au-dessus de la table d'autopsie, à l'opposé du légiste. L'anthropologue resta en retrait, enroulant sa longue carcasse sur une chaise.

Le médecin incisa de haut en bas, sur la totalité du tronc, comme on déroule la fermeture Éclair d'un blouson. Il éprouva quelques difficultés, en raison de la rigidité de la couche charbonneuse. Après l'incision, il décolla les peaux nécrosées comme on dépiaute un lapin, exhalant des odeurs de viande grillée et faisandée.

Puis l'un des assistants s'empara du costotome, le gros sécateur qui gisait sur la tablette, et cisailla les côtes, une à une, afin de libérer l'accès au cœur et aux poumons. Les craquements aggravèrent la migraine de Marie, qui vivait un supplice. Après quelques minutes, le légiste reprit, en posture de professeur, à l'adresse des internes plongés sur les viscères.

— Alors, d'abord, on doit déterminer le moment de la mort. Donc on examine la trachée basse, au niveau des bronches souches et de la carène. Que doit-on chercher, Gabin ?

— Euh… de la suie, c'est ça ?

— Bingo ! De la suie, des dépôts noirâtres, visqueux. Pour quoi faire ?

— Si on en trouve, c'est que la victime a respiré la fumée de la crémation et qu'elle a donc été brûlée vive.

Après quelques minutes de dissection et d'observation dans un silence pesant, le légiste conclut.

— Bon, ce n'est pas simple, car les tissus sont très altérés. Mais je dirais qu'il n'existe pas de trace caractéristique de suie. Notre femme est donc certainement décédée avant de brûler. On va vérifier le taux de carboxyhémoglobine. S'il est inférieur à 10 %, comme je le pense, on aura confirmation. Résultat en une demi-heure, on le saura avant de quitter cette pièce.

Marie aperçut l'un des assistants plonger une seringue dans le tronc. Il peina à dénicher un tissu qui ne fût pas trop desséché pour abriter le précieux liquide sanguin. Des semblants d'organe, noirâtres, déshydratés et racornis, presque momifiés, luisaient sous la lumière criarde des projecteurs. Puis l'assistant s'immobilisa. Un mince filet rougeâtre emplit le tube. Après quoi il s'éclipsa, sans doute pour porter l'échantillon au laboratoire d'analyse de l'institut.

Ensuite, l'un après l'autre, les organes en piteux état défilèrent. Les assistants prélevèrent le cœur, les poumons, les reins, le foie. Avec le légiste, ils les pesèrent sur une balance de précision, avant de les disséquer un à un sur une grande planche en bois, afin de les examiner en détail. Gabin, l'interne, relevait soigneusement les données. À chaque organe, les garçons d'amphi ponctionnaient des échantillons qu'ils logeaient dans des tubes de formol, avant de les colmater à l'aide de bouchons rouges. Ils permettraient la recherche de substances toxiques, comme un poison. Marc Brunier s'activait, lui aussi, scellant les prélèvements un par un, comme à la chaîne. Décidément, songea Marie, la cire avait encore de beaux jours devant elle.

— La rate a éclaté, et ce n'est pas à cause de la combustion. Je peux vous dire que cette pauvre fille a vraiment enduré de terribles sévices.

Marie se sentit profondément écœurée. Cela faisait pratiquement deux heures qu'elle piétinait dans son petit carré, contre l'armoire métallique. Elle prétexta une envie pressante pour s'évader. À sa grande surprise, le second interne lui emboîta le pas. Sans un mot, ils grimpèrent l'escalier et franchirent le perron de l'institut médico-légal, bordé de fières colonnes blanches et coiffé du drapeau tricolore. La bâtisse de briques rouges, enclavée entre la Seine et les rails du métro, à deux pas de la gare de Lyon, détonnait vraiment dans ce quartier érigé de hautes tours vitrées et lardé de voies larges et bruyantes. Le temple des morts, immuable et silencieux, au cœur du tumulte des humains.

Les deux jeunes gens ôtèrent enfin masque et charlotte. La libération.

Marie découvrit le look hipster de l'étudiant, sa barbe fournie mais taillée au cordeau, ses cheveux ondulés, bien plaqués en arrière. Une sorte d'hybride entre un bûcheron canadien et un hippie, ce qui lui conférait un certain charme.

Tout en ébouriffant ses cheveux ambrés, Marie s'assit sur une marche et contempla le va-et-vient des passants sur le pont d'Austerlitz. L'interne inspira profondément, alluma une cigarette et tendit son paquet à la jeune fille.

— Non merci, je ne fume pas.

— T'as tort. C'est parfait pour décompresser.

Marie sourit à cette transgression caractérisée des messages de santé publique. De la part d'un futur médecin, c'était prometteur.

— C'est ta première autopsie ? interrogea l'interne.

— Oui, et la dernière.

Il sourit en retour.

— T'es en stage à l'IJ, alors ? Étudiante en criminalistique ou en sciences forensiques ?

— Pas du tout. En biologie moléculaire. Mon truc, c'est la génétique.

— Ah, la bio, ça nous fait un point commun, même si je me limite humblement aux analyses cellulaires. Mais tu vois, j'aimerais beaucoup faire de la recherche aussi…

L'interne s'était imperceptiblement rapproché de Marie. La journée était resplendissante et les cheveux de la jeune fille fleuraient le thym et le ciste. Un bond odorant dans le maquis méditerranéen, aux antipodes des relents putrides de la salle d'autopsie.

— J'ai vu que t'étais branchée histoire, avec ta question sur l'Antiquité gréco-romaine… Moi aussi, en fait, je suis passionné. J'ai fait une licence d'histoire de l'art pendant mes premières années de médecine.

Marie sourit, mais ne dit mot. Sa migraine frappait comme un sourd et l'empêchait de se concentrer sur une conversation, si futile et sympathique fût-elle.

— T'es à quelle fac ? Paris-Descartes aussi ? Je t'y ai jamais croisée.

L'interne tentait de prolonger cet instant délicieux.

— Non, à Normale sup, rue d'Ulm.

Le garçon siffla d'admiration, dans un mouvement de recul inconscient.

— Ah… normalienne… Mazette !

L'annonce faisait toujours son effet. Dans le milieu académique et de l'intelligentsia parisienne, l'École normale supérieure suscitait le plus grand respect. Elle formait des profs de l'enseignement supérieur et surtout de brillants chercheurs, et se voyait souvent associée aux institutions d'élite comme l'ENA ou Polytechnique. Marie n'avait que vingt ans et s'apprêtait déjà à débuter son Master 2. Elle fréquentait les bancs de l'ENS depuis trois ans et se destinait à une belle carrière de chercheur en génétique, sur les traces de sa mère. Comme elle, Marie avait tout réussi et franchi les étapes bien plus vite que la moyenne. Bachelière à quinze ans, tout s'était enchaîné à un rythme effréné.

La pause s'éternisant, Marie proposa de regagner les ténèbres, puisqu'il fallait bien en finir avec le calvaire.

De retour entre les murs confinés de la salle, la stagiaire et l'interne assistèrent aux derniers gestes. Les assistants recousaient comme ils pouvaient les restes calcinés. Tous les tubes d'échantillon, soigneusement cachetés, se dressaient sur une tablette, en file indienne. L'anthropologue s'entretenait avec le Dr Camus, tandis que Gabin continuait de noter attentivement les commentaires de son maître. Brunier et Thomas échangeaient quelques mots, visiblement au sujet des prélèvements.

— En fait, pour l'ADN, il faudrait envoyer l'échantillon à Écully, expliqua Thomas. Notre labo de typage, rue de Dantzig, n'est pas équipé pour pondre un profil ADN complet. Et puis tout est chamboulé avec le déménagement et le regroupement.

— Tu veux qu'on l'envoie au siège de la PTS, à côté de Lyon, c'est ça ?

— Ouais, c'est le plus gros labo. Parce que nous, on se limite à vingt-quatre microsatellites de l'ADN, un peu comme les sillons d'une empreinte digitale si tu veux. Là-bas, ils ont un gros centre de génotypage et ils sont capables de séquencer le génome pratiquement en entier. Ils pourront non seulement confirmer le sexe, mais aussi indiquer l'âge, la couleur de la peau, des yeux, des cheveux… En revanche, pour l'identité de la victime, ça, faut pas trop rêver. Je doute que la gamine soit répertoriée dans le fichier automatisé des empreintes génétiques, tu vois, genre délinquante sexuelle ou meurtrière en série…

Thomas sourit avec son air malicieux et Brunier ne put retenir un rictus amusé. Le Pr Bellême interrompit les conversations.

— Bon. J'ai bien examiné l'extrémité des membres. Pour moi, ils ont été tranchés, sans doute à l'aide d'un couteau ou d'une machette. J'ai aussi retrouvé des traces de suie et des dépôts noirâtres aux extrémités de chaque pièce anatomique, je peux donc affirmer que la victime a été dépecée avant d'être carbonisée. Par ailleurs, comme nous avons bien peu d'éléments pour l'identifier, aucune empreinte digitale par exemple, je suggère de recourir à un odontologue. Ses dents parleront peut-être, qui sait…

Thomas arbora une moue dubitative et murmura à l'oreille de Marie :

— Je doute que cette gamine, à son âge et avec ses dents nickel, ait jamais laissé une radio de sa dentition chez un dentiste…

Le Pr Bellême se tourna vers le légiste et interpella également Brunier.

— Je pensais, aussi : je pourrais demander une reconstruction faciale. On en fait régulièrement pour aider à l'identification de personnes inconnues. On l'a fait aussi pour des personnages historiques dont on a retrouvé le crâne, comme Henri IV, Bach, Toutankhamon, Copernic ou Richard III. Et ça marche pas mal. Il est possible de faire un moulage du crâne en résine, et un spécialiste reconstitue le visage muscle par muscle. Si le crâne est trop fragile, on le scanne en 3D et la technique est plus virtuelle. Là, il faudra que je corrige des paramètres, à cause du rétrécissement osseux et des traumatismes. Mais ça peut aider. On a résolu plusieurs affaires grâce à ça. Bien sûr, il restera une grande part de subjectivité. Mais comme, avec l'analyse ADN, on connaîtra aussi la couleur des yeux et des cheveux, je pense qu'on s'approchera d'une forme de vérité. C'est le dernier recours si on n'a rien d'autre pour l'identifier.

Thomas, tout en criblant les restes à l'aide de son appareil reflex, sourit à pleines dents à l'idée de participer à une telle reconstitution.

— Professeur, j'aimerais beaucoup voir comment ça se passe... En plus, on pourrait se donner une idée du corps entier, non ? Après tout, on connaît également sa taille.

Marie marqua un étonnement. Elle avait aussi manqué ça, durant la pause. Elle questionna Thomas, taraudée par la curiosité.

— Oui, en ton absence, ils ont mesuré plusieurs os, notamment les fémurs, pour en déduire la taille. Figure-toi qu'elle mesurait un mètre soixante-quinze, quand même.

La jeune fille ressentit un immense vertige, et se trouvait au bord d'un précipice invisible. Un mètre soixante-quinze, c'était sa taille. Exactement. Cette fille calcinée en pièces détachées avait peut-être vingt ans, et des dents parfaites, comme elle. Dans un réflexe, Marie retira ses gants, enduisit longuement ses paumes d'une solution hydro-alcoolique et passa deux doigts dans sa bouche. Une palpation à la recherche de ses dents de sagesse. Elles affleuraient à peine. Ses « quatre fois huit », comme disait Bellême, n'étaient pas plus avancées que celles de la victime.

La jeune femme pâlit.

Des images de son cauchemar récurrent, qui la harcelait depuis son enfance, surgirent violemment dans son esprit.

Elle se voyait brûler, comme Jeanne d'Arc, sans aucune chance d'en réchapper. Combien de fois s'était-elle dressée dans son lit, en sueur, la gorge nouée ? L'étudiante manqua de s'évanouir.

Le second interne, chevalier servant, la rattrapa *in extremis.*

— Hou là, ça va pas ? Tu te sens mal ?

— Oui, non, ça va aller... T'inquiète pas... Comment tu t'appelles, au fait ?

— Romain. Et toi ?

— Marie. Marie la veinarde. Marie la survivante.

— Pardon ?

La stagiaire resta muette, les yeux rivés sur la table d'autopsie, en quête d'autres similitudes avec la victime.

Tandis que l'assemblée s'apprêtait à sortir, Brunier héla l'anthropologue et brandit une enveloppe kraft.

— Pardon, professeur, j'allais oublier ! J'ai ici un scellé et j'aimerais que vous me disiez s'il peut faire partie du corps. On l'a retrouvé tout près.

Brunier avait emporté le bout de charbon débusqué sous le *Centaure* de César, coincé entre les grilles. L'anthropologue examina longuement l'échantillon, le compara aux restes avant que les garçons de morgue ne referment la housse. Puis il rinça la pièce au lavabo, comme il l'avait fait pour le crâne.

— Oui, c'est très probable. En fait, c'est un bout d'os, de même teinte et aussi friable que les autres. Sans doute un morceau qui s'est détaché dans le transport. C'est peut-être un élément du crâne, particulièrement fragile.

Finalement, le commandant Brunier regagnait le Quai des Orfèvres plus riche qu'il ne l'avait espéré. Il avait déjà glané de nombreux éléments. Une jeune fille, mesurant environ un mètre soixante-quinze, battue à mort, dépecée, dont les restes avaient été jetés sur un bûcher ardent, peut-être en référence à un mythe antique impliquant un centaure et le dieu Hermès... Et si tout allait bien, il disposerait même d'un portrait-robot plus vrai que nature, grâce à la reconstruction faciale et aux indices ADN. De quoi comparer avec le fichier des personnes disparues et lancer des enquêtes de routine.

Le puzzle commençait à prendre forme.

Mais le cinglé qui avait fait ça, lui, courait toujours.

Chapitre 5

Marc Brunier déboula dans la cour carrée du Quai des Orfèvres et pila devant un camion de déménagement.

Il recula pour se nicher dans un emplacement dégagé, puis s'extirpa de sa Mégane de service, passablement agacé. Il s'engouffra porte A et grimpa le mythique escalier du 36. Cent quarante-huit marches revêtues d'un infâme lino noir et foulées depuis plus d'un siècle par la crème des voyous, de Landru à Guy Georges, en passant par le Dr Petiot, Violette Nozière, Mesrine, le duo diabolique Florence Rey et Audry Maupin, ou le terrifiant Thierry Paulin. Sans oublier les proches des victimes, comme la famille éplorée d'Ilan Halimi, torturé à mort par le « gang des barbares » en 2006. Et puis les cent fonctionnaires de la Crim avaient été profondément éprouvés par les centaines de rescapés des attentats du vendredi 13, trois ans plus tôt, qui s'étaient succédé durant de longues journées pour témoigner de l'horreur sans nom.

Le 36 ouvrait une lucarne sur les profondeurs du mal. Un trou noir d'où, le plus souvent, aucune lueur d'espoir ne s'échappait. Un gouffre où s'abîmaient les officiers les plus endurcis, des plus anciens, au cuir tanné par les années, aux plus jeunes, forgés à l'acier trempé.

Brunier salua le planton de corvée au sas de sécurité du deuxième étage, puis fila au quatrième, évitant la machine à café. Pour la socialisation, il repasserait. Aucune envie de croiser le taulier et de se faire entreprendre sur le déménagement, son groupe qui rechignait et les cartons qui s'empilaient, mais ne s'emplissaient pas. Comment pourraient-ils quitter le 36, après tant de souvenirs et de profondes émotions, pour rejoindre la forteresse sans âme des Batignolles ?

Sur le palier du troisième, il manqua d'emboutir deux déménageurs qui trimbalaient un vestiaire métallique. Le vidage battait son plein. La section antiterroriste, en première ligne depuis les attentats de 2015, avait ripé la première, suivie de près par la brigade des stups. Seule la BRI, au terme d'un bras de fer de plusieurs mois, avait obtenu de rester au 36. Titus, leur nouveau blindé noir, un joujou de vingt-trois tonnes, trônait fièrement dans la cour arrière. Brunier respectait ces troupes d'élite, malgré leur débordement de testostérone, leurs blagues salaces et leurs beuveries légendaires. Malgré les filles, aussi, qu'ils entraînaient parfois dans les locaux, contre toutes règles. Mais Brunier pouvait compter sur ces fonctionnaires surentraînés pour mener les opérations coups de poing. Il ne pouvait s'ôter de l'esprit ces années de promiscuité, de fêtes arrosées, qui se terminaient souvent en pétarades dans la cour, ou bien en trampoline sur le filet antisuicide tendu dans la cage d'escalier du quatrième étage.

Toutes les autres brigades, en revanche, étaient condamnées à décaniller. Mais la Crim, elle, résistait. Sur les neuf groupes, ceux de Brunier, Rimet, Charleroy et Crovalski faisaient de l'obstruction manifeste. Ils ne bronchaient pas, tandis que la maison s'évidait tout autour d'eux. Soutenus par deux chefs de section, les commissaires Mornac et Lambert, ils prétendaient devoir d'abord boucler leurs affaires en cours, qui les accaparaient de jour comme de nuit. Ils se trouvaient de plus en plus seuls et assistaient au dépeçage, impuissants. Sur le palier du troisième ne brillait plus que l'enseigne lumineuse « Brigade criminelle », juste au-dessus du bureau 305 et, tout près, le blason noirci de la brigade, deux chardons surmontés de la fameuse devise « Qui s'y frotte s'y pique ». La grande armoire et les étagères avaient déjà disparu.

Même s'il renâclait, Brunier savait bien que le bâtiment, édifié à la fin du XIXe siècle, se trouvait parfaitement inadapté. En raison de son classement au répertoire des monuments historiques, pas d'ascenseur ni d'accès handicapé. Les bureaux, exigus, décrépis et dénués d'insonorisation, se succédaient le long de couloirs étriqués. En fait, le 36 ressemblait à un immense appartement haussmannien flanqué d'un long corridor effilé, qui relie le salon à la cuisine, en distribuant les chambres. Et puis la sécurité laissait à désirer. Outre le fameux filet tendu dans l'escalier après la tentative de suicide de Nathalie Ménigon d'Action directe, des barreaux avaient été scellés en toute hâte sur les fenêtres de toits du quatrième, après la défenestration de Richard Durn, l'auteur de la tuerie du conseil municipal de Nanterre. Sans oublier les rails métalliques hérissés d'inquiétants fils électriques qui couraient un peu partout. Pour achever le tableau, le bâtiment n'était doté d'aucune issue de secours et contrevenait à toute norme de sécurité incendie. La nuit, les locaux éclairés par des néons blafards plongeaient les fonctionnaires dans une atmosphère glauque digne de *Blade Runner*.

Soudain, entre deux étages, Brunier fut tiré de ses réflexions par deux gaillards athlétiques qui manipulaient un énorme bouclier noir. C'était Ramos et Jacquet, deux opérateurs de la FIR, la force d'intervention rapide de la BRI.

— Vous dérouillez sur une opé ? s'étonna le commandant.

— Non, mais toute la brigade s'installe au rez-de-chaussée. On quitte notre trou à rats pour les moulures, ça va nous changer la vie. Et du coup, on doit rapatrier toutes nos reliques. Tu te souviens quand on a débarqué au premier étage du Bataclan ? Carnot et Magnien étaient en tête de colonne avec le pare-buffle. On est venus le récupérer avant qu'ils descendent le reste de la déco.

Brunier fut saisi d'effroi : le blindage était constellé d'impacts de kalachnikov qui rappelaient la violence du feu entre les troupes d'élite et les terroristes.

L'officier s'enlisa dans une profonde nostalgie, qui raviva ces semaines harassantes passées à traquer les djihadistes, leurs complices, enchaînant des centaines de perquisitions et d'interrogatoires menés tambour battant, durant l'état d'urgence. Tous les services avaient été mobilisés, sous l'égide de la Direction nationale antiterroriste à Nanterre, et bien souvent en direct avec le ministère de l'Intérieur, place Beauvau. L'épreuve avait été d'autant plus douloureuse que l'image de sa fille le hantait pendant la plupart des interrogatoires.

Depuis, les sordides affaires de droit commun avaient repris le dessus. Mais, avec la chute de la délinquance à Paris, elles devenaient de plus en plus rares. Les seigneurs de la Crim, privilégiés, n'étaient saisis que des plus graves et pouvaient demeurer des mois sans nouveau dossier.

Englué dans sa rêverie mélancolique, Marc Brunier avait machinalement poursuivi son chemin et tomba nez à nez avec Gabriel Brénam. Le lieutenant se tenait bras et jambes croisés, l'épaule en béquille contre l'encadrement de la porte, et mâchouillait un vague sandwich.

— Ah putain, j'étais dans les vapes. J'ai failli t'en rouler une, dis donc…

L'officier sourit, révélant ses dents tapissées de salade et de mayonnaise, et s'esquiva pour laisser entrer son patron. Brénam était le cinquième du groupe Brunier. Un « ripeur », chargé des besognes les moins valorisantes. Ancien bleu, il avait enquillé quinze années de police-secours comme simple gardien de la paix, avant de passer le concours d'officier de police judiciaire. Brénam n'avait ni famille ni amis, bossait au moins quinze heures par jour et brillait par son humour potache.

Le bureau des Brunier, l'un des trois groupes de la deuxième section de droit commun de la BC, la brigade criminelle, n'échappait pas à la règle du quatrième étage : étréci, encaissé sous les rampants du toit et percé de deux pauvres vasistas. Avec les murs jaunâtres, le linoléum noir vaguement marbré de blanc et les bureaux en mélaminé brun orangé, l'endroit ressemblait à un vieux squat. Seules les affiches de films, *36 quai des Orfèvres* d'Olivier Marchal, ou *Contre-enquête* avec Jean Dujardin, distillaient un peu de chaleur.

Les policiers jouaient des coudes et partageaient péniblement l'espace. D'autant qu'à l'entrée le bureau de Brénam formait un L avec celui d'Obélix, le brigadier-chef Louis Lonzoni. C'était le dernier du groupe, mais aussi le plus massif. Une montagne de chair et de muscles, plus de cent dix kilos, débarqué directement de la BRB, la brigade de répression du banditisme. Compte tenu de sa carrure, il était préposé au défonçage de portes. Sur le terrain, il se révélait étonnamment agile et coffrait à tout va.

Ce jour-là, Obélix trimait rue de Sèvres, poursuivant l'enquête de voisinage. Deux mètres plus loin sur la gauche, le lieutenant Lionel Varin, quatrième du groupe, semblait hypnotisé par l'écran de son PC. Transfuge des stups, il répondait à l'élégant sobriquet de « la Chnouf ». Il savait remonter les filières, excellait dans l'identification des complices et des liens tissés entre suspects et certains réseaux. Par tradition, sur les scènes de crime, il jouait aussi le rôle des « mains sales », l'assistant du procédurier. Il se colletait le ramassage des vêtements ensanglantés, qu'il portait ensuite au séchoir, un petit office du dernier étage où, depuis toujours, les fonctionnaires suspendaient à une simple corde à linge les textiles imbibés de sang frais. Les experts préféraient prélever l'ADN sur des vêtements bien secs.

En face de Varin, le capitaine Estelle Chomet, l'adjointe de Brunier, caquetait au téléphone. La deuxième du groupe coordonnait l'enquête avec le chef. Depuis quelques mois, elle jonglait mal entre travail et vie privée. Elle se trouvait empêtrée dans un divorce et la garde erratique de sa fille. Elle avait débarqué du SRPJ de Lille cinq ans plus tôt, mais son mari et sa môme n'avaient pas suivi. Depuis, c'était la déliquescence. Brunier la comprenait, lui qui vivait seul depuis de longues années.

Le chef de groupe échangea un regard avec chacune de ses ouailles et aperçut les cernes qui commençaient de se creuser. Après la permanence de vingt-quatre heures et la dérouille sur l'« affaire du puzzle », comme la surnommait Brénam, ils n'avaient pratiquement pas dormi depuis trois jours. Et pour cause : la plupart des crimes se résolvent dans les premières heures, au plus tard les premières journées. Plus le temps s'écoule, plus les chances de « sortir » l'affaire, c'est-à-dire la résoudre, s'amenuisent. Par surcroît, un tordu capable de dépecer et brûler sa victime pouvait « retaper » à tout moment. L'idée obsédait le service, jusqu'au divisionnaire, qui exerçait une forte pression sur ses fonctionnaires.

Tandis que Brunier s'enfonçait dans son fauteuil, derrière son bureau planté au fond de la pièce, Chomet raccrocha et l'interpella aussi sec.

— Ah, tu tombes bien, Mornac veut te voir. C1[1] a demandé comme prévu à Rimet de prêter main-forte. Il veut faire un briefing pour coordonner. Ça urge : pour l'instant, je n'ai qu'Obélix sur le porte-à-porte et il avance comme une limace. J'ai gardé Brénam ici pour la vidéosurveillance.

Brunier acquiesça et brancha son vieux Dell qui moulina deux minutes avant d'afficher la case du mot de passe.

— OK. Dis donc, Chomette, tu me ferais un café ?

— Je suis pas ta poule.

— Sois pas vache non plus. Je sors de trois heures avec deux frappadingues du scalpel qui m'ont fait la totale. J'en ai encore la nausée. J'ai besoin d'un remontant et le whisky est interdit au 36 depuis quinze ans, je te rappelle.

— Allez, ça va, souffla-t-elle en se levant.

Estelle Chomet était sportive, galbée et indéniablement sexy, ce qui n'échappait à aucun membre du groupe. Brénam et la Chnouf n'en manquaient pas une miette, d'autant qu'avec l'étouffante chaleur qui s'accumulait sous les mansardes le capitaine ne portait qu'un petit débardeur échancré qui semblait dire : quarante et un ans, peut-être, mais pas périmée.

1. Acronyme de « Cristal 1 », le nom de code radio du patron de la Crim, le commissaire divisionnaire Giudicelli. Son adjoint porte le surnom de C2.

— Alors, ça donne quoi, l'autopsie ? interrogea la gradée tout en fourrant une capsule dans le percolateur.

Avant que Brunier n'articulât son premier mot, le lieutenant Ceylac fit irruption dans le bureau.

— Qu'est-ce que j'entends ? On va parler d'autopsie sans moi ? Y a plus de respect dans ce groupe.

— Ah, ça y est, ils t'ont relâché, aux assiettes ? s'esclaffa Brénam.

Le procédurier s'affala sur le sofa élimé qui gisait juste au-dessous de la machine à café, profitant du spectacle offert par le décolleté d'Estelle Chomet.

Le lieutenant Lorrain Ceylac, bien que troisième du groupe, une position hiérarchique enviable, occupait une minuscule pièce au cinquième et dernier étage, comme la plupart des autres procéduriers. Au calme, à l'écart, dans la plus grande concentration. Il contribuait ainsi à entretenir la légende de la « solitude du procédurier », absorbé par ses monceaux de procès-verbaux et de scellés.

Brunier détailla ce gamin de trente et un ans, blanc comme une endive, et arbora un petit sourire. Ce môme l'épatait. Surnommé « l'Intello », il avait fait hypokhâgne, khâgne, puis une licence de droit avant de passer le concours d'OPJ. Il connaissait son code de procédure sur le bout des doigts et s'illustrait par ses synthèses lumineuses et imagées, offrant la garantie d'affaires parfaitement ficelées, sans vice de forme. Ceylac était un procédurier de première, une véritable plume, que Brunier choyait.

— On a un début, attaqua enfin le commandant. On attend le labo et l'odontologie, mais apparemment une gamine, pas vingt ans, battue à mort. Elle a bien morflé. Ensuite, découpage en règle, façon boucher et, cerise sur le gâteau, cramée sur un bûcher, à l'ancienne.

Un long silence plomba l'atmosphère. Plus personne n'osait chambrer l'Intello, ni mater Chomette. Même Ceylac, immunisé contre la mort depuis des années, leva les yeux au plafond, atterré.

— Bon, glapit Brunier, brisant le bloc de glace invisible qui s'était abattu sur le groupe. On en est où de votre côté ?

Les quatre officiers s'étaient spontanément rapprochés du bureau du commandant et formaient un cercle attentif. Le capitaine Chomet se lança.

— Le voisinage ne donne rien pour l'instant. Rien sur un individu qui serait passé dans la rue pour pénétrer dans la boutique Hermès, ni sur le bruit qu'aurait dû faire une scie en coupant les castagnettes de la statue.

À l'évocation de l'émasculation, Varin ressentit une morsure aux testicules et grimaça.

Le commandant Brunier, lui, haussa les sourcils et manqua de s'étouffer avec son café.

— Comment ça, rien ? Qu'est-ce que vous avez foutu pendant le porte-à-porte ? Ils sont tous sourds et muets, les bourges du 6e ?

— Tu sais, tenta Brénam, c'est le genre qui pionce avec des boules Quies, un masque en soie sur les yeux, et qui croit traverser l'Atlantique en A380 chaque nuit.

— OK, donc le buteur s'est baladé avec son macchabée en Lego, il a scié les burnes d'une statue et vous avez même pas une bignole[1] qui bave ? s'emporta Brunier.

Le lieutenant Brénam admira ses chaussures. On n'entendait plus que le bruit de la mastication de son sandwich. Discrètement, il harponna un cornichon qui tentait de se faire la malle.

— C'est pour ça qu'il nous faut des renforts, répliqua avec douceur le capitaine Chomet. Il faut que tu boucles ça avec Rimet et Mornac. Obélix ne peut pas tout faire, on perd du temps.

— Ça va, j'avais compris. Et la vidéosurveillance, ça crache ? renchérit le commandant.

— Je suis dessus, répondit Brénam. J'ai déjà les yeux carrés. Je me suis tapé les caméras de rue, j'en ai cinq juste autour,

1. Concierge, en argot policier.

dont une, ça va te faire plaisir, en plein au-dessus de la statue de César, à l'angle de Sèvres, du Cherche-Midi et du Vieux-Colombier. Pile sur la placette.

— Et alors ?

— À 3 h 57, on voit clairement quelque chose dessous. On dirait que les grilles bougent, une masse noire, un type en robe ou en cape, avec capuche, se faufile. On dirait ensuite qu'il utilise un appareil qui émet une lumière vive. D'après l'IJ, ça pourrait être un laser, pour découper la ferraille. Il en existe qui ne font presque pas de bruit…

— Un laser ? Et ensuite ?

— Rien. La capuche retourne dessous et basta. On voit même pas s'il a embarqué les *cojones*.

Les policiers étaient restés suspendus aux lèvres du lieutenant, avant que la déception ne s'imprimât sur tous les visages.

— C'est tout ? s'étrangla Chomet. Il ne traîne pas de sac ou de colis direction la boutique Hermès ?

— Ben non, en fait, murmura Brénam.

— Putain, pesta Brunier. On n'est même pas sûrs que c'est le même mec alors ! Sauf si on retrouve la silhouette sur la vidéosurveillance de la boutique.

— Ben justement, je l'ai aussi matée, la vidéosurveillance de la turne, rétorqua Brénam.

— Et ?

— Rien non plus. Le système était HS depuis trois jours. Ils attendaient les dépanneurs.

Brunier et Chomet échangèrent un regard entendu.

— Ouais, c'est pas un hasard, trancha le commandant. Et le labo, des nouvelles ?

— Trop tôt, rétorqua Ceylac. Je leur ai filé au moins cent cinquante scellés, avec tout ce que l'IJ a ramassé. Il y a des tonnes de traces papillaires, il faut les comparer au fichier. Je te rappelle que même si le process est automatisé, les dactylotechniciens finissent tout manuellement, sur leurs écrans d'ordi. Ils vérifient chaque point de concordance à l'œil nu.

Et il en faut douze pour confirmer que deux empreintes sont identiques. Les chances de trouver des paluches qui matchent parfaitement avec celles du FAED sont très faibles. Ce type aura mis des gants, c'est certain. Et quand bien même, qu'est-ce qui prouve que ses empreintes sont dans le fichier ?

— On ne sait même pas par où il est entré, renchérit Chomet. Alors tu imagines quelles précautions il a dû prendre.

— Il y a forcément quelque chose qui nous échappe, un détail qui pourrait nous mettre sur la voie, martela le commandant. Il faut tout retourner là-bas. Déplacer chaque objet, tirer les armoires, chercher une porte dérobée, que sais-je. Retrouver le cadastre, les plans, ressusciter l'architecte s'il le faut ! Il n'a quand même pas traversé les murs !

— Sauf s'il utilise la physique quantique, siffla Ceylac.

L'Intello ne pouvait pas s'empêcher d'étaler sa science. La fréquentation des ingénieurs et chercheurs de la police technique et scientifique finissait par déteindre sur lui.

— Mais qu'est-ce que tu délires encore ? railla Brénam.

— Ben oui, en physique quantique, il y a ce qu'on appelle l'effet tunnel. Les particules, à cette échelle de l'infiniment petit, peuvent traverser la matière. On dit même qu'elles iraient plus vite que la lumière.

— Ah mais oui, qu'est-ce qu'on est cons ! brailla Brénam. L'Intello a raison : avec sa cape, son sabre laser et sa vitesse lumière, en fait, notre client, c'est Dark Vador ! Et pas de bol, il a décidé de cramer une gamine et de couper les roustons d'un centaure en ferraille pour venger l'Empire ! C'est bon, on a sorti l'affaire, on peut rentrer se pieuter. Par contre, faudrait prévenir le Conseil Jedi, qu'il fasse le ménage.

Tout le monde pouffa de rire, sauf la Chnouf, comme frappé par la grâce.

— En fait, elle est vraiment excellente, ton idée d'effet tunnel, Ceylac.

Brunier écarquilla les yeux, Chomet déglutit de travers et Brénam resta planté avec un sourire figé. Ceylac lui-même n'en crut pas ses oreilles.

— J'ai bossé sur la grille sous la statue de César, le fameux *Centaure*, enchaîna le lieutenant Varin. Il se trouve qu'elle masque l'entrée condamnée d'une ancienne bouche de métro. La station « Croix-Rouge », bouclée en 1939 à cause de la Seconde Guerre mondiale. Sauf qu'elle a jamais rouvert. Il y en a plusieurs comme ça dans Paris. Mais ils n'ont jamais rien remblayé, figure-toi que l'escalier est toujours là. Tout est intact, comme avant. C'est la RATP qui m'a affranchi. Et je serais pas surpris que notre client soit passé par les sous-sols, un tunnel peut-être, pour rallier discrétos la boutique depuis cette station désaffectée.

Un long silence plana. C'était ça, flic à la Crim. Un petit quelque chose de plus, des intuitions de première, des fulgurances. Tout le groupe fut convaincu, grâce à la force de l'évidence.

— OK, lâcha Brunier, on y va. Varin, tu rappelles la RATP et tu demandes l'accès à la station, qu'ils nous ouvrent tout et qu'ils nous collent leur historien de service avec les plans d'époque pour qu'on trouve le passage. Ceylac, t'embarques ton sac de doublure avec tout le matos, des fois qu'on découvre des traces ou des prélèvements à faire. Et tu chauffes l'IJ, parce que si c'est la totale, on gèle et ils rappliquent. Chomet, t'informes le substitut et tu dis à C1 et Mornac qu'on n'a plus besoin de renforts. On va crever la piste tout seuls comme des grands.

— Et moi, je fais quoi ? s'inquiéta Brénam.

— Toi, tu finis ton sandwich, tu me gaves avec tes bruits de clapet ! Allez, au boulot !

Marc Brunier s'éjecta de son fauteuil, enfourailla son Sig Sauer de service et encaissa une dose d'adrénaline viscérale, sa compagne des coups de chaud. Tout était bon pour réactiver la machine à sensations et tâter du terrain. 95 % du travail de la Crim s'enquillait au bureau, toutes les occasions de dérouiller étaient bonnes à prendre.

— Tu pars déjà ? Attends-moi, on y va ensemble, le temps de passer les coups de fil, sourit le capitaine Chomet.

— OK, je t'attends dans la caisse. On va commencer par la boutique, en attendant les mecs de la RATP. Varin, préviens Obélix, qu'il lâche le voisinage, ça sert à rien. Qu'il nous rejoigne devant Hermès.

Brunier tourna les talons, dévala l'escalier et regagna la cour pavée. Il s'engouffra dans sa voiture banalisée. Puis plus rien. Le noir. Toute son énergie s'était volatilisée. Il demeura immobile, les mains cramponnées sur le volant, le regard figé sur le bal des déménageurs. Soudain, sa main droite tressauta et sa tête s'affaissa sur la poitrine. Deux minutes plus tard, Estelle Chomet ouvrit la portière côté passager et s'installa. Brunier reprit connaissance et inspira violemment. Il regarda autour de lui, hagard, puis croisa les yeux de son adjointe. Elle le dévisageait, livide.

— Ça va pas ? Tu fais une crise ?

— Non, ça va, ça va. Un coup de mou, c'est tout. Trois jours sans pioncer, ça use. Je vais faire un tour, il faut que je prenne l'air. Vas-y sans moi, je vous rejoindrai en taco.

Brunier sortit péniblement de la Mégane et quitta le 36 à pied, par l'imposant portail en ogive.

Estelle Chomet suivit son supérieur du regard. Elle le voyait sombrer lentement. Elle s'inquiétait pour lui et tentait vainement de le sauver.

Brunier souffrait d'épilepsie. Les crises s'étaient raréfiées ces derniers mois, mais, comme de nombreux malades, il lui arrivait de décrocher. Son cerveau tombait en carafe et quittait l'ici-bas pour quelques minutes. Comme un *reset* forcé. Sa plus grande crainte était de collapser en pleine intervention, sur le terrain, ou durant un interrogatoire. Tout le monde le redoutait, mais personne n'en parlait. Tabou absolu, du divisionnaire au moindre bleu. Secret de 36. Ils lui devaient bien ça, après le traumatisme qui avait déclenché sa maladie épileptique.

Le déménagement avait provoqué un nouveau séisme symbolique chez le policier, comme le déclic d'une décompensation psychique. Les digues qu'il avait péniblement érigées se fissuraient de nouveau. Le stress ravivait les crises et multipliait les absences.

Des touristes furetaient le long du Pont-Neuf, admirant le bal des bateaux-mouches. D'autres filaient vers le Louvre tout proche. Brunier, lui, se traînait dans le sens inverse, longeant la Seine vers l'est. Au bout des hautes façades du quai des Orfèvres, il vira à gauche, boulevard du Palais, et jeta un œil machinal vers la fontaine Saint-Michel qui trônait sur l'autre rive. Puis, au bout de deux minutes, il accéda au Palais de justice. Il se faufila par l'entrée du 4, court-circuitant la longue file des touristes qui désespéraient de franchir les contrôles de sécurité. Il brandit sa « brème », sésame tricolore, avant que son Sig Sauer ne fît retentir l'alarme hystérique du portique de sécurité. Il pénétra dans la cour de Mai, où plusieurs camions de déménagement gavés de mobilier patientaient. Le tribunal de grande instance décarrait, lui aussi. Brunier encaissa une nouvelle décharge en plein cœur et gagna enfin le seuil de la Sainte-Chapelle.

Avec l'éclatant soleil, les immenses vitraux dardaient leurs couleurs chaudes et sacrées dans l'abside, piquetée de milliers d'éclats bleutés et rougeoyants. L'effet était grandiose, fascinant. Plus que d'habitude encore, la chapelle édifiée par Saint Louis envoûta Brunier. Il imagina un bref instant l'imposante châsse qui avait abrité jusqu'à la Révolution les reliques de la Passion du Christ : la couronne d'épines, un morceau de la sainte Croix, une fiole emplie du sang du Messie… Ce songe l'apaisa profondément. Il joignit les mains et pria. Il pria pour elle, qui communiait peut-être au même instant, quelque part dans les montagnes.

La foi, comme l'épilepsie, avait surgi après le choc. Il s'était enfiévré pour la religion catholique et manquait rarement l'office dominical, dans l'église juchée tout près de son petit pavillon de la banlieue ouest. La semaine, il se réfugiait dans la sépulcrale Sainte-Chapelle, avec ses amples arcades qui s'enchâssaient à plus de vingt mètres de hauteur, soutenant miraculeusement l'imposant toit de l'édifice. Une architecture unique, prolongée par des dizaines de vitraux géants dressés face aux croyants, sans colonnes intempestives pour briser l'harmonie des lieux. Une forme pure, comme un immense vaisseau auquel les brebis égarées venaient s'agripper dans un ultime élan d'espoir.

Parfois, Brunier se terrait dans la chapelle basse, en sous-sol, sans fenêtres mais tout de même haute de six mètres. Personne ne savait pouvoir le trouver là. C'était son antre, à l'abri duquel il pouvait méditer des heures, en phase avec les origines et la sainte Trinité. La religion lui avait appris à vivre avec sa profonde fêlure.

L'officier psalmodia le Notre Père, puis demeura encore quelques minutes, en silence, les yeux clos et les mains jointes.

Enfin, son portable tinta. Il finit par extirper son téléphone de la poche intérieure de son blouson. Le texto indiquait le rendez-vous avec la RATP.

Il se signa le poitrail et quitta le souverain monument, piétiné par des centaines de milliers de fidèles depuis huit siècles. Il allait regagner les terres séculières et débusquer le salopard qui avait massacré et carbonisé cette môme de l'âge de sa fille.

Chapitre 6

29 décembre 1415, sur la route de Langres

Poggio Bracciolini galopait à bride abattue, le souffle court, l'écume au bord des lèvres. Il jeta un regard furtif en arrière ; ses poursuivants gagnaient du terrain. Il ne tiendrait jamais la cadence, déjà son destrier donnait des signes de faiblesse. Il chevauchait une jument gâtée qui cavalait comme une courge. Il se demanda si l'abbé de Cluny ne lui avait pas volontairement fourgué ce canasson hors d'âge pour mieux le piéger.

Ses idées se télescopaient avec autant de frénésie que sa cavalcade. Il achevait l'année la plus éprouvante de son existence.

Quatre mois plus tôt, il pensait pourtant que le pire était derrière lui. Il était enfin parvenu jusqu'à Cluny, après un long voyage de cent vingt-cinq lieues depuis Constance. Il avait dû fuir la ville du Saint Empire romain germanique sans demander son reste, après que son maître, le pape Jean XXIII, eut été déchu par les cardinaux qui l'avaient accusé de viol, de sodomie, d'inceste, de torture et de plusieurs meurtres. L'Italien, jusqu'alors illustre secrétaire apostolique du Saint-Père, avait dû abandonner ses fonctions et n'avait eu d'autre choix que prendre la route. Seul.

Soudain, une branche manqua de lui arracher la tête. Poggio s'aplatit sur la selle et l'esquiva de justesse. Il vivait de nouveau l'enfer, avec cinq cavaliers à ses trousses, enveloppés de noir de la tête aux pieds. Il lui était impossible de distinguer leurs visages. Leurs chevaux, de véritables pur-sang, se rapprochaient dangereusement.

Tandis qu'il tournait le visage pour apprécier la distance, un trait frôla son oreille. Ses poursuivants étaient armés et n'hésitaient plus à faire usage de leurs arbalètes. La situation était encore plus grave qu'il l'avait craint.

L'instant d'après, malgré ses efforts désespérés, les coquins le rattrapèrent au détour d'un bois. Poggio fut violemment projeté à terre. La jument s'affala à son tour en poussant un hennissement monstrueux, sans doute blessée par un trait. L'Italien sentit le goût du sang se répandre dans sa bouche. Malgré la chaleur de son corps couvert de sueur, des flocons de glace harponnaient ses sourcils. La température sombrait largement en dessous de zéro. Peut-être ne franchirait-il jamais le cap de l'an 1416.

Tout se déformait, il distinguait à peine les formes lugubres qui s'agitaient autour de lui. Cinq spectres encapuchonnés fouillaient ses deux sacoches. Il aperçut les codex qu'il avait patiemment recopiés passer de main en main.

Les palpitations sourdes de ses tempes se confondaient avec le bourdonnement des colossales cloches de l'abbatiale de Cluny. Son esprit embué chavira dans les souvenirs des mois précédents.

Il était midi, ce 26 août 1415. Les cloches sonnaient l'office de sexte. Poggio venait de pénétrer dans l'immense domaine de l'abbaye, en terre bourguignonne. Personne ne l'accueillit, les moines étant tous accaparés par leur sainte prière. Ils ne savaient faire que cela, pesta l'Italien, qui avait toujours considéré les religieux avec mépris. Leur mine morne et glabre n'avait d'égal que leur bêtise et leur paresse.

Le Pogge, comme l'appelaient les Français, se rendit donc seul dans l'église, goûtant une fraîcheur salvatrice après son épuisant périple sous un soleil de plomb. Bien qu'il fût coutumier des ors de Rome, il n'avait jamais contemplé d'édifice aussi grandiose. L'abbatiale de Cluny, qui mesurait bien deux cents mètres, constituait rien moins que le plus grand monument religieux de tout l'Occident.

De chaque côté de la travée centrale, une forêt de colonnes en double rang, couronnées de superbes chapiteaux sculptés, soutenait une voûte en berceau brisé à plus de trente mètres de hauteur. Le long des murs s'érigeaient de gigantesques arcades coiffées de fenêtres, dans la pure tradition romane. L'édifice était à la mesure de l'extraordinaire influence que l'ordre avait exercée, comptant autrefois jusqu'à mille six cents monastères et prieurés dans tout l'Occident. Mais celle-ci s'était progressivement amenuisée au profit d'ordres plus austères, comme les cisterciens et les chartreux.

Après avoir remonté les cinq nefs et franchi les deux immenses transepts, dont le plus large pouvait accueillir une petite cathédrale, le Pogge se hissa sur l'autel majeur. Il découvrit les quatre châsses qui faisaient la réputation de Cluny. Elles abritaient des dizaines de reliques, accumulées au fil des siècles, dont certaines provenaient de saint Paul et de saint Pierre en personne. Il distingua aussi un prétendu morceau de la vraie croix, un reliquat du Saint-Sépulcre et même une pièce de vêtement de la Vierge…

Poggio Bracciolini, l'un des hommes les plus éclairés de son temps, ne put réprimer un ricanement devant ces breloques, dont la moitié n'était sans doute que fausseté ridicule. Mais c'était la mode et de grands hommes, jusqu'à Louis IX, le pieux Saint Louis, avaient consacré une partie de leur vie à ces quêtes absurdes. Ils auraient mieux fait de quérir de précieux manuscrits perdus, pensa le Pogge avec amertume.

Puis, de son piédestal, l'Italien embrassa l'église tout entière. Malgré son impiété, il fut submergé par un sentiment inconnu. Avec les rais de lumière qui transperçaient la bâtisse de toutes parts, il tutoyait le paradis. L'immensité, la paix et le silence procuraient un sentiment d'éternité.

Soudain, les lourdes portes de l'église grincèrent. Du fin fond de l'abbatiale, l'Italien finit par distinguer un prélat ventripotent, emmailloté dans une soutane richement brodée, qui remontait péniblement les nefs. L'abbé de Cluny, âgé d'une soixantaine d'années, maître en ce palais céleste, incarnait à lui seul tout ce que l'Église représentait alors : le luxe et l'oisiveté.

— Je vous cherchais, mon fils ! s'écria Raymond de Cadoëne, hors d'haleine. Personne n'est venu à votre rencontre, j'en suis bien marri. C'est qu'ils sont tous apeurés, par les temps qui courent !

Le Pogge haussa les sourcils. Les moines étaient aussi des poules mouillées, en plus de leurs innombrables qualités.

— Je comprends, mon père. La Bourgogne n'est plus sûre, avec les brigands et les Armagnac qui cherchent querelle à votre bon duc, Jean sans Peur.

— Oui, mon fils, sans compter les Anglais qui tirent profit de cette discorde pour livrer de nouveau bataille contre le royaume de France.

— C'est vrai, mon père. Cette guerre finira par durer cent ans ! plaisanta le Pogge, toujours avide de bons mots.

— Qu'à Dieu ne plaise, mon fils, qu'à Dieu ne plaise... Venez, allons déjeuner, vous devez être harassé après un tel périple.

L'Italien suivit l'abbé dans les communs, jusqu'au réfectoire où s'attablait une centaine de robes. Le Pogge prit place auprès de Raymond de Cadoëne, au bout d'une longue table en chêne. Les ecclésiastiques observaient un parfait mutisme. Seuls les bruits d'écuelles et de cuillers rompaient le silence. Lorsque tous furent assis, l'un d'eux se hissa face à un lutrin coiffé d'un épais psautier. Poggio Bracciolini ne put s'empêcher de porter un regard acéré sur l'ouvrage. Il admira les pages fines et lisses, dénotant un parchemin d'excellente qualité, et s'attarda sur les enluminures qui rehaussaient l'austère calligraphie. Puis le prieur entama sa lecture d'un ton monocorde.

Tandis qu'il se sustentait, le Pogge lorgna les moines, abêtis et bouffis par des journées inlassablement rythmées par les offices liturgiques, des vigiles, au lever des moines à minuit, jusqu'aux complies, avant leur coucher.

L'Italien avait cependant choisi Cluny pour sa particularité. Les clunisiens entretenaient un foyer de culture unique en Occident. Leur bibliothèque recelait plusieurs centaines de manuscrits de grande valeur et le Pogge pressentait qu'il y trouverait de grands trésors.

Après le copieux déjeuner qui ragaillardit l'Italien, les moines s'esquivèrent en silence. L'abbé l'invita à sa suite, sur les pas de cinq autres robes en rang d'oignons. Raymond de Cadoëne porta un regard suspicieux sur son hôte.

— Quand j'ai reçu votre missive et l'annonce de votre visite, mon fils, j'avoue avoir été surpris. Vous souhaitez accéder à notre bibliothèque. Quel est votre dessein ?

Le Pogge était coutumier de telles méfiances. Les monastères veillaient sur leurs précieux ouvrages comme la femelle sur ses rejetons. Les larrons et autres brigands n'étaient pas rares, et les livres ne devaient en aucun cas quitter l'abbaye.

— Mon père, vous avez sans doute ouï dire de mon amour des textes pieux et de ma passion de les copier. Vous abritez, je crois, les plus beaux codex de la chrétienté, et je serais fort aise si vous acceptiez de me les montrer.

Sans répondre, l'abbé poursuivit son chemin. Ils aboutirent sur le seuil d'une vaste pièce, protégée par une lourde porte. Une vingtaine de pupitres s'alignaient régulièrement. Le Pogge s'illumina en découvrant le *scriptorium* de l'abbaye de Cluny. Les moines qui les devançaient prirent place devant cinq écritoires. D'amples fenêtres bordaient la salle, nanties d'un verre translucide de belle facture, grâce auquel le soleil inondait l'espace d'une divine lumière. Les scribes pouvaient copier les vieux ouvrages dans des conditions idéales.

Le moine bibliothécaire surgit par une porte dérobée. Il paraissait encore plus blafard que ses frères, à force de demeurer claquemuré entre ses rayonnages toute la sainte journée. Il ne dit mot, lui non plus. Le silence régnait en tous lieux et en toutes circonstances, suivant la règle de saint Benoît, rendant l'atmosphère d'autant plus pesante. Il s'installa derrière un grand bureau et commença de distribuer le matériel : plumes, encre, couteaux, règles et poinçons.

Lorsque chacun eut regagné son pupitre, le moine bibliothécaire invita l'Italien et l'abbé à le rejoindre. Ils s'engouffrèrent par la petite porte, laissant les copistes à leur triste sort, et aux douleurs rhumatismales qui les mortifiaient à force d'écrire.

Poggio Bracciolini découvrit le saint des saints. Des centaines de codex se trouvaient parfaitement alignés sur de longues étagères. Les plus épais paraissaient aussi les plus anciens, tandis que les plus frais étaient confectionnés en papier. Le Pogge se méfiait de ce matériau venu d'Asie, progressivement diffusé par les Arabes, et qui se répandait largement en Occident au point de concurrencer les parchemins conçus à partir de peaux de mouton, de vache ou de chèvre.

— Vous souhaitez consulter nos ouvrages pour satisfaire à cette nouvelle mode de l'Antiquité, n'est-ce pas ?

Le moine bibliothécaire avait attaqué sans fard ni sommation. Il ne goûtait guère la présence d'un laïc, qui plus est auréolé d'un grand prestige. L'Italien maîtrisait un latin virtuose et s'était rendu célèbre par son habileté à recopier prestement les codex sur lesquels il jetait son dévolu, à l'aide d'une graphie unique en toute l'Europe. De magnifiques lettres carolines, d'une régularité et d'une densité sans égales.

Le moine bibliothécaire de Cluny savait que le Pogge s'adonnait surtout à sa passion bibliophile. Avec quelques autres férus d'Antiquité, il parcourait les grands monastères en quête d'ouvrages des Anciens, souvent inconnus, et conservés par des ecclésiastiques incapables d'en percevoir l'immense portée. L'Italien venait quérir de précieux codex oubliés depuis des siècles et dont le contenu considéré comme païen par l'Église allait ouvrir une brèche décisive vers la Renaissance.

Il devait maintenant convaincre le bibliothécaire, qui l'avait percé à jour. Il décida d'abattre son va-tout.

— Je compte cinq copistes ce jour. C'est bien peu et je sais, grâce à la lecture des heures de vos chapitres généraux, que vous vous en plaignez. Je vous propose de former de nouveaux scribes et de leur enseigner ma graphie caroline, mais aussi de les faire progresser en latin. Ils pourront ainsi copier plus de livres, en commettant moins d'erreurs, comme par les siècles passés.

Le bibliothécaire écarquilla les yeux, d'évidence fort contrarié que l'Italien connût les vicissitudes de son magistère. Il maugréa :

— Nous n'avons point besoin de vous ! Nous instruisons de nouveaux frères chaque année au cloître des novices. Et nous en formons d'autres en nos collèges, à Paris, en Avignon et à Dole.

Face au courroux du moine, le Pogge s'adressa directement à l'abbé.

— Mon père, je sais que vous avez beaucoup œuvré pour relancer la copie en cette abbaye. Que l'activité est boudée par vos frères depuis de longues années, alors que nombre de vos codex tombent en ruine. De moins en moins de copistes maîtrisent le latin véritable. Par mon enseignement, je pourrai vous aider à sauver davantage de manuscrits.

Raymond de Cadoëne fronça les sourcils.

— Et si nous acceptons votre offre, que briguez-vous en retour ?

— Je souhaite que vous me laissiez consulter tous vos manuscrits, et pouvoir copier ceux qui m'agréent. Je m'engage à ce qu'aucun original ne quitte l'abbaye. Je travaillerai, si vous me le permettez, auprès de vos *scriptores*, dans la grande salle ensoleillée.

Il se tourna de nouveau vers le bibliothécaire.

— Je demeurerai ainsi sous votre surveillance, mon père.

Les deux religieux échangèrent des messes basses. Au bout de quelques minutes, le moine bibliothécaire asséna le verdict.

— Soit, mon fils, dans ces strictes conditions et sous mon étroit contrôle, nous vous autorisons à compulser nos livres. Mais vous devrez consacrer chaque jour cinq heures à la formation des moines volontaires.

— Bien, mon père, j'y consens.

— Il va sans dire, s'empressa d'ajouter le moine, que vous ne travaillerez que le jour, jamais la nuit.

— Oui, mon père, il va de soi que je ne pourrai poursuivre mon travail à la chandelle, de peur d'embraser vos précieux manuscrits.

Le Pogge souscrivait volontiers à cette exigence, d'autant qu'il était convaincu, comme d'autres érudits, que d'immenses bibliothèques étaient parties en fumée à cause d'accidents de chandelle renversée. C'était, racontait-on, la raison de l'incendie de la prodigieuse bibliothèque d'Alexandrie, mille fois plus vaste que celle de Cluny, qui représentait l'une des plus lourdes pertes de l'humanité.

Pendant les semaines qui suivirent, le Pogge demeura treize heures *per diem*, des premières lueurs du jour au crépuscule, terré dans le *scriptorium* de l'abbaye. Comme entendu, il consacrait ses cinq premières heures à la formation de trois moines qui avaient accepté de renforcer l'effectif des scribes, aimantés par le prestigieux enseignement de l'Italien.

Il se plongeait ensuite à loisir dans les quatre cents manuscrits de la bibliothèque. L'immense majorité des codex était tissée de peaux lisses et résistantes, qui leur permettaient de passer assez facilement les siècles. En revanche, l'encre, composée d'un mélange de suie, d'eau et de gomme d'arbre, devait être très légère pour permettre aux copistes de corriger leurs propres erreurs avec une simple éponge. Elle avait ainsi tendance à s'estomper avec le temps.

L'Italien sonda méticuleusement tous les ouvrages, en se focalisant sur les plus anciens et les plus poussiéreux. Il écarta rapidement les écrits théologiques communs et dénués d'attrait intellectuel. Par curiosité, il consacra quelques heures aux livres de droit légués par le précédent abbé de Cluny,

Jean II de Damas-Cozan. Ensuite, il étudia durant plusieurs jours de superbes copies enluminées du vivant de leurs auteurs, saint Thomas d'Aquin et saint Bonaventure, deux siècles plus tôt. Peut-être les avaient-ils eux-mêmes annotés ?

Dans la foulée, le Pogge s'intéressa longuement à des copies anciennes des œuvres de saint Augustin et d'Eusèbe de Césarée, en grand nombre et d'évidence très prisées des clunisiens. Ces auteurs remontaient à la fin de l'Antiquité, si bien que l'Italien sentit qu'il s'approchait du but. Au bout de neuf jours, il fut récompensé de sa patience et dénicha plusieurs œuvres majeures qui marqueraient l'histoire de la pensée.

Des textes de Pline, Plutarque, Tite-Live, Eutrope et Lactance, autant d'Anciens dont le Pogge chassait les écrits. La plupart n'avaient pas été copiés depuis fort longtemps et s'étiolaient dès l'ouverture. L'encre était pratiquement éteinte. Beaucoup ne pouvaient être sauvés, au grand dam de l'Italien. Des centaines de pages se révélaient illisibles.

En revanche, le quinzième jour, il mit au jour un véritable joyau. Une copie en bel état d'une série de textes du grand Cicéron en personne. Cet avocat, parvenu à la charge suprême de consul de Rome, avant Pompée et César, avait laissé de grands textes que tous les bibliophiles traquaient. L'ouvrage découvert comportait deux grandes plaidoiries de Cicéron : le *Pro Murena* et le *Pro Milone*. L'Italien s'empressa de copier le codex, de sa plus belle graphie. Il se délectait à l'idée de l'adresser à ses amis, à Rome, et d'emporter une belle victoire dans cette grande quête d'ouvrages inédits des Anciens.

Le trente-cinquième jour, tandis qu'il plongeait dans d'autres manuscrits en piteux état, il fit une nouvelle découverte, beaucoup plus intrigante. L'ouvrage était couché derrière une rangée de livres, comme si l'on avait voulu le cacher. Il s'agissait d'une vieille copie de saint Augustin, un texte philosophique faisant référence à Platon, Aristote, Cicéron et même un certain Plotin, héritier de la pensée de Platon, qui exerça une belle influence à Alexandrie au début du Ier millénaire.

Mais le Pogge ne s'attachait pas tant au contenu de la rhétorique qu'à l'ouvrage lui-même. Le texte semblait reproduit sur un très ancien vélin. Cette peau de jeune veau, particulièrement lisse et coriace, pouvait résister de nombreux siècles, contrairement à beaucoup d'autres. Et celle-ci paraissait l'une des plus vétustes qu'il eût jamais vues.

En scrutant méticuleusement les parchemins, il distingua des lignes et des caractères en sous-impression. Il s'agissait d'un palimpseste, un ouvrage dont les pages avaient été effacées afin d'être réécrites. De tout temps, les peaux les plus rares et précieuses n'étaient jamais détruites, mais recyclées. Aussi, lorsque les textes premiers ne présentaient plus d'intérêt pour les bibliothécaires, ils ordonnaient aux copistes de les effacer. Mais les œuvres rédigées avec une encre tenace pouvaient encore s'entrevoir entre les lignes nouvelles.

Le Pogge décida de rompre sa promesse. Un soir, tandis que les copistes et le bibliothécaire quittaient le *scriptorium* pour assister aux vêpres, laissant en confiance l'Italien après tant de semaines sans incident, Poggio Bracciolini subtilisa le livre, ainsi que plusieurs instruments dont une éponge, un couteau et un chiffon. Le lendemain, il déroba du papier, plus facile à détourner que de belles peaux, ainsi qu'une plume et de l'encre. Il logea le tout dans son matelas de duvet, à travers une incision discrète qu'il réalisa du côté du mur pour n'être point découverte. Il n'était heureusement pas contraint de partager les grands dortoirs avec les moines et bénéficiait d'une cellule individuelle.

Chaque nuit, il s'échina, dans le plus grand secret, à révéler le contenu escamoté de l'ouvrage. À l'aide de l'éponge et du chiffon, il effaçait l'encre la plus récente en prenant soin de ne jamais affecter la couche ancienne. Avec le couteau, il grattait les enluminures. Enfin, en approchant dangereusement sa chandelle, il réussit à déchiffrer le texte puis à le recopier sur le papier.

L'activité, épuisante et fastidieuse, nécessita neuf semaines. Certaines nuits, il copiait des phrases incompréhensibles, rédigées en caractères inconnus, comme des sortes de hiéroglyphes. D'autres fois, il reportait méticuleusement des symboles et des dessins. La demi-lune revenait souvent, de même que des serpents, parfois enroulés autour de bâtons. Le mercure et le soufre, associés dans ce qui ressemblait à des recettes de cuisine, apparaissaient fréquemment. Ensuite, des textes profonds, philosophiques, faisant référence à Platon et Plotin, emplissaient plusieurs pages. L'écho semblait évident avec le texte de saint Augustin, semant le trouble dans l'esprit du Pogge. Avec la fatigue, il finissait par tout confondre, et ses yeux éreintés voyaient danser les lignes au point de ne plus les distinguer.

Il poursuivit son labeur en découvrant des textes rédigés par divers auteurs. L'un d'eux se présentait comme évêque dans l'ancien Empire romain d'Orient, un certain Synesius. Il professait d'étranges cultes, alliant le haut et le bas, la terre et le ciel, le Soleil et la Lune. L'idée de fusion et de semences mâles et femelles succédait à celles d'âme, d'esprit et de déliquescence du corps.

Plus perturbant encore, des citations de Lucrèce et de Démocrite, deux grands Anciens dont le Pogge rêvait de découvrir un jour les écrits, parsemaient l'ouvrage. Il était question d'atomes, de vide et de matière en perpétuel renouvellement.

Une nuit, son trouble se doubla d'un choc immense. Au terme d'un long texte tout aussi abscons que les précédents, il décrypta une date. Il trembla, relut plusieurs fois mais il ne s'était pas trompé.

Le texte datait de mille ans, jour pour jour, avant son arrivée à Cluny : 26 août 415-26 août 1415.

L'Italien reçut cette coïncidence comme un signe. Ce texte attendait d'être révélé, mille ans précisément après qu'il eut été commencé. Les obstacles, pourtant nombreux, ne pouvaient être levés que par l'âpre volonté d'un seul homme.

Lui, le Pogge, secrétaire apostolique d'un pape déchu. Tout semblait écrit pour le guider jusqu'à ce livre.

La signature, lovée sous la date, l'impressionna tout autant. Il s'agissait d'un nom féminin dont il n'avait jamais entendu parler. Hypatia.

Le texte de cette inconnue précédait, dans le temps, tous les autres, et c'était justice que de coder l'ouvrage avec ses initiales. Comme elle ne portait pas de patronyme mais un seul prénom, il en recopia machinalement les deux premières lettres sur la page de garde : HY.

Le lendemain matin, son émoi, mêlé à sa profonde fatigue, finit par éveiller l'attention du moine bibliothécaire.

— Qu'avez-vous, mon fils ? Êtes-vous malade ?

— Je ne sais, mon père. Peut-être une indisposition passagère ?

— Si vous êtes fiévreux, le moine apothicaire vous prodiguera une décoction dont il a le secret. Nous cultivons des herbes qui soulagent bien des maux.

Le Pogge s'étonna de l'amicale prévenance du moine, en dissonance avec sa méfiance et sa morgue habituelles. L'Italien n'était pas dupe et redoubla de prudence. La nuit suivante, tandis qu'il écrivait à la faible lueur de sa chandelle, quelqu'un frappa à la porte.

Il sursauta et manqua de renverser son bougeoir. Paniqué, il enfouit précipitamment le codex dans son matelas, de même que la copie et les instruments. Les coups redoublèrent. L'Italien n'avait plus le choix et se leva pour ouvrir.

Un moine longiligne, entièrement vêtu de noir, masqué derrière une ample capuche, pénétra aussitôt dans la cellule.

— Je viens à la demande de l'abbé pour vous soigner, mon fils.

— Vous êtes l'apothicaire ? s'étonna le Pogge qui s'attendait à un barbon hirsute et replet.

L'homme était jeune et sa voix, digne d'un enfant. Comme s'il n'avait pas encore mué.

— Je suis son assistant, le moine apothicaire a dû partir pour l'un de nos prieurés hier soir, en raison d'un mal étrange qui s'est emparé de nos frères.

Le jeune homme se faufila jusqu'au lit avant que l'Italien eût le temps de réagir. Il vida aussitôt le contenu d'une petite bourse dans le gobelet qui reposait sur le minuscule chevet. Puis il fit réchauffer la potion à la simple chaleur de la bougie.

Poggio Bracciolini observa longuement les mains du jeune moine, fines et délicates. Il tenta de discerner les traits de son visage, mais la lumière de la chandelle, écrasée par le gobelet, s'avérait bien trop faible.

— En fait, je me porte mieux et n'ai nul besoin de…

— L'abbé compte sur votre vigueur pour achever l'enseignement de nos frères, l'interrompit sèchement l'assistant. Cette décoction vous y aidera. Tenez, buvez d'un trait, puis répétez trois fois : *Ora et labora*.

Le Pogge fut pétrifié. Il avait déjà lu cette devise maintes fois dans le livre qu'il recopiait. « Prie et travaille. » Mais le travail évoqué dans le codex n'avait rien de commun avec les enseignements liturgiques. Il évoquait une science occulte, étrange, mêlant formules et médecine en des termes que l'Italien se révélait incapable d'entendre. Machinalement, il recula de deux pas.

— Et qu'avez-vous employé dans votre potion ?

— Alchémille, bourrache et valériane, répondit le jeune moine sans ciller. Des herbes simples que nous cultivons en nos jardins. Pourquoi ? Vous connaissez la médecine, mon fils ?

— Nenni, mon père. Mais je suis curieux de tout, suivant en cela l'exemple d'Hippocrate, d'Aristote et de Galien.

Le moine se raidit. Il tint sa main immobile et resta silencieux un long instant, d'évidence contrarié. Le Pogge avait volontairement cité ces grands savants d'autrefois, pères de la médecine, sévèrement critiqués dans le manuscrit qu'il copiait.

— Je comprends, mon fils, reprit le moine. Mais ces grands hommes n'avaient pas tout découvert. Il demeure des continents inconnus que la foi et l'esprit peuvent seuls aborder à l'aide de longues recherches.

L'Italien en était convaincu, les remarques du moine renvoyaient à l'étrange sabir du codex qu'il s'efforçait de recopier. Il n'était pas ici pour le soigner.

— Je ne crois nullement que vous soyez qui vous prétendez. Partez sur-le-champ ou j'ameute toute l'abbaye !

Soudain, le prétendu moine fondit sur le Pogge qu'il précipita au sol. Sonné, l'Italien aperçut l'homme fouiller la cellule en toute hâte, remuant ses affaires, vidant les étagères, poussant sa couche à la recherche d'une cachette. Heureusement, il ne découvrit jamais l'incision dans le matelas. L'Italien se releva et bouscula son agresseur qui chancela et glissa sur le lit. Le Pogge tentait de l'immobiliser lorsqu'il aperçut enfin le visage aux traits raffinés de l'intrus. Des pupilles bleues perçantes le statufièrent : c'était une jeune femme, ravissante. Comme pour s'en convaincre, Poggio passa ses mains sous la robe de bure et palpa les seins de l'importune, qui se dégagea avec fougue.

— Mais vous êtes…

— Une moniale, et je vous somme de me laisser tranquille ! Nous savons ce que vous cherchez, et vous ne le posséderez jamais ! hurla la jeune femme.

Elle se releva, puis s'évanouit dans la nuit, sans que le Pogge pût rien faire pour la rattraper.

Réveillés par le raffut, plusieurs moines accoururent, dont un vieux pansu qui brandissait une fiole.

— C'est vous, l'Italien ? Je vous cherchais justement : je suis l'apothicaire, je vous apporte une mixture.

Le lendemain matin, fort éprouvé après quatre mois à Cluny, l'Italien rassembla ses affaires et enfouit son manuscrit sous ses effets, en espérant qu'il ne ferait l'objet d'aucune fouille.

Dès l'aurore, il se mit en selle après avoir longuement remercié l'abbé pour son accueil. Le chambrier, le sacristain et le grand prieur s'étaient rassemblés pour le saluer. Le bibliothécaire accourut à son tour et porta un regard suspicieux sur ses deux grandes sacoches.

Sentant poindre la menace, le Pogge décampa au galop et prit la direction de Langres, quarante lieues plus au nord.

L'Italien, transpercé par le froid glacial, finit par reprendre ses esprits. Il souffrait atrocement du dos et de nombreuses contusions aux membres. Il comprit qu'il avait dû perdre connaissance. Les traits de la jeune femme qui l'avait agressé trois jours plus tôt le hantaient, comme les images confuses d'un rêve évaporé lors d'un réveil brutal. Puis il découvrit sa jument sur le flanc, ses sacoches éventrées. Il se remémora aussitôt sa course-poursuite et les cinq cavaliers.

Il se releva péniblement et récupéra les quelques effets qui jonchaient le sol. Les larrons ne lui avaient laissé que le manuscrit de Cicéron. Les autres avaient été dérobés.

La seule chose dont il se souvint, avant sa terrible chute, était la voix du chef de meute.

Une voix de femme.

Chapitre 7

12 juillet 2018, 17 heures, Paris

Après qu'il eut quitté la Sainte-Chapelle, Marc Brunier descendit le boulevard du Palais, puis traversa la Seine jusqu'au boulevard Saint-Michel. Il préférait marcher, dans l'espoir de se changer les idées. Depuis le pont qui soudait l'île de la Cité à la rive gauche, il aperçut les monuments de Paris nimbés d'une brume jaunâtre. Avec la chaleur et le trafic, l'atmosphère regorgeait de particules fines, hérissant les muqueuses et attisant les bronchites.

Rien n'y faisait. Il ne parvenait pas à se départir de l'image de sa fille. Entre la gamine retrouvée massacrée et dépecée, et cette étonnante stagiaire de la police scientifique, tout lui rappelait Sarah. Il pouvait encore sentir ses cheveux cuivrés, qui exhalaient le cédrat et le karité. Sa peau hâlée, son petit nez busqué et son regard espiègle, qu'il ne reverrait sans doute jamais. Malgré ses efforts, il fut assailli par une avalanche de souvenirs brouillés et contradictoires, à l'image du capharnaüm de sa vie.

D'abord sa rencontre avec son ex-femme, à Lyon, dont Brunier était originaire. Il étudiait en Deug de droit à l'université Lyon-III Jean-Moulin, qui portait bien mal son nom, infestée qu'elle était de vieux cafards révisionnistes. Lui s'était énamouré d'une étudiante en lettres d'origine algérienne, qui fréquentait le camp d'en face, Lyon-II. Puis il avait décroché le concours de l'école supérieure des inspecteurs de police, et passé dix-huit mois sur les bancs de Cannes-Écluses. Il avait ensuite débuté à la brigade de sûreté urbaine, à Meaux, avant de riper au SRPJ de Reims.

Sarah était née pendant ces années heureuses, avant la lente descente aux enfers. Tout paraissait beau, trop sans doute. Le bonheur sans nom d'une petite fille qui lui enseignait le métier de père. C'était aussi l'époque de sa parfaite entente avec Fadia, sa compagne, dont le prénom signifiait « qui sacrifie tout pour sauver quelqu'un ». Mais quatre ans plus tard, plutôt que le sauver lui, Fadia avait décidé de préserver leur fille en refusant de le suivre dans le chaudron.

L'officier venait d'être adoubé à la Crim, au 36, quai des Orfèvres, le rêve d'une vie de flic. Débutèrent les longues permanences et les dossiers sordides, puits sans fond dans la noirceur de l'âme humaine. En quelques années, fort de succès remarqués, il avait été propulsé commandant fonctionnel d'un des neuf groupes de la brigade criminelle. Brunier s'était lentement fait avaler par la « boîte », et s'enfonçait chaque jour un peu plus dans une nasse nauséeuse. Écartelée entre une mère prof de collège à la dèche et un père enseveli dans la face noire du monde, Sarah avait débarqué, un matin, voilée par un hijab. Sans un mot, sans une explication. Puis elle avait disparu. Elle avait apparemment rejoint la Turquie, où l'on avait perdu sa trace.

Brunier avait mobilisé ses réseaux, Interpol, la DGSE. Il comprit à demi-mots que Sarah avait sans doute atterri en Syrie, avant d'être mariée de force à un barbu puant qui la séquestrait et la violait. Comment aurait-elle pu accepter un tel destin de son propre gré ? Peut-être avait-elle craqué et terminé défoncée à coups de pied, ou de pierre. Une nuit de cauchemar, comme tant d'autres, il l'avait vue enterrée vivante. Étouffée par la terre qui pénétrait ses poumons et réprimait ses hurlements, sous le regard jouisseur de ses bourreaux.

Comment des hommes, religieux fanatiques, pouvaient-ils mépriser les femmes au point de les considérer comme de vulgaires vagins avant de les détruire par tous les moyens ?

Brunier le vivait comme une fracture profonde dont il ne se remettrait jamais. Il avait d'abord encaissé un coup de masse cinglant. Une chute brutale, doublée d'une aphasie. Durant des jours, il avait bredouillé des mots sans queue ni tête. Les crises d'épilepsie s'étaient déclenchées au bout de trois semaines, en pleine rue. Il s'était effondré dans des convulsions électriques. Les pompiers avaient débarqué et l'avaient tranquillement basculé sur le flanc, en attendant que ça passe. Brunier n'avait pas voulu de traitement, et s'en était remis à la boutanche, sa maîtresse compréhensive.

Fadia avait sombré dans une dépression léthargique, enchaînant les arrêts et renforçant les effectifs de ces agents fantômes de la fonction publique, abonnés aux longues maladies.

Il avait perdu sa femme, sa fille, et s'abîmait plus que jamais dans le travail pour décharger ses neurones de leurs ions négatifs.

Malgré le temps, la cicatrice ne s'était jamais vraiment refermée. Le déménagement du 36 le renvoyait dans les cordes. Une nouvelle attache qu'il faudrait délaisser. Encore une page qui se tournait contre son gré.

Englué dans ses idées noires, il avait rejoint le boulevard Saint-Germain sans s'en apercevoir. Le point de ralliement avec la RATP était fixé station Mabillon, sur la ligne 10. Depuis son abandon, l'arrêt Croix-Rouge n'était accessible que par l'intérieur, à partir de la station précédente.

Par chance, la ligne 10 passait à côté, au croisement de Saint-Michel et de Saint-Germain. Avant de s'engouffrer dans la bouche de la station Cluny-La Sorbonne, Brunier longea les grilles de fer forgé qui bordaient le grand jardin verdoyant de l'hôtel de Cluny. Au fond se dessinait la sublime bâtisse du XVe siècle, reconvertie en musée du

Moyen Âge. L'ancien pied-à-terre des abbés de Cluny, de style gothique flamboyant, détonnait totalement dans le quartier. Cette improbable enclave médiévale en plein Paris l'immergea dans une rêverie plus apaisante. Il imagina les abbés et les moines clunisiens des siècles passés, plongés dans le silence de la foi. Eux n'utilisaient pas Dieu pour d'ignobles exactions. Il enviait leur vie recluse, détachée des contingences matérielles et de l'horreur de la vraie vie, au-dehors. L'antithèse parfaite de ce qu'endurait l'officier. Brunier avait même lu que leur célèbre abbaye, en Bourgogne, avait été plus vaste que la cathédrale Notre-Dame… Il peinait à imaginer la sérénité qu'un tel endroit pouvait procurer. Il aurait donné n'importe quoi pour se téléporter dans le passé et vivre quelque temps dans l'immense abbatiale dont il ne restait presque rien.

Le claquement des portes de la rame le fit sursauter. L'officier fut catapulté dans le présent. L'air était vicié, et les passagers semblaient ensorcelés par leur portable. Il ne fallut que trois minutes pour franchir Odéon, puis descendre à Mabillon. Sur le quai, une petite grappe gênait le ballet des badauds. Parmi eux, une énorme masse s'agitait et éructait, reconnaissable entre mille.

— Putain, quand je pense que ça fait vingt ans jour pour jour qu'on a remporté la coupe du monde ! Vingt piges de plus au compteur. Et ces bras cassés qui sont plus bons à rien ! Qui arrive à la cheville de Zizou et de Djorkaeff ? Hein ? Et Thuram ? Vous vous souvenez de Lilian Thuram ?

Le brigadier-chef Louis Lonzoni saoulait tout le monde avec sa crise de nostalgie.

— Tu veux pas changer de disque, Obélix ? siffla Estelle Chomet, saturée.

— Tu parles d'un 45 tours, dans son mange-disques ? Hein, c'était ton enfance ça, non ? lança perfidement Gabriel Brénam qui se marrait bien dans son coin.

— Eh ouais ! s'exclama Lonzoni. J'ai connu le vinyle, le vrai, avant le CD, pas ces rééditions de bobo à la con. Et j'ai aussi connu le Minitel, la console Atari, la vignette sur le pare-brise, les francs, Casimir, Dorothée…

— Et Cabu dans Récré A2, avant qu'il se fasse buter.

La Chnouf venait de plomber l'ambiance. Tout le monde se tut. Le lieutenant Lionel Varin avait ce don de couper net et sans bavure.

L'historien dégoté par la RATP observait le drôle de groupe de policiers qui l'entourait. Le gros qui bavassait ressemblait à Gérard Depardieu. Une montagne qui passerait difficilement dans les coursives techniques. Il y avait aussi le pince-sans-rire, un tantinet provoc, chemise, jean et baskets, qui titillait son collègue mastoc. Et puis le brun taciturne en costard-cravate, que les autres surnommaient la Chnouf. Impeccable et aimable comme une porte de prison. Il discutait surtout avec le taiseux, qui paraissait marié avec sa mallette, et qui s'était présenté comme « le procédurier du groupe ». Mais le clou, c'était la fille, sacrément bien roulée, les cheveux courts, les traits fins et les muscles légèrement saillants, moulée dans un slim. L'historien avait bien dû la bombarder cent vingt fois, contre quelques pauvres regards pour ses collègues.

Deux techniciens de la RATP, mobilisés pour guider les enquêteurs, discutaient en retrait et regardaient leur montre avec insistance.

— Qu'est-ce que vous foutez tous là ?

Brunier surprit la troupe qui ne l'avait pas vu surgir. Estelle Chomet darda un regard mâtiné d'inquiétude et de curiosité vers son supérieur, comme pour percer son esprit et jauger son état psychologique.

— Brénam, Lonzoni, vous ne deviez pas aller à la boutique Hermès pour fouiller la réserve ?

— En fait, on n'a pas les clefs et c'est une porte sécurisée. Le directeur est à la masse, apparemment il a fait un tour en HP, révéla le capitaine Chomet.

— Il a pété les plombs, confirma Varin. Et c'est le seul qui a l'accès.

Marc Brunier esquissa une moue réprobatrice. L'idée d'envoyer la BRI défoncer la porte lui traversa l'esprit, mais il remisa son projet brutal. Puis il leva un regard perplexe vers l'homme qui piétinait dans son coin, engoncé dans un veston de velours côtelé, les mains dans le dos. Son air dédaigneux agaçait déjà l'officier.

— Et ça, c'est qui ?

— Ah oui, je te présente Jean-Louis Bazire, historien spécialiste de la RATP.

— Pas seulement, coupa l'intéressé sur un ton pincé. Je m'intéresse à tous les rails, trains, métros, tramways, trains miniatures… J'ai écrit une vingtaine d'ouvrages sur l'histoire des transports ferroviaires.

Brunier se contenta d'opiner, le visage fermé, sans considération particulière pour le consultant.

— Allez, on dérouille, sinon on va prendre racine.

Le capitaine Chomet héla les techniciens mis à disposition, qui se hâtèrent aussitôt vers l'interphone de service lové dans une colonne jaune, le long du mur.

Deux minutes plus tard, une nouvelle rame s'arrêta sur le quai. Les deux agents se hissèrent dans la cabine de pilotage, au côté du machiniste. Les policiers et l'historien grimpèrent dans une voiture, comme n'importe quel passager. Sauf qu'ils allaient vivre une expérience unique.

À l'approche de la station désaffectée, la rame ralentit, au lieu de filer tranquillement vers Sèvres-Babylone. Puis le métro s'immobilisa dans le noir. La voix nasillarde du conducteur grésilla dans les haut-parleurs.

— Arrêt technique, merci de ne pas quitter la rame. Je répète, arrêt technique, merci de ne pas descendre.

Aussitôt, les policiers et leurs trois accompagnateurs débarquèrent dans l'obscurité, sur un quai fantôme. Brénam et Lonzoni eurent l'impression de vivre une aventure d'Harry Potter, et de fouler la voie secrète 9 ¾ qui menait à Poudlard.

Seul l'éclairage de la rame qu'ils venaient de déserter projetait une lueur sur le quai, dévoilant une forêt de graffitis qui maculaient les murs voûtés de la station. Les passagers, massés derrière les vitres, jouaient des coudes pour apercevoir l'antre secret, avant que la rame ne redémarre. Leur parcours sur la ligne 10 ne serait plus jamais tout à fait le même. Ils auraient toujours une pensée pour la station fantôme, entre Mabillon et Sèvres-Babylone. Lorsque la rame fut repartie, un silence glacial submergea le groupe. Les techniciens de la régie, d'évidence coutumiers du lieu, disparurent au bout du quai et enclenchèrent les plafonniers. Les néons fonctionnaient parfaitement et distillaient leur lumière blafarde de chaque côté des rails.

Brunier fut saisi par cette vision d'apocalypse. Les sols étaient répugnants, maculés de taches poisseuses et saumâtres qui rappelaient le vomi. Les murs étaient tendus d'œuvres improbables, des quantités impressionnantes de tags décolorés. Diaz, Sorrybird, Siba, JB et autres abréviations s'étalaient largement. D'épaisses lettres gavées de peinture noire et rouge voisinaient avec de simples paraphes graffés à la va-vite. Le nom de la station émergeait à peine du fourbi, couronné d'un énigmatique « Keny ADN ». Sans doute le surnom d'un des innombrables tagueurs qui hantaient les lieux en toute impunité, malgré leur fermeture au public depuis près de quatre-vingts ans.

Partout, des déchets attestaient les va-et-vient. Des bombes de peinture vides, des culots de bouteille et même une chemise abandonnée sur un siège en plastique, à peine reconnaissable sous une épaisse couche de poussière.

Brunier ressentit une impression de fin du monde. Comme si Paris avait été victime d'une attaque nucléaire et qu'il redécouvrait les quais d'un métro fossilisé, déserté par toute vie humaine depuis près d'un siècle. Tout était suspendu. Il discerna pourtant un décorum familier, comme les vieux sièges rouges qu'on avait remplacés par des assises inconfortables pour empêcher les clodos d'y dormir. Derrière les graffitis, tout semblait démontrer que le métro parisien n'avait pas changé d'un iota depuis la Seconde Guerre mondiale.

— C'était déjà comme ça en 1940 ? marmonna Brunier à l'adresse de l'historien.

— Absolument, c'est le décor des tout débuts, en 1900, avec les fameux carreaux de faïence blancs qui tapissent tous les murs. On retrouve aussi les grands cadres dorés, du moins ce qu'il en reste, pour les affiches publicitaires. Et bien sûr le nom de la station, avec les caractères formés de carreaux blancs sur fond de carreaux bleus. Le même décor prédomine sur la ligne et sur l'essentiel du réseau. En fait, le métro a très peu évolué en un siècle. Même le matériel roulant : les Sprague des débuts, motrices 500 ou 600, n'ont vraiment disparu qu'au début des années 1980… La nuit, la RATP organise parfois des visites avec ces anciennes rames, vertes ou rouges, pour faire découvrir aux nostalgiques le réseau sous un autre jour. Les stations fantômes par exemple, comme ici.

Marc Brunier tiqua aussitôt.

— C'est à ce moment-là que les tagueurs se planquent pour pourrir les murs ?

— Pas besoin d'une rame touristique, rétorqua le technicien de la RATP le plus âgé. Les graffeurs, c'est comme les rats, ça court entre les rails et ça saute d'une station à l'autre.

— Qu'est-ce que ça veut dire ?

Estelle Chomet s'était rapprochée de l'agent moustachu, grisonnant et bedonnant.

— Ben, c'est clair : le soir, vous avez toujours des racailles pour se planquer et sauter sur les voies depuis les stations voisines. Ensuite, ils se faufilent jusqu'ici. Sont complètement inconscients ! Vous savez combien ça crache, sur le rail de traction ? Sept cent cinquante volts en continu ! De quoi griller comme une mouche sur un halogène !

Brunier examina les rails tendus sur le ballast.

— C'est lequel, le rail de traction ?

— Le troisième, à l'écart. Vous voyez, il est surélevé par rapport aux autres. Les motrices avancent par frottement à son contact. Il y en a donc deux : un pour chaque voie, dans les deux sens.

Brunier se pencha pour observer de plus près. Soudain, une rame jaillit à vive allure du tunnel et disparut presque aussitôt à l'autre bout du quai. L'officier ressentit la gifle du courant d'air et manqua de perdre l'équilibre. Estelle Chomet agrippa sa chemise et le tira en arrière.

— Ouais, y a pas à dire, il arrache bien ce rail, confirma le commandant, un peu abasourdi.

Puis il pivota vers l'historien.

— Mais si les métros circulent toute la journée comme ça, pourquoi la station reste fermée ? Ils pourraient très bien s'arrêter, non ?

— C'est vrai, au début on l'a fermée à cause de la mobilisation générale, dès le 2 septembre 1939. Les agents de la Compagnie du chemin de fer métropolitain de Paris – l'ancêtre de la RATP – ont été réquisitionnés en grand nombre. C'est simple, plus d'un tiers des stations ont été bouclées faute de personnel. Mais vous avez raison, après guerre, l'immense majorité a rouvert, parfois très tardivement. Tenez, sur cette ligne, Cluny-La Sorbonne est restée bouclée cinquante ans, jusqu'en 1989 ! En fait, ils n'ont jamais rouvert Croix-Rouge parce qu'elle était trop proche de la station Sèvres-Babylone. Elles sont presque collées. Si vous faites le compte, Croix-Rouge n'a servi que seize ans. Et encore, elle était très peu fréquentée et la compagnie a perdu de l'argent !

Brunier fronça les sourcils devant ce gaspillage de deniers publics. Il eut une pensée furtive pour sa feuille d'impôts. Il méprisait les politicards, avec leur folie des grandeurs, bâtisseurs d'inutiles cathédrales souterraines. Un beau ramassis de mégalo-démagogues.

— Bon, allez, on y va. Vous, lança-t-il aux techniciens, vous allez nous guider. On vous suit, montrez-nous absolument tout, chaque recoin.

Les deux employés de la régie autonome s'engagèrent dans l'escalier qui s'élevait au bout du quai, prudemment suivis par le groupe Brunier et l'historien. Les murs crasseux de l'escalier arboraient les mêmes stigmates décolorés qu'en bas, des centaines de tags qui se couvraient parfois les uns les autres. L'odeur d'humidité et de poussière étrillait les narines, si bien qu'Obélix éternua violemment, faisant sursauter toute l'équipe.

— On cherche quoi exactement ? s'enquit le vieux briscard de la RATP.

— Un tunnel qui pourrait nous conduire à la boutique Hermès, à moins de deux cents mètres, rue de Sèvres.

Les deux techniciens échangèrent un regard éberlué.

— Un tunnel de deux cents mètres ? Mais c'est n'importe quoi ! La station est impraticable ! Ils auraient creusé avec quoi ? Des cuillères et des fourchettes ? vitupéra le plus jeune.

— On vous a pas sonné, cingla Ceylac. Faites ce qu'on vous demande. Et touchez à rien, faites gaffe où vous mettez les pieds. Si vous me foirez une trace, je vous coffre pour destruction de pièce à conviction.

Le jeune agent de la régie autonome blêmit et ravala son insolence.

La première galerie menait de l'escalier vers un nœud, plongé dans l'obscurité et immergé dans un silence assourdissant. Trois couloirs s'offraient au groupe. Les graffitis rendaient illisibles les antiques panneaux d'orientation.

— Bon, on va se séparer, chacun dans une galerie, sinon on va finir comme Scoubidou et sa bande, à la queue leu leu avec nos torches dans les tunnels.

— Remarque, je me vois bien en Fred, lança Brénam en arrangeant sa coiffure.

— Tu parles du chef, le grand blond bien foutu ? Tu rigoles ! Toi, t'as la gueule de Sammy, le grand dadais mal rasé. En pire.

Estelle Chomet n'avait pas sa pareille pour enchrister ses collègues mâles.

— Allez, Daphnée Chomette, remballe ton fiel ! Ils vont où, ces couloirs ? questionna Brunier.

L'agent qui approchait la soixantaine déploya un vieux plan maison.

— Pour l'ancienne sortie place Croix-Rouge, aujourd'hui place Michel-Debré, c'est tout droit. À gauche, c'est la sortie Vieux-Colombier, mais elle est reconvertie en aération. À droite, on arrive sur l'autre quai, en sens inverse, direction gare d'Austerlitz.

— OK, Ceylac, tu vas tout droit avec Lonzoni et le gamin. Varin, avec moi, et l'autre technicien, à gauche. Chomet, Brénam et l'historien, vous prenez le troisième couloir pour éplucher l'autre quai. Allez !

Tandis que les deux premiers groupes s'élançaient, le lieutenant Ceylac ouvrit sa mallette et revêtit masque et surchausses. Puis il ajusta ses gants de latex pour qu'ils épousent parfaitement ses doigts. Enfin, il alluma la lampe frontale rivée à son casque de sécurité.

— Je passe devant, rappelez-vous de ne toucher à rien.

Le procédurier progressait à pas de loup dans son boyau sordide. À l'arrière, Obélix gardait un œil sur le jeune agent de la régie, des fois qu'il rechignerait. À mesure qu'ils approchaient de la sortie, la galerie s'éclairait de la lumière du jour, pendant que la rumeur de la rue de Sèvres et des commerces du 6e arrondissement s'infiltrait sournoisement. Les murs décrépis exhibaient toujours autant de graffitis. Ceylac imagina la station de nuit, grouillant d'un peuple fantôme nanti de bombes de peinture et bien décidé à redécorer la totalité du sous-sol abandonné.

Le procédurier aboutit enfin à l'escalier. En levant la tête, il découvrit la fameuse grille qui gisait sous le *Centaure*. Il aperçut des bouts de manche à balai et de pelle, que le sculpteur César avait utilisés pour matérialiser la queue de sa chimère métallique. Des ombres glissaient, bienheureux passants qui ignoraient tout de ce qui se tramait sous leurs pieds.

— Ils n'ont jamais remblayé l'entrée ? Tout a l'air intact…

— Non, ils ont simplement posé des grilles sur l'ancienne ouverture. En fait, si on déboulonnait, les usagers pourraient descendre illico, comme avant, pour rejoindre les quais.

Soudain, tandis que Ceylac grimpait prudemment les premières marches, les pupilles en mode radar, il découvrit une magnifique trace de pas imprimée dans la poussière. Des stries de semelle bien nettes, une petite pointure. Peut-être du 38 ou du 39. Il fouilla aussitôt son sac de doublure, puis disposa un double décimètre le long de l'empreinte. Il brandit ensuite son smartphone pour immortaliser la trace sous toutes les coutures. Elle semblait fraîche. Le tueur avait soigneusement fait le ménage, à l'exception de cette marque sans doute oubliée dans l'obscurité de la nuit profonde. Rien n'attestait qu'il s'agissait du suspect, mais Ceylac en avait l'intime conviction.

Le procédurier continua d'examiner les marches, sans succès. Puis il parvint jusqu'aux grilles, qu'il effleura. Intéressante posture, qui lui offrait une vue imprenable sous les jupes des Parisiennes, en tenues particulièrement légères à cause de la canicule.

Puis Ceylac décida qu'il fallait sonner l'IJ. La grille pouvait receler de précieuses empreintes, qu'il faudrait débusquer soigneusement à l'aide de poudres dactyloscopiques. Les techniciens de la police technique et scientifique le feraient mieux que lui.

À l'autre bout de la station, Brunier, talonné par son quatrième de groupe et le vieux technicien rompu aux jeux de piste souterrains de la RATP, descendait une coursive par un escalier de service. Le trio avait quitté la galerie publique pour s'engouffrer dans la zone technique qui abritait l'aérateur.

L'obscurité s'épaississait et Brunier peinait à progresser dans l'étroit couloir poisseux et bas de plafond. Il cheminait à la lueur de sa torche. Le vrombissement du ventilateur s'intensifiait jusqu'à devenir insupportable. L'exigu boyau piégeait les ondes sonores et les amplifiait comme dans une caisse de résonance. Au bout de la coursive, ils butèrent contre une porte grillagée, derrière laquelle tourbillonnaient d'immenses pales. Brunier secoua la grille, qui finit par céder et s'entrouvrir.

— Attention ! hurla l'agent du métro pour couvrir le tumulte. C'est très dangereux !

Derrière le battant, le ventilateur apparaissait presque à nu. Seul un grossier treillage séparait encore l'hélice lancée à pleine vitesse de l'extérieur. Brunier pouvait se faire happer un doigt en une seconde d'inattention. Le vieux technicien s'arc-bouta sous l'aérateur, puis réussit à le désactiver. Malgré le retour du silence, les oreilles ne cessaient de bourdonner. L'officier ressentit une méchante migraine et pesta contre l'engin.

Autour des pales grillagées, Brunier découvrit une nouvelle série de graffitis, très différents de tous les autres. À l'aide de sa torche, il s'approcha au plus près des épures et distingua d'étranges symboles. D'abord une dizaine d'arcs de cercle sur lesquels s'agrippaient de petites sphères. Ils faisaient penser à la représentation du Système solaire. Plus haut, un homme et une femme nus, plus ou moins enlacés. Marc Brunier plissa les yeux et s'aperçut qu'ils étaient comme fusionnés par les bras et les jambes. On eût dit des siamois, de sexes opposés. Tout autour, des figures géométriques tels des triangles et d'autres cercles, parfois tronqués, semblables à des croissants de lune. Et puis, plus haut, un long bâton autour duquel s'enroulaient deux serpents, coiffé de deux petites ailes. Un flash traversa son esprit. La statue d'Hermès, dans la boutique. La divinité brandissait elle aussi un bâton serti de deux serpents... L'officier eut une pensée furtive pour la petite stagiaire de l'identité judiciaire, Marie, et ses intuitions fulgurantes. L'historien se joignit à Brunier pour apprécier l'étonnant étalage de tags, comme si les deux hommes découvraient la grotte de Lascaux.

En poursuivant sa quête vers la gauche, Brunier aperçut un tronçon de mur plus clair que le reste. En observant de près, il discerna une fine arête qui formait un rectangle d'un mètre cinquante depuis le sol, évoquant une porte encastrée. L'officier pressa de toutes ses forces, mais rien ne broncha. Avec l'aide du technicien et de Varin, il blottit son épaule contre la paroi et tous poussèrent comme des damnés. Enfin, le mur frémit. Une fine poussière se volatilisa. Une nouvelle pression fit pivoter la façade et révéla un petit passage.

Les trois hommes en furent médusés. Brunier interrogea du regard l'historien, qui haussa les épaules. Le technicien, pour sa part, esquissa une moue qui signifiait : « Jamais vu ce machin-là. » Par réflexe, il se plongea dans son plan, mais ne découvrit aucune trace d'un quelconque passage à cet endroit.

Brunier s'infiltra tant bien que mal par l'ouverture, le dos courbé. Il lui fallait enrouler sa carcasse pour s'insinuer dans l'étrange réduit. Dès les premiers pas, l'intensité de sa torche déclina, menaçant de tomber en rade. Comme il risquait de rester planté au milieu de nulle part, il rebroussa chemin. Il devait trouver Ceylac qui conservait des piles de rechange dans son sac de doublure.

Soudain, tandis qu'il s'extirpait du boyau, l'officier aperçut une ombre qui s'esquivait par la coursive.

— Stop ! Police, arrêtez-vous !

Varin et Brunier se précipitèrent aussitôt à sa poursuite.

— Qu'est-ce que je fais, moi ? cria le technicien, paniqué.

— Restez là, que personne ne passe !

Brunier courait déjà dans l'escalier de service. Varin n'était qu'à quelques mètres du fugitif, enveloppé dans une tunique noire qui le rendait presque invisible. Sa foulée très alerte surprit l'officier qui peinait à suivre. Ils franchirent la porte frappée d'un « Accès interdit » et déboulèrent dans le grand couloir voûté. Tandis que Varin accrochait enfin l'épaule du fuyard, celui-ci saisit le poignet du lieutenant et lui infligea une clef d'une redoutable violence. Le bras se déforma dans un craquement rauque et le policier s'effondra. Son hurlement alerta tout le groupe. Varin gisait au sol, dans un râle de douleur, le bras cassé et le menton dans la poussière.

— Tiens bon, Varin, on va appeler les secours, souffla le commandant avant de repartir à l'assaut.

Il dégaina son semi-automatique et abaissa le cran de sûreté.

— Arrêtez ou je tire !

Comme pour prouver sa détermination, l'officier effectua un tir de sommation. La puissante détonation se propagea dans les couloirs, comme le souffle d'une explosion. Les galeries confinées décuplaient la déflagration et sonnaient l'alerte générale. Ceylac et Lonzoni accoururent, tandis que, plus bas, Chomet et Brénam remontaient en toute hâte l'escalier qui bordait le quai.

Alors que les deux officiers grimpaient les marches quatre à quatre, l'inconnu atteignit le quai opposé. L'historien, resté planté de ce côté des voies, se retrouva face à la robe noire. Une fraction de seconde, il crut sa dernière heure arrivée. Il imagina l'homme brandir son arme et l'abattre comme un chien. Le coup de feu tiré quelques instants plus tôt résonnait encore dans ses tympans. L'historien recula contre le mur de faïence, mais le fugitif sauta sur le ballast et disparut. Le commandant Brunier déboula sur le quai et s'apprêta lui aussi à se jeter sur les voies.

Putain, le rail de traction..., pensa-t-il furtivement au moment de poser le pied dans la fosse. Mais l'ombre s'éloignait à vive allure dans l'obscurité du tunnel. Brunier ne pouvait plus attendre et plongea.

« Sont inconscients »... « crache sept cent cinquante volts en continu »... Il savait que le moindre faux pas lui coûterait la vie. Il s'imagina foudroyé par une puissante décharge qui le transformerait en arc électrique géant, avant de s'effondrer, la peau nécrosée par les brûlures et les traits horriblement tendus. L'image de cette mort atroce le détournait de son objectif. La silhouette courait avec une aisance hallucinante, elle connaissait parfaitement le terrain. Brunier devait éviter les morceaux de bois ou de métal qui gisaient çà et là entre les rails, sans compter la caillasse noire qui composait le ballast et qui s'enfonçait sous les semelles. Les câbles électriques entremêlés pouvaient aussi le faire trébucher. Cette course d'obstacles n'était pas du goût de l'officier, qui avait toujours honni les entraînements commando.

Les deux hommes sprintaient depuis une minute quand un grondement terrible emplit la galerie.

— Merde, le métro !

Brunier aperçut les phares de la motrice qui déboulait en face de lui. Aucune échappatoire. À gauche, le mur. À droite, les rails de traction, légèrement surélevés. Il risquait fort de les toucher s'il sautait précipitamment sur l'autre voie. L'ombre s'était évaporée, masquée par la rame qui fondait sur lui. À quelques mètres de lui, l'officier aperçut une alcôve forée dans la voûte et se précipita à l'intérieur. Au même instant, les voitures le frôlèrent dans un grincement étourdissant, si bien qu'il sentit le goût du métal. Il n'était qu'à cinq centimètres des wagons, pétrifié par le souffle et le raffut.

Huit secondes plus tard, il sortit de l'abri et s'aperçut en reprenant sa course que ces minuscules enclaves balisaient le tunnel à intervalles réguliers. Il commençait d'apprendre la grammaire secrète du métro. Une fine poussière noire s'était soulevée au passage de la rame et pénétrait ses bronchioles. L'officier s'efforça de reprendre de la vitesse, le souffle écourté par la pollution.

La station Mabillon n'était plus qu'à cinquante mètres. L'ombre avait dû s'exfiltrer du tunnel infernal et sauter sur la plateforme bétonnée, avant de se fondre dans la foule. Brunier ralentit la cadence, hors d'haleine, et se hissa péniblement sur le quai de la station. Les passagers qui patientaient hallucinèrent en voyant un spectre haletant jaillir du tunnel.

— Le type en noir, il est allé où ? leur hurla Brunier. Où ?

Mais les badauds demeurèrent interdits.

Ils n'avaient vu qu'une ombre.

La sienne.

Chapitre 8

13 juillet 2018, Paris

La captive gigotait comme un canasson qu'on mène à l'abattoir. Le bûcher bouillonnait déjà de mille flammes. L'atmosphère était suffocante, et elle sentit sourdre l'asphyxie avant même de goûter au brasier. Brutalement, pieds et mains liés, elle fut projetée dans la fournaise. La chaleur ardente embrasa aussitôt sa chevelure. Puis la peau de son visage commença de cloquer, les doigts et les orteils se rétractèrent, et la douleur foudroyante la saisit avec une telle violence qu'elle ne fut plus qu'un long râle de souffrance.

Marie s'éveilla en sursaut, noyée de sueur. Il faisait nuit noire et son cœur battait comme celui d'un moineau sur le point d'être écorché par un matou sadique.

Avec l'insoutenable dissection de la veille, ce cauchemar, toujours le même, se révélait encore plus terrible et douloureux que d'habitude. Elle ne pouvait s'empêcher d'imaginer que c'était elle, sur la table d'autopsie. Le portrait de la victime dressé par les experts la désignait directement.

Quatre heures sept.

Il fallait qu'elle se rendorme. Sa migraine récidivait, elle aussi. Un étau lui enserrait le crâne et ses tempes battaient à tout rompre. Pour parachever le tout, d'atroces douleurs au bas-ventre ; des coups de poignard cinglants. Marie se tordit, aussi souffrante que dans son rêve. Elle se plia, puis tenta d'atteindre le verre d'eau sur sa table de chevet. Une nouvelle estafilade dans ses ovaires et un geste brusque, dans un spasme, envoya valser le godet qui se brisa en mille éclats sur le parquet.

Aussitôt, les voisins du cinquième beuglèrent et frappèrent le plafond.

À huit heures, Marie se dressa, éreintée par ces heures d'assaut contre ses tempes et dans son ventre. Une belle dérouillée, comme chaque fois. Mais c'était pire avec le temps : elle se trouvait en milieu de cycle, en pleine ovulation. Depuis plusieurs mois, elle dégustait ainsi non seulement durant ses règles, mais aussi lors de la libération des ovules. La double peine, de plus en plus accablante. Vingt ans et déjà fracassée. Elle en baverait pendant une trentaine d'années, s'il fallait attendre la ménopause. Aucun traitement ne la soulageait. Les médecins n'avaient rien trouvé, sinon une suspicion d'endométriose, une saloperie qui gangrène les organes du bas-ventre et finit par les coller dans une indicible mélasse.

À neuf heures, après une douche bouillante et un demi-litre de café, Marie finit par s'habiller, avec force grimaces de douleur. Tout était à portée de main dans son minuscule studio du Quartier latin, à deux pas du Panthéon. Pendant l'année, elle se rendait à l'école à pied et pouvait facilement rayonner dans Paris. En qualité de fonctionnaire stagiaire, elle percevait de l'École normale supérieure une rémunération de mille trois cents euros net par mois qui lui permettait de s'offrir ces quinze mètres carrés sans être contrainte de travailler. Et elle ne voulait rien devoir à sa mère.

Bien sûr, elle vivait sous les toits, à l'étage des bonniches, au-dessus des grands appartements occupés par des ploutocrates qui toléraient mal le va-et-vient des étudiants, de nuit comme de jour. Elle se cognait régulièrement contre les poutres mansardées qui réduisaient drastiquement l'espace vital.

Ce matin, c'était trop dur. Chaque geste la crucifiait, elle ne pourrait même pas marcher normalement sans souffrir le martyre. Et puis nous étions vendredi 13, et depuis le 13 novembre 2015, cette journée portait résolument malheur.

Elle décida de prévenir Thomas, son maître de stage, qu'elle n'irait pas quai de l'Horloge, dans la termitière des experts, d'ailleurs plus accaparés par leurs cartons que par le travail. Car eux aussi devaient déménager, comme les grands flics du 36 et comme le tribunal de grande instance. Le palais de la Cité allait perdre une grande partie de l'âme qui l'habitait depuis mille ans. Avec le souk du matériel à emballer, Marie trouvait difficilement sa place dans les locaux.

Thomas décrocha hâtivement, en pleine ébullition.

— C'est dommage que tu viennes pas ! Devine où on débarque ? Tu vas pas en revenir.

— Je ne sais pas, à Las Vegas ?

— À Las Vegas… Pfff. Non, dans le métro ! Hier Brunier et son groupe ont fait une descente dans une station fermée, sous la statue de César que t'avais repérée. Cette nuit, on s'est farcis une galerie de deux cents mètres entre deux stations, pendant l'arrêt du trafic. Une galère, il y avait des tonnes de poussière noire. Malgré la combi, j'en ai encore sur le visage. Et maintenant, on relève la station désaffectée. Bref, tout ça, c'est un peu grâce à toi !

Marie regretta aussitôt son absence. Son intuition était à l'origine de ces recherches qui, de toute évidence, portaient leurs fruits.

— Mais vous cherchez quoi ?

— Les traces laissées par un suspect que personne n'a pu vraiment voir, genre évanescent, longue tunique noire et capuche. Corpulence moyenne. Petite pointure, si c'est bien son empreinte qu'on a retrouvée. Et il a blessé un flic.

— Brunier ? s'inquiéta aussitôt Marie.

— Non, le lieutenant Varin, le quatrième de son groupe. Il a le bras pété.

La jeune femme souffla. Elle commençait à s'attacher à ce drôle de commandant, bourru mais franc du collier. Il la respectait et l'avait écoutée sans moquerie lorsqu'elle avait émis ses hypothèses inattendues et quelque peu déconcertantes. Avait-il perçu que les circonstances du massacre résonnaient avec ses cauchemars ? Qu'elle se voyait, elle, dans la peau disloquée de la victime ?

— Et le plus dingue... Tu m'entends ?

L'ingénieur de la PTS s'égosillait à l'autre bout du fil.

— Oui ?

Le portable ne passait presque plus. La conversation se transformait en liaison intersidérale, si bien que Marie entendait une voix d'outre-tombe saccadée. L'équipe de l'identité judiciaire pénétrait dans la station fantôme, et les ondes se raréfiaient.

— Je dis : le plus dingue, c'est qu'ils ont trouvé un passage, une sorte de tunnel. On pense qu'il mène à la boutique Hermès. On doit tout passer au peigne fin, y en a pour un bout...

La communication s'interrompit définitivement. Marie demeura perplexe un long moment. Une avalanche d'idées plus extravagantes les unes que les autres déferla sur son esprit. Elle imaginait des scénarios improbables, romanesques, et ne cessait de penser aux statues d'Hermès et du centaure, au bûcher inachevé... L'image du corps calciné et les odeurs d'autopsie se ravivèrent, accentuant ses douleurs.

Soudain, son portable tinta. Sans doute un texto de Thomas pour s'excuser de l'interruption grossière. Mais, à la surprise de Marie, c'était sa mère qui l'invitait. Ou plutôt, la « convoquait » séance tenante. Bien que toutes proches géographiquement, les deux femmes se fréquentaient peu, leurs relations se révélaient distantes et tendues. Ces invitations étaient bien rares et Marie restait parfois des mois sans rencontrer sa propre mère. Pourtant, tout les rapprochait : le même brio, la même précocité. Et les mêmes aspirations intellectuelles pour la science et la recherche biomédicale. Sa mère avait atteint une stature internationale, si bien qu'elle avait tissé d'insondables réseaux. C'était grâce à son entregent que

Marie avait pu débarquer à la police technique et scientifique, généralement rétive à toute intrusion.

Après s'être péniblement préparée, la jeune femme avait emprunté la rue Pierre-et-Marie-Curie avant de bifurquer rue Saint-Jacques. Puis elle avait rejoint le boulevard Saint-Michel et longé les majestueuses grilles du jardin du Luxembourg, rue Auguste-Comte. Malgré les vacances, des ados du quartier piaillaient devant le lycée Montaigne, qui dressait son immense bâtisse à l'aplomb du parc. Marie sentit la fraîcheur des arbres centenaires qui tendaient leurs branches jusque sur la rue, et le parfum de chlorophylle la plongea aussitôt dans une atmosphère bucolique, en dépit de l'oppressante touffeur de la ville. Elle poursuivit quelques dizaines de mètres rue d'Assas, avant d'atteindre l'immeuble de sa mère, au 38 de la rue Guynemer. Élisabeth Duchesne occupait un grand appartement haussmannien au cinquième étage, flanqué d'un balcon filant, offrant une vue imprenable sur le jardin extraordinaire. Un luxe infini, dans l'une des rues les plus chères de Paris, autrefois habitée par François Mitterrand, le couple Badinter et bien d'autres personnalités.

Marie n'avait jamais connu son père et finalement peu fréquenté sa mère. Grande scientifique, titulaire de la chaire de génétique et de physiologie cellulaire du Collège de France, Élisabeth Duchesne avait passé sa vie dans les avions et les congrès internationaux. L'été, elle marquait une pause entre Paris et sa résidence secondaire, en Corse. Les entrevues étaient rares et, toute son enfance, Marie avait davantage fréquenté ses nourrices que sa génitrice.

— Bonjour, Marie, entre.

Élisabeth venait d'entrouvrir la double porte de l'appartement et retournait déjà dans le salon. Elle n'était pas seule. Un homme d'une quarantaine d'années, la peau burinée et creusée de légères ridules, dirigea ses yeux sombres vers Marie. Il dégageait une assurance et un calme étonnants. C'est comme s'il habitait là et connaissait Marie depuis toujours.

Il ne marqua aucune surprise, n'esquissa aucun sourire et observa la jeune femme comme une curiosité.

Élisabeth, elle, tirait sur une cigarette sur le balcon, les yeux noyés dans la verdure du Luxembourg.

— Bonjour. Nicolas Antonakis, articula-t-il finalement avec un imperceptible accent grec.

— Marie, la fille d'Élisabeth.

— Oui, Élisabeth m'a beaucoup parlé de vous.

Première nouvelle. Depuis quand Élisabeth parlait-elle de sa fille à quiconque ? Elle représentait donc quelque chose, quelque part, pour cette femme qui n'avait eu d'égards que pour son travail pendant toutes ces années ?

— Je sais beaucoup de choses de vous, insista l'inconnu. Par exemple que vous êtes très brillante. Lycée Louis-le-Grand, bac à quinze ans, mention très bien. Classe préparatoire à Sainte-Geneviève. Et puis les concours. Vous vous payez le luxe de réussir Polytechnique et Normale sup. Mais vous avez préféré la rue d'Ulm.

— Oui, le bicorne, la cocarde tricolore et la discipline militaire, très peu pour moi. Et puis 10 % de filles, bonjour la parité. On n'est pas plus connes que les garçons. Et finir patronne d'un grand service de l'État, ou pantoufler dans le privé pour s'en mettre plein les fouilles, je laisse ça aux mecs.

L'homme adressa un regard complice à Élisabeth, qui souriait en coin depuis son balcon. Telle mère, telle fille, pensa-t-il.

— Ah oui, et puisque vous êtes si bien informé, vous savez sûrement que j'ai passé ma vie en pension. Alors que ma mère habite à deux pas de Louis-le-Grand. Et rebelote pour l'internat à Ginette[1]. En fait, vous connaissez sans doute Élisabeth mieux que moi.

Marie darda un regard noir vers sa mère, qui continuait d'admirer le paysage, légèrement cambrée, comme si elle cherchait quelque chose ou quelqu'un dans le parc du

1. Surnom de l'école Sainte-Geneviève de Versailles.

Luxembourg. C'était une femme superbe, élancée et dotée d'une grande classe. Ses cheveux léchaient ses épaules et brillaient de reflets cuivrés. Elle avait franchi le cap de la cinquantaine mais paraissait quinze ans de moins.

— Je vois, articula calmement le Grec d'une voix grave. Il est temps de reprendre votre place dans la famille.

La sonnette crépita à l'autre bout de l'appartement. Élisabeth Duchesne traversa le salon à grandes enjambées et disparut sans un regard pour sa fille.

— Vous êtes qui ? souffla Marie.

— Un collègue de votre mère. Je suis maître de conférences au Collège de France, le cours d'histoire des sciences. Je suis surtout spécialiste de la médecine antique. Hippocrate, Socrate et Galien, que j'ai traduits du grec ancien. J'ai aussi longuement travaillé sur Averroès l'Arabe, et tous les pionniers de la médecine moderne.

À cette évocation, Marie planta aussitôt son regard dans l'immense toile verticale qui dominait le salon. Un Klimt, sublime. *La Médecine* représentait la déesse grecque Hygie, le port altier, le regard orgueilleux et dominateur. La déesse de la médecine préventive et de la bonne santé, drapée dans une éblouissante tunique rouge et or, tendait un bras autour duquel s'enroulait un long serpent doré. Au-dessus d'elle, un enchevêtrement de corps, des hommes musculeux et des jeunes filles nues et lascives qui s'élevaient comme pour rejoindre le ciel. Le plus étonnant, c'est que les hommes se trouvaient tous de dos. Comme s'ils n'avaient pas voix au chapitre. Toutes les femmes paradaient, plus belles et attirantes les unes que les autres, suivant des canons de beauté très modernes. Fines, fermes et galbées. Une seule était grosse, sans doute prête à la délivrance. Et, perdus au cœur de l'emmêlement, de sombres visages terrifiants et même un squelette. En vis-à-vis, isolée sur la gauche de la toile, une femme dénudée trônait sur un piédestal, les bras écartés, le pubis duveteux et les mamelons turgescents. Marie avait toujours considéré cette nymphe à la longue chevelure brune comme le versant féminin et provocateur de Jésus crucifié.

Pour elle, cette toile illustrait à elle seule la personnalité complexe de sa mère, puissante, séduisante, hautaine et dominatrice, et dans le même temps rongée par un secret, des non-dits pesants et insaisissables qu'elle enfouissait au plus profond d'elle-même.

Marie prit conscience que les femmes occupaient tout l'appartement. En dehors du Klimt, une quinzaine de cadres parés de magnifiques portraits féminins, dont celui de Marie-Antoinette, parsemaient les murs. Des œuvres d'Élisabeth Vigée Le Brun, encore une femme, grande artiste du siècle des Lumières. Ces figures féminines avaient toujours entouré Marie, alors qu'elle n'avait connu aucun homme, ni père ni oncle. Ni frère. Elle ne pouvait compter que sur sa sœur, Émilie, d'un an son aînée.

— Tiens, quand on pense au loup…, murmura Marie pour elle-même.

Émilie Duchesne faisait son entrée dans le salon, précédée d'Élisabeth qui paraissait anxieuse.

Émilie adressa un immense sourire à sa sœur chérie, qu'elle fréquentait assidûment. Ces deux-là auraient pu être jumelles, tant leur ressemblance physique était frappante. La beauté, l'éclat et l'intelligence qui irradiaient leurs visages juvéniles ne laissaient personne indifférent. Et leurs iris vert émeraude ensorcelaient les hommes.

— Salut, sœurette, t'as été sonnée par la daronne toi aussi ?

Marie sourit jusqu'aux oreilles, frétillant de complicité avec cette sœur qui comptait plus que tout.

— Yes ! Je suis aussi curieuse que toi d'apprendre ce qui nous vaut cette invitation dès potron-minet !

Élisabeth se lova dans un grand fauteuil en cuir, à la gauche de ses deux filles et face au Grec qui restait muet et bien mystérieux.

— Je m'inquiète pour vous, voilà tout. C'est l'été, les touristes sont partout, la menace terroriste est plus forte que jamais.

Les deux frangines échangèrent un regard dubitatif.

— Ce n'est pas très nouveau, commenta l'aînée. Ça fait trois ans qu'on vit avec une épée de Damoclès. Je ne vois pas pourquoi…

— *Tusculanae disputationes*, l'interrompit soudainement Nicolas Antonakis.

Le Grec venait de lâcher deux mots incompréhensibles qui accentuèrent la perplexité de Marie. Émilie, qui semblait déjà bien le connaître, leva les yeux au ciel comme pour dire « il est incorrigible ».

— Le livre dans lequel Cicéron raconte l'anecdote de Damoclès et de son épée, expliqua-t-il. C'est à l'origine de l'expression que vous avez citée. C'est un codex superbement enluminé, découvert par Pétrarque. Vous savez, ce grand poète, bibliophile…

— Pas vraiment…, reconnut Marie, de plus en plus déroutée par la tournure de la rencontre.

— Pétrarque, un infatigable découvreur de manuscrits. Sans lui, nous ne saurions pas grand-chose des Anciens. Sans lui et sans ses disciples, pour être juste, comme Poggio Bracciolini, le Pogge comme on dit en France. Et donc, Pétrarque a découvert les *Tusculanes*, ce dialogue où Cicéron rapporte l'histoire du grand orfèvre de Syracuse, Damoclès, et de l'épée suspendue au-dessus de sa tête pendant toute une journée.

Marie resta sans voix. Élisabeth vola au secours de son ami.

— Nicolas est un collectionneur de vieux livres, c'est lui qui m'a offert les ouvrages du XVIIIe siècle que j'ai dans la bibliothèque. Tu sais, ces vieux traités de médecine. C'est un véritable honnête homme, il est modeste, mais sa culture historique et philosophique est immense. Il traduit le grec ancien et le latin comme si c'étaient deux langues vivantes, voire des langues maternelles. C'est qu'il a aussi une solide formation de philologue : il s'intéresse à des langues anciennes disparues, qu'on n'a jamais pu traduire. Il a été coopté au Collège de France très jeune, c'est un éminent intellectuel.

Le Grec sourit tout en observant Marie avec insistance. La jeune fille grimaçait et se penchait imperceptiblement en avant. Les douleurs dans le bas-ventre redoublaient. Malgré sa crise, elle sonda à son tour l'étrange universitaire et s'interrogea sur les rapports qu'il entretenait avec Élisabeth. Pouvaient-ils être amants ? Bien fait de sa personne et les traits fins, il ne manquait pas de charme. De toute manière, Élisabeth avait toujours fait preuve d'une grande discrétion sur sa vie intime. Marie ne l'avait jamais surprise en galante compagnie.

— Bref ! Quand je parle des menaces terroristes, c'est un exemple, bafouilla Élisabeth pour reprendre le fil. Je pourrais tout autant parler de la délinquance ordinaire, des crimes crapuleux. Paris n'est plus sûr. Vous êtes deux jeunes filles attirantes, il faut vraiment faire attention.

Émilie et Marie connaissaient leur mère. Elle ne les avait jamais couvées et sa sollicitude soudaine masquait sans nul doute un tout autre dessein.

— Toi, Marie, tu dois en voir des vertes et des pas mûres dans ton stage à la police scientifique, non ?

Tout en parlant, Élisabeth s'empara d'un journal qui traînait sur la table basse et le déplia. Un titre sans équivoque barrait la une du *Parisien* : « Un corps brûlé et dépecé dans une boutique Hermès ». Au-dessous s'étalait une photo de l'entrée du commerce, bouchée par des policiers. Sur la droite, une image d'archives du rez-de-chaussée de la boutique montrait la statue d'Hermès surplombant l'escalier.

C'était donc ça.

— Oui, c'est vrai, j'ai pu suivre l'équipe de l'identité judiciaire sur la scène de crime. J'ai même assisté à l'autopsie hier matin. Et alors ?

Nicolas Antonakis plissa les yeux et arbora une moue perplexe. Élisabeth échangea un regard entendu avec lui tandis qu'Émilie s'assombrissait.

— Dis-moi, interrogea Élisabeth, comment se présentait le cadavre ? Sa disposition, son emplacement… son état…

Marie se sentit scrutée par d'intenses regards. Chacun retenait son souffle.

— Mais qu'est-ce que ça peut faire ? De toute façon, je ne peux rien dire. C'est le secret de l'enquête. Ils seraient capables de me coffrer s'ils apprenaient que…

— C'est essentiel, coupa Nicolas. Réponds-nous, s'il te plaît. Tu n'as rien à craindre, rien ne sortira d'ici.

Ce tutoiement soudain approfondit l'intensité du moment. Les tirs d'artillerie intracrâniens et les perforations ovariennes redoublèrent d'intensité. La jeune fille sentit son pouls s'envoler vers des vitesses supersoniques.

— Ça va pas ? s'inquiéta Émilie tout en empoignant la main de sa sœur. Tu as mal au ventre ? Au bas-ventre ?

— Oui… c'est de pire en pire…

Déjà diminuée par ses douleurs, Marie croisa le regard phosphorescent d'Élisabeth. Elle n'avait jamais su lui résister. Une force intérieure, presque surnaturelle, émanait de cette femme dont elle peinait à croire qu'elle était vraiment sa mère, malgré une ressemblance frappante. Finalement, elle capitula, d'autant qu'elle ne réussirait jamais à garder pour elle un tel secret. C'était trop dur, trop violent. Elle devait se confier. Évacuer la pression auprès des rares personnes en qui elle avait toute confiance.

— J'ai vu… j'ai vu un monticule fumant, en bas de l'escalier de la boutique.

L'étudiante désigna l'emplacement sur la photo du quotidien.

— Les bras sur les jambes, le buste en dessous. Au-dessus, le crâne. Ils n'ont rien trouvé, aucun indice particulier. Apparemment, le meurtrier l'aurait transportée par les sous-sols, en empruntant un tunnel depuis le métro, une station fermée, Croix-Rouge, sous la place Michel-Debré.

— Et à l'autopsie, qu'est-ce qu'ils ont dit ? insista Élisabeth.

— Ce serait une fille de mon âge, ou plus jeune. Ma taille. (Marie hésita, visitée par les images de son cauchemar.) Elle a peut-être été brûlée sur un bûcher, comme dans l'Antiquité. C'est moi qui l'ai suggéré et ça semble coller. Ils l'ont découpée après.

Marie se tut quelques secondes, encore terrifiée par les propos du légiste.

— Et avant ça… elle a été battue à mort, un carnage.

Les deux enseignants du Collège de France se raidirent, comme pétrifiés. Au bout d'une interminable minute, Émilie, livide, brisa le silence.

— Ils n'ont aucune idée de son identité ?

— Non, elle n'avait pas ses papiers, tu vois. Ils vont tenter des trucs de dingues, genre reconstruction faciale, ou même un portrait-robot génétique. J'ai lu des papiers sur cette techno, ça devient plus fiable. Quelqu'un la reconnaîtra peut-être.

Élisabeth pantelait, mais tentait de dominer ses émotions.

— Ont-ils examiné ses dents ?

— Oui, ce qu'il en restait. Plusieurs ont été cassées, sans doute à cause des coups.

— D'accord, mais l'intérieur de ses dents ? Leur face interne ?

Marie hallucina. La conversation prenait une tournure surréaliste.

— Leur face interne ? Pour quoi faire ? De toute manière, ils ont demandé une expertise odontologique. On en saura plus à ce moment-là, enfin si on m'en parle, je ne suis pas dans le secret des dieux.

— Alors qu'ils nous protègent, au moins, les dieux…, marmonna le Grec.

Un léger bourdonnement envahit la pièce, soulageant l'atmosphère du silence pesant qui s'immisçait entre chaque réplique. Au début, Marie crut au vrombissement lointain des hélicoptères qui répétaient leur parade pour le défilé du 14 Juillet. Mais au bout de quelques secondes, elle distingua plusieurs abeilles qui s'étaient égarées dans l'appartement. La porte-fenêtre du salon plongeait sur l'extrémité sud-ouest du jardin du Luxembourg, à quelques mètres du rucher.

Depuis cent cinquante ans, les ruches du parc servaient pour la formation des apiculteurs aux méthodes modernes, dans le but de mieux préserver le peuple des abeilles. Des conférences de vulgarisation scientifique s'y déroulaient parfois, et sa mère était déjà intervenue pour évoquer la génétique et l'épigénétique de ces insectes. Leur complicité s'était installée de longue date, au point qu'Élisabeth abritait aussi un rucher dans sa résidence secondaire de Cargèse, en Corse.

Les abeilles s'étaient rapprochées et vibraient maintenant autour de la généticienne, qui sourit tendrement. Elle exhalait une fragrance qui séduisait ces insectes.

— Jolies petites *Apis mellifera*…, commenta Nicolas Antonakis, réchauffant l'atmosphère.

Deux abeilles atterrirent sur le bord des lèvres d'Élisabeth qui se laissa faire, avant de sombrer dans une béatitude apaisante. Les insectes semblaient se délecter d'un plaisant nectar. Marie se surprit à ressentir un bien-être inattendu, ses douleurs s'apaisèrent. Ces petites créatures enchanteresses exerçaient un pouvoir réconfortant.

Lorsque le calme fut entièrement restauré, les abeilles se volatilisèrent par la fenêtre et regagnèrent sans doute leur base.

Ce signal provoqua spontanément la fin du conciliabule kafkaïen qui laissa une impression désagréable à Marie.

Elle ne saisissait pas où voulaient en venir sa mère et cet étrange collègue d'origine grecque. Que tramaient-ils ? Pourquoi s'intéressaient-ils tellement à ce fait divers sordide ? Quel rapport pouvaient-ils entretenir avec l'affaire ? Elle reviendrait à la charge, calmement, avec sa sœur puis sa mère, individuellement.

Tandis que les trois invités se dirigeaient vers l'entrée de l'appartement et que Marie s'apprêtait à embrasser sa mère, celle-ci l'interpella.

— Ah, au fait, j'ai lu aussi que le commissaire chargé de l'enquête s'appelle Brunier, c'est ça ?

— Oui, mais il est commandant, pas commissaire. Marc Brunier, de la brigade criminelle, au Quai des Orfèvres.

— Ton Brunier, il n'aurait pas une fille ?

— Aucune idée, pourquoi ?

— J'ai connu une Sarah Brunier… Une élève brillante. En M2 de biomol, quand j'enseignais encore à Paris-VII.

Marie ne releva pas l'anecdote, encore habitée par la conversation qui s'était achevée en eau de boudin. Au moment de se séparer, l'universitaire grec agrippa son avant-bras d'un geste ferme et viril.

— Viens me voir au Collège de France. Il faut que nous parlions. C'est très important. J'ai déjà parlé à ta sœur, quand elle a eu vingt ans. C'est ton tour.

Nicolas Antonakis planta un regard intense dans celui de Marie. Elle ressentit un trouble inédit, une étrange chaleur qui dissipa ses douleurs l'espace de précieuses secondes.

Son pouls s'accéléra.

Elle répondrait à son invitation.

Sans nul doute.

Chapitre 9

12 septembre 1485, Strasbourg

L'ombre de la chandelle dansait sur les murs suintants d'humidité. Seule la respiration haletante de Gertrud perçait le silence. Elle attendait, depuis trois longues heures, les bras tendus en l'air et les mains nouées au bout d'une corde. La longe remontait jusqu'au plafond, s'enroulait autour d'un crochet avant de retomber au sol, lacée à une patère ancrée dans les dalles.

La lueur de la flamme léchait un mobilier terrifiant. D'abord cette chaise de bois massif, hérissée de centaines de pointes métalliques, du dossier à l'assise. Elle se dressait devant Gertrud, contrainte à un angoissant face-à-face qui s'éternisait. De longues minutes qui attisaient l'imagination et suscitaient des bouffées d'épouvante. Juste à côté, dans la minuscule geôle glaciale, s'érigeait la chaise de Judas dont toutes les filles sorties vivantes avaient parlé avec une telle terreur que nulle n'avait osé les questionner sur son fonctionnement exact. À l'écart gisait aussi une bassine d'eau putride, dont on pouvait aisément imaginer l'usage.

Enfin, sur une tablette bancale, des instruments métalliques rouillés s'alignaient soigneusement. Une pince, une énorme poire munie d'un soufflet de cheminée, un gros marteau et surtout une fourche d'hérétique. Deux longues pointes en haut, deux autres en bas, qui n'attendaient que de percer la chair du menton et de la poitrine de la pécheresse.

La panique empirait. Gertrud sentit son cœur bondir au point qu'elle manqua défaillir. La torture avait commencé bien avant de débuter vraiment. La pression psychologique, depuis de longues heures, se révélait pire tortionnaire que n'importe quel bourreau. Les yeux de la jeune femme tournoyaient dans leur orbite, ne trouvant aucun répit dans la cellule, aucun recoin qui pût apaiser son tourment. Les murs maculés de taches bistre ne laissaient guère de doute sur la nature du fluide qui les avait gâtés. Même le sol terrifiait : une rigole cheminait jusqu'à un trou, pour permettre l'écoulement des liquides corporels.

Des gémissements inhumains déchirèrent le silence.

Gertrud sursauta et relâcha d'un coup ses sphincters. L'urine ruissela entre ses cuisses et s'évacua dans la goulotte. Paisiblement. La jeune femme éclata en sanglots devant l'horreur qui la guettait. Quelle faute avait-elle commise, sinon aider des femmes et leur prodiguer des soins ? Elle avait échappé aux précédentes captures, mais celles-ci se multipliaient depuis trois mois, avec une telle rage qu'elle se savait condamnée, comme les autres.

Le tintement métallique d'une clef retentit dans le cachot et acheva de la terroriser. Son tour était venu.

Un homme d'une cinquantaine d'années, à la barbe grisâtre taillée en pointe, revêtu d'une longue robe blanche coiffée d'un pourpoint et d'une capuche sombres, pénétra dans la geôle. Il mesurait à peine cinq pieds, tandis que le colosse qui le suivait dépassait largement une toise. Il était vêtu de noir de la tête aux pieds et arborait un casque métallique d'où n'émergeait pas même la lueur d'une pupille. Quel monstre, homme ou bête, se terrait sous ce harnachement effrayant ?

La jeune femme réalisa que le géant traînait à sa suite un pauvre hère rachitique, qu'il projeta violemment sur le sol glacé. Gertrud fut pétrifiée. Elle reconnut Ysarée, une enfant de quinze ans qui venait de rejoindre la communauté et qui n'entendait rien aux rites et secrets de ses aînées.

Le dominicain, paré d'un énorme crucifix rivé au bout d'une chaîne, lissa plusieurs fois les crins de sa barbe. Il ne prêtait aucune attention à l'adolescente, mais observait attentivement Gertrud.

— Alors, maléficière gangrenée par le démon qui attise en toi le feu de la luxure, vas-tu confesser ton hérésie et tes crimes de sorcellerie ? Ou faudra-t-il te passer par la question ?

Gertrud, quoique terrassée par l'épouvante, rassembla tout son courage. Elle serait digne et susciterait la fierté de ses sœurs. Alors, elle bomba le torse puis soutint le regard de l'inquisiteur et répliqua, cinglante :

— C'est donc vous, Heinrich Kramer, qui portez la terreur en nos terres rhénanes et nous poursuivez sans relâche pour nous accuser de sorcellerie ?

Le dominicain eut un sursaut de recul, le visage marqué par l'incrédulité. Comment cette fille de rien, oublieuse de son propre sexe, osait-elle s'adresser à l'inquisiteur de la Germanie supérieure ? Et de surcroît par son vrai nom, qu'il avait remisé depuis de longues années !

— Ne m'appelle jamais ainsi ! Je suis Henry Institoris, ton inquisiteur ! Délie-toi de cette morgue, ou bien tu finiras sur le bûcher avant que d'avoir pu abjurer tes crimes !

Le théologien était cramoisi, outré par l'insolence de sa prisonnière. Puis il se ravisa. Une telle impertinence signifiait qu'il avait sans doute réalisé une prise de choix. Peut-être même était-elle l'une de ces sorcières douées de pouvoirs diaboliques, dont la rumeur colportait les pires méfaits. À cette idée, il s'apaisa. Il en tirerait grande gloire et serait félicité par le Très Saint-Père Innocent VIII qui avait placé en lui toute sa confiance. Henry Institoris tourna autour de la captive, à la recherche du signe distinctif. Il lui sembla qu'elle le possédait, mais n'avait qu'un moyen de le découvrir.

Il arracha les guenilles de Gertrud et la dénuda entièrement. La jeune femme fut prise d'une terreur subite, inattendue, qui l'étonna elle-même. Sa pudeur profonde, viscérale, la plongea dans une honte sans nom. Elle vira au rouge écarlate et s'agita comme une diablesse au bout de la corde en émettant des cris stridents.

Institoris la harponna et l'examina sans gêne. Il découvrit une forme de cicatrice sous le sein droit. La mamelle était nettement plus fine que la gauche.

— Serais-tu donc l'une de ces accoucheuses qui se terrent en forêt, de part et d'autre de la frontière entre le royaume de France et le Saint Empire ?

N'obtenant nulle réponse, il précisa ses accusations.

— Ne serais-tu point succube ? Le démon s'est-il lové en toi pour séduire les honnêtes hommes et les rendre infertiles ? Incapables d'engendrer la sève qui renouvelle les fidèles créatures de Dieu ?

La jeune femme claqua des dents. Le froid, avec la nuit tombante, mordait sa chair à nu. Au-dehors, on entendait l'écho des sabots des attelages qui trottaient sur la terre battue tout autour de la cathédrale. Aucune aération ne permettait d'entrevoir le jour, mais de minuscules interstices laissaient pénétrer l'oxygène nécessaire à la survie des aliénées. Quelques rares bruits étouffés de la vie qui suivait son cours, à la surface, filtraient. N'entendaient-ils donc rien des hurlements des suppliciées, là-haut ? Ou bien fermaient-ils les oreilles, face à la toute-puissance de l'Inquisition que nul n'osait contrer au risque de subir aussi ses foudres ?

— Bien, puisque tu as soudainement perdu ta langue, pourtant bien pendue, nous allons trouver un remède qui te rendra la voix. Allez ! cria-t-il au titan, tout en désignant l'adolescente qui gisait toujours au sol.

Le géant empoigna la misérable et la souleva de plusieurs centimètres. Puis, sans l'ombre d'une hésitation, il l'assit brutalement sur la chaise à clous en l'y maintenant de force. Un hurlement terrifiant s'éleva dans la cellule, si bien que l'inquisiteur porta ses paumes aux oreilles. Gertrud écarquilla les yeux au point de les désorbiter en assistant à l'agonie terrifiante d'Ysarée, qui tressautait comme un gibier déchiqueté par la puissante mâchoire d'un loup.

Un sang noir s'écoulait tout autour de la chaise, se déversant par les dizaines de plaies que nul n'apercevait mais que chacun devinait. Les cuisses, les fesses, le dos, les épaules avaient été simultanément percées par les dizaines de pointes acérées et rouillées qui tapissaient l'immense chaise de torture. Devant le spectacle, Gertrud faillit tourner de l'œil.

Le bourreau releva la chiffe et la laissa s'effondrer au sol. Le dos et les jambes n'étaient plus que lambeaux, et le sang, abondant, peinait à s'évacuer dans la rigole.

Le dominicain demeura impavide, en rien affecté par le supplice de sa victime. D'un geste du menton, il intima un nouvel ordre au boucher qui se plaça derrière Gertrud. Aussitôt, il dénoua la corde de sa patère et tira d'un coup.

La jeune femme fut violemment tirée vers le haut, si bien qu'un craquement osseux retentit. Elle mugit à son tour et agita les jambes comme un pendu. Les épaules déboitées, elle ressentit une brûlure cinglante irradier tout son dos. Les râles de Gertrud se mêlaient désormais à ceux de l'adolescente.

Le dominicain, d'un geste de la main, ordonna au tortionnaire de lâcher prise. La jeune femme s'affala sur le sol, à côté de l'autre martyre. Elles baignaient toutes deux dans une mare de sang.

Henry Institoris se pencha au-dessus de Gertrud, désarticulée sur les dalles pourpres, les poignets toujours maintenus par la corde.

— Alors, as-tu recouvré ta langue ? Ou bien doit-on te passer aussi par la chaise ?

L'inquisiteur se courba encore un peu plus et chuchota à l'oreille de la jeune meurtrie.

— Je suis sûr que tu fais passer les enfants des femmes pieuses. Je sais que toi et les tiennes posez une main sur le ventre gros et que ce geste suffit à rendre l'enfant difforme et à le faire périr dans d'atroces souffrances. Tu es la pire engeance de l'enfer. Tu goûteras au bûcher, mais auparavant tu devras expier tous tes crimes.

Henry Institoris avait les yeux exorbités et semblait possédé.

— N'agis-tu pas comme le démon te le dicte, en semant la mort ? Tu es le serpent, tu transmets le péché originel et détournes les honnêtes créatures de leur mission naturelle. Tu sèmes la folie d'amour chez les hommes, qui négligent leur épouse et perdent leur virilité ! N'as-tu jamais escamoté le membre viril qui relève pourtant de la vérité d'homme ? Tu répands l'épidémie d'incubat, tu laisses le démon abuser des femmes pures et tu multiplies les avortements et les disparitions d'enfants !

L'inquisiteur avait haussé le ton et criait maintenant, comme envoûté par sa propre folie.

— Nous savons tout ! Toutes ces disparitions, ces morts inexpliquées ! Confesse que tu dévores les enfants !

Une lueur d'épouvante traversa les yeux de la jeune femme, encore percluse de douleur, comme foudroyée.

— Vous... Vous êtes...

L'inquisiteur se pencha plus bas, pour tenter de percevoir le mince filet de voix qui peinait à franchir la gorge de Gertrud.

— Oui ?

— Vous êtes le diable...

Henry Institoris se releva et épousseta son pourpoint.

— Bien, je reviendrai. D'ici là, médite, et pense à la chaise. Observe cette ingénieuse machine, la chaise de Judas, qui patiente à côté. Je la réserve pour ton amie, que nous allons ramener dans sa geôle.

Le colosse s'empara de la jeune fille ensanglantée, puis les deux hommes quittèrent enfin la cellule, en bouclant la lourde porte à double tour.

Gertrud gisait, traversée de spasmes attisés par la douleur, le froid et la terreur.

Henry Institoris remonta paisiblement l'escalier de la crypte de la cathédrale de Strasbourg.

Il avait la charge de toutes les provinces de la Germanie supérieure, qui couvraient d'amples territoires autour du Rhin. Trois mois plus tôt, le prince-évêque de Strasbourg et son supérieur, le métropolite de Mayence, l'avaient fait mander pour éradiquer l'épidémie d'hérésie et de disparitions d'enfants. N'ayant d'autre point de chute, il avait décidé d'installer les geôles dans la crypte même de la cathédrale de Strasbourg. Elle offrait un espace suffisant pour bâtir plusieurs pièces, sous terre, capables d'étouffer les cris des hérétiques et de maintenir ces derniers à l'écart du monde et de la lumière. Institoris avait ensuite fait porter, depuis Cologne, les outils et instruments nécessaires à la question, puis engagé sur place plusieurs gaillards pour les utiliser.

Chaque soir, comme si de rien n'était, il regagnait calmement son appartement, dans le grand presbytère qui dressait son austère façade à l'arrière de la cathédrale.

En remontant l'imposante nef de la cathédrale, il croisa Hans Hammer et ses apprentis, qui poursuivaient leur labeur à la lueur des candélabres. Le grand sculpteur commençait l'édification d'une superbe chaire dédiée aux prédications de Jean Geiler de Kaysersberg. Le célèbre théologien, dont la renommée dépassait les frontières du Saint Empire, énonçait ses sermons depuis sept années en la cathédrale de Strasbourg.

Institoris se méfiait de lui, car il était fin lettré et se référait à l'œuvre des penseurs grecs et arabes, au-delà de la stricte exégèse des textes saints.

La sublime chaire que bâtissait Hammer traduisait tout le respect voué au prédicateur. L'esquisse détaillée, qui s'étalait au pied du chantier, promettait un chef-d'œuvre d'art gothique, un travail d'orfèvre abritant une cinquantaine de statues de saints, d'anges et d'apôtres, au côté d'une Vierge et d'un majestueux Christ en croix.

— Vous voici engagé dans une œuvre magnifique, maître Hammer, lança l'inquisiteur sur un ton badin.

Le sculpteur se détourna du socle de l'édifice qui commençait de prendre forme. Les niches consacrées aux quatre évangélistes étaient déjà dressées.

— Et vous, vous voici engagé dans une besogne bien abjecte, répliqua le maître d'ouvrage, sans ciller.

Le visage d'Henry Institoris se déforma, prenant les traits de la certitude outragée.

— Nous passons nos journées en cette nef, insista Hammer, et nous oyons les hurlements déchirants qui traversent l'épaisse dalle de la cathédrale. C'est insupportable, comment voulez-vous que nous travaillions quiètement ?

— Je comprends, mais ma mission m'a été confiée par Innocent VIII en personne. Le diable siège en ces sorcières, elles doivent se confesser, par tous les moyens, avant qu'elles n'affrontent les juges d'empire et d'Église qui décideront de leur sort. Beaucoup périront par le feu, si bien que le démon incube et succube rendra gorge.

Le regard implacable de l'inquisiteur ne laissait aucun doute sur sa froide détermination. Hans Hammer ne dit mot et se leva.

— Bien, il se fait tard, rentrons, lança-t-il à ses apprentis. Une rude journée nous attend demain.

Henry Institoris poursuivit son chemin jusqu'au grand portail. Dehors, la nuit achevait d'envelopper la ville. Partout, des dizaines de clochers dépassaient des demeures bourgeoises, tous dominés par celui de la cathédrale qui s'élevait à quatre cent cinquante pieds[1]. La main de Dieu, ferme et juste, régnait sur la cité et ne tremblait jamais quand il fallait frapper Satan et ses incarnations.

Tout en cheminant, Institoris imaginait le sculpteur pénétré par ses propres outils contondants et tranchants, dans une nouvelle forme de machine qu'il faudrait penser à mettre au point. Il ravalerait ainsi son outrecuidance. Puis il fut traversé par une autre pensée.

1. Cent quarante-deux mètres.

— *Hammer*[1]… Je t'utiliserais bien pour frapper la tête des sorcières.

De retour dans ses appartements, Henry Institoris fut saisi d'un doute. Il était certain d'avoir refermé la porte en sortant, au petit matin. Muni d'un simple loquet à poucier, le battant ne disposait d'aucune serrure. La clenche était levée, en équilibre instable sur le mentonnet. Quelqu'un s'était introduit…

L'inquisiteur franchit le seuil avec prudence, à la lueur de sa chandelle. Mais, à sa grande surprise, son bureau était déjà baigné de lumière. Les grands cierges bruns se consumaient, alors qu'il était convaincu de les avoir éteints à l'aube. Il s'avança et tomba nez à nez avec un homme d'une cinquantaine d'années, vêtu d'un long manteau pourpre et d'une coiffe d'où dépassait une ondulante chevelure grise et or.

— Je vous attendais, prononça l'inconnu dans un latin châtié.

Institoris demeura bouche bée, parfaitement sidéré. L'homme tenait plusieurs feuillets entre ses mains, qu'il parcourait à l'aide d'une loupe.

— Comment osez-vous ? enragea Institoris dans un latin plus rudimentaire. Posez immédiatement ces parchemins, ils sont miens et ne vous concernent point.

L'autre poursuivit paisiblement sa lecture.

— *Malleus maleficarum*… Le *Marteau des sorcières*… Voici donc le bel ouvrage que vous êtes en train de composer, Heinrich Kramer ? Un manuel pour torturer les sorcières, c'est bien cela ?

— Qui êtes-vous ? Que faites-vous ici ? hurla Institoris, hors de lui.

Et qu'avaient-ils tous à connaître son vrai nom, délaissé de longue date ?

— Je suis Marsilio Ficino. J'arrive de Florence.

1. « Marteau », en allemand.

L'inquisiteur devint blême et manqua de trébucher. Il saisit le cadre de sa chaise comme une canne et encaissa le choc.

— Êtes-vous le philosophe florentin, protégé de feu Cosme de Médicis et ancien précepteur de Laurent le Magnifique ?

— Oui.

— C'est donc vous qui publiâtes, voici trois années, le *Theologia platonica de immortalitate animae* ? La théologie platonicienne de l'immortalité des âmes ?

— Si fait.

Henry Institoris bredouilla et finit par s'asseoir, le regard perdu.

— Mais que venez-vous faire en cette cité, ici, dans mes appartements ? Vous ne m'avez nullement averti de votre visite, et je ne comprends pas votre intrusion…

Le philosophe contourna le bureau et fit face au théologien. Leurs visions du monde ne pouvaient être plus opposées. L'inquisiteur s'arc-boutait sur des certitudes dogmatiques rétrogrades et tentait de contenir la marche du temps par l'absurde, à force de torture, de bûchers et d'excommunications. Contrairement à bien des théologiens, dont saint Thomas d'Aquin en personne, il rejetait même la scolastique, qui tentait de concilier la pensée d'Aristote avec le dogme catholique. Pour lui, les Anciens n'avaient aucun droit de cité et ne pouvaient éclairer les textes saints. Au contraire, Marsilio Ficino ouvrait une ère nouvelle, celle de la première Renaissance de la pensée, grâce à ses traductions des plus beaux textes de l'Antiquité. Il était le premier spécialiste de Platon, des médecins Galien et Hippocrate, mais aussi des néoplatoniciens comme Plotin et Synesius. Avant lui, les textes de ces grands penseurs n'avaient jamais été traduits en latin.

— Je suis venu jusqu'ici parce que votre réputation heurte tous les humanistes que je représente, en mon académie platonicienne de Florence, et bien au-delà. Laurent de Médicis ainsi que mes disciples, comme Jean Pic de la Mirandole, s'affolent de vos exactions. Pourquoi vous en prenez-vous aux femmes avec tant de cruauté ? Savez-vous que vous dégradez l'image de l'Église et que vos tortures sont abjectes ? Vous agissez plus vilement qu'une bête féroce ! s'emporta Ficino.

— Je ne vous permets pas ! Je fais mon devoir ! Et vous le savez !

Henry Institoris fouilla dans ses manuscrits et brandit un grand parchemin portant les miettes d'un sceau rouge sur fond de cire verte, modestement signé « Innocent, évêque, domestique des domestiques de Dieu ». Il tendit avec rage le document au philosophe. Ses carotides palpitaient à tout rompre, et son visage virait à l'écarlate.

— *Summis desiderantes affectibus.* Oui, je connais la bulle pontificale du Saint-Père, promulguée l'année dernière. Il vous donne tout pouvoir, à vous et votre égal Jacques Sprenger, pour lutter contre la dépravation hérétique et détruire l'œuvre du diable dans toute la région. Mais savez-vous que les cardinaux, informés de vos méthodes par le clergé local, ici à Strasbourg et dans toutes les cités rhénanes, dénoncent aussi vos exactions ? Ils s'émeuvent et craignent une révolte. Et vous, que craignez-vous tant qu'il vous faille martyriser ainsi de pauvres innocentes sans malice ?

— Taisez-vous ! Que savez-vous de la foi ? N'avez-vous point traduit le *Corpus hermeticum* d'Hermès Trismégiste ? Cette pseudo-philosophie occulte et païenne ? Préférez-vous une fausse divinité, arborant son ridicule bâton et ses deux serpents enroulés tout autour, au Dieu tout-puissant ? Ces serpents n'incarnent-ils pas le péché, la tentation de s'ériger en Seigneur, d'atteindre la connaissance divine ? Croyez-vous que j'ignore ces textes et leurs adorateurs, qui prétendent à l'immortalité ? Je vous ai lu, Marsilio Ficino, et un jour, vous devrez en répondre devant la Sainte Inquisition…

Le philosophe s'assombrit. Il savait qu'Institoris disait vrai. Tôt ou tard, tant que vivrait Sa Sainteté Innocent VIII, l'un des plus ardents apôtres de l'Inquisition, il risquait les foudres de la sainte institution, aveugle et sans vergogne.

En attendant, son prestige, qui rayonnait sur tout l'Occident chrétien, le protégeait encore. Une lutte acharnée de la pensée s'était engagée en ce XVe siècle finissant, lequel avait enduré la fin de la guerre de Cent Ans, de nouvelles épidémies de peste, des disettes et tant d'autres malheurs.

Ficino changea de stratégie.

— Ne voyez-vous point le monde se transformer ? Ignorez-vous qu'un navigateur du nom de Cristóbal Colón forme le rêve de rejoindre le Levant par le Ponant, afin de découvrir les Indes orientales ? Il a échoué à convaincre le roi du Portugal, mais il tente aujourd'hui sa chance auprès d'Isabelle de Castille. La Terre est une sphère, elle tourne, si bien qu'on peut en faire le tour ! Réveillez-vous !

— Méfiez-vous, Ficino, vous finirez bientôt par affirmer que le monde n'est point le centre de l'Univers et qu'il tourne autour du Soleil au lieu du contraire. Je connais aussi ces billevesées grâce aux textes hermétiques que vous avez vous-même traduits… Je connais le *Liber XXIV philosophorum* et sa deuxième définition : « Dieu est une sphère sans limite, dont le centre est partout et la circonférence nulle part. » Ces affirmations sont hérétiques, dois-je vous le rappeler ?

— Et moi, dois-je vous rappeler, inquisiteur, que le dernier qui a formulé une telle affirmation n'est autre que l'un de vos maîtres, le théologien allemand Nicolas de Cues ? Il fut cardinal et le vicaire temporel du Très Saint-Père Pie II ! L'accusez-vous aussi d'hérésie ?

Institoris fulminait et se mit à aboyer comme un chien enragé.

— En voilà assez ! Où voulez-vous en venir ? Avez-vous décidé, vous aussi, de saccager la parole de Dieu et les textes saints qui décrivent le monde tel qu'il est, tel que le Tout-Puissant l'a créé ? Cela est-il tout votre projet ? Et pourquoi venir en aide à ces maléficières ensorcelées par le démon ? Avez-vous aussi livré votre âme à Satan ? Le diable vous adresse-t-il à moi pour tenter de me détourner de ma sainte mission ?

L'inquisiteur éructait et frappait du poing sur la table. À chaque coup, une cruche posée au bord du bureau frémissait. À l'intérieur, l'eau formait de petits sillons concentriques, telle l'onde provoquée par une pierre jetée dans une mare. Le philosophe pariait qu'Institoris ne tarderait pas à en boire une rasade, tout écarlate et époumoné qu'il était. Il espérait cet instant depuis son arrivée. Pour l'y aider, il poussa le théologien dans ses ultimes retranchements.

— Mais vous commettez des erreurs, Institoris ! Votre grande mission vous rend idolâtre et borgne, dénué de toute conscience. Savez-vous que Tomas de Torquemada, le Grand Inquisiteur de l'Espagne depuis maintenant deux années, et en cela plus puissant que vous, n'ose pas le quart de ce que vous faites ? Savez-vous qu'il ne fait jamais couler le sang par lui-même ni par ses obligés ? Il réserve cela au bras séculier, comme le veut la règle. Vous avez perdu la raison, Institoris. Vous en répondrez, tôt ou tard.

L'inquisiteur, au comble de la colère, emplit le verre de cristal qui reposait près du cruchon et but d'un trait. Ficino observa le théologien, dont la respiration se fit de moins en moins haletante. Au bout de quelques secondes, les paupières du prélat s'alourdirent et finirent par se fermer tout à fait. Il ronflait, avachi sur sa chaise, englué dans un sommeil profond.

— Merci les sorcières, murmura Ficino avec un large sourire.

Une heure plus tôt, tandis qu'il patientait, le philosophe avait déversé une fine poudre blanchâtre dans la cruche. La décoction provoquait un *sopor* immédiat et, par surcroît, se révélait capable de gommer les derniers souvenirs. Les prétendues sorcières, grandes maîtresses apothicaires, pouvaient en apprendre beaucoup aux médecins du temps…

Il fallait faire vite. Aussitôt, le philosophe empoigna le théologien et le dévêtit. Il fit de même et enfila en toute hâte la robe blanche, le pourpoint et la capuche noirs du dominicain, sans oublier son imposant crucifix. Dieu merci, ils avaient presque la même corpulence, bien que Ficino fût un peu plus grand. Puis, avec la cire encore chaude des bougeoirs, il forma un semblant de postiche qu'il colla sur son menton pour imiter la barbichette d'Institoris. L'illusion était imparfaite, mais sans doute suffisante pour tromper les gardes. Enfin, il saisit les clefs de l'inquisiteur, puis tira la capuche de sorte à masquer ses traits.

Sur le chemin qui le menait à la cathédrale, il se concentra sur sa mission. Vingt-six années d'attente, dans l'espoir de retrouver le codex. Ce livre dont Poggio Bracciolini lui avait parlé sur son lit de mort, en 1459.

Le célèbre bibliophile, découvreur de nombreux manuscrits antiques qui nourrissaient depuis les réflexions des humanistes, terminait son existence dans sa bonne ville de Florence. Pendant plusieurs années, il en avait même été le chancelier de la République. À ce titre, il conversait souvent avec Cosme de Médicis, le puissant gonfalonier de la cité toscane, passionné d'art et de culture. À vingt-six ans, déjà protégé de Cosme, Ficino avait eu la chance de rencontrer le Pogge juste avant qu'il mourût.

Ficino avait passionnément écouté le vieil homme, qui égrenait sa vie comme un chapelet. Ses anecdotes grivoises, ses dix-neuf femmes, ses cinq papes dont deux parmi les plus corrompus de l'Histoire, et surtout ses dizaines de manuscrits. Ficino avait été fasciné par le récit de sa découverte, en 1417, dans un monastère du Saint Empire, du grand poème de Lucrèce, le *De Rerum Natura*[1]. Pour la première fois, l'atomisme ressuscitait, après mille ans d'oubli. Ce poème entrouvrit, chez les humanistes, une ample fenêtre sur une interprétation nouvelle du monde et de la nature. Sans Dieu ni maître…

Le Pogge poursuivait son récit rétrospectif. 1416. 1415. L'abbaye de Cluny. Les textes de Cicéron. Puis, après de longs atermoiements, la révélation. Le codex dont il n'avait dit mot

1. *De la nature des choses.*

à quiconque. Poggio Bracciolini ne pouvait emporter ce secret dans la tombe. Sa dernière heure arrivait, il devait se confier. Marsilio Ficino était présent pour l'entendre. Le Pogge l'avait pris en affection car il voyait en lui le jeune homme qu'il avait été, la même passion, la même vivacité intellectuelle. Il lui dévoila donc l'existence du codex, recopié durant de longues nuits, puis dérobé par des femmes, à la Noël 1415. Pendant des heures, il lui exposa le contenu occulte, confus et hermétique du livre. Les différentes langues, dont plusieurs qu'il n'entendait pas, les symboles, gravures, dessins et formules. Les références à Démocrite, déjà, aux atomes qui branlent dans le vide de l'Univers infini, le mercure et le soufre, le Soleil et la Lune qui fusionnent pour donner vie à un astre supérieur. L'empreinte d'Hermès Trismégiste, fils du dieu Hermès et de la divinité égyptienne Thot. Les premiers auteurs, Hypatie d'Alexandrie et son disciple Synesius. Ce livre l'avait hanté sa vie durant mais il n'avait jamais osé en parler. Il le savait trop dangereux, corrosif. Explosif.

Cette nuit-là, il en révéla les détails, et surtout sa conviction. Après une discrète enquête, il avait eu connaissance d'une communauté de femmes, dissimulée dans de sombres forêts de part et d'autre du royaume de France et du Saint Empire romain germanique. Il était convaincu qu'elles avaient adopté le codex et l'utilisaient pour développer leur propre science. Elles n'avaient eu que quelques dizaines de lieues à parcourir entre Cluny et leur repaire pour se l'accaparer. Le Pogge conta qu'elles chevauchaient avec une aisance et une maîtrise inouïes. Elles paraissaient comme des chevaliers femelles, habiles tireuses et farouches guerrières, prêtes à tout pour récupérer le codex.

Marsilio Ficino pénétra dans la cathédrale par la porte du pignon nord, grâce à la grosse clef. Puis il descendit lentement les marches qui menaient à la crypte. Les deux gardes étaient assoupis et levèrent à peine le nez vers le philosophe. L'énorme crucifix avait suffi à les rendormir. Restait à découvrir le bon cachot. Instinctivement, il se dirigea tout au fond, vers la dernière porte. Il entendit comme un grelottement, des dents qui claquaient désespérément dans le silence de la nuit profonde. Après plusieurs échecs, il dénicha la bonne clef et poussa le battant. À l'intérieur, une jeune femme dénudée tremblait de tous ses membres. Sa peau bleutée et ses lèvres exsangues apitoyèrent Ficino qui retira son pourpoint et couvrit la malheureuse.

Celle-ci eut un mouvement d'épouvante en croyant faire face à son tortionnaire. Mais l'Italien l'apaisa aussitôt en prononçant les deux lettres.

— HY.

Gertrud ouvrit des yeux ronds et cessa instantanément de frissonner. Elle dévisagea l'homme, fort différent d'Institoris, grossièrement grimé avec sa fausse barbe.

— Qui… Qui êtes-vous ?

— Je connais vos secrets et l'existence du codex. Celui dérobé par vos aïeules, il y a sept décennies. Il est temps de le mettre à l'abri et de le diffuser plus largement. Votre temps est compté, toutes vos sœurs sont attrapées, violentées et riffaudées sur le bûcher. Bientôt, vous aurez toutes disparu.

Les mots de Ficino transpercèrent la jeune femme comme autant de carreaux d'arbalète. Elle déglutit et encaissa les dires monstrueux de cet homme, mi-ange, mi-démon, qui ne lui laissait aucun espoir. Elle songea à toutes ses amies, dont tant avaient déjà péri.

— Que voulez-vous ? Je ne suis qu'une humble servante…

— Je sais, mais votre reine est menacée. Après elle, que restera-t-il des deux milliers d'années de savoir engrangé depuis Démocrite et vos ancêtres ? Qui transmettra la connaissance ? Je puis vous assurer que nous sommes un grand nombre à pouvoir vous aider, à transmettre le flambeau à d'autres souveraines et d'autres ouvrières, pour que le destin de vos semblables s'améliore et que vous cessiez de subir le joug des hommes qui vous meurtrissent et vous accablent depuis des siècles. Vous ne demeurerez point éternellement les égales des bêtes et des meubles, je vous l'assure. Croyez en nous. L'heure est grave, il est urgent d'agir.

Ficino pressa la jeune femme, au bord de l'évanouissement. Le temps s'écoulait, si bien que l'inquisiteur finirait par s'éveiller. Finalement, Gertrud céda et révéla tout. Le lieu, les formules, tout ce qu'elle savait pour l'aider à rapatrier le codex. Quand elle eut terminé, il récupéra son pourpoint et s'excusa de devoir la laisser agoniser pour ne susciter aucun soupçon. Elle le suivit du regard et sut qu'elle trépasserait le jour d'après. Tout était fini.

Ficino regagna le presbytère en toute hâte et retrouva Institoris toujours ensommeillé. Il renfila son habit, logea le dominicain dans son lit, souffla les bougeoirs et disparut dans la nuit noire.

Le lendemain, l'inquisiteur s'éveilla de bien méchante humeur, le crâne endolori par une violente céphalée. La bouche pâteuse, il siffla une cruche d'eau entière et se remit péniblement de sa nuit agitée. Il était encore hanté par des images cauchemardesques, lui dont les songes se révélaient d'ordinaire bien quiets. Dans son fâcheux rêve, il affrontait le diable en personne, qui lui faisait reproche de ses tortures et l'ensorcelait de ses préceptes hermétiques. Il rêva même que les harpies recluses dans la crypte s'étaient envolées, affranchies par le démon.

Pour toute ablution, il s'aspergea le visage et le tamponna prestement. Il enfila sa soutane, qui n'était pas rangée comme à l'accoutumée. Ses maux l'empêchaient de raisonner et il se pressa vers la cathédrale, tourmenté par un mauvais pressentiment.

Lorsqu'il débarqua, tout semblait normal. Mais rapidement les gardes, fort anxieux des remontrances qui les guettaient, confessèrent la mort de l'adolescente. Ysarée avait d'évidence succombé à ses profondes blessures. Institoris ne s'en émut point et ouvrit la dernière geôle avec inquiétude. Mais Gertrud survivait, péniblement. Elle haletait et tremblotait de toutes ses chairs. Elle avait médité sa fin durant le reste de la nuit.

Le bourreau fit son entrée et ranima les spasmes de terreur de la jeune femme. Elle avait déjà goûté l'estrapade qui lui avait disloqué les épaules dans d'atroces souffrances, et redoutait le pire.

D'emblée, Institoris hurla avec une rage sourde qui surprit gardes et bourreau.

— Quelque chose est arrivé cette nuit, je le sens ! Je le sais ! Tu as été visitée par le diable, n'est-ce pas ?

Gertrud hoquetait et n'était plus que contractions hideuses. Dans sa folie, l'inquisiteur s'empara lui-même de la fourche d'hérétique et la logea sans ménagement sous la gorge de la jeune femme. Les deux pointes du haut perçaient déjà le menton, pendant que les deux piques inférieures mordaient la poitrine, obligeant la victime à pencher fortement la tête en arrière. Mais ses tremblements inhumains l'empêchaient de se maîtriser et, très vite, la fourche aiguisée transperça violemment les chairs. Les deux premières pointes saillirent dans sa bouche, tandis que les deux autres perforaient le sternum. Un râle immonde s'éleva de ses entrailles.

Institoris la regarda souffrir avec délectation, comme s'il s'attendait à voir le Malin jaillir de ses plaies sanguinolentes. Puis il désigna la chaise de Judas d'un doigt vindicatif. Le bourreau hésita, ne sachant guère comment empoigner la suppliciée, encore entravée par la fourche qui la transperçait. Finalement, il ôta l'instrument de torture et dénoua la corde qui lui laçait toujours les mains. Ensuite, il ceignit Gertrud d'une lanière de cuir, amarrée à plusieurs cordages. Puis il noua chacun d'eux à des crochets qui parsemaient les murs, autour du terrifiant engin. Enfin, à l'aide d'un treuil, il éleva l'infortunée au-dessus du sol, réveillant ses douleurs insanes. Grâce à ce système aussi terrifiant qu'ingénieux, il guida la jeune femme avec une impressionnante précision.

La chaise de Judas, un trépied coiffé d'une pyramide de bois, mesurait cinq pieds. Le bourreau positionna les fesses de Gertrud juste au-dessus du pyramidion, puis relâcha l'emprise, si bien qu'elle y tomba de tout son poids et s'y empala.

Elle couina et gesticula comme une truie qu'on saigne. Le bourreau s'amusa à relever puis abaisser de nombreuses fois la malheureuse, perforant à loisir anus et vagin sous le regard implacable de l'inquisiteur.

Après plusieurs minutes de cet épouvantable supplice, Gertrud tenta d'articuler des mots. Institoris leva le bras et tendit l'oreille.

— Je t'écoute, abjure tes crimes, confesse le démon succube qui t'a de nouveau visitée cette nuit et tes souffrances cesseront !

— Un jour… Un jour, vous tous, les hommes… vous le paierez pour de bon… et vous périrez tous dans les mêmes affres que nous !

Gertrud inspira profondément, puis rendit l'âme. Ses derniers mots résonnaient encore dans la geôle.

« Vous périrez tous dans les mêmes affres que nous. »

Chapitre 10

30 juillet 2018, Écully

Le taxi ralentit sur un petit parking bordé d'imposants murs de pierre. L'instant d'avant, ils glissaient sur le bitume urbain, entre immeubles et commerces de la banlieue cossue du nord de Lyon.

— C'est un cimetière ? s'étonna Marie.

— Oui, le grand cimetière d'Écully, en plein centre, confirma le chauffeur.

Derrière les grilles, les tombes s'égrenaient à perte de vue. Les visiteurs marchaient d'un pas lourd, le regard vrillé au sol.

Au bout, le chemin mourait en cul-de-sac. Un portail coulissant barrait l'entrée d'un immense parc de résineux. Seul le discret panneau frappé du sigle tricolore « République française » levait un voile pudique sur les lieux.

— Ah c'est sûr, faut connaître, confirma l'artisan taxi. Sont discrets, ces gars-là.

Le premier contact avec le siège de la police technique et scientifique n'étonna même pas la jeune femme. Elle avait déjà vécu parmi les spectres des guillotinés de la Révolution, au service régional d'identité judiciaire de Paris. Cohabiter avec les défunts, chez les experts de la mort, semblait aller de soi. La seconde partie de son stage s'annonçait aussi baroque que la première.

Pourtant, Marie avait longuement hésité avant de partir. L'affaire de la boutique Hermès, la découverte du souterrain, les questions mystérieuses de sa mère et de son étrange collègue grec n'avaient cessé de la tourmenter. Elle aurait aimé poursuivre l'enquête avec le commandant Brunier, se tenir au courant, fureter au 36, quai des Orfèvres. Mais son stage s'achevait, si bien qu'elle n'aurait plus accès au saint des saints, sauf coup de fil amical à l'ingénieur, Thomas. Sa mère avait entamé sa transhumance estivale en Corse et sa sœur, filé à l'autre bout de la France, en vacances.

Rien ne la retenait, d'autant qu'elle pourrait sans doute en apprendre plus ici qu'à Paris sur la suite de l'enquête. Elle se souvenait qu'une partie des prélèvements réalisés lors de l'autopsie du cadavre dépecé et calciné avait échu entre les mains des experts d'Écully.

Dès son arrivée, la commissaire divisionnaire Laure Gagnière l'accueillit froidement, la poignée de main furtive et le regard en biais.

— Vous avez de la chance, mademoiselle Duchesne, je n'ai pas proposé à ma propre fille de faire un stage ici.

Cache ta joie, pensa Marie tout en souriant.

Il faut dire que les fonctionnaires du SCPTS[1] vivaient sous pression. Ils montaient en première ligne sur les affaires les plus glauques et sanglantes, dont les attentats de 2015.

— Quinze jours et quinze nuits rien que pour les constates du Bataclan, lui confia Élise, la jeune ingénieure du groupe « traces » qui avait écopé de la prise en main de l'étudiante.

Marie s'échina à photographier mentalement les lieux, au pas de charge, pour s'y retrouver pendant les trois semaines qui l'attendaient. La visite avait commencé dès l'immense parking, derrière le portail et la guérite de sécurité, sous l'œil scrutateur d'une kyrielle de caméras.

— Tout au fond à droite, l'hôtel particulier style vieillot, c'est les geeks du fichier automatisé des empreintes génétiques.

1. Service central de la police technique et scientifique.

Une petite forteresse à l'écart, histoire de gérer bien au chaud les trois millions de profils ADN des violeurs et autres dézingueurs.

Par-delà le parking se dressaient deux buildings perpendiculaires, l'un presque entièrement vitré et bardé de bois, le second nettement plus bétonné. L'ensemble était dépareillé et sans charme.

— En fait, on a récupéré l'ancien siège de la BNP. Un beau parc, à l'écart, mais des locaux pas fonctionnels.

Dans le bâtiment de gauche grouillait une foule de blouses blanches. Des biologistes, orfèvres de l'ADN. Des informaticiens capables de faire parler n'importe quel PC ou téléphone portable. Des chimistes, dans la section des stupéfiants. Là-bas, une odeur tenace de haschich imprégnait l'atmosphère. On se serait cru dans un coffee-shop hollandais ou une soirée estudiantine enfumée. Sauf qu'ici personne ne touchait à la came. Elle s'entreposait sous forme de quintaux de pains de résine de cannabis dans une véritable salle des trésors pour amateurs de fumette. Les techniciens passaient leurs journées à en analyser la composition, à la requête de la justice. Marie connaissait les effets thérapeutiques du cannabis et s'était toujours demandé si quelques pétards pourraient apaiser ses douleurs. Elle repasserait, histoire de creuser le sujet.

Dès son entrée dans le laboratoire de la police scientifique, la stagiaire dut se plier au même rituel qu'à son arrivée à l'identité judiciaire de Paris.

— Tu connais la musique : il nous faut ton ADN pour vérifier que tu ne contamines pas les scellés que tu vas manipuler. Avec ça, on saura tout de suite si t'as merdé !

Élise enfila ses gants nitrile et déchira le sachet stérile. Elle tendit l'écouvillon à Marie, qui logea la drôle de sucette sous sa langue avant de se racler l'intérieur des joues pour déposer un maximum de cellules sur le tampon. Puis elle remplit le formulaire de consentement de prélèvement biologique. Son patrimoine génétique allait rester dix-huit mois dans les fichiers de la police, ce qui la réjouissait modérément.

Elle découvrit ensuite les laboratoires de biologie, équipés de matériels dont elle était coutumière : hottes à flux laminaire, centrifugeuses et autres séquenceurs.

Ici, toute la difficulté résidait dans l'extraction de la molécule d'ADN. Parfois, il fallait se battre avec un cheveu, un mégot ou même une vague tache de sperme toute sèche sur un bord de culotte. Et puis de nombreux scellés n'étaient constitués que des écouvillons des techniciens de l'identité judiciaire. Sur la scène de crime, s'ils pensaient débusquer une tache de sang ou de sperme sur un bout de canapé, ils la tamponnaient en espérant que les fées du laboratoire central réussiraient à en extraire le génome d'un suspect.

— Tu sais, parfois c'est l'usine. On fait beaucoup de terro[1] et de catastrophes, genre crash aérien. En France et même à l'étranger. Alors il nous arrive d'enquiller des centaines de scellés prélevés sur de nombreux cadavres. Le but, c'est d'identifier les victimes méconnaissables.

Un frisson parcourut la stagiaire qui se demandait comment les agents de la PTS pouvaient résister à de telles atrocités.

Pour conclure sa journée, Marie explora la section balistique. Elle fut impressionnée par la collection d'armes de tous âges et tous calibres qui s'étalait à perte de vue, dans d'innombrables vitrines. Pistolets automatiques, revolvers à barillet, fusils d'assaut, mitraillettes : rien ne manquait. Les kalachnikovs entreposées dans une pièce contiguë la glacèrent.

— C'est bien celles qui ont servi le 13 novembre, confirma Élise qui avait lu dans ses pensées. Il a fallu les analyser et tirer avec pour récupérer les étuis percutés et les projectiles. Je peux te dire que le bruit nous a tous pétrifiés.

La jeune ingénieure fixa un regard vitreux sur un point imaginaire et replongea dans les affres traumatiques de novembre 2015.

Marie s'aperçut bien vite que les attentats planaient dans tous les esprits, même si personne n'en parlait. Depuis près

1. Scènes d'attentats terroristes.

de trois années, ils partageaient ce fardeau en silence. Les images indicibles des scènes de massacres.

Au terme de sa première journée de stage, elle sentit la nausée se raviver. La confrontation avec la mort violente n'exerçait plus le même attrait qu'au début. Le frisson de l'insouciance s'était mué en malaise, sans compter les cauchemars qui la hantaient. Le bûcher. Le corps calciné et dépecé. Cette affaire l'obsédait.

Le lendemain, la patronne du service central de l'identité judiciaire la convoqua dans son bureau pour un bref entretien. Après le premier contact glacial de la veille, Marie redoutait l'entrevue.

Une série de médailles et de portraits officiels en uniforme impeccable trônaient sur les étagères de la gradée. Laure Gagnière affichait un bon mètre quatre-vingts, le corps fuselé et galbé, malgré la cinquantaine naissante. Une autorité naturelle émanait de tous ses pores, et sa beauté se fanait derrière des traits endurcis par des années de confrontation avec l'œuvre du mal.

— Vous savez, j'ai pris un risque en vous acceptant en stage. Ce n'est vraiment pas la règle ici.

— Pourquoi l'avoir fait alors ?

— Je le fais pour Élisabeth.

— Ma mère ? Vous la connaissez personnellement ?

— Bien sûr, elle ne vous a rien dit ?

— Juste qu'elle m'avait dégoté ce stage, sans précision. D'abord Paris en juillet, et puis ici, les services centraux. Je voulais tâter du terrain, me changer des cours de Normale sup et des paillasses.

La divisionnaire scruta intensément la stagiaire, comme si elle tentait de percer la barrière méningée pour pénétrer les replis de sa conscience. Ses yeux devinaient des neurones en pleine effusion, jusqu'aux crépitements synaptiques entre axones et dendrites qui embrasaient le cerveau de l'étudiante. Marie ressentit une forme d'humiliation, comme si cette femme la mettait complètement à nu.

— Vous n'avez pas encore été initiée, n'est-ce pas ?

Marie écarquilla les paupières.

— Initiée à quoi ?

La divisionnaire consulta son portable puis se leva et quitta le bureau sans mot dire. La jeune femme en resta bouche bée. Dans quelle maison de fous était-elle tombée ? Souffraient-ils tous d'un syndrome de stress post-traumatique ? Les minutes s'écoulaient sans que rien ne frémît. Finalement, Marie se leva pour contempler le parc à travers les amples vitrages. Machinalement, elle jeta un œil aux piles de dossiers qui s'amoncelaient sur la table de réunion, au fond du local. Ses yeux échouèrent sur un fascicule de présentation du service central. Trois unités opérationnelles et plusieurs groupes criminalistiques, dont la balistique, le groupe « traces » pour les prélèvements de terrain, l'équipe d'odorologie et ses chiens renifleurs, ou encore le groupe « écriture » pour les expertises graphologiques. Marie s'étonna que tous les chefs de service portent des prénoms féminins. Jusqu'aux adjointes de Laure Gagnière, deux autres femmes divisionnaires, ce qui n'était pas commun.

Soudain, elle se figea. Ses yeux venaient de buter sur un dossier simplement intitulé « Hermès ». La jeune femme darda un regard inquiet vers la porte du bureau qui demeurait désespérément close. À croire que la gradée l'avait oubliée. Un jet d'adrénaline fusa dans ses artères, sitôt suivi par une brusque accélération de ses pulsations cardiaques.

Elle devait le faire.

Marie feuilleta le document et découvrit un compte rendu ainsi que des photos de la scène de crime. Les battements de son cœur s'accrurent encore tandis qu'elle basculait dans les souvenirs nauséeux de la boutique Hermès. Puis elle parcourut le compte rendu d'autopsie. Rien qu'elle ne sût déjà, mais en tournant les pages elle découvrit les résultats des analyses postérieures, dont le fameux typage ADN.

Un tableau d'une cinquantaine de cases égrenait les noms barbares de vingt-quatre microsatellites de l'ADN, aussi appelés STR – *short tandem repeats* –, ainsi que des valeurs correspondant au nombre de leurs répétitions. Ces données se révélaient parfaitement limpides pour Marie qui passait sa vie, depuis trois ans, devant les paillasses des laboratoires de biologie moléculaire. La jeune femme savait qu'à l'égal des sillons d'une empreinte digitale cette succession de chiffres et de nombres se révélait unique chez chaque être humain et permettait de dresser une empreinte génétique affichant 99,99 % de fiabilité. Tout suspect dont les vingt-quatre microsatellites coïncidaient avec ceux d'un ADN prélevé sur une scène de crime se trouvait confondu, sans l'ombre d'un doute. La preuve ultime que les criminels redoutaient par-dessus tout.

En l'état, cette simple analyse ne revêtait d'intérêt que si elle correspondait à une empreinte enregistrée dans le fichier national des empreintes génétiques. Mais lorsque Marie acheva la lecture du compte rendu, la conclusion fut sans surprise : « Comparaison FNAEG : négatif ». De son côté, le fameux portrait-robot génétique n'était pas achevé et rien ne pouvait renseigner sur l'identité de la martyre.

La jeune femme poursuivit sa lecture interdite, toujours angoissée à l'idée d'être prise sur le fait par la redoutable divisionnaire. Sur la page suivante, elle découvrit un « odontogramme ». Elle leva un sourcil perplexe devant ce document barbare dont elle n'avait jamais entendu parler.

Il comportait d'abord un schéma des mâchoires et de leurs trente-deux dents, mais numérotées de manière erratique, jusqu'à quarante-huit pour un adulte, et même quatre-vingt-cinq pour un enfant. Ensuite, chaque nombre se trouvait reporté dans un tableau scindé en une trentaine de cases destinées aux observations cliniques de l'expert.

Cette fois, Marie n'avait aucune connaissance à opposer à l'odontologie légale. Heureusement, un rappel méthodologique figurait au verso : « Notez dent par dent, dans les cases prévues à cet effet, tous les traitements, la situation et l'étendue des obturations et autres états constatés. Utilisez du noir pour l'amalgame, du rouge pour l'or et du vert pour tout matériau de la couleur des dents. Pour les dents manquantes *ante mortem*, marquez les dents correspondantes de l'odontogramme d'une grande croix (X). »

Cependant, aucune mention ni couleur ne figurait dans les colonnes. Seuls trois grands X se dressaient dans les cases 13, 22 et 42. Comme l'avait pressenti l'anthropologue durant l'autopsie, la denture s'avérait parfaitement saine et dénuée d'artefact, sauf pour la canine et les deux incisives mutilées lors des tortures endurées par la victime. Les stigmates glaçants des ravages infligés au corps brisé de la pauvre gamine ressurgirent brutalement dans l'esprit de l'étudiante, comme une bouffée de chaleur. Mais le plus édifiant restait à venir.

Car Marie n'avait pas encore tout lu.

Un commentaire très particulier achevait le rapport.

« D'étranges marques décelées à l'examen visuel sur la face interne des dents m'ont conduit à réaliser, en plus de la radio panoramique classique, une radio 3D – ci-annexée. Il apparaît une dizaine de marques ciselées ou sculptées à même l'émail dentaire. Des symboles microscopiques qui constituent sans conteste une denture unique, travaillée par une main experte, à l'égal d'un tatouage sur la peau. »

Marie fut saisie d'un incontrôlable tremblement d'excitation. Elle saisit la radio 3D et découvrit les marques et leur agrandissement.

Elle n'en crut pas ses yeux.

Elle reconnut instantanément le bâton et ses deux serpents enroulés, comme celui brandi par la statue d'Hermès. Puis se succédaient un fin croissant de lune, un cercle nanti d'un point central, la sphère sertie d'une flèche extérieure qui caractérise le genre masculin, juste au côté d'une autre sphère reposant sur une croix, représentant le genre féminin. Enfin, des symboles plus complexes que Marie n'avait jamais rencontrés.

L'étudiante pressentit que ces signes dissimulaient un sens occulte, comme une phrase élaborée à l'aide d'un code crypté. Elle réalisa que les trois dents manquantes n'avaient peut-être pas été brisées par le seul hasard des coups sauvages portés au visage de la suppliciée. Peut-être masquaient-elles des symboles gratifiés d'un sens particulier pour qui savait les décoder.

La porte du bureau s'ouvrit brusquement.

Marie reposa le dossier et s'empara précipitamment du fascicule de communication.

La commissaire Gagnière coula un regard autoritaire vers la stagiaire.

— Ne vous gênez pas, faites comme chez vous, mademoiselle Duchesne.

Le visage de Marie rôtit pour finir par ressembler à une tomate cuite dont la peau menaçait de flétrir.

— Je… En fait, je regardais le flyer de présentation de votre service… Je me disais, que des femmes ! Ça change, c'est bien !

La divisionnaire regagna son bureau et invita Marie à reprendre sa place d'un geste autocratique qui ne supportait aucune contestation.

— Le dernier homme, mon ancien adjoint chargé de la formation, a été muté il y a trois ans. Depuis, nous sommes tranquilles, entre nous. Ici, ni combat de coqs ni guerre d'ego. On s'entend à merveille. Vous savez, je pense que la police scientifique est vraiment affaire de femmes : nous avons la patience, la rigueur et l'intuition qui manquent cruellement aux mâles. Vous ne croyez pas ?

Marie se trouvait déstabilisée, incapable de se départir des images du rapport d'odontologie qui s'étaient gravées de manière indélébile dans son esprit. Devant ses pupilles dansaient cercles et flèches, lunes et sphères, et d'autres signes qu'elle brûlait d'interpréter.

— Oui, sans doute. C'est comme pour la biologie, je trouve qu'on s'en sort bien, nous les filles. Mais presque tous les patrons de labo et d'unité sont des hommes. C'est qu'ils doivent aussi faire l'affaire, sourit Marie pour détendre l'atmosphère.

Elle sentit son visage s'attiédir, quoique fort lentement.

— Je ne pense pas, mademoiselle. Selon moi, ils ont juste la chance de ne pas buter contre le plafond de verre. Pourquoi sommes-nous plus performantes jusqu'au bac, y compris en maths et en sciences, et si peu à entreprendre d'aussi brillantes études scientifiques que vous, bien moins nombreuses encore à atteindre des postes à responsabilité ?

Marie s'étonna que l'implacable gradée s'abandonnât à seriner de telles antiennes féministes. Elle l'imaginait mal cosigner le manifeste des trois cent quarante-trois salopes, bien qu'elle n'eût pas plus que trois ou quatre ans à l'époque de sa publication, dans le sillage de la révolution soixante-huitarde.

— Sans doute, oui, c'est vrai que je ne me rends pas encore bien compte…

— Vous devriez y réfléchir, mademoiselle Duchesne. Parlez-en avec votre mère, elle est intarissable et nous a toutes formées à ces idées.

Marie encaissa cette nouvelle allusion énigmatique. Cet entretien, doublé de sa découverte incompréhensible dans le dossier de la victime, lui retournait l'esprit. Que tramait sa mère ? Elle qui l'avait interrogée sur la face interne des dents de la victime... Que savait-elle ? Quel était son lien avec cette sordide affaire ?

La sonnerie stridente du téléphone déchira sa rêverie. La commissaire Gagnière décrocha aussitôt.

— ... Oui, c'est moi... Bonjour, monsieur le procureur...

La gradée garda le silence près d'une minute. Son visage se décomposa, tandis que des bribes d'une voix étouffée et nasillarde s'échappaient du combiné noir. Marie ne put s'empêcher de fixer la divisionnaire, dans l'espoir de glaner quelques miettes.

— Très bien, monsieur, on arrive, le temps du transport. Surtout, qu'ils fassent très attention... Oui, je sais, ils connaissent leur travail...

Lorsqu'elle eut raccroché, Laure Gagnière, livide, marmonna pour elle-même :

— Tu parles, ces tocards de TIC[1] vont encore saloper le boulot...

Puis elle bondit de son fauteuil et disparut. Cette fois, Marie ne ferait pas le pied de grue. Elle lui emboîta le pas, et courait presque pour tenir la cadence. La divisionnaire apostropha une collègue en plein milieu du couloir.

— Anne, tu fais décoller l'équipe de perm. On a une grosse scène sur un site archéologique, au sommet du puy de Dôme. Guignard, le proc de Clermont, m'a appelée en direct. C'est un vrai carnage. On est sur zone gendarmerie, du coup ils ont fait débarquer les TIC, mais ils sont débordés et vont encore faire n'importe quoi. Le proc n'est pas tranquille,

1. Techniciens d'investigation criminelle de la gendarmerie nationale.

il veut du 360 degrés et de l'aérien, donc il a trouvé un bon prétexte pour nous saisir. Qu'ils prennent une ligne complète et qu'ils fassent fissa.

Tandis que la divisionnaire repartait de plus belle, Marie tenta le coup.

— C'est une scène de crime ? Je peux y aller ? J'ai déjà été sur celle de la boutique Hermès à Paris, je sais me tenir. Et j'ai été plutôt utile.

— OK, vous partez.

Marie resta stupéfaite. Par quel miracle cette femme autoritaire et antipathique pouvait-elle si facilement la laisser « riper » avec le reste de l'équipe ? Elle venait à peine d'arriver… La jeune femme n'eut guère le temps d'y songer, chaque seconde comptait.

L'équipe de permanence fonça au sous-sol récupérer le matériel. Mallettes de prélèvements, montagne de chevalets chiffrés, combinaisons et gants nitriles conditionnés dans des sachets stériles, et surtout l'équipement spécial : le drone pour la visualisation aérienne de l'environnement de la scène et l'appareil photo Sphéron capable de réaliser des clichés panoramiques à 360 degrés avec une très haute résolution, de manière entièrement autonome.

— Ce petit bijou, on est les seuls à l'avoir. Quand les services enquêteurs en ont besoin, pas le choix : ils passent par nous ! se targua Clément, du groupe « écriture ».

Marie porta le pied de l'appareil sans moufter pour se fondre dans l'équipe. Par chance, Élise, qui enchaînait sa deuxième journée de permanence, était de la partie.

En moins de cinq minutes, ils grimpèrent dans une fourgonnette blanche banalisée. Augustin, du groupe « balistique », enclencha aussitôt la sirène et le gyrophare. L'adrénaline coulait à flots. Marie se cramponnait comme elle pouvait à l'arrière, cernée de matériel.

Le moteur poussé à plein régime, vrombissant comme un avion. L'autoroute A89 à plus de cent soixante kilomètres-heure. Les péages sans payer. Les radars automatiques qui flashaient, l'un après l'autre. Le slalom quand l'autoroute se contractait sur deux voies. Et le plus souvent, la bande d'arrêt d'urgence.

Il fallait tenir la pression, entre le roulis, le tangage et l'écho du deux-tons qui tapait sur les nerfs. Sans compter les frayeurs avec des motards et les abrutis qui refusaient de s'écarter pour laisser passer le convoi. Et vers la fin, les lacets de la départementale à pleine vitesse, qui donnaient la nausée. La stagiaire s'efforça de penser très fort à la menthe et au citron vert pour s'empêcher de vomir.

L'équipe avait avalé les cent cinquante kilomètres en moins d'une heure et demie.

Marie découvrait le Massif central. Les paysages étaient splendides, la verdure des mamelons montagneux luisait au soleil. Ces contreforts s'étaient lentement polis et arrondis, au contraire des arêtes des Alpes ou des Pyrénées, plus juvéniles. Partout, des vaches paissaient tranquillement. Une vision de paradis terrestre, dans une nature enchanteresse.

Arrivé au pied du puy de Dôme, dont les courbes généreuses dominaient tout le paysage, le groupe dut montrer patte blanche pour franchir l'imposant barrage de la gendarmerie. Des grappes de touristes piétinaient autour d'une dizaine d'autocars, confinés au bas de la route.

L'équipe d'Écully remonta la chaussée déserte qui s'enroulait autour de la montagne, avant d'atteindre le sommet culminant à mille quatre cent soixante-cinq mètres. Un imposant site archéologique s'érigeait en contrebas d'une station beaucoup plus moderne, coiffée d'une longue antenne météo. Des bandes jaunes bouclaient le site autour duquel s'affairaient une vingtaine d'uniformes et, plus loin, les techniciens d'investigation criminelle de la gendarmerie nationale, homologues de la police technique et scientifique.

Tandis que les quatre experts d'Écully revêtaient leur combinaison et préparaient le matériel, un officier s'approcha du groupe.

— C'est vous, la PTS de Lyon ?

— On vient donner un coup de main avec le drone et le Sphéron, répondit laconiquement Laure, responsable du groupe.

— OK, mais faites vite parce que ça fait un moment qu'on doit récupérer le cadavre. Il cuit au soleil depuis des heures.

Marie contempla l'étendue de pierres qui dessinait un mur d'enceinte à flanc de montagne. Aucune précision ne leur avait été fournie, sinon qu'ils débarquaient sur un site archéologique. La stagiaire lorgna un vieux poteau Michelin qui lui parut presque aussi antique que les vestiges. « Ministère des Beaux-Arts – service des monuments historiques – Ruines du temple de Mercure ».

L'étudiante reçut une décharge en plein cœur. Un temple en l'honneur d'une divinité. Mercure… Un dieu grec ou romain, elle ne savait plus trop. Peut-être bien le dieu de la Guerre. Après Hermès et le Centaure, il lui semblait que tout la ramenait obstinément à la mythologie.

Elle franchit le ruban « gendarmerie nationale – zone interdite » et longea un morceau de mur d'enceinte coiffé d'un fronton sculpté. Édifié à l'aide de pierres flambant neuves parfaitement ciselées, il semblait avoir été bâti sur des blocs beaucoup plus anciens et nettement érodés. En grimpant quelques marches, elle découvrit derrière l'ouvrage impeccable des restes éparpillés, un temple dévasté dont la main de l'homme tentait de reconstituer une partie des fondations disparues, comme pour réparer l'erreur de ses ancêtres qui l'avaient laissé tomber en ruine.

Partout des échafaudages témoignaient de l'importance des travaux engagés dans la restauration. Marie grimpa une volée de marches monumentales menant à des colonnes en arc de cercle dont ne subsistaient que les fondements. Les techniciens s'affairaient juste au-dessus, apparemment au cœur du temple antique, un ample carré qui n'abritait plus que quelques vieilles pierres éparses.

Puis ce fut le choc.

D'abord les mouches qui tournoyaient furieusement. Ensuite l'odeur infecte de pourriture, malgré le masque. Enfin les chairs sanglantes. Un tronc lardé de perforations, un visage inhumain, et les quatre membres sectionnés qui gisaient à plusieurs mètres, formant un X autour du tronc. Les deux bras en haut, les deux jambes en bas, comme si la victime avait été écartelée et déchiquetée. Les poignets et les chevilles conservaient les stigmates des cordages qui avaient dû permettre de les amarrer solidement avant l'étirage.

Marie s'approcha. Elle ressentit un profond dégoût, décidément incapable de s'endurcir face au sordide quotidien des techniciens de la mort.

Le visage bleui semblait tellement difforme qu'il aurait pu appartenir à une autre espèce qu'*Homo sapiens*. Les boursouflures dilataient tous les traits. Les yeux globuleux et la langue épaissie traduisaient une indicible expression d'horreur. Avait-il vu le diable en personne ? Qui d'autre aurait pu infliger de telles blessures… ?

Marie distingua un orifice dans le menton et une perforation plus large que les autres dans la poitrine. Ce devait être une femme, comme elle le redoutait : même transpercées et horriblement mutilées, les chairs du tronc laissaient apparaître deux renflements et, d'évidence, le buste s'achevait par un pubis dévasté.

Laure, l'ingénieure du groupe « traces », contemplait le massacre en fulminant.

— Celui-là, si je le tenais, je peux te dire que je lui ferais bouffer ses couilles après les avoir coupées moi-même avec une lame de rasoir.

Marie resta muette, incapable de détacher son regard de la scène abjecte.

Un technicien de la gendarmerie apostropha Laure.

— C'est bon pour nous. Et le légiste voudrait lever les restes, direction l'IML. Si vous devez faire une acquisition 360 degrés, c'est maintenant.

— OK, on va tout installer. Ah, en attendant, je pourrais faire quelques relevés autour des membres, histoire de multiplier nos chances de trouver des traces utiles ?

Le gendarme écarquilla deux pupilles noires entre le masque et la charlotte.

— Ben non, ça fait trois heures qu'on taffe, on a fait tout le boulot. Y a cent cinquante scellés. Vous croyez quoi, qu'on a branlé les mouches en vous attendant ?

Laure plissa le nez. Ils avaient apporté tout l'équipement, les poudres dactyloscopiques, écouvillons, bandes adhésives, pour doubler les constates et relever les traces papillaires et biologiques. Les collègues techniciens de la gendarmerie n'étaient pas réputés dans la région pour leur efficacité, et le procureur de Clermont-Ferrand comptait sur les cadors du service central de l'identité judiciaire pour s'assurer que rien ne leur échapperait. Mais le temps jouait contre eux et les gendarmes n'avaient aucune intention de transiger.

— OK, capitula Laure. Je calibre le Sphéron et on balance le drone. On va filmer large, tout autour du site, la station météo, les accès. Laissez-nous vingt minutes et vous pourrez tout embarquer.

Entre les remous du trajet chaotique depuis Lyon et la vision d'horreur de ce nouveau carnage, Marie avait le cœur au bord des lèvres et redoutait de rendre tripes et boyaux sur les restes humains. Elle fit volte-face et redescendit prestement au pied du temple. Malgré son état, les engrenages de son redoutable cerveau tournaient à plein régime et commençaient d'établir des connexions entre le massacre de la boutique Hermès et celui-ci. Les deux victimes avaient été dépecées et profondément meurtries, même si la première, finalement carbonisée, semblait avoir enduré moins de sévices. Le lien avec l'Antiquité et la mythologie s'avérait encore plus prégnant.

— Excusez-moi ! se risqua Marie en interpellant un gradé qui passait juste à côté. Je peux vous poser une question ?

Le képi leva un sourcil perplexe devant la combinaison blanche qui s'était éloignée de son troupeau et semblait égarée.

— Chef d'escadron Moreau, à qui ai-je l'honneur ?

— Marie Duchesne, stagiaire à la PTS. Vous êtes de la région, n'est-ce pas ?

— Pas d'origine, mais je suis à la section de recherche de Clermont depuis trois ans, pourquoi ?

— Ce temple, c'est quoi ? Un temple romain ?

— Affirmatif. Si vous voulez des détails, voyez avec le jeune homme en bras de chemise là-bas, c'est un archéologue qui supervise les travaux de restauration.

Marie aperçut le chercheur, abattu, la tête entre les mains. Elle l'approcha, encore pantelante.

— Excusez-moi… Je suis stagiaire dans la police scientifique, j'aimerais en savoir un peu plus sur le temple…

Le jeune homme releva la tête avec un reniflement bruyant. Il était dévasté, les paupières bouffies par les larmes et le visage écarlate.

— Vous avez vu ce qu'ils lui ont fait ? Vous avez vu ça ?

— Oui… c'est immonde… je ne comprends même pas comment…

— De la torture barbare, digne de l'Inquisition ! Voilà ce qu'ils ont fait !

L'archéologue parlait par bribes entrecoupées de sanglots haletants. On eût dit un enfant perdu qui geignait depuis des heures en appelant sa maman. Marie ressentit une profonde empathie, une bouffée d'affection quasi maternelle. Elle lui enlaça spontanément les épaules.

— Calmez-vous… Je m'appelle Marie. Et vous ?

— Hugo… Vous êtes qui, déjà ?

— Une simple stagiaire. C'est vous qui l'avez découverte ?

— Oui… j'arrive toujours le premier sur le chantier…

Le scientifique leva les yeux vers un drôle d'engin qui bourdonnait comme un moustique géant au-dessus de leurs têtes. Le drone sillonnait le ciel pour capturer les images de la scène de crime et des alentours.

— Vous vous rendez compte, ça fait cinq ans qu'on bosse ici. Moi je suis arrivé au début, j'étais en postdoc à l'Institut de recherche sur l'architecture antique. On a reconstruit plein de zones du temple : d'abord les murs d'enceinte et de soutènement, ensuite le grand mur d'angle du sanctuaire, et là on terminait ce boulot de dingue avec justement la *cella*... On était en plein dedans.

— La *cella* ?

— C'est comme le *sèkos* des temples grecs. La partie fermée qui abritait la statue de la divinité. On pensait même en remettre une copie à la fin, sur son piédestal. Vous savez, on travaille comme à l'époque de sa construction, en 150 après Jésus-Christ. On fait tailler les pierres à l'ancienne et on redispose tout comme avant. C'est un boulot de fous...

— Vous voulez dire que le cadavre se trouve dans la *cella* ? À l'endroit où se dressait la sculpture de la divinité ?

— Oui, juste au pied du socle, d'après ce qu'on sait... Comme si on avait voulu faire une offrande à Mercure.

Marie retint son souffle, inondée par le souvenir du corps dépecé et calciné qui reposait sous la statue suspendue d'Hermès dans la boutique parisienne. La mise en scène semblait identique.

— Vous pouvez me parler de Mercure ? Est-ce qu'il aurait un lien avec Hermès, le dieu grec ?

L'archéologue fixa Marie d'un air stupéfait.

— Évidemment ! Mercure, c'est le nom que les Romains ont donné au Hermès grec dans leur mythologie. C'est juste le même dieu.

Chapitre 11

6 août 2018, Écully

La Mégane franchit la barrière de sécurité en douceur. Marc Brunier rêvait de cet instant depuis quatre heures. Il allait enfin déplier sa carcasse et raviver la circulation sanguine dans ses longues jambes comprimées pendant tout le trajet.

Il avait traversé la moitié de la France d'une traite, à plus de cent cinquante kilomètres-heure. L'autoroute A6 avait défilé, sans clim ni régulateur de vitesse, le pied droit rivé sur l'accélérateur et avec la chaleur étouffante de l'été caniculaire pour seule compagne.

En route, il n'écoutait pas la radio ni ne téléphonait. Il traçait. Une seule idée en tête : débarquer au plus vite au SCPTS d'Écully.

Tandis qu'il s'extirpait du véhicule, le visage en eau, il ressentit une sévère contracture dans sa jambe droite, au point de claudiquer. Un jeune lieutenant l'attendait au bout du parking.

— Bonjour, commandant. Le voyage a été éprouvant ?

— Ouais, caisse de prolo, clim en rade. Je vais la bousiller, cette merde, on sera bien obligé de m'en filer une nouvelle.

Brunier était d'une humeur massacrante. Outre la fatigue du voyage, les nuits blanches à piétiner sur l'enquête faute d'indice probant lui gâchaient l'existence. La découverte du passage souterrain entre le métro et la boutique Hermès n'avait rien donné, aucune trace exploitable, sinon un ouvrage détonnant creusé à l'aide de burineurs électriques haute fréquence qui avaient suscité l'admiration des experts. L'assassin se donnait les moyens de ses ambitions. Quant à l'empreinte de pas, en l'absence de comparaison, elle s'avérait pour l'heure parfaitement inutile. Restait la ribambelle de symboles gravés sur le mur du ventilateur mais aussi sur les dents de la victime, dont seul le fameux bâton avec ses deux serpents enroulés résonnait clairement avec la scène de crime et la statue du dieu Hermès. Et puis Brunier ruminait le spectre en robe noire. La rame qui avait failli lui coûter la vie. Le bras défoncé de Varin, qui se remettait péniblement. Il ne pouvait s'empêcher de ressasser cette course-poursuite avortée par l'évaporation inexplicable du suspect.

Et maintenant ce second massacre, à cinq cents kilomètres, qui compliquait sévèrement la donne.

Au lendemain de la découverte du corps, Marie s'était empressée d'alerter la commissaire Gagnière sur les similitudes évidentes avec l'affaire de la boutique Hermès. La divisionnaire s'était rapidement laissé persuader, d'autant qu'elle paraissait préoccupée par ces dossiers glaçants et atypiques. Elle avait informé personnellement son homologue de la Crim, le commissaire Giudicelli, qui s'était à son tour efforcé de convaincre le procureur de la République de Paris de négocier la fusion des deux affaires. Les parquets de Paris et de Clermont-Ferrand s'étaient accordés en quarante-huit heures. Puis la Direction des affaires criminelles et des grâces avait approuvé le rapprochement. Au huitième jour, la chancellerie s'apprêtait à transférer le dossier à Paris.

Brunier, lui, piaffait d'impatience. Il avait suivi l'affaire de loin et se fiait à l'intuition de la jeune stagiaire, particulièrement affûtée. N'y tenant plus, avant même le feu vert officiel, le flic taciturne avait décidé de filer à Écully pour s'imprégner du dossier et discuter des analyses du premier meurtre. Il se rapprochait surtout de l'objectif, prêt à fondre sur Clermont-Ferrand pour se lancer dans l'enquête.

— Tiens, bonjour, commandant ! Je suis super contente de vous voir !

Dans le grand hall d'accueil, Marie embrassa Marc Brunier sur les deux joues dans un élan enthousiaste. L'officier, surpris, grommela un « 'jour » dans son éternelle barbe de trois jours.

— Faut qu'on se parle, Marie. Que vous me racontiez.

— Avec plaisir, quand vous voulez.

Le lieutenant guida l'officier dans les couloirs jusqu'au fin fond du premier étage, dans le bureau de la boss.

La lumière du jour éclaboussait la pièce, exacerbant une chaleur déjà écrasante.

— Je ne suis pas le seul à avoir un problème de clim, lança Brunier avant toute politesse.

La silhouette de Laure Gagnière se découpait à contre-jour dans son fauteuil, tournée de trois quarts vers les hautes fenêtres.

— Bonjour, Marc.

La quinqua se leva d'un bond et embrassa Brunier comme si elle l'avait quitté la veille.

— T'as fait quoi pour finir dans ce trou à rats, au milieu des bois et des macchabées ? T'as foiré une grosse affaire ?

Le jeune lieutenant qui avait accompagné le gradé haussa deux sourcils effarés et s'effaça discrètement dans le couloir.

— J'ai choisi, figure-toi. Ras-le-bol de l'active, des services bourrés de couillons dans ton genre, blindés de testostérone, rois du saute-dessus et des perms jusqu'à plus soif. Je voulais pas détruire définitivement ma vie de famille.

Brunier encaissa sans moufter, les mâchoires contractées, chassant l'image de son ex-épouse Fadia et de sa fille Sarah qui s'était brutalement matérialisée dans son esprit. Cette femme n'avait pas changé, toujours aussi acerbe. Ils s'étaient rencontrés au SRPJ de Reims et se connaissaient donc depuis plus de vingt-cinq ans. Laure Gagnière était alors toute jeune commissaire, fraîche émoulue de l'école supérieure de police de Saint-Cyr-au-Mont-d'Or. Major de promotion, elle avait directement obtenu le Graal, une affectation en PJ. Le poste d'adjoint au chef de division s'était libéré à Reims, où Brunier œuvrait alors depuis deux ans comme simple inspecteur.

— Et toi, tu t'éclates au 36 ?

— Tu parles, le crime ne paie plus. Jusqu'au macchab d'Hermès, on n'avait rien levé depuis six mois. On passe notre vie à se tourner les pouces aux frais du contribuable.

— Eh bien, tu as de la chance. Je peux te dire qu'ici on ne chôme pas.

— Mmm... Je ferais peut-être bien de demander ma mutation. Ce serait toujours mieux que déménager dans cette pourriture de building des Batignolles.

— Ah non, pas question ! On est très bien ainsi, pas besoin de cow-boy. Et puis tu t'ennuierais ferme. Que du taf de bureau pour les services actifs. Ou alors, tu passes les concours de PTS et tu finis ta vie en combinaison blanche à ramasser des mégots ou des bouts de charogne.

Laure Gagnière, sourire en coin, se dirigea vers la table de réunion. Elle saisit le dossier « Hermès » avant de regagner son bureau.

— Bon, c'est un truc de dingues, cette histoire de dents gravées.

— Ouais, mon cinquième de groupe passe son temps à comparer les marques des dents avec les symboles qu'on a trouvés dans une station de métro à Paris, près d'un tunnel qui conduit à la réserve de la boutique. Il fait pas mal de rapprochements. On focalise sur le bâton et les deux serpents entortillés autour, comme celui de la statue d'Hermès. C'est notre seul élément solide.

— Ce n'est pas le symbole des médecins, le caducée ?

— Ça se présente presque pareil. Les spécialistes font la nuance entre la baguette d'Hermès qui a deux serpents surmontés de deux ailes et le bâton d'Esculape des médecins, avec un seul serpent. Mais à part ce chipotage, ils sont très semblables. Et c'est notre seule piste solide. Un toubib taré, peut-être un légiste, qui s'acharne sur des gamines avant d'utiliser des techniques bien précises pour les découper et les brûler. Cette maîtrise indique un homme de l'art. L'affaire de Clermont ne fait qu'accréditer cette piste. Le souci, c'est qu'on n'a rien, aucun signalement. Ou alors peut-être mon dentiste, un beau salopard, celui-là.

Laure Gagnière feuilletait machinalement le dossier et s'aperçut que certains documents avaient été compulsés et même déplacés.

— Elle a oublié d'être sotte, la petite Marie.

— La stagiaire ? s'étonna Brunier.

— Oui, c'est elle qui a mis le feu aux poudres. Il fallait la voir quand elle a débarqué dans mon bureau pour me raconter toute une histoire de mythologie qui relierait les deux affaires.

Laure Gagnière observait attentivement l'officier afin de déceler ses réactions et de jauger ce qu'il savait vraiment.

— Ouais, c'est une drôle de gamine. Elle a du flair et j'ai tendance à lui faire confiance. Elle a déjà pressenti pas mal de choses. Elle a raison, il y a un truc anormal autour de la mythologie : la statue d'Hermès dans la boutique, juste à côté le *Centaure* de César auquel on a coupé les roubignoles, les inscriptions d'un autre âge dans le métro et sur les dents, et maintenant ce temple. Hermès et Mercure, les mêmes dieux. C'est énorme.

— Et… tu n'as pas d'hypothèses à ce sujet ?

Marc Brunier dévisagea la divisionnaire et se demanda ce qu'elle cachait. Lui non plus n'était pas tombé de la dernière pluie, et son intuition lui soufflait que la haut gradée ruminait quelque chose.

— Pas vraiment, sinon la piste franc-maçonne. Il se trouve que, parmi tous ces symboles, certains collent avec ceux de la franc-maçonnerie. Tu connais, non ?

Laure Gagnière détourna le regard.

— Je ne vois pas pourquoi tu dis ça. Les francs-maçons, ce n'est pas mon truc. Je te rappelle que je suis une femme, ces confréries sont très machos.

— Il y a des loges féminines, insista Brunier. Tu vas pas me dire que là-haut, dans vos sphères de « corps de conception et de direction de la police » comme vous dites, vous vous retrouvez pas entre puissants à refaire le monde ou pistonner des adeptes ?

La divisionnaire fixa sur Brunier un regard âpre et cassant.

— Tu ferais mieux de te concentrer sur les évidences. Nous parlons de dieux. De temples. De créatures vêtues de robes noires. Sur la vidéo et dans le métro. Comme les moines et les prêtres, non ?

Marc Brunier écarquilla les yeux et ouvrit la bouche sans que rien ne sortît. Avant que l'officier eût le temps de reprendre ses esprits, Laure Gagnière était debout et gagnait le seuil de son bureau.

— Allez, monsieur le fin limier de la Crim, je t'emmène faire le tour du propriétaire. Je suis sûre que tu brûles d'envie de savoir comment on vous sauve les fesses tous les jours en vous dégotant des preuves.

Brunier se plia de mauvaise grâce à la visite des services, absorbé par la mystérieuse réflexion de son ancienne collègue. Il était convaincu qu'elle méditait une idée bien précise. Outre la beauté et le physique magnétique de la haut gradée de l'époque, le jeune officier de Reims se souvenait de son étonnante sagacité. Comme le bon vin, il ne doutait pas que sa clairvoyance se fût encore affermie avec l'âge. Si Fadia n'avait pas existé, et si Laure n'avait pas été sa supérieure hiérarchique, il se serait volontiers laissé tenter par cette diablesse.

Après une brève visite des bureaux, ils franchirent l'esplanade pour passer dans le bâtiment connexe. Ils croisèrent Marie, qui sortait du laboratoire de génotypage. Elle leur emboîta aussitôt le pas, rêvant de reprendre du service aux côtés du commandant.

Brunier ne s'intéressa vraiment qu'à la fameuse collection nationale des armes et munitions. Les vitrines abritaient de véritables trésors, datant pour certains de la Première Guerre mondiale, jusqu'aux joujoux les plus sophistiqués. Il reconnut de nombreux calibres saisis lors de perquisitions ou d'opérations coup de poing, dans le grand banditisme ou le terrorisme. Les affaires défilaient dans sa mémoire, entre nostalgie et grand frisson des jours de dérouille sur de grosses « opés ».

Brunier retint son souffle en redécouvrant le Manurhin MR73, modèle qu'il détenait dans ses premières années de service. Un revolver mythique nanti de ses munitions 357 magnum qu'il fallait enfourner une à une dans le barillet. Marie s'étonna de la sensiblerie de l'officier qui écrasait presque une larme. Cet homme se trouvait d'évidence aux prises avec son passé et des souvenirs difficiles.

Encouragé par l'appétence du commandant, Ahmed Mellah, le chef de la section balistique, se révéla intarissable sur l'histoire et les spécificités de chaque calibre. Espiègle et passionné, il exultait à l'idée d'échanger avec un ponte de la Crim parisienne.

— Tenez, commandant, j'ai un petit joyau pour vous.

L'expert ouvrit un large tiroir et brandit un revolver XXL. L'arme mesurait près de quarante centimètres et pesait bien deux kilos. Le canon, à lui seul, était monumental.

— Le Smith et Wesson Monster 500 ! s'exclama Marc Brunier, l'œil pétillant. Il porte bien son nom, ajouta-t-il en soupesant la bête.

— Non, vous connaissez ? Vous avez déjà tiré avec ?

— Ah non, sûrement pas. Je crois que le dernier à l'avoir utilisé, c'est Schwartzy dans un film pourri, *Le Dernier Rempart*, sorti il y a quelques années.

— Ouais, il faut pouvoir le maîtriser. Vitesse du projectile : sept cent cinquante mètres-seconde, un record. Éjection avec une flamme énorme à la bouche, en sortie de canon. Quant au barillet, malgré son calibre, il ne comporte que cinq chambres. Et pour cause, regardez la taille des munitions.

Le balisticien farfouilla dans le tiroir et exhiba une grosse boîte rouge dont il retira d'énormes cartouches. Elles étaient quatre fois plus grosses que les 9 mm parabellum de l'arme de service de Brunier.

— La vache ! Y a de quoi défoncer un éléphant !

— Vous ne croyez pas si bien dire : les balles pulvérisent des parpaings et traversent les gilets pare-balles de troisième catégorie.

Marie saisit l'arme et manqua de la laisser tomber. Elle pesait un âne mort.

— Ce n'est pas un truc de fillettes, sourit Ahmed Mellah tout en rattrapant le revolver avant qu'il se fracasse au sol.

La stagiaire échangea un regard atterré avec la divisionnaire, visiblement exaspérée par cette conversation entre deux taureaux en pleine poussée de testostérone.

— Voyez-vous, Marie, les hommes ont toujours adoré jouer aux cow-boys et aux Indiens, ou aux gendarmes et aux voleurs. C'est dans leurs gènes. S'ils n'existaient pas, je pense que guerres et terrorisme ne seraient pas de ce monde.

Marie plissa les yeux et tenta de discerner si la fonctionnaire pensait réellement ce qu'elle avançait.

— C'est un peu plus compliqué que ça, non ? risqua-t-elle.

— Vous croyez ? Les femmes ne représentent que 3 % de tous les détenus enfermés dans nos prisons. S'il leur arrive de se faire sauter avec une ceinture explosive, c'est rarement de leur plein gré. Elles ne tiennent jamais une kalachnikov et ne participent jamais aux assauts terroristes.

Marc Brunier échangea un sourire moqueur avec le balisticien.

— Je la connais depuis plus de vingt-cinq piges. C'est une féministe acharnée.

— Bon, j'ai un service à faire tourner, rompit la divisionnaire.

Laure Gagnière laissa Marie seule aux prises avec les deux rambos qui se frottaient les mains à l'idée de poursuivre leur récréation. Au bout d'un long couloir, Ahmed Mellah invita ses deux visiteurs dans une étroite pièce tout en longueur. Au fond se dressaient plusieurs cibles, encadrées par d'épaisses murailles émaillées d'impacts.

— C'est ici qu'on teste les armes saisies. On ramasse les étuis percutés et les projectiles, pour les comparer avec ceux retrouvés sur une scène de crime, par exemple. La pièce est insonorisée, un mètre d'épaisseur de béton armé. On peut se faire plaisir.

Brunier testa plusieurs armes de poing, ainsi qu'un pistolet-mitrailleur, le FN P90, qu'utilisaient encore parfois les collègues du RAID et du GIGN. L'officier déchargea les cinquante munitions en quelques secondes. Les rafales estourbirent Marie, pourtant coiffée du casque antibruit réglementaire.

La stagiaire accepta de s'entraîner, mais refusa d'utiliser l'arme de guerre. Elle consentit seulement à s'exercer avec le Sig Sauer de service de Marc Brunier. Un pistolet semi-automatique léger et simple d'utilisation. Ahmed Mellah lui enseigna les rudiments.

— Bon, d'abord tu tires la culasse pour engager une munition dans la chambre du canon. Ensuite, tu baisses le cran de sûreté, ici. Tu es prête à faire feu, mais avant de presser la détente, il faut apprendre à viser. D'abord, bande tes muscles et tiens l'arme le plus loin possible devant toi.

Marie adopta une position de combattante qui la mit fort mal à l'aise. Le balisticien l'aida à ajuster ses avant-bras, en les élevant légèrement devant son visage.

— OK, maintenant il faut viser ici, à travers le cran de mire, tout près du percuteur, à l'arrière du pistolet. Il faut que ton œil aligne le cran avec le guidon, au bout du canon. Concentre-toi très fort sur l'alignement, tant pis si la cible te paraît floue.

Marie fit de son mieux, mais sa vue s'embua légèrement.

Une détonation brutale retentit.

L'arme partit en arrière en déformant son poignet, si bien que la jeune femme recula de deux pas et manqua de trébucher.

— C'est bien, mais fais attention au recul, il faut apprendre à le maîtriser. Bande le bras plus fort et bloque ton pistolet par-dessous avec l'autre main. Recommence et concentre-toi sur l'alignement vers la cible.

Marie enchaîna quatorze nouveaux tirs sans ciller. Son aisance soudaine surprit les deux officiers qui l'observaient faire feu avec une maîtrise et une concentration surprenantes. Ils échangèrent plusieurs regards éberlués. Les étuis s'éjectaient sur le côté et pleuvaient sur le béton sans que l'étudiante s'en émût le moins du monde. Elle tenta de tirer encore, mais tandis qu'elle s'acharnait à presser la détente, le percuteur frappait désespérément dans le vide. Un épais nuage de poudre nimbait la pièce.

— C'est bon, Marie, c'est bon ! T'as vidé le chargeur !

La jeune femme ôta son casque antibruit et sembla perdue, comme s'éveillant d'un mauvais songe.

— Je... Je déteste ça, en fait. C'est vraiment... nul.

Marc Brunier la dévisageait. Il ne cessait de s'étonner de cette étrange créature, gracieuse mais capable d'un sang-froid ravageur. Elle lui faisait beaucoup penser à Laure Gagnière, dans ses jeunes années rémoises. Charme, intelligence, rigueur, et cette âpreté déroutante qui s'exprimait au moment le moins attendu.

Au même instant, son portable vibra. C'était Laurent Mornac, son chef de section à la brigade criminelle. Brunier quitta aussitôt la pièce confinée et se hâta jusqu'aux imposants vitrages du hall d'accueil pour mieux s'exposer aux ondes électromagnétiques.

— Salut, Brunier. Ça y est, on est officiellement saisis. Tu me diras comment tu veux procéder : si tu veux garder ton groupe sur Paris, je fais descendre celui de Rimet, ils piaffent et ne demandent que ça. En attendant, tu peux foncer à Clermont et tout récupérer.

— OK, sauf que si je pointe direct ma gueule enfarinée, les pandores[1] vont m'enchrister.

— C'est sûr, ils vont te haïr, mais on s'en fout, le temps presse. On va pas attendre une semaine qu'ils mettent tout en carton et nous envoient un DHL, non ?

1. Gendarmes, en argot.

— Bon… Je dérouille, et je te tiens au courant.

Tandis qu'il raccrochait, Laure Gagnière accourut dans l'escalier qui serpentait entre les étages.

— Marc, le proc de Clermont vient de m'appeler en me demandant de rapatrier nos images de la scène de crime. Les gendarmes sont dessaisis. Tu es au courant, j'imagine ?

— Ouais, on récupère le bébé, je vais devoir y aller.

Marie venait de rallier à son tour le hall d'accueil, encore sonnée par la séance de tir.

— Tenez, commandant, je crois que vous avez oublié quelque chose.

La jeune femme lui tendit son semi-automatique.

— Ahmed l'a rechargé, sourit-elle.

Brunier enfourailla le Sig dans son holster.

— Je vous laisse, le devoir m'appelle, comme dirait l'autre.

— Vous allez où ? interrogea l'étudiante.

— À Clermont, on est saisis de l'enquête.

— Yes ! J'en étais sûre ! Vous voyez, tout le monde convient qu'il y a un lien ! Laissez-moi venir avec vous ! Je connais la route, le contexte, je pourrai vous raconter tous les détails. Et puis vous avez des cernes plus larges que des poêles à frire, vous êtes complètement cuit. J'ai le permis et je conduis très bien.

Brunier en resta pantois. Sa jambe droite continuait de le tarabuster et l'idée de s'infliger un nouveau périple autoroutier l'accabla. Deux pupilles d'émeraude l'engloutissaient, pleines d'espoir et d'excitation mêlés. Le regard de l'officier obliqua vers la divisionnaire, comme s'il cherchait son assentiment. Laure Gagnière sourit et opina.

— OK, mais je vous préviens, je suis de très mauvaise compagnie en voiture.

— Ça ne changera pas tellement de l'ordinaire, le brocarda la stagiaire.

Puis elle tourna les talons et décampa sur le bitume, sans demander son reste.

Brunier s'éclipsa à son tour et grimpa à la place du mort.

La divisionnaire les suivit longuement du regard, jusqu'à ce qu'ils franchissent l'horizon du parking et s'évanouissent. Puis, tapie dans l'encoignure du portique d'entrée, elle empoigna son téléphone cellulaire.

— Allô ? C'est moi. Elle est partie avec lui. À Clermont.

Chapitre 12

6 août 2018, 16 h 40, autoroute A89

Marie circulait prudemment, refusant de taquiner sirène et gyrophare. L'officier se laissa rapidement bercer par la conduite délicate de l'étudiante et s'assoupit. Il avait fait pivoter son dossier en arrière et ronronnait comme un bébé.

Marie l'observait du coin de l'œil. Cet homme taiseux et sombre s'abandonnait en toute confiance. Ils avaient beaucoup à se dire, mais la causerie attendrait des heures meilleures. Marie éprouvait un étrange sentiment, une petite boule au ventre inhabituelle. Cet homme n'éveillait en elle aucun désir sexué, mais un bien-être protecteur. Comme un père, qu'elle n'avait jamais eu.

À leur arrivée à Clermont-Ferrand, le temps avait tourné et l'orage grondait. D'épaisses gouttes giflèrent le pare-brise, qui firent bientôt place à une averse d'été, puissante et rageuse. Les essuie-glaces apathiques de la Renault peinaient à refluer l'eau qui se déversait maintenant par seaux. Les éclairs déchiraient le ciel, suivis des canonnades du tonnerre qui ricochaient dans l'habitacle. Avec ce raffut, Brunier finit par lever un sourcil et s'éveilla, la bouche pâteuse.

— On est où, là ?

— « Vous êtes arrivé à destination », s'amusa Marie en singeant la voix métallique d'un GPS.

La Mégane se rangea dans la cour de l'état-major local de la gendarmerie, rue du Torpilleur-Sirocco. Brunier avait dormi près de deux heures et se sentait en bien meilleure forme.

La bâtisse carrée des gendarmes ressemblait à une maison d'arrêt. Des grillages verts ceignaient l'édifice et d'épaisses protubérances de béton rouge encadraient les étages, comme des Lego juxtaposés. Ne manquaient que les miradors.

— Une belle merde architecturale, marmonna Brunier. Un truc de militaires, quoi.

Bien qu'ils n'eussent que vingt mètres à parcourir pour atteindre le hall d'accueil, l'avalanche d'eau les détrempa entièrement.

À l'intérieur, ils pissaient comme des linges sortis d'une machine à laver en panne d'essorage. Un gradé endimanché dans un uniforme impeccable les cueillit dans cet état déplorable. Le contraste était saisissant.

— Colonel Eudes de Clairvoy, commandant de région-groupement, annonça-t-il.

— Commandant Marc Brunier, brigade criminelle de Paris, et Marie Duchesne… police technique et scientifique.

Le militaire les dévisagea avec mépris. Ils avaient l'air de deux chiens mouillés.

— C'est ça, les cadors de Paris ? Et vous voulez nous apprendre notre boulot ?

— Ah non, colonel, on vient juste récupérer les actes et les scellés. Loin de moi l'idée de vous apprendre quoi que ce soit.

— Vous avez bien manœuvré. Bravo. C'est formidable, la coopération entre les services, tous ces grands principes, comme faire corps entre police et gendarmerie !

Brunier réprima un rictus. Marie s'en aperçut et tenta de détourner l'attention de l'officier supérieur.

— Pardon, je ne vous ai pas croisé au puy de Dôme ? J'étais là-bas avec la PTS.

— Ah oui, ça, c'est pareil : j'imagine que nos techniciens d'investigation criminelle sont plus cons que la moyenne. Il fallait au moins vos hommes pour faire du bon boulot.

Le haut gradé fulminait.

— On a tout rassemblé dans cette pièce, lança-t-il en désignant un local. Les procès-verbaux et les scellés. Prenez tout et foutez le camp.

— Vous n'avez rien à me dire, des indices particuliers, une piste ? Ça fait huit jours que vous êtes sur le terrain, tenta le policier, malgré la moutarde qui lui lutinait les narines.

— Tout est là. Au propre. Bien écrit. Vous avez appris à lire, j'imagine ?

Marc Brunier prit sur lui pour ne pas lui flanquer son poing dans le nez.

Cinq minutes plus tard, les cartons se trouvaient déjà dans le coffre. Piètrement abrité sous le hayon qui laissait suinter la pluie, l'officier fouilla les dossiers, en quête du rapport d'autopsie. Puis il happa son portable et marmonna sans que Marie ne saisît clairement ses paroles. Une minute plus tard, il s'enfonça derrière le volant.

— J'ai eu l'IML, j'ai dit qu'on arrivait. Ils appellent le légiste qui a pratiqué l'autopsie. On y sera en même temps.

La Mégane pénétra dans le centre-ville et ses édifices ténébreux, bâtis à l'aide d'antédiluviennes pierres volcaniques noirâtres, du temps où le puy de Dôme crachait encore de la lave en fusion. La tristesse des monuments s'accentuait sous l'épaisse gangue nuageuse et la pluie tapageuse. Brunier tempêtait lui aussi et conduisait sans ménagement au cœur des ralentissements de fin de journée.

Vingt minutes plus tard, après avoir entièrement fendu la ville du nord au sud, ils franchirent les barrières du centre hospitalo-universitaire Gabriel-Montpied. Brunier s'immobilisa face au centre de biologie qui abritait l'institut médico-légal, en face des urgences. Marie imagina le ballet des brancards entre les deux services, lorsque des patients ne pouvant être sauvés par les uns achevaient leur passage éphémère sur Terre dans les frigos des autres.

À l'accueil, une secrétaire médicale les guida jusqu'en salle d'autopsie. Les longs couloirs étaient balisés de systèmes d'alarme, caméras, badges et visiophones. Une modernité et une sécurité qui tranchaient avec la morgue de Paris. Au bout, une ample vitre séparait le corridor de la vaste salle de dissection. La lumière pénétrait partout et procurait un sentiment presque rassurant. Soudain, une voix étouffée s'échappa d'un haut-parleur invisible.

— Bonjour, je suis là dans cinq minutes.

Brunier et l'étudiante échangèrent un regard ahuri.

— C'est le Pr Vidal, il récupère le corps et va entrer en salle d'autopsie, expliqua la secrétaire. Ici, le public non médical n'entre pas. Question d'hygiène. On regarde à travers la vitre, et le légiste commente à l'aide d'un petit micro.

— Ah non, ça va pas le faire, trancha aussitôt l'officier. J'ai besoin de voir, d'être à côté. Il y a plusieurs choses à vérifier.

— Ah bon ? D'habitude, même le procureur reste ici quand il vient. Je vais voir avec le professeur, attendez.

Dix minutes plus tard, un étincelant chariot en inox couvert d'une housse noire s'engouffra dans la salle. La secrétaire confia blouses, masques et gants aux deux visiteurs, puis les convia enfin à pénétrer dans l'antre surprotégé du légiste.

— Pr Étienne Vidal, chef du service. C'est moi qui ai procédé à l'autopsie. Surtout ne touchez à rien, s'il vous plaît. J'ai une certaine hantise des contaminations et des infections nosocomiales.

Le ronflement entêtant de la ventilation enveloppait l'atmosphère hyper aseptisée. Tout brillait, on aurait pu manger par terre. Seule la température gâchait l'ambiance.

— Je vous préviens, ce n'est pas joli à voir. J'espère que vous avez bien digéré votre quatre-heures.

Marie sentit poindre l'angoisse de la première autopsie. Elle comprit que l'environnement briqué et flambant n'était qu'un épouvantable trompe-l'œil.

Le vieux légiste tira les fermetures le long des glissières, puis entama son puzzle morbide. Une à une, les pièces détachées entrèrent en résonance avec celles du cadavre de la boutique Hermès. Mais le spectacle se révéla plus insoutenable encore.

Les membres dépecés, le tronc lacéré de plaies rosies et la face bleuie témoignaient d'atroces sévices. Les yeux globuleux et la langue hypertrophiée renvoyaient à un univers inhumain.

L'officier et la jeune femme restèrent sans voix. Ils cherchaient inconsciemment à comprendre comment de telles blessures avaient pu être infligées.

— Pour résumer, j'ai d'abord relevé deux cent dix-neuf plaies sur tout le dos, les épaules, le cou, la face antérieure des jambes, bras et avant-bras. Les plaies sont réparties de manière très régulière et ont d'évidence été provoquées par des pointes longues et fines, comme des clous. Je pense qu'ils ont utilisé une espèce de planche de fakir.

— Une planche de fakir ? s'étrangla Brunier.

— Quelque chose comme ça. Mais la jeune fille était très mince et les pointes ont pénétré par l'arrière au point de saillir par-devant. Elle a été littéralement transpercée. Je pense qu'elle a dû être écrasée avec un gros poids sur la planche, ou bien lâchée d'une certaine hauteur et qu'elle s'est empalée sur les pointes.

Marie blêmit et sentit ses organes remonter d'un bloc. Elle détourna son regard pour l'accrocher sur le rebord d'une tablette bien astiquée.

— Vous pensez qu'elle est morte de ça ?

— C'est possible. Le cœur et les organes vitaux ont été partiellement perforés, provoquant des hémorragies et sans doute un arrêt cardio-respiratoire. Mais elle est peut-être décédée antérieurement. De noyade, par exemple.

— Noyée ? s'étonna l'officier.

— Voyez l'état de son visage. Il est complètement cyanosé, ce qui témoigne d'une asphyxie sévère. Or il n'y a aucune trace de strangulation, la noyade est donc une hypothèse. L'examen interne révèle que les alvéoles pulmonaires sont en parties détruites, et j'ai relevé un début d'œdème. Après analyse, on a noté une surconcentration d'eau douce dans le sang, typique d'un phénomène d'hémodilution osmotique. Elle a donc subi une forme de noyade et il y a eu un phénomène de détresse respiratoire évident, d'où la cyanose. L'organisme a désespérément cherché l'oxygène où il se trouvait, dans les tissus. Je ne pense pas qu'elle ait été immergée dans un lac ou un étang, parce qu'on ne relève aucune trace de diatomées dans les organes. On l'a volontairement plongée dans de l'eau filtrée de toute impureté, une piscine ou bien une baignoire. Ou une bassine d'eau du robinet, tout simplement.

— On l'a torturée en lui plongeant la tête dans une bassine, c'est ça ?

— J'en suis convaincu. C'est une torture cohérente avec toutes les autres. Une pratique très répandue depuis le Moyen Âge et l'Inquisition qui l'a popularisée. Les nazis l'utilisaient, mais j'ai lu que George W. Bush lui-même l'avait autorisée après le 11 Septembre, à Guantanamo. Chez eux, on appelle ça la *water cure*. Autre possibilité : la victime est placée sur une planche, sur le dos, les pieds en l'air, et on lui verse des litres d'eau dans la bouche. Ce sont les conquistadors qui ont inventé cette variante, connue comme le « gavage d'eau ».

Brunier fixa le légiste d'un air aussi stupéfait que suspicieux.

— Vous avez l'air d'être sacrément au courant, dites-moi. Vous en connaissez un bout sur ces horreurs…

Le médecin s'immobilisa, visiblement troublé.

— Je… Après l'autopsie, tout ça m'a trotté dans la tête. J'ai tout simplement effectué des recherches. Je suis curieux de nature, c'est l'ADN de notre métier. Faire des hypothèses sur les circonstances de la mort et des blessures… Il faut sans cesse apprendre et se tenir au courant.

Marie remarqua l'embarras du légiste.

— Pour terminer, la jeune femme a été victime de l'arrachage des quatre membres. On trouve encore la trace des liens qui ont très fortement enserré poignets et chevilles. Les tendons et les muscles sont complètement distendus, et la rupture est intervenue à divers niveaux. Ici, au genou, peut-être fragile, et là, au niveau du bassin. Et aux deux épaules.

— Elle a été écartelée, encore une torture, conclut Brunier.

— Pas exactement.

— Que voulez-vous dire ?

— L'écartèlement est une torture raffinée et longue. On utilisait une roue avec des cylindres. Plus on tournait la roue, plus les membres se distendaient. La victime finissait par mourir d'arrêt cardiaque ou d'asphyxie, à la suite de ces terribles sévices. En général, elle succombait après un étirement des membres de dix à quinze centimètres. Ici, on l'a probablement écartelée après la mort, car, comme je vous le disais, je pense qu'elle est décédée d'asphyxie par noyade ou par arrêt cardio-respiratoire post-perforations. Mais surtout, on est allé jusqu'à l'arrachage complet des quatre membres. La symbolique est tout autre.

L'officier et la jeune femme échangèrent un regard, désarçonnés par les connaissances du légiste tout autant que suspendus à ses lèvres.

— L'arrachage était réservé aux régicides, sous l'Ancien Régime. Ceux qui osaient s'en prendre aux rois. Ravaillac, par exemple, qui poignarda Henri IV. Quatre chevaux l'ont écartelé jusqu'au démembrement.

— Qu'est-ce que ça veut dire ? On a voulu lui faire payer une tentative de meurtre contre la reine d'Angleterre ?

Le légiste sourit sous son masque.

— Ça, je l'ignore, mon vieux. C'est à vous de le découvrir.

— Mouais. Rien d'autre ?

— On a tout pesé, disséqué, comme d'habitude. On a fait les recherches de toxiques. RAS. La jeune femme était en parfaite santé.

— Quel âge avait-elle ?

— Je dirais entre vingt et vingt-cinq ans.

Marie pâlit. Le cauchemar se ravivait et elle s'imagina de nouveau dans la peau de cette suppliciée. Elle sentit l'ombre de la mort, nantie de son immense faucille, planer juste au-dessus d'elle, comme si elle était la prochaine sur la liste.

— Ah si, bien sûr, j'ai failli oublier de mentionner deux choses très importantes. D'abord, elle a subi une autre torture, encore plus épouvantable celle-là.

Marie roula des orbites en se demandant ce qui pouvait être pire que les horreurs qu'il venait de débiter.

Le légiste fit pivoter le tronc et dévoila le pubis ravagé de la victime. Devant l'indicible bouillie, Marie tourna de l'œil. L'officier l'agrippa sous les aisselles et l'aida à s'asseoir sur un tabouret disposé au fond dans la salle.

— Je suis désolé, j'aurais dû vous prévenir, s'excusa le Pr Vidal.

— Qu'est-ce qu'ils ont fait ? articula Brunier d'une voix blanche.

— Je ne pourrais pas exactement vous dire. Ils ont utilisé un instrument tranchant et évasé. Ils l'ont enfoncé à maintes reprises…

Brunier leva soudain la main pour faire taire le légiste, en désignant l'étudiante mal en point.

— Pardon, reprit-il en chuchotant. Ils ont donc enfoncé l'instrument dans le vagin et l'anus, ce qui a tout déchiré et lacéré. Je dois vous dire que cela m'évoque une autre torture de l'Inquisition, la chaise de Judas.

L'officier demeura muet, parfaitement écœuré. Ses engrenages cérébraux tournaient à vide et ne trouvaient aucun appui logique ni lien rationnel. Il perdait pied.

— Ces lésions ont failli nous faire passer à côté d'un point essentiel. Pendant l'autopsie, je ne trouvais pas les ovaires. J'ai pensé qu'ils avaient été réduits en bouillie par cette torture. Mais ce n'est pas le cas.

— C'est-à-dire ?

— Ils ont été prélevés. La victime a subi une ovariectomie. J'ai repéré, à grand-peine, les points de suture.

— Une ablation des ovaires ?

— Absolument. À vingt ou vingt-cinq ans, il n'y a qu'une explication à une telle intervention sur le plan médical : une tumeur ou un kyste suspect de malignité. Dans ces cas, on procède à une ablation bilatérale. On peut aussi recourir à la chirurgie en cas de mutation génétique, comme le BRCA1. Vous savez, l'actrice Angelina Jolie : elle s'est fait retirer les seins et les ovaires, parce qu'elle était porteuse de cette mutation qui expose à des tumeurs mortelles des organes sexuels.

— Mais les seins, ils sont bien là ?

— Oui, ou presque. L'un d'eux a été salement amoché. Le droit, regardez. Il a été partiellement tranché. Mais je mets cela sur le compte des nombreuses blessures qu'elle a reçues.

L'officier tentait de se représenter le tableau général mais peinait à imaginer l'enchaînement des événements. Avait-elle été opérée avant l'enlèvement et la torture, ou pendant ? Que cherchait l'assassin avec de tels sévices et cette mise en scène ? Pourquoi s'en prenait-il aux jeunes femmes ? Existait-il un lien direct entre les deux victimes ?

— Il faudra comparer les ADN, lança Brunier. J'imagine qu'on n'a pas son identité ?

— Non, on n'a rien. Je crois que les gendarmes travaillaient sur les jeunes femmes disparues et s'intéressaient à celles qui avaient subi une ovariectomie, justement. Mais j'ignore s'ils ont trouvé ce profil.

— Une dernière question, docteur : avez-vous regardé les dents ? Demandé un examen d'odontologie ?

— Absolument, on va recevoir le rapport d'un jour à l'autre.

— Mais vous les avez examinées vous-même ?

— J'ai relevé deux dents cassées, en raison des sévices.

— Et à l'intérieur ? Derrière les dents ?

— Derrière ? Que voulez-vous dire ?

— On a retrouvé des inscriptions derrière les dents de la première victime à Paris. Des symboles micro-gravés.

Le légiste fouilla dans un tiroir et se munit d'une grosse loupe. Puis il s'échina dans la bouche de la victime, à moitié plié en deux. Il orienta les plafonniers avant de s'aider d'une lampe frontale.

Brunier s'était détourné car le médecin manipulait les mâchoires sans ménagement, provoquant des craquements sinistres.

— Oui ! C'est incroyable ! Je discerne des tracés ! Sur plusieurs dents ! Il faut absolument que je précise à l'odontologue d'examiner ça.

Le légiste, visiblement excité, se hâta vers la sortie.

— Je vais appeler un garçon d'amphithéâtre pour remballer, je vous laisse. Je dois joindre mon confrère. Merci de votre aide. À bientôt, commandant. Mademoiselle.

Plantés là, Marie et l'officier regagnèrent la sortie.

Une fois dehors, ils inhalèrent une profonde bouffée d'oxygène. Même s'ils avaient échappé aux affres de la dissection, le spectacle brutal de la jeune victime, aggravé par le compte rendu glacial du légiste, les avait laissés tous deux sur le carreau. Marie demeurait blafarde et aphone. Brunier s'échauffait les méninges et tentait l'impossible pour résoudre l'équation. Le nombre d'inconnues explosait, il lui faudrait bientôt un doctorat de mathématiques pour espérer ne fût-ce que le réduire.

Après une brève accalmie, le ciel s'assombrit de nouveau. Au loin, une chevauchée opaque et lugubre galopait dans les cimes et finirait par recouvrir entièrement le paysage.

Plongé dans ses pensées, le commandant décida qu'il devait se rendre compte par lui-même et braqua le volant en direction du puy de Dôme. En plein vers l'inquiétant couvercle nuageux.

Marie reprit lentement ses esprits, mais semblait absente au monde ignoble qu'elle habitait depuis plus d'un mois. Tandis qu'ils dépassaient Chamalières, son regard s'éleva vers la frondaison des platanes qui longeaient la départementale. À flanc de colline, les vaches s'étaient instinctivement rassemblées le long des haies et cherchaient des abris de fortune.

On devrait toujours suivre l'instinct animal.

— Et on va où comme ça ?

Les premiers éclairs cisaillèrent l'horizon.

— Sur la scène de crime. Je ne rentre pas à Lyon sans avoir vu par moi-même.

Marie observait le sommet du puy de Dôme, dont les contours s'estompaient dans les ténèbres.

— Je ne suis pas sûre que ce soit une bonne idée. Ça va taper fort et on risque d'être salement secoués.

L'étudiante s'inquiétait surtout de l'état de leur guimbarde, aux freins asthmatiques et à la direction approximative.

— Et je pense que les pneus sont lisses... Pour ce que j'ai pu mesurer en conduisant, ajouta-t-elle.

— Ça va, Marie, je sais piloter l'engin. Ne vous inquiétez pas. Dites-moi plutôt ce que vous a inspiré ce légiste.

— Je ne sais pas trop. Il ne doit pas en voir de pareilles tous les quatre matins. Il s'est un peu emballé sur l'affaire et se tape son petit délire.

— Mmm... Moi, j'aimerais bien connaître son emploi du temps pour les nuits précédant la découverte des deux corps, à Paris et ici.

Un éclair foudroya brutalement un platane à quelques mètres, aussitôt suivi d'une puissante détonation. Brunier pila, la Mégane zigzagua sur le bitume détrempé et acheva sa course sur le bas-côté. La pluie redoublait, tandis qu'une fumée noirâtre s'élevait du tronc éventré.

— Ça va, Marie ?

— Oui, oui, mais on ferait mieux de faire demi-tour.

En une seconde, une pluie torrentielle s'abattit sur la voiture et obstrua la vue. Le tumulte des rafales et les percussions du tonnerre matraquèrent l'habitacle, qui faisait caisse de résonance. Le couple se trouvait prisonnier du déluge assourdissant. L'officier ne savait plus que faire, lorsque la sonnerie de son téléphone retentit. C'était Thomas, l'ingénieur du service régional de l'identité judiciaire à Paris.

— Allô ? Thomas ?... Je suis en voiture, dans une tempête de dingues, mais c'est bon, je suis à l'arrêt. Qu'est-ce qu'il y a ?

Un long silence suivit. Marie fixa l'officier qui ne laissait rien paraître. Elle ne pouvait rien saisir, tant le raffut de l'orage couvrait tout le reste.

— T'es sûr ? Qu'est-ce que ça veut dire ? Allô ? Parle plus fort, c'est le bordel ici, j'entends rien !

Le mystère s'épaississait et l'étudiante piaffait dans l'attente du compte rendu du policier. À plusieurs reprises, Brunier darda un regard sombre vers la jeune femme, qui se demandait bien ce que lui révélait l'expert.

Puis il raccrocha.

La pluie criblait les tympans. La lumière des éclairs projetait des ombres inquiétantes sur le visage de Brunier qui se durcissait à vue d'œil. Marie éprouva un profond malaise.

Quelque chose ne collait pas, quelque chose était en train de basculer.

— Qu'est-ce qui se passe ? Pourquoi vous me regardez comme ça ?

— Il va falloir me parler, Marie. Tout me dire !

L'officier enclencha la fermeture centralisée des portes. L'étudiante sursauta et sentit la peur l'envahir lentement. Des gouttes de sueur suintèrent à la base de son cuir chevelu.

— Je... Je comprends pas... je comprends rien...

— Arrêtez votre petit jeu ! hurla soudain Brunier.

La carrosserie faisait cage de Faraday contre les éclairs du dehors, mais ne pouvait rien contre ceux qui fusaient du regard inflexible du policier.

— Sincèrement, commandant... Parlez-moi, dites-moi ce que Thomas vous a raconté.

— Votre ADN, celui que vous avez laissé à Écully le jour de votre arrivée, par sécurité, comme tous les employés de la PTS... Il colle avec celui de la victime d'Hermès et, apparemment, avec celui de la pauvre gamine qui s'est fait trucider ici ! Donc non seulement les deux victimes pourraient être jumelles, mais en plus vous aussi, vous auriez le même ADN ! Grâce à la fusion des affaires, Thomas a eu accès à toutes les analyses et le fichier a clairement signalé le rapprochement !

Marie se sentit transpercée en plein cœur. Le temps s'arrêta. Elle avait l'impression de survoler la scène et de voir son corps d'en haut, comme si son âme venait de quitter son enveloppe charnelle. Elle se trouvait incapable d'articuler le moindre son.

— Vous entendez ? D'après Thomas, vous seriez toutes les trois sœurs jumelles ! Expliquez-vous, Marie ! Vous en savez forcément beaucoup plus que vous ne le dites !

La scène surréaliste se prolongeait. Marie attendait de s'éveiller, mais rien ne survint.

— Vous étiez sur les deux scènes de crime, comme par hasard, à chaque découverte des corps. Pour le *Centaure*, vous saviez déjà, n'est-ce pas ? Vous n'avez rien découvert par hasard ! Et vous me collez au train pour me mettre sur de fausses pistes, c'est ça ? Qu'est-ce que vous me cachez, Marie ? C'est le moment de me parler, parce que ce sera moins agréable en garde à vue !

— Je... Je vous jure... je ne comprends rien à ce que vous racontez... C'est absurde... Comment voulez-vous...

Soudain, un choc énorme les projeta violemment en avant, la tête la première vers le tableau de bord. Les ceintures de sécurité se tendirent brutalement, cisaillant épaules et poitrines, et les cervicales craquèrent. Le souffle coupé, le cou profondément endolori, les deux passagers pantelaient. Marie, qui reprenait péniblement ses esprits, se tourna vers l'officier.

— Commandant ? Ça va ?

Marc Brunier était inconscient.

— Marc ! Répondez-moi !

L'étudiante, craignant le pire, secoua l'épaule de l'officier qui fut pris d'un léger tremblement. L'épilepsie tapie en lui n'attendait qu'une belle occasion traumatique pour s'éveiller et l'assaillir. Son état empirait sous les yeux paniqués de l'étudiante.

Marie s'intéressa enfin à la situation. Elle se tourna vers la lunette arrière pour tenter de comprendre l'origine de la collision. Elle aperçut les phares d'une énorme voiture, sans doute un 4 × 4, qui avait légèrement reculé. Elle imagina que les passagers allaient aussitôt leur porter secours, mais rien ne bougeait. Qu'attendaient-ils pour accourir ?

Ils étaient la cause de l'accident et restaient plantés là. Attendaient-ils une accalmie, ou bien étaient-ils sonnés eux aussi ? Au fond, ils avaient peut-être morflé tout autant que Brunier.

Marie s'approcha du volant et klaxonna à plusieurs reprises pour se manifester et susciter une réaction.

Au même instant, quelqu'un tenta frénétiquement d'ouvrir sa portière. Elle n'avait rien vu venir et ne comprenait rien à l'enchaînement des événements. La main s'acharnait sur la poignée. Heureusement, l'officier avait enclenché la fermeture centralisée.

Malgré la pluie et la peur, dans ce piège incompréhensible qui se refermait sur elle et sur le policier qui s'agitait maintenant comme un damné, Marie aperçut distinctement la silhouette qui frappait des deux poings sur la carrosserie.

Une robe noire. Un visage camouflé sous une capuche sombre. Et, derrière lui, deux autres formes identiques apparemment tout aussi décidées à pénétrer dans l'habitacle. L'une d'elles tenait une barre à mine et s'approchait du pare-brise.

Les éclairs et le tonnerre accentuaient l'effroyable scène, une scène apocalyptique.

Marie paniqua totalement et fut soudain traversée par les images des récits de Marc Brunier. Le suspect en robe sombre qui lui avait échappé dans le métro. Et, auparavant, celui qui s'était matérialisé devant la caméra vidéo juchée au-dessus du *Centaure*, non loin de la boutique Hermès.

Marie comprit instantanément qu'ils étaient venus la chercher. Comme les deux autres jeunes femmes.

Au même instant, un bruit épouvantable retentit juste devant elle. L'homme à la barre à mine défonçait le pare-brise. Le premier choc constella le vitrage d'une myriade de fêlures étoilées. Le second pulvérisa la fragile lisière qui restait. Marie protégea son visage des éclats.

Puis la silhouette noire lui agrippa violemment le bras droit et tenta de la tirer hors de l'habitacle. La jeune femme se débattit comme une diablesse, hurlant, gesticulant. La pluie ravageuse renforçait l'impression de fin du monde. Finalement, la main puissante lui enserra le cou. Marie haletait et sentit sa gorge se nouer. Elle suffoquait.

Pendant ce temps, l'un des autres agresseurs récupéra la barre à mine et défonça la vitre de sa portière. Elle était acculée. L'air commençait à manquer cruellement.

Elle ne s'en sortirait pas.

Poussée par son instinct de survie, Marie plongea la main gauche dans la veste de Marc Brunier qui tressautait toujours, les yeux révulsés. Elle tâtonnait à la recherche de l'arme du policier.

Tandis qu'elle agonisait, elle fit glisser le Sig de son holster puis rabattit l'arme sur ses genoux. Avec son autre main, délaissant le bras qu'elle tentait de repousser, au risque que la pression des doigts assassins s'accrût, elle tira la culasse afin d'engager une munition. Puis elle ôta le cran de sûreté.

Et tira.

L'assaillant, décontenancé, lâcha prise et recula d'un pas. Marie haleta bruyamment et s'efforça de reprendre son souffle.

Puis elle pointa le semi-automatique en direction de son agresseur, le regard lucide et déterminé. Sans en prendre conscience, elle basculait dans le même état second qu'à Écully, sur le stand de tir. Elle était animée d'une férocité inconnue, comme chez une louve protégeant ses petits. Elle ne tremblait plus ni ne paniquait.

Elle banda les bras et visa comme le balisticien le lui avait appris.

Une seconde détonation retentit.

La robe noire fut projetée au sol par l'impact de la balle de 9 mm.

Les deux autres assaillants se précipitèrent vers le blessé puis le tractèrent vers le 4 × 4. Vingt secondes plus tard, le tout-terrain démarrait en trombe et dépassait la Mégane en éjectant des litres d'eau.

Marie, hors d'elle-même, contracta ses biceps et tira en direction du véhicule. Elle vida le chargeur. Plusieurs impacts percutèrent la carrosserie sombre, mais les trois hommes réussirent à prendre la fuite.

La pluie torrentielle inondait l'habitacle. Les bris de glace gisaient partout.

La jeune femme se tourna vers Marc Brunier qui fixait l'horizon, le regard vitreux, un filet de sang au bord des lèvres. Le visage couvert d'éclats.

Il ne tremblait plus.

Ne respirait plus.

Un mort dont les paupières ne s'étaient pas refermées.

Chapitre 13

15 juin 1518, Amboise

« On verra sur terre des créatures se combattre
sans répit, avec de très lourdes pertes
et des morts fréquentes des deux côtés.
Leur malice ne connaîtra point de bornes. [...]
Ils voudront assouvir leur désir d'infliger la mort,
l'affliction, le tourment, la terreur et l'exil
à toute chose vivante. [...]
Ô Terre ! que tardes-tu à t'ouvrir et les engouffrer
dans les profondes crevasses de tes grands abîmes
et de tes cavernes, et ne plus montrer à la face
du ciel un monstre si cruel et horrible ! »

Théophraste von Hohenheim médita une longue minute cette sombre sentence dénichée dans l'un des carnets. Il ne s'attendait pas à de telles pensées de la part du créateur et se demandait s'il avait bien traduit.

C'est qu'il avait déchiffré le texte avec grand peine, à l'aide d'un petit miroir. Les lettres tracées à l'envers et couchées de droite à gauche, au lieu du contraire, rendaient la lecture particulièrement ardue. Hohenheim s'aperçut aussi que le maître négligeait majuscules et ponctuation. Son italien mâtiné de dialecte lombard achevait d'opacifier la prose.

Des dizaines de carnets et de codex remplissaient les étagères et, tel l'âne de Jean Buridan, Hohenheim papillonnait de l'un à l'autre sans vraiment se concentrer. Il demeurait parfois de longs instants à s'enivrer du tracé délicat d'un dessin ou d'une exquise esquisse.

— Le *maestro* va vous recevoir.

Le Suisse sursauta. Il n'avait pas vu venir Salaï, le fidèle disciple et serviteur, et sans doute bien plus que cela. Il embrassa la pièce qu'il avait négligée tant il se trouvait absorbé par ces trésors de papier.

Autour de lui, les murs de briques rouges soutenaient d'épaisses poutres de chêne, dans lesquelles s'enchâssaient une palanquée de solives bien droites. La grande cheminée trônait au fond, avec son âtre assez large pour rôtir un sanglier. Le jambage en colonne supportait un épais manteau, surmonté d'une hotte massive frappée des armes royales. C'était bien la seule décoration, avec les rayonnages et la table simple qui occupait le milieu de la pièce. Le sol constellé de carreaux de terre cuite suivait une géométrie parfaite, à l'image des dessins du maître.

Au-dehors, le manoir du Cloux se montrait tout aussi impeccable. Le petit château arborait fièrement ses coquettes façades de pierres roses et blanches, surplombées de leur tourelle hexagonale. Des jardins, une vigne, un colombier, une chapelle et même un cours d'eau poissonneux habillaient le vaste parc. Dans les prés pentus, l'herbe était fraîchement coupée. Tout paraissait comme un tableau ciselé.

Il faut dire que rien n'échappait au maître. Tout était ordonné, vérifié, listé, classé. L'Italien voyait le monde au travers d'une feuille quadrillée, et c'est bien cela que le jeune Suisse était venu chercher.

— *Buongiorno, dottore*...

Hohenheim se précipita aux pieds du vieux sage qui s'était soudain matérialisé.

— Relevez-vous, *giovan' amico* ! Soyez le bienvenu dans cette humble demeure.

— Merci de l'insigne honneur que vous me faites, *maestro* Leonardo. Je vous sais fort affairé auprès du roy qui vous fait grande confiance pour vos travaux d'architecte et d'ingénieur.

— Oh, tantôt, mon labeur va plutôt aux préparatifs de grands festoiements. Nous sortons des célébrances du baptême du dauphin, que j'ai organisées au château du roy que vous avez sans doute admiré en arrivant. Il domine de sa superbe mes arpents de terre. Et dans trois jours, je ferai jouer *Le Bal des planètes* que j'avais déjà mis en scène à Milan.

Le jeune Suisse observait le géant dont le visage autrefois si fin s'étiolait derrière une longue barbe blanche. Le pas hésitant, le vieil homme tenait son bras droit recourbé sur la poitrine et semblait n'en plus faire usage. La vieillesse avait éreinté le génie, désormais dans sa soixante-sixième année mais qui en paraissait dix de plus.

Le maître convia son hôte dans les cuisines. Il était midi, de délicieux fumets s'évadaient du chaudron auprès duquel s'affairait une grasse paysanne. L'âtre immense crépitait de braises rougeoyantes, irradiant la pièce d'une agréable tiédeur. Sur l'immense table trônaient herbes et légumes à foison, au grand étonnement de Hohenheim.

Ce fin spécialiste de botanique et de plantes médicinales reconnut aussitôt ail, oignon, sauge, cumin, anis, sarriette et coriandre, soigneusement disposés en bouquets secs ou frais. Plus loin, tanaisie, maceron, cabaret des oiseaux et épurge voisinaient avec de belles fleurs de lys toutes fraîches. Au bout s'étalaient courges et panais flétris, après avoir été sans doute remisés plusieurs mois au cenail[1]. Le Suisse s'étonna de découvrir deux légumes frais, de jeunes carottes – très précoces pour la saison, certes assez douce – et surtout un gros fruit violacé de forme oblongue. Il blêmit en identifiant cette parente de « la cerise du diable », la belladone, bien connue pour son poison mortel.

---

1. Garde-manger, au frais et dans l'obscurité.

— Ne vous rongez point, lança le vieil Italien qui avait perçu l'effroi du jeune homme. Ce sont des *albergine*, elles sont comestibles, contrairement à leurs petites cousines. Je les fais venir de Toscane, tout près de Vinci, mon village natal. Nous les mangeons de longue date et nul n'en a jamais péri.

Le maître consommait donc de viles légumineuses, qu'elles crussent au-dehors de la terre ou bien en dedans. Le Suisse grimaça, estimant que cette bectance n'était bonne que pour les culs-terreux.

— Mathurine, qu'as-tu concocté pour notre invité ?

— *Albergine en casola*, *maestro*.

— Vous allez vous repaître, *bell' amico*. Cette recette de mon *paese* mêle les aubergines au fromage frais.

— Mais, *maestro*, ne vous régalez-vous point de viande ? Je ne vois ni cochon ni gibier…

Leonardo da Vinci prit péniblement place au bout de la grande tablée et invita le Suisse à faire de même. Une cruche d'eau, un quignon de pain et une petite écuelle le contemplaient.

— Non, *amico mio*, je me sustente d'une simple *minestra*, un bouillon de légumes dont je raffole. Je ne mange plus de bêtes depuis longtemps. Pourquoi nos corps doivent-ils devenir la sépulture des autres animaux ? Une auberge de mort, une gaine de corruption ? Je respecte infiniment tous les êtres animés, jusqu'aux insectes que je laisse toujours vivre.

Le jeune homme en demeura bouche bée. Il n'avait jamais rencontré quiconque capable de vivre sans chair, hormis les gueux sans le sou bien obligés de s'en passer. Le grand maître l'étonnait encore, malgré tout ce qu'il avait pu lire et entendre à son sujet. Soudain, Hohenheim songea à la réflexion morbide qu'il avait péniblement déchiffrée tandis qu'il patientait dans la grande pièce quelques instants plus tôt.

— Je perçois en vous bien du dépit envers l'humanité, *maestro*. Pensez-vous que, tout comme nous faisons trépasser les bêtes, l'homme n'est mû que par le désir d'occire ses semblables ?

— En effet, je crois que notre espèce est imbécile et folle. La mort nous obsède. J'ai été, vous le savez, quelques mois au service de César Borgia. J'ai vu tout ce dont il était capable, tout ce sang qui maculait ses mains. Avez-vous lu ce que mon *caro amico* Nicolas Machiavel a écrit de lui ? J'ai été le témoin d'atrocités qui ne laissent guère de doute sur la nature humaine. Certains hommes ne sont que canaux pour la nourriture et producteurs de fumier. Ils ne mettent nulle vertu en pratique et, au bout, il ne reste d'eux que des latrines pleines !

L'Italien avait les yeux exorbités et les veines du visage tout enflées. Une sourde colère grondait en lui. Le jovial vieillard s'était mué en un redoutable prédicateur.

— Vous ne croyez pas en la bonté de l'homme, comme le martèle Socrate ?

— Que nenni, Socrate était naïf. L'homme n'est point foncièrement bon. Vous êtes jeune… Quel âge avez-vous ?

— Vingt-quatre ans, *maestro*.

Leonardo s'apaisa et arbora même un léger sourire. Les yeux au ciel, il sembla vaciller dans de lointains souvenirs.

— Mon Dieu, vingt-quatre ans… Eh bien, *giovanotto*, vous apprendrez avec le temps que l'homme est destructeur.

— Mais vous êtes l'exemple tout contraire, *maestro* ! Vous êtes le génie créateur par excellence !

Leonardo parut soudain ployer sous un énorme fardeau. Ses épaules s'avachirent, son dos se bomba et sa mine s'obscurcit. Il lapa son potage, visiblement bouillant. Pendant ce temps, Mathurine versa l'aubergine au fromage dans l'écuelle du jeune convive, qui parut aussitôt regretter l'absence de lard.

— Vous vous méprenez, *ragazzo*. Qu'ai-je accompli ? qu'ai-je mené à terme ? Je n'ai jamais construit la demeure princière de la Porta Venezia, ni édifié l'immense *cavallo* de bronze du maréchal Trivulce. Et que dire de tous les ouvrages hydrauliques que j'ai imaginés, pendant tant d'années, pour détourner l'Arno et à bien d'autres fins ? Ils n'ont jamais vu le jour. Pas plus que nombre de tableaux qui m'ont été commandés et que je n'ai jamais achevés. Et je ne parle pas des dizaines de machines que j'ai dessinées et rêvées. Aucune n'existe. Pas même l'aile volante que j'aurais tant voulu essayer moi-même.

Le vieux Toscan s'affaissait tout à fait. Son menton léchait le potage et n'allait plus tarder à sombrer dedans. Ses paupières étaient appesanties par les décennies d'activité frénétique, mais sans constance. Il avait poussé mille projets, réalisé moult percées conceptuelles. Mais presque tout était resté à l'état d'ébauche, dans son crâne et dans les milliers de pages qu'il avait noircies de son éternelle mine de plomb.

— Pourquoi vous rudoyez-vous tant, *maestro* ? Je ne partage nullement votre sévère constatation. Même si tout n'est point abouti, vous avez marqué des générations de jeunes savants, dont je fais partie. Votre approche de la médecine et de l'anatomie, en particulier, a tout révolutionné. Et, à vrai dire, *maestro*, je suis venu pour cela.

Leonardo se dressa en prenant fortement appui sur le rebord de la table à l'aide de sa seule main valide. Ses maigres jambes flageolaient, si bien qu'il n'accomplissait plus que de fort petits pas, comme un jeune enfant qui découvre la marche. Le cycle de la vie se refermait sur lui-même, et le grand homme redevenait l'impotent nourrisson qu'il avait été naguère.

— Je vois, *dottore*, je vois. J'ai entendu parler de vous, savez-vous ? Comment vous nommez-vous, déjà ?

— Mon nom de baptême est Théophraste von Hohenheim. Mais je me fais appeler Paracelse depuis mon doctorat de médecine.

— Ah oui ! Paracelse, c'est ce que j'ai ouï dire. Vous avez obtenu votre doctorat à Ferrare, n'est-ce pas ? C'est ce qui explique que vous entendez ma langue et la pratiquez un peu.

— Oui, *maestro*. Je suis docteur depuis deux années seulement et j'ai décidé de parcourir l'Europe pour ouvrir mon esprit. J'ai profité de mon voyage en France pour venir vous voir. C'est un si grand honneur…

Les deux hommes cheminaient lentement vers la grande pièce et sa précieuse bibliothèque, sous l'œil prudent de Salaï qui soutenait le maître.

— Et vous souhaitez voir mes travaux d'anatomie, *caro mio*… Cependant, j'hésite… Savez-vous que je me méfie des vôtres comme de la peste noire ?

— Oui, maître, je l'ai appris.

— Pour moi, les médecins sont des *destruttori di vita*, des destructeurs de vie ! Je l'ai toujours dit à mes disciples comme à mes bien-aimés protecteurs, tels feus Laurent de Médicis et Ludovico Sforza : « Tâche de te maintenir en bonne santé, tu y réussiras d'autant mieux que tu éviteras les médecins, car leurs drogues sont plus nuisibles que fructueuses ! » Je souffre de rhumatismes, mon bras droit est cloué et ma vue décline. Je dois porter des verres grossissants, et au-dehors des verres bleutés pour parer la vivacité du soleil. Aucun *medico* ne m'a soigné. Je suis plus fourbu avec les potions d'apothicaire que sans elles. Les médecins n'entendent rien aux mystères du corps humain !

— Je le sais fort bien, *maestro*. Je ne suis point de ces charlatans qui ne jurent que par les humeurs, la bile noire ou la jaune, et qui pratiquent les saignées comme seule médication. Elles ont tué beaucoup plus qu'elles n'ont sauvé. Le Grec Galien dirige encore l'opinion des vieux barbons de l'Université alors qu'il est mort depuis bien plus de mille ans.

— En effet, *giovanotto*, en effet…

— Mon père, Wilhelm, m'a enseigné l'humanisme, ainsi que les rudiments de l'alchimie et de la science des plantes. Je souhaite poursuivre cette quête de la connaissance, plus expérimentale et pratique que celle des Anciens. Ainsi, je sais que vous avez passé de longues heures à disséquer des cadavres et que vous en avez tiré des planches exceptionnelles. J'aimerais que vous me les montrassiez, ce serait grande joie et grand honneur pour moi.

Le Vinci capitula devant l'insistance du jeune Suisse, d'autant qu'il se montrait sensible au charme envoûtant de son hôte.

Une fois parvenus dans la grande salle du rez-de-chaussée, Leonardo s'assit avec soulagement auprès de la table. Le jeune disciple Francesco Melzi, pour qui Leonardo nourrissait beaucoup d'ambition, patientait sagement. Le vieil Italien lui demanda alors certains manuscrits. De grands codex trônaient de chaque côté des rayonnages, tandis qu'une multitude de petits carnets emplissaient le cœur des étagères, sans doute pour ne pas les faire ployer.

— Mon jeune ami, j'ai réalisé plus de trente dissections de corps humains, voyez-vous. J'ai scié tant d'os, de crânes, découpé encore plus de tendons, muscles, poumons, foies, cœurs, cous, visages, intestins ! Je me suis toujours émerveillé de la perfection de la nature. Elle ne crée rien de superflu ni d'imparfait. J'ai ouvert des hommes, des femmes, des vieillards, des enfants, mais aussi moult animaux : vaches, oiseaux, cochons, singes, grenouilles…

— Mais, *maestro*, de telles dissections sont sacrilèges, comment avez-vous réussi ?

— Depuis mille ans, personne ne s'était intéressé à la description de nos entrailles. J'ai convaincu mes puissants protecteurs qu'il fallait savoir. Connaître. Comprendre.

Paracelse écarquilla les yeux devant les premières planches dénichées par Melzi, qui connaissait parfaitement les manuscrits du vieux maître. Il les avait sans doute rangés et classés lui-même. Des tracés d'une telle perfection, d'une telle précision que le jeune homme en était émerveillé. Ici, le détail des chairs du bras, un éclaté méticuleux de tendons, nerfs et muscles, entrelacés d'artères et de veines de tout acabit, qui suivaient le cheminement du membre jusqu'à la main. Sur une autre planche, les muscles, nerfs et tendons du cou. Et toujours l'écriture cursive du maître, rédigée de droite à gauche en lettres inversées, indéchiffrable sans l'aide du miroir. Paracelse n'en avait nul besoin, car le *maestro* commentait en personne son œuvre comme un professeur lors d'un cours magistral. Et l'Italien n'était pas avare d'anecdotes.

— Tenez, ici, c'est un vieil homme à qui j'ai parlé quelques heures avant qu'il rende son dernier soupir, à l'hôpital Santa Maria Novella de Florence. Il m'a confié avoir cent ans et ne ressentir nulle souffrance, sinon une profonde faiblesse. Puis je l'ai vu passer paisiblement de vie à trépas. Je l'ai presque aussitôt incisé, et qu'ai-je découvert ? Ses veines et artères toutes flétries et rapetissées. Il est mort de l'impossibilité du sang de circuler plus longtemps dans sa vieille carcasse.

— Et vous avez dessiné le cœur, tout ridé lui aussi.

— Oui, jeune *dottore*, et pour cause. Apprenez que, contrairement à tout ce que disent les médecins d'aujourd'hui, répétant l'erreur des Arabes et, avant eux, des Anciens, la circulation du sang n'est point commandée par le foie. Elle l'est par le cœur !

Le jeune Suisse souleva deux sourcils interdits.

— Vous êtes sûr, *maestro* ? Le cœur ?

— Absolument, *giovanotto*, et j'ai bien d'autres secrets à vous révéler... Francesco ! Le carnet 17, je te prie.

Sous les yeux ébahis de Paracelse, Leonardo dévoila un dessin admirable. Il était représenté, comme la plupart des autres planches, sous trois angles distincts, de sorte qu'on pouvait en faire le tour et l'embrasser du regard comme s'il était physiquement présent.

— Voici le fœtus dans le ventre de sa mère. Voyez comme il est recroquevillé. Voyez la poche dans laquelle il baigne. Là encore, il faut corriger l'erreur des Anciens : il n'y a qu'une seule cavité, même pour les jumeaux. Il n'a jamais existé de chambres multiples ! C'est folie d'avoir cru cela. J'ai étudié la chose chez la vache avant de trouver, enfin, à disséquer de jeunes parturientes.

Leonardo marqua une pause, visiblement pris d'une légère fièvre. Il dodelinait de la tête et psalmodiait d'inaudibles palabres. Il semblait dialoguer avec lui-même, faire questions et réponses.

— Je me suis approché du mystère de la vie. Tout près. Oui, tout près…

Le vieillard chuchotait et lançait des regards inquiets vers les portes closes.

— Melzi, Salaï, sortez je vous prie. Ah, Francesco, avant de partir, donne-moi le grand codex. Celui que m'a confié Ficino.

Francesco Melzi eut l'air stupéfait. Il ne s'attendait pas à une telle requête.

— Le vieux codex, *maestro* ? Celui que vous ne montrez jamais ?

— Oui, oui, tu as bien entendu ! Hâte-toi et laisse-le sur la table. J'en userai plus tard. Allez, *fuori*, sortez maintenant !

Lorsque les deux savants furent enfin seuls, Leonardo da Vinci rassembla les planches de fœtus.

— Voyez-vous, Paracelse, j'ai voulu percer le secret du corps humain. Pour chaque organe, chaque membre, j'ai disséqué trois cadavres différents. Les dépouilles se gâtent tellement vite que je n'ai jamais eu le temps d'ouvrir, décrire et dessiner en une seule fois. J'ai voulu, *ragazzo*, définir comment l'âme se séparait du corps. Cela, je ne l'ai point accompli. En revanche… je sais comment le petit d'homme vient à la vie. Comment la vie se perpétue. Il existe une formule unique, des plantes à l'*uomo* en passant par les animaux. Cela, personne, jamais, ne l'a découvert…

Le *maestro* marqua une nouvelle pause. Son inquiétude s'accrut.

— Je sais que je vais bientôt quitter ce monde. Il est temps que je transmette ce secret. J'ai beaucoup entendu parler de vous. Je sais que vous aspirez à la vérité. Et que vous ferez bon usage de ce que je vais vous confier.

Soudain, un grondement étrange s'éleva du sol. Une fine poussière commença de monter dans l'air, tandis que les carreaux de terre cuite s'ébranlaient. Le jeune Suisse recula instinctivement de deux pas, saisi d'une peur animale. Il darda un regard pétri d'incompréhension sur le vieillard.

— Préparez-vous, Paracelse. Vous allez faire une rencontre qui va marquer votre existence.

Sous les yeux abasourdis du Suisse, un panneau de terre cuite s'éleva pour retomber sur le côté, comme on ouvre un livre. Puis, remontant des profondeurs, un géant de six pieds s'engouffra dans la pièce, suivi par le cliquetis des armures de trois soldats solidement armés.

Leonardo esquissa péniblement une révérence.

— *Buongiorno*, Votre Altesse.

— Le bonjour, maistre Leynard !

Paracelse reconnut aussitôt le roi de France, François Ier, dont l'effigie frappait les testons d'argent tout neufs qu'il avait échangés contre ses florins en débarquant en France. Il s'empourpra, sentit son cœur s'emballer et se prosterna si bas que son nez chatouilla le sol.

— Votre Altesse, déclara le Vinci, permettez-moi d'introduire Paracelse, médecin suisse de passage en France pour s'entretenir d'anatomie.

— Vous faites bien de quérir la sagesse de notre premier *peinctre*, ingénieur et architecte. Son savoir est sans fond, lança le jeune roi d'une voix tonitruante.

Paracelse se frotta les yeux. François Ier jouissait d'une musculature d'athlète, d'un nez fort coiffé de deux yeux fins, de belles lèvres charnues et d'un collier de barbe surplombé d'une fine moustache. Le souverain avait précisément le même âge que Paracelse, mais les deux hommes ne pouvaient être plus différents. Le jeune savant arborait les stigmates du rat de bibliothèque, malingre, imberbe et sans grâce, tandis que le monarque dominait ses sujets de sa superbe, avec un charisme et une autorité naturelle qui subjuguaient les cours d'Europe depuis sa grandiose victoire de Marignan.

Leurs tenues juraient tout autant, le Suisse portant de simples guenilles reprisées quand le grand roi stupéfiait par ses soieries précieuses, mêlant brocarts, velours et damas flamboyants.

— Notre bon Léonard, où en sont nos grands travaux ?

— Ils avancent, Votre Altesse, les fondations de votre cité royale de Romorantin sont en bonne voie et j'ai dressé le plan des canaux qui relieront la Sauldre au Cher pour alimenter la cité en eau pure.

— Nous en sommes fort aise. Et Chambord ? Ne négligez pas Chambord !

— Non point, Votre Altesse ! Votre château de chasse muni de ses quatre grandes tours sortira de terre lui aussi. Les plans sont achevés, et la destruction du château des comtes de Blois et de l'église aura lieu dans trois mois céans. J'ai pour ma part terminé le plan du grand escalier. Il s'agira d'un ouvrage unique en ce monde, Votre Altesse.

— Fort bien, premier architecte, vous remplissez parfaitement votre office. Las, nous devons prendre congé, mais nous comptons bien que vous nous présenterez vos plans de Romorantin et de Chambord tantôt.

Léonard acquiesça en formant une révérence pantelante.

Le monarque et ses suivants s'évaporèrent comme ils étaient venus, disparaissant dans l'improbable escalier souterrain.

Paracelse demeura immobile, le regard rivé sur la béance. Le dernier soldat rabattit le vantail de terre cuite et rendit à la pièce son allure normale.

— *Maestro*, quel est ce prodige ?

— *Caro mio*, ce n'est qu'un souterrain qui relie le château royal d'Amboise à ce manoir. Il existe depuis des lustres, et le roy en use pour venir me voir. C'est par grande discrétion, pour ne point croiser ses sujets. Il aime à s'entretenir avec moi de moult questions et de ses grands desseins architecturaux. Allons, le temps presse. Apaisantez-vous et assoyez-vous près de moi.

Paracelse, encore tout ébaubi, se rapprocha du maître en espérant de grandes révélations. Cette visite marquerait sa vie, il en était sûr.

— *Giovane dottore*, avez-vous vu comment le roy a surgi du tréfonds de la terre ? N'est-ce point là une métaphore parfaite de la nature ?

Le Suisse écarquilla les yeux. Le vieux sage devenait fol, il le craignait. Pourtant, l'attrait profond de Paracelse pour les choses occultes et les mystères le poussait à prêter l'oreille à ses étrangetés.

— La perfection et l'accomplissement viennent du dessous pour s'élever au-dessus. Du ventre de la terre, comme du ventre de la mère, mûrit et naît la perfection. Regardez.

Leonardo da Vinci farfouilla dans ses carnets puis exposa l'une de ses plus belles planches de fœtus. Celle-ci se trouvait auréolée de nombreux autres croquis, plus simples, qui semblaient refléter les réflexions du maître tandis qu'il décrivait d'un coup de crayon parfait la matrice humaine.

— Voyez, ces graines que j'ai représentées. Elles sont pour les plantes. Une graine pousse dans la terre et, comme par magie, en sort une jolie fleur ou un beau légume. Dans le sol se tissent racines et bulbes qui puisent l'énergie et la nourriture permettant à la beauté et la grandeur de s'épanouir au-dehors. La racine pousse sous la terre et la tige pousse vers le ciel. Ne voyez-vous point la comparaison avec le roy de France ? Il a surgi du dessous, dans le souterrain, pour briller devant vous, au-dessus. C'est la même mécanique. Tout commence en dedans, dans la graine, dans la terre, dans la mère. Et toute vie en sort, qu'elle soit animée ou non. De la même manière, suivant le même plan, exactement. C'est là le secret.

— Si fait, *maestro*, nous savons tous que les plantes naissent de la graine et que le petit d'homme naît du ventre de la mère grâce à la graine du père. Je ne vois pas…

Agacé, Leonardo repoussa tous ses carnets d'un ample geste. Il saisit péniblement l'épais codex que son disciple Melzi avait ôté en dernier, non sans réticence. L'ouvrage, élimé, portait deux énormes lettres : HY.

Le vieil Italien tourna les feuillets avec force précautions. Paracelse perçut aussitôt qu'ils n'étaient pas de la main du maître : les lignes couraient de gauche à droite et les mots se lisaient normalement.

Le jeune Suisse vit se succéder une incroyable série de symboles, chiffres et nombres, textes de toutes longueurs, dessins et schémas. Il ne put s'empêcher de percevoir l'atmosphère des livres d'alchimie que son père lui avait montrés et qui avaient suscité tant de curiosité de sa part.

Bien que la graphie parût uniforme, Paracelse distingua des parties fort différentes, comme la somme d'une encyclopédie.

— Qu'est-ce donc que ce codex, *maestro* ?

— C'est la clef. La lumière. Il m'a été remis par Marsilio Ficino, il y a près de vingt années.

Le jeune savant parut pétrifié, comme s'il venait malencontreusement de croiser le regard d'une Gorgone. C'est qu'il connaissait tout de Ficino, un modèle, une référence pour lui et son père. Le grand humaniste italien avait traduit Platon et tous ses lointains disciples comme Synésios, Jamblique ou Plotin. Paracelse l'avait lu dès qu'il avait possédé la connaissance suffisante pour entendre les propos novateurs et pernicieux du Florentin.

— Marsilio Ficino, *maestro* ? Le Ficino ? Celui qui, à cause de ses écrits occultes et métaphysiques, eut maille à partir avec la Sainte Inquisition ?

— *Si, ragazzo*, lui-même. Je passai par Florence, après que le duc de Milan, Ludovico Sforza, que j'ai longuement servi, fut défait par le précédent roy de France, Louis XII. Ficino, que j'avais connu à l'époque où je servais les Médicis, m'a fait mander. Il avait exactement l'âge que j'ai maintenant, soixante-six ans, et comme moi aujourd'hui il sentait sa fin approcher. Du reste, il trépassa six mois plus tard.

Léonard se tut et médita quelques instants. L'idée de sa propre fin le submergea. Il semblait se préparer, jour après jour, à l'inéluctable.

— Ficino avait reçu ce codex dans des conditions terribles que je ne puis relater. L'ouvrage avait été conçu par Poggio tandis qu'il séjournait en France, voilà un siècle.

— Poggio Bracciolini, le grand bibliophile ?

— Si fait. Poggio avait lui-même recopié un fort vieux manuscrit, dont les premiers feuillets remontaient au Ve siècle de notre ère. Mais il n'entendait presque rien à ce qu'il escrivait scrupuleusement de ses magnifiques lettres carolines. Regardez cette graphie enchanteresse.

Le Suisse s'enivra des courbes, pleins et déliés qui dansaient sur les pages.

— Ficino apprit l'existence de ce manuscrit de Poggio lui-même, sur son lit de mort.

Le Vinci marqua une nouvelle pause et déglutit. Le secret de la vie et l'heure de la mort semblaient inextricablement mêlés dans le destin de ce manuscrit.

— Mais Poggio perdit le codex et n'en garda que l'entêtant souvenir. Il n'avait jamais rien lu de tel. Aussi, durant une nuit entière, le vieil homme décrivit, du mieux qu'il put, son contenu au jeune Ficino. Celui-ci passa vingt-cinq années à quêter l'ouvrage et, dans le même temps, se référant au seul témoignage du mourant, s'imprégna fortement des auteurs que Poggio se souvenait avoir recopiés. C'est pourquoi il fut un pionnier dans la traduction des Anciens. Une fois le manuscrit retrouvé, Ficino put comprendre la plupart des écrits très singuliers qu'il recelait. Cependant, bien des formules et schémas demeuraient impénétrables. C'est pourquoi il me fit mander : il estimait que je serais le seul capable de les percer. Ma pensée devait permettre de traduire cet étrange sabir.

Leonardo tourna les pages dans un silence religieux.

— Voyez, ces longues citations du *Banquet* de Platon. Et ici, des énoncés inconnus de Plotin. Et là, regardez, de longues pages de Synésios…

— … l'évêque de Ptolémaïs, dont on dit qu'il serait le père de l'alchimie, s'empressa d'ajouter Paracelse.

— *Si, giovanotto*. Mais il y eut aussi une mère à cette science. Hypatia d'Alexandrie.

— La grande mathématicienne et philosophe, dont nul n'a jamais retrouvé d'écrit ?

— Eh bien, regardez par vous-même. Toutes ces pages sont sa prose. Le texte original était de sa propre main. Poggio l'a recopié avec attention.

Paracelse n'en crut pas ses yeux. Il avait le privilège de lire les axiomes de la grande sage, dont on racontait qu'elle avait péri dans d'atroces tortures. Il décrypta aisément le texte, rédigé dans un grec admirable. Des expressions latines truffaient la glose. Et surtout, de surprenants dessins et symboles s'enchaînaient dans une sorte de frénésie, comme si la philosophe s'était fiée à une voix intérieure qui lui dictait ses termes.

À moult reprises, il reconnut le bâton d'Hermès ceint de ses deux serpents, que son père et les alchimistes louaient de longue date.

— Hypatia fait souvent allusion à Hermès Trismégiste et a maintes fois dessiné son bâton.

— Oui, Mercure *trois fois très grand* est LE père, mon jeune ami. Tout commence avec lui. À vrai dire, dans certaines de mes inventions, mais aussi de mes tableaux, je me suis inspiré de la foultitude de paradigmes dont fourmillent ces pages. Certains bouleversent notre vision du monde et montrent de nouvelles voies. Ce fameux bâton que vous citez indique à lui seul le chemin. Celui que je vous enjoins de suivre à votre tour.

— Quel chemin, *maestro* ?

— Ne voyez-vous point que le bâton est comme l'arbre, avec ses racines qui s'enfoncent dans les entrailles de la terre ? Tandis que les serpents, eux, s'élèvent vers les cieux ? Ils portent le message de la vie. L'un d'eux figure la part de l'homme ; l'autre, celle de la femme.

— Le mercure et le soufre ? Le Soleil et la Lune ?

— Oui, si vous voulez. Ce sont là formules d'alchimistes, peu importe. Regardez plutôt comme ils se joignent au sommet. Et regardez les deux ailes à la cime. Les couleuvres s'unissent pour s'envoler au-dessus des créatures terrestres.

— Elles fusionnent pour former l'esprit pur ?

— *Si, esattamente.* La perfection. Le beau. Le bien. Les vertus que tout homme devrait quérir. Pour y parvenir, il n'existe qu'une formule. C'est un modèle simple et pur, que j'ai déduit de la lecture du codex. Il faut savoir lire entre les lignes et décoder l'étrange grammaire qui le compose. Mais je possède la clef. Je vais la représenter dans un grand œuvre, qui traversera le temps et renseignera la postérité. Celui qui saura le décrypter en tirera de grands pouvoirs sur toute chose animée. Si Dieu me prête vie, peut-être verrai-je l'ouvrage de mon vivant.

Le Vinci déploya un large parchemin sur la table. Il représentait une sorte d'escalier en colimaçon, mais pourvu de deux salves de marches qui s'enroulaient l'une autour de l'autre.

— Voici le plan du grand escalier que je projette de faire construire dans le futur château de Chambord. Je l'ai nommé l'escalier à double révolution. Celui qui monte ne croise jamais celui qui descend. Les volées de marches sont pourtant construites autour du même axe. Revenez l'étudier quand il sera achevé. Et vous trouverez les clefs qui vous manquaient peut-être.

Paracelse examina le plan, déboussolé. Il n'entendait rien aux dernières élucubrations du vieux sage. En revanche, il fut frappé par le dessin. Il paraissait en tout point comme le bâton d'Hermès, le pivot enraciné dans la terre autour duquel s'enroulent les deux serpents qui s'élèvent jusqu'aux cieux. L'allégorie de toute vie que le grand sage entendait immortaliser dans son escalier prodigieux.

Leonardo da Vinci se releva avec peine et disparut derrière un buffet qui se prélassait dans un angle. Il en extirpa un paquet haut et fin, recouvert d'un linge écru. D'un geste vif, il le fit glisser et dévoila deux toiles. Deux portraits mystiques et féeriques. Paracelse n'avait jamais goûté d'œuvres aussi éblouissantes, et surtout d'aussi près. Il avait admiré, comme tant d'autres, *L'Ultima Cena* que le grand génie avait composée pour le couvent Santa Maria delle Grazie de Milan.

Mais il n'avait pu observer la fameuse *Cène*, cet ultime souper du Messie et de ses apôtres, qu'à bonne distance de l'immense fresque. Cette fois, il put s'abreuver dans les moindres détails des clairs-obscurs légendaires du *maestro*.

Le premier tableau le heurta comme une évidence. Le personnage représenté buste dénudé, la chevelure déroulant mille torsades sur les épaules, le visage légèrement incliné et barré d'un sourire magnanime, ressemblait fortement à Salaï, le serviteur et disciple qui l'avait cueilli dès son arrivée. L'homme, désormais dans l'âge mûr, arborait toujours des traits d'une grande finesse, qui s'apparentaient à ceux du jeune éphèbe immortalisé dans le chef-d'œuvre.

— N'est-ce point le disciple qui vous soutenait encore par le bras tout à l'heure ?

— *Si*, Salaï m'a servi de modèle maintes fois, *amico mio*. Car ses traits sont purs et empruntent autant à l'homme qu'à la femme.

Paracelse acquiesça ; le mignon paraissait en effet tout autant mâle que femelle. Une troublante beauté androgyne qui ne le laissait pas indifférent.

— J'ai nommé cette toile *Saint Jean-Baptiste* car, comme lui, ce damoiseau incarne la beauté divine, cette perfection dont je discourais. Son être flamboie au cœur des ténèbres. J'ai aussi représenté son bras droit levé, avec l'index pointé vers le ciel. Comme les deux serpents qui cheminent vers les cieux. Il est le messager de la lumière qui vient animer les créatures terrestres.

Puis le Vinci dégagea la seconde toile qui était demeurée dans l'ombre de la première. Cette fois, le portrait représentait une sage jeune femme, vêtue de broderies et d'élégants drapés, plantée dans un décor jalonné de monts et de rivières. Comme pour le *Saint Jean-Baptiste*, le modèle révélait des traits de l'autre sexe qui lui conféraient une sorte de transcendance. Son regard d'une infinie douceur se trouvait légèrement décentré, si bien qu'il semblait poursuivre l'observateur quelle que fût sa posture. Le sourire, à peine esquissé, un brin moqueur, formait le détail le plus troublant. Il semblait dire l'existence d'un secret piégé *ad vitam aeternam* derrière ces lèvres mystérieuses.

— Quelle est cette femme ? interrogea Paracelse, subjugué par le regard envoûtant du modèle.

— Oh, à l'origine, il s'agit d'une Florentine, une certaine Lisa, épouse de sieur Francesco del Giocondo. Mais je n'ai jamais livré la toile, comme tant d'autres… C'est ainsi. Et, la faisant mienne, je l'ai beaucoup retouchée. Ne remarquez-vous rien ?

Leonardo da Vinci se plaça bien en face du jeune Suisse. Son visage effleurait presque celui de Paracelse, qui s'en trouva embarrassé. Mais tandis qu'il détaillait les plis et crevasses qui sillonnaient la figure décrépite du maître, il fut frappé par les ressemblances.

— Mais… n'est-ce point un peu de vous-même que vous avez peint dans ce tableau ?

— *Certo*. Les traits de cette *donna* mêlés aux miens, pour lui donner cette force, cette assurance d'un troisième sexe.

— Un troisième sexe, *maestro* ?

Le Vinci déposa les toiles contre le mur de brique, puis s'en retourna jusqu'à la table, en traînant piteusement la patte. De sa main gauche, qui avait dessiné tant de chefs-d'œuvre, il referma bruyamment le codex HY. Puis il le poussa vers le jeune docteur.

— Voilà. J'ai fait mon temps. C'est à vous, *giovanotto*, de poursuivre la quête. Lisez et vous comprendrez. Promettez-moi que vous ne renoncerez jamais, jusqu'à découvrir celle qui pourra élever notre espèce. Cherchez la femme, *ragazzo*, car l'homme n'est point bon.

Leonardo dodelina comme un aliéné, et répéta plusieurs fois : « Non, l'homme n'est point bon. »

Paracelse fut de nouveau visité par les mots terribles qu'il avait péniblement décryptés dans l'un des carnets du maître à son arrivée : « Ils voudront assouvir leur désir d'infliger la mort, l'affliction, le tourment, la terreur et l'exil à toute chose vivante. [...] Ô Terre ! que tardes-tu à t'ouvrir et les engouffrer dans les profondes crevasses de tes grands abîmes et de tes cavernes, et ne plus montrer à la face du ciel un monstre si cruel et horrible ! »

Paracelse, enrichi de l'épais codex, franchit le seuil du manoir afin de prendre congé de Vinci. Un vent tiède frissonnait. Une inquiétante cohorte nuageuse s'amoncelait à l'horizon, comme une armée sur le point de livrer une bataille de feu et de grêle. Leonardo jeta un regard sombre vers l'amas belliqueux, profondément marqué par le déchaînement des éléments, inondations et coulées de boue qui avaient endeuillé son enfance, fauchant paysans et jeunes innocents tout autour de lui. Sa famille en avait réchappé de peu. Depuis, il craignait les tempêtes et en cauchemardait bien souvent. Les cumulonimbus, parés de leur linceul d'un noir abyssal, rappelaient l'arrière-plan funeste du *Saint Jean-Baptiste* et de bien d'autres toiles du maître.

— Surtout, *giovan' amico*, méfiez-vous des prélats. La Sainte Inquisition a déjà tenté de s'emparer de l'ouvrage et ses sbires ont détruit celles qui le possédaient jadis. Les hommes en robe sont à l'image de ces sombres nuages. Ils se terrent au loin et fondent comme la marée, si prestement qu'il est souvent trop tard pour leur faire barrage.

Chapitre 14

6 août 2018, 19 h 30, D 941

La pluie mitraillait le bitume.

Les Puydomois s'étaient calfeutrés dans leurs logis douillets, pour laisser passer la colère du ciel. Marie était seule au monde, hagarde, incapable de prendre une décision. L'humidité perforait chaque pore de sa peau. Tétanisée, elle refusait d'affronter l'instant présent, et niait ce qui venait d'arriver.

Une rivière dévalait la départementale, agrégeant les eaux qui ravinaient le talus. La bourbe commençait de teinter l'eau de ses reflets menaçants.

Le niveau montait comme dans une baignoire. Si Marie restait prostrée, ils finiraient noyés dans la voiture.

Juste après le départ des agresseurs, elle avait décroché la ceinture de Brunier, si bien qu'il avait à présent la tête avachie sur le volant. Tout en grelottant, elle l'avait faiblement secoué à plusieurs reprises pour tenter de le ranimer. Sans succès.

Elle redoutait aussi le retour du 4 × 4. Ils finiraient bien par la cueillir. Son sort était scellé et, dans les instants qui avaient suivi l'assaut des robes noires, elle s'était représenté l'horreur. Les tortures. Les déchirures. Les arrachages. Les hurlements. Les flammes de l'enfer. Le déluge l'empêchait de sombrer dans une forme de coma salvateur qui lui permettrait de tout oublier. De croire qu'elle ne vivait pas ce cauchemar.

Que tout n'était qu'illusion et qu'elle s'éveillerait, pure et libre, dans un éden ensoleillé, quelque part au bord de la mer.

À cette évocation idyllique, un visage frappa son esprit. Émilie ! Son aînée passait ses vacances dans le Bordelais et projetait de séjourner quelques jours au bord de l'océan.

Marie fouilla dans sa veste, en quête de son téléphone cellulaire. Malgré ses spasmes, elle finit par l'extraire de sa poche, à demi naufragé, redoutant qu'il fût hors service.

Depuis toujours, Émilie était un roc auquel elle s'arrimait en cas de coup dur. Elle avait su la protéger, en l'absence de père, et pratiquement de mère, aussi.

Le portable dégoulinait mais semblait vouloir fonctionner. La tempête s'émoussait enfin, laissant espérer une embellie.

— Émilie ? C'est moi.

La jeune femme, transie, articulait à peine.

— Marie ? Qu'est-ce qui se passe ? Tu claques des dents ou quoi ?

— Il vient d'arriver une catastrophe. Je crois que le commandant Brunier est dans le coma. Peut-être même…

— Le policier qui enquête sur le meurtre de la boutique Hermès ?

— Oui, j'étais avec lui à Clermont-Ferrand. Il y a eu un nouveau crime, un cadavre horrible. Une histoire de fous. Et on a été pris dans une tempête…

Marie conta les événements du mieux qu'elle put, mais son débit mêlé de sanglots et de tremblements rendait le récit erratique.

— T'as appelé les secours ?

La jeune femme blêmit. Elle n'avait même pas accompli ce geste élémentaire. Son cœur enfla ; elle ne s'était jamais sentie aussi honteuse. Comment avait-elle pu négliger cet acte si simple ?

— Je… Non, je suis désolée. Je suis nulle. Je raccroche, je les appelle tout de suite.

— Non, attends ! Ça vaut peut-être mieux comme ça. Si ces enfoirés te cherchent, vu ton état et celui du flic, la première chose qu'ils vont faire, c'est écouter les fréquences des pompiers et du SAMU avec un scanner. Et puis aller te cueillir à l'hosto, ou à l'arrivée aux urgences. Tu vas faire exactement ce que je te dis. Tu te sens ?

— Oui, ça va aller…

— Pour commencer, tu as tenté de le réveiller ? En le secouant, en lui parlant fort…

— Oui, plein de fois. Il ne réagit pas du tout. En fait, il est complètement ramolli, il a la tête sur le volant.

— Bon, alors on va s'assurer qu'il est vivant, qu'il s'est pas étouffé avec les éclats du pare-brise ou en avalant sa langue.

Marie déglutit et fut submergée par la nausée. La hantise d'avoir perdu Brunier la terrorisa de nouveau.

— Redresse-le lentement et renverse sa tête en arrière sur l'appui-tête, en faisant extrêmement attention.

Émilie redoutait un traumatisme du rachis cervical, un « coup du lapin » fatal, ou bien suffisamment grave pour entraîner une tétraplégie. La jeune femme, qui avait enclenché le haut-parleur de son smartphone pour libérer ses mains, s'exécuta aussitôt. Elle affronta de nouveau le visage inerte de l'officier, les yeux désormais clos, une trace de sang coagulée au bord des lèvres.

— Est-ce qu'il est cyanosé ? Le visage bleu, comme s'il s'était asphyxié ?

— Je ne trouve pas. Mais il a du sang au bord des lèvres… Émilie, tu crois que…

— Une chose après l'autre, Marie. D'abord, tu vas tâter son pouls, au niveau des carotides.

— J'ai essayé tout à l'heure, au poignet… Je n'étais pas sûre…

— C'est normal. Le pouls carotidien est beaucoup plus précis. Applique trois doigts au milieu du cou, à côté de la pomme d'Adam, et presse franchement sinon tu ne sentiras rien.

La jeune femme palpa la gorge du policier en maîtrisant ses spasmes, incessants depuis l'attaque et la déferlante orageuse. Une faible pulsion vint tamponner ses doigts.

— C'est bon ! Ça palpite !

— OK. Je saute dans la voiture et je continue avec le kit mains libres. T'inquiète pas si tu m'entends moins bien.

— Tu vas où ?

— J'arrive.

— Mais… t'es pas à Bordeaux ?

— Si, mais j'ai regardé sur mon ordi en te parlant, y a trois cent soixante kilomètres, presque que de l'autoroute. J'ai une super voiture de loc. En bourrant bien, je serai là dans un peu plus de trois heures.

Marie en resta bouche bée. Sa sœur venait la sauver, une fois de plus.

Quelques instants plus tard, Émilie renoua le dialogue d'une voix étouffée et métallique.

— Maintenant, tu vas basculer son siège en arrière, défaire son col, le haut de sa chemise, lui donner un maximum d'air. Qu'il garde toujours la tête en arrière. Et ouvre sa bouche, si tu peux. Vérifie qu'il ne s'est pas mordu ou coupé la langue. Ça expliquerait le sang.

Marie suivit scrupuleusement les conseils de sa sœur. Il faut dire qu'Émilie achevait sa sixième année de médecine et qu'elle venait de se distinguer en terminant première à l'examen classant national. Depuis le début, elle n'avait jamais quitté la première place du podium. Dès la fin de sa première année, sur les bancs de la faculté Paris-Descartes, elle était arrivée en tête, tandis que la plupart de ses congénères étaient restés sur le carreau ou avaient dû redoubler pour espérer franchir le seuil fatidique de la deuxième année. Marie savait que sa sœur était une surdouée de la médecine, elle ne doutait pas de ses capacités exceptionnelles. Cette conviction la fortifia.

— Apparemment, tu as raison. Je vois comme une plaie sur le bord de la langue.

— OK, alors c'est pas grave. Comment il respire ?

L'étudiante s'arc-bouta au-dessus du visage du policier et tenta de saisir son souffle. Puis elle déboutonna le reste de sa chemise pour sonder les mouvements de sa cage thoracique. Son torse était glabre et musculeux. La jeune femme se sentit gênée et, dans le même temps, légèrement troublée. Elle se ressaisit aussitôt.

— Il a l'air de respirer normalement…

— Parfait. Maintenant, on va s'assurer qu'il n'a pas fait de commotion cérébrale à cause du choc. Regarde ses pupilles. D'abord, dis-moi si elles ont la même taille des deux côtés. Soulève une paupière, puis l'autre. Et sois très attentive, regarde bien si elles sont dans le même état. Même forme, même taille.

Marie leva un sourcil perplexe, mais se conforma à l'ordre de sa sœur. Elle ne distingua aucune différence de forme ni de circonférence entre les deux pupilles du policier. En revanche, elle admira l'iris qui les encerclait, d'un bleu légèrement argenté, comme un ciel crépusculaire constellé d'étoiles.

— Maintenant, tu vas utiliser ton iPhone en mode torche et passer la lumière au-dessus de chaque œil, de gauche à droite, puis de droite à gauche. Dis-moi ce qui se passe.

Marie s'exécuta sans moufter. Elle était devenue le bras armé d'Émilie. La continuité de sa sœur. Parfois, il lui arrivait de penser qu'elles n'étaient qu'une seule entité répartie dans deux organismes symétriques.

— Les pupilles réagissent : elles se rétrécissent et s'agrandissent ! C'est normal ?

— Oui, oui, c'est très bon. On va faire une dernière chose très importante. Écrase-lui les ongles.

— Pardon ?

— Prends un objet métallique, la clef de contact, par exemple. Appuie très fort sur l'ongle de chaque index. Il faut pincer au maximum.

— Mais je vais lui faire super mal !

— Exactement. Vas-y franchement. Et dis-moi ce qui se passe.

Marie obéit. Brunier retira sa main par réflexe, en émettant un léger râle.

— Il a bougé ! Il a enlevé sa main ! Il a fait ça des deux côtés !

— Bon, on a échappé au pire. Ça fait combien de temps qu'il est en carafe ?

— Je dirais un quart d'heure. Tout est allé très vite.

— Mmm… Tu m'as bien dit qu'il a fait une crise avant de perdre connaissance ? Des spasmes, des tremblements, des contractions musculaires, les yeux révulsés aussi ?

— Oui, j'ai l'impression, mais j'ai pas tout suivi, les types en robe noire sont arrivés et…

— Regarde s'il a uriné.

Marie s'étrangla.

— Pardon ?

— Marie, on n'a pas le temps de jouer les vierges effarouchées. Regarde s'il s'est pissé dessus, dépêche-toi !

Cette fois, la jeune femme refusa d'obtempérer. La décence et la dignité le lui imposaient. La torture de l'index passait encore, mais elle n'avait aucune envie de réduire Brunier à une sorte de légume qui s'oublierait comme un grabataire.

— Je ne vois rien, mentit-elle. Avec la flotte, tout est trempé. Va faire la différence…

Émilie sourit. Elle n'était pas dupe.

— Avec ou sans, ton Brunier nous fait une CTCG avec coma post-critique.

— Allô ? Tu pourrais traduire ? Je te rappelle que je fais biologie moléculaire, pas médecine d'urgence.

— Une crise d'épilepsie tonico-clonique généralisée suivie d'une phase de coma. Il t'a dit s'il était épileptique ?

Marie oscilla entre le soulagement d'un diagnostic plutôt bénin, atténuant la portée et la gravité de la situation, et la surprise qu'un gaillard tel que Brunier pût se révéler aussi vulnérable.

— Non, pas du tout. En même temps, on n'est pas très intimes, tu vois. Avant le choc, il m'a gentiment menacée de me coller en garde à vue. On a fait plus romantique.

— En tout cas, si je ne me trompe pas, il va reprendre connaissance lentement. Mais il va être super confus et ça peut durer des heures. Le mieux, c'est que tu trouves un généraliste qui le surveille en attendant que j'arrive. Pas besoin d'un cador ou d'un spécialiste. Par contre, demande bien s'il a du Prodilantin en solution intraveineuse. Ça atténuera fortement ses convulsions en cas de nouvelle crise. Et, à propos, regarde s'il a des médicaments sur lui. Ça nous donnera une indication et nous apprendra si c'est sa première crise ou pas. C'est important pour la suite.

Marie sonda d'abord la boîte à gants. Elle dénicha plusieurs CD de PJ Harvey et des Rolling Stones – Brunier était resté bloqué au XXe siècle, mais il avait bon goût – ainsi qu'un plan de Paris, le gyrophare, un second pistolet, trois chargeurs, un brassard « police » et une dizaine de photos. Sur la plupart figuraient des femmes, toujours les mêmes. D'évidence, la plus âgée était d'origine maghrébine. La plus jeune, une jolie brune, ressemblait beaucoup à l'officier. Marc avait donc une fille. Marie songea aussitôt à l'étrange remarque de sa mère : « Ton Brunier, il n'aurait pas une fille ? J'ai connu une Sarah Brunier, une élève brillante. »

— Allô ? T'es morte ?

— Excuse-moi… C'est le bordel. On dirait une chambre d'ado. Rien dans la boîte à gants. Ah si, des Doliprane.

— Non, cherche des trucs comme du Temesta, du Valium, de la Dépakine ou du Gardenal.

La jeune femme poursuivit l'investigation dans les poches du policier. Elle débusqua seulement son portefeuille, qu'elle décida de ne pas explorer, par discrétion. Puis elle palpa un petit livre dans la poche avant droite. Cette fois, sa curiosité l'emporta. Elle resta stupéfaite en découvrant l'ouvrage.

— Marie ? Tu fais quoi exactement ?

— Rien, y a des poches partout. Aucun médoc.

Brunier se trimbalait avec une bible. Un commandant de la Crim, confronté aux plus scabreuses manifestations de la folie humaine, qui auraient convaincu n'importe qui de l'absence de salut et de toute raison d'espérer, trouvait la force de croire. Avait-il été touché par la grâce ? Était-il pratiquant ? Le mystère Brunier s'épaississait.

En feuilletant le livre saint, Marie achoppa sur une page cornée, dont plusieurs lignes étaient soulignées.

« Car la puissance mystérieuse de la révolte contre Dieu est déjà à l'œuvre ; mais il suffira que celui qui le retient jusqu'à présent soit écarté pour qu'alors paraisse l'homme de la révolte. Le Seigneur Jésus le fera périr par le souffle de sa bouche, et le réduira à l'impuissance au moment même de sa venue. L'apparition de cet homme se fera grâce à la puissance de Satan, avec toutes sortes d'actes extraordinaires, de miracles et de prodiges trompeurs. Il usera de toutes les formes du mal pour tromper ceux qui se perdent, parce qu'ils sont restés fermés à l'amour de la vérité qui les aurait sauvés. Voilà pourquoi Dieu leur envoie une puissance d'égarement pour qu'ils croient au mensonge. Il agit ainsi pour que soient condamnés tous ceux qui n'auront pas cru à la vérité et qui auront pris plaisir au mal. »

La jeune femme resta sans voix, troublée par la noirceur du texte. Le commandant Brunier camouflait un profond mal-être. Peut-être couvait-il même une forme de dépression. La jeune femme se demandait quelle meurtrissure pouvait ainsi le gangrener.

— Tu as compris ? Allô ? Putain, liaison de merde.

Marie sursauta. Émilie, à l'autre bout de la ligne, s'époumonait dans le vide.

— Excuse-moi, je t'entendais plus. T'es passée dans un tunnel ?

— Non ! Bon, je disais : si tu as de la 4G et assez de batterie, cherche un médecin de campagne. À l'écart. Quand tu as l'adresse, envoie-la-moi par texto.

Marie raccrocha et se ressaisit. Elle devait agir. Le temps des questions viendrait plus tard.

Elle pianota sur son smartphone. Elle avait ciblé les alentours, en pleine cambrousse. Il était près de vingt heures, qui répondrait à cette heure tardive ? Elle passa trois appels avant d'aboutir. Le Dr Raymondin venait de finir sa consultation. Il était rincé, mais confronté au stress de Marie, il consentit à la recevoir. Il présentait l'immense qualité de demeurer au bout d'un hameau, à la sortie de la commune d'Orcines, à cinq ou six kilomètres de là. Isolé au cœur des bois et de la chaîne des Puys.

Comment allait-elle réussir à prendre le volant ? Marc Brunier pesait bien son quintal et Marie, qui n'affichait que la moitié sur la balance, se sentit incapable de le tracter du côté passager. La jeune femme échafauda une stratégie pour manœuvrer le policier sans devoir le tirer de tout son poids. Elle souleva d'abord la jambe droite et la fit pivoter au-dessus du levier de vitesse. Puis elle se blottit contre lui et amarra solidement son bras droit sur ses épaules. Elle l'empoigna ensuite par la taille et commença de tirer, par à-coups, pour mouvoir lentement l'imposante carcasse du commandant. Chaque centimètre gagné relevait de la victoire personnelle.

Marie s'essoufflait et commençait à souffrir du dos et des abdominaux. Mais elle finit par faire vaciller l'officier, qui bascula tout à fait sur le siège passager.

La pluie s'était raréfiée. Au loin, cinq rais de lumière transperçaient le ciel, comme les doigts de Dieu.

La jeune femme tourna autour de la Mégane pour prendre place au volant. En passant devant la malle arrière, elle découvrit le pare-chocs et le coffre sérieusement emboutis. Le hayon était légèrement entrouvert. Par réflexe, elle le souleva pour le claquer d'un geste vif.

Le moteur détrempé peina à l'allumage. Le démarrage en côte s'avéra tout aussi pénible, avec les pneus qui patinaient dans l'eau boueuse. Mais Marie assurait. La vie d'un homme, et pas n'importe lequel, se trouvait entre ses mains. Son propre sort dépendait de sa rapidité à se terrer en attendant sa sœur.

Le convoi bringuebalant s'ébranla sur la départementale. Marie roulait lentement, tous feux éteints malgré la pénombre qui commençait d'envelopper les épais feuillus à flanc de montagne. Le GPS de son iPhone lui montrait la voie. Elle traversa Orcines, avant d'atteindre le hameau de la Fontaine du Berger. Elle longea un ancien camp militaire, visiblement reconverti en halte touristique. À deux pas s'érigeait la façade austère d'une auberge. Les sombres pierres volcaniques s'égayaient de volets écarlates. Ce noir éclaboussé de rouge lui apparut comme un mauvais augure. Avait-elle fait le bon choix ?

Sa destination se trouvait à deux cents mètres, juste au bout du hameau. Une grande baraque plantée à l'orée d'un bois foisonnant. Partout, l'eau perlait de milliers de feuilles, dans un silence d'après-tempête. En sortant de la Mégane, Marie découvrit un écrin époustouflant. Une immense rondeur se dressait face à elle, le puy Pariou. Et, tout autour, d'autres volcans assoupis ceignaient l'horizon. L'odeur prégnante de terre mouillée mêlée à l'air vivifiant de la montagne la ragaillardit.

La bâtisse arborait les mêmes blocs de pierre anthracite que les autres demeures de la région. Dans la cour sommeillait un 4 × 4 Mercedes GLE lustré. Aucun doute, les affaires marchaient bien pour le généraliste.

— Je suis la personne qui a téléphoné tout à l'heure.

— Ah… entrez.

Le Dr Raymondin, bedonnant et tonsuré, avait d'évidence franchi la soixantaine. On eût dit un moine défroqué reconverti en médecin des corps après avoir échoué à soigner les âmes. Il reluqua Marie sans aucune gêne. Il faut dire que les vêtements trempés de la jeune femme laissaient saillir ses courbes affriolantes, jusqu'aux mamelons en érection au contact de l'humidité glacée. Le sexagénaire se régalait.

— Mon père se trouve dans la voiture, il a perdu connaissance après sa crise. Vous pouvez m'aider à le transporter ?

Marie n'avait pas réfléchi. Elle avait débité cet énorme boniment spontanément. Son père ! Elle ne voulait en aucun cas que Brunier fût inquiété pour les événements qui venaient d'arriver. Elle se doutait que la hiérarchie n'apprécierait guère qu'un policier, paralysé en pleine action, eût laissé une jeune femme sous sa responsabilité aux prises avec des tueurs. Il encourrait sans doute des sanctions disciplinaires, voire pire. Marie souhaitait donc masquer sa véritable identité à tout prix. Et tout le reste aussi.

Le Dr Raymondin s'empara de son stéthoscope et, par précaution, commença d'examiner l'officier dans la voiture. Il répétait peu ou prou les mêmes gestes qu'Émilie avait ordonnés à sa sœur. Lorsqu'il fut rassuré, il tenta de mouvoir le corps inconscient. Le médecin, quoique nimbé d'une belle ceinture adipeuse, n'était pas plus costaud que l'étudiante. Il haletait comme un bœuf et ronchonnait en manœuvrant. Il avait déplié un fauteuil roulant pour transporter plus facilement l'officier. Puis, à deux, ils parvinrent péniblement à transférer la corpulente masse inerte dans le salon du généraliste, qui préféra l'installer sur son canapé pour plus de confort. Il s'échina à lui faire adopter une posture en chien de fusil, la tête calée sur un coussin et la bouche ouverte.

Une fois figé en position latérale de sécurité, Brunier se prêta malgré lui à une batterie d'examens. Raymondin ajusta d'abord un tensiomètre autour de son bras gauche, puis sonda la température corporelle à l'aide d'un thermomètre frontal. Enfin, il exhiba un stylo au bout duquel pointait une fine aiguille. La piqûre furtive sur la pulpe de l'index provoqua un nouveau réflexe de rétractation du policier.

— Qu'est-ce qui s'est passé ? questionna le médecin, tout en glissant une bandelette imbibée de sang dans un lecteur de glycémie.

— Mon père a fait une crise d'épilepsie et perdu connaissance. À cause de l'accident, je suppose. On a été percutés par-derrière, la voiture a pris la fuite.

Le médecin parut très perplexe et posa un regard différent sur la jeune femme.

— Un choc par l'arrière ? Et le pare-brise ? Il s'est fracassé tout seul ?

— Non, bien sûr que non… En fait… En fait, la voiture est pourrie, une antiquité. Le pare-brise était déjà plein d'impacts que mon père n'a jamais fait réparer. Du coup, avec le choc, je pense que les vibrations… Enfin, vous voyez.

— Sincèrement, pas trop, non. Pourquoi vous n'avez pas tout de suite appelé les pompiers ? Votre père a perdu connaissance, ça peut être très grave. Le 18, ça vous dit quelque chose ? Ou alors vous vouliez hériter plus vite ?

La conversation prenait une sale tournure. Marie consulta sa montre. Elle était cassée. À quelle heure arriverait Émilie ? Le généraliste lâcha l'affaire et se focalisa enfin sur les constantes vitales de son patient.

— Tension acceptable, 14-9. Glycémie normale, 0,8, donc pas de coma diabétique. Mais il a de la fièvre, 38°3. Et le souci, c'est qu'il est trempé. Il faut faire sécher ses vêtements, sinon il va vraiment attraper la mort.

Avant que Marie eût le temps de réagir, Raymondin ôta la veste de Brunier. Il n'avait découvert qu'un bras pour la tension et ne s'était aperçu de rien. Mais en retirant le veston, il tomba sur le holster du policier. Il s'arrêta net, comme tétanisé.

— Mon père est agent de sécurité, s'empressa de préciser Marie.

Elle savait que tout cela ne tenait pas debout. Elle n'avait jamais su jouer la comédie.

— Agent de sécurité ? Où est son arme ? lança-t-il avec une mine inquiète, tout en continuant de dévêtir l'officier.

Marie l'avait laissée dans la voiture, sans doute à terre. Elle ne s'en était pas préoccupée depuis l'attaque.

— Je ne sais pas… Il ne la porte pas quand il n'est pas au boulot, je crois.

Le généraliste tâta les poches du commandant.

— Et pour l'épilepsie, il n'a pas ses médicaments sur lui ?

— Non, j'ai cherché tout à l'heure.

— C'est grave, il faut toujours qu'il les garde sur lui. Vous devriez le savoir et le lui rappeler.

— Je ne suis pas son infirmière, siffla Marie, excédée.

Le médecin reprit un drôle d'air. Il lorgna de nouveau l'étudiante.

— Non, mais vous pourriez. Vous avez le physique. D'ailleurs, vous êtes trempée vous aussi. Déshabillez-vous, je vais tout sécher et je vous apporte une couverture. Comme à votre *père*.

Il avait appuyé ses dernières syllabes, comme pour montrer qu'il ne croyait pas un traître mot de toute cette histoire. Marie saisit surtout qu'il voulait se rincer l'œil.

— Vous vivez seul dans cette grande baraque ? risqua-t-elle.

— Eh oui. Tout seul.

La jeune femme pâlit. Son iPhone était mort, le GPS avait eu raison de ses derniers ersatz de batterie. Et sa sœur n'arriverait pas avant deux bonnes heures. Par réflexe, elle jeta un coup d'œil vers la porte d'entrée. Avait-il fermé à clef ?

Soudain, Brunier inspira longuement, comme un apnéiste retrouvant la surface après une longue plongée en eaux troubles. Au bout de cette inhalation spectaculaire, il haleta bruyamment.

— Marc ? Ça va ? Marc ?

La jeune femme supplia le médecin du regard.

— Mais faites quelque chose !

— Calmez-vous ! Tout va bien. C'est normal après un coma post-critique. C'est à cause de l'hypotonie. Les muscles manquent de tonus. La respiration se fait très bruyante, on appelle ça un stertor. Rien de grave. Je vais chercher la couverture.

Marie n'était guère rassurée. Elle tamponna le front de l'officier puis le caressa.

— Marc ? Vous allez bien ? Vous avez mal quelque part ? Vous avez soif ?

L'officier toussota plusieurs fois et s'agita comme un enfant contrarié. Il tournait la tête en tous sens, se demandant ce qu'il faisait sur ce canapé. Dans ce salon. Dans cette posture.

— Vous avez fait un malaise. On a eu un accident. Il y a eu… des événements. Vous avez perdu connaissance.

Marc Brunier avait la nausée et un début de céphalée. Il peinait à maîtriser ses mouvements, sa vue se troublait. Il dévisagea Marie comme une étrangère. Puis, au bout d'une minute, il vacilla en arrière et sembla de nouveau perdre connaissance.

Marie se trouvait démunie et ne cessait de penser à Émilie. À plusieurs reprises, l'officier se ranima, réitéra ses rotations visuelles, paraissant tout aussi surpris à chaque éveil. Il se comportait comme un ordinateur qui reboote plusieurs fois sans parvenir à initialiser son système d'exploitation. Une légère sueur suintait sur ses tempes.

— Comment va le *commandant Brunier* ?

Le Dr Raymondin avait reparu, une couverture lovée dans les bras. Marie sursauta, ahurie par ce qu'elle venait d'entendre.

— Ne soyez pas surprise, ma petite. Dans la veste de votre *papa*, je suis tombé sur son portefeuille et sa carte professionnelle. Vous vous êtes bien moquée de moi.

— Je ne peux pas vous expliquer. Nous sommes en mission spéciale.

Marie avait répondu avec un tel aplomb que Raymondin parut douter. Il arbora une moue détestable tout en couvrant le policier du plaid mauve.

Brunier s'agitait et vociférait des onomatopées sans queue ni tête. Il donnait tous les signes d'une démence alcoolique. Un poivrot enfermé dans un esprit torturé.

Le temps s'écoula, sans que l'officier reprît entièrement ses esprits. Par moments, il était traversé par des éclairs de lucidité. Il interrogeait Marie qui lui résumait, pas à pas, la situation. Elle attendait que le généraliste eût tourné les talons pour livrer les détails les plus déstabilisants pour le policier. Il n'en croyait pas ses oreilles et roulait sans cesse des orbites. Entre les deux, la confusion se traduisait par des propos décousus. Il inversait parfois des mots, ou des syllabes.

Le Dr Raymondin s'impatientait. Il était près de vingt-deux heures, et la fatigue l'accablait.

— C'est n'importe quoi ! Vous devriez aller aux urgences ! Il faut faire des examens complémentaires. Une IRM, un scanner, vérifier qu'il n'a pas autre chose !

Plus tard, il tenta l'apitoiement.

— Je me suis farci dix heures de consultation d'affilée et j'en fais quatre-vingts par semaine. Je n'ai pas de remplaçant. Personne pour reprendre le cabinet. Je n'arrive pas à partir à la retraite. Je suis vanné. J'ai besoin de dormir. Demain, je reprends dès huit heures…

N'y tenant plus, vers vingt-deux heures trente, il se fit menaçant.

— Je ne sais pas ce que vous tramez, mais je vais appeler les gendarmes et vous allez vous débrouiller avec eux ! Après tout, ce sont vos collègues, non ?

L'image du colonel de gendarmerie haineux qu'ils avaient côtoyé à leur arrivée à Clermont-Ferrand terrifia Marie. Il ne fallait surtout pas les alerter. Ils s'en donneraient à cœur joie contre le « limier de la Crim parisienne », réduit à l'état de larve impotente. Pas même foutu de protéger une gamine de vingt piges.

Au même instant, Émilie sonna à la porte.

C'était la fin du calvaire.

Marie se sentit libérée, presque euphorique. Elle avait sauvé Marc Brunier. En réalité, il s'était sauvé tout seul, mais la jeune femme avait besoin d'être utile, et capable. Avec sa sœur, elle formait un tandem gagnant. Depuis toujours.

Émilie se rendit aussitôt au chevet de l'officier, puis s'enquit de sa tension et de sa température. Brunier mijotait dans son jus depuis des heures et elle doutait que le généraliste, ce gros balourd écarlate, eût tout accompli dans les règles de l'art. Les frangines échangèrent des messes basses.

Le médecin les observait du coin de l'œil. Leur ressemblance était frappante. Peut-être bien des jumelles. Deux bombes pour le prix d'une. Il les imaginait nues, enlacées, en train de s'embrasser. Comme aimanté, il s'approcha discrètement d'elles en faisant mine de ranger du matériel et glana quelques bribes de discussion.

— T'es sûre qu'ils étaient vêtus de noir ? De robes noires et de capuches ?

— Oui, je te dis. Une vision d'horreur. On aurait dit la mort en personne. Une barre à mine à la place de la faux.

— Elle va me le payer, murmura Émilie.

— Qu'est-ce que tu dis ?

L'aînée éluda, puis planta ses prunelles d'émeraude sur Raymondin. Le médecin, transpercé, dévia aussitôt son regard. Elle l'alpagua d'un ton suave.

— Bon, on y va. On vous laisse dormir, docteur. Vous l'avez bien mérité. Vous voulez bien nous aider à le transporter dans ma voiture ?

Le généraliste, trop heureux d'en finir, obtempéra avec zèle.

La nuit profonde avait tout englouti. L'obscurité n'était troublée que par le glapissement d'un renard. Une légère brise caressa les joues de Brunier, qui tenait à peine debout.

Une fois parfaitement calé sur la banquette arrière, l'officier sombra de nouveau dans le sommeil.

— Marie, tu te sens de reprendre le tas de boue ? Je vais passer devant, t'auras qu'à me suivre. Je roulerai lentement.

— On va où ?

— J'ai une amie au sud de Clermont qui nous accueille pour la nuit.

Première nouvelle. Depuis quand Émilie avait-elle une amie dans ce trou paumé ? Sa sœur ne manquait décidément pas de ressources. Peut-être une étudiante en médecine, rencontrée sur les bancs de Paris-Descartes. Les carabins affluaient de toute la France pour poursuivre leur cursus dans la meilleure fac du pays.

— Il faut quand même que je parle avec le gros. Il en sait beaucoup et je dois m'assurer de sa discrétion. Tu m'as bien dit qu'il connaissait l'identité de Brunier ?

— Oui, il a farfouillé dans son portefeuille. Et si on apprend ce qui est arrivé à Marc, ce sera fini pour lui. Il pourrait être mis à pied ou viré.

— OK, attends-moi. C'est vital pour que rien ne sorte d'ici. Personne ne doit savoir. Pour lui. Pour toi. Tes agresseurs ne doivent pas pouvoir remonter la piste.

Marie plissa les yeux, impressionnée par la détermination de sa sœur. Une marque de famille. Dans l'adversité, les Duchesne faisaient preuve de sang-froid et d'un sens aigu des responsabilités.

Raymondin s'apprêtait à fermer la porte d'entrée à double tour.

— Il faut que je vous parle. Seule à seul, lança Émilie à travers le vantail de PVC.

Le généraliste soupira, mais ressentit un courant électrique parcourir son bas-ventre à l'idée de revoir ce joli petit lot sans témoins. Quand elle eut franchi le seuil, il ferma le verrou.

— Qu'est-ce que vous voulez ? Me régler mes heures de consultation ? Il serait temps.

— Exactement, et pas au tarif conventionné. Avec un gros dépassement d'honoraires. Mais avant, je veux savoir si vous tiendrez votre langue.

Le visage de Raymondin se déforma, dessinant une grimace repoussante.

— Je ne vois pas ce que vous voulez dire.

— Oh si, j'en suis sûre. Vous connaissez l'identité du policier. Vous nous avez épiées tout à l'heure. Je suis certaine que vous avez beaucoup de choses à raconter à votre patientèle qui en fera ses choux gras.

— Mademoiselle, je ne vous permets pas ! J'ai prêté le serment d'Hippocrate et je respecte profondément le secret médical.

Émilie s'avançait, imperturbable, tandis que le rondouillard en sueur reculait de plusieurs pas.

— Hippocrate était un âne bâté. Comme Galien et tous ces crétins qui croyaient pouvoir soigner en saignant les honnêtes gens et précipitaient leur fin. On devrait plutôt prêter le serment de Paracelse. C'est le premier qui a vraiment tout compris.

Le généraliste leva les sourcils, visiblement inquiet.

— Il faut dire qu'il avait de qui tenir. Il a été imprégné d'une glose très ancienne. Qui remonte à la fin de l'Antiquité. À Alexandrie.

Le médecin transpirait. Elle était complètement folle. Une bande de cinglés, tous les trois.

La jeune femme plongea la main dans son sac et en extirpa une épaisse liasse de billets.

— Il y a vingt mille euros. En échange de votre silence.

La mâchoire de Raymondin se dessouda. Il s'était empêtré dans une sale affaire. Mais devant la flopée de billets, une pulsion le cisailla. Cette fille semblait prête à tout pour obtenir sa discrétion totale.

À tout.

Et plus elle le fixait de son regard de jade, plus il sentait le désir l'embraser.

— D'accord, mais je veux un peu plus. Je vous veux vous.

Émilie se raidit. Super, un pervers pépère, il ne manquait plus que ça, songea-t-elle. Mais il n'était plus temps de négocier.

— OK. Mais vite.

Bingo. Il avait vu juste. Elle n'avait même pas discuté. Le médecin sentit ses carotides palpiter à tout rompre, tandis qu'il grimpait au premier étage accompagné de la jeune femme. Direction la chambre à coucher. Classique, mais efficace.

L'antre du vieux puait la naphtaline. Il n'avait pas dû sauter grand-chose depuis longtemps. Ou alors, dans son cabinet. Des bourgeoises émoustillées, prêtes à cocufier leur légitime pour batifoler et tromper l'ennui. Vu la tête du médecin, au bord de l'apoplexie, il n'avait pas vu de gamine aussi carénée depuis une éternité.

— Tu sais, papy, c'est pas très bon à ton âge. Ce serait dommage de clamser le froc sur les godasses. Que diront les pompiers quand ils vont te trouver comme une merde ?

Le médecin sourit. Il aimait ça. Émilie s'attendait à ce qu'il exhibe un fouet, des chaînes ou des menottes. Le temps pressait, elle n'allait pas laisser sa sœur et le flic moisir toute la nuit. Elle hâta le mouvement en déboutonnant son corsage.

Le médecin sentit son pouls s'accélérer encore. L'effeuillage était rapide et ne laissait aucun répit au vieux vicelard qui se cramponnait à une commode. Émilie dégrafait maintenant son soutien-gorge. Il n'avait jamais vu de poitrine aussi parfaitement galbée. Cela le changeait de ses patientes décaties aux seins flasques et ridés. L'excitation se faisait si violente qu'il tenta de l'apaiser par une diversion.

— Vous faites bien médecine ? C'est ce que m'a dit votre sœur.

— Absolument.

— Et… vous envisagez la spécialité de médecine générale ? Je serais ravi de vous avoir comme interne quelques mois dans mon cabinet.

Tu m'étonnes, sourit-elle. Elle remonta sa jupe jusqu'à la taille.

— Non, papy, pour moi ce sera gynécologie obstétrique. Je vais faire mon internat à la maternité de Port-Royal. À Paris. Pas dans ton trou paumé, au milieu des ploucs.

Le généraliste défit sa ceinture. Le pantalon et le slip, complètement élimé, s'affaissèrent en révélant une minuscule protubérance. Il tenta d'activer l'érection, mais sans succès. Émilie ne cessait de penser à Marie qui finirait par s'impatienter et débarquer au pire moment.

— Bon, on va pas y passer la nuit. Laisse-moi faire.

La jeune femme s'approcha du vieux satyre et s'agenouilla devant lui.

Au même instant, dans la cour, Marie ressentit un étrange malaise. Comme si Émilie courait un risque, ou se trouvait dans une situation inconfortable. Elle l'admirait tellement, pour sa pureté et son brio. Soudain, elle fut traversée par un terrible pressentiment. Et si le médecin était de mèche avec les robes noires ? Émilie se trouvait elle aussi en danger. Marie avait ressassé cette histoire d'ADN pendant l'interminable attente chez le généraliste. S'ils voulaient s'en prendre à elle, alors ils viseraient aussi sa sœur. C'était évident.

Elle bondit de la voiture et se rua vers la porte d'entrée. Elle était fermée à clef. La panique l'envahit. Elle se mit à tambouriner comme une diablesse, en hélant sa sœur.

Au bout d'une minute, Émilie entrouvrit le battant et fit signe à Marie de s'apaiser.

— Arrête, tu vas ameuter tout le hameau !

— Ça va ? Qu'est-ce qui se passe ?

— Rien, tout va bien. J'ai dû simplement négocier son silence avec la baudruche. Il dira rien. Il est monté dans sa chambre faire un gros dodo.

Marie perçut une ombre étrange dans le regard de sa sœur. Il n'était plus aussi étincelant et reflétait des teintes glauques. Un vert délavé.

— T'es sûre qu'il ne dira vraiment rien ?

— Aussi sûre que tu es ma sœur.

Émilie claqua la porte et grimpa dans sa Golf de location sans rien ajouter.

Marie n'avait rien avalé depuis des heures ; elle était épuisée. La faim la tenaillait. Elle n'avait pas la force de discuter, ni même de chercher une quelconque rationalité dans l'enchaînement des événements. Elle rêvait d'une douche, d'un dîner et d'une nuit de douze heures.

Il était près de minuit quand le convoi quitta enfin les lieux. Les sœurs roulaient très lentement, en feux de position. Même si le premier voisin vivait à deux cents mètres, elles préféraient s'évaporer dans la plus grande discrétion.

Désormais seule avec l'enquêteur ensommeillé sur la banquette arrière, Émilie jeta un dernier coup d'œil dans son rétroviseur. La sombre bâtisse s'estompait dans la nuit.

— Celui-là, il ne fera plus jamais de mal à personne.

Chapitre 15

17 novembre 1558, Londres

Le corps de la défunte gisait sur l'immense lit coiffé de son lourd baldaquin de bois. Marie arborait un rictus qui déformait son visage verdâtre, tandis qu'un relent nauséabond s'exhalait de son cadavre.

L'odeur imprégnait sa longue robe en tissu broché d'or, bordée d'hermine. Sur son crâne reposait une coiffe de brocart doré, étincelante de perles et de pierres précieuses, et surmontée de sa couronne royale. Le contraste entre les ors de sa toilette et la putréfaction de ses chairs, déjà bien avancée après de longues heures d'exposition, heurtait les visiteurs.

Tous pressaient un mouchoir imbibé de parfum sur leurs narines tout en contemplant, horrifiés, la reine terrassée par l'épidémie de grippe qui frappait durement Londres depuis plusieurs semaines.

Les sanglots des dames de compagnie déchiraient le silence et gênaient le recueillement. La plus jeune hoquetait comme un phoque et contrariait fort l'archevêque de Canterbury.

Mgr Reginald Pole avait tenu à se déplacer jusqu'au petit palais Saint-James, malgré son état déplorable. Il se trouvait lui aussi assailli par l'ennemi venimeux, l'influenza transportée par les navires marchands qui mouillaient sur la Tamise. Le prélat catholique, plus proche conseiller de Marie Tudor pour les questions théologiques, ne put se contenir plus longtemps. L'atmosphère viciée, la pestilence du cadavre et les plaintes de ces écervelées avaient lourdement attisé sa fièvre. Il toussa sans retenue, une quinte si profonde que les suivantes se turent enfin puis reculèrent jusqu'à toucher le mur tendu de nobles tapisseries.

Le vieux cardinal s'affaissa, si bien que ses domestiques durent l'évacuer prestement sur sa litière. Ils avaient sué près d'une demi-heure pour hisser l'imposante carcasse dans l'escalier qui serpentait dans le palais. La descente s'avérait heureusement beaucoup plus aisée.

L'archevêque de Canterbury expectorait maintenant ses tripes, arrosant ses serviteurs de spores assassins. Il ne passerait pas la nuit. Le destin voulait que le zélote rejoignît le Tout-Puissant, et fût accueilli au bras de celle qui l'avait fait archevêque. Ils entreraient ensemble au paradis, le seigneur reconnaissant envers la souveraine d'avoir su rétablir la vraie religion catholique romaine, grâce aux trois cents bûchers dressés pendant son règne pour rôtir ces hérétiques de protestants. *Bloody Mary* en serait récompensée par un repos éternel.

Après le départ tonitruant du vieux prélat, le roi consort Philippe II, rentré précipitamment de Bruxelles, demeura quelques instants auprès de son épouse défunte. Puis il quitta la pièce d'un pas décidé, sans un regard pour l'assemblée qui s'était prosternée.

Dans le couloir, il alpagua un laquais pour se soulager dans une chaise d'aisances percée. Il poussa sans gêne, en contemplant nonchalamment le portrait d'Henri VIII, le père de Marie et d'Élisabeth Tudor disparu onze ans plus tôt, figé dans une pose ridicule, arborant son collier de barbe, ses énormes bajoues et ses cent soixante-dix kilos qui débordaient du cadre. Le roi d'Espagne songea que ce boucher ne valait pas mieux que ses étrons : il avait fait décapiter tant de lords, et même deux de ses six épouses, dont la propre mère d'Élisabeth.

Une odeur putride s'éleva de la chaise et s'épandit jusqu'au boudoir où patientait discrètement un homme vêtu de noir. Le monarque se redressa, puis secoua sa verge avec tant de vigueur que l'urine souilla le laquais qui demeura impassible.

Dès lors, l'avenir de la religion catholique dépendait du bon vouloir de l'héritière du trône, Élisabeth.

Tout avait basculé vingt-sept ans plus tôt, lorsque Henri VIII avait exigé du pape l'annulation de son premier mariage avec la très catholique Catherine d'Aragon, la mère de Marie, afin de satisfaire ses vils désirs de nouvelles épousailles avec Anne Boleyn, future mère d'Élisabeth. Mais le Saint-Père avait refusé d'annuler le mariage sacré avec la pieuse Catherine. Qu'à cela ne tienne, Henri Tudor avait brisé net avec Rome et s'était érigé en chef suprême de l'Église d'Angleterre. La rupture qui donnerait naissance à l'Église anglicane était consommée.

Une fois parvenue sur le trône, Marie Tudor s'était entêtée à venger sa mère et persécuter les protestants. Elle avait aussitôt incarné le grand espoir de la papauté pour remettre l'Angleterre sur le droit chemin. Le très catholique Philippe II d'Espagne l'avait épousée avec le secret dessein de l'encourager dans cette voie.

Désormais, tout était à refaire.

Philippe ressassait ces pensées noires mâtinées d'angoisse sur l'avenir du pays et les risques de guerre fratricides qui plongeraient les deux nations dans le chaos si la nouvelle reine, demi-sœur de Marie Tudor, connue pour ses sympathies protestantes, imposait de nouveau la religion dévoyée en Angleterre.

Tandis qu'il réajustait son royal harnachement, Philippe II aperçut la longue silhouette qui s'esquissait dans l'entrouverture du boudoir. Il s'approcha prudemment puis écarta le battant d'un geste ferme.

Il tomba nez à nez avec John Dee, l'astrologue qu'il avait toujours honni pour ses faits de sorcellerie et de magie noire. Trois ans plus tôt, il l'avait même fait jeter au cachot pour avoir affirmé que Marie n'enfanterait jamais d'héritier, avant de prédire le proche avènement de la princesse Élisabeth. Ce nécromancien avait fini par leur porter malheur, et sa magie venait d'exaucer ces vœux lugubres.

— Morbleu, que faites-vous là ? hurla le roi, écarlate.

Cet éclat du souverain fit se précipiter dans la pièce sa garde rapprochée qui patientait dans l'escalier.

Le savant se courba jusqu'aux chausses, offrant sa coiffe fuligineuse en spectacle au monarque.

— *Most gracious Majesty*, le lord Chancelier m'a fait mander pour embaumer la dépouille royale.

John Dee, long comme une hallebarde et sec comme un coup de trique, restait cambré, craignant l'ire du souverain.

À son grand étonnement, Philippe tourna les talons sans mot dire et disparut dans le grand escalier, suivi de sa clique. Il n'avait cure du passé et ne pensait désormais plus qu'aux jours à venir, qui s'avéreraient décisifs. Dee pouvait bien ficeler Marie comme un gigot, cela lui était égal. De plus, Élisabeth tenait ce mage en estime, pour des raisons qui lui avaient toujours échappé. S'il se défoulait sur lui, la nouvelle souveraine lui en tiendrait rigueur.

À peine eut-il tourné les talons que le savant, âgé de trente et un ans mais déjà réputé dans toute l'Europe, se hâta vers la chambre de la reine défunte.

À son arrivée, un frisson glacial parcourut l'assistance. Sa réputation le précédait. Chacun savait qu'il était resté enfermé des mois à la Tour de Londres et qu'il possédait des dons surnaturels. La chambre se vida en deux minutes, si bien que Dee se retrouva seul avec le cadavre fétide.

Il contempla le corps rance de Marie Tudor sans ciller. La pestilence ne le rebutait point, il avait côtoyé bien des charognes. Il ne pouvait cependant œuvrer dans cette chambre luxueuse, aussi transporta-t-il la souveraine dans le boudoir. Il y avait laissé ses instruments et diverses plantes dont il userait pour préparer la reine. Elle devait demeurer présentable jusqu'à son inhumation à Westminster.

En réalité, John Dee avait étudié bien des disciplines, mais nullement la médecine. Il était féru de mathématiques et d'astrologie, capable de déceler dans les astres les combinaisons qui annoncent les heurs et malheurs des simples mortels. Il avait intégré la première promotion du Trinity College de Cambridge, fondé par Henri VIII douze années plus tôt. Il s'était ensuite rendu à Louvain, Bruxelles et même Paris. Il s'était taillé une solide réputation en tant que premier héraut de la pensée antique en Angleterre, dans le sillage de Marsilio Ficino, de Jean Pic de La Mirandole et surtout de son maître spirituel, Paracelse.

Il ne l'avait jamais côtoyé, le génie suisse s'étant éteint lorsque Dee eut quatorze ans. Mais il avait toujours suivi son enseignement, dans les livres ou bien auprès de ses disciples. Refuser les conventions, remettre en question les certitudes. Mêler la philosophie des Anciens à une pratique beaucoup plus concrète et moderne. Paracelse avait révolutionné la médecine en étrillant Galien, Hippocrate, Avicenne et leurs théories des humeurs et des saignées barbares. Il avait trouvé dans les plantes et les minéraux la source de bien des traitements. John Dee faisait de même, contestant les certitudes des caciques de l'Université et considérant que l'alchimie et les nombres mathématiques pouvaient expliquer le monde. Il se prétendait également capable d'entrer en relation avec les esprits.

Cette liberté intellectuelle et son attrait pour l'occulte l'avaient rapidement éloigné des cercles de l'intelligentsia d'outre-Manche. Pourtant, il s'était rendu indispensable parmi les puissants. Ses prédictions étaient âprement recherchées, si bien que dès l'âge de vingt ans il s'était vu offrir des rentes annuelles par l'empereur de Russie, puis par le roi de France Henri II, et même par le propre père de Philippe II d'Espagne, le grand Charles Quint, emporté deux mois plus tôt par la malaria.

Les épidémies, l'hygiène déplorable et la mauvaise médecine vertement critiquée par Paracelse expliquaient ces morts prématurées. L'espérance de vie n'excédait pas vingt ans en ce siècle, même si les lords et les membres de la *gentry*, castes privilégiées, vivaient plus longtemps.

Marie venait de s'éteindre à quarante-deux ans.

Pour autant, le jeune mage savait que l'épidémie de grippe n'était pour rien dans son trépas. Il savait, depuis de longues années, qu'un autre mal la rongeait. Il en était même sans doute le responsable. Il avait convaincu la reine de suivre ses enseignements et d'ingérer ses décoctions, mais n'avait pas prévu l'issue fatale. Il avait tenté de mettre en place le grand œuvre, mais n'avait point anticipé les conséquences de cette expérimentation.

Marie était la première véritable reine d'Angleterre, il ne devait pas manquer cette occasion. Par précaution, il avait également préparé sa demi-sœur, Élisabeth. Une telle configuration ne se représenterait pas de sitôt, du moins de son vivant.

Philippe II, conscient de l'influence croissante de l'astrologue et de ses étranges machinations, le fuyait comme la *black death*[1]. À la première occasion, le roi l'avait châtié comme un gueusard.

Tout en ressassant ces sombres souvenirs, Dee retira délicatement la robe étincelante de la souveraine et dévoila son corps cramoisi. Il porta aussitôt la regard sur deux protubérances qui déformaient son bas-ventre. Puis il saisit une lame affûtée et incisa d'un geste net autour du pubis.

Soudain, une odeur pestilentielle maintes fois plus puissante l'engloutit, si bien qu'il manqua de s'asphyxier. Il détourna le visage et s'empara aussitôt d'un ballot garni d'herbes aromatiques, comme pour filtrer les relents de pourriture. Il s'attendait à un fourmillement de vermines qui dégorgeraient sur la table de chêne, comme des milliers de petits asticots frétillants tentant de se faire la malle.

Mais il n'en fut rien. Il s'approcha des entailles, pressant du mieux qu'il put sa ballottine odorante sur son nez. Il lui

1. La peste noire.

sembla distinguer deux boules filandreuses qu'il tapota du bout de sa lame. Finalement, il élargit les incisions et dévoila deux sphères purulentes de chaque côté du pubis. Il les tailladа et mit au jour un ensemble de matières disparates qui semblaient avoir crû dans les entrailles de la reine comme deux créatures prêtes à la dévorer de l'intérieur.

John Dee s'empara alors de l'épais codex qu'il avait discrètement acheminé dans l'une de ses malles, bien dissimulé sous ses instruments. Sur la couverture s'étalaient trois majuscules : HYV. La dernière, le V, semblait moins élimée que les premières, sans doute avait-elle été tracée plus récemment.

L'ouvrage lui avait été remis huit ans plus tôt par Pierre Hassard, à Paris, qui l'avait hérité du grand Paracelse en personne sur son lit de mort. Hassard était bien connu des initiés pour avoir été le plus proche disciple du médecin suisse, dont il poursuivait l'œuvre.

John Dee donnait l'une de ses fameuses lectures au Collège royal créé par François Ier, qui arborait fièrement sa devise : *Docet omnia*, « Il enseigne tout ». Dès la fin de la conférence, le vieux médecin français avait interpellé le jeune savant. Il avait perçu en lui le brio et le souffle de Paracelse, comme une évidente réincarnation. Ses idées tranchaient tellement avec les vieilles antiennes de la Sorbonne et des autres universités traditionnelles qu'il lui avait paru pouvoir poursuivre la quête.

— Savez-vous, maître Dee, que notre regretté François Ier fonda ce collège en hommage au *maestro* Leonardo ? lui avait soufflé Hussard.

— *Il Grande* Leonardo da Vinci, docteur ?

— Si fait. Le roy se remit à grand-peine de la disparition de son architecte et peintre. Il souhaita exaucer son dernier vœu : *il maestro* avait convaincu notre monarque, peu de temps avant son trépas, de fonder un lieu pour dispenser de nouveaux enseignements, ignorés de l'Université. Le grec, l'hébreu, le latin, les mathématiques qui vous sont chères, et la médecine qui me tient tant à cœur. Toutes disciplines humanistes qui nous offrent d'embrasser l'héritage des Anciens, et non point seulement la théologie et les arts libéraux.

Dee se souvenait précisément de cet instant : son existence venait de basculer, pour toujours. Le vieux Français l'avait initié et lui avait dévoilé le codex. Au terme de longues arguties passionnées, John Dee avait accepté de reprendre le flambeau et décidé de rentrer à Londres toutes affaires cessantes. Une mission vitale pour l'avenir de l'humanité l'attendait.

Le savant, baigné par ces émouvants souvenirs, souleva le précieux ouvrage et le manipula fort délicatement. Il compulsa les feuillets du dernier quart, rédigés de la main du *maestro* Leonardo, comme l'attestaient l'écriture inversée et les inimitables croquis. Les pages regorgeaient de dessins de dissections, tout particulièrement du bas-ventre. Il passa les schémas de fœtus et s'attarda sur les organes qui ceignaient l'utérus. Les ovaires ressemblaient à deux gros haricots.

Dee farfouilla dans les restes royaux, puis dénicha les organes de la reproduction, curieusement aplatis. Ils se trouvaient comprimés par les excroissances, privant la reine de toute fertilité, jusqu'à l'issue fatale.

Cette découverte expliquait les symptômes de Marie Tudor. Depuis son mariage avec Philippe II, elle s'était crue enceinte à deux reprises. Chaque fois, l'Angleterre tout entière s'était préparée à l'heureux événement. Marie s'était d'abord plainte de son ventre gonflé, puis avait constaté l'aménorrhée. Tout semblait indiquer la gestation. Mais rien n'était survenu. Pas même la délivrance d'un fœtus avorté. Elle avait cru devenir folle à la perspective de ne jamais engendrer d'héritier. Sa demi-sœur Élisabeth se rapprochait un peu plus du trône à chaque grossesse fictive.

John Dee, imprégné de la prose du grand codex, des observations de Vinci et des connaissances ancestrales sur la science de l'enfantement qui truffaient l'ouvrage, avait rapidement porté le diagnostic. Il avait péché par négligence. Mais comment aurait-il pu savoir ? C'était, pour lui, la première fois. Il savait que moult femmes, dans le plus grand secret, s'étaient prêtées à l'expérience. Certaines, considérées comme de viles sorcières, avaient été sauvagement persécutées par l'Inquisition. Aucune n'avait réussi. Mais elles n'étaient point reines. Elles n'incarnaient pas l'aboutissement du grand œuvre. Dee était convaincu de détenir la clef. Il lui fallait atteindre le sommet, la charge suprême.

Il s'était ainsi rapproché des deux héritières du royaume d'Angleterre. De retour de France, il était entré au service des Dudley, intimes de la famille royale. Le père, John, avait été consacré lord grand amiral par Henri VIII, si bien qu'il fréquentait assidûment les Tudor. Le savant avait aisément pu côtoyer Marie avant même son couronnement, ainsi qu'Élisabeth, alors âgée de dix-huit ans. Marie disparue, Dee reportait désormais tous ses espoirs sur la fille d'Anne Boleyn.

Le savant et la jeune fille avaient beaucoup de points communs. Six ans d'écart d'âge seulement, plusieurs années vécues en marge de la société anglaise – Élisabeth avait longtemps été considérée comme une bâtarde, après l'exécution de sa mère – et, surtout, ils avaient tous deux séjourné dans la même geôle, à quelques mois d'intervalle.

La jeune Élisabeth avait été écrouée pour avoir conspiré contre sa demi-sœur. Les liens noués par les deux anciens captifs allaient bouleverser l'existence de la future reine d'Angleterre et offrir une place privilégiée au mage jusqu'à la fin de ses jours. L'astrologue avait surtout dispensé sa connaissance occulte et révélé son grand secret à la future souveraine. Dès lors, il serait toujours le dévoué serviteur bienvenu à la cour, qu'Élisabeth Ire consulterait à tout bout de champ.

La jeune femme venait d'ailleurs, le matin même, de quérir le savant afin qu'il étudiât les astres. Sa demi-sœur à peine éteinte, elle souhaitait connaître la date idéale pour organiser sa cérémonie d'intronisation.

Le savant plongea de nouveau dans le fragile codex et relut plusieurs passages. Au fil des pages, l'avènement de la grande reine se trouvait décrit à l'aide de formules et de symboles ésotériques qu'il goûtait fort. La souveraine devait offrir un nouveau destin à l'humanité et la débarrasser des affres dans lesquelles le sexe masculin la plongeait sans cesse, à force de guerres, d'obscurantisme et de violence. Comme par le passé, à l'époque de la déesse mère, bien avant les dieux sévères et cruels, l'élue régnerait et accomplirait la grande mue.

Le jeune mage s'était fortement imprégné des préceptes d'Hermès Trismégiste et des néoplatoniciens, tels Hypatie et Synésios. Il souhaitait ardemment contribuer à l'éclosion de la nouvelle humanité.

Les règles de Paracelse, le sel, le soufre et le mercure, pouvaient permettre d'atteindre l'absolu, la perfection de l'âme et du corps qui finiraient par transcender les êtres sexués peuplant la Terre. Cette quête avait sans doute coûté la vie au médecin suisse, malade à force d'inhaler les essences de métaux en fusion qu'il manipulait dans son antre souterrain dans l'espoir d'engendrer la matière ultime, la plus épurée.

Ces conceptions n'étaient point entendues par la plupart des contemporains de John Dee et, comme Paracelse en son temps, il œuvrait en toute discrétion, au fond des caves de sa propriété de Mortlake, sur la rive sud de la Tamise. Il ne doutait pas d'avoir trouvé l'élue qui pourrait accomplir le grand dessein, après l'échec de sa première tentative.

Tandis que Dee ressassait son plan et s'échinait à rendre la défunte présentable, une rumeur s'élevait partout dans la ville.

Des vivats accueillaient le nom de la nouvelle souveraine, et les cloches sonnaient sans répit. L'archevêque d'York, grand chancelier du royaume, venait de faire acclamer le nom d'Élisabeth à la Chambre des communes et avait fait proclamer le nouveau règne aux carrefours de Londres. En ce début de soirée, et malgré le froid glacial qui s'emparait de la ville, les Londoniens ripaillaient dans les rues, beuglant en l'honneur de leur nouveau monarque. La fille de la martyre protestante Anne Boleyn avait toujours joui d'une grande estime populaire, au contraire de la reine sanglante.

La nouvelle souveraine, elle, ne se montrait point. Tous pensaient qu'elle élaborait la composition de son futur conseil privé, dans son palais de Hatfield, niché à six lieues de la cité londonienne, loin des curieux et des impatients.

John Dee avait achevé de prélever les organes de Marie, qu'il avait plongés dans une ample bassine emplie d'eau. Il commençait de fourrer des touffes d'herbes aromatiques dans les entrailles de la défunte, lorsque la porte du boudoir grinça.

— *Leave !* Vous n'avez nul droit d'être ici !

Dee criait, espérant décourager l'opportun qui venait le déranger dans un moment délicat.

— Par le sang du Christ, osez-vous chasser votre reine ?

Le savant tourna le visage, bouche bée et la main suspendue au-dessus du tronc éventré. Il ne rêvait pas. Élisabeth, parée d'un drapé noir pour n'être point reconnue, dénouait son châle, un sourire perfide sur les lèvres.

John Dee se jeta aussitôt à ses genoux.

— *My Queen*, pardonnez-moi, je ne pensais point…

— Relevez-vous, *magus*. Avez-vous consulté les astres ? Que disent-ils ?

John Dee, stupéfait, admira la jeune femme de vingt-cinq ans. Elle paraissait déjà mûre, sans doute transcendée par la responsabilité du pouvoir qui venait de lui échoir. Sa beauté illuminait la pièce plongée dans l'obscurité, où seul un chandelier maintenait un semblant de clarté. Elle était fine, le teint clair, les cheveux d'un blond ardent, le nez renflé, les lèvres minces et le port de tête altier. Son regard perçant témoignait déjà de sa grandeur.

— Je n'ai pu tout calculer, *Majesty*, car j'ai dû m'interrompre pour…

Dee se tourna vers la dépouille éviscérée. Élisabeth s'approcha de la table de dissection improvisée, la mâchoire serrée. Elle contempla les restes une longue minute, sans la moindre émotion. Soudain, elle cracha sur le cadavre.

— *Go to Hell*, *witch !* rugit-elle.

L'astrologue déglutit et songea qu'il devrait manœuvrer avec beaucoup d'habileté pour ne point s'aliéner la nouvelle reine.

— *My Queen*, votre demi-sœur est passée en raison d'un mal dont je dois vous entretenir… J'ai peur que vous couriez, vous aussi, un grand danger.

Élisabeth darda un regard noir sur le mage.

— Quelles sont ces sornettes ?

Dee s'approcha des restes et pointa le bas-ventre.

— Vous souvenez-vous de nos longues conversations ? Des potions que je vous ai concoctées ? Des incantations que nous avons prononcées ?

— *Indeed*, vous m'avez permis de parler avec ma mère dans l'au-delà et vous avez aussi prédit mon couronnement prochain. Avez-vous également empêché cette sanguinaire d'enfanter un héritier ? *God bless you*, John Dee.

— *Not exactly*, *Your Majesty*. C'est plus compliqué. Voyez-vous… lorsque je vous ai enseigné l'Art royal, je vous ai parlé de la naissance du *regulus*, le petit roi, l'enfant du mariage entre l'astre solaire que vous incarnez désormais et la Lune.

— Votre fameuse pierre philosophale…

— En effet, Majesté. Eh bien, cette naissance doit venir de vous, et de vous seule. Par les incantations, les potions, et suivant le calendrier lunaire. Vous serez comme l'Immaculée Conception à laquelle les catholiques croient dur comme fer.

Élisabeth Tudor arrondit deux pupilles sidérées. Son mage était devenu fol, et il faudrait sans doute l'enfermer dans la Tour de Londres avant qu'il trompetât de telles inepties dans toute la cité.

Mais le savant persista dangereusement.

— Vous ne devrez jamais consommer l'acte charnel. Car je pense, *Your Majesty*, que c'est l'origine du feu qui a consumé Marie Ire d'Angleterre. Il ne faut point interférer avec l'opération *chymique*. La semence du mâle est néfaste et crée la monstruosité. Vous concevrez seule. Et resterez pucelle, comme la belle Hypatie dont je vous ai tant parlé. Pour votre survie.

Sur ces derniers mots, Dee fixa volontairement la dépouille évidée. Le message se voulait implacable.

Élisabeth s'assombrit. Elle ne pouvait s'empêcher de croire en ce grand échalas pétri de connaissances surnaturelles, capable de dialoguer avec les esprits et même le divin.

— Si tel doit être, John Dee, tel sera. À la fin, il suffira d'écrire sur ma pierre tombale qu'une reine, ayant régné tant d'années, a vécu et est morte vierge. Tel sera mon destin, je m'y engage devant vous, solennellement.

Et, devant l'astrologue médusé, Élisabeth s'agenouilla et courba l'échine.

Dee porta la main sur la chevelure luxuriante de la souveraine.

— Alors vous vivrez longuement, *my Queen*. Et vous enfanterez l'espèce qui sauvera nos peuples de la haine et de la violence.

Chapitre 16

Vendredi 10 août 2018, Paris

Brunier se versa un nouveau whisky à la lueur de sa lampe de bureau. L'ombre de sa main harponnant le flacon dansait sur les murs de la mansarde. Tout autour régnait l'obscurité. Au-dehors, dans les étroits couloirs, la lumière blafarde des néons scintillait dans le néant. Tout avait disparu. Le déménagement était pratiquement achevé. Ne demeurait plus aucun repère, aucun espoir.

Comme dans sa vie.

— Si les bœufs[1] ont vent de quoi que ce soit, je suis fini. Une merde, bonne à foutre au fond d'un trou.

Face à lui, le visage du capitaine Estelle Chomet se découpait dans la pénombre.

La deuxième du « groupe Brunier » avait géré l'enquête du premier meurtre en l'absence du chef. Elle avait surtout suivi de loin les pérégrinations du policier, dont l'état physique et psychologique l'inquiétait au plus haut point. Elle connaissait toutes ses fêlures et le considérait comme une grenade dégoupillée dont il fallait à chaque instant maintenir fermement le levier de sécurité pour éviter qu'elle ne déflagre.

1. Surnom de l'IGPN, l'inspection générale de la Police nationale, la « police des polices ».

Cette quadra divorcée et pugnace le couvait corps et âme. Mais lui ne semblait nullement mesurer l'importance qu'il avait prise dans sa vie.

— Ne sois pas si dur, Marc. Tu n'y es pour rien. Tu es malade.

Brunier extirpa deux boîtes de ses poches et les balança sur le bureau.

— Du Valium. Comme les frappadingues qui voient des monstres, ou les alcoolos en *delirium tremens*. Voilà à quoi j'en suis réduit, Estelle. Je vaux plus un clou. J'ai même plus les couilles de faire face à mes responsabilités.

Le Quai des Orfèvres était désert. Au cœur de l'été, en plein milieu de la nuit, tandis que le poulailler avait presque entièrement ripé dans le building des Batignolles, seules les souris hantaient la maison. Brunier et son adjointe s'étaient réfugiés dans leur bureau de groupe, l'un des deux derniers encore occupés, avec la certitude de n'être dérangés par rien ni personne. Ils pouvaient parler en toute quiétude.

— Qu'est-ce que t'as fait ensuite ?

— J'ai accepté leur deal. Je ne sais pas comment, je devais être encore dans le coltard.

— Et la divisionnaire de la police scientifique, qu'est-ce qu'elle vient faire là-dedans ?

— Gagnière ? Je ne sais pas comment elles ont réussi à la convaincre. C'est tellement… dingue.

Estelle Chomet se leva brusquement. Elle tournait en rond, indisposant Brunier qui tanguait déjà avec ses deux grammes d'alcool dans le sang. L'officier saisit l'une des boîtes de Valium et goba un comprimé bleu avec une rasade de pur malt.

« Surtout pas d'alcool avec les benzos, avait insisté Émilie. Vous risquez un accident cardio-respiratoire. » Tant mieux, pensa-t-il, comme ça j'en finirai une bonne fois pour toutes.

— Tu peux pas arrêter de gigoter ? Tu me files la gerbe.

— OK, mais alors dis-moi, cette Gagnière, t'aurais pas couché avec ? Ça expliquerait pas mal de choses.

Brunier demeura bouche bée. Son bras droit lui faisait une scène. À trois heures du mat. Un incendie ravageait sa vie et Chomet lui reprochait d'avoir mal revissé le bouchon du dentifrice.

Tout avait déraillé trois jours plus tôt.

Au lendemain de l'attaque des robes noires, les deux sœurs avaient échafaudé un plan. Au réveil de l'officier, abasourdi par les événements qu'il avait inconsciemment ruminés pendant sa longue traversée embrumée, elles avaient exposé leur scénario. Ils tenaient conciliabule dans une piaule de Romagnat, au sud de Clermont-Ferrand, où l'amie d'Émilie les avait hébergés au pied levé.

— On a tout arrangé, avait lancé Marie.

— Arrangé quoi ?

Le commandant de police, encore faible et la bouche pâteuse, aurait pu siphonner un château d'eau pour étancher sa soif.

— Voilà ce que vous allez dire, lança Émilie d'un ton sec. Vous étiez au volant, en plein orage. Les agresseurs vous ont percutés. Ils ont débarqué avec la barre à mine. Ils ont défoncé le pare-brise. Vous avez tiré. Ils sont partis avec un blessé, ou un mort. Vous les avez poursuivis quelques kilomètres, mais vu l'état de la Mégane vous avez vite renoncé et vous avez appelé la PTS pour faire les relevés.

— La PTS pour faire les relevés ? s'étrangla Brunier.

— Oui, la commissaire Laure Gagnière à Écully, précisa Marie. Elle a dépêché son équipe de perm sur place. Comme l'attaque était liée à l'affaire du temple de Mercure, et que c'est vous qui dirigez maintenant l'enquête, il était logique que vous l'appeliez, sans passer par le SRIJ de Clermont.

Marc Brunier se leva d'un bloc, fulminant.

— Mais elle pouvait pas se saisir toute seule ! Elle avait besoin d'une réquise du Parquet ! Qu'est-ce que vous racontez ? Ça tient pas debout une seconde, votre histoire !

Il existe des lois dans ce pays. Le code de procédure pénale, vous connaissez ? C'est n'importe quoi !

Émilie se leva à son tour et vint tout près du policier, comme pour s'assurer qu'il ne s'effondrerait pas. Il présumait encore de ses forces.

— Calmez-vous, commandant. Laure a téléphoné en votre nom au substitut de permanence, expliquant que vous étiez HS et que vous aviez besoin de récupérer. D'ailleurs, croyez-moi, vous avez tous les stigmates du type qui a ramassé. Comment vous sentez-vous ? Votre langue n'est pas trop douloureuse ?

Marc Brunier transpirait et respirait fort, le souffle court. Son pouls dépassait les cent pulsations-minute.

— La commissaire Gagnière a visiblement été très convaincante, renchérit Marie. Du coup, Écully est intervenu pour les relevés, et c'est la police de Clermont qui est venue faire les constatations. Ils m'ont interrogée. J'ai un peu menti sur les horaires, ça faisait plus réaliste. J'ai dit que l'attaque avait eu lieu vers vingt-deux heures. Ensuite, j'ai dit toute la vérité, sauf que j'ai inversé les rôles. On a déplacé les douilles côté conducteur et récupéré votre revolver, donc tout était cohérent. C'est vous qui avez tiré.

— Et le généraliste ? Dès qu'il sera interrogé, ce sera mort pour votre histoire à dormir debout ! Si ce n'est déjà fait.

Émilie fit volte-face et gagna la fenêtre en alu qui donnait sur la rue du Maréchal-Foch. Elle contempla le bal des passants aux portes des commerces.

— Il n'y a jamais eu de généraliste, asséna-t-elle sur un ton glacial. Personne ne connaît cet épisode. Et il ne dira rien. J'ai obtenu sa promesse absolue, sous couvert du secret médical.

Brunier s'affala sur le lit, la mine déconfite. Cette gamine planait complètement. Comment pouvait-elle croire une seconde qu'un témoin aussi crucial conserverait un tel secret *ad vitam* ?

— Ça marchera pas. Vous avez voulu m'aider, mais ça ne tiendra pas. Je suis dans la merde.

L'officier ne s'en remettait pas. Elles avaient tout manigancé pour le blanchir. Son destin reposait maintenant entre les mains de deux gamines inconscientes, d'une flic dont il ignorait tout depuis vingt ans et d'un toubib qui pouvait baver à tout instant. Si l'un d'eux crachait le morceau, c'était fini.

— Si vous faites exactement ce qu'on vous dit, il n'y a aucune raison que ça ne tienne pas. Vous avez tiré. Vous les avez pourchassés. Vous avez un peu dégusté et vous avez passé la main à Laure Gagnière. Point. Vous refaites surface et vous racontez exactement cette histoire.

Le commandant se projeta mentalement dans la scène. Il voulait croire en cette version. Il avait assuré. Il avait tiré. Il avait sauvé Marie des griffes de ces ordures. Et puis il brûlait de poursuivre l'enquête. Au fond, il n'avait pas le choix. Au bout de cinq minutes de réflexion, il accepta cet improbable arrangement.

Marie était folle de joie. À l'autre bout de la pièce, Émilie demeurait de marbre, continuant d'observer l'implacable marche du monde.

C'est alors que Brunier eut l'étrange impression de pactiser avec le diable. Un Faust de pacotille qui damnait son âme pour prolonger sa vie de flicard. Sans ce job, plus rien n'avait de sens.

Mais quelle marge de manœuvre lui restait-il désormais ? Il se sentait pieds et poings liés avec Marie, dont l'ADN coïncidait avec celui des macchabées. L'officier avait déjà du mal à digérer l'idée que les deux victimes fussent jumelles ; mais que penser du cas de Marie ? Pouvait-elle réellement être aussi leur jumelle – et donc faire partie d'un lot de triplées ? Et dans ce cas, pouvait-elle l'ignorer ? Au fond, que savait-elle vraiment ? N'était-elle qu'une victime, comme les autres ? Ou bien avait-elle joué un rôle dans ces boucheries ? Pourquoi se trouvait-elle toujours si près des cadavres ? Cette question ne cessait de le tarauder : qui était-elle vraiment ? Ange protecteur ou démon manipulateur ?

Brunier s'interrogeait même sur l'attaque. Ces robes noires avaient-elles seulement existé ? Au fond, il n'avait rien vu. Une mise en scène pouvait très bien faire illusion et laisser croire que Marie n'était qu'une innocente victime. Le problème, c'est que la crise d'épilepsie suivie du *black-out* le rendait redevable. Il ne pouvait plus rien contre elle.

Le policier brassait sans cesse les pièces du puzzle et ne savait plus à quel saint se vouer. Il se posait également de nombreuses questions sur la sœur de Marie. Leur ressemblance le subjuguait. Leurs personnalités contrastées aussi. L'une semblait le négatif de l'autre. Les deux faces d'une même médaille.

Dès qu'il était revenu au 36, Chomet avait perçu son malaise. Il pouvait se cacher de ses hommes, mais pas d'Estelle.

Cette nuit-là, trois jours plus tard, il avait décidé de tout déballer. Ils seraient désormais six dans la confidence. Contrairement aux autres protagonistes, il se fiait aveuglément à son adjointe. Elle l'admirait, et sans doute beaucoup plus.

— Je n'ai jamais couché avec Gagnière, tu délires ! On s'était pas vus depuis vingt piges au moins ! C'est Marie qui lui a téléphoné. C'est son maître de stage, après tout. Et comme ça fait des années qu'elle est plus sur le terrain, Gagnière a dû sentir le frisson de l'action, la dose d'adrénaline du chef d'enquête qui dérouille.

— Elle l'a appelée en pleine nuit ? Tu ne trouves pas bizarre qu'elle ait son numéro de portable ? Le portable de la divisionnaire, la *big boss*, pour une stagiaire débarquée depuis deux jours ?

Le commandant haussa les sourcils. Il n'avait certainement pas réfléchi à ce genre de détails. Chomette n'était pas son bras droit pour rien. Elle avait ce sixième sens tout féminin qui l'embarquait dans les anfractuosités d'une affaire, là où Brunier et les autres poilus tiraient droit.

— En attendant, Gagnière a grave assuré. Ses gars ont relevé de belles traces de pas et de pneus dans la boue, d'autant qu'il a cessé de flotter peu de temps après l'agression. La barre à mine aussi a été ramassée dans l'herbe, en retrait. Et puis comme les robes noires ont fracassé la voiture, ils l'ont touchée. Du coup l'IJ va passer la Mégane en cabine cyano[1]. On sait jamais, y aura peut-être des empreintes exploitables. Et puis le SRPJ de Clermont et la gendarmerie se sont coordonnés pour mettre en place des barrages, et maintenant ils remuent ciel et terre pour débusquer un 4 × 4 BM avec l'avant embouti ou fraîchement réparé. Ils passent les carrosseries au peigne fin.

Brunier se tut. Il hésita, puis farfouilla dans sa poche intérieure.

— On a aussi retrouvé ça.

L'officier exhiba une pochette en plastique contenant un crucifix argenté de la taille d'un ongle. Il était coiffé d'un minuscule anneau, comme le chas d'une aiguille.

— L'un des assaillants l'aura perdu dans la confusion, quand ils ont récupéré l'enflure sur qui Marie a tiré. Alors on se résume : des robes noires ; des dieux de l'Antiquité ; des tortures dignes de l'Inquisition ; un crucifix. On tient quelque chose, Estelle. Une piste sérieuse. Il va falloir se colleter l'autre grande muette, l'Église. Ils ont couvert des pédophiles pendant des années, voire des siècles. Je les crois capables de tout.

Brunier ressassait les remarques de Laure Gagnière lors de leurs retrouvailles à Écully. « Nous parlons de dieux. De temples. Et de créatures vêtues de robes noires. Sur la vidéo et dans le métro. Comme les moines et les prêtres. » Depuis, les événements ne cessaient d'accréditer cette intuition. L'officier s'était longtemps refusé à « crever » cette piste, pour ne pas saborder cette dernière bouée. Il voulait croire. Transcender l'ignominie terrestre. Malgré cette volonté sincère, il

1. Cabine hermétique de la police scientifique permettant d'examiner l'intégralité d'un véhicule (intérieur et extérieur) par fumigation de colle cyanoacrylate. Une fois déposé, le produit révèle les éventuelles empreintes digitales.

s'enlisait depuis quelques semaines dans les pages les plus sombres de la Bible. Le déluge. Satan. L'Antéchrist.

Estelle Chomet examina la petite croix sertie d'un Jésus miniature. Elle soupesa l'objet sous le halo de la lampe. Il étincelait.

— C'est un bijou, à mon avis. Vu sa taille, il était accroché à une chaîne de poignet ou, plus certainement, une chaîne de cheville.

Brunier écarquilla les yeux.

— Un bijou ? À la cheville ?

— Ouais et, à moins d'une nonne sexy, je ne vois pas trop un cureton se balader avec ça.

— T'as l'air de t'y connaître en babioles d'allumeuses, sourit Brunier.

Chomet piqua un fard, comme une débutante. Elle croisa les jambes et détourna le regard pour faire baisser la pression.

— Je me goure peut-être. Il faut retrouver l'origine de ce truc. Mais mon intuition me dit que cette affaire pue le curaillon. Une organisation bien huilée comme sait en abriter l'Église.

La jeune femme ne pouvait envisager des religieux capables d'opérations commando, encore moins dotés de moyens de surveillance ou de filature, tellement étrangers à leur univers.

— Comment ont-ils su que Marie était à Clermont-Ferrand ? insista-t-elle. Ils l'ont suivie depuis Paris ? Et de Lyon jusqu'au Massif central ? Tu t'en serais rendu compte sur la route entre Écully et Clermont.

Les joues de Brunier roussirent à leur tour. Il n'avait rien remarqué, et pour cause : il avait roupillé comme un bébé.

— Sincèrement, Marc, tu vois vraiment des ratichons en goguette partir sur le sentier de la guerre ? Rouler en BM ? Torturer des gamines, les écarteler ? Ça tient pas. Et puis nous, pendant que tu batifolais dans le Massif central, on a creusé d'autres pistes.

— Ouais, mais là je suis claqué. Tu me diras demain. Je tombe de sommeil. Je suis sûr que c'est à cause de ces saloperies de médocs.

Estelle Chomet sourit et se leva.

— Oui, c'est sûrement pas parce qu'il est quatre heures du mat et encore moins parce que tu as sifflé une bouteille de whisky.

Chapitre 17

19 septembre 1565, minuit, Mortlake

L'aura de la lune marbrait la Tamise, tandis que la caresse des rames semait une onde silencieuse à la surface du fleuve.

Les silhouettes noires se confondaient avec la nuit et semblaient naviguer depuis les ténèbres. Nul ne pouvait discerner leurs traits dissimulés sous d'amples capuches.

Lettice, la plus hardie, sauta sur la berge, puis tira la longe pour l'amarrer solidement. Rose bondit à son tour et tendit une main gantée à la troisième robe, encapuchonnée jusqu'au menton.

Accompagnée de deux de ses suivantes, Élisabeth Ire avait caboté depuis son palais de Hampton Court jusqu'à la demeure de John Dee, campée dans une commissure du fleuve, trois lieues plus au nord.

Elle rendait parfois visite à son éminent conseiller, la nuit venue. Nul ne devant l'apprendre, la souveraine se risquait sur les eaux troubles de la Tamise pour n'être aperçue de quiconque. L'heure de son voyage, fût-il bref, se trouvait dictée par les astres. Dee ne l'autorisait à le rejoindre que lorsqu'il était certain que la reine n'encourait aucun danger.

Cette nuit-là, pourtant, une redoutable expérience l'attendait.

Pour l'occasion, Dee avait réuni un parterre d'exception, des initiés de longue date, mus par la même ambition.

Les bougies se consumaient depuis trois heures, si bien que la cire recouvrait les chandeliers d'épais bourrelets incandescents, comme autant d'infimes volcans en éruption. Les flammes dansaient le long de l'étroit escalier qui menait au sous-sol. La troupe transhumait en silence, encadrant Élisabeth parée de sa robe noire.

Au bout de trente marches, des relents âcres saturaient l'atmosphère. Des odeurs de métaux fondus se mêlaient aux fragrances d'herbes séchées. Le sol était de terre battue tandis que les murs de briques rouges, dépouillés, ne supportaient que quatre torchères. L'espace confiné abritait une table longue d'une toise, un pupitre couvert d'un épais manuscrit, un panier en osier et, tout au fond, une sorte de fourneau arrondi, ceint d'étagères débordant de récipients allongés, évasés, ronds ou oblongs. La plupart étaient de verre et contenaient liquides et poudres aux couleurs de l'arc-en-ciel.

Dee et ses comparses avaient travaillé tout le jour, dans la pénombre du sous-sol, à la transmutation de divers métaux.

Aucun ne croyait en la pierre philosophale matérielle, capable de transformer le plomb en or. Ce n'étaient que sottes *utopies*, pour reprendre le terme inventé par le brillant Thomas More, ancien chancelier du roi Henri VIII, décapité trente années plus tôt pour avoir désapprouvé le divorce entre le monarque et Catherine d'Aragon. Derrière cette idée purement symbolique se nichait le véritable dessein, spirituel. Celui qui permettrait de donner vie à la quintessence de l'humanité. L'homme, ou plutôt la femme transfigurée.

Malgré l'exiguïté de cet étrange repaire souterrain, une vingtaine d'initiés, massés contre les murs, attendaient d'assister à la cérémonie. Deux hommes d'âge mûr se tenaient en avant, tout près de John Dee. Le plus âgé lui ressemblait beaucoup et affichait l'apparence d'un barbon de l'Université, lesté d'une longue barbe blanche et d'une morne coiffe.

Le second, plus petit et mieux fait, paré d'une barbiche en pointe et d'une fine moustache, rappelait en tout point feu le roi François Ier. Même son accoutrement évoquait l'illustre Valois, avec ses culottes nouées sous le genou et son pourpoint bariolé surmonté d'une fraise bouffante. L'un et l'autre avaient traversé la Manche pour l'occasion.

— *My Queen,* je vous présente le grand Michel de Nostredame, dit Nostradamus, qui enseigne l'Art royal, la science des plantes et la divination dans le royaume de France. Ses prédictions sont célèbres et il me vient parfois en aide pour confirmer ce que disent les astres.

Le vieil homme, entièrement vêtu de noir, à l'exception d'un col blanc escamoté par son épaisse barbe chenue, se prosterna maladroitement.

— Et voici le chirurgien du roy de France, maître Ambroise Paré.

Le gentilhomme à la mode exécuta sa révérence avec grâce.

La reine, qui parlait six langues et goûtait particulièrement le français, s'exprima dans leur idiome.

— Vous me faites grand honneur, messieurs. Vous, Nostredame, n'aviez-vous point prédit la mort cruelle et violente de vostre bon roy Henri II, il y a six années ?

— Majesté, je le confesse. Deux années avant la tragédie, j'avais en effet pressenti qu'un chevalier percerait l'œil du souverain jusqu'au fond du crâne avec sa lance, à l'occasion d'une innocente joute hippique.

— « Le lyon ieune le vieux surmontera, En champ bellique par singulier duelle, Dans cage d'or les yeux luy creuera, Deux classes vne, puis mourir, mort cruelle. »

Élisabeth venait de réciter la prophétie de Nostradamus. Le vieillard en demeura bouche bée. Dee l'avait pourtant prévenu que la reine était fort brillante, polyglotte, passionnée par les Anciens qu'elle lisait dans le texte, tout autant qu'enflammée par la prose érudite de ses contemporains. Les écrits licites comme hermétiques n'avaient aucun secret pour elle.

Dee lui avait même montré LE livre. Elle avait pu en déchiffrer de larges pans, transportée par la sagesse et le grand projet qui l'animait d'un bout à l'autre. Tous, depuis Hypatie jusqu'à Paracelse, et même Dee qui s'était lui aussi répandu dans les dernières pages, avaient contribué à la quête et réalisé de grands progrès, grâce à nombre d'expériences. Le plus souvent secrètes, au fond des caves, au cœur des forêts, dans le secret de foyers reculés.

Ils touchaient au but. Tous ici en étaient convaincus et venaient assister à la consécration.

Plusieurs femmes se tenaient en retrait. Elles formaient une partie de la communauté forgée au fil des années et qui se transmettait le flambeau de mère en fille. La plupart descendaient de victimes d'atroces persécutions perpétrées par la Sainte Inquisition. Certaines avaient hérité du caractère trempé et belliqueux de leurs ascendantes, qui n'avaient pas hésité à prendre les armes pour braver la cruauté des hommes. Elles étaient surnommées les « Amazones ».

Trois d'entre elles figuraient dans l'assemblée, aisément identifiables à leur tunique blanche échancrée qui laissait entrevoir leur poitrine. Tous pouvaient ainsi distinguer leur sein droit mutilé. Cette amputation cuisante témoignait de leur grand courage et de leur résistance à la douleur. Rien ne les arrêtait. Dans les moments les plus difficiles, elles se plaçaient en première ligne pour protéger le secret, ainsi que le livre.

— Et vous, reprit la reine en s'adressant au Français le plus galant, comme chirurgien, n'avez-vous point justement tenté de sauver ce pauvre Henri II lorsqu'il fut meurtri par la lance du chevalier ?

— Si fait, Votre Majesté. J'ai tenté, dix jours durant, de trouver le moyen de sauver le roy de son abominable blessure, qui avait ravagé sa cervelle.

Ambroise Paré avait répondu la tête baissée, avec le plus grand respect.

— Est-il également vrai, insista Élisabeth, que vous avez occis vingt détenus pour tenter de trouver un remède ?

Le barbier-chirurgien royal haussa les sourcils, tout à sa surprise.

— Je… Eh bien oui, Votre Majesté… J'ignorais que vous connussiez ce détail. J'ai en effet moi-même enfoncé des lances dans le crâne de vingt condamnés afin d'étudier le mal qui étreignait le roy agonisant. Je voulais comprendre l'action sur la cervelle et en tirer la recette qui pourrait le sauver. Cependant… j'ai échoué.

— Je vois que vous ne reculez devant rien pour parvenir à vos fins, maître Paré. Cela me rassure, en réalité. Je crois en votre ténacité, enrichie par la science de John Dee et la clairvoyance de Nostredame, pour me faire engrosser de la nouvelle engeance.

Ambroise Paré accomplit une nouvelle révérence et recula de trois pas.

— *My Queen*, intervint Dee, nous avons longuement calculé et sommes tombés d'accord : les astres sont bien alignés. Et maître Nostredame a été pénétré d'une vision. Il faut agir cette nuit. Ce sera probablement la dernière occasion, *Your Most Graceful Majesty*, avant que votre ventre ne devienne sec.

Au même instant, Dee esquissa un geste pour inviter la reine à entamer la cérémonie.

Élisabeth hésita. Elle demeurait vierge, conformément à l'engagement pris six années plus tôt, et se privait de tout délice de chair. Lorsque ses conseillers la pressaient de prendre un époux, elle répondait imperturbablement : « J'aurais l'impression qu'on m'arrache le cœur du ventre », ne laissant jamais aucun doute sur ses intentions. L'espoir d'enfanter un héritier s'amenuisait de jour en jour, suscitant une grande angoisse dans le peuple d'Angleterre. Sans enfant, la reine devrait probablement céder le trône à Marie Stuart, sa cousine, plus jeune et jolie qu'elle, ce qu'Élisabeth ne pouvait souffrir. Surtout, la reine d'Écosse était catholique et avait menacé de détruire l'Église anglicane pour renouer avec Rome, ce que nul ne souhaitait.

Élisabeth Tudor avait accepté sans trop d'effort de rester pucelle, mais elle souhaitait tout de même un héritier, ou plutôt une héritière pour la couronne d'Angleterre. Un être parfait, dont la longévité exceptionnelle et les qualités surhumaines garantiraient la paix et la prospérité du royaume, tout en maintenant les catholiques éloignés du pouvoir.

Élisabeth ruminait ces sentiments contrastés et ne pouvait se résoudre à franchir le pas.

— Sieur Ambroise Paré, interrogea-t-elle en français, n'avez-vous point échoué dans votre entreprise avec Catherine de Médicis ?

La question stupéfia le barbier-chirurgien, qui lança des regards désespérés vers Nostradamus et John Dee. Comment savait-elle ? Nul n'aurait dû connaître l'affaire. Dee avait-il aussi révélé cet arcane ?

John Dee détourna le regard. Il avait tout avoué, pour plaire à sa reine. Il avait, en cela, semé le trouble et la confusion dans l'esprit de la souveraine. Tout pouvait échouer par sa faute.

— Cessez de grimacer ! cingla Élisabeth. Je sais pour les jumelles.

L'affaire remontait à dix années et avait bien failli emporter la reine de France, épouse d'Henri II jusqu'à sa joute fatale. Catherine de Médicis avait déjà enfanté à huit reprises et donné deux souverains à la couronne de France, dont l'actuel roi Charles IX. D'autres fils, sans doute, seraient appelés à régner. Son pouvoir et son influence paraissaient sans limites et représentaient une menace pour Élisabeth Ire. Son comportement ambigu avec les protestants pouvait à tout moment porter le conflit entre les deux nations. Par le passé, tant de guerres avaient déjà ravagé les deux pays, même si le traité du Cateau-Cambrésis assurait une paix précaire entre les deux royaumes depuis six années. Catherine de Médicis se méfiait de la reine anglaise et ambitionnait de lui donner l'un de ses fils en mariage, François, duc d'Alençon, pour sceller une plus franche amitié.

Dans l'ombre, les deux femmes menaient cependant le même combat pour une espèce nouvelle, qui naîtrait des entrailles d'une reine. Dès 1555, Catherine s'était prêtée au cérémonial que s'apprêtait à subir Élisabeth. À l'époque, Ambroise Paré et Nostradamus se trouvaient à la manœuvre.

Sans que nul ne sût vraiment si l'engeance était née de la semence cosmique ou bien de celle du roi Henri II, la prédiction s'était réalisée. Comme le prophétisait le livre, deux filles grossirent dans le ventre royal, des jumelles en tout point identiques. Malheureusement, au moment de délivrer les deux perles parfaites, un drame se produisit.

Catherine de Médicis arborait un ventre énorme et suait sang et eau sur le lit royal, dans sa chambre du château de Saint-Germain-en-Laye, dont les travaux pharaoniques venaient tout juste de s'achever.

Victoire naquit la première, mais tarda à pleurer. Finalement, elle gémit et fut aussitôt emmaillotée. Cependant la seconde ne voulait point sortir. Ambroise Paré et les médecins de la cour s'affolèrent, car la reine commençait de bleuir et haletait anormalement. Le nourrisson oppressait sa mère et la mettait en grand péril.

Ambroise Paré décida d'agir pour épargner la souveraine. Il plongea le bras dans le vagin jusqu'à l'utérus, puis dégagea d'abord le placenta, avant d'atteindre l'enfançon. Au milieu des hurlements de la reine et des spasmes de ses suivantes, avec la violence et la cruauté qui le consumaient dans les moments graves, il démembra le nourrisson. Il extirpa une jambe, puis l'autre, avant d'extraire les bras horriblement sectionnés. Enfin il retira le tronc, puis la tête sauvagement estropiée.

La vision d'horreur provoqua une vague de syncopes, toutes les dames s'étourdirent et s'effondrèrent sur le plancher.

Malgré le dénouement tragique, Henri II, informé du désastre, décida qu'il fallait baptiser la mort-née, bien que dépecée. Elle fut nommée Jeanne de France. Sa jumelle, Victoire, ne devait point vivre longtemps. Deux mois plus tard, le 24 août, elle expira à son tour.

Le traumatisme marqua tant la souveraine qu'elle décida de ne plus jamais enfanter.

Ambroise Paré et Nostradamus furent exclus de la cour durant trois mois. Catherine de Médicis ne voulut plus jamais entendre parler du livre, ni du grand œuvre. Elle laissait cela à d'autres reines.

Après cet épisode traumatique, les membres de la société secrète avaient reporté tous leurs espoirs sur les héritières du trône d'Angleterre. Marie la sanglante avait échoué et péri dans d'atroces souffrances. Tous finirent par conclure que l'expérience n'aboutirait qu'avec une reine vierge de toute semence masculine.

— *Your Majesty, you MUST proceed*, lança Dee avec fermeté. C'est votre dernière chance. Pensez aux souveraines jumelles qui sortiront de votre flanc et au rayonnement planétaire qu'elles offriront à la couronne d'Angleterre. Avec toutes celles qui pourront prendre exemple sur vous, et toutes leurs engeances, elles formeront l'escadron qui assurera la paix éternelle sur Terre. *Like Heaven, Your Grace.* Comme le paradis céleste. Elles seront à l'image des déesses de l'Olympe, et d'Hypatie qui vous observe du très haut.

Élisabeth parut hésiter encore un instant, puis se dévêtit sans pudeur aucune.

Le choc fut terrible. Elle n'avait que trente-deux ans, mais en paraissait cinquante. La variole, qui l'avait éreintée trois ans plus tôt, l'avait criblée de pustules muées en cratères qui grêlaient tout son corps. Son visage se trouvait miraculeusement épargné, mais la jeune femme en avait perdu sa sublime chevelure.

Une fois étendue dans le plus simple appareil sur la longue table de gibier, Élisabeth retira sa perruque et dévoila son cuir tout lisse.

Dès que la reine ouvrait la bouche, une autre vision d'effroi s'offrait aux hôtes. Ses dents cariées s'étalaient en ordre dispersé. Elle ne possédait plus qu'une vingtaine de chicots, dessinant un sourire hideux. Son haleine accompagnait ce triste spectacle et ne faisait qu'aggraver les âpres exhalaisons de l'*athanor*, le fourneau cosmique qui trônait au fond de l'antre.

Élisabeth, entre autres excès, avait abusé de sucreries, si bien que sa denture en avait rapidement pâti.

Son hygiène de vie déplorable, à l'image de celle de ses courtisans, la rendait bien souvent malade. Intoxications alimentaires, fièvres, abcès, céphalées, boutons de fièvre, bronchites, rhumatismes : rien ne l'épargnait. Elle semblait comme une ruine au crépuscule de son existence.

Dee l'avait souvent sermonnée, mais rien n'y faisait. Chaque été, la cour partait sur les routes, comme une troupe de saltimbanques, et multipliait les orgies dans les châteaux cossus de la campagne anglaise, abusant de bonne chère et de fêtes somptueuses. Élisabeth jouait du virginal[1] et dansait la gaillarde, dans une atmosphère aussi fiévreuse que fétide. Car partout les nobles urinaient dans les encoignures, déféquaient derrière les meubles lorsque les chaises percées venaient à manquer, et jetaient moult restes aux chiens qui vivaient au milieu. Ces habitudes attisaient la vermine qui pullulait entre les lames des planchers et hâtaient les épidémies.

Dee et les médecins de la cour avaient beau dire, ils n'étaient point écoutés. La reine jouait avec sa vie, quitte à mettre en péril le grand œuvre. C'était cela, bien plus que le destin du royaume d'Angleterre, qui inquiétait foncièrement le grand mage.

Mais, en cette nuit profonde, dans le silence inquiétant du souterrain, Élisabeth Ire acceptait enfin de courir le risque insensé de procréer les êtres sublimés.

---

1. Instrument à clavier et à cordes pincées, de la même famille que le clavecin et l'épinette.

Ses deux suivantes se dévêtirent à leur tour, dévoilant leurs formes girondes et leurs chairs fermes. Elles prirent place de part et d'autre de la table. Ambroise Paré ouvrit alors le panier qui reposait contre le mur et plongea la main à l'intérieur. Soudain, il brandit une vipère en la maintenant fermement par le col, afin d'éviter toute morsure. Puis, de sa main libre, il en retira une seconde. Elles semblaient engourdies, peu enclines à fondre sur le premier ennemi venu. Les effluves toxiques avaient dû les étourdir. Le chirurgien-barbier tendit un premier basilic à la jeune Lettice, la plus gracieuse, avec ses deux seins moulés comme dans une louche de crémier. Le serpent s'enroula autour de son bras gauche.

Puis maître Paré fit glisser le second reptile autour du cou de Rose, dont les hanches généreuses laissaient présager de nombreux enfants.

Les serpents sinuaient maintenant le long des membres des deux jeunes filles avec plus d'énergie. Ils semblaient reprendre vie.

John Dee se pencha sur le grand manuscrit qui reposait sur le pupitre de chêne. Puis il commença la lecture, tandis que Nostradamus et Ambroise Paré répandaient diverses poudres sur le corps d'Élisabeth.

— Pour toi, rien n'est impossible. Considère-toi comme immortelle et capable de tout comprendre : tous les arts, toute la science, l'âme de tout être vivant. *Mount to the highest heigths and descend to the lowest depths.* Grimpe aux plus hauts sommets et dévale les plus profondes vallées. Éprouve toutes les sensations de la création. Sois le feu et l'eau, la sécheresse et la moisissure. Imagine que tu te trouves partout dans le même instant – sur terre, dans les océans, dans le ciel. Imagine que tu n'es pas encore née, que tu es jeune et âgée, que tu es défunte et même au-delà de la mort.

À cet instant, les serpents, comme ensorcelés par la prose hermétique du manuscrit HYV, mordirent simultanément les jeunes filles. Lettice fut percée dans le cou, tandis que

Rose fut piquée dans le sein droit. Les suivantes, elles-mêmes possédées par les incantations du mage anglais, ne bruirent que d'un murmure.

— L'homme fut autrefois l'égal de Dieu, et non seulement conçu à son image. Bientôt, grâce à l'expérience gnostique, l'empreinte de l'Univers gravera ton esprit et te permettra d'embrasser le Tout. Il sera à la fois en dedans et au-dehors. Tu donneras vie au troisième sexe, qui supplantera l'humanité et pacifiera la Terre mère.

Dee s'empara d'une grande feuille de papier estampée d'un étrange symbole, qu'il éleva au-dessus d'Élisabeth. La souveraine était en transe depuis plusieurs minutes déjà.

— La *Monas hieroglyphica* m'a été insufflée par l'esprit du grand Démocrite, dans un songe extatique, il y a des années. Depuis, je poursuis la quête entamée voilà près de deux mille ans.

À cet instant, la belle Lettice s'effondra. Le venin de la vipère, pourtant peu virulent, avait pénétré directement le système sanguin par l'artère carotide, puis entraîné un œdème. Ambroise Paré se précipita, mais Nostradamus le retint fermement par le bras. Si la jeune femme devait mourir, c'est que son sacrifice était nécessaire à la bonne réalisation du protocole. Cette nuit, rien n'advenait par hasard. Les esprits de tous les sages, de Démocrite à Hypatie, Synésios, le Pogge, Ficino, Léonard, Paracelse, se trouvaient massés dans l'étroit souterrain pour veiller sur le rite.

— Regarde ce symbole, Élisabeth ! reprit Dee en haussant la voix. Le croissant est la Lune, le cercle et son point central forment le Soleil, la croix figure les quatre éléments fondamentaux – l'eau, la terre, l'air et le feu. Mercure est aussi présent, c'est le croissant plus le cercle plus la croix. Souviens-toi que le mercure est le métal de la transcendance, de la vie suprême. Regarde le cercle et la croix, ils figurent la féminité, et le point, sa virginité. Une femme non déflorée, qui enfantera la perfection. L'âme du monde est représentée par l'ensemble du glyphe. Regarde-le bien ! Grâce à lui, tu t'approprieras les pouvoirs divins !

L'astrologue avait à présent les yeux injectés de sang, à la fois possédé par sa mission et irrité par les fumeroles qui s'échappaient encore du fourneau mal ventilé. L'atmosphère devenait irrespirable, d'autant que la vingtaine d'hôtes avaient inhalé le peu d'oxygène en suspension. Plusieurs participants défaillirent. Rose, prise de nausées après la piqûre de l'aspic, se sentit mal à son tour. Bientôt, toute l'assemblée suffoquait.

Élisabeth haletait et suait de tout son corps.

Ambroise Paré se rua dans l'escalier et ouvrit grand la porte, tandis que Nostradamus invitait les convives à regagner la surface.

Dee, inquiet de l'état de la reine, agitait des feuilles au-dessus de son visage pour l'éventer.

La cérémonie s'acheva piteusement, sans que personne ne sût vraiment si l'âme des divinités anciennes, encouragée par les esprits censés planer au-dessus de la souveraine, était parvenue à l'engrosser. Les effluves de mercure, élément central de toute la quête, avaient inondé l'esprit d'Élisabeth et semblaient la contaminer comme un poison au lieu de la transcender.

Face au désastre, John Dee jeta un voile sur la monarque et la porta dans ses bras jusqu'au rez-de-chaussée.

Il faudrait patienter plusieurs semaines pour découvrir si Élisabeth Ire d'Angleterre, malgré cette issue calamiteuse, avait été inséminée par les esprits.

Chapitre 18

Vendredi 10 août 2018, 10 h 45, Paris

La lumière crue de l'été s'infiltrait entre les lames des persiennes et mouchetait le parquet de chêne. La pénombre qui régnait tout autour rappelait l'atmosphère d'une maison de campagne à l'heure de la sieste. La chaleur étouffante la situait dans le Sud, dans le Luberon ou même en Toscane. Les moulures, les tableaux, les livres anciens et les meubles marquetés renvoyaient au XIXe siècle.

Tout semblait hors du temps et de l'espace.

Marie jeta son trousseau de clefs sur le guéridon et claqua la porte.

Elle avait finalement interrompu son stage et regagné Paris, après le traumatisme vécu dans le Massif central. Elle se sentait menacée et beaucoup plus vulnérable dans une région méconnue que dans la capitale, auprès de tous ses repères.

Elle avait surtout décidé de passer à l'action. Cette fois, elle mènerait sa propre enquête. Ce qu'elle avait pressenti et redouté était devenu une réalité dramatique. Elle était la proie des tueurs. Mais étrangement, au lieu d'en être terrifiée et tétanisée, elle avait éprouvé une forme de combativité inattendue. Dès les premières heures, la nécessité d'aider le commandant Brunier l'avait mobilisée en mode *warrior.* Ces sinistres robes noires ne l'atteindraient pas.

Sa sœur avait finalement regagné Bordeaux, mais seulement après que Brunier eut imposé à Marie une protection policière vingt-quatre heures sur vingt-quatre. C'est tout juste si son gorille ne l'accompagnait pas aux toilettes.

Ce matin-là, elle était parvenue à le planter sur le paillasson, en arguant qu'elle n'en aurait que pour cinq minutes.

L'appartement de sa mère était bouclé depuis près d'un mois et sentait le renfermé. Elle ouvrit la porte-fenêtre et déploya les volets écaillés, laissant pénétrer l'air âpre de cette fin de matinée. Partout, la canopée des feuillus du parc du Luxembourg baignait l'horizon.

À l'intérieur, l'immense toile de Klimt s'illumina. La déesse Hygie fixa la jeune femme, comme si elle s'apprêtait à lui révéler un lourd secret.

— Tu as dû en voir de belles, toi ! Si seulement tu pouvais me raconter tout ce que ma mère a tramé quand elle me laissait moisir à l'internat…

Marie fureta encore quelques minutes dans le logement, ravivant des souvenirs bien maigres. L'odeur de la cuisine convoqua de douces émotions, à la manière de la madeleine de Proust. Rien de précis, sinon cette impression de bien-être réconfortante que peut éprouver un nourrisson contre le sein maternel.

La jeune fille avait toujours été fascinée par la plasticité du cerveau, capable d'exhumer des images venues d'un lointain passé comme on allume une lampe. Elle se souvenait de ses cours de neurobiologie, du rôle de l'hippocampe, chargé de l'aiguillage des souvenirs dans les méandres de l'encéphale. Et de ces petits riens qui suffisaient à manipuler la mémoire, la transformer, l'altérer. L'arranger, bien souvent. Ne garder que le bon, rarement le mauvais.

Ici, par exemple.

Marie jaugeait l'appartement au travers d'un filtre euphorisant et ne se remémorait que les rares moments forts passés avec Élisabeth et Émilie. Quelques fous rires. Plusieurs rencontres étonnantes avec des collègues de sa mère. Et ces propos mystérieux, toujours nimbés de sagesse antique.

Cette femme distante et cérébrale, au fond, n'avait rien d'une mère. L'intelligence flamboyait, mais l'amour s'était tari de longue date. Qu'avait pu subir Élisabeth pour devenir si rêche ? Elle n'avait ni compagnon ni ami complice, du moins qui fussent connus de la jeune femme. Elle était comme le serpent au sang froid qui ondoie silencieusement dans les venelles de l'existence.

Émilie ressentait la même absence et les deux sœurs s'en attristaient souvent. Mais elles vivaient avec.

Émilie… Elle avait changé ces dernières années. Sa gaieté s'émoussait, elle aussi. Elle paraissait plus préoccupée, moins légère et dilettante qu'autrefois. Bien sûr, ses études de médecine et la confrontation avec la maladie et la mort avaient sans doute abîmé sa joie de vivre. Au moins Marie pouvait-elle toujours compter sur elle. À la vie comme à la mort. Les derniers événements l'avaient encore démontré. Sans son aînée, que lui resterait-il ? Ses relations intimes n'étaient pas plus flambantes que celles du reste de cette minuscule cellule familiale.

Marie reprit ses esprits et se dirigea vers son objectif. La salle de bains se trouvait au fond du corridor. Tout était impeccablement rangé et propre. Rien ne dépassait. Sa mère contrôlait tout.

La jeune femme scruta le cabinet tout en enfilant une double paire de gants nitriles prélevés dans les réserves de la police scientifique. Puis elle s'empara d'enveloppes kraft et d'écouvillons, de même provenance, qu'elle déposa sur le plan du lavabo.

La pêche s'annonçait difficile. Aucune brosse apparente. Elle ouvrit tous les tiroirs du meuble encastré. Ne reposaient là que quelques échantillons de cosmétiques, un Chanel nº 5 presque épuisé, des cotons démaquillants et de la crème dépilatoire. Au-dessous, des savonnettes corses à l'huile d'olive, des pinceaux de maquillage et plusieurs bâtons de rouge à lèvres.

La salle de bains ne donnait rien. Au moment de quitter la pièce, son regard achoppa sur la poubelle nichée dans une encoignure. Elle souleva fébrilement le battant, mais sa mère, avec son irréprochable hygiène, l'avait vidée avant de filer sur l'île de Beauté.

Marie s'inquiétait. Elle redoutait de repartir bredouille. C'est alors qu'en passant devant la porte entrouverte de la chambre d'Élisabeth, elle aperçut la petite coiffeuse. Le meuble en merisier trônait tout près de la fenêtre, encadré de dizaines de portraits de femme lovés dans des cadres en tous genres. Elle pénétra dans l'antre intime de sa mère, un viol qu'Élisabeth ne lui pardonnerait jamais. Le parquet au point de Hongrie craqua bruyamment sous ses pas, comme pour manifester son mécontentement.

Marie fouilla la coiffeuse. L'un des tiroirs résistait. Elle sonda nerveusement les autres compartiments.

Enfin, son visage s'illumina.

Elle exhuma un peigne aux dents très serrées, idéales pour lisser finement la chevelure, tout en plumant de belles touffes au passage. Elle recueillit délicatement les cheveux qui s'étaient pris dans les mailles, puis les logea dans une enveloppe. Elle espérait en débusquer plusieurs lestés d'un joli bulbe, car seules les racines recèlent des cellules dotées d'un ADN intact, comme dans la salive ou le sang.

Marie enfouit son larcin dans son sac à main puis arracha ses gants bleus.

— Vous en avez encore pour longtemps ?

La voix étouffée du policier chargé de sa protection venait de mourir dans ses tympans. Il piaffait derrière la porte d'entrée.

— Non, non, j'ai terminé, j'arrive ! cria-t-elle.

Mais, au moment où elle quittait la chambre, une nuée d'abeilles s'y engouffra. Marie eut un mouvement de panique à l'idée d'être transpercée par un escadron de dards. Les insectes avaient dû s'introduire par la porte-fenêtre grande ouverte. Elle ignorait pourquoi les abeilles du Luxembourg ressentaient toujours une irrépressible attraction pour cet appartement. Elles paraissaient fascinées par Élisabeth. Peut-être à cause de la fragrance entêtante de son parfum ? Sa mère était tout aussi captivée par les apidés. Marie l'avait même surprise en pleine manipulation de ses ruchers, en Corse, sans aucune protection. Ni gants, ni voile, ni même enfumoir. Les ouvrières la toléraient et se laissaient approcher sans jamais lui porter d'estocade.

Tandis que Marie observait le ballet hypnotique des abeilles, un petit essaim s'agglutina sur le tiroir coincé de la coiffeuse. Elles semblaient chercher quelque chose. Peut-être Élisabeth y avait-elle dissimulé un flacon de son parfum ? Intriguée, la jeune femme revint sur ses pas et tenta d'accéder au mystérieux tiroir. Les abeilles s'évanouirent et voletèrent au-dessus du meuble, sans agressivité. Marie tira fermement sur la poignée, qui finit par céder.

Une épaisse clef rouillée, nantie d'un gros anneau, d'une tige pleine et d'un panneton grossier destiné à une serrure d'époque, reposait au fond du casier. La jeune femme demeura interdite quelques instants, puis un flash lui traversa l'esprit. Son hippocampe venait de ressusciter un lointain souvenir inhumé dans un grenier de son cerveau. Il y a des années, elle avait vu Élisabeth remonter de la cave munie de cette clef imposante. Marie en était quasiment certaine.

Par chance, le trousseau confié par sa mère pour l'été, en cas de nécessité, comportait la clef du cadenas de la cave. En ces circonstances exceptionnelles, plus rien ne devait l'arrêter. Elle devait comprendre. Et vite.

Les abeilles s'évadèrent dans un tourbillon, aussi prestement qu'elles avaient surgi. Marie boucla persiennes et porte-fenêtre dans la foulée.

Elle s'exfiltra de l'appartement et tomba nez à nez avec le jeune brigadier-chef qui la talonnait depuis quatre jours. Il avait visiblement vissé son oreille sur la porte blindée et sursauta.

— Ça va bien d'écouter aux portes ? C'est tout ce qu'on vous apprend à l'école de police ?

Le gradé s'empourpra et bredouilla trois mots abstrus.

— Bon, je dois faire une dernière chose à la cave. C'est très important et très *intime*.

L'étudiante avait insisté sur le dernier qualificatif, dans l'espoir que son chaperon lui laisserait le champ libre.

— En fait, je dois toujours rester auprès de vous… Je suis désolé, ajouta-t-il.

Tout en empruntant l'escalier, Marie rumina de nouveaux arguments pour l'empêcher d'entrer.

Parvenus au sous-sol, ils s'engagèrent dans les étroits couloirs de terre battue. Le halo d'une ampoule esseulée plongeait les plafonds bas dans une semi-obscurité. La fraîcheur tranchait avec le cagnard estival. Marie songea que ce devait être agréable de vivre enterré pendant la canicule.

La jeune femme s'immobilisa devant la porte 14. Elle inséra aussitôt la petite clef dans le cadenas puis tira le loquet. Elle n'était entrée là qu'une seule fois, adolescente, et n'en gardait aucun souvenir.

La cave était encombrée de cartons, malles, caisses, lampes, portemanteaux et de bien d'autres babioles. Deux murs tapissés d'étagères ployaient sous les ouvrages. Des poches, des romans, des guides touristiques. Marie n'aurait jamais imaginé une telle jungle, tant sa mère contrôlait tout. Rien ne dépassait, sauf ici. Étrangement, le désordre semblait lui-même soigneusement organisé pour dissuader quiconque de fouiner. Un camouflage idéal… Marie discerna une petite armoire dressée contre le mur du fond.

Elle fondit sur le meuble, comme si elle savait parfaitement ce qu'elle cherchait. Il abritait une penderie garnie de robes de toutes saisons protégées par des films plastiques. Des étiquettes de pressing étaient agrafées sur chaque cintre. Élisabeth entreposait ici des tenues dont elle n'avait sans doute plus l'usage. Marie sauta aussitôt sur l'occasion.

— Anthony – vous m'autorisez à vous appeler Anthony ?

Le jeune gradé sourit, décontenancé par le ton enjôleur de la jeune femme.

— Pas de problème.

— Alors Anthony, vous voyez ces jolies petites robes ? Je suis venue pour elles. J'aimerais me changer et en mettre une. Elles n'étaient pas là-haut, j'espérais bien les trouver ici.

Le policier ne saisit pas ce que Marie tentait de lui faire entendre.

— Il faudrait m'attendre dehors, reprit-elle sur un ton légèrement agacé. Vous comprenez ? Je vais me changer. Me déshabiller.

Le brigadier-chef rougit et tourna aussitôt les talons, sans demander son reste.

Marie veilla à bien pousser le battant. Elle ne pouvait s'enfermer à clef de l'intérieur, mais comptait sur la pudeur et l'honnêteté du jeune homme pour avoir les coudées franches.

Aussitôt, elle s'immergea dans le capharnaüm, écartant délicatement les objets pour faire le moins de bruit possible. Elle s'étonna qu'une caisse et des cartons en contrebas n'endossent qu'une mince pellicule de poussière alors que les autres surfaces semblaient momifiées sous une couche grisâtre. Marie se fraya un chemin pour accéder au mur de brique dissimulé derrière un paravent, lui-même escamoté par un empilement de cadres et de toiles sans valeur. Après un effeuillage minutieux, mené à la manière d'un archéologue, une lourde porte en bois surgit comme dans un rêve.

Elle n'était munie d'aucune poignée, la clef de fer devait suffire à l'ouvrir. Marie introduisit le sésame dans la serrure. Le vieux panneton actionna le pêne qui glissa facilement de la gâche. La porte s'entrebâilla sans grincer. Le policier ne perçut rien de ce petit manège et continua de faire le pied de grue dans son sinistre couloir.

Une fraîcheur piquante gifla soudain Marie. Devant ses yeux, une volée de marches étroites plongeait à pic dans les entrailles de Paris. L'étudiante activa la torche de son iPhone et promena le faisceau le long des marches. Elle n'en voyait pas le bout. Jusqu'où descendaient-elles ? Elle inonda les murs de sa lumière criarde, à la recherche d'indices et d'indications. Elle discerna un premier dessin. Une boîte rectangulaire dans laquelle gisaient deux personnages enlacés. Un cercueil ? Deux marches plus bas, les mêmes figurines amputées de leurs membres semblaient cuire dans un chaudron, le visage déformé par d'ignobles grimaces.

Marie hésita.

Pouvait-elle descendre l'escalier ? Et si le policier débarquait ?

La fresque miniature se poursuivait par un corps muni de deux têtes, l'une aux traits masculins, l'autre féminins, comme ressuscitant de l'autodafé. Trois marches plus bas s'esquissait le même corps, cette fois surmonté d'un seul visage, féminin, aux longs cheveux ornés d'une couronne. La figure brandissait un bâton autour duquel s'entortillaient deux serpents.

En plissant les yeux, Marie remarqua des lettres gravées au-dessus de chaque graffiti. Un X, un Y, un XY, un XX et, au bout, un HY. L'apprentie généticienne reconnut aussitôt le symbole des chromosomes sexuels. X pour la femelle, Y pour le mâle, tandis que XY figurait la vingt-troisième paire de chromosomes chez l'homme, et XX l'équivalent chez la femme. Mais l'association HY ne lui évoquait rien… La litanie semblait se poursuivre. Elle distingua un V et un E.

— Vous allez bien ? Vous n'avez pas fait un malaise, au moins ?

La voix lointaine du brigadier-chef s'infiltra brutalement dans l'étroit conduit. Il s'inquiétait du temps qu'il fallait à cette gamine pour se changer. Marie brûlait d'envie de poursuivre l'aventure, mais cela devenait trop risqué. Elle reviendrait.

Tandis qu'elle refermait la porte à double tour et restituait le décor original du mieux qu'elle pouvait, les engrenages de son esprit s'ébranlèrent. La statue d'Hermès et son espèce de caducée. Le temple de Mercure, le même dieu chez les Romains. La statue émasculée de César, qui renvoyait aussi à la mythologie. Les symboles incompréhensibles sur les dents des victimes. Le tunnel dans le métro, qui résonnait avec les sous-sols de Paris. Et maintenant, ces dessins…

Marie sentit sourdre une profonde inquiétude. Ces personnages démembrés, le feu qui les calcinait, le cercueil… Élisabeth pouvait-elle avoir un lien direct avec le massacre des deux jeunes filles ? Écartelées et découpées, l'une carbonisée, l'autre épouvantablement mutilée ? Et que pouvaient signifier les syllabes HY et VE ? HY surplombait la figurine couronnée, munie d'un bâton semblable à un sceptre royal.

Tout à ses pensées, la jeune femme se dévêtit rapidement et enfila une tenue au hasard. Une petite robe rouge que sa mère devait porter plus jeune, particulièrement légère avec son ample échancrure et ses deux fines bretelles. Marie ne disposait d'aucun miroir et n'avait aucune idée de l'effet de sa toilette. Elle lui parut néanmoins très courte, mourant à mi-cuisse. Quelle idée saugrenue avait-elle encore eue !

— Voilà, j'ai terminé ! lança-t-elle en pliant rapidement son jean et son chemisier.

Le gradé qui commençait à souffrir d'une crampe à force de surplaces répétés débarqua dans la cave. À peine était-il entré qu'il se figea, bouche bée, les yeux rivés sur Marie.

L'étoffe qu'elle portait était aussi excitante que l'irrésistible muleta qui aimante le taureau dans l'arène. Le décolleté vertigineux laissait deviner deux îles paradisiaques, d'autant que l'étudiante avait dû retirer son soutien-gorge, inadapté sous les fines bretelles.

Au bout de dix secondes, comme il restait statufié, Marie pensa qu'il venait de succomber à une fulgurante attaque cérébrale.

— Vous voulez que j'appelle le Samu ?

— Je… Non… mais… vous comptez aller où comme ça ? Parce que… comme cible mouvante visible depuis Mars, on fait pas mieux.

Marie haussa les épaules et décampa, jugeant qu'elle devrait filer chez elle pour renfiler blue-jean et chemisier avant de provoquer collisions et morts accidentelles de plusieurs mâles en rut.

Il semblait si facile de désorienter les hommes. Une jolie poitrine, deux jambes et le tour était joué. Cette faiblesse les perdrait tous un jour.

Une fois dans la rue, Marie s'accommoda finalement de sa tenue licencieuse, qui favorisait la circulation de l'air. Elle s'engouffra dans la 308 banalisée du SDLP, le service de protection de la police nationale. Le seul avantage d'une telle servitude, c'était la voiture avec chauffeur.

— On va à l'hôpital Cochin, lança-t-elle négligemment en pianotant sur son smartphone.

— OK, rétorqua simplement Anthony qui venait de prendre le volant après avoir bien observé la rue Guynemer, les grilles du Luxembourg et tous les véhicules garés à proximité.

Le brigadier-chef était affecté à la division des missions temporaires du SDLP depuis trois ans. Il changeait souvent de client, mais se colletait rarement des gamines. En général, il protégeait des témoins d'affaires criminelles ou des journalistes empêtrés dans des dossiers sensibles. Il ne touchait jamais aux « gros poissons », les politiques et notamment les grands élus. Ceux-là demeuraient la chasse gardée des fonctionnaires plus expérimentés. Dans le service, le Graal restait le GSPR, le groupe de sécurité de la présidence de la République. Peut-être pourrait-il le rejoindre d'ici à cinq ou six années, à condition d'excellents états de service. Anthony était ambitieux et comptait bien passer major dans l'année.

En attendant, il supportait cette mijaurée, fille à papa des beaux quartiers de la rive gauche. Et, qui plus est, allumeuse. Autant se balader à poil, pesta le gradé pour lui-même en coulant un regard discret dans le décolleté de Marie.

L'hôpital Cochin se trouvait tout près. Ils tracèrent rue d'Assas, puis nouèrent un petit crochet par le boulevard de Port-Royal avant de bifurquer dans la rue du Faubourg-

Saint-Jacques. La 308 ralentit devant l'entrée de l'établissement.

— Vous allez faire quoi ?

Marie supportait de moins en moins ce boulet, plutôt mal dégrossi et carrément indiscret. Mais il veillait sur elle, quitte à le payer de sa vie. La jeune femme en avait conscience et prenait sur elle.

— Je vais bosser. Je suis étudiante en biologie.

— Vous avez des cours au mois d'août ?

Comme tous les flics, il transpirait la suspicion. Marie devait absolument le tenir à distance. Qu'il ne comprenne jamais ce qu'elle s'apprêtait à faire.

— Je commence un stage, mentit-elle.

— Ah. Du coup on va rester toute la journée ?

— Oui, et je risque de faire des heures sup. Mais vous savez, ici, c'est très sécurisé. Vous n'êtes pas obligé de me suivre. Vous pouvez m'attendre au bar. Tenez, là, Au pied de Cochin, c'est très sympa.

Le policier sonda les alentours, les urgences qui donnaient directement sur la rue, le passage piéton qui permettait d'accéder sans contrôle aux pavillons et, en face, la faculté de médecine ouverte aux quatre vents.

— Ouais, y a pas à dire, c'est super sécurisé. Désolé, je vous lâche pas.

Le brigadier-chef s'engagea devant la guérite puis se contenta d'abaisser le pare-soleil du côté passager. Les lettres POLICE scintillèrent et, comme par enchantement, la barrière s'éleva.

Les allées de l'hôpital grouillaient de blouses blanches et de malades qui déambulaient en traînant leur poche de perfusion suspendue à un pied à roulettes. Partout, les voitures mordaient sur les trottoirs. Anthony s'immobilisa finalement sur un espace réservé aux véhicules incendie, en laissant le bandeau POLICE bien en vue.

La jeune femme et son garde du corps cheminèrent jusqu'au bâtiment Gustave-Roussy, dont les façades décrépites s'élevaient au sud du groupe hospitalier. Marie avait rendez-vous avec Romain, l'étudiant en neuvième année de médecine qu'elle avait rencontré le mois précédent, durant l'autopsie de la première victime retrouvée dans la boutique Hermès.

L'étudiante avait heureusement conservé son numéro. Romain allait devenir un rouage essentiel de son plan.

Le bâtiment Gustave-Roussy tombait à moitié en ruine. Malgré l'éclat du soleil qui rehaussait l'environnement, la bâtisse plombait le moral avant même d'y pénétrer. Dans la cour latérale, le va-et-vient des corbillards donnait le coup de grâce. Au premier sous-sol, le funérarium accueillait les familles endeuillées qui venaient récupérer la dépouille d'un proche. À côté, le département d'anatomie pathologique achevait le tableau. La mort régnait partout.

Marie commençait à s'habituer et n'y prêta guère attention. Le gradé ressentit un haut-le-cœur en inhalant les effluves de formol et de désinfectant.

Au bout du couloir, tandis qu'un chariot patientait avec un cadavre couvert d'un drap jaune, un sémillant jeune homme jaillit par les portes battantes. Il portait l'uniforme blanc et son visage était dissimulé par une généreuse barbe à la mode. Le policier n'entendait rien à cette tendance hipster et jugeait bien plus seyants son profil imberbe et sa coupe en brosse.

Romain s'arrêta net en découvrant la tenue ravageuse de l'étudiante.

— Hou là ! T'es venue ressusciter les morts ?

Marie sourit, un peu confuse. Cette robe lui compliquait décidément la tâche.

Romain planta soudain son regard dans celui du policier. Son sourire s'estompa. Quel était ce guet-apens ? La jeune fille lui avait fixé un rancard mais débarquait avec un garçon…

— Bonjour, Dr Romain Duteil, interne en anapath, lâcha-t-il froidement.

— Anthony Marcon, police nationale.

Et, comme pour l'attester, le brigadier-chef plongea la main dans sa poche puis exhiba son brassard roux frappé des lettres « police ».

L'interne pâlit.

Marie leva les yeux au ciel. Un boulet, mal dégrossi, indiscret et complètement nul. Il allait tout faire capoter.

— Anthony, il faut que je parle avec Romain. On a beaucoup de boulot. Vous voulez bien rester ici ? On est là, juste derrière les portes.

Le gradé acquiesça sans mot dire et croisa les bras. Il était décidé à prendre racine. Comme un bon chien, il attendrait sa maîtresse toute la journée si nécessaire.

— Les toilettes sont au fond à droite, lança Romain qui était parvenu à la même conclusion.

Une fois seule avec l'interne, Marie décida de tout lui révéler. Elle souhaitait son plein assentiment pour ce qu'elle avait entrepris. Elle devait lui faire confiance. Tout reposait désormais sur lui.

— Et le flic, il assure ta protection alors ?

— Je sais, c'est dingue, mais j'en suis là. J'ai vraiment vu la mort en face, tu sais.

L'étudiant désigna d'un coup de menton les chariots croulant sous les cadavres.

— Je connais ça. Je la croise tous les jours, la faucheuse. Je te préfère bien vivante. Et… aussi sexy. Tu connais l'expression « la petite mort » ? Le rapport Eros-Thanatos ? Le lien étroit entre l'amour charnel, le dieu Eros, et la mort, le dieu Thanatos ? Ça remonte à l'Antiquité grecque. Je pourrais t'en dire plus, je sais que ça te passionne. J'ai même des travaux pratiques pour illustrer.

La jeune femme rit de bon cœur, ce qui ne lui était pas arrivé depuis de longues semaines. L'interne avait ce don de la détendre et de dédramatiser.

— J'ai besoin de ton aide. Je ne suis pas venue ici par hasard. Je veux dire, pas seulement pour te voir. J'ai besoin d'accéder à un labo de biomol[1]. À Normale sup, tout est fermé pendant l'été.

— Qu'est-ce que tu dois faire ?

— Comparer plusieurs ADN.

Romain était un garçon vif et curieux de nature.

— Ah oui, pour quoi faire ?

— Je veux comparer mon ADN avec celui de ma mère, de ma sœur et des victimes.

L'interne haussa deux sourcils stupéfaits. Marie le fixait d'un air déterminé. Il sentit confusément qu'elle irait jusqu'au bout, avec ou sans lui. Ces analyses s'avéraient vitales. Il ne comprenait rien mais sentit qu'elle jouait là son va-tout. Une question de vie ou de mort.

— Si tu veux faire du Sanger basique, on a tout ce qu'il faut ici. Mais si tu as besoin de NGS à haut débit, on n'est pas du tout équipés.

— Non, le Sanger ira très bien. *A priori*, je n'ai même pas besoin de faire du séquençage, juste de la taille de fragments sur des STR. Par contre, il faut que je sois seule, à l'écart. Que personne ne me dérange et, surtout, que personne ne puisse me trouver. C'est très important.

Romain n'avait nullement besoin d'un dessin. Une menace planait sur la jeune fille, et la mort avait ses entrées dans le service. Mieux valait ne pas la provoquer.

— Le souci, c'est que tout est super blindé. On bosse non-stop. Si tu veux être vraiment seule et tranquille, ça va pas le faire.

Marie demeurait inflexible. Le jeune médecin réfléchit quelques instants.

— Il y aurait bien une solution… Tu connais l'institut Cochin ?

— Bien sûr. C'est à côté, non ?

— Exactement. On est mitoyens. Le bâtiment principal donne sur la rue Méchain, comme l'entrée publique de la

1. Biologie moléculaire.

morgue. Mais je pense aux labos qu'ils ont ici, dans le bâtiment. Ils squattent deux étages, en appoint. Et il me semble que l'un est vide en ce moment, avec les congés.

L'institut Cochin comptait parmi les centres de recherche médicale les plus réputés du pays. Créé sous l'impulsion du renommé Axel Kahn dans les années 2000, il disposait de performantes plateformes de biologie moléculaire et de séquençage. Beaucoup d'étudiants espéraient pouvoir y mener leur thèse de doctorat.

Les deux jeunes gens grimpèrent l'escalier, l'ascenseur battant de l'aile. Parvenu au cinquième étage, Romain brandit son badge pour déverrouiller la grande porte bleue.

À l'intérieur, les locaux détonnaient avec le reste du bâtiment. Ils paraissaient flambant neufs, parfaitement propres et sécurisés. Les budgets de l'institut Cochin tranchaient avec ceux de l'AP-HP, l'Assistance publique-Hôpitaux de Paris, pénalisés par le déficit de la Sécurité sociale. Marie n'en espérait pas tant.

Face à elle s'étalait une plateforme d'exception. Tout le matériel, paillasses, hottes, centrifugeuses, thermocycleurs et autres séquenceurs sommeillaient dans l'attente d'analyses. Au fond, l'étudiante distingua même une machine Illumina de dernière génération, capable de séquencer l'ADN à très haut débit.

— Eh bien, j'ai du pain sur la planche. Merci beaucoup, Romain… C'est vraiment énorme ce que tu fais pour moi.

— Si tu veux, je peux rester t'aider.

— Non, t'es débordé de boulot, j'ai bien vu en bas. Je vais m'en sortir ! Si tu vois Anthony, le policier, dis-lui que je suis enfermée dans un labo sécurisé, avec badge et tout. Qu'il ne vienne surtout pas ici. Je dois rester super concentrée.

L'interne acquiesça et tourna les talons. Marie, dans un geste réflexe, le retint par la manche et le fit pivoter tout contre elle. Puis elle l'embrassa, fougueusement. Désespérément. Elle se sentait tout à la fois perdue et intensément touchée par l'aide instantanée et sans réserve que lui procurait le jeune homme. Malgré les risques encourus vis-à-vis de sa hiérarchie, il n'avait nullement hésité.

Puis la jeune femme fondit en larmes.

Un sanglot profond, puissant, qui franchissait enfin la lisière de sa conscience. Elle s'oubliait dans les bras de Romain qui l'étreignait avec ferveur. Elle avait retenu ses larmes si longtemps, alors qu'une pression impérieuse, le spectre terrorisant de mutilations sauvages et de tortures ignobles la gangrenaient silencieusement.

Au bout de deux minutes, Marie s'apaisa du mieux qu'elle put. Romain, délicat et pudique, lui tendit un kleenex.

— T'es sûre que ça va aller ? Tu veux vraiment pas que je reste ?

— Non, merci... Je t'appelle quand j'ai terminé.

L'interne sourit puis s'esquiva.

Lorsqu'elle eut rassemblé ses forces, Marie déposa son sac sur les carreaux blancs d'une paillasse. Elle en extirpa l'enveloppe kraft qui renfermait des cheveux de sa mère. Puis, nichée au-dessous, une petite trousse isotherme encore fraîche. Elle en retira soigneusement une dizaine de tubes de plastique bouchés par des opercules transparents. Deux d'entre eux contenaient plusieurs millilitres de sang. Elle enfourna le tout dans un réfrigérateur à 4°.

Enfin, elle déplia deux feuilles de papier nanties des profils génétiques des victimes.

Pour glaner la première, Marie s'était infiltrée dans le bureau de la divisionnaire Laure Gagnière, juste avant de regagner Paris, afin de remettre la main sur le rapport du cadavre carbonisé et dépecé de la boutique Hermès. Elle avait photographié les résultats du génotypage à l'aide de son smartphone.

Pour récupérer la seconde, Marie avait fouillé le coffre de la Mégane du commandant Brunier, à la recherche des documents et scellés confiés par la gendarmerie de Clermont-Ferrand. Elle avait profité de la confusion générale pour se servir, sans état d'âme. Elle avait de nouveau immortalisé le résultat du typage à l'aide de son iPhone. Heureusement, les experts de la gendarmerie appliquaient les mêmes protocoles que ceux de la police, afin de nourrir le fameux fichier national des empreintes génétiques avec des données parfaitement homogènes.

Marie avait maintes fois comparé les deux tableaux de chiffres.

Ils étaient en tout point identiques.

Les deux jeunes martyres sacrificielles partageaient le même ADN. Elles étaient issues du même œuf fécondé dans le ventre de leur mère. Elles étaient nées le même jour, à quelques minutes d'intervalle. De vraies jumelles « monozygotes ».

Mais Thomas, l'ingénieur de l'identité judiciaire parisienne, avait abattu un couperet beaucoup plus cinglant.

Il avait affirmé que Marie possédait elle aussi le même patrimoine génétique. Comment pouvait-elle avoir deux sœurs jumelles inconnues ? Comment sa mère pouvait-elle avoir accouché de triplées ?

Cela lui paraissait impossible. Irrationnel. Dès les premiers instants, la jeune femme avait cru en l'existence d'une erreur d'analyse. D'une contamination des scellés. Il lui fallait une explication qui révélerait une supercherie, volontaire ou non. Elle voulait en avoir le cœur net et, pour ce faire, comparer son ADN avec celui de sa mère et de son aînée.

Marie embrassa le laboratoire d'un long regard circulaire. Tout était en place. Les consommables. Les frigos. Les machines. Les pipettes. Mais elle ne disposait que de quelques heures, au cœur d'une plateforme qu'elle n'avait jamais utilisée, pour produire des résultats fiables.

La jeune femme récupéra d'abord deux tubes emplis du sang de sa sœur, qu'elle avait rangés au frigo. Émilie s'était fait prier, mais avait finalement cédé. En revanche, elle avait lourdement insisté pour que Marie manipulât son sang avec grande prudence, en évitant tout contact direct avec lui. Elle avait prétexté une « sale infection en cours » et affirmé vouloir préserver sa sœur de toute contamination. Elle lui avait aussi fait jurer de se débarrasser de tout le matériel, les consommables, qui entrerait en contact avec son sang pour qu'il n'en demeure nulle trace dans le laboratoire. Marie s'était étonnée d'une telle insistance, mais elle piaffait tellement de mettre son plan à exécution qu'elle n'avait pas cherché à comprendre.

La jeune femme devait maintenant collecter son propre matériel biologique. Elle piqua la pulpe de son index à l'aide d'une fine aiguille et pinça fortement son doigt. Elle recueillit plusieurs gouttes de sang au fond d'un premier tube, puis d'un deuxième.

L'étudiante pouvait désormais revêtir blouse, gants, charlotte, et passer à l'action.

Elle déchira aussitôt l'enveloppe kraft scellée chez sa mère, avant d'insérer minutieusement quelques cheveux dotés de racines intactes dans deux autres tubes.

Ensuite, elle prit soin de ranger au réfrigérateur trois lots d'échantillon, qui serviraient de roue de secours en cas d'incident de manipulation.

Tout semblait prêt pour la première phase, l'extraction et la purification de l'ADN. La précieuse molécule se trouvait piégée au cœur des cellules, elles-mêmes empêtrées dans les cheveux et les composants du sang. Il fallait la libérer.

Marie logea les trois tubes dans une machine d'allure futuriste, semblable à un four à micro-ondes high-tech, puis chargea l'appareil avec quelques millilitres de réactifs avant d'initier le *run*.

Au bout de quelques minutes, les tissus commencèrent de se disloquer. Progressivement, les cellules éclatèrent pour libérer le précieux programme de toute vie. L'envoûtante double hélice d'ADN se détachait du reste de la matière pour s'agglutiner au fond des tubes.

Pendant l'opération, Marie se remémora les rares histoires passionnées que lui avait contées sa mère avant de s'endormir. Combien de fois s'était-elle émerveillée du miracle de cette petite molécule de sucre et de phosphate, nichée au cœur des cellules de chaque être, de l'infime bactérie à l'Hyperion, un séquoia géant de Californie connu comme le plus grand arbre du monde ?

Élisabeth se révélait intarissable sur la matrice de toute vie, d'un diamètre de deux nanomètres lorsqu'elle se trouve pelotonnée dans le noyau de nos cellules, mais longue de deux mètres une fois déroulée !

— Sais-tu, ma chérie, que si nous collions bout à bout l'ADN déroulé de toutes tes cellules, juste tes cellules à toi toute seule, l'ensemble mesurerait deux cent milliards de kilomètres ? Beaucoup plus que la distance entre la Terre et les confins du Système solaire… Trente-cinq fois la distance jusqu'à la planète Pluton ! Tu pourrais presque toucher les étoiles ! L'ADN nous connecte au reste du cosmos, Marie. C'est notre lien avec Ouranos, la divinité primordiale du ciel, l'époux de la déesse Gaïa qui a engendré la Terre, creuset de toute vie.

Les récits enthousiastes de sa mère l'avaient contaminée. Marie avait su fort jeune qu'elle deviendrait généticienne, comme Élisabeth.

Le bip strident de l'appareil fit sursauter la jeune femme, qui replongea brutalement dans la réalité.

Elle récupéra délicatement les tubes propres. Elle enchaîna plusieurs manipulations à l'aide de sa pipette magique, ajoutant de savants dosages de réactifs chimiques dont certains se trouvaient dans les frigos de l'institut Cochin, tandis que d'autres provenaient de sa rapine dans les laboratoires de la police scientifique d'Écully.

La quantité d'ADN ratatinée dans les tubes se révélait bien trop faible. Il fallait désormais amplifier, « photocopier » le matériel génétique.

Marie enfourna donc les trois tubes dans un thermocycleur de PCR multiplex.

La machine s'échauffa rapidement jusqu'à 95°, une quasi-ébullition nécessaire au début de l'opération.

Marie savait qu'il lui faudrait encore attendre deux bonnes heures et n'avait d'autre choix que de prendre son mal en patience. Elle s'empara d'un cahier de laboratoire tout neuf déniché dans un placard et décida de tout coucher par écrit. Elle retraça le film des événements. Pesa les arguments. Corréla les faits. Tenta d'établir des connexions entre des lieux, des personnes et des hypothèses complexes. Le lien avec le divin, la spiritualité, l'Antiquité et l'ésotérisme s'imposait de plus en plus clairement. Qui étaient ces victimes ? Avait-elle vraiment un lien de parenté avec elles ?

Marie s'interrogea aussi sur l'escalier souterrain mis au jour dans la cave de sa mère. Où conduisait-il ? Que cachait Élisabeth ? Tandis qu'elle galvanisait ses méninges, contraignant ses milliards de neurones à se combiner dans une embrase prodigieuse, la voix de sa mère résonna de nouveau dans son néocortex.

— La vie, Marie, l'ADN blotti dans nos cellules nous connecte à l'infiniment petit, au monde du dessous, à Chthonios, le fils d'Ouranos et de Gaïa. Une fois déroulé, l'ADN nous connecte à l'Univers, au puissant Ouranos. Le microcosme est ainsi toujours jumelé au macrocosme. Il faut parfois descendre dans les profondeurs pour atteindre le firmament. La perfection.

Elle ne s'était jamais remémorée ces paroles, mais son cerveau venait de les exhumer, sans crier gare. Le microcosme. L'infiniment petit. Les profondeurs. Marie songea au tunnel qui menait de Croix-Rouge, la station fantôme du métro, aux réserves de la boutique Hermès. Et cet escalier, dans la cave, qui s'abîmait dans les tréfonds de la capitale…

À cette évocation, le spectre des robes noires resurgit et l'inonda tout entière. Marie fut saisie de frissons, puis de spasmes. Elle grelottait. Le laboratoire créait une sensation clinique, glacée, comme dans une chambre d'hôpital. Les bips du thermocycleur rappelaient les échos stressants des moniteurs cardiaques. La jeune femme fut transpercée par l'atroce vision de son corps agonisant, intubé en service de réanimation, au bord du gouffre. Sur le point de basculer dans le néant.

La machine venait d'achever ses trente-cinq cycles. Une tiédeur résiduelle s'échappait du thermocycleur. La jeune femme reprit difficilement ses esprits et cueillit prudemment les tubes encore chauds.

Ne restait plus qu'une étape.

L'angoisse attisée par les images macabres qui venaient de l'assaillir s'accrut encore. Le stress des résultats, désormais à portée de main, l'empêchait d'accomplir des gestes calmes et ordonnés. Elle faillit renverser le tube d'ADN de sa sœur et le récupéra de justesse avant qu'il ne se vide sur les carreaux immaculés de la paillasse.

Elle patienta quelques minutes, puis respira profondément. L'enjeu était trop important, elle devait se reprendre.

Avec une infinie précaution, elle pipeta quelques gouttelettes d'ADN dénaturé qu'elle déposa sur une plaque, avant de fourrer le tout dans un séquenceur. La machine s'ébranla, à l'assaut de vingt-quatre STR, des petits fragments d'ADN dont la taille varie immanquablement d'un individu à l'autre. Le résultat se révèle encore plus fiable que celui des empreintes digitales. Chaque individu possède un profil unique, ses vingt-quatre petits fragments bien à lui, à l'exception des vrais jumeaux.

Les ingénieurs de la police scientifique avaient fait la leçon à Marie dès le début de son stage, en juillet.

— Avec ça, on peut affirmer à 99,99 % que l'ADN d'un suspect est le même que celui qu'on a relevé sur une scène de crime. C'est simple, la probabilité de retrouver deux séries de STR similaires est d'une sur 10^{30}. Donc une sur des milliards de milliards !

Le séquenceur achevait l'analyse.

Son logiciel, relié au poste informatique contigu, commença d'afficher les résultats. Devant les yeux de la jeune femme couraient des lignes jalonnées de pics colorés, qui symbolisaient la longueur de chaque fragment. Et, au-dessous, les données chiffrées qui en découlaient.

Marie lut d'abord les résultats du test d'Émilie. D3S1358 : 15,15. VWA : 15,14. TPOX : 9,11. La huitième case permettait de renseigner la nature du sexe. Amélogénine : X, X. Et ainsi de suite pour les vingt-quatre STR.

Marie s'empara fiévreusement des tableaux du typage des deux victimes, qu'elle avait photographiés dans les rapports officiels.

Elle n'en crut pas ses yeux. Les données coïncidaient.

Puis ce fut son tour. Son ADN passait au crible du séquenceur. Son cœur battait à tout rompre.

L'un après l'autre, les résultats se révélaient, une fois de plus, parfaitement identiques.

Marie fut prise d'une violente nausée. Elle transpirait et se sentit défaillir.

En découvrant les données de sa mère, tout bascula. Elles étaient également identiques.

Et ça, c'était impossible.

Sur le papier, Marie pouvait avoir deux sœurs jumelles cachées. C'était hallucinant, mais possible. Restait à savoir pourquoi on les lui avait cachées. Elle pouvait aussi avaler que son aînée, Émilie, fût également sa jumelle. Leur ressemblance si frappante pouvait l'attester, même si certaines différences physiques interdisaient de les confondre.

Mais pourquoi Élisabeth se serait-elle ingéniée à falsifier la date de naissance de l'une ou l'autre de ses filles ? Dans quel but ?

Marie fut traversée par la vision de sa mère en salle d'accouchement. Le ventre en passe d'exploser, les jambes écartées pour libérer une à une des quadruplées. Une scène surréaliste pour quiconque fréquentait Élisabeth. Cette femme parfaite, aux hanches étroites, paraissait dix ans de moins que son âge. Il arrivait souvent que, de loin, certaines connaissances la confondent avec elle ou sa sœur. L'idée qu'elle avait mis bas des quadruplées paraissait inconcevable.

Marie savait que cette situation ubuesque, si improbable fût-elle, pouvait techniquement exister. En revanche, l'ADN de sa mère ne pouvait coïncider avec celui de quatre gamines d'une vingtaine d'années. Une mère n'accouche pas d'elle-même. Les lois de la génétique sont limpides : nous partageons tous les gènes de notre mère et de notre père. La loterie de l'hérédité secoue l'ensemble dans le shaker du destin, si bien qu'émerge un embryon doté d'un nouvel ADN parfaitement unique. Parfois, le même œuf se coupe en deux, en trois ou en quatre dans l'utérus maternel, dédoublant les bébés en jumeaux, triplés ou quadruplés génétiquement identiques. Mais une mère reste une mère. Née trente années plus tôt, Élisabeth ne pouvait être la jumelle de ses filles...

Après quelques minutes de stupéfaction, Marie s'empara de son téléphone portable.

— Romain ? J'ai fini, mais j'ai tout foiré. Tous les résultats d'ADN sont identiques, même celui de ma mère !

Le jeune homme éclata de rire.

— Ouais, je sais, je suis vraiment nulle à la paillasse. J'ai dû tout contaminer. Faut tout recommencer.

— Tu pourras pas le faire ce soir, c'est trop tard. Tout le monde s'en va, on ferme le bâtiment. Écoute, je recommencerai pour toi lundi, t'inquiète pas. Je m'en occuperai avec un technicien qui fait ça à longueur de journée, il est de repos et c'est un super pote.

— Tu ferais ça pour moi ?

— Ouais, si tu dînes avec moi.

Marie sourit et se sentit soudain détendue. Elle avait faim, et pas seulement de nourriture.

Tandis qu'elle rangeait le matériel, jetait les consommables et nettoyait sa paillasse, un corbillard pénétra dans la cour arrière du bâtiment.

Ce n'était pourtant plus l'heure. Le funérarium avait fermé ses portes vingt minutes plus tôt. Aucun cadavre n'attendait d'être récupéré par sa famille.

Mais le fourgon funéraire n'était pas venu pour une dépouille qui reposait dans les frigos.

Celle qu'il attendait vivait encore.

Ses derniers instants.

Chapitre 19

26 mars 1608, Londres

John Dee s'éveilla en inspirant bruyamment. Il venait d'endurer une nouvelle apnée nocturne et transpirait à grosses gouttes.

Chaque nuit, le souvenir de la reine Élisabeth Ire le hantait. Elle s'était éteinte cinq années auparavant, et il sentait poindre sa propre fin. Il vivait désormais reclus dans son domaine de Mortlake, dans le plus grand dénuement. Après la mort de la reine demeurée pucelle et sans enfants, Dee avait été banni de la cour. L'héritier du trône, Jacques Ier d'Angleterre, le haïssait et l'avait déchu de toutes ses fonctions.

Le vieux mage était entré dans sa quatre-vingt-unième année. Un âge remarquable en ces temps malsains où disparaissaient des générations de jeunes gens. Sans parler des mort-nés, qui se comptaient par milliers chaque année. La longévité inouïe de John Dee participait du mythe et chacun, Élisabeth en tête, louait ses potions miraculeuses. Il promettait, entre autres soins, l'éternelle jouvence. Bien que le poids des années accablât l'astrologue, il demeurait alerte, capable de se mouvoir seul et d'assumer sa toilette.

Élisabeth avait elle-même expiré à soixante-dix ans, malgré une vie d'excès et de lourdes épreuves morales et physiques.

Elle pensait sincèrement que sa longévité s'expliquait par les onguents et décoctions du vieux sorcier. Tout convergeait. Elle avait échoué dans le projet cosmique, quarante-trois années plus tôt, mais la promesse d'éternité, l'une des facettes éminentes de la pierre philosophale et de la quête alchimique, semblait aboutir. La reine s'était éteinte paisiblement, sans souffrance, presque par lassitude. Il avait cru qu'elle pourrait vivre encore cent ans, mais elle n'en avait point ressenti le désir. Elle avait, en quelque sorte, choisi l'heure de son trépas, et décidé de rejoindre Hypatie et les autres sages qui peuplaient les cieux.

John Dee, abandonné de tous, n'allait pas tarder à rendre son dernier souffle, pour les mêmes motifs. La vie n'avait plus de sens à ses yeux et, bien qu'il fût convaincu de pouvoir prolonger son existence au-delà de cent cinquante années, il s'apprêtait à laisser son esprit quitter son corps exsangue pour virevolter à son tour au-dessus des mortels.

Il déplia péniblement sa longue carcasse osseuse, puis quitta sa couche en tâtonnant. Il n'était que trois heures du matin. Il embrasa la mèche d'une chandelle et chemina jusqu'au grand salon.

La lueur de la flamme dévoilait l'immense bibliothèque forgée au fil des décennies. Ces quatre mille volumes, patiemment acquis dans toute l'Europe, avaient englouti sa maigre fortune. Tous ses maîtres à penser étaient assoupis dans ces rayonnages et attendaient de révéler leur éblouissante clairvoyance au moindre effeuillage. Parmi eux figuraient en bonne place Pic de La Mirandole, Marsilio Ficino, Agrippa, Paracelse et tant d'anciens, Cicéron, Ératosthène, Platon, Aristote, et plusieurs néoplatoniciens comme Plotin et Synésios. Il possédait même un exemplaire du fameux *De Rerum Natura* de Lucrèce, découvert par Poggio Bracciolini.

Tout comme le Collège royal de Paris voulu par Leonardo da Vinci, John Dee dispensait un enseignement parallèle à l'Université, beaucoup plus éclectique et moderne que les préceptes étriqués d'Oxford ou de Cambridge. La plupart des ouvrages de sa précieuse collection restaient introuvables sur l'île et attiraient bien des savants, parfois même des maîtres de l'Université qui quémandaient une audience en toute discrétion.

Tandis que le vieux sorcier contemplait les imposants rayonnages, Élisabeth surgit brusquement de la pénombre et prit place dans le petit fauteuil qui leur faisait face.

John Dee écarquilla les yeux et ressentit le début d'une transe, sensation familière depuis son enfance. Le visage de la reine défunte paraissait poudré, blanc comme un linceul, et ses yeux vitreux fixaient un angle de la bibliothèque. Les contours de son crâne pelé et de sa robe délavée mouraient dans le clair-obscur. Les reliefs du dossier rembourré se discernaient au travers de son buste, par transparence. Son image était brouillée et chancelante.

L'astrologue fut aussitôt traversé par le souvenir des heures passées par Élisabeth Ire dans ce grand salon, à se délecter du nectar sacré qui coulait à flots dans les œuvres. Elle avait longuement hésité à fonder une bibliothèque royale qui rassemblât tous ces ouvrages. Dee était prêt à lui en faire donation, mais leur caractère transgressif suscitait un tel émoi parmi les barbons qu'elle avait renoncé. Même les catholiques et les protestants, pourtant ennemis fratricides, s'étaient accordés à condamner les idées qui peuplaient les livres du mage.

— Qu'avez-vous fait de moi, *bloody lunatic* ?

La voix d'outre-tombe fendit le silence, aussi tranchante qu'une faucille.

— *My Queen*, pourquoi tant de rigueur à mon endroit ? Je ne vous ai point contrainte, vous avez toujours approuvé mes prescriptions. Vous avez lu le grand livre. Vous saviez.

— Je n'ai point eu d'engeance ! Vous l'aviez pourtant gagé ! Vous m'avez fait vivre dans cette illusion.

L'opprobre de la défunte raviva aussitôt une scène marquante dans l'esprit du nécromancien. Une journée particulièrement navrante, après qu'Élisabeth eut appris la naissance de Jacques, le fils de sa cousine Marie Stuart, alors reine d'Écosse. Le sort cruel avait fait naître l'héritier le 19 juin 1566, précisément au moment où Élisabeth aurait dû donner vie aux jumelles tant promises par John Dee, neuf mois après la fameuse cérémonie. Par surcroît, tel un redoutable symbole, son complice Nostradamus avait été retrouvé mort quelques jours plus tard chez lui, à Salon-de-Provence, affalé près de son lit. La veille encore, il rencontrait en grande pompe le roi de France. Peut-être avait-il subi la foudre des esprits trompés, ou bien était-ce le résultat de la colère de Dieu contre l'apprenti créateur.

— Je ne suis qu'une branche stérile quand ma cousine met au monde un garçon ! avait hurlé Élisabeth Ire, en tapant des pieds, puis en blasphémant.

Avec l'âge, la reine était devenue irascible et acariâtre. Dans les vingt dernières années de sa vie, elle avait maintes fois houspillé ses suivantes avec hargne, leur tirant les cheveux, les battant jusqu'au sang et les menaçant de mort si elles ne demeuraient pas vierges tout comme elle.

Le souvenir décoloré s'estompa et John Dee retrouva le regard éteint de l'ectoplasme. Sa fougue lui manquait, le fantôme n'était qu'une pâle copie de l'original. Il se comportait comme un pantin dont on tire les fils. La voix gutturale résonna de nouveau.

— Savez-vous que, par votre faute, je n'ai jamais partagé la couche d'aucun homme ? Pas même celle de *my two Roberts*...

John Dee parut gêné de cette confidence, mais ne put réprimer son étonnement.

— *Your Majesty*, voulez-vous parler de lord Leicester, Robert Dudley, et de lord Essex, Robert Devereux ?

— *Absolutely*, vous les avez fort bien connus. Ils ont compté plus que quiconque pour moi. Je les ai chéris, et que n'ai-je enduré pour les empêcher ! Ils étaient jeunes et beaux, cavaliers émérites, et m'ont tant retourné le cœur ! Mais j'ai tenu bon.

— *My Queen*, ne clamiez-vous point que vous étiez la seule maîtresse du royaume ? Qu'aucun homme ne prendrait place près de vous, pour ne point s'arroger aussitôt le pouvoir ?

— *Indeed*, les hommes sont puissants et n'entendent pas se laisser dicter leur conduite par une femme. Si j'avais pris un époux, dès lors proclamé souverain consort d'Angleterre, il eût sans nul doute voulu conduire les affaires à sa guise. Il m'eût désobéi.

John Dee demeura silencieux, comme pour laisser Élisabeth apprécier ce qu'elle venait elle-même de reconnaître.

— Cela n'a donc point de lien avec le livre et notre entreprise, *Your Majesty*. C'était là votre très cher vœu, auquel nul ne vous a exhortée. Et du reste, ces hommes, lord Leicester puis lord Essex, échouèrent tous deux dans les missions d'ambassadeur que vous leur confiâtes, l'un aux Pays-Bas, l'autre en Écosse. Ils s'érigèrent en quasi-monarques et bafouèrent votre autorité. Ils paradèrent et trompetèrent leur propre gloire au détriment de la vôtre. Et vous en fûtes fort marrie. Que ne leur avez-vous reproché ! Les hommes sont ce qu'ils sont ! Ils auront toujours plus d'inclination pour le pouvoir que pour le devoir ! Souvenez-vous de votre père, Henri VIII le sanguinaire, qui fit trancher la tête de votre propre mère !

Soudain, Élisabeth sanglota sans qu'aucune larme ne s'écoulât de ses yeux glacés. Elle ressassait le souvenir de ses bien-aimés disparus. Leur influence sans limites auprès d'elle avait nourri chez l'un, puis chez l'autre, l'espoir vain de devenir roi consort d'Angleterre. Le premier avait péri d'un coup de froid, le second d'un coup de hache pour avoir tenté de renverser Élisabeth, après avoir vainement attendu son heure. Que d'échecs et de déceptions pour la souveraine, qui n'avait eu de cesse de ruminer son exécrable vie affective, jusque dans l'au-delà !

Bien qu'elle eût tenu John Dee pour personnellement responsable de cette débâcle, elle n'avait jamais pu s'affranchir de son emprise.

Au même instant, la vision spectrale s'évanouit dans le néant. L'esprit d'Élisabeth avait regagné les cimes, par-delà les nuages, sur ce continent que nul ne pouvait connaître de son vivant.

Dee longea les étagères de chêne, comme pour s'enivrer des arômes des reliures de cuir qui s'adossaient les unes aux autres, ou peut-être pour saisir le parfum de la grande souveraine disparue.

Avait-il entièrement échoué ? Peut-être. Il ne le saurait jamais, sauf si son âme errait pour l'éternité, ce dont il commençait à douter. Le grand livre, lui, pourrait sans doute continuer de passer de main en main. L'un de ses successeurs parviendrait peut-être à réaliser la prophétie de Démocrite et d'Hypatie.

Sans doute les connaissances humaines se révélaient-elles bien trop minces, en ces temps obscurs, pour offrir la clef. Sans l'aide des âmes des géants ni celle des divinités, seul l'esprit humain, par sa science et son génie, se révélerait capable d'exaucer le grand œuvre.

Mais Dee savait que la route serait longue. Beaucoup croyaient encore que la Terre siégeait au centre de l'Univers et que le Soleil tournait autour. Lui-même, quoique profondément convaincu du contraire, n'avait jamais osé démentir publiquement cette absurdité. Il admirait le courage de Giordano Bruno, mort sur le bûcher huit années plus tôt pour avoir asséné l'héliocentrisme avec fougue, jusque dans les flammes de la Sainte Inquisition.

Pour l'heure, toutes les grandes souveraines avaient expiré et de nouveau laissé place aux hommes. La parenthèse enchantée s'était refermée.

Ces femmes d'exception, reines ou régentes, partageaient de grandes qualités qui manquaient aux hommes, comme le discernement, l'intuition et surtout la volonté de consensus. Elles avaient toutes évité la guerre et s'étaient seulement compromises dans quelques escarmouches. Élisabeth Tudor et Catherine de Médicis avaient même su instaurer une liberté de culte, avant que les passions ne déchaînent la haine des catholiques envers les protestants, et inversement. Les deux souveraines furent manipulées par des hommes enragés et dévorés par l'ambition, si bien qu'elles finirent par céder à l'un ou l'autre des partis, faisant sombrer une concorde relative dans des bains de sang.

John Dee ressassait ces souvenirs et s'émerveillait de la nature des femmes. Leur grande force, songea-t-il encore, était qu'aucune n'avait exprimé de désir d'expansionnisme.

Les femmes veillaient sur leurs peuples en mères aimantes, en épouses fidèles, et n'allaient jamais chercher querelle au-dehors, ni jalouser d'autres nations. Élisabeth Tudor et Catherine de Médicis avaient au contraire encouragé le génie artistique, l'ouverture des idées, et contribué à cette fameuse « renaissance » que tous les visionnaires tels que Dee avaient appelée de leurs vœux.

Ces femmes donnaient donc naissance et renaissance, assurant ainsi l'éternel cycle de la vie et de l'esprit.

John Dee espérait ardemment qu'un jour elles donneraient également vie au plus grand rêve de l'humanité. Leurs qualités pacifiques et leur sensibilité engendreraient l'être suprême qui régnerait jusqu'à la fin des temps, contre l'esprit va-t-en-guerre des hommes sots. Elles maîtriseraient sans doute le savoir qui rendrait cette œuvre possible.

John Dee contempla une dernière fois son immense bibliothèque et empoigna le grand codex HYV, niché sur la troisième étagère.

Il déposa le lourd volume sur son pupitre et s'empara d'une plume épaisse. Il la trempa dans l'encre de seiche et dessina un E pour Élisabeth, à la suite des trois lettres qui composaient le titre. Ces lettres, à la graphie disparate, formaient désormais un terme doué de sens : HYVE. La « ruche », dans l'anglais du XVIIe siècle naissant. L'allégorie était parfaitement choisie. Le vieux mage espérait une prochaine reine qui produirait le miel cosmique et rendrait l'humanité aussi pacifique et laborieuse que le peuple des abeilles.

Il referma l'épais manuscrit, qui fatiguait et s'élimait de toutes parts, et le rangea parmi les autres. Il l'avait fondu dans la masse pour ne point éveiller la curiosité des profanes.

Il allait donc léguer son immense bibliothèque, avec le vieux codex. Il avait mûrement réfléchi et s'était finalement décidé. Malgré les archaïques qui régnaient encore sur Cambridge, il confierait ses milliers de volumes au Trinity College. Au fond, il avait intégré le prestigieux établissement au moment même de sa fondation, dans sa toute première promotion, et il lui devait bien cela. Peut-être une once de nostalgie expliquait-elle ce choix surprenant. Mais c'était ainsi. Il avait rédigé une forme de testament dans lequel il abandonnait officiellement sa seule richesse à son ancien *college*. Il ouvrit l'un des tiroirs de l'immense meuble puis en retira une enveloppe cachetée de cire noire qu'il déposa sur son pupitre.

Le vieil homme regagna sa chambre, souffla sa chandelle et s'allongea sur son lit. Il se remémora une dernière fois Élisabeth, jeune et belle, imprégnée de sa glose et couverte de serpents. Elle avait adopté les reptiles sur la plupart de ses étoffes, comme le symbole de son règne. Il se souvint de ce tableau, exécuté trente ans plus tôt, dans lequel la reine, la mine défaite, engoncée dans une étoffe parsemée de gemmes et de diamants, et surmontée d'une fraise blanche, tenait un serpent dans la main. Elle chérissait ces bêtes au sang froid et, depuis la mémorable cérémonie, s'en était entichée. Elle n'avait jamais craint de les saisir à pleines mains.

Cependant, au vu de l'œuvre, ses conseillers privés, jusqu'à son secrétaire d'État William Cecil, l'avaient exhortée à masquer l'aspic, emblème du péché et des forces maléfiques. Ces incultes ignoraient la véritable valeur du serpent, ancrée depuis cinq millénaires dans toutes les civilisations. Il était symbole d'immortalité, d'infini, et le garant des forces sous-jacentes à l'origine de la création même de la vie. Élisabeth avait cédé, au grand dam de l'astrologue, et le peintre avait barbouillé à la va-vite un bouquet de fleurs maladroit qui épousait tant bien que mal les courbes du reptile.

À cette évocation, John Dee se figura aussitôt le bâton d'Hermès Trismégiste, qui régnait sur la communauté depuis toujours. Dans son esprit embrumé, les deux vipères qui ceignaient le bâton s'animèrent soudainement et grimpèrent vers les cieux. Elles ouvraient la voie.

Alors, pénétré d'un immense sentiment de sérénité, John Dee ferma les paupières et les suivit dans l'au-delà.

Chapitre 20

Vendredi 10 août 2018, 18 h 50, Paris

Les agents de la BAC couraient dans les allées et hurlaient aux piétons de se mettre à couvert. Une vingtaine de véhicules de police entravaient les accès de l'hôpital Cochin, certains dardant encore les rayons bleutés de leur gyrophare. Les forces de l'ordre avaient barré les rues du Faubourg-Saint-Jacques et de la Santé, entre le boulevard de Port-Royal et le boulevard Arago. Les ambulances du Samu et des pompiers de Paris se voyaient détournées vers d'autres services d'urgence, à la Pitié-Salpêtrière, voire à l'hôpital européen Georges-Pompidou.

À l'extrême sud du campus, rue Méchain, le blindé de la BRI s'avançait lentement jusqu'au portail d'accès à la morgue. Les chercheurs de l'institut Cochin, dont l'immeuble de briques rosâtres s'élevait juste à l'aplomb, se terraient sous les paillasses et les bureaux, protégés par un impressionnant cordon de forces spéciales.

Le vrombissement oppressant d'un hélicoptère résonnait dans les ailes des bâtiments, les cours et les allées. La rotation des pales frôlait le mur du son et déplaçait une imposante colonne d'air tout autour d'elles.

Marc Brunier venait de sauter dans son nouveau véhicule de service, une C4 confortable, avec clim, vitres électriques et même un GPS. C'était la seule bonne nouvelle depuis son retour de Clermont-Ferrand. Estelle Chomet grimpa à la place du mort, tandis que Varin, à qui l'on venait tout juste d'ôter son plâtre au bras droit, s'engouffrait sur la banquette arrière. Ceylac et Brénam se coulèrent dans un Scenic. Obélix n'était pas de la partie. Le brigadier-chef Lonzoni avait une famille encore unie, dont deux enfants en bas âge. Il avait posé son mois d'août, tandis que les autres picoraient quelques journées de débrayage ici ou là, sans véritable contrainte. Le capitaine Chomet n'avait pu voir sa fille qu'une semaine en juillet. La deuxième du groupe n'avait pas tellement insisté, vu l'ampleur de l'enquête en cours. Elle avait espéré une belle affaire pendant des mois et n'avait aucune intention de s'éloigner, au risque de manquer un indice ou de perdre le fil. Elle avait dirigé les investigations parisiennes de main de maître durant l'absence de son chef.

Quelques minutes plus tôt, Marc Brunier avait reçu un appel du commissaire Neveux, de la BRI. Ce dernier avait quitté le 36 en trombe avec trente hommes, sans prendre le temps de grimper au quatrième pour avertir l'officier de la Crim.

— Marc, on dérouille dans le 14e sur une fusillade, secteur Cochin. Apparemment, Marie Duchesne fait partie des victimes.

Brunier pâlit comme un linge, ses cinq litres de sang venaient de sombrer d'un bloc dans les mollets. Il ressentit un imperceptible tressautement dans sa paupière gauche. Depuis son impressionnante crise de Clermont-Ferrand, la moindre contrariété ou le début d'un stress déclenchaient le tressaillement d'une lèvre, d'une paupière ou parfois des deux simultanément. D'infimes tics qui trahissaient la maladie, comme les signes annonciateurs d'un tremblement de terre.

— Elle est dans quel état ?

— Attends, je te passe Moreau.

Le Dr Antoine Moreau, médecin de la BRI, suivait l'unité sur chacune de ses opérations. Son rôle consistait à prendre en charge les membres de la brigade en cas de blessure. Brunier le côtoyait depuis des années au 36 et se demandait s'il parviendrait encore à l'apercevoir dans l'immense building des Batignolles…

— Salut, Marc. Pour l'instant, les collègues des urgences m'ont signalé une UD et trois UA de niveau 1.

— Antoine, je suis pas toubib, traduis !

— Une urgence dépassée en arrêt cardio-respiratoire et trois blessés graves en urgence absolue. Ils sont tous au bloc sur place. L'avantage d'être à Cochin.

— Et Marie, Marie Duchesne, elle va s'en sortir ?

— Je suis désolé, je n'ai aucun détail. Je dois te laisser, on arrive sur zone.

Marc Brunier se ressaisit soudain. Un jet d'adrénaline salvateur venait de relancer la machine. En une minute, le groupe dévala l'escalier mythique du Quai des Orfèvres et débarqua dans la cour carrée.

Le miniconvoi planait littéralement au-dessus du bitume, gyrophare et deux-tons à pleine puissance. À la croisée des quais et du Petit-Pont, juste avant de franchir la Seine, Brunier jeta un œil à la façade de Notre-Dame et déglutit en apercevant, juste au-dessous de la grande rosace, l'imposant portail du Jugement dernier avec sa représentation de l'enfer et du diable au regard maléfique.

Au bout du pont, les deux véhicules aux sirènes hurlantes giclèrent dans la rue Saint-Jacques, une artère large et dégagée, comme une autoroute en plein Paris. Les moteurs mugissaient à cinq mille tours-minute, pour avaler la chaussée rectiligne qui suivait le tracé du *Cardo maximus* de l'ancienne Lutèce. Passé la rue des Écoles, les écrasantes façades de la Sorbonne s'étiraient sur la droite, tandis que celles du Collège de France, l'ancien collège royal fondé par François Ier, s'élevaient sur la gauche. Dans la foulée, le lycée Louis-le-Grand achevait d'imposer son caractère élitiste et hautain à l'artère qui fendait le Quartier latin.

— Dégage, bordel !

Un camion frigorifique s'épuisait dans la pente raide et bloquait l'horizon. Marc Brunier klaxonna, couvrant de notes dissonantes le deux-tons strident, tout en éclaboussant les rétroviseurs du bahut d'appels de phare hystériques. Estelle Chomet baissa sa vitre et moulina du bras pour faire signe au fourgon de s'écarter. N'y tenant plus, le commandant se projeta sur la gauche et frôla une brochette de véhicules garés le long de la rue, pulvérisant deux rétroviseurs au passage. Derrière, Ceylac et Brénam insultèrent copieusement le chauffeur du camion en hurlant à travers leur fenêtre.

Plus haut, le convoi fusa sur le boulevard de Port-Royal, manquant d'emboutir un bus 91 de la RATP qui rampait péniblement avec ses deux thorax en accordéon. L'instant d'après, ils pilèrent devant le cordon de sécurité dressé par leurs collègues. Les pneus crissèrent et Brunier braqua le volant pour éviter de fracasser les barrières métalliques, réalisant un spectaculaire tête-à-queue.

Brunier, Chomet, Ceylac, Brénam et Varin enfilèrent leur brassard « police » à la va-vite et franchirent le cordon sans un regard pour les képis qui faisaient le pied de grue. Aucun n'avait osé demander à l'équipée sauvage si elle était autorisée à pénétrer sur le site, craignant de morfler une belle gueulante.

Brunier avait dégainé son Sig et aussitôt baissé le cran de sûreté. Il enfila une oreillette pour rester connecté à la radio et suivre l'évolution de la situation. Le bourdonnement entêtant de l'hélicoptère rendait l'écoute ardue.

Le groupe longea lentement les pompes funèbres qui dressaient leurs vitrines morbides le long du trottoir. Brunier ressentit une décharge en plein cœur, interprétant cette vision comme un nouvel augure funeste. Au bout de quelques mètres, l'entrée des urgences était barricadée par une unité de la BAC. Chomet passa en tête et brandit sa brème pour desserrer le maillage. Ils s'infiltrèrent en file indienne par les portes battantes. Brunier se précipita sur la première blouse blanche, une jeune femme blafarde et stressée.

— Je veux voir Marie Duchesne, l'une des victimes de l'attaque. C'est urgent.

L'urgentiste sursauta et parut hésiter avant d'apercevoir le brassard orangé marqué « police ».

— C'est impossible, elle est au bloc. Il semble qu'elle ait un poumon perforé. Le pronostic vital est engagé.

Brunier se raidit et manqua de défaillir. Chomet le saisit discrètement par le bras pour l'entraîner à l'écart.

Une heure plus tôt

Marie s'apprêtait à quitter le laboratoire du cinquième étage, après avoir tout rangé soigneusement. Les courbes et les chiffres des analyses ADN couraient dans son esprit et n'en finissaient pas de se recouvrir. Elle fulminait d'avoir échoué malgré ses infinies précautions et les heures perdues à la paillasse. Elle repassait le film des manipulations et ne voyait pas à quel moment la contamination des scellés par son ADN avait pu se produire.

Elle désactiva les néons et pressa le bouton blanc qui déverrouillait la porte principale. Dans le couloir, elle hésita entre l'ascenseur et l'escalier. Romain lui avait fortement déconseillé le premier, en rade une fois sur deux, si bien qu'elle décida de rejoindre le rez-de-chaussée à pied. À peine eut-elle franchi la porte de service pour s'engager sur les marches que les battants de l'ascenseur s'écartèrent. Une ombre noire glissa sur le palier et se dirigea directement vers l'entrée du laboratoire de l'institut Cochin, sans remarquer la porte de l'escalier qui finissait de se refermer.

La silhouette brandit un pied de biche et força le vantail avec férocité. La porte céda au bout de trois assauts.

Tout en bas, tandis que Marie dévalait l'escalier, le brigadier-chef Anthony Marcon, son garde du corps, quittait les toilettes et regagnait son poste. Il n'avait pu voir l'intrus s'infiltrer.

Mais une fois dans le hall, il remarqua un étrange ballet à l'extérieur. Des individus entièrement vêtus de noir semblaient prendre position près de l'entrée. Ils passaient furtivement d'un angle à l'autre du bâtiment. L'instinct du policier le poussa aussitôt à s'emparer de son semi-automatique et à se plaquer contre la cloison.

Au même instant, Marie, guillerette, franchit la porte de l'escalier située à six mètres du fonctionnaire.

— Ah, Anthony !

Le policier détourna le visage et esquissa un geste pour lui intimer de se coucher.

Dans la même fraction de seconde, une détonation sèche retentit dans le hall. La balle de 9 mm fendit l'air à trois cent cinquante mètres-seconde avant que le policier achève son mouvement. Le projectile perfora la poitrine de Marie qui écarquilla les yeux. Une expression de stupeur traversa son regard. Elle tituba et s'effondra sur les carreaux. Anthony Marcon fit feu à quatre reprises en direction de la porte et se précipita vers la jeune fille. Il la tira sur deux mètres, maculant le carrelage d'un beau rouge carmin.

Au raffut de la fusillade, deux blouses blanches bondirent par les portes battantes qui séparaient le hall des laboratoires. Le premier homme, chef du service d'anatomie pathologique, aperçut la victime au sol et tenta de s'abriter contre le mur. Une balle lui traversa le thorax et vint mourir dans la cloison de plâtre. Le policier répliqua par six nouveaux tirs et tenta de se rapprocher des portes du service. L'anatomo-pathologiste s'affaissait lentement, comme un pantin désarticulé.

À l'extérieur, les premiers témoins venaient d'alerter la police.

Le brigadier-chef ne disposait plus que de cinq munitions dans son chargeur. Il devait agir avec discernement, sans les gaspiller.

La seconde blouse blanche, elle, avait eu le réflexe de se jeter à terre, tout près de Marie. C'était Romain.

Tétanisé, le jeune interne ne pouvait détacher son regard de celui de l'étudiante, dont les pupilles semblaient rivées par-delà les murs et les dalles du bâtiment pour se perdre dans les limbes.

La soudaine accalmie tourmenta le policier, qui avait appris à redouter le calme avant la tempête. Les assaillants paraissaient s'être volatilisés. Où se terraient-ils ? Que fomentaient-ils ?

Au bout de quinze secondes, il baissa la garde et empoigna Marie sous les épaules.

— Aidez-moi ! cria-t-il à Romain.

Alors que les deux hommes s'apprêtaient à soulever le corps inerte, une silhouette surgit d'un angle mort. Elle s'était discrètement faufilée par la porte de l'escalier, après avoir quitté bredouille le cinquième étage.

Les yeux d'Anthony Marcon obliquèrent vers la forme en mouvement, mais il était déjà trop tard.

— Baissez-vous ! hurla-t-il à Romain, qui s'exécuta dans un réflexe furtif.

Le policier lâcha l'étudiante encore au sol et porta la main à son pistolet. C'est alors qu'il reçut le premier coup en plein visage. Il visualisa un éclair bleuté puis éprouva une douleur atroce, une profonde déchirure doublée d'une brutale décharge électrique. Il aperçut le sang qui giclait devant lui et comprit que c'était grave. Il chancela et lutta de toutes ses forces pour ne pas perdre connaissance. Son œil gauche était aveugle, tandis que le droit ne discernait plus qu'un mince filet de lumière. Le second coup l'atteignit au foie, une douleur cinglante, mordante, qui lui coupa le souffle. Malgré ses efforts surhumains, il sombra dans le néant.

Au même instant, Romain s'était précipité sur l'assaillant qui tenta de le repousser à l'aide de son pied de biche ensanglanté. Le premier assaut le manqua de peu. L'interne perçut le sifflement de l'outil dévastateur à quelques centimètres de son oreille. Mais la seconde tentative fut plus précise : le crochet mortel s'enfonça dans son épaule et le fit trébucher. Romain s'effondra sur le ventre et reçut un violent coup dans le dos. Puis un deuxième. Un troisième. Le bourreau s'acharnait.

Soudain, l'écho des sirènes et des mouvements de troupe perça de l'extérieur. L'agitation fébrile sonna l'heure de la retraite. La silhouette noire tenta d'embarquer le corps de Marie, mais renonça vite pour s'évanouir dans la nature.

Deux minutes plus tard, les fonctionnaires de la BAC franchirent les portes en file indienne. Après avoir sécurisé le rez-de-chaussée, ils encadrèrent plusieurs infirmiers qui ripèrent dans le hall avec des brancards à roulettes pour s'emparer des quatre corps. Sous protection rapprochée, ils filèrent à travers les allées jusqu'aux urgences, à l'autre bout du campus.

Des témoins avaient signalé plusieurs individus en tenue sombre massés devant le bâtiment Gustave-Roussy qui, depuis, s'étaient évaporés. Toutes les issues de l'hôpital se trouvaient pourtant bouclées par les forces de l'ordre. Le corbillard n'avait pas bougé. Les agresseurs devaient se tapir quelque part et pouvaient ressurgir à tout moment.

Il fallait absolument les loger. Peut-être retenaient-ils des otages. Une confusion totale régnait dans l'enceinte du centre hospitalier. Le préfet de police, immédiatement alerté, avait redouté un nouvel attentat terroriste et aussitôt mobilisé la BRI. Il avait même placé le RAID en alerte. La menace planait sans cesse depuis les tueries de Paris et de Nice. Le procureur de la République et la Place Beauvau étaient informés.

La brigade de recherche et d'intervention de la préfecture de police avait débarqué en renfort, mobilisant tous les fonctionnaires disponibles au cœur de l'été.

Avec le reste des forces dépêchées sur place, les assaillants n'avaient aucune chance d'en réchapper. Un quadrillage précis avait été mis en place. Tous les bâtiments étaient progressivement visités, sous haute sécurité. Des snipers avaient même pris place sur les toits. L'hélicoptère traquait l'ensemble des mouvements sur le campus. Les commandos progressaient d'allées en coursives, guidés par radio à partir des instructions des services techniques de l'hôpital. Aucun recoin ne leur échappait. L'unité cynophile avait également rappliqué, et les chiens reniflaient la piste.

— On est en formation BRI-BAC avec les clébards de la DSPAP. Tout est quadrillé. On a passé la moitié du site au peigne fin, RAS pour l'instant.

Le commissaire Neveux contrôlait les opérations depuis le bureau de la directrice de l'hôpital. C'était un homme musculeux, qui dépassait aisément le mètre quatre-vingt-dix. La directrice, fascinée, s'attarda sur ses traits fins, sa peau burinée et surtout ses yeux perçants. Ses iris brillaient d'un magnifique bleu des Bermudes. Il dégageait un charisme envoûtant et ne laissait personne indifférent. Neveux dialoguait au téléphone avec le conseiller technique de la préfecture de police chargé des affaires opérationnelles. Un commissaire tout comme lui, rompu au terrain.

Marc Brunier venait de débarquer dans le QG improvisé avec son adjointe, tous deux fermement décidés à participer aux opérations.

— Ouais, je sais, mais on a maté les vidéosurveillances, ils sont arrivés dans un corbillard par l'entrée sud et on n'a rien vu sortir depuis. Ou alors ils se sont changés avant de décarrer par la sortie piétons. Mais on aurait au moins trouvé leurs fringues noires. Et là, on n'a rien. Aucun groupe suspect sur les vidéos. Des vieux, que des vieux pratiquement.

Une voix étouffée s'égosillait dans le combiné téléphonique. Neveux utilisait la ligne fixe de la directrice.

— On n'en sait rien. Si tu veux mon avis, ils se planquent dans un endroit improbable. C'est un gros merdier, cet hôpital. Des bâtiments à moitié pourris dans tous les sens, ouverts aux quatre vents. Enfin, tu sais ce que c'est.

La directrice de l'établissement, qui n'avait pas moufté jusqu'ici, fronça les sourcils. Neveux ne la calculait pas et triturait un trombone.

— Non, le bilan s'est alourdi. Le toubib est décédé… C'est ça, une balle qui a perforé l'aorte. Il est mort au bloc y a dix minutes… L'interne ? Toujours sur le billard à ma connaissance. Il est vraiment amoché, apparemment la moelle épinière aurait été sectionnée… C'est ça, il risque la paraplégie… Non, rien de plus sur le collègue du SDLP. Lui aussi, toujours au bloc. Il a sérieusement morflé… un œil défoncé, un traumatisme crânien et le foie perforé. Il a perdu énormément de sang. À deux minutes près, il était raide avant qu'on l'opère. Une chance d'être dans un hosto.

Marc Brunier blêmit. Les blessures se révélaient d'une gravité inouïe et témoignaient de la détermination des tueurs. L'officier retint son souffle, redoutant le dernier verdict médical.

— Ah, on a du neuf concernant la gamine qui était protégée par le gars du SDLP… Oui, c'est ça… Je suis justement avec le commandant Marc Brunier, de la Crim, qui enquête sur les deux affaires. Apparemment, elle a eu énormément de chance, je viens d'apprendre que la balle a pénétré juste au-dessus du poumon droit… Non, aucun organe vital atteint… C'est vrai, on la pensait perdue… Elle devrait s'en sortir sans séquelles.

Brunier, au bord de l'apoplexie, relâcha tous ses muscles et expira profondément. Le capitaine Chomet avait remarqué son trouble, puis son intense soulagement après les derniers dires du commissaire Neveux.

Le patron de la BRI raccrocha et se tourna aussitôt vers le commandant de la Crim.

— T'as une idée de ce qui se passe ?

— Ils sont venus la chercher. Ils ne repartiront pas sans elle.

Neveux haussa deux sourcils interloqués.

— Tu rigoles ? J'ai soixante-douze gus surentraînés sur site plus les bleus qui bouclent tout le quartier ! Les urgences sont entièrement cadenassées. Un cafard passerait pas une antenne.

— Alors ils reviendront.

— Mais pourquoi avoir essayé de la tuer si c'est pour l'enlever coûte que coûte ? À un centimètre près, elle y passait. Elle a eu un bol monstre.

— Je ne crois pas, répondit Brunier. Je pense qu'ils ont parfaitement visé. Un tir nickel. La neutraliser, oui ; la tuer, non. Ils ont besoin d'elle vivante pour lui faire subir le même sort qu'aux deux autres. Ces filles sont toutes liées. Apparemment, elles sont jumelles.

Le commissaire Neveux contourna le bureau et se campa bien en face du commandant de police.

— C'est quoi, ce bordel ? Qu'est-ce qu'ils leur veulent, à ces gamines ?

— Aucune idée, mais je peux te dire qu'ils sont prêts à tout pour récupérer Marie. J'en sais quelque chose, ajouta l'officier en détournant le visage vers la fenêtre.

Il ne pouvait soutenir le regard de son collègue en évoquant les événements de Clermont-Ferrand et la grande mystification qui en avait découlé.

— On doit absolument loger ces tarés. Je suis sûr qu'ils sont encore ici… Vous n'auriez pas une idée, vous ? lança soudain Neveux à la directrice de l'hôpital, qui sursauta.

— Moi ? Mais comment voulez-vous…

— Je sais pas, une planque, un endroit auquel on ne penserait pas… Vous le connaissez par cœur, cet hosto, non ?

La fonctionnaire arrondit deux orbites torves qui ne laissaient aucun doute sur son absence cruelle d'inspiration.

— Il n'y aurait pas des souterrains, par hasard ?

Estelle Chomet venait de déchirer le silence.

— Des souterrains ? répéta Neveux.

L'acolyte de Brunier s'avança de quelques pas, volant au secours de son chef aux abonnés absents depuis l'évocation de l'attaque du puy de Dôme.

— On a un précédent avec le métro et le tunnel creusé jusqu'aux réserves de la boutique Hermès. Ils ont l'air très à l'aise sous terre.

Le commissaire Neveux se tourna de nouveau vers la directrice, encore affectée par sa précédente admonestation.

— Alors, il y en a ? Des souterrains ? Des réserves, des caves ?

— Je… Oui, bien sûr, on stocke toute la blanchisserie en sous-sol. Mais ce sont des pièces qui ne communiquent avec rien. À moins que…

— À moins que quoi ?

— On a aussi une particularité. Il existe des galeries sous l'hôpital qui remontent à l'époque de l'exploitation des carrières de pierre. Il y a même une association qui gère le site. Ils organisent parfois des visites. Je n'y ai jamais participé, mais c'est assez connu des spécialistes et des amoureux des dessous de Paris. Le site est classé aux monuments historiques. C'est le même genre de galeries que les catacombes, si vous voulez.

Marc Brunier se ranima et frémit à l'évocation des catacombes. L'ombre de la mort s'immisçait partout, jusque dans les entrailles de la capitale. Les tueurs jouaient avec ses nerfs et les paraboles morbides. Avec leurs tenues noires, leurs symboles mystérieux et leur aptitude à surgir puis s'évanouir comme par enchantement, ils paraissaient surhumains, tels des sorciers ou des magiciens. Brunier rectifia aussitôt pour lui-même : Pas surhumains. Inhumains.

L'émetteur-récepteur radio oublié sur le bureau grésilla. Neveux avait ôté son oreillette pour être à l'aise au téléphone, laissant l'appareil en mode talkie-walkie.

— Patron, c'est Morin. On a quelque chose. Les chiens sont comme des fous devant une porte métallique, au bout d'une rampe d'accès en contrebas. On voit des poubelles et des chariots blindés de balles de linge. Quelques bagnoles aussi. D'après le plan, on est sous le bâtiment Ollier.

La directrice déploya aussitôt un plan sur son bureau.

— Regardez. Nous sommes ici, dans le bâtiment Saint-Jacques qui longe la rue, avec notamment l'accès piéton et les admissions. Voici le bâtiment Ollier, juste à côté. Il a la particularité d'avoir un sous-sol avec une cour, auquel les véhicules de service accèdent par une rampe. C'est là qu'on dispose les poubelles et tout le linge sale qui doit partir à la blanchisserie. La porte métallique, si c'est bien ce que je pense, conduit aux carrières souterraines.

Le commissaire Neveux se rua sur sa radio.

— OK, bougez pas, je vous rejoins. Morin, tu fais rappliquer les groupes Gomez et Fréchard. On touche au but.

Le patron de la BRI réajusta son oreillette et la reconnecta à la radio. Les trois policiers s'apprêtaient à se volatiliser quand Neveux fit brusquement volte-face.

— Attendez… Le bâtiment Ollier, là, au début de la rue du Faubourg-Saint-Jacques… c'est pas celui des urgences aussi ?

— C'est exact. On y accède directement côté rue.

— On peut rejoindre les urgences par le sous-sol ? Par la rampe en question ?

La directrice plissa les paupières et médita quelques instants.

— C'est possible. Par la porte D qui donne sur la cour en contrebas. On peut sûrement remonter par là.

Brunier et Chomet se glacèrent.

— Bertaud, tu m'entends ? Bertaud pour nid d'aigle.

— Bertaud, j'écoute.

— Ça donne quoi aux urgences ? Ça bouge ?

— Négatif.

Le commandant Brunier était également à l'écoute, équipé de sa propre oreillette.

— Ici Brunier de la Crim. Est-ce que vous contrôlez les identités du personnel soignant qui entre et sort des blocs ?

— Pardon ?

— Les blouses vertes et les blouses blanches, planquées derrière leur masque de chirurgie ou je ne sais quoi, vous êtes sûrs à 100 % que ce sont des toubibs du service ?

— …

Neveux renchérit.

— Les suspects sont peut-être entrés dans le bâtiment par les sous-sols. Soyez vigilants. Vérifiez tout. Surtout concernant la petite. Ne la lâchez pas d'une semelle. Je veux trois hommes à ses basques où qu'elle soit.

— OK, patron. Justement, elle est sortie du bloc il y a quelques minutes. Ils disent qu'elle va bien. J'ai déjà deux hommes devant la réa. Elle pionce tranquille en attendant de se réveiller de l'anesthésie. On la lâche pas des yeux.

— Bertaud, c'est très important : personne, tu m'entends, personne n'entre en réa sans avoir décliné son identité et que le chef de service ait confirmé qu'il fait partie de la turne. Même si c'est le pape. Pigé ?

— *Roger.*

Neveux apostropha une dernière fois la directrice, médusée par la tournure que prenait la situation.

— Il faudrait appeler les mecs de l'assoc, là… celle qui s'occupe des carrières souterraines.

— La SEADACC ?

— Il me faut un vieux, le genre intarissable qui connaît le machin par cœur. Qui pourra rien rater et nous permettra d'évoluer le plus efficacement possible. Et qu'il rapplique en urgence. S'il est loin, on lui envoie une voiture et deux motards pour ouvrir la route.

— Je m'en occupe tout de suite.

Dix minutes plus tard, trente hommes de la BRI étaient massés dans la petite cour en contrebas, harnachés dans leur tenue de combat et camouflés sous une cagoule. Les têtes de colonne tenaient leur bouclier au pied, prêtes à s'élancer. Le groupe Brunier s'était également rassemblé et chacun ajustait son gilet pare-balles. Varin et Ceylac discutaient des chiens policiers, au flair infaillible. Brunier s'interrogeait avec Chomet et Brénam sur le mobile des robes noires. Estelle Chomet était de plus en plus perplexe et mûrissait une hypothèse qu'elle ne tarderait pas à soumettre à son chef.

Au même moment, une frêle silhouette à moitié tétanisée descendit la rampe, escortée par deux hommes de la BAC. L'intrus, désemparé, jetait des regards ahuris sur la troupe.

Les forces d'élite le dominaient d'au moins deux têtes, si bien qu'on eût dit un lilliputien perdu dans un monde de brutes, ou un enfant qu'on aurait mêlé malgré lui à des problèmes d'adultes.

— C'est vous, l'association des souterrains ?

La voix rauque du commissaire Neveux, à moitié étouffée par sa cagoule noire, terrifia le civil.

— Je... Je suis Michel Rollinger, le président de la SEADACC. Mais... qu'est-ce qui se passe ?

— On a toutes les raisons de penser que des criminels, peut-être des terroristes, se sont infiltrés dans les galeries. Vous pouvez nous guider ?

— Moi ? Vous voulez que je descende avec vous au milieu des bandits ?

« Bandits ». Le commissaire Neveux et Marc Brunier demeurèrent bouche bée, tandis que Brénam réprimait un fou rire. En l'observant enfin, les officiers découvrirent un vieillard souffreteux et craintif. Avec son vocabulaire d'avant-guerre et sa mine de chien battu, il faisait peine à voir.

— Ne vous inquiétez pas, on ne vous fera prendre aucun risque. Mais là, il faut faire vite. Vous avez un plan des galeries sur vous ?

— J'ai tout ce qu'il faut à l'entresol. C'est notre petit bureau, avant de descendre le grand escalier qui plonge au fond. Mais...

— Mais quoi ? s'impatienta Neveux.

— Vous ne pourrez pas tous descendre au bureau. On tient à quatre ou cinq maximum, et encore.

— Et après, dans les galeries ?

— Là, pas de problème, mais il faudra baisser la tête. Je passe sans souci, mais vous…

— Ouais, bon, on baissera la tête. Allez, je vous suis au bureau et ensuite je fais descendre les groupes. Dépêchons-nous !

Michel Rollinger n'avait pas menti. Le bureau se résumait à un corridor flanqué d'armoires métalliques et de murs couverts d'illustrations des carrières de pierre à la grande époque. Pendant des siècles, des milliers de maîtres carriers s'étaient échinés à extraire d'énormes blocs des sous-sols de Paris, curetant la capitale de ses précieux calcaires pour bâtir ses édifices, de ses gypses pour confectionner du plâtre, ou encore de ses marnes vertes et de ses argiles pour façonner tuiles et poteries. Comme les mineurs, ces forçats avaient sué au péril de leur vie, nantis de simples lampes à huile, pour disséquer les entrailles de la ville à la seule force de leurs bras.

Marc Brunier, qui était descendu avec Neveux et le commandant Vignot de la BRI, s'attarda sur une gravure. D'immenses roues de huit mètres de diamètre, installées à l'aplomb de puits carrés, permettaient de remonter d'imposants blocs à la surface. La peine et la misère se lisaient sur les visages de ces esclaves oubliés de tous.

— Ils ont travaillé de la sorte pendant des siècles, surtout au Moyen Âge, lança le président de l'association qui avait remarqué l'intérêt de l'officier de la Crim. Vous savez qu'ils ont tellement creusé qu'un douzième de Paris repose sur des galeries ? Un vrai gruyère. Il aura fallu ensuite près de deux siècles à l'inspection générale des Carrières pour tout consolider et éviter que des quartiers entiers ne s'effondrent sur eux-mêmes.

— On n'est pas venus tailler une bavette sur l'histoire du merdier, coupa Neveux. Il est où, le plan ?

— Là, sur le mur.

Les policiers n'en crurent pas leurs yeux. Devant eux se révélait le revers d'une célèbre médaille. Sous le Paname lumineux rampaient les boyaux sordides et obscurs du Paris souterrain. Sur le plan mural, une série de lignes rouges et de courbes, de crochets et de détours sinuaient en surimpression sur les rues et les bâtiments de la surface. Un double de la capitale, inconnu et secret, mais qui constituait un potentiel faramineux pour les robes noires, sans doute parfaitement au fait de la topographie des lieux.

— Vous voyez là tout le réseau sud. Il s'étale sur une grosse partie de la rive gauche. Ici, ce sont les fameuses catacombes, les seules galeries ouvertes au public, avec l'accès place Denfert-Rochereau. Et nous, nous sommes juste ici, plus au nord, dans ce petit périmètre comprenant mille deux cents mètres de galeries. C'est très court, en fait.

— C'est en vase clos ? s'étonna le commissaire Neveux.

— Oui, depuis les années 1980, on a bouché tous les accès aux autres galeries du réseau. Les cataphiles nous pourrissaient tout. Maintenant, on est tranquilles. Ils ne peuvent plus s'infiltrer. Il faut forcément passer par ici, donc par nous. C'est quand même un site préservé, inscrit aux monuments historiques.

— Les cataphiles ? répéta Marc Brunier.

— Oui, répondit le vieil homme avec une pointe d'étonnement. Vous ne connaissez pas ? Les jeunes qui passent leur vie à ramper partout sous Paris pour visiter les carrières, organiser des petites fêtes, taguer les galeries et parfois bien pire. Ils s'infiltrent par des trous improbables. Ils ont très fortement dégradé le réseau. C'est une communauté très organisée.

L'officier songea aussitôt à la forêt de graffitis mise au jour dans la station de métro Croix-Rouge, abandonnée depuis de longues années et devenue le terrain de jeux de nombreux graffeurs.

— Mais si c'est un circuit fermé, ils n'ont pas pu sortir ! insista Neveux qui poursuivait son idée.

— Non, confirma Rollinger.

Le commandant Vignot grimpa les marches quatre à quatre et sonna l'hallali. Les trente forces spéciales se ruèrent à la queue leu leu jusqu'au bureau, prêtes à dévaler le grand escalier qui plongeait à dix-huit mètres de profondeur. Bien plus bas que le métro ou les égouts.

— Tiens, la porte d'accès est ouverte… Je suis pourtant sûr de l'avoir refermée à clef, s'étonna Michel Rollinger.

Brunier échangea un regard entendu avec Neveux, puis arma une munition dans la chambre de son Sig Sauer. Les policiers avaient coiffé leur casque serti d'une lampe frontale, comme pour les opérations nocturnes.

Au bas du prodigieux escalier de cent marches, une exquise fraîcheur saisit la troupe d'élite. La température n'excédait pas 15 degrés, un soulagement par rapport au cagnard qui sévissait à la surface.

Au bout de quelques mètres, les commandos rencontrèrent une vieille porte blindée, entièrement rouillée. Sur le mur mitoyen pendouillaient un antique téléphone à cadran et de grossiers fusibles.

— C'est un ancien abri de la Seconde Guerre mondiale. En cas de bombardement, médecins et patients de l'hôpital Cochin descendaient se cacher là-dedans.

— Et on peut encore s'y planquer ? interrogea, suspicieux, le commissaire Neveux.

— Non, la porte est complètement grippée. Impossible de l'ouvrir. Du moins théoriquement.

Le « théoriquement » déclencha aussitôt la première opération. Un artificier sonda la lourde porte, puis deux policiers tentèrent d'actionner la poignée. Malgré de nombreux efforts, rien ne frémit. Par sécurité, Neveux désigna deux hommes pour demeurer en faction devant le bunker.

Le reste de la troupe se faufila dans la première galerie, ample et large. Une nouvelle porte les attendait, munie d'un mécanisme digne d'un sous-marin. Rollinger, étroitement escorté, actionna le volant qui déverrouilla l'épais vantail métallique.

À l'intérieur, le vieil homme enclencha la lumière. Les galeries faisaient parfois office de musée et bénéficiaient d'un éclairage généreux. Aussitôt, les hommes aperçurent une silhouette vêtue d'une longue robe noire sur leur droite.

L'homme, visiblement tétanisé, se trouva immédiatement moucheté de points rouges incandescents, projetés par la dizaine de pointeurs laser qui harponnaient leur cible.

— À terre ! hurla le commandant Vignot. Tout de suite ! À terre ! répéta-t-il trois fois.

— Attendez ! miaula Rollinger. C'est un mannequin !

— Qu'est-ce que c'est encore que ce bordel ? mugit Neveux.

— C'est la représentation d'un moine capucin ! Au XVIIe siècle, bien avant la construction de l'hôpital, l'ordre des capucins avait établi un noviciat sur le terrain au-dessus. D'ailleurs, nous nous trouvons officiellement dans la « carrière des Capucins ».

Les forces spéciales de la BRI s'apprêtaient à plomber un curé de plastique.

— Y en a beaucoup des conneries comme ça dans les galeries ? s'irrita le commissaire Neveux.

— C'est le seul. Mais vous allez trouver d'autres témoignages du passé, par exemple d'anciennes inscriptions directement gravées dans la pierre, ou quelques chefs-d'œuvre classés aux monuments historiques, comme ici.

L'homme s'était imprudemment avancé de quelques pas, oublieux de l'opération commando en cours. Il avait basculé dans son habituelle comptine, sans tenir compte de la situation à haut risque. Le commandant Vignot l'alpagua sans ménagement par le col et s'engouffra devant lui pour ouvrir la voie.

— Hum… Voici donc la fontaine la plus profonde de Paris.

Au bas d'une margelle en arc de cercle taillée à même la pierre écrue, dans le banc de liais – la couche la plus dure et noble du calcaire –, affleurait une nappe d'eau parfaitement immobile. Une échelle d'étiage graduée s'élevait contre le mur, un peu comme celles qui parcourent les bords de Seine et servent de référence en cas de crue.

— La fontaine et son échelle aident à mesurer la hauteur de la nappe phréatique sous Paris. Les ingénieurs ont donc percé le plafond de la nappe qui passe en dessous pour lui permettre de percoler. À une époque, ils faisaient aussi des prélèvements réguliers pour évaluer la qualité de l'eau.

L'échelle était coiffée d'un petit chapiteau dorique qui lui conférait une certaine solennité.

Le commissaire Neveux fulminait.

— On s'en cogne, on n'est pas un putain de car de Japonais ! Y a peut-être cinq ou six tueurs là-dessous ! Où mènent ces galeries ?

Neveux désignait deux percées en ogive pratiquement accotées et qui semblaient s'enfoncer dans l'inconnu.

Le vieil homme déplia un plan dressé à la main, visiblement très ancien et qui reportait méticuleusement l'entrelacs de galeries parfois biscornues sinuant tout autour d'eux.

— Alors, ici et là, c'est bouché. On ne peut plus du tout accéder. C'est la frontière avec le reste du réseau, par exemple pour partir côté rue Saint-Jacques. Mais toute la zone qui va vers le boulevard de Port-Royal, l'ancienne rue des Bourguignons, les deux galeries bien rectilignes que vous voyez là, tout est visitable. Les deux tunnels se séparent ici, l'un passe sous le trottoir nord, côté Val-de-Grâce, l'autre sous le trottoir sud, vers la rue de la Santé. Là, une galerie sinueuse passe sous Cochin. D'ailleurs vous verrez des plaques marquées « Sous l'hôpital vénérien », parce que c'était l'hôpital des maladies honteuses à une époque.

L'index de Michel Rollinger virevoltait sur le plan, sous le regard concentré des officiers. Neveux commença de s'inquiéter face au parcours tortueux et accidenté qui guettait ses hommes.

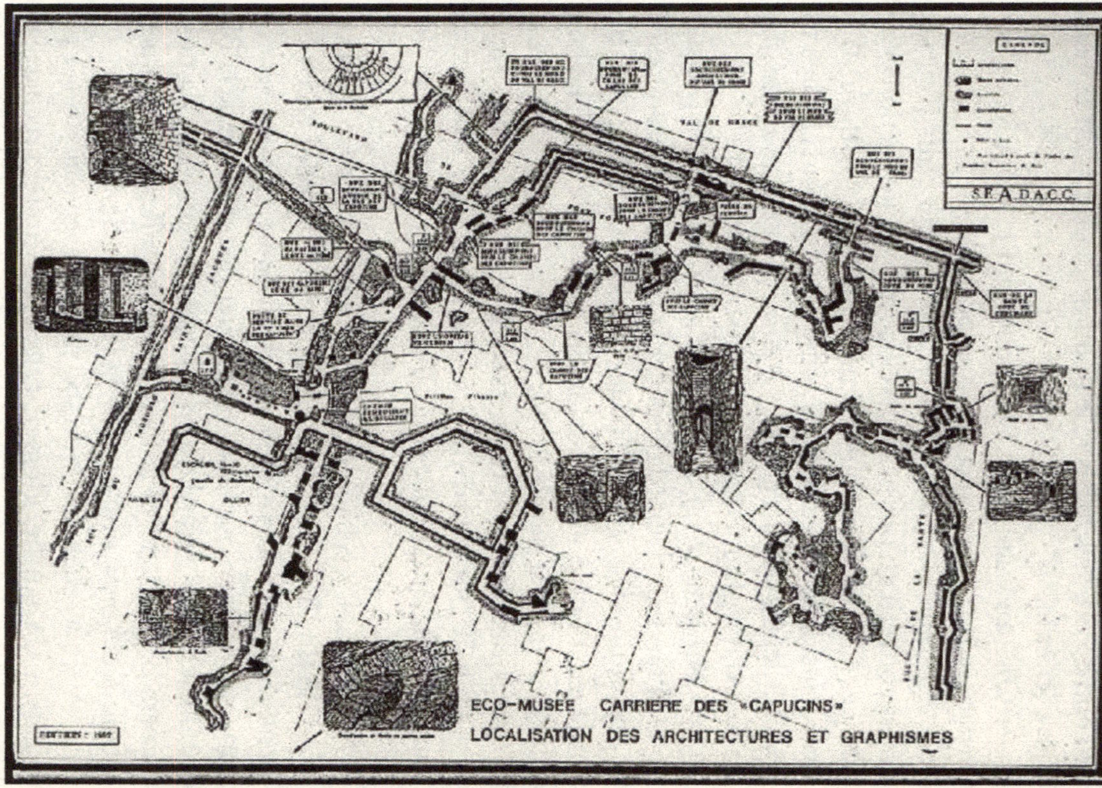
S.F.A.D.A.C.C.
ECO-MUSEE CARRIERE DES «CAPUCINS»
LOCALISATION DES ARCHITECTURES ET GRAPHISMES

— Ensuite, vous avez des niches et plusieurs culs-de-sac, ici, et là, renchérit le vieil homme. Attention quand vous arrivez au croisement, juste ici : d'un côté, c'est sans issue ; de l'autre, vous revenez vers le point de départ. C'est la même chose ici et là.

— OK, message reçu. On embarque le plan. Vous êtes certain qu'il n'existe aucune issue possible ?

— Absolument. Sauf à réactiver un vieux puits d'extraction reconverti en puits de surveillance par l'inspection générale des Carrières, et qui remonte jusqu'à la surface. Il se trouve juste ici, à peu près au milieu du parcours, mais il est bouché depuis des décennies. Il permet seulement de distiller un peu d'oxygène, comme une aération naturelle.

— Vous pensez qu'on pourrait remonter par ce puits ?

— Il faudrait d'abord défoncer la plaque scellée au-dessus et introduire des échelles hautes de dix-huit mètres, ou des cordages, pour pouvoir remonter. Cela reste extrêmement difficile. Ce n'est jamais arrivé.

— Ça débouche où exactement ?

— Sur le boulevard de Port-Royal, trottoir sud, juste à l'angle de la rue de la Santé. Directement en face du Val-de-Grâce.

Marc Brunier échangea un nouveau regard avec Neveux.

— Varin, Brénam : vous remontez et vous filez au croisement entre Port-Royal et la rue de la Santé. Si vous repérez quoi que ce soit, vous faites rappliquer une colonne de la BRI et boucler le boulevard. Je vous laisse en autonomie, la radio passera pas entre ici et là-haut. Et faites gaffe, on a vraiment affaire à des pourritures, souffla l'officier de la Crim.

— Vignot, enchaîna Neveux, tu pars avec ton groupe par la galerie de gauche. Gomez, galerie de droite. Fréchard, tu bloques tous les accès, ici et la porte en haut de l'escalier. Et tu protèges monsieur. Tenez, je vous laisse une radio, je ne sais pas si ça va bien passer dans les galeries, mais c'est puissant. Mettez l'oreillette et répondez-nous quand on vous pose des questions. C'est très important pour notre sécurité.

— Très bien… À ce sujet, faites très attention : à bien des endroits, les galeries sont très étroites ; avec votre harnachement, vous passerez à peine. Rappelez-vous que, la plupart du temps, il vous faudra baisser la tête, sinon vous allez passer votre temps à cogner les casques. Et… il existe très peu d'abris, alors c'est un peu comme une souricière. Vous pouvez faire face aux bandits sans aucune possibilité de dégager ou de vous abriter. Ah, pensez que votre réserve d'oxygène est limitée. On ne descend jamais aussi nombreux dans la galerie. L'air se renouvelle lentement, par d'infimes trouées. Si vous tirez, la poudre et les fumées peuvent rapidement remplir l'espace et vous asphyxier.

— Reçu. Merci, Michel.

Pour la première fois, Neveux s'était adressé au vieil homme avec considération. Derrière ses airs compassés, Rollinger se révélait d'une lucidité redoutable. Il avait manifestement consacré de longues années à arpenter les galeries ; il en connaissait chaque détail, mais aussi tous les périls. Son regard trahissait une sincère inquiétude qui toucha le patron de la BRI et la plupart de ses hommes.

Brunier et les siens demeurèrent aux côtés du groupe Fréchard, près des accès. Ils n'étaient pas habilités à participer à l'opération commando.

Pendant de longues minutes, au son crachotant de la radio, tous suivirent mentalement la progression des troupes d'élite de la BRI. À plusieurs reprises, les hommes râlèrent dans les rangs, bugnant sans cesse contre les plafonds bas. Ils progressaient lentement et sondaient chaque anfractuosité. Partout, la roche se trouvait à nu, souvent consolidée par des ouvrages maçonnés, pour empêcher l'effondrement. Les boyaux semblaient s'étirer à l'infini, en l'absence de visibilité et de ligne d'horizon. Les hommes progressaient pratiquement à l'aveugle, sur la seule foi du plan manuscrit et des quelques indications radio de Michel Rollinger.

Les inscriptions gravées dans la roche défilaient. « Rue des Capucins côté du Midi », « Rue des Bourguignons sous le mur du Val-de-Grâce », « Rue sous le champ des Capucins »… Un puits de service désaffecté accueillait une Vierge noire, scellée dans une niche grossière. Un frisson parcourut les hommes de la BRI.

Par endroits, les troupes rampaient dans de minuscules passages, seul moyen de rallier la galerie suivante. Un comité d'accueil pouvait les cueillir et les allumer un à un. La tension s'élevait au maximum.

Au détour d'un mur, le groupe Gomez tomba nez à nez avec une pyramide de crânes humains. La tête de colonne esquissa un mouvement de repli, réflexe inconscient face à la vision lugubre.

— Ne vous inquiétez pas, caqueta Rollinger, ce sont des faux, en résine. On les a installés pour le tournage d'un film avec Jean Reno. La production n'avait pas l'autorisation de tourner dans les vraies catacombes.

Au bout d'une vingtaine de minutes, les deux groupes confluèrent à la croisée des deux galeries principales.

Ils avaient passé tous les souterrains au peigne fin.

Rien.

Aucune trace.

Neveux et Brunier oscillaient entre le soulagement d'avoir évité un bain de sang et l'incompréhension. Comment, une fois de plus, les tueurs en robe noire étaient-ils parvenus à se volatiliser ?

En désespoir de cause, l'unité cynophile lâcha deux bergers allemands et un berger belge dans les galeries, comme autant de furets en chasse de lapins retranchés dans les méandres de leurs terriers. Ils avaient flairé la piste et pourraient sans doute indiquer si les hommes en noir avaient réellement transité par les souterrains.

Cinq minutes plus tard, l'un des « conducteurs cynotechniciens » de la DSPAP héla le commissaire Neveux par radio.

— On a quelque chose. Les chiens sont à fond. On est juste à côté d'une inscription « Rue des Bourguignons sous le mur du Val-de-Grâce », dans un virage à angle droit.

— Je vois bien, rétorqua Michel Rollinger. C'est à quelques dizaines de mètres d'ici. La galerie de gauche.

Le périmètre étant désormais sécurisé, Brunier, Chomet et le président de l'association de la carrière des Capucins s'infiltrèrent à leur tour dans les percements, à la suite de Vignot, Gomez et Neveux.

Marc Brunier s'étonna de l'agréable sensation dégagée par ces boyaux feutrés et insonores, havre de paix idéal pour un homme brisé tel que lui, qui n'attendait plus rien de la société des hommes. Partout, la crise économique, l'inanité des pouvoirs publics, la terreur des enragés islamistes, l'inconscience des citoyens qui vivaient dans une fausse insouciance ; tout lui rendait le monde invivable. Bien qu'il n'eût jamais vécu cette période terrible, il se sentait comme un Français de 1940. Après la drôle de guerre, jusqu'à la capitulation du 22 juin. Fermer les yeux. Refuser de voir. Il fallait un de Gaulle pour éveiller les consciences, aiguiser les esprits, ressusciter le sentiment patriotique. Mais de Gaulle n'avait plus d'héritier.

La vie matérielle, égoïste, rendait chaque homme indifférent à l'autre. La France n'était plus qu'une somme d'individualités qui se frôlaient sans se voir et ne formeraient jamais plus le ciment d'une nation.

Brunier avait tenté de se réfugier dans la spiritualité de l'Église catholique. Une forme de provocation pour ce fils d'athée trotskiste, mais qui croyait s'armer contre une autre religion, l'islam. Bible contre Coran. Paix contre violence. Bien sûr, c'était caricatural, mais la haine habitait l'officier depuis la trahison. Le départ pour la Syrie de sa fille, qui n'était plus désormais qu'une ombre hantant ses nuits. Il avait espéré entrer en contact avec elle par les forces de l'esprit. Mais la réalité reprenait sans cesse l'avantage, dans la folie quotidienne de la vie parisienne.

Ici, dans la quiétude de ces galeries inchangées depuis des siècles, Brunier flairait soudain la sérénité qu'il quêtait depuis si longtemps. Il sentit qu'il pourrait vivre, seul, absolument seul avec ses démons, dans une galerie chichement aménagée d'une banquette pour passer la nuit et d'un simple réchaud à gaz. Il jouirait de cette température idéale de 15 degrés, stable toute l'année. Une bonne âme lui descendrait chaque semaine des boîtes de conserve et quelques recharges de propane. Des livres. Beaucoup de livres. Il conserverait son 9 mm à portée de main, au cas où. C'était tout ce qu'il demandait.

Brunier fut projeté hors de sa rêverie par le jappement hystérique des chiens. La troupe s'était immobilisée à la croisée des galeries, un espace tout en hauteur qui formait un sas avant de replonger dans les tripailles de la cité.

Michel Rollinger examina l'embranchement avec une attention soutenue. Son œil aguerri sondait chaque once de calcaire.

— Vous pouvez me faire la courte échelle ?

Vignot, imposante armoire à glace, le hissa sans effort, comme s'il soulevait un chihuahua.

— Mmm… C'est bien ce que je pensais.

— Quoi ? Qu'est-ce que vous avez trouvé ?

— Là, tout en haut, une chatière toute fraîche. Et rebouchée, s'il vous plaît.

— Une chatière ? répéta Brunier tandis que le vieil homme reposait le pied à terre.

— Oui, un trou creusé sauvagement si vous préférez. Mais vu l'épaisseur du comblement, ils ont dû utiliser un outil. Quelque chose d'efficace et de motorisé. Forcément.

— Un burineur électrique haute fréquence par exemple ?

Tous les regards convergèrent vers Estelle Chomet. La jeune femme sentit un léger frisson la parcourir. Elle avait enfin attiré l'attention des machos bodybuildés. Elle était blonde et jolie, mais couvait un cerveau en état de marche. Surprise.

Neveux l'observa avec un sourire en coin. Elle s'était déjà distinguée en postulant l'hypothèse des souterrains et semblait plus que jamais en osmose avec l'affaire. Même Brunier parut surpris.

— Euh… je ne suis pas un grand spécialiste, répondit Rollinger, mais oui, sans doute.

— C'est ce qu'ils ont utilisé dans le métro, station Croix-Rouge, scanda la numéro 2 du groupe. Par ailleurs, il faut être très agile pour se faufiler dans un tel trou, non ?

— C'est exact. C'est pour ça que les cataphiles sont généralement des demi-portions, tout comme moi, plaisanta l'ancien. On pourrait se comparer aux jockeys. Il faut être fin et léger pour évoluer facilement dans les tunnels.

Une illumination traversa les pupilles d'Estelle Chomet, sans que personne ne l'aperçût.

— Vous dites qu'ils ont rebouché ? lança Brunier.

— Oui, il y a comme un ciment frais. Ils sont organisés et ont sans doute planifié la chose. Ça ne sent pas l'improvisation. Et à part moi, personne ne s'en serait aperçu. Moi avec l'aide des chiens, bien sûr, sourit le vieil homme en frictionnant le poil d'un berger allemand aux yeux bordés de reconnaissance.

— Ils sont partis où maintenant ?

— Quelque part dans les deux cents kilomètres de galeries qui caviardent les entrailles de Paris.

Chapitre 21

Samedi 11 août, 10 h 55, Paris, hôpital Cochin

Marie s'éveilla d'une nuit agitée.

Elle ne se souvenait de rien, à l'exception de son transfert dans cette chambre individuelle, entre deux somnolences endolories.

Elle avait tenté d'émerger à maintes reprises durant sa traversée nocturne. Des relents nauséeux de nourriture et de désinfectant farcissaient l'atmosphère. Il lui semblait que son estomac avait reflué jusqu'à la commissure de ses lèvres.

Tandis qu'une infirmière s'engouffrait dans la chambre, la jeune femme devina deux imposantes carrures dans l'embrasure de la porte.

— Anthony… Anthony ?

Aucun des gardes ne réagit. Une sourde inquiétude l'envahit.

Elle avait soif, très soif, et siphonna son verre d'eau d'une goulée. Bien qu'il lui fût impossible de se contempler, elle se devinait en bien mauvaise posture. Un épais bandage enveloppait son épaule jusqu'au sein. Son bras se trouvait bloqué par une forme d'attelle reposant sur un support métallique. L'échafaudage était ficelé, sans doute pour prévenir les mouvements délétères. Marie ne souffrait pas et sentit même qu'elle pourrait aisément mouvoir son membre emmailloté.

À onze heures, paré de son impérieuse blouse blanche, un médecin grisonnant franchit le seuil sans un regard pour sa patiente. Un aéropage de jeunes praticiens s'agglutinait dans son sillage. Ils jouaient des coudes pour faire bonne figure auprès du maître.

— Alors, nous avons affaire ici à une blessure par balle. Nous avions une suspicion de perforation pulmonaire, mais il s'avère que le projectile a traversé le pectoral pour atteindre le creux sous-claviculaire. L'urgence restait cependant de niveau U1 puisque nous craignions par ailleurs une atteinte de l'artère axillaire, qui s'est confirmée, avec une hémorragie importante mais heureusement non létale.

Marie eut la désagréable impression de se trouver en salle d'autopsie et d'assister à sa propre dissection. Le chirurgien poursuivit, comme si de rien n'était.

— L'intervention a donc consisté en la suture de l'artère axillaire. Pour ce faire, nous avons commencé par retirer les couches cutanées superficielles, puis la couche d'adipocytes sous-cutanée, puis une aponévrose superficielle, pour atteindre le muscle grand pectoral. Ensuite, une couche celluleuse, une aponévrose profonde, reliée à une seconde couche musculaire, le petit pectoral. Puis nous avons dû écarter le paquet vasculo-nerveux qui renferme les ganglions lymphatiques, et enfin la paroi costale.

La nausée de la jeune femme s'accentua brutalement, si bien qu'elle manqua de dégobiller ses tripes sur le parterre médical.

— Allô ! Juste à côté de l'épaule, regardez, y a quelqu'un ! Je suis là !

Son apostrophe rageuse fit sursauter toute la clique.

— Pardon, mademoiselle, je suis désolé… Je fais ma tournée avec les internes et à force, comme on est toujours pressés, je finis par oublier l'essentiel.

Le quinqua avait l'air sincèrement confus. Marie se radoucit et finit même par se sentir embarrassée. Une dizaine d'yeux venaient de se planter dans les siens.

— C'est moi qui vous ai opérée, lâcha finalement le médecin. Comment vous sentez-vous ?

— Pas trop mal, merci.

— Des douleurs musculaires ? Ça doit tirer énormément.

— Pas du tout, en fait. Je ne sens rien.

Le praticien leva un sourcil.

— Ah… C'est donc que les analgésiques sont parfaitement dosés. Tant mieux. En tout cas, vous avez eu beaucoup de chance. À quelques centimètres près, nous ne serions pas ici en train de discuter.

Derrière la politesse réconfortante, le spectre de la faux manquant sa cible d'un cheveu glaça littéralement la jeune femme.

— On m'a tiré dessus, c'est ça ?

— Vous ne vous souvenez de rien ?

— Non… Qu'est-ce qui s'est passé exactement ?

— Écoutez, je suis un peu ennuyé… Ça a été une soirée très difficile pour tout le monde… Je ne sais pas qui vous a tiré dessus ni pourquoi. La police vous en dira beaucoup plus.

— Et… il y a d'autres blessés ?

Le chirurgien hésita.

— Oui… mais je ne peux pas vous en parler, en raison du secret médical. Et je n'ai pas opéré tout le monde.

— Tout le monde ?

— Vous étiez quatre. L'un de mes collègues, que je connaissais depuis quinze ans… est décédé.

Un silence pesant s'abattit sur la chambrée. Les internes consternés regardaient leurs pieds. Le chirurgien affichait une mine solennelle.

— Deux autres personnes ont été gravement blessées. L'une d'elles a été transportée à Garches. L'autre est ici, en soins intensifs. Je ne peux pas vous en dire plus.

Marie eut un haut-le-cœur sauvage. Elle songea aussitôt à Romain et Anthony, avec lesquels elle s'était trouvée la veille avant de procéder aux analyses ADN.

C'était inconcevable. Pas eux.

— En tout cas, je peux au moins vous rassurer sur un point. Vous n'avez pas perdu le bébé.

La jeune femme ne cilla pas. La phrase avait pénétré son cerveau sans y faire siège. Le chirurgien récidiva.

— Vous avez entendu ? Tout va bien, pas de fausse couche.

Cette fois, elle ne pouvait plus ignorer ces mots. Bébé. Fausse couche. Elle les répéta mentalement, comme pour leur donner consistance.

— Je suis désolée, il y a erreur. Je ne suis pas enceinte, finit-elle par articuler d'une voix blanche.

Le médecin, qui ne goûtait guère la contradiction, compulsa rapidement le dossier médical de Marie.

— Mais si, depuis un mois environ. Si c'est moi qui vous l'apprends, alors c'est une double bonne nouvelle !

Tout vacilla, comme si Marie chutait du haut d'un immeuble. Elle commença de transpirer abondamment et vira au blanc livide, au point d'alerter le praticien qui saisit aussitôt son poignet.

— Bradycardie, sudation subite, pâleur blafarde : on va droit au malaise vagal. Léo, soyez gentil et soulevez-lui les jambes. Sonia, allez me chercher une serviette dans la salle d'eau et mouillez-la bien.

Quelques instants plus tard, Marie reprit ses esprits.

Le médecin s'était attardé, tandis que les internes avaient disparu.

— Je… Je ne comprends pas… Je ne peux pas être enceinte…

— Je vois bien que ça vous contrarie profondément, je suis désolé de vous avoir asséné cette nouvelle sans ménagement.

— Vous ne comprenez pas, docteur… Je n'ai eu aucun rapport… Je veux dire, strictement aucun…

Le chirurgien esquissa un léger sourire en coin.

— Alors vous êtes la Vierge Marie ! La Vierge Marie Duchesne pour être précis ! Allez, inutile de m'inventer quoi que ce soit, je ne suis ni votre père ni votre petit ami, cela ne me regarde pas et personne ne saura rien si vous n'en parlez pas vous-même. Le secret médical est sacré.

Marie n'en finissait pas de se déliter. Son cerveau, cette mécanique si brillante, s'étourdissait dans le néant.

— Pardon d'insister, mais comment pouvez-vous en être absolument sûr ?

La jeune femme s'efforçait de nourrir ses neurones d'un code rationnel qui permettrait de relancer son système d'exploitation.

Le médecin replongea dans le dossier médical.

— Eh bien, un taux de béta hCG à 28 000 est typique d'une fin de sixième semaine d'aménorrhée, c'est-à-dire d'une fin de quatrième semaine de grossesse.

— Une erreur est toujours possible ! Le labo a très bien pu confondre avec un autre échantillon sanguin ou le contaminer. J'en sais quelque chose…

— Le problème, c'est qu'au vu de ces résultats et de votre état nous avons procédé à une échographie pour vérifier si tout allait bien et…

Le médecin demeura concentré sur le document qu'il contemplait. Le temps venait de suspendre son vol. Marie espérait encore que le couperet ne choirait pas.

— Oui, voilà, vous avez un embryon de quatre millimètres parfaitement accroché. Ah, non, attendez…

Marie redressa la tête et planta un regard plein d'espoir dans celui du chirurgien, toujours focalisé sur ses fiches. La raison allait s'imposer. Enfin.

— Pardon. Il y a deux embryons. L'échographiste est formel : grossesse monoamniotique, avec visualisation de deux vésicules vitellines. Des vrais jumeaux. Monozygotes.

Marie défaillit à nouveau. Le médecin lui épongea aussitôt le front.

— Je suis vraiment désolé, j'ai l'impression de retourner le couteau dans la plaie… C'est plus fort que moi. L'habitude d'être précis, clinique. Et puis en général, quand on annonce ce genre de nouvelle, on affronte rarement une réaction comme la vôtre… Mais vous savez que vous pouvez librement avorter jusqu'à la douzième semaine de grossesse. Il vous reste environ deux mois pour prendre votre décision. Maintenant, pardonnez-moi, mais je dois absolument poursuivre ma visite. Bon courage…

Le cauchemar versait non plus seulement dans l'horreur, mais dans la folie pure et simple. Depuis quelques jours, plus rien n'avait de sens. Tout ce que Marie avait appris se dissolvait dans un nuage difforme, élastique, d'une nature parfaitement inconnue. Avait-elle franchi les limites de l'univers visible pour basculer dans une nouvelle dimension ? Aurait-elle rencontré, par inadvertance, l'autre elle-même qui vivrait dans un univers parallèle, affrontant une existence fondée sur une physique radicalement différente de celle de Newton et d'Einstein ? Elle avait lu plusieurs théories à ce sujet, évoquant un univers tissé de cordes et de « trous de ver » qui ouvraient sur d'autres dimensions.

En fait, elle perdait la tête, purement et simplement. Folle à lier, à interner d'office. Et d'urgence. Mais, au fil des minutes qui s'égrenaient depuis le départ du chirurgien, Marie pressentit un début de cohérence : ses douleurs au bas-ventre avaient été plus terribles que jamais le mois précédent, au moment de l'ovulation. Et depuis, plus rien. Elle s'avisa qu'elle n'avait pas eu de règles quinze jours plus tard. Ni menstruation ni douleurs. Elle ne l'avait même pas relevé, à cause des événements exceptionnels qui l'avaient happée malgré elle.

Soudain, des éclats de voix déchirèrent les pensées de la jeune femme.

Quelqu'un dialoguait avec les plantons qui veillaient sur elle. Puis on frappa délicatement à la porte.

— Bonjour, Marie !

Le visage de Marc Brunier était escamoté par un superbe bouquet de marguerites.

— Marc ? Mais… il ne fallait pas… C'est vraiment gentil.

— Comment ça va ?

L'officier s'était rasé, coiffé, et exhalait même un parfum revigorant. Il s'était mis sur son trente-et-un.

— Ça va… Enfin, je fais aller. Marc… qu'est-ce qui s'est passé ? Où est Anthony, le policier qui me protégeait ? Et Romain, l'interne avec qui j'étais hier ? Vous savez, vous l'avez croisé lors de l'autopsie le mois dernier.

L'officier se rembrunit et déposa son bouquet sur un plateau roulant, sans même chercher à le dépaqueter. Il avait tenté de paraître le plus engageant possible pour insuffler un peu de légèreté et de bonne humeur dans la journée de sa protégée. Mais il avait suffi de la première salve de questions pour le refroidir.

— Je n'ai pas de très bonnes nouvelles, asséna le commandant de police en s'affalant sur une chaise métallique. Anthony Marcon du SDLP est gravement blessé. C'est une gueule cassée, maintenant. Il a perdu un œil et se remet difficilement d'un méchant hématome cérébral. Et puis il y a son foie… Mais les toubibs disent que le pronostic vital n'est plus engagé. Quant à Romain Duteil…

— Oui ? répliqua aussitôt Marie, une tension palpable dans la voix.

— Votre ami… Je crois qu'il va rester handicapé à vie.

Le monde s'effondra de nouveau sous les pieds de la jeune femme. Jusqu'où pouvait-elle encore sombrer ? Il lui semblait chaque fois qu'elle avait atteint le fond. Mais elle découvrait sans cesse de nouvelles strates, encore plus profondes, encore plus sordides.

— Quel genre de handicap ?

— Apparemment, il n'aura plus l'usage de ses jambes. On l'a transféré au centre des polytraumatisés de Garches où il sera pris en charge pendant plusieurs mois, en rééducation. En espérant qu'il remarchera. Mais rien n'est sûr… Je suis désolé, Marie.

L'étudiante ne dit rien. Le vide s'était créé dans son esprit. Un vide apaisant, presque euphorique. Une soupape de sécurité, comme un évanouissement psychique qui lui offrait de ne plus rien endurer consciemment.

— Marie… Il faut que tu me dises exactement ce que tu as vu.

Le tutoiement soudain de l'officier la catapulta dans la réalité. Ce changement de ton trahissait autant l'inquiétude profonde de Brunier que la gravité de la situation.

— Je suis désolée, Marc, mais je ne me souviens de rien. Je me suis réveillée à l'hôpital… L'instant d'avant, je fermais la porte du labo où j'ai travaillé toute la journée. C'est tout.

— Vraiment ? Tu ne te souviens pas des coups de feu ? Tu n'as pas vu les tireurs ?

— Des robes noires ?

Brunier se redressa.

— Oui ! Tu les as vues ?

— Non. C'est juste ce que je redoutais. Ils sont revenus, c'est ça ?

— J'en ai bien peur…

— Et volatilisés, comme la dernière fois ?

— Oui. Apparemment, dans les souterrains de l'hôpital. D'anciennes carrières de pierre. Un truc de dingues. Il faut descendre un escalier de cent marches, à pic, pour y accéder.

Soudain, l'esprit de Marie s'illumina. Elle visualisa l'escalier qui plongeait sous la cave de sa mère, à quelques rues de là seulement. Pouvait-il s'agir du même type de galeries ? Le visage d'Élisabeth, ambivalent, flotta un instant devant ses pupilles.

— Aucun témoin ? Pas de traces exploitables ?

— La PTS est à pied d'œuvre. On a un corbillard qui va passer en cabine cyano et des relevés un peu partout. Mais je ne me fais guère d'illusions. Et puis il y a les souterrains. Je vais m'atteler à la question. J'ai déjà mis la moitié de mon groupe sur ces histoires de galeries qui datent pas d'hier. Il y a une tripotée de labyrinthes sous toute la rive gauche.

La porte hoqueta trois petits coups.

— Oui ?

Une silhouette svelte glissa dans la chambre. Un châle enveloppait tout son visage. Même les yeux se dissimulaient derrière une ample paire de lunettes sombres.

Par réflexe, Marc empoigna la crosse de son SP 2022. Puis il se ravisa. Si les collègues l'avaient laissée passer, c'est qu'elle était de la famille.

L'inconnue dénoua lentement son foulard et retira ses lunettes de soleil. Marc et Marie écarquillèrent les yeux et dessoudèrent de concert leur mâchoire inférieure.

— Émilie ?? Qu'est-ce qui t'est arrivé ? glapit Marie.

Marc Brunier se leva d'un bond et invita la jeune femme à prendre la chaise, comme si elle s'apprêtait à s'effondrer sous ses yeux mortifiés.

— Ne parlons pas de moi… Je suis venue pour toi, pour prendre de tes nouvelles.

— Je… On s'en fout. Tu vois bien, j'ai juste un pain dans l'épaule, rien de plus. Dans trois jours, je cours comme un lapin. Mais toi ? Réponds ! Qu'est-ce qui s'est passé ?

Émilie Duchesne était méconnaissable. Défigurée. Le visage tuméfié, boursouflé de poches immondes, oscillant du bleu au gris anthracite. Ses deux iris d'émeraude semblaient perdus dans un océan démonté.

— J'ai reçu une petite visite. Nos amis en robe noire. Mais ils ont trouvé à qui parler, ajouta la jeune femme, sibylline.

— Vous avez prévenu les services de police ?

— Non, Marc, ne m'en voulez pas. Je ne tenais pas à rendre les choses encore plus compliquées qu'elles ne le sont.

— Je comprends pas. On vous fracasse et vous passez à autre chose ?

— Je sais ce que je fais. Je vous en parlerai, mais plus tard.

— Alors ils ont essayé de te prendre, toi aussi, articula Marie d'une voix blême. On va toutes y passer.

Une mélodie criarde tronçonna l'atmosphère oppressante, des notes stridentes dans le style des sonneries des téléphones mobiles du siècle dernier. Marc Brunier s'empara de son cellulaire et ouvrit le clapet.

— Brunier, j'écoute… Ouais… Et alors ? J'en ai rien à branler moi, des vacances et des week-ends ! Je suis en vacances, moi ? T'es en week-end, toi ? Alors tu me lèves cet abruti où qu'il soit et tu lui colles une étiquette colissimo 24 heures chrono, destination Paname : c'est clair ?… De quoi ? Quel ministère ?… Bon, laisse tomber, je vais m'en occuper. J'arrive.

L'officier se raidit et se dirigea vers la porte.

— Je vous laisse. Je dois loger un ingénieur des Mines qui gère toutes les galeries souterraines de Paris et qui a pris ses vacances en août comme tous les culs. On reparlera de votre agression, Émilie. Au 36, si besoin. Pas question de me la faire à l'envers, celle-là. Et Marie, tu bouges pas un cil ! Je te garantis que les deux cerbères, là, à l'entrée, ne vont pas te lâcher. Salut, la compagnie.

Brunier disparut dans un courant d'air.

— Charmant… Il te tutoie maintenant ?

— Oui, c'est mignon… J'ai l'impression que tout ce qu'on a vécu nous a rapprochés. Il me regarde comme un père, tu vois. Il a l'air de se faire un sang d'encre.

— Super. Bon, c'est pas tout, mais il va falloir changer de braquet. Tu peux plus rester comme ça, sans rien savoir.

Marie dévisagea sa sœur. Il lui semblait que son regard acéré restait intact malgré les boursouflures. Sa détermination n'avait jamais été aussi profonde.

— Tu sais, j'en connais déjà un rayon. Par exemple que nous sommes jumelles, toi et moi. Et si je ne me suis pas trompée dans les analyses ADN, les victimes sont aussi nos sœurs. Nous sommes des quadruplées, qui tombent comme des mouches les unes après les autres.

Émilie demeura parfaitement stoïque.

— Apparemment, je ne t'apprends rien, reprit Marie. Il va falloir que tu m'expliques. Tout.

— Je suis désolée, mais ce n'est pas à moi de le faire. Tu dois parler à maman.

— Elle est en Corse, je te rappelle.

— Alors va voir Antonakis. C'est à lui de t'initier.

— Le prof du Collège de France ? Celui que j'ai rencontré chez maman le lendemain de l'autopsie de la victime de la boutique Hermès ?

— Oui. C'est lui qui détient la clef. Il va tout t'expliquer. C'est indispensable. Et il faut faire vite. Très vite. Tu dois être armée pour la suite, comme je le suis.

Marie tenta de sonder sa sœur, mais il lui était difficile de discerner ses mimiques habituelles sur son visage tumescent.

— Il y a d'autres choses encore…, ajouta Marie d'un ton hésitant.

— Je t'écoute.

— Je suis… D'après les médecins, je suis…

— Enceinte ?

Marie ne put réprimer sa stupeur.

— Mais… comment tu le sais ?

— Je suis médecin moi aussi, il y a des signes qui ne trompent pas. Et… je suis passée par là.

Première nouvelle. Marie ne l'avait jamais su. Avait-elle avorté ?

— Oui, reprit Marie, mais… Comment te dire ça ? Je n'ai pas eu de relation sexuelle. Jamais. Ni le mois dernier ni jamais. Ça ne m'a jamais attirée. Du moins, jusqu'à ma rencontre avec Romain.

Marie sanglota à l'évocation du jeune interne dont l'existence avait sans doute basculé à jamais par sa faute.

Émilie demeura silencieuse un long instant. Elle ne desserrait plus les mâchoires.

— Tu entends ? Je n'y comprends plus rien… Je deviens complètement dingue ! Qu'est-ce qui nous arrive ?

Au bout d'une longue minute, Émilie finit par s'exprimer d'une voix lente, monocorde, presque automatique.

— Voilà ce que nous allons faire. Nous allons échanger nos places. Tu vas t'habiller avec ma robe, enrouler mon châle autour de ton visage et mettre mes lunettes. Je vais appeler Antonakis et tu vas aller le voir au collège de France.

— Émilie, tu perds la raison toi aussi ! J'ai le bras en écharpe et interdiction de faire le moindre faux mouvement. Et toi, avec ton visage… Enfin, personne ne pourra nous confondre maintenant…

— Ça va fonctionner. Il le faut. Ton épaule, si je ne me trompe pas, est sûrement déjà régénérée. Une nuit a dû suffire dans ton cas. Quant à mon visage, il sera comme neuf dans… deux heures environ. Il a déjà nettement dégonflé, n'est-ce pas ?

Marie écarquilla les paupières et se sentit de nouveau happée dans une dimension surnaturelle. Pourtant, elle dut se rendre à l'évidence : le visage de sa sœur s'était, effectivement, adouci. Quelle médication miraculeuse pouvait traiter aussi rapidement de telles blessures ? Quant à sa propre épaule, Marie en convenait depuis un moment : elle ne ressentait aucune douleur.

Portée par cet étrange sentiment, la jeune femme décrocha son bras de l'attelle métallique. Elle accomplit plusieurs rotations, de haut en bas, puis de gauche à droite, sans souffrir la moindre affliction.

— Je reviendrai ce soir, quand j'irai encore mieux, ajouta Émilie. Juste avant la fin des visites, au moment de ton plateau-repas. Après, plus personne ne viendra te déranger jusqu'à demain matin. J'aurai la même tenue. Et nous ferons le tour de passe-passe. Ensuite, tu iras au Collège de France. Je vais prévenir Antonakis de t'y attendre. Marie, c'est extrêmement important. Tu dois savoir. Ta vie, la mienne, celle de maman… et peut-être d'autres en dépendent. Le compte à rebours est lancé. Plus rien ne l'arrêtera.

Chapitre 22

31 mars 1727, Londres

L'auguste bâtisse se dressait au fond d'un modeste parc. Ses trois étages étaient percés de belles fenêtres qui laissaient perler la lumière tendre de ce début de printemps.

Le Français avait trotté vingt minutes le long de la Tamise, au côté du placide Edmond Halley, pour rejoindre Kensington. Il peinait à masquer son excitation, tant il rêvait de rencontrer le maître depuis son exil dans la capitale anglaise.

La grille de fer forgé était grande ouverte, et le cocher s'engagea dans l'allée cavalière jusqu'au seuil de la demeure. François-Marie Arouet admira la façade de pierres massives, coiffée d'un large fronton triangulaire abritant un vitrail en demi-lune. Il songea que les rais de lumière qui traversaient les vitraux colorés devaient mimer la réfraction de la lumière, cet arc-en-ciel identique à celui que le génie avait révélé à l'aide d'un simple prisme de verre dans sa chambre d'enfant. Son traité d'optique, comme tant d'autres écrits, faisait autorité dans le monde entier. La lumière blanche du soleil se décomposait en rayons corpusculaires de six couleurs… Et ce n'était là que l'une des nombreuses découvertes révolutionnaires de sir Isaac, jalousement conservées dans le secret de son antre de Cambridge de longues années durant.

Arouet darda un regard admiratif vers Edmond Halley, le seul qui était parvenu à convaincre le maître de publier, enfin, ses découvertes, lui offrant de triompher de tous ses concurrents. L'astronome s'était même endetté pour réussir à imprimer lesdits ouvrages et les faire rayonner largement.

— Je vous préviens, *mister* Arouet, le maître se plie de douleur. Il souffre de la maladie de la pierre[1] qui lui occasionne de violentes afflictions. Il connaît des moments de grâce, mais ils sont devenus fort rares. D'après son médecin, il se meurt lentement. Ce n'est qu'une question de jours, voire d'heures. Je compte sur votre discrétion en cas de crise.

— Bien sûr, maître Halley, je serai attentif et me détournerai lorsque la gravelle l'étreindra. L'un de nos grands aînés, Michel de Montaigne, en souffrit lui aussi et en fit de redoutables descriptions. J'ai conscience du profond supplice que ce mal inflige.

Tandis que le Français et l'astronome britannique foulaient le sol, John Conduitt, l'ancien assistant de sir Isaac à la monnaie royale, ainsi que son épouse Catherine surgirent sur le perron. François-Marie Arouet, qui ne boudait jamais les plaisirs d'une vie licencieuse, fut aussitôt ébloui par la beauté de Catherine. La nièce du grand physicien approchait la cinquantième année ; pourtant les traits de son visage et sa gorge plantureuse ne démentaient nullement sa réputation, en dépit des offenses du temps.

Le jeune écrivain se demanda furtivement si le grand maître avait goûté ce fruit pulpeux, dans ses plus jeunes années. Cette idée saugrenue s'évapora aussitôt : elle était sa nièce, voyons, et de trente-six années sa cadette.

— Entrez, je vous prie, lança John Conduitt, la mine défaite.

---

1. Calculs néphrétiques et urinaires. L'affection était aussi nommée gravelle (en référence aux minuscules « graviers » qui se forment dans les reins, les uretères et la vessie).

Les deux convives pénétrèrent dans le hall et furent aussitôt saisis par la froidure. La mort rôdait, mordant les murs de son âme glaçante.

Catherine et son mari ne dissimulaient point leur profond tourment, pas plus que leur éreintement. Ils devaient veiller de longues heures, de nuit comme de jour, pour apporter quelque réconfort au vieillard perclus de douleurs.

Les quatre silhouettes gravirent en silence le grand escalier central, jusqu'à l'antichambre du mourant. Arouet avait rêvé de meilleures circonstances pour faire connaissance avec le grand homme. Il venait quérir le souffle du génie et n'allait glaner que de funestes soupirs.

À peine avaient-ils franchi le seuil de la pièce qu'une longue tige fondit sur eux.

— Faites silence, je vous prie ! Sir Isaac s'est enfin assoupi. Il n'a jamais tant souffert que ces dernières heures, il lui faut cultiver ce maigre repos.

Le Dr William Stukeley veillait sur le maître depuis de longues années et comptait même parmi ses intimes. Ils soupaient ensemble, parfois, et c'est tout naturellement que le médecin accompagnait l'immense physicien vers sa dernière demeure.

Soudain, un gémissement déchirant s'éleva de la pièce contiguë, comme la plainte d'un chien abandonné désespérant de revoir son maître.

— La trêve aura été de bien courte durée, s'affligea le Dr Stukeley.

Il s'évanouit aussitôt dans la chambre et, deux minutes plus tard, reparut dans un courant d'air.

— Maître Isaac Newton vous attend.

Arouet fondit dans la tanière du génie, mais dès qu'il eut mis le pied dans la pièce, le Français fut violenté par l'immonde odeur d'urine qui baignait l'atmosphère. Le maître souffrait d'incontinence, conséquence de sa malheureuse gravelle. François-Marie blêmit et réprima une infâme grimace, malgré les relents répugnants qui venaient de l'assaillir. Il devait faire bonne figure et conserver son enthousiasme primesautier.

Le vieil homme, englouti sous sa couette de plumes, portait un bonnet de nuit racorni d'où s'échappaient des mèches laiteuses.

Les deux fenêtres closes achevaient de vicier l'air. Le vieillard tourna son regard embrumé vers le fringant visiteur d'outre-Manche.

— Ah, c'est donc vous, le jeune dramaturge banni dans notre pays... J'ai ouï dire le plus grand bien de votre *Œdipe*, inspirée du grand tragédien grec antique, Sophocle.

— Si fait, maître. Je suis fort aise que...

— Ah, l'interrompit Newton sans ménagement, comme si chaque seconde comptait.

Il n'avait plus de temps à perdre en civilités, d'autant qu'il n'avait jamais goûté ce genre de minauderies.

— Ah, reprit-il, je crois que vous l'avez signée d'un pseudonyme. Votre nom d'artiste en quelque sorte ?

— Oui, maître. Depuis cette pièce, je signe sous le nom de Voltaire.

— Et qu'est-ce donc que cet étrange patronyme ?

Le vieux Britannique avait toujours affectionné les mystères et les codes, pour le seul plaisir de les casser.

— L'anagramme de mon nom en latin classique, sir Isaac. En latin, Arouet LJ, pour Arouet le Jeune – comme on disait Pline le Jeune – s'écrit Arovet LI (puisque le U s'écrivait V et que « jeune » se disait *iuvenis*). Dans un ordre plus commode, AROVET LI donne l'anagramme VOLTAIRE.

Soudain, Newton s'arqua sur son matelas et brama comme un cerf en rut.

Voltaire détourna le regard et fit mine d'admirer le pot de chambre. Au bout de quinze secondes, l'agonie s'apaisa.

— Jeune homme, reprit péniblement le grand physicien, la bouche pâteuse, vous écrivez comme Sophocle, vous citez Pline le Jeune, vous transformez votre patronyme en latin classique... Vous affectionnez les Anciens. Vous faites bien.

Sachez que nos aïeuls détenaient une grande part de la Vérité. Ils étaient fins observateurs de la *physis*, la nature, et rien n'échappait à leur sagacité. Certains s'égaraient, d'autres, au contraire, entendaient tout. *Do you know Democritus ?* Ce grand philosophe, comme Pythagore en son temps, était bien plus lucide que Platon et qu'Aristote.

Voltaire s'interrogeait : pourquoi le grand génie l'embarquait-il dans ces vieilleries alors qu'il était venu quérir l'exceptionnelle modernité de ses théories ?

— Non point, maître, mais je pensais plutôt m'entretenir avec vous de vos découvertes qui révolutionnent le monde ! Votre théorie de l'attraction universelle, la Lune qui ne cesse de tomber sur nous mais que la gravité tient en orbite, à raison du carré de sa distance à partir du centre de la Terre…

La bouche de Newton dessina une moue, dont Voltaire ne sut d'abord s'il s'agissait d'une nouvelle douleur néphrétique, ou bien d'une réprobation pour le manque d'exactitude de sa leçon de physique. Il trancha rapidement pour la seconde conjecture, devant les sourcils froncés du maître. Le Français s'empourpra.

— Je ne sais exactement toute la subtilité de vos découvertes, sir Isaac, mais je gage que je parviendrai à l'entendre avec l'aide de quelque maître qui éclairera ma lanterne.

Newton piaffait, malgré son alitement. Voltaire devinait son agacement et se remémora la réputation volcanique du maître. Le physicien avait vécu trente années reclus à Cambridge et s'était obstiné à ne rien publier tant que ses hypothèses scientifiques n'étaient point démontrables. Ensuite, il avait fustigé ses opposants, en les broyant littéralement à l'aide d'arguments cinglants et de lettres mémorables. Le grand homme était devenu si puissant qu'aucun ne s'aventurait plus à le contester, depuis de longues années. Il était même parvenu à faire admettre qu'il se trouvait à l'origine du calcul infinitésimal, alors que Leibniz l'avait découvert avant lui. Rien ni personne ne pouvait lui résister. Voltaire devait s'en souvenir et se méfier de l'ire du géant.

— Cessez de me rebattre les oreilles avec ces prétendues découvertes révolutionnaires. Je n'ai été, toute ma vie, qu'un enfant occupé à ramasser des cailloux, quand le grand océan de la Vérité s'étendait inexploré devant moi.

Cette étrange crise de modestie décontenança Voltaire. Qu'entendait-il par là ? Existait-il d'autres secrets, bien plus vastes, que son génie n'aurait su embrasser ?

Newton souffrait le martyre et s'en voulait de ne point se maîtriser. Pourtant, il devait cajoler son visiteur, sans quoi son entreprise risquait d'échouer. Et il ne lui restait plus que quelques heures. Il changea donc de sujet dans l'espoir d'attendrir son hôte.

— *By the way*, *dear* Voltaire, pourquoi diable avez-vous été exilé chez nous ?

Le Français hésita, ne sachant guère comment présenter la chose au maître réputé pour sa rigueur et son absence de fantaisie.

— Eh bien… disons que j'ai déplu à un noble seigneur dont j'ai voulu ravir la belle… Une actrice fort agréable… Et le gentilhomme était assez puissant pour me faire bannir… non sans m'avoir d'abord fait rosser…

Tout en confessant ce châtiment, Voltaire se massa les reins. Il conservait l'amer souvenir de la rouste qu'on lui avait infligée.

Newton ne sourit point. Il ne s'était jamais accordé le moindre écart de conduite. Il n'avait, du reste, jamais fréquenté de belle. C'était perte de temps bien inutile. Il suivait en cela le modèle de la grande Hypatie et de Vinci.

Le vieux physicien reprit cependant la parole en veillant à n'émettre aucun commentaire désagréable.

— Je crois que vous êtes libre-penseur, assoiffé de liberté et de progrès des idées, comme des connaissances. C'est tout ce que ce bon Halley m'a rapporté de vous.

Le Français rougit devant ce portrait flatteur. En réalité, hormis quelques pièces, qui avaient nourri un début de notoriété, Voltaire n'avait encore rien commis d'exceptionnel. Il n'avait que trente-deux ans, quand le maître vivait sa quatre-vingt-cinquième année.

— Halley m'a aussi indiqué que vous venez de signer, ici même à Londres, une nouvelle œuvre très critique envers l'Église et la monarchie…

— Certes, maître, *La Henriade* est une forme de poème. J'y pourfends la religion, les guerres au nom de Dieu qui arment des frères contre d'autres frères, et les bains de sang comme la Saint-Barthélemy qui entachent notre histoire. Le pouvoir des rois, leur despotisme, comme celui de Rome et des petits prêtres, sont à l'origine de ces horreurs sanglantes. Un jour, les États vivront dans l'égalité et la liberté, sans le pouvoir tyrannique de quelques-uns, qu'ils fussent à la tête des États ou des Églises.

Newton fut réellement impressionné par la fougue et la témérité du jeune Français. Ces idées lui avaient déjà coûté la Bastille et l'exil par deux fois. Sa réputation n'était donc point usurpée. C'était exactement ce que Newton recherchait. Halley avait parfaitement rempli son office et débusqué le profil idéal.

— Fort bien… Vous faites bien de vous garder des despotes et des dogmes, politiques et religieux. Mais pour autant, n'oubliez jamais que Dieu, seul, là-haut, veille sur la nature et les hommes. Il est le géomètre, le Dieu de tous les mondes, celui dont on ne peut connaître les attributs, la seule cause de la perfection qui nous entoure.

Voltaire s'illumina. Il pensait exactement comme le grand maître. Le Dieu horloger, inaccessible, indéfinissable, régnait sur la nature et se désolait sans nul doute de l'Écriture sainte et du christianisme, dont l'histoire sanglante cumulait crimes et persécutions, depuis les premières croisades, les conversions forcées, jusqu'aux massacres ignobles des protestants. Le Français savait que Newton tenait en mépris la plupart des Églises chrétiennes et leurs sbires en robe noire.

Subitement, le corps du physicien se déforma. Son visage se violaça et ses yeux semblèrent vouloir absolument sortir de leur orbite. Newton mugit avec une telle violence qu'il ameuta toute la maisonnée.

Le Dr Stukeley accourut et se précipita sur le vieillard qui paraissait possédé. Il tenta de l'apaiser, mais sans succès. Voltaire recula de plusieurs pas, puis en profita pour presser discrètement son mouchoir brodé sur ses narines, tant l'odeur de pissat infestait la pièce.

Quelques instants plus tard, un inquiétant silence s'abattit sur la chambrée. Voltaire redouta que le génie eût trépassé. Mais, au même instant, un faible râle s'éleva de la couette. Stukeley était penché sur le vieil homme, l'oreille contre sa bouche.

— Bien, sir Isaac.

Le médecin se tourna vers le Français, non sans marquer sa désapprobation.

— Sir Isaac Newton souhaite poursuivre son entretien. Mais je vous en conjure, *mister* Arouet, soyez prompt et laissez-le se délasser au plus vite.

Voltaire s'avança en s'armant de courage pour ne point dégorger malgré les relents atroces.

— Mon jeune ami, souffla le physicien, plus faible que jamais. Le temps m'est compté… Souffrez que j'aille droit au fait. Les Anciens, disais-je tout à l'heure, avaient tout compris. Pythagore avait percé les nombres et la géométrie. Démocrite, après Leucippe et avant Lucrèce et Épicure, avait embrassé la matière. Il avait postulé les atomes et le vide entre eux. Je n'ai fait qu'ajouter quelques lois dans le mouvement des astres, leur révolution en ellipse et l'attraction universelle qui les régente. Dieu impulse le mouvement, Il est la cause dont découle l'implacable mécanique céleste.

Voltaire buvait les paroles du maître. Tout paraissait si simple, limpide et ordonné. Grâce à l'enseignement des jésuites, le Français s'était bâti une solide culture classique. Il avait appris les idées de Démocrite dans le *De rerum natura* de Lucrèce, redécouvert par le Pogge, le fameux chasseur de manuscrits. Il avait aussi acquis le goût de la controverse et la conviction que la philosophie naturelle devait expliquer le monde, le cosmos, et détruire le lien que l'obscurantisme et l'ignorance avaient tissé entre les hommes et l'Église. Ce lien de sujétion devait être balayé par la révélation des logiques et des grandes règles qui régissent la nature. Là résidait la clef de la liberté. Le jeune Voltaire sut à cet instant qu'il suivrait toute sa vie le modèle de Newton et se battrait pour imposer la raison contre les simagrées de la religion. Il s'échinerait aussi à faire entendre le génie du physicien auprès de ses compatriotes.

— Je partage pleinement vos vues, maître. Du reste, vous pensez comme Renatus Des-Cartes que la raison doit triompher.

Newton grimaça. Le Français semblait ignorer qu'il avait combattu les idées de Descartes pendant de longues années. Cette idée saugrenue de tourbillons de matière invisible qui colleraient les astres entre eux, au lieu du vide et de l'attraction universelle, s'avérait une grave mystification de la part du philosophe français. De même, il avait tort de couper tout lien avec le divin. Descartes dissimulait à peine son athéisme. Il se méprenait, là encore. Qui d'autre que Dieu pouvait être l'architecte de la perfection du monde et de la nature ? Et la spiritualité comptait tout autant que la pensée rationnelle. De cela, Newton était convaincu.

Mais il avait de bonnes raisons de le croire.

— *My dearest friend*, votre éminent compatriote a postulé quelques vérités, en effet. Il a bien fait d'affirmer qu'il fallait en toutes choses se défaire de ses préjugés, ou encore que le raisonnement scientifique ne devait jamais se satisfaire d'hypothèses théoriques, mais exiger de véritables démonstrations. J'ai suivi ces règles. Pour le reste, laissons M. Des-Cartes reposer en paix, voulez-vous.

Newton désigna une grande malle qui gisait le long d'un mur.

— *Would you open it, please ?* Fouillez sous mes effets et saisissez le manuscrit qui s'y loge. Prenez garde, il est fort fragile.

Voltaire s'exécuta. Il espérait hériter de quelque trésor, au seuil de la vie de l'immense physicien.

Après une minute, le Français exhuma un énorme codex dont la couverture défraîchie semblait indiquer qu'il était très ancien. Il le manipula avec grand soin et le posa délicatement sur le lit, au côté de Newton. Puis il contempla le titre énigmatique.

— *HYVE*, maître ? La ruche des abeilles, est-ce bien cela ?

L'anglais de Voltaire n'était point mauvais, il engrangeait vite.

— Certes, jeune ami, certes. Cet ouvrage a traversé les siècles et, comme les abeilles façonnent et amassent le délicieux miel à force de travail et de talent, les grands qui l'ont composé ont lentement agrégé une somme de connaissances uniques en l'histoire de l'humanité. Connaissez-vous l'alchimie, Voltaire ?

La question troubla le Français.

— Je… Oui, bien entendu. Mais c'est là pratique superstitieuse et occulte dont je me méfie. Les alchimistes n'ont jamais produit l'or qu'ils convoitaient, pas plus qu'ils n'ont trouvé l'élixir de longue vie qui offre l'éternité.

Newton bougonna mais se garda de vilipender son jeune hôte même s'il en brûlait d'envie. L'esprit étriqué du Français méritait décidément une bonne leçon.

— Vous faites erreur, Voltaire. Les alchimistes ont fait bien des découvertes, car ils ont œuvré d'arrache-pied dans leurs laboratoires secrets à transmuter la matière, mais aussi leur esprit. Repoussant leurs préjugés, à force d'expériences réelles et non point d'hypothèses théoriques, ils ont en quelque sorte suivi les conseils de votre bien-aimé Des-Cartes. Ils ont produit de nouvelles substances. L'antimoine, par exemple, ou bien l'acide sulfurique, l'eau régale et même le phosphore sont l'œuvre de grands alchimistes. Je gage que, grâce à la rigueur scientifique, les nouveaux alchimistes découvriront bien d'autres propriétés de la matière, de l'air, de l'eau, du feu, de tous les atomes qui composent l'Univers. Ils sauront peut-être même un jour transmuter les éléments, les atomes, et les faire changer de nature. Alors, leur quête deviendra réalité. Ces chymistes ont ouvert la voie de la connaissance scientifique et rationnelle. Ne les méprisez point.

Voltaire se demandait où le vieux sage voulait en venir. Il ne s'attendait nullement à le voir s'engager sur cette voie de traverse périlleuse, intellectuellement discutable, et bien plus proche des superstitions du Moyen Âge que des découvertes modernes qui bouleversaient sa vision du monde. Le Français songea soudain que ces étranges rites étaient familiers des grands. Même Descartes s'était fourvoyé avec les Rose-Croix, un mouvement alchimiste apparu au début du XVIIe siècle. Il avait ouï dire que Newton n'avait point échappé aux sirènes de l'art chymique.

— Vous-même, sir Isaac, avez-vous été alchimiste ?

— *Of course, I was*. C'est là chose peu connue, et je crains que ma postérité ne retienne mes équations et formules mathématiques plutôt que mes milliers de travaux alchimiques. J'ai, durant des décennies, manipulé chlore, arsenic, plomb, or, mercure et antimoine. Je n'ai cessé mes recherches qu'en raison de l'incendie qui embrasa mon laboratoire souterrain, voilà déjà trente-cinq années. Mes précieuses notes furent calcinées, ce qui, du reste, me fit perdre la raison pour de longs mois.

Voltaire avait-il bien entendu ? Sa stupeur pouvait se lire sur chaque trait de son visage. Inconsciemment, le jeune dramaturge eut un mouvement de recul, comme s'il avait soudain affaire à une créature mythologique.

— *Yes, young man,* répéta Newton, comme pour enfoncer le clou. Que croyez-vous que je fisse durant trente années, isolé du monde, avec pour seule compagne ma chaire lucasienne de mathématiques au Trinity College de Cambridge, sans rien publier ni rencontrer le monde ? Je ne dormais que deux heures par nuit et j'ai rassemblé, probablement, la plus grande bibliothèque d'ouvrages alchimiques jamais constituée.

Les yeux de Voltaire s'écarquillèrent. Il n'eût jamais cru pareille sornette si elle n'émanait du maître en personne.

— Défiez-vous des apparences, *young man*. Derrière chacune de mes découvertes, une profonde réflexion et de longues heures derrière l'athanor, le fourneau royal, m'offrirent d'exercer mon esprit. Las, je n'ai jamais abouti au grand œuvre tant convoité par les alchimistes. Pourtant, parmi les milliers d'ouvrages dont je disposais, l'un d'eux détenait la clef de voûte du mystère de la vie. J'ai embrassé la matière inerte, mais je n'ai point réussi à percer complètement les arcanes de la matière animée. Celui ou celle qui le pourra détiendra un immense pouvoir, celui de façonner la vie à sa guise. De faire évoluer l'humanité vers le sens le plus noble et le plus abouti.

Cette fois, Voltaire fut convaincu que le vieillard perdait la raison. Ce n'était pas la première fois, le géant l'avait lui-même admis en contant les suites de l'incendie de son laboratoire. Sa pensée divaguait, car nul ne pouvait croire que ce grand homme pût réellement porter crédit à de telles fadaises. Les doutes du Français se lisaient sur son visage comme dans un livre ouvert. Newton, que les forces abandonnaient chaque minute un peu plus, rassembla tout son courage pour tenter de convaincre son jeune hôte.

— Je comprends votre émoi, Voltaire. Mais transcendez vos préjugés, oubliez un instant Descartes et sa raison à tout prix. Je vous ai déjà cité les découvertes réelles des alchimistes. Maintenant, plongez dans cet ouvrage. Lisez chacune de ces pages. Vous embrasserez un océan de possibilités qui révolutionneront le monde, plus encore que mes humbles découvertes. Je suis un nain qui a su se hisser sur les épaules de géants. Hissez-vous à votre tour sur celles d'Hypatie d'Alexandrie, Synesius, le Pogge, Marsilio Ficino, Paracelse, Léonard de Vinci, John Dee… Vous pourriez, vous aussi, poursuivre la quête en vous faisant aider par le souffle créateur d'Hermès Trismégiste et l'aura des Anciens qui nous ont montré la voie, comme Démocrite en sa grande sagesse. Regardez page 37.

Voltaire ne savait plus que penser. Mécaniquement, il feuilleta avec précaution l'ouvrage élimé. Il découvrit des langues anciennes, dont certaines lui étaient parfaitement inconnues, et des symboles qui faisaient clairement écho à l'alchimie et à la franc-maçonnerie qui déferlait sur le monde. Il songea aussitôt que Newton était lui-même un fieffé maçon, qui avait contribué à la création de la puissante Grande Loge de Londres, dix années plus tôt.

— Voilà, maître, j'y suis. C'est un texte latin, sous la plume de…

— Synesius, disciple d'Hypatie et l'un des pères de l'alchimie.

Voltaire leva le menton.

— N'était-il point également prélat ? Un évêque de l'Église catholique romaine ?

En prononçant ces mots, une moue de dégoût affleura sur les lèvres du Français.

— Certes, mais ce n'était là qu'une forme de couverture, pour sauver les travaux d'Hypatie, son ancienne maîtresse. C'est lui qui a préservé ce livre, mille ans avant que le Pogge le redécouvrît et le recopiât, dans une abbaye de votre contrée. Il est ensuite passé de main en main. Je l'ai moi-même découvert, presque par hasard, parmi les ouvrages du Trinity College, lors de mes études. Des œuvres qui avaient été léguées par John Dee, l'astrologue et mage de la cour d'Élisabeth Ire. Ce codex allait de nouveau se perdre parmi des milliers d'autres, comme sur les rayonnages de l'abbaye de Cluny. Heureusement, mon goût pour l'occultisme et ma curiosité pour l'ésotérisme m'ont permis de le repérer. John Dee s'attendait sans doute à ce qu'un brillant étudiant du Trinity College, comme il l'avait été lui-même, le mît au jour et s'en emparât. Une fois qu'il fut entre mes mains, que pouvais-je faire d'autre que suivre sa prose envoûtante ? Je suis sûr que vous ferez de même, Voltaire.

Le Français, peu convaincu, plongea dans la page 37, puis lut à voix haute.

— « La science peut tout, elle voit clairement les choses qu'elle peut apercevoir et elle peut accomplir des choses impossibles. »

Le libre-penseur demeura songeur. Il percevait l'importance d'une telle maxime, surtout postulée treize siècles en arrière. Quel esprit visionnaire... Au fond, Synesius pensait déjà comme Newton et comme lui-même. « La science peut tout », elle est donc la clef de la connaissance, elle-même source de liberté et d'affranchissement de l'obscurantisme. Avec la science et bien d'autres idées, Voltaire espérait illuminer l'esprit des hommes, parmi d'autres lumières qui embraseraient le siècle.

Soudain, Newton se plia brutalement, mais réprima un hurlement. Son affliction dépassait l'entendement, et il fut traversé par l'image des sorcières torturées sous l'Inquisition, endurant les pires sévices au nom de cette Église sanguinaire qui voulait imposer sa règle au monde entier. Ces femmes avaient pourtant contribué à protéger le codex et même à l'amender. Elles avaient pratiqué des milliers d'enfantements et s'étaient longuement penchées sur les mystères de la vie. Elles avaient orienté les recherches du Vinci qui, plus tard, avait déchiffré la physiologie de la femme, la croissance du petit d'homme dans la caverne utérine, et montré la voie pour tenter de faire croître un être nouveau, doté de caractères exceptionnels... Le grand Paracelse avait pu en tirer une recette qui avait inspiré Nostradamus, Ambroise Paré et John Dee.

Comment Voltaire pourrait-il approuver de telles idées, surnaturelles et occultes ? L'homme était-il réellement en droit de s'arroger certains pouvoirs propres au divin ? Pourtant, un être nouveau allait advenir. Tôt ou tard. Hermès, Démocrite, Hypatie et tous les autres l'avaient prédit : le fameux « grand œuvre » alchimique, la pierre philosophale allait bientôt éclore dans l'« œuf philosophique ».

Newton se remémora les centaines de tentatives menées dans son athanor pour fusionner des cellules d'hommes et de femmes, les mêler à des substances procréatrices longuement décrites dans le codex, en espérant engendrer une créature nouvelle. Il voulait expliquer ce grand dessein à Voltaire, que son esprit rationnel empêchait encore d'embrasser l'immense potentiel qui s'offrait aux hommes.

— Maître, entendez-vous réellement que l'homme pourra, un jour, s'arroger le pouvoir de créer ses semblables, comme Prométhée après qu'il eut arraché le feu divin des mains de Zeus ? Ou bien pensez-vous au golem des juifs, comme dans le Talmud ?

— Ne moquez point le golem, souffla Newton, de plus en plus faible. Il évoque clairement la création de l'homme par l'homme. Ce n'est point seulement un mythe, mais une étape nécessaire, logique, même pour des religieux. Le Talmud rapporte que Dieu a réalisé un brouillon à l'aide du golem, avant de créer Adam en lui insufflant une âme. Or cette recette n'est pas magique, mais scientifique. Pourquoi pourrions-nous tout expliquer par la science, l'Univers, les astres, les atomes, et non point l'homme ? Et, l'ayant compris, pourquoi ne pourrions-nous pas le reproduire ?

— Mais, glapit Voltaire, estomaqué, ce golem n'était que glaise dénuée de pensée ; un être brutal devenu si grand qu'il fallut le détruire.

— Vous vous méprenez. Il incarnait la pureté, celle des premiers hommes, avant que sociétés, histoire et religions ne les avilissent. Il portait sur son front les lettres *EMETH*, « vérité » en hébreu. L'homme peut créer un nouvel homme de vérité, de progrès, qui mène l'humanité vers la cime et non au fond du gouffre de l'ignorance et de la guerre. Si, pour y parvenir, ce nouveau golem doit être grand et puissant, alors il le sera.

Voltaire fut si profondément ébranlé qu'il se laissa choir sur le bord du lit. Il manqua de friper les pages du codex qui reposait juste à côté.

— Maître… je ne sais plus que penser…

Le Français demeura silencieux durant de longues minutes. Newton ne soufflait mot lui non plus. Il n'était plus temps de convaincre. Voltaire devait désormais se prononcer, en son âme et conscience.

— Bien, articula finalement le jeune exilé. Que voudriez-vous que je fisse pour prolonger votre héritage et celui de tous les grands qui figurent dans ce livre ?

Newton reprit quelques couleurs. Il était sur le point d'aboutir. Enfin.

— Jeune Voltaire, emportez le livre. Lisez-le avec toute l'honnêteté et la vigueur que vous pourrez. Alors vous embrasserez cet Univers qui s'écrit au fil des siècles et pourrez le prolonger.

— Mais je ne suis nullement philosophe de la nature, je n'entends rien aux choses de la science ! Ce n'est point là mon éducation. Vous avez étudié les mathématiques ; Vinci était un grand architecte, un génie mécanique. Qui suis-je ? Que puis-je ?

— Je ne vous demande point de découvrir par vous seul. Le secret est l'alliance du mercure et du soufre. Donc du principe mâle et du principe femelle. Le but est d'atteindre la fusion des deux sexes pour en viser un troisième, plus fort, plus grand, sans opposé. Il vous faut suivre le mouvement des deux aspics du bâton d'Hermès Trismégiste qui cheminent vers l'extase de la connaissance absolue. Un homme et une femme symbiotiques. Vous êtes l'homme. Reste à découvrir la femme. Regardez page 59.

Voltaire se hâta jusqu'à la page mentionnée. Il découvrit un croquis que la légende désignait sous le nom de *Rebis.*

— Qu'est-ce donc que ce… *Rebis* ?

— Il est l'étape ultime avant la grande fusion, juste après que le soufre et le mercure se sont mêlés et confondus. Les Latins l'ont ainsi nommé en associant *res* et *bis,* la « chose-deux ». De deux principes naît une seule chose. C'est l'hermaphrodite alchimique, qui sublime le meilleur des deux sexes.

Voltaire était hypnotisé par l'esquisse, et d'autres qui gravitaient tout autour.

— Vous devez dénicher la femme, murmura Newton entre deux soupirs. Il vous faudra en choisir une fort jeune, pleine d'allant, capable de poursuivre la quête et de mêler harmonieusement la *praxis* et la *tekhnè*, l'action et la fabrication des semences. Elle devra entendre la philosophie naturelle[1] et l'idée qui se niche derrière ce grand dessein. Vous serez son guide, son maître, son gardien. Et, si elle échoue, d'autres guides élèveront d'autres reines, jusqu'au plein succès de l'entreprise.

Newton songea aux échecs de Nostradamus et d'Ambroise Paré sur Catherine de Médicis, puis à ceux de John Dee sur Marie Tudor et sa demi-sœur Élisabeth.

1. À l'époque, la philosophie naturelle désignait la science dans son acception moderne. Philosophie et science sont longtemps restées intimement liées, voire confondues.

— Vous devrez tisser une toile, poursuivit le physicien, et réunir de nombreux adeptes autour de vous. Il vous faudra conserver cette œuvre secrète et n'échanger qu'avec les abeilles de cette ruche foisonnante, afin d'élever votre reine au firmament.

— Mais... comment pourrai-je...

— Cette ruche a existé, durant des siècles. Je suis convaincu que vous rallierez des abeilles esseulées, instruites par la tradition orale de leurs mères et qui n'attendent que d'être cueillies. Les femmes ne tolèrent plus d'être estimées à l'égal d'une génisse ou d'un buffet. Elles sont aujourd'hui prêtes à braver les hommes et participer à ce grand mouvement.

Voltaire demeurait sceptique et s'inquiétait de ne jamais débusquer la perle rare qui pût incarner la future reine. Existait-il seulement, quelque part, une jeune fille qui disposât de tant d'esprit, de culture et d'aptitudes à la chose scientifique ? La quête du jeune dramaturge s'annonçait longue et périlleuse.

Tandis qu'il se désespérait, le Français fut soudain ébloui par une fulgurance. Son inconscient venait d'exhumer le visage d'une enfant : la fille du baron de Breteuil, qu'il avait côtoyée des années auparavant, aussi bien en leur château de Preuilly-sur-Claise, près de Loches, qu'en leur hôtel particulier des Tuileries. Les Breteuil tenaient l'un des salons les plus courus de l'époque. Émilie, qui devait avoir désormais soufflé ses vingt bougies, était une jouvencelle fort prometteuse.

Il se souvenait parfaitement l'avoir vue résoudre, tandis qu'elle n'avait pas dix années, une division de neuf chiffres, de tête, sans aide aucune, alors que le mathématicien chargé de vérifier le résultat par écrit était à la peine tant les retenues s'accumulaient... Depuis, cette intelligence incommensurable n'avait sans doute fait que progrès. Il se souvenait aussi que l'enfant témoignait d'une curiosité et d'un à-propos stupéfiants. M. de Breteuil l'avait élevée comme personne n'eût daigné éduquer une fille, lui offrant les meilleurs précepteurs et conversant de longues heures avec elle. Voltaire se remémora même l'avoir vue deviser à propos d'astronomie avec Fontenelle, et de philosophie avec Rousseau.

Cette demoiselle, sans doute, ferait l'affaire. Nulle autre ne semblait plus instruite. Il devait regagner la France et la retrouver. Qu'était-elle devenue ? Avait-elle épousé quelque gentilhomme ? L'affaire serait sans doute bien délicate.

Tandis que Voltaire s'ennoyait dans ses pensées, Newton fut pris d'une violente convulsion et se cambra brutalement. Sa bouche déchira son visage révulsé, dévoilant d'immondes dents gâtées. Il tentait d'inspirer, en vain. Sa détresse respiratoire le transformait en brochet tiré des eaux, échoué sur une rive, condamné à l'asphyxie. Voltaire s'élança avec fracas dans l'antichambre où s'étiolait le Dr Stukeley.

— Vite, docteur, sir Isaac suffoque !

Le médecin fondit dans l'antre pestilentiel et tenta de ranimer le vieillard. Le visage de Newton oscillait du bleuâtre au cramoisi, tandis qu'une myriade de veinules éclataient le long de ses rétines. Avec ses yeux injectés de sang et ses spasmes d'agonie, il semblait que Satan avait pris possession de son corps malingre.

— Il faut mander un prêtre ! hurla Voltaire. M. Newton se meurt !

— Inutile, souffla Stukeley, sir Isaac ne souhaite pas recevoir l'extrême-onction.

Voltaire se pétrifia.

— Il… Il récuse les ultimes sacrements ?

— Oui, vous dis-je ! Ne restez point glacé, et courez chercher une cruche ainsi qu'un linge. Prestement !

Voltaire s'exécuta, tout en ressassant mille questions. Newton se défiait-il des robes noires au point de risquer de descendre aux enfers ? Au fond, il partageait bien plus avec ce vieil homme qu'il avait pu l'imaginer. La haine des prélats, leur avidité, leur emprise sur le monde et les âmes conduisaient l'humanité à sa perte bien plus qu'à son salut. Voltaire se garderait lui aussi toute sa vie des hommes d'Église et les vilipenderait dans tous ses écrits. Il avait commencé de croiser le fer dans son *Œdipe* et ne s'arrêterait point de sitôt.

Lorsque le jeune Français reparut nanti de son cruchon, le médecin se trouvait à genoux. Il sanglotait, le visage à contre-jour, les traits défaits. Il pressait la main inerte de son ami contre son cœur.

Newton avait expiré, son visage arborait les stigmates de l'effroyable calvaire qu'il avait enduré durant ces vingt derniers jours. Alarmés par l'agitation, sa nièce Catherine et son époux John Conduitt se glissèrent à leur tour dans la chambre, puis s'effondrèrent au pied de la couche, brisés par le désespoir.

Voltaire subtilisa discrètement le grand codex qui reposait encore sur la couette du maître, puis se retira en silence. Il laissa la famille tout à sa peine, avant de rejoindre Londres dans une longue marche méditative.

Le génie s'était éteint de guerre lasse, après avoir obtenu, du bout des lèvres, le serment du Français. Sa dépouille serait inhumée à l'abbaye de Westminster, non loin du caveau renfermant Marie et Élisabeth Tudor.

Voltaire, profondément marqué par son tête-à-tête avec Newton, décida de consacrer une partie de sa vie au grand œuvre. Il serait le prochain gardien.

Il devait désormais regagner la France et retrouver Émilie, toutes affaires cessantes.

Elle serait la prochaine reine.

Ita fiat[1].

1. « Qu'il en soit ainsi. »

Chapitre 23

Samedi 11 août 2018, 14 h 15, Paris

Par chance, la machine à café fonctionnait encore.

Elle trônait, seule, sur le palier du troisième étage, adossée au mur poisseux. Tout autour d'elle, les rectangles clairs laissés par le démantèlement du mobilier attestaient la fin de l'histoire. Ils avaient laissé le distributeur uniquement pour s'épargner la bronca des derniers résistants.

Le groupe Brunier s'était rassemblé autour de cette relique de ferraille, l'air mélancolique. Un samedi, en plein mois d'août, à quelques jours de l'Assomption, tandis que la France entière se vautrait sur des plages bondées, farcie de crème huileuse. Les baigneurs avaient quitté les hordes parisiennes et les embouteillages monstres pour se serrer comme des sardines sur leur carré de sable. Brunier détestait surtout les prolos en caravane qui s'arrêtaient partout, même au bord de l'autoroute, pour planter leur table pliante et se donner en spectacle. Sans compter qu'ils déféquaient n'importe où, parce qu'il fallait bien déféquer.

Le chef de groupe exhalait encore le parfum musqué dont il s'était aspergé avant de se rendre à l'hôpital Cochin. Pour le reste ne demeuraient que les stigmates de ses bonnes résolutions vestimentaires. Il regardait dans le vide, à travers les colonnes blanches qui soutenaient le palier du quatrième.

Varin, Brénam, Chomet et Ceylac tiraient des chaises pour reconstituer un semblant d'espace convivial.

Ces sagouins avaient même viré le sofa. Il fallait bien serrer la ceinture des derniers enracinés pour qu'ils décanillent.

Avant de rejoindre ses ouailles, Brunier s'était attardé au deuxième étage, dans une salle de tapissage. Elle était hantée par les criminels qui s'étaient trouvés alignés avec des « plastrons », des faux suspects incarnés par des collègues. Lorsque le physique d'un psychopathe collait avec le sien, Brunier se prêtait au jeu, en évitant de se marrer. Il restait planté avec les autres devant une vitre opaque, exhibant son numéro, avant d'être reluqué par les témoins oculaires, dans l'espoir que le vrai suspect fût clairement identifié. À deux reprises, Brunier s'était vu désigner « sans l'ombre d'un doute » ! Dans ces brefs instants, il s'était projeté dans le cerveau détraqué des butteurs et s'était demandé si sa vie valait vraiment mieux que la leur.

Tout en ressassant ces souvenirs, Marc Brunier avait effleuré la vitre de séparation du bout des doigts. L'administration n'avait même pas investi dans de vrais miroirs sans tain. Les flics devaient se satisfaire de simples vitrages opacifiés – en fait tout simplement crades, d'après Estelle Chomet –, mais qui masquaient suffisamment le visage des témoins pour qu'ils ne fussent pas reconnus. Pour faire bonne mesure, de puissants projecteurs éblouissaient les yeux des suspects, qui ne distinguaient même plus la paroi vitrée.

Ce genre de radinerie excédait Brunier, d'autant que, dans le même temps, le patron de la Crim se prélassait dans son superbe bureau, bien plus vaste que tous les autres. Un vrai deux-pièces mouluré et parqueté, arborant une belle cheminée marbrée et même d'impressionnantes portes capitonnées pour renforcer l'insonorisation. Les enquêteurs bavaient dès qu'ils en franchissaient le seuil, sans pour autant rêver d'occuper le fauteuil éminemment politique du taulier. En général, les patrons ne restaient que quelques années avant de grimper les échelons de la « boîte ».

Il fallait entendre le discours empreint d'émotion du divisionnaire Giudicelli, lors du dernier banquet annuel de la brigade criminelle, deux mois plus tôt. « Une page se tourne au 36, mais un nouveau chapitre va s'écrire aux Batignolles ! »

« Sûrement pour toi, avait fulminé Brunier. Mais pour le reste de l'équipage, ça ne fera pas bézef. »

— Marc, ça va ?

Estelle Chomet venait de déchirer la rêverie de l'officier. Comme à son habitude, elle se souciait de l'état de son chef.

— Ouais, je réfléchissais à… au… bref, que dalle, on attaque.

Les quatre officiers ne pipaient plus un mot et dévisageaient leur chef taciturne.

— Avant de faire le point, je voulais vous dire que j'ai rendu visite à Marie Duchesne ce matin. D'après le toubib, son bras va rester cloué un bon bout de temps, mais elle s'en sort bien. Sa sœur, Émilie, a également été agressée par les robes noires.

Les enquêteurs échangèrent des regards stupéfaits.

— Et… elle est dans quel état ? s'enquit Estelle Chomet.

— Ils lui ont mis la tête au carré, mais elle, ça la fait limite marrer. Putain de famille de déjantées. Elles sont bonnes toutes les deux pour l'I3P[1]. Et qu'elles y restent, ça nous fera des vacances.

Le lieutenant Lorrain Ceylac plissa les yeux. Il connaissait Brunier depuis de longues années et s'étonnait d'une telle charge. Il se demandait ce qu'il était réellement advenu dans le Puy-de-Dôme pour que les deux frangines lui inspirent une telle exaspération.

— Résultat, Émilie Duchesne est une boursouflure ambulante qui se planque derrière un foulard et des lunettes noires. Mais en attendant, elle se balade comme si de rien n'était. Les bouchers peuvent retaper n'importe quand. Ceylac, appelle Brézet au SDLP, et tu exiges une vraie protection pour elle.

---

1. Infirmerie psychiatrique de la préfecture de police de Paris (IPPP ou I3P).

Le gamin tout seul avec son semi-automatique pour protéger une cible qui avait déjà failli se faire buter, c'était pas sérieux. Ils doivent s'en bouffer les roubignoles. Tu demandes deux collègues avec pistolets-mitrailleurs, et pas des débutants. Comme ce qu'ils ont enfin lâché pour Marie Duchesne, devant sa porte à l'hosto.

— OK, mais je vais avoir droit au même couplet que la dernière fois : depuis les premiers attentats, on est en sous-effectif ; en plus du quota habituel, on protège quarante journalistes et universitaires menacés par les islamistes pour leurs prises de position, etc.

— M'en tape, maugréa Brunier. Y a eu deux gamines découpées en rondelles, dont une frite au feu de bois. Alors, s'ils veulent empêcher un nouveau massacre, qu'ils fassent ce qu'on leur demande. Il est hors de question que l'une ou l'autre Duchesne se balade seule. En plus, j'ai Giudicelli sur le dos, qui a lui-même le DRPJ sur le râble, sans compter que depuis Clermont et la fusillade d'hier Beauvau lui colle aussi aux basques. Il tremble à l'idée que ça lui coûte sa promotion. Tout le monde veut des résultats, ça commence à bien faire cette histoire de cinglés.

— Je l'appelle tout de suite.

Le procédurier quitta sa chaise inconfortable et grimpa jusqu'à son bureau, au cinquième et dernier étage. Là-haut, sous la toiture d'ardoise chauffée à blanc, la température frôlait les 40 degrés malgré les vasistas grands ouverts.

— Bon, reprit Brunier deux niveaux plus bas, ça donne quoi, Cochin ?

— L'IJ a bossé toute la nuit, répondit aussitôt son adjointe. Rien de probant pour l'instant. Comme pour la boutique Hermès, ça va être un calvaire de trouver quelque chose au milieu des traces des centaines de patients et de soignants. On a récupéré les douilles, du 9 mm parabellum, même genre que les nôtres, ce qui ne simplifie rien. On a aussi des projectiles, dans le mur et dans les victimes. La balistique va regarder tout ça, notamment pour bien différencier les munitions du collègue de celles des tireurs, grâce aux stries laissées sur les balles et aux traces de percussion sur les douilles. Ensuite, ils vérifieront sur le fichier si l'arme est répertoriée. Mais c'est extrêmement peu probable. Et quand bien même…

— Et le corbillard ? Les souterrains ?

— Ils sont dessus. Le corbillard doit passer en cabine cyano aujourd'hui, on attend les résultats. Et dans les galeries, ils ont commencé à creuser le ciment pour aller voir de l'autre côté. Le souci, c'est que le trou est très étroit. Un chien, un môme ou un adulte frêle et agile peut s'y faufiler, mais pas plus. Je ne sais pas comment ils s'y sont pris. Le plus simple, d'après le président de l'assoce, c'est encore de regarder sur les plans ultrapointus de l'inspection générale des Carrières ce qui se trouve exactement derrière la chatière, et d'y accéder autrement. Pour ça, il faut que l'inspection se bouge. Je crois que tu les as contactés, Marc ?

— Ouais, répliqua Brunier en se levant pour se dégourdir les jambes. L'inspecteur général des carrières est en vacances au Club Med des Bahamas. Ses adjoints sont tétanisés à l'idée de prendre une décision sans lui. On essaye de le faire revenir mais ces connards du Club Med possèdent une île à eux tout seuls et n'affrètent pas des avions tous les jours. En gros, ils expliquent qu'ils ne vont pas organiser un vol pour un seul clampin. On est en train de voir comment faire pour le rapatrier. Si on n'y arrive pas, j'ai déjà mis le juge en chauffe pour foutre le bordel dans les locaux de l'inspection. Genre une perquisition, pour les faire bouger. Sont complètement ramollis, en osmose avec leur élément. Passent leur vie sous terre, blancs comme des endives, des mollusques qui voient jamais la lumière du jour. Ça leur a ruiné les neurones.

Tout en jactant avec sa gouaille des mauvais jours, Brunier s'accouda au garde-corps qui ceignait tout l'étage. Entre les volées de marches et les paliers soutenus par les improbables colonnes blanches, la trouée centrale permettait d'embrasser le bâtiment de haut en bas. Un tel spectacle s'expliquait par la structure particulière de la cage d'escalier du 36, qui sinuait le long des murs comme un boa enroulé sur lui-même. Des étages supérieurs, les plus littéraires croyaient même distinguer un P et un J, comme Police Judiciaire, dans le mouvement imprimé par la rampe de bois qui serpentait à perte de vue.

— Dessertines à la PP[1] m'a appris qu'il existait une équipe spécialisée dans les carrières souterraines, figure-toi, lança le lieutenant Varin. On les surnomme les cataflics. En fait, ils bossent au GIP, le groupe d'intervention et de protection rattaché à la DOPC[2]. Rien que des mecs super entraînés, genre athlètes de haut niveau, parfois piochés dans la brigade de gymnastique, qui peuvent assumer des missions physiquement complexes et délicates. Apparemment, leur taf, c'est de verbaliser les cataphiles qui passent leur temps à descendre pour taguer, organiser des petites fêtes et surtout narguer les flics. Leur grande passion. En gros, ils jouent au chat et à la souris, visiblement ça les éclate.

Marc Brunier regagna sa chaise en affichant une certaine marque d'intérêt pour les révélations de son quatrième de groupe.

— Le GIP ? C'est pas les gars chargés de la sécurité des sites publics pendant les meetings politiques ou les commémorations officielles ?

— Ouais, c'est ça. Ils se tapent aussi la sécurisation des carrières.

— Bon, t'organises une réunion avec eux et les moules de l'inspection des Carrières, avec ou sans leur chef. Ah, et aussi avec les maîtres-chiens de la DSPAP, ils s'en sont pas mal tirés hier. Tu cales ça lundi matin, première heure. Et je veux ensuite qu'on fasse une vraie descente au fond. Je suis sûr qu'on va trouver quelque chose. Tout nous ramène toujours dessous.

1. Préfecture de police de Paris.
2. Direction de l'ordre public et de la circulation.

— Ouais, opina Varin, sauf qu'au total Dessertines me confirme qu'il y a deux cent quatre-vingts kilomètres de galeries sous Paname…

Le tiède enthousiasme du commandant Brunier fut instantanément douché. Il se renfrogna et bougonna de nouveau dans sa barbe.

— En tout cas, l'événement d'hier semble confirmer mon intuition, lança Brénam. Les raclures connaissaient l'hosto sur le bout des doigts. Ils avaient leurs entrées, et même l'accès improbable aux souterrains. On a sûrement affaire à une bande de toubibs dégénérés qui jouent avec nos nerfs.

Le groupe Brunier tentait de crever la piste des praticiens depuis plusieurs semaines. Le fameux caducée, l'emblème des professionnels de santé, avait rapidement orienté les investigations vers le corps médical. Le symbole faisait écho à celui maintes fois rencontré sur la denture des victimes, dans la station de métro Croix-Rouge, et rappelait bien sûr le bâton du dieu Hermès, comme celui brandi par la statue de la boutique du 6e arrondissement. Comment ne pas déceler une forme de provocation de la part des tueurs ? De nombreux *serial killers*, dans l'Histoire, s'étaient ingéniés à mettre les enquêteurs sur leur piste à l'aide d'allusions, de codes, voire d'énigmes plus ou moins grossières.

Au-delà de la symbolique, l'atroce travail méthodique qui avait permis de mettre les deux victimes en charpies désignait un virtuose du dépeçage de corps humains. Tout pointait donc vers un ou plusieurs médecins légistes. De surcroît, ces spécialistes fréquentaient au quotidien les experts de l'identité judiciaire et pouvaient aisément comprendre comment éviter de laisser des traces sur les scènes de crime.

Brénam et Varin militaient pour cette piste, pensant dur comme fer qu'un de ces charognards avait fini par « péter les plombs » et infliger à deux gamines bien vivantes les mêmes sévices qu'ils imposaient traditionnellement aux dépouilles. Avec quelques agréments supplémentaires pour ajouter à l'horreur.

— Vous en êtes où avec les bouchers de boîtes à refroidis[1] ? Ça dégorge ?

— C'est compliqué…

Le lieutenant Gabriel Brénam se tortillait sur sa chaise.

— On a convoqué huit légistes, cinq ont rappliqué, les autres étaient en vacances. Pour ceux qu'on a vus, RAS, casiers vierges, alibis sérieux. Des yeux de merlans frits qui se demandaient ce qu'ils foutaient au 36 au lieu de viander des macchabs. En plus, d'après le conseil de l'ordre, y a cinq cents légistes en France et ils ne bossent pas tous dans des boîtes à refroidis. Certains triment en taule, par exemple, pour examiner les détenus, parce que ça relève de la justice, donc de la médecine légale. Bref, c'est un beau merdier. Pourtant, c'est le plus logique et le plus solide.

— Et le légiste de Clermont qui m'a montré la deuxième victime, vous l'avez vu ?

Brunier suspectait clairement le chef du service de médecine légale de Clermont-Ferrand, très au fait des sévices et tortures de l'Inquisition. Le commandant en avait vu d'autres et s'attendait à déterrer toute la noirceur de l'âme humaine dans l'un de ces insaisissables praticiens. Il fallait être sérieusement dérangé sur le plan mental pour charcuter des cadavres à longueur de journée.

— C'est le groupe Rimet qui l'a cuisiné. Le mec les a pris de haut, rien à se reprocher, alibi béton.

Estelle Chomet esquissa une moue dubitative. Elle ne croyait nullement à cette hypothèse de « légiste-barjo-sanguinaire », pas plus que Ceylac, abonné aux autopsies en tant que procédurier du groupe.

— Vous faites fausse route, affirma-t-elle, cinglante. Vous confondez les choses. Le caducée d'Hermès comporte deux serpents et se termine par deux ailes. Il évoque l'élévation de l'âme, le passage de la terre au ciel. Des trucs spirituels.

1. Instituts médico-légaux où sont pratiquées les autopsies, dans le jargon policier.

Le bâton des médecins, c'est celui du dieu grec Asclépios, Esculape chez les Romains. Et il ne comporte qu'un seul serpent. Pas deux. C'est toute la différence. Asclépios était le dieu de la Médecine et son bâton est utilisé depuis des siècles pour symboliser cet art.

Estelle Chomet compulsa frénétiquement ses notes puis brandit le caducée médical, en vis-à-vis du bâton d'Hermès.

— Vous voyez, on le trouvait déjà sur le blason de la faculté de médecine de Montpellier à la Renaissance. Rien à voir avec l'autre. Ça saute aux yeux. Par contre, Hermès est notamment le dieu du Commerce. Dans ce cas, c'est pas cinq cents toubibs, mais six cent mille vendeurs de savonnettes et de bagnoles qu'il va falloir convoquer. Ou alors on peut demander au juge de tous les brancher[1] si vous voulez ?

Brénam et Varin hésitèrent entre l'hilarité et l'apitoiement. Leur supérieure venait de fossoyer un mois de boulot, s'il fallait en croire son raisonnement.

— Mouais, maugréa Brunier. On avait déjà fait cette remarque. Et après ? Ça change pas grand-chose au mode opératoire et aux circonstances, qui rappellent toujours des toubibs. Tu chipoterais pas un peu, Chomette ?

Le capitaine de police fusilla son chef du regard. Elle détestait passer pour une idiote butée qui s'arc-boutait sur des convictions à l'emporte-pièce.

— Pas du tout. Depuis cette remarque, comme tu dis, j'ai bossé. J'ai commandé plusieurs bouquins sur Amazon, j'ai éclusé Google et tout me paraît super cohérent.

Comme dans d'autres activités, des étudiants aux journalistes, le moteur de recherche était devenu le meilleur ami des enquêteurs de police. Un indic souvent plus fiable que la plupart des vrais « tontons » à l'ancienne. Sauf pour Brunier, piètre utilisateur de la Toile, d'autant que l'Internet fonctionnait par intermittence au 36. L'officier se souvenait encore de l'installation rocambolesque des lignes ADSL dans

1. Mettre sur écoute téléphonique.

les locaux. Depuis, les connexions ramaient la plupart du temps.

Estelle Chomet n'était jamais aussi à l'aise qu'en reine de la démonstration rationnelle. Comme beaucoup de filles, elle avait été une élève sérieuse et appliquée. En sus de son intuition féminine, elle savait argumenter, faire un plan en trois parties, thèse, antithèse, synthèse. Les avis catégoriques des poilus dilettantes l'ulcéraient.

La jeune femme se leva, prête à se lancer dans un cours magistral. Inconsciemment, elle croisa les jambes dans une position bancale, glissant le pied gauche derrière le pied droit. Brunier avait souvent remarqué l'inclination des femmes pour cette posture instable, debout, jambes et pieds croisés, pour paraître en majesté devant leur petite cour.

Estelle Chomet inspira profondément et bomba le torse. Brénam et Varin en profitèrent pour admirer la poitrine conquérante de leur collègue, à peine voilée par son corsage tendu comme un string.

— J'ai longuement étudié les symboles. Ils ressemblent beaucoup à ceux des alchimistes, dont le langage ésotérique a inspiré la kabbale et même les francs-maçons. D'ailleurs, Hermès *alias* Mercure est considéré comme le père de l'alchimie. D'où son fameux caducée, symbole par excellence des alchimistes.

— Les alchimistes ? répéta Brénam, éberlué. Les tapés qui voulaient transformer le plomb en or ?

— Ça, c'est la version des incultes, qui ne connaissent rien à rien, siffla la jeune femme.

Brénam encaissa, mâchoire serrée, il voyait désormais Chomette en sorcière plus qu'en nymphette affriolante. La jeune femme, qui entendait s'exprimer parfaitement, plongea le nez dans ses notes.

— L'alchimie, c'est la quête du grand œuvre, la pierre philosophale. Pour les faibles d'esprit, cette quête se réduit à la vision matérialiste de la transmutation du plomb en or. Mais la véritable quête est purement spirituelle : il s'agit de transmuter son esprit en une âme supérieure, totale, capable d'égaler Dieu. Je vous résume, évidemment.

Les quatre hommes en restaient pantois. Elle aurait tout aussi bien pu leur parler hébreu.

— Bref, reprit Chomet, désespérée par le manque de finesse de ses collègues. Les symboles, par exemple le croissant de lune ou le soleil, c'est typique de l'alchimie. La Lune, c'est la femme, le caractère passif ; le Soleil, c'est l'homme, le caractère actif. Justement, l'un des deux serpents du caducée représente l'homme et l'autre, la femme. Les alchimistes disaient plutôt Mercure pour le genre féminin et Soufre pour le genre masculin, mais ça n'avait rien à voir avec le vrai mercure et le vrai soufre. Vous voyez ce que je veux dire.

Les quatre officiers échangèrent des regards hallucinés, ils n'en finissaient pas de sombrer dans la quatrième dimension. La jeune femme s'accrocha.

— Tenez, l'espèce de siamois qu'on a trouvé dans le métro, le corps qui se termine par deux têtes, ici. Une tête d'homme et une de femme : c'est l'union des contraires avant l'aboutissement du grand œuvre, un être supérieur, presque divin. Les alchimistes travaillaient vraiment sur des matériaux, au fond de leur cave, dans de grands fourneaux, mais dans leur vie spirituelle, comme une religion si vous voulez, ils espéraient atteindre une sorte d'humanité parfaite qui transcende les genres.

Brunier commençait à s'impatienter. Il ne comprenait rien à ce charabia, pas plus que ses trois lieutenants.

— C'est super, ton cours de rattrapage en débilités du Moyen Âge, mais là, on s'égare.

— Détrompe-toi. Ces symboles, sur les dents et dans le couloir de la station Croix-Rouge, on les rencontre dans toute la littérature alchimique qui a été super foisonnante. Par exemple dans *Le Livre des figures hiéroglyphiques* attribué à Nicolas Flamel, imprimé en 1612. Dans ce bouquin, on retrouve tout, même le fameux caducée, sous toutes les coutures. Regardez, il y a aussi le serpent qui se mord la queue.

À cette évocation, Brénam et Varin pouffèrent de rire. Estelle Chomet ne cilla pas et poursuivit.

— C'est l'*ouroboros*. Il symbolise l'éternel recommencement. Tout a un début et une fin, mais la fin est aussi le début et vice versa. C'est l'une des premières représentations du cosmos, à la fois fini et infini. Un peu comme le yin et le yang. Ça figure dans les cultures asiatiques, l'hindouisme, le bouddhisme, le tantrisme.

Cette fois, Brénam ne put réprimer un éclat de rire.

— Le tantrisme, c'est pas une technique pour atteindre le septième ciel, ça ? Pour avoir des orgasmes de dingue ?

La jeune femme fixa son collègue avec des pupilles assassines.

— Je ne doute pas que tu aies besoin d'aide pour faire prendre son pied à ta copine, Brénam, et je suis sûre que le tantrisme te sera très utile. Mais là tout de suite, si tu pouvais la fermer, ça nous ferait des vacances.

Les trois autres officiers ricanèrent, sous cape pour éviter de se faire brocarder à leur tour.

— Chomette, sérieux, tu veux nous emmener où avec ces conneries ? Tu vas nous resservir le couplet des francs-maçons ? T'as trouvé le lien entre les graffitis et eux, c'est ça ? ironisa Brunier.

La jeune femme se rassit et rapprocha sa chaise des quatre autres membres du groupe, comme pour créer un climat de confidence empreint de mystère. La mise en scène était parfaitement étudiée, les effets soignés.

— Absolument. Je suis convaincue que nous avons affaire à une secte, peut-être une émanation des courants francs-maçons, encore imprégnée de cette histoire d'alchimie, qui se serait mise à régler ses comptes. Il existe plein de loges concurrentes, c'est bien connu. Certaines se font peut-être la guerre. Ou bien l'une d'elles se débarrasse d'adeptes en déroute, ou qui s'opposent trop ouvertement à leur grand maître... Et pour les supprimer, ils utilisent des rites anciens, codifiés, liés à leur histoire, inspirés des grands bûchers.

Varin et Brénam demeuraient muets, incapables d'apprécier la portée de la théorie du capitaine Chomet. Ceylac, qui avait rejoint le groupe, se massait le menton l'air pensif. L'idée le séduisait. Marc Brunier, lui, esquissa un énigmatique sourire narquois.

— Alors ? T'en penses quoi ?

Estelle Chomet attendait sa récompense.

— Eh bien, figure-toi que j'ai moi aussi fait ma petite enquête sur les francs-maçons, grâce à des potes de la DGSI qui connaissent bien la question. Faut pas croire, mais l'hypothèse que t'avais déjà lancée en l'air avant de creuser m'a titillé.

— Et alors ?

La capitaine de police était surexcitée à l'idée d'avoir levé un lièvre.

— En gros, les maçons d'aujourd'hui sont que des mickeys, railla Brunier. Une bande de pieds nickelés en costard qui bavassent après les heures de bureau en croyant refaire le monde. Des laïcs qui ont eu besoin de construire leur propre Église, avec des rites dignes de soirées scouts. Ce gentil folklore est complètement dépassé. Facebook et LinkedIn font beaucoup mieux, *dixit* la DGSI.

Le visage d'Estelle Chomet se décomposa. Les trois lieutenants comptaient les points tout en faisant mine de regarder ailleurs pour ne pas assister à la déconfiture de leur collègue.

— Bon, lâcha la policière, encore sonnée. Il n'y a pas que les francs-maçons à la fin… Par exemple, je ne sais pas, moi… les *Illuminati*, tiens !

Brunier s'esclaffa.

— Tu lis trop de bouquins à l'eau de rose, Chomette. Le *Da Vinci Code* est très divertissant, mais c'est de la pure fiction. Les *Illuminati* ont disparu à la fin du XVIIIe siècle et n'étaient qu'une bande d'illuminés, comme leur nom l'indique. Une variante de la franc-maçonnerie, adepte de la théorie du complot, comme l'étaient les protocoles des sages de Sion. Là, on parle pas de fantasmes conspirationnistes, mais de réalité. On est dans la vraie vie, Estelle. Pas dans un roman.

Les globes oculaires des quatre officiers s'arrondirent comme des calots. D'où leur chef sortait-il tout ça ? Aucun n'avait soupçonné une telle culture chez Brunier, qui cachait bien son jeu.

— Ça va, me regardez pas comme des vaches devant un train. Je suis pas complètement con, je lis des polars. Et j'aime bien qu'ils soient cohérents et réalistes. Alors je me rancarde. J'avais creusé le *Da Vinci Code* et les *Illuminati* pour voir si c'était plausible ou pas, c'est tout.

— Marc, qu'est-ce que t'en penses, au bout du compte ? finit par demander Brénam après un silence pesant.

— Ce que je crois, articula Brunier d'une voix sombre, c'est qu'on a affaire à des types qui se réfèrent aux tortures et aux bûchers de l'Inquisition. On a même retrouvé une croix, à Clermont. Une sorte de bijou. Ils massacrent des gamines, comme l'Inquisition bousillait des sorcières. Ils utilisent des signes kabbalistiques. La kabbale, j'ai pu vérifier, c'est une tradition, une loi orale et secrète donnée par Dieu à Moïse sur le mont Sinaï, en même temps que la loi écrite, la Torah. Ensuite, le vieux de l'association des souterrains nous a appris qu'avant l'hôpital Cochin il y avait là un monastère de l'ordre des capucins. Donc pas étonnant que des religieux se passent le mot, possèdent des plans, des archives, et connaissent les galeries par cœur. Cochin, lui-même était un curé. Un abbé, pour être précis. Il a créé un hospice pour soigner les carriers qui en bavaient à quinze mètres de profondeur. Et son hospice est devenu un hôpital. Les curetons sont partout dans cette affaire, qu'on le veuille ou non.

Il se tourna vers Estelle Chomet.

— Je suis d'accord avec toi sur l'idée d'une sorte de secte, mais pas un truc ésotérique qui n'existe plus depuis des siècles, comme les alchimistes ou les *Illuminati*. Une vraie organisation secrète qui suit la tradition de la kabbale, de l'Inquisition, donc d'obédience religieuse et chrétienne. Ça nous change des siphonnés d'Allah et de leurs attentats de pouilleux. Au moins, chez les cathos, ils font dans le sophistiqué.

— T'en démords pas, alors ? se désola le capitaine Chomet.

— Non, et tu n'as fait que confirmer mon intuition.

— Je crois que l'Inquisition existe toujours, glapit Ceylac.

Brunier, Chomet, Varin et Brénam rivèrent simultanément leur regard stupéfait sur le procédurier.

— Ce que je veux dire, c'est qu'il existe une sorte d'héritier de l'Inquisition. Ça m'avait marqué quand ils l'avaient expliqué, à l'époque de la nomination du pape Benoît… je sais plus son numéro…

— Benoît XVI, rebondit Brunier. Celui qui a démissionné, avant le pape François.

— Ouais, exactement. Avant d'être pape, le cardinal Ratzinger était préfet de la congrégation pour la doctrine de la foi. Et je me souviens très bien que cette congrégation a été créée pour remplacer la Sainte Inquisition. Le nom a changé, mais rien ne prouve que, dans l'ombre, une inquisition secrète n'existe pas encore.

— Tu crois que l'ancien pape serait mouillé dans toute cette histoire ?

— J'en sais rien. Mais c'est une piste sérieuse. Je rejoins Marc dans son intuition. Après tout, sait-on vraiment pourquoi ce pape bien vivant a démissionné ? D'habitude, ils vont jusqu'au bout, même très malades, comme Jean-Paul II. Il y a peut-être des squelettes dans le placard, et peut-être même qu'il tire encore quelques ficelles, mais dans l'ombre. Des ficelles qu'il pouvait difficilement actionner en pleine lumière en tant que pape…

Les quatre officiers restaient bouche bée. Ils buvaient les paroles de Lorrain Ceylac comme du petit-lait.

— Alors y a plus qu'à crever cette piste, trancha Marc Brunier. Mais ça nous emmène loin, dans quelque chose de très compliqué, qui nous dépasse. Il va falloir mouiller le Quai d'Orsay, Interpol et tout le toutim. Ceylac, on ira voir le juge Caseras dès lundi pour boutiquer tout ça.

Estelle Chomet hallucinait. L'hypothèse n'était pas moins extravagante que la sienne. Bien au contraire, songea-t-elle.

— Et pourquoi des curés, même héritiers de l'Inquisition, s'en prendraient à ces gamines ? Qu'est-ce qu'elles ont fait ? Pourquoi elles ?

La deuxième de groupe s'efforçait de démontrer l'incohérence de cette piste.

— J'en sais toujours rien, mais je pense qu'on va finir par l'apprendre. Je vais convoquer la mère de Marie et d'Émilie. Elle s'appelle Élisabeth Duchesne. Le SDLP m'a indiqué que Marie était passée hier chez sa mère farfouiller je ne sais quoi avant d'aller à Cochin. J'ai regardé, c'est une ponte scientifique, prof au Collège de France. Spécialiste de génétique. Si on en croit les analyses ADN, elle serait mathématiquement la mère des victimes puisque Marie possède le même ADN que les gamines massacrées. C'est très gros, alors j'ai demandé à Écully de refaire une analyse très poussée des ADN pour qu'on soit sûrs. Mais si tout ça est vrai, Élisabeth Duchesne aurait pondu des triplées : les deux macchabées et Marie. Cette femme possède sans doute la clef. Marie semble sincèrement ne rien savoir, et surtout pas pourquoi on veut la plomber. Elle ne connaissait même pas l'existence de ses sœurs massacrées. La mère, en revanche, doit en savoir un bout. Elle devra d'abord nous expliquer l'existence de ces filles mystères, élevées dans l'ombre. Et on pourra enfin mettre un nom sur les victimes.

Les officiers écoutaient leur chef avec une pointe d'admiration. Estelle Chomet, elle, sourit avec un petit air de triomphe.

— Tu as bien dit qu'elle enseignait au Collège de France, la mère Duchesne ? Eh bien, regarde.

La policière saisit deux ouvrages qu'elle conservait avec ses notes.

— Ces deux bouquins ont été écrits par un prof du Collège de France, un certain Nicolas Antonakis. Spécialiste de l'histoire de la médecine, et plus particulièrement de l'héritage de l'Antiquité. Ce bouquin-là traite spécifiquement de l'héritage de l'alchimie dans la science et la médecine d'aujourd'hui. C'est pas énorme, ça ?

Brunier leva un sourcil.

— Mouais, j'imagine qu'ils sont une tripotée de profs là-dedans. Mais si tu veux, on pourra toujours aller faire un tour et lui poser deux ou trois questions s'il est pas en vacances au bout du monde.

Le commandant avait décidé de jouer l'apaisement. Il avait suffisamment rabroué son adjointe devant ses collègues.

— Ça tombe bien, lança-t-elle, j'ai justement appelé le Collège de France tout à l'heure pour savoir où le trouver. C'est samedi, mais la sécurité répond. Ils m'ont dit qu'ils se rancardaient et ils doivent me rappeler. J'ai précisé que c'était urgent. J'espère le voir aujourd'hui. On ira ensemble ? Tu auras sans doute plein de questions à lui poser sur sa collègue Élisabeth Duchesne.

Marc Brunier demeurait dubitatif mais se voulait conciliant. Il opina du chef. Chomet arbora un large sourire.

— Elle est où, la mère Duchesne ? interrogea Brénam.

— En vacances en Corse, dans sa secondaire. Je suis en lien avec la DRPJ d'Ajaccio, précisa Brunier.

— Et une perquise chez elle, à Paris ? On pourrait pas demander à Caseras aussi ? Ça peut valoir le coup.

— Ouais, en Corse aussi. Ceylac, il va falloir que tu nous dégotes un vrai rendez-vous avec le juge Caseras, pas en coup de vent entre deux portes, de quoi argumenter tout ça. Ça va lui faire drôle. Et ça va pas être simple s'il faut remonter au Vatican. De mon côté, je vais affranchir Giudicelli qui me relance tous les jours.

La réunion s'achevait dans une atmosphère électrique. Le jus de crâne collectif semblait aboutir, pour la première fois depuis un mois, à des perspectives concrètes et encourageantes.

Les enquêteurs, ragaillardis, grimpèrent au quatrième. Chomet, Varin et Brénam regagnèrent aussitôt leur bureau étriqué, tandis que Brunier et Ceylac s'attardaient sur le palier. Les deux hommes se désolaient du spectacle. Les vitrines de bois dressées le long des murs avaient été dégarnies, elles aussi, de toutes les médailles, insignes, képis et autres souvenirs des grandes heures de la Crim. Ne restait plus que le filet anti-suicide, toujours tendu dans la cage d'escalier.

— Je vais m'en griller une sur le toit, ça te dit ? proposa le procédurier.

— Moi, ce sera avec ma maîtresse la boutanche. Je t'accompagnerai du goulot.

Les deux flics gravirent l'escalier escarpé qui menait au séchoir. Une odeur putride s'élevait du minuscule local engoncé sous les toits. Une blouse blanche trouée et maculée de taches brunâtres pendouillait au bout de pinces à linge, le long d'un fil de fer.

— C'est sec, commenta Lorrain Ceylac. Je vais pouvoir l'enfiler sur un mannequin pour étudier les traces de perforation.

— C'est la blouse du toubib qui s'est fait plomber hier soir, pendant la fusillade ?

— Ouais. Apparemment une seule balle, l'autopsie confirmera. C'est prévu lundi matin.

Sous la corde à linge, à l'aplomb de l'évier de carreaux blancs, des gants nitriles et des kits de prélèvement témoignaient de l'activité des procéduriers de la Crim, avant qu'ils confient leurs saisies aux experts de la police scientifique pour des analyses plus poussées.

Le lieutenant Ceylac s'empara du petit escabeau de trois marches qui s'étiolait entre deux mannequins de bakélite. Il le campa sous la lucarne, puis grimpa sur le toit pentu du 36, aussitôt suivi par Brunier. Les deux officiers admirèrent, silencieux, l'île de la Cité, agitée d'une frénésie touristique malgré la chaleur accablante. Ceylac irisa l'extrémité de sa cigarette à l'aide de son briquet, puis inhala une profonde bouffée de nicotine et de goudron. Brunier, lui, brandit sa petite bouteille de voyage argentée et siffla trois gorgées de pur malt.

— Ça va, sinon, côté perso ?

Ceylac sentait la déprime de son chef à plein nez.

— Bof, pas terrible. Dans trois jours, c'est l'anniversaire de Sarah… J'ai toujours aucune nouvelle. Ça va faire trois ans qu'elle est partie. Je sais même pas si elle est vivante.

Le sujet s'avérait délicat et le procédurier s'étonna même que le commandant l'abordât aussi frontalement, lui généralement si discret.

— J'ai l'impression que ces gamines, là, qui ont grosso modo le même âge que Sarah, ça te remue pas mal. La petite Marie, en particulier.

— Ouais. Marie, elle ressemble beaucoup à Sarah. Le même caractère trempé, les mêmes attitudes. Et en plus, elles ont fait le même genre d'études. Je peux pas m'empêcher de la voir en Marie. Je m'en voudrais mortellement si les enflures finissaient par la buter. Je me retiens de pas la protéger moi-même. Quoique, par moments, je sais plus qui protège l'autre.

Marc Brunier avait replongé dans les événements du Puy-de-Dôme. Ceylac, lui, tirait sur son filtre en silence.

— Au fait, Marc, je me disais un truc, quand même… C'est peut-être qu'un petit détail, mais tu sais, la trace de pas qu'on avait retrouvée dans le métro à Croix-Rouge. C'était du 38.

— Et alors ?

— Ben, d'après les témoins qui ont assisté de loin à la fusillade hier soir, les robes noires étaient vraiment pas grandes, rien à voir avec des gaillards baraqués. D'ailleurs, il fallait être menu pour réussir à se faufiler par la chatière. Les robes noires qui ont tenté de te fracasser à Clermont, elles étaient comment ?

Brunier fit mine de réfléchir, mais il n'avait rien vu, et pour cause. En revanche, celle qu'il avait pourchassée dans les galeries du métro l'avait impressionné par son agilité. Elle était plutôt menue, elle aussi. Mais il lui paraissait impossible de se prononcer, tant les tuniques masquaient les mensurations et entretenaient le flou.

— Je sais pas, mais t'as raison, pas des molosses. Plutôt petits.

— Il y a également ce minuscule Jésus en croix retrouvé à Clermont, dont Estelle pense qu'il s'agit d'un bijou qui était peut-être accroché à une chaîne de cheville.

— Et ?

— Je me demande si ce ne sont pas des femmes, les robes noires. Des femmes qui butent d'autres femmes.

Chapitre 24

9 février 1739, château de Cirey,
domaine royal de Champagne

— Madame Pompon du Châtelet, quand cesserez-vous vos minauderies ? Devrai-je souffrir encore longtemps ces fanfreluches, frisures et autres verreries ? Ces toilettes sont indignes de vous ! Voulez-vous encore donner raison à Mme du Deffand qui vous moque à la cour ?

— Je ne m'en chagrine point, mon amy, et cessez donc d'invoquer ma cousine à tout bout de champ ! Elle s'épuisera bien vite à me jalouser.

Voltaire traversa la petite galerie qui servait de salle à manger, et faillit précipiter à terre l'une des cinq sphères qui reposaient aux côtés des appareils de physique. Il avait fallu que la marquise imposât d'édifier le laboratoire dans les communs, au lieu de l'installer à l'écart. Et ce n'était là qu'une des excentricités de la Chastellet qui alimentaient le qu'en-dira-t-on.

— Venez, vous dis-je, lança Voltaire d'une voix suraiguë et cocasse.

Il n'était point coutumier d'aboyer.

— Fi donc ! Saisissez-moi si vous pouvez !

Émilie du Châtelet entonna un air d'opéra et se mit à courir autour de la tablée, comme une enfant. Voltaire tenta la gauche, puis la droite, et finit par tournoyer autour du meuble comme une toupie.

La marquise riait aux éclats. Ses perles tintaient, ses pompons bondissaient comme en impesanteur. La domestique, qui portait le souper, fut bousculée si bien que son plateau vola dans les airs, avant que la volaille n'atterrît sur la perruque de Voltaire. La scène manqua d'étouffer de rire Émilie. Même la servante, d'abord pantoise, ne put réprimer un gloussement.

Alertée, Mme de Graffigny quitta hâtivement son appartement et accourut dans la galerie, bientôt rejointe par son ami Desmarets, bon comédien et habile musicien. Bientôt, tout le château fut ameuté, dans une atmosphère joyeuse.

Il était une heure après minuit, le souper frugal venait de s'aplatir sur la tête de Voltaire, et la nuit serait encore longue. La marquise avait déjà passé la soirée à jouer deux pièces de son amant, *L'Enfant prodigue* et *Le Comte de Boursoufle*, dans le théâtre de poche édifié sous les combles. Elle projetait maintenant de chanter *Torsis et Zélie* jusqu'au matin.

Comme Voltaire et Newton avant lui, elle ne dormait que deux heures la nuit et n'entendait perdre aucun instant de sa précieuse existence en d'inutiles sommeils.

Lorsqu'elle ne chantait ni ne jouait, elle étudiait, écrivait, traduisait, et pour tout cela exigeait un silence parfait. Passant d'un extrême à l'autre, le moindre grincement, même en pleine journée, la distrayait et la rendait irascible.

Émilie était imprévisible, ambitieuse, obstinée, égoïste, mais d'une vitalité qui dépassait l'entendement. Son appétit intellectuel n'avait d'égal que celui de ses sens, même si le philosophe l'en avait passagèrement détournée. Il était aimable et brillant, mais dans la chambre, Voltaire n'était qu'un bonnet de nuit.

Alors, Émilie s'adonnait aux mathématiques, à la physique de Newton qu'elle ambitionnait de traduire de la manière la plus parfaite, et au jeu. Elle était excessive en tout et faisait mener un train d'enfer à ses proches.

— Cessez donc ce caprice, siffla Voltaire, qui s'était attablé et tentait de récurer sa coiffe.

La femme de chambre brossait le sol, tandis que les convives n'en finissaient pas de pouffer.

— Je vous l'ai dit, rétorqua Émilie, laissez-moi libre et tout ira bien !

— Que ne vous obéis-je ! Vous faites tout à votre guise ! Il a fallu déménager la moitié du château pour peupler votre chambre de dix tables, qui ont déjà disparu sous les monceaux de feuillets que vous accumulez !

— C'est que je ne fais point de poésie ni de belles lettres, mon amy. Les équations et la philosophie naturelle réclament bien plus d'efforts, maints schémas, calculs. Je dois les faire et refaire, et mon compas virevolte de page en page.

Voltaire se renfrogna, las de cette passion pour la philosophie naturelle qui dévorait ses jours et ses nuits. Il était pourtant le premier des « newtonanistes » et avait scrupuleusement suivi les injonctions du maître sur son lit de mort.

Dès son retour d'Angleterre, il s'était rapproché d'Émilie. Las, elle était déjà mariée. Voltaire ne voyait cependant personne d'autre qui eût meilleur profil.

Il fréquenta donc la marquise qui n'aimait rien tant que discourir avec les plus grands esprits de son temps. Sa précocité s'était en tout point confirmée, elle parlait latin et grec comme si ces langues n'étaient point mortes, les traduisait dans l'instant en français, et vice versa. Elle maîtrisait tout autant l'allemand et avait même appris l'anglais en quinze jours, après que Voltaire eût attiré son attention sur l'extraordinaire travail de Newton, pratiquement inconnu en France.

— Vous n'avez point à vous plaindre, me semble-t-il, rétorqua Émilie. Mon époux vous tolère sous ce toit depuis des années et vous laisse vous aussi n'en faire qu'à votre bon gré.

Voltaire reprit ses esprits et rosit légèrement. Mme de Graffigny et Desmarets s'amusaient follement. Le libre-penseur avait cette chance inouïe, en effet, d'être l'amant d'Émilie et que son mari l'acceptât sans sourciller dans sa maison. Le marquis du Châtelet avait abdiqué de longue date ; son épouse était bien trop vive et libre pour qu'il la tînt sous le joug.

Quant à Voltaire, il n'avait guère son mot à dire. Après ses *Lettres philosophiques*, qui faisaient l'apologie de l'Angleterre de Newton et vilipendaient la monarchie française ainsi que la hiérarchie ecclésiastique, il avait encore dû échapper aux fourches caudines de la censure et s'enfuir pour n'être point embastillé, une fois de plus. Émilie et son époux obéissant l'avaient accueilli quatre années plus tôt en leur château de province, et il partageait leur quotidien depuis.

Le libre-penseur vivait ainsi reclus, au cœur de la campagne, esseulé avec Émilie et quelques hôtes de passage, à plus de cinquante lieues de la capitale.

C'était néanmoins le meilleur moyen de contrôler l'impétueuse jeune femme, afin de l'ériger en reine. Il était déjà parvenu à la convertir entièrement au newtonanisme.

La confrontation avec le codex HYVE avait cependant altéré son jugement. Émilie en avait été si ébranlée qu'elle avait remis en question certaines idées de Newton et fini par ouvrir son esprit au surnaturel. L'éloge de la méditation et la quête d'une perfection ultime, à l'égal de Dieu, tel que l'expliquait l'ouvrage, ne faisaient qu'accentuer la nécessaire présence d'une force divine derrière la mécanique de la nature.

Comme l'Allemand Leibniz, ennemi de Newton, elle commençait à croire en l'existence de particules dotées d'un souffle vital, qui empliraient tout l'Univers, plutôt que le vide.

Voltaire savait que le codex hérité de Newton était en grande partie la cause de ce trouble conceptuel, car la puissance des idées, des symboles ésotériques, parmi de fulgurantes notions scientifiques, perturbait sa vision rationnelle de la nature. Il lui fallait un supplément d'âme, quelque chose qui permît à terme de hisser l'humanité vers un sommet pour l'heure inaccessible.

Cette nuit-là, Voltaire, excédé par les lubies et le caractère épuisant de sa protégée, n'avait que venin en bouche.

— En tout cas, je ne change point d'avis, moi, madame Pompon ! Malgré l'infini respect que je vous dois, et vous savez mon admiration, je vais finir par faire droit à la maxime de François Ier : « Souvent femme varie, bien fol est qui s'y fie ». Vous professiez Newton, vous voici bientôt l'amante de Leibniz.

Mme de Graffigny et Desmarets échangèrent un regard amusé, tout en dégustant les restes de volaille à l'aide de couverts d'argent. Toute la vaisselle des Châtelet se trouvait raffinée, étincelante ; rien n'était trop beau pour la marquise qui dépensait sans compter pour ses toilettes et l'apparat.

Émilie ne considéra point son amant. Elle se délectait de son mets, tout en attendant impatiemment le chocolat crémeux, ce dessert dont elle raffolait.

— Allons, lança-t-elle pourtant, voulez-vous imiter les barbons de la Sorbonne, de l'Académie, de la cour, de la Terre tout entière ? Entendez-vous que nous, les femmes, ne sommes point les égales des hommes ? Comme votre ennemi Rousseau, croyez-vous que nous ne sommes conçues que pour l'amour, qui trouve son destin ultime dans la reproduction ? Si tel est le cas, c'est vous qui changez d'avis, mon amy, bien plus que moi !

À ces mots, Desmarets qui ne prenait jamais part aux joutes épiques et par trop érudites des deux amants, se précipita sur le petit livret qu'il gardait en poche. Il s'essuya prestement la bouche avec la nappe ; son visage illuminé laissait accroire qu'il fomentait un joli coup. Il feuilleta l'ouvrage et lut les premières lignes.

— « Qu'on fasse un peu réflexion pourquoi depuis tant de siècles, jamais une bonne tragédie, un bon poème, une histoire estimée, un beau tableau, un bon livre de physique, n'est sorti de la main des femmes ? Pourquoi ces créatures dont l'entendement paraît en tout si semblable à celui des hommes, semblent pourtant arrêtées par une force invincible en deçà de la barrière, et qu'on m'en donne la raison, si l'on peut. Pour moi j'avoue que si j'étais roi, je réformerais un abus qui retranche, pour ainsi dire la moitié du genre humain. Je ferais participer les femmes à tous les droits de l'humanité, et surtout à ceux de l'esprit. Cette éducation nouvelle ferait en tout un grand bien à l'espèce humaine. » Voici qui est bien tourné, marquise, et je partage votre jugement en tout point. Notre société est bien arriérée, et vous faites honneur à votre sexe.

Émilie minauda, flattée.

— Monsieur Desmarets, vous avez donc lu ma traduction de *La Fable des abeilles* de Mandeville. Vous avez raison de rappeler mon prologue, il répond parfaitement à M. de Voltaire et à son nouvel ami Rousseau.

Le philosophe manqua de s'étrangler.

— Vous abusez, ma mie, vous savez parfaitement mon opinion sur les genres. Simplement, s'agissant de vous et de vous seule, je pense que vous tenez autant d'un sexe que de l'autre. Pour parler clair, vous avez le meilleur des deux.

— Ne vous enfoncez point, Voltaire. Je sais que vous me trouvez androgyne et que cela vous sied. Vous me voyez déjà en reine des abeilles, incarnant un sexe nouveau qui transcende les deux genres.

Mme de Graffigny et Desmarets échangèrent un regard incrédule.

— Reine des abeilles ? répéta le comédien. Est-ce en rapport avec *La Fable des abeilles* de Mandeville ?

— Absolument, rétorqua vivement Voltaire, qui n'entendait pas entretenir ses hôtes au sujet de la ruche, le codex secret HYVE. L'historiette de Mandeville était bien commode pour faire écran.

— Puisque vous tenez le livret, reprit le philosophe, lisez donc la suite du prologue. La marquise n'écrit-elle point : « Le hasard me fit connaître des gens de lettres qui prirent de l'amitié pour moi, et je vis avec un étonnement extrême qu'ils en faisaient quelque cas. Je commençai à croire alors que j'étais une créature pensante » ? Voici ma véritable opinion, et vous avez eu l'heur de la rapporter, marquise.

— Pourtant, renchérit Mme de Graffigny, n'est-il point vrai, monsieur de Voltaire, que vous avez dit que la marquise était un grand homme qui n'avait de défaut que d'être femme ?

Voltaire s'empourpra.

— Je… Allons, ce n'était que bon mot, et il fallait y voir la difficulté qu'on fait à Mme du Châtelet d'être prise au sérieux en raison de son sexe. J'insinuais donc tout le contraire.

Mme de Graffigny lança un regard hilare à Desmarets. Les deux convives excellaient à semer la zizanie entre les deux amants.

— Ma chère, siffla Émilie, ne faites point procès à Voltaire. Il n'aura jamais la férocité de Mme du Deffand. Savez-vous qu'elle me décrit comme une femme grande et sèche, le teint échauffé, le visage aigu, le nez pointu ? Elle prétend même que j'use à profusion de frisure, pompons, pierreries et autres verreries comme pour farder mon manque de féminité !

Voltaire ne put réprimer un bien méchant sourire. Au fond, pensait-il, il n'est point faux d'interroger l'étrange nature de la marquise, avec son allure dégingandée et ses traits peu flatteurs. Il n'avait jamais vraiment su comment définir Émilie, qui lui apparaissait comme un hermaphrodite.

Ce caractère hybride réjouissait secrètement Voltaire ; ce n'était là que raison supplémentaire d'espérer de la jeune femme l'engeance d'un nouveau genre tant désirée tout au long du codex.

Le souper s'achevait sans que les amants se fussent reconciliés. Mme de Graffigny tenta une manœuvre pour détendre l'atmosphère. Elle désigna les étagères et tablettes truffées de tubes, sphères, creusets, poudres et autres balances à poids.

— Quelles expérimentations conduisez-vous donc avec ces outils bien mystérieux ?

— C'est Voltaire qui en use, rétorqua aussitôt Émilie. Il s'en est abondamment servi pour son *Essai sur la nature et la propagation du feu.*

— Certes, madame de Graffigny, j'ai voulu observer le feu en action, et surtout le peser, car je pense qu'il ajoute du poids à la matière qu'il embrase.

En réalité, bien plus que les expériences sur le feu, les amants menaient leurs recherches alchimiques, en suivant scrupuleusement les indications du codex. Comme Léonard de Vinci et Newton, Émilie du Châtelet perçait les subtilités des signes, équations et mesures, malgré le langage volontairement hermétique et secret conçu pour empêcher intrus et curieux d'entendre la science qui peuplait les feuillets du codex.

— Allons ! s'écria-t-elle pour détourner l'attention des appareils de laboratoire. Rompons là ! Et montez chanter avec moi, ainsi nous achèverons dignement ce lundi gras !

Voltaire n'était nullement d'humeur à déclamer de l'opéra. Il laissa les deux invités suivre leur hôtesse dans le petit théâtre qu'il avait fait édifier peu après son arrivée au château de Cirey. Une scène, guère plus large qu'un castelet pour marionnettes, faisait face à quelques fauteuils bien rembourrés. Malgré l'exiguïté du lieu, glacial en hiver, Émilie et ses amis aimaient à se réchauffer en interprétant quelque saynète bien trempée.

Voltaire regagna ses appartements et songea à la dernière controverse qui l'avait opposé à la marquise, à propos des équations de physique du codex HYVE. La conversation, qui remontait à dix jours, s'était déroulée de nuit, comme de coutume, dans la galerie du laboratoire.

Le château était plongé dans une profonde obscurité, seule la voûte céleste essaimait une faible lueur au-dehors. On devinait le grand tapis étoilé de la Voie lactée et les dessins esquissés par les plus gros astres, en forme de casserole ou de cerf-volant. Les domestiques s'étaient assoupis, après une longue journée. Ils savaient que les amants ne gagneraient pas leur couche avant quatre heures après minuit, pour bien peu dormir. Ils ignoraient ce que concoctait le couple, avec pour seules compagnies le crépitement de l'âtre et, dehors, le hululement sinistre d'un hibou grand-duc.

— Ma mie, Paracelse prend fait et cause pour l'homuncule. C'est cela que nous devons créer à l'aide de la semence. Il en donne toute la définition dans la page 320.

À la lueur d'un candélabre, Voltaire compulsait avec moult précautions le vieil ouvrage posé sur la table de la salle à manger, tandis qu'Émilie manipulait un tube de verre.

— Voyez ce qu'il écrit : « On laisse se putréfier de la semence humaine en un vaisseau scellé qu'on soumet quarante jours durant à la température biologique – jusqu'à ce qu'un mouvement soit perceptible. La substance aura revêtu à ce moment une forme vaguement humaine mais sera transparente et dépourvue de corps. À ce stade, il faut l'alimenter pendant quarante semaines avec l'*Arcanum* du sang humain. Après quoi, elle se développera pour donner un véritable enfant possédant tous ses membres, plus petit simplement qu'un enfant normal. »

— Cela ne tient pas, avait rétorqué la marquise, avec ce ton péremptoire qui avait toujours irrité Voltaire. Cela ne tient pas car il faut fusionner la semence du mâle avec celle de la femelle, et nous ignorons toujours comment recueillir cette dernière.

Émilie du Châtelet pensait qu'il fallait absolument que l'éjaculat rencontrât la semence maternelle pour engendrer un enfant. Elle ne pouvait imaginer que l'homme seul détînt, dans ses bourses, la formule complète du petit d'homme.

Elle avait toujours observé ce liquide séminal avec beaucoup de curiosité, chez tous ses amants. Elle avait assisté à sa lente décomposition, comme le disait Paracelse. Elle l'avait même examiné sous le microscope que Nicolas Hartsoeker avait offert à son père. Le savant hollandais avait mis au point l'instrument grâce à sa science du polissage des miroirs. Elle avait distingué, furtivement, ces petits têtards qui nageaient dans le liquide blanchâtre.

— Ils n'ont point la vague forme humaine que décrit Paracelse, mon amy. Ils n'ont qu'une tête et une queue. Pour moi, cette idée d'homuncule, ce bébé minuscule tout formé qui résiderait dans vos semences et n'attendrait que de croître, est une erreur. Nous nous fourvoyons.

— Alors, que croire ? avait interrogé Voltaire, perdu. Possédez-vous à vous seules, les dames, la formule du petit d'homme ?

— Non point, je vous l'ai dit, je suis convaincue qu'il faut des deux. Tout le codex HYVE nous instruit de la fusion des contraires, des deux serpents qui s'assemblent pour créer l'être ultime. De deux, nous devons n'obtenir qu'un. Le Mercure et le Soufre donnent le *Rebis*, puis la reine ultime. D'ailleurs, mon bon amy Maupertuis m'a toujours fait remarquer que l'enfant né d'un nègre et d'une Blanche arborait la couleur de la terre sèche. C'est bien la preuve que les deux se mélangent et qu'ils fusionnent.

— Mais comment pouvons-nous saisir votre semence pour la mélanger à la mienne ? Elle est captive dans votre ventre. Serait-il possible de l'en extraire ?

Émilie leva les yeux au ciel, songeuse. Elle ruminait toujours ses idées avant de les postuler et ne parlait jamais à tort et à travers.

— Savez-vous, mon amy, que j'ai lu l'*Histoire anatomique des parties génitales de l'homme et de la femme* de Reinier de Graaf ? Il y décrit de petits follicules qui se nichent dans notre bas-ventre, et qui abriteraient des œufs fort minuscules. Il l'a montré chez le lapin, mais je ne doute point que cela soit pareil dans notre espèce.

— Des œufs ? Vous pondez donc des œufs, à l'égal des poules ?

— En quelque sorte…

Elle sourit avec un air mystérieux. Voltaire la connaissait par cœur et sentait bien qu'elle échafaudait une hypothèse.

— Avez-vous quelque idée pour prélever les œufs ?

— Vous lisiez tout à l'heure la recette imparfaite de Paracelse. Cependant, il ne faut point tout écarter. Il parle de « l'*Arcanum* du sang humain », qui doit être mélangé à la semence. Qu'est-ce donc que l'*Arcanum* ? Eh bien, pour ma part, je crois qu'il s'agit du sang que nous, les femmes, perdons tous les mois. Et dans ce sang s'évadent sans doute les œufs minuscules qui ne servent plus à rien.

— Et… que devrons-nous faire, après avoir recueilli votre sang ?

— Nous pourrions plonger votre semence dans le sang de mes menstrues et le porter à ébullition. Ensuite, nous pourrions tenter de loger le liquide qui en résulte dans mon ventre, à l'aide d'un tube, en espérant qu'il permette de former un bébé.

Voltaire s'étrangla.

— Dans… Dans votre ventre ? Voulez-vous dire à travers votre con ?

— Dans le trou, entre les lèvres, si fait. Voulez-vous que je vous montre l'endroit exact, ou bien en conservez-vous quelque souvenir ?

La marquise, qui n'était jamais avare de jeux libidineux, souleva soudain sa robe, puis ses jupons.

— Venez goûter un peu ce nectar qui coule de mon ventre, il est un avant-goût du sang que nous recueillerons. Et de mon côté, j'aimerais m'exercer à recueillir votre semence. Cela est indispensable pour notre recherche, n'est-ce pas ?

Les yeux d'Émilie brillaient de concupiscence. Elle grimpa sur la table de la salle à manger, les jupons toujours relevés, et se mit à écarter les cuisses aussi amplement que possible.

— Allons, venez, mon amy, ne vous faites point désirer.

Voltaire, qui n'avait nullement la tête à la gaudriole, restait impassible. Il semblait perdu dans ses pensées, songeant à l'expérience qu'ils pourraient bientôt mener.

Émilie tendit les jambes, agrippa la taille du philosophe du bout des pieds et l'attira contre la table. Elle n'avait jamais renoncé à éveiller ses sens, car son appétit gargantuesque nécessitait de fréquentes parties fines. Elle massa le sexe de son amant avec la plante du pied, à travers les tissus de son justaucorps et de ses culottes courtes.

Soudain, l'esprit de Voltaire fut brusquement rappelé sur Terre, et la douce sensation des caresses commença d'ériger sa verge. Il abandonna la lecture du codex et repoussa l'ouvrage au bout de la table. Puis, comme par pudeur, même si nul ne les observait à travers les grands vitrages du château, au cœur des bois immenses du domaine, il souffla les bougies et se dévêtit. Ne resta plus que le scintillement des flammes de l'âtre, qui projetait sur les murs l'ombre des deux corps enlacés.

Chapitre 25

4 septembre 1749, château de Lunéville, duché de Lorraine

— Poussez ! Faites un effort ! Vous y êtes presque !

Le chirurgien s'affairait au pied du lit, ne faisant qu'aviver l'angoisse des dames qui encerclaient la marquise du Châtelet.

— Ouvrez grand la fenêtre ! Et cessez d'attiser le feu, il faut faire circuler l'air, sinon la mère va s'étouffer.

Les deux matrones, l'une vraie sage-femme, l'autre simple villageoise rompue aux naissances, échangèrent un regard estomaqué. Elles avaient toujours surchauffé les chambres, pour le confort des génitrices, et surtout pour conjurer le mauvais sort. Il fallait tenir la pièce hermétique et bouillante pour empêcher les esprits maléfiques de s'emparer de la mère comme de l'enfant.

— Dépêchez-vous ! beugla l'accoucheur, qui n'avait cure de ces superstitions.

Robert Lannion était réputé dans tout le duché, et la plupart des dames de la cour du roi Stanislas le mandaient au moment d'accoucher.

Contrairement aux sages-femmes, il réussissait à faire naître l'enfant vivant, tout en préservant la mère, dans la plupart des cas. C'est qu'il était formé aux techniques modernes et manipulait des instruments innovants, que ces dames découvraient avec stupéfaction.

Voltaire et Saint-Lambert, l'amant d'Émilie depuis trois années, avaient surmonté leur rivalité pour l'occasion. La marquise se sentait si faible que la délivrance s'annonçait mal. Ils avaient décidé de convoquer Lannion, pour lui donner les meilleures chances de survie.

Ils patientaient dans l'antichambre, saisis d'angoisse, les traits creusés. Voltaire se morfondait sur sa chaise, tandis que Saint-Lambert labourait le parquet de va-et-vient incessants.

De l'autre côté de la cloison, la tension montait. Le visage cireux d'Émilie ne rassurait point ; elle transpirait et semblait fort fiévreuse. Ses lèvres blafardes psalmodiaient d'inaudibles paroles. Elle n'avait jamais été si frêle.

Soudain, la savante fut prise d'une violente contraction ; elle émit un râle déchirant qui fit tressaillir Voltaire. Il brûlait de franchir la porte et de réconforter sa mie.

— Reculez ! L'enfant se présente.

Les dames de la cour obéirent. Les deux aides voulaient jouer leur rôle et demeuraient aux côtés de l'accoucheur.

— Reculez, vous dis-je ! cria le chirurgien. Et apportez-moi la bassine et les linges. Prestement !

Lannion s'empara d'un forceps bien étrange. Ni la sage-femme ni la matrone n'en avaient vu de semblable. Il ressemblait à des ciseaux dont les manches de bois et les deux cuillers étaient recourbés.

L'accoucheur plongea l'instrument dans le vagin de la parturiente et harponna la tête du rejeton. L'affaire se présentait mal, l'enfant résistait. Son corps était anormalement agencé, le crâne paraissait d'une taille énorme. Le chirurgien tritura sans ménagement, écartant plus encore l'orifice au risque de déchirer les organes de la mère. Les dames blêmirent, ne cessant de reculer jusqu'à se camper contre les murs. L'une d'elles tourna de l'œil ; les autres avaient le cœur au bord des lèvres. Même la sage-femme et la matrone n'osaient plus regarder ce qui ressemblait désormais à un véritable carnage.

De l'autre côté de la cloison, Voltaire et Saint-Lambert trépignaient. Leur mie couinait comme une truie à la saignée, et les mauvais pressentiments du philosophe semblaient vouloir se réaliser.

Soudain, un cri perçant cisailla la paroi.

N'y tenant plus, les deux hommes poussèrent la porte avec fracas et se ruèrent au pied du lit.

Voltaire fut pétrifié.

Il perdit pied, comme si son esprit voulait le protéger de la vision. Il fut submergé par une foule d'images, qui toutes montraient le chemin parcouru jusqu'à ce jour tant attendu.

Jusqu'à l'année précédente, Émilie du Châtelet n'était jamais parvenue à former l'enfant qu'elle espérait. Ensemble, ils s'étaient échinés, des nuits durant, à tenter de concevoir la sève ultime qui permettrait de faire pousser l'engeance dans son ventre. Les manipulations s'étaient bien souvent révélées désagréables, pour un résultat toujours décevant.

Mais, un jour de décembre 1748, tout avait basculé.

Émilie avait éprouvé haut-le-cœur et nausées, dégorgeant régulièrement ses repas. Au début, elle avait cru à un empoisonnement, à force d'inhalations de métaux et matières en fusion dans son laboratoire. Puis l'aménorrhée trancha : la marquise était grosse. Elle avait pourtant quarante-deux ans, un âge fort avancé pour enfanter. Chacun savait les risques d'une grossesse aussi tardive.

Mais là n'était point l'essentiel.

La marquise fut convaincue, dès le début, d'être enceinte de l'être absolu.

Elle avait établi la chronologie, avec son habituelle rigueur que nul ne pouvait lui contester, et se disait certaine de n'avoir point copulé dans le mois précédant ses nausées.

En revanche, elle avait une nouvelle fois tenté l'opération chymique. Avec l'aide de Mme de Staël, de quatorze ans son aînée, particulièrement affûtée et pénétrée par la prose du codex, elle avait procédé à une nouvelle insémination.

Les nausées étaient apparues deux semaines plus tard.

Comment ne point croire à la réussite de l'entreprise, enfin ?

— Reculez, hoqueta le chirurgien, débordé. La marquise a besoin d'air !

Voltaire se ressaisit et recula de plusieurs pas. Mais son regard ne pouvait se détacher de la forme qui gisait sur le lit, auprès d'Émilie tout ensanglantée.

L'accoucheur lui-même semblait hébété. La mère vivait. L'enfant aussi. Mais il présentait une étrange physionomie. Et surtout, il s'agitait d'une manière déconcertante.

— C'est… C'est une fille, trancha le chirurgien, sans véritable certitude.

Un flot de souvenirs déferla de nouveau dans l'esprit désemparé de Voltaire, comme pour donner un semblant de rationalité à ce qui venait de se produire.

Au fil des années, sa relation avec Émilie s'était abîmée. La savante n'avait vécu que pour la philosophie naturelle, ses expériences de laboratoire, et l'écriture, de nuit comme de jour. Elle s'était attelée au plus grand œuvre de sa vie : traduire et commenter l'ouvrage majeur de Newton, les *Principia mathematica,* truffé d'équations, d'algèbre et de géométrie, que seuls de rares esprits de l'époque étaient capables d'entendre. Grâce à sa traduction, le génie de Newton allait enfin paraître au regard des Français.

Devant l'humeur instable et autoritaire de sa mie, Voltaire s'était éclipsé pour de longs voyages, notamment à l'invitation de Frédéric II de Prusse qui le vénérait.

Malgré les distances, le libre-penseur et ses amis avaient œuvré en sous-main. Ils étaient parvenus à reconstituer cette ruche si précieuse, d'hommes et surtout de femmes, qui fréquentaient régulièrement le château de Cirey dans le plus grand secret, afin d'être initiés aux mystères du codex. Émilie profitait de ces rencontres pour faire quelques démonstrations de physique et de chymie.

Lorsque la marquise dérivait vers ses théories de la procréation, et du mélange du sang menstruel avec la semence mâle, les commentaires égrillards ne manquaient pas de fuser. Ces dames pouffaient, se pâmaient et, si des galants se trouvaient parmi elles, il n'était point rare que les séances finissent en orgie. Le sexe occupait beaucoup les pensées, et les réunions de physique n'étaient souvent que prétexte à la paillardise.

Mme du Châtelet, qui savait pourtant que l'expérience d'enfanter l'être ultime nécessitait la diète sexuelle pour éviter de finir comme Marie Tudor, ne pouvait s'empêcher de prendre une part active à la bagatelle.

Aussi, lorsque la grossesse apparut, Émilie fut saisie par l'inquiétude. Elle ne pouvait s'ôter de l'esprit l'épilogue tragique des jumelles de Catherine de Médicis, ni, surtout, l'effroyable fin de Marie Tudor après le même genre d'expérience, à quarante-deux ans… précisément son âge, en cette année 1749. N'était-ce point un signe ?

L'angoisse l'étreignait chaque jour davantage, à mesure que l'échéance approchait. Elle avait replongé dans le codex HYVE et n'avait pu s'empêcher de percevoir un autre signe. La belle Hypatie, elle non plus, ne devait guère avoir plus de quarante-deux ans lors de son massacre, d'après ses calculs et déductions.

La terreur avait fini par la gagner tout entière.

— Il faut évacuer l'enfant et soigner la mère ! éructa le chirurgien. Elle saigne abondamment.

Voltaire reprit de nouveau ses esprits, mais ne savait plus que faire. Le bébé, si tant est qu'on puisse ainsi le désigner, rampait sur les draps écarlates. Émilie, elle, respirait à peine et tressautait de manière bien inquiétante. Tout autour de ses cuisses, le placenta déchiqueté et des chairs en lambeaux témoignaient de la violence de l'accouchement. Son visage n'avait jamais été aussi livide. Ses yeux se révulsaient jusqu'à révéler deux lobes blancs terrifiants.

Comme cela paraissait inéluctable, la savante sombra dans un mal abyssal. Une violente infection s'était emparée de son corps meurtri et méconnaissable. La fièvre ne cessait de grandir, Émilie délirait, entre de rares instants de lucidité.

Voltaire et Saint-Lambert ne quittaient plus la chambre.

— Je sais, mon amy, balbutia la marquise à l'adresse de Voltaire, que vous m'aviez mise en garde contre le mélange de la chymie et des choses de l'amour…

Saint-Lambert se sentit embarrassé, et redoutait qu'on l'accusât d'avoir détourné la savante de ses nobles travaux pour l'entraîner, comme par le passé, dans la débauche.

Au fil des heures, l'inquiétude céda le pas au fatalisme et à la tristesse. Voltaire voyait son amie partir, nul ne pouvait plus l'empêcher. Émilie voulut mettre de l'ordre dans ses affaires, qui se résumaient alors au fameux ouvrage consacré aux *Principia mathematica* de Newton.

Avec l'aide de Voltaire, elle mit un terme à ce grand œuvre en le signant d'une main chancelante. Puis elle fit mander un laquais pour qu'il portât le volume à l'abbé Sallier, garde de la bibliothèque du roi. La coutume voulait que les auteurs obtinssent l'imprimatur royal sur leurs manuscrits autographes avant toute composition d'imprimerie.

À peine l'ouvrage avait-il quitté la chambre que la marquise éprouva un profond soulagement. Elle se délivra de ses dernières forces et ne tenta plus de lutter.

— Marquise… souhaitez-vous que j'aille chercher un prêtre ? interrogea Saint-Lambert, désespéré.

— Mon amy, vous savez que j'abhorre comme M. de Voltaire la religion et les dogmes…

Elle toussa douloureusement, puis inspira une profonde bouffée d'oxygène.

— Je suis seulement déiste, je crois en un dieu naturel, mais aussi en l'immortalité de l'âme.

La savante esquissa un pâle sourire et fixa son regard au plafond, comme s'il s'élevait déjà vers les cieux.

— Je suis impatiente, mon amy… Oui, impatiente de rejoindre là-haut celles qui me précèdent…

Puis, dans un soupir, Émilie s'éteignit.

Voltaire éclata en sanglots et s'effondra au pied du lit.

— J'ai perdu… J'ai perdu la moitié de moi-même… Une amy de vingt ans que j'avais vue naître…

Saint-Lambert ne put réprimer ses larmes, lui non plus.

— Cependant, reprit à grand-peine le philosophe, nous devons faire vite… Aidez-moi, nous devons cacher l'enfant. Il nous faut lui porter tous les soins, à l'abri des regards. Cette fillette, si étrange soit-elle, est sans doute douée de talents inédits, qu'il nous faudra découvrir, comprendre et cultiver.

Puis Voltaire baisa la main inerte de celle qu'il avait tant chérie.

— Vous avez réussi, ma mie… Votre sacrifice n'est point vain. Et nous allons consacrer l'œuvre de votre vie. Le monde en sera bouleversé, tôt ou tard.

Chapitre 26

Samedi 11 août 2018, 18 h 15, Paris

Le fichu brunâtre camouflait les traits de Marie, tandis que les lunettes façon Jackie Kennedy masquaient son regard. La robe lui seyait à merveille, nul ne pouvait imaginer qu'une autre jeune fille que sa sœur Émilie se dissimulait derrière cet accoutrement parfaitement ajusté.

La véritable Émilie, elle, était ensevelie sous les draps rêches du lit d'hôpital, le visage enfoui dans l'oreiller. Elle avait abaissé les stores et paraissait abîmée dans un lourd sommeil. Son bras, recouvert d'un bandage, reposait sur son support métallique.

L'illusion était parfaite. Dans la pénombre, personne n'aurait pu la distinguer de sa sœur. Son visage, si extraordinaire que cela pût paraître, avait presque entièrement désenflé.

Marie détala comme un lapin. Elle avait recouvré une forme olympique, et ne ressentait ni douleur ni fatigue. Elle trottait comme à son habitude, malgré des chairs, des muscles et une artère transpercés par une balle de 9 mm, tout juste rafistolés au bloc opératoire.

Les deux molosses chargés de sa surveillance n'y virent que du feu. La jeune femme, ainsi travestie, bénéficiait d'une courte nuit pour être initiée. Elle viendrait relayer sa sœur aux premières lueurs du jour, dès que les visites seraient de nouveau autorisées.

Par chance, le Collège de France se situait tout près, en droite ligne. Elle connaissait bien le quartier, puisqu'elle y vivait depuis trois ans. En croisant la rue des Feuillantines, elle devina, par-delà les orgueilleuses bâtisses haussmanniennes, la rue d'Ulm où siégeait l'École normale supérieure, ainsi que son propre studio rue Lhomond. Tout semblait vouloir tourner autour du Quartier latin et de Saint-Germain-des-Prés, les deux ventricules palpitants de l'intelligentsia parisienne.

Après quinze minutes de marche, la jeune femme bifurqua sur la place Marcelin-Berthelot, sorte de contre-allée en surplomb de la rue des Écoles. L'immense portail bleu était fermé à double tour. Marie avait toujours trouvé ce porche un peu ridicule, coincé entre deux grilles de fer forgé et coiffé de son étrange fronton triangulaire frappé de la devise du Collège : *Docet omnia*, « Il enseigne tout ». Qu'allait-il lui enseigner à elle, aujourd'hui ? L'heure de vérité approchait.

Comme prévu, le portillon qui se découpait dans la clôture était entrebâillé. Marie se glissa dans la cour d'honneur pavée. Elle frôla la statue de Champollion, dans la position du *Penseur* de Rodin, le pied écrasant avec dédain le visage d'un pharaon. Plutôt que la connaissance, Marie trouvait que cette sculpture évoquait le triomphe obscène de l'Occident colonial sur l'ancienne civilisation d'Égypte. La jeune femme songea furtivement à sa mère et à sa sœur, toutes deux convaincues, au contraire, que les Anciens avaient encore beaucoup à nous apprendre et méritaient un profond respect.

Elle pénétra dans le bâtiment Chalgrin par l'une des grandes portes en ogive. Un agent de sécurité filtrait les entrées. Seuls quelques chercheurs fréquentaient l'établissement, les laboratoires de chimie, de physique et de biologie fraîchement rénovés continuant de fonctionner pendant la trêve estivale, même le samedi.

— J'ai rendez-vous avec le Pr Antonakis. Émilie Duchesne.

Le gardien riva un œil fourbu sur sa liste dactylographiée, puis laissa filer la jeune femme dans l'immense hall d'accueil ultramoderne, qui tranchait avec la solennité surannée de l'architecture extérieure.

Marie eut une brève pensée pour les grands maîtres qui en avaient foulé le sol, Raymond Aron, Claude Lévi-Strauss, Fernand Braudel, Paul Valéry… et tant d'autres. Des hommes. Toujours des hommes.

Elle se remémora une remarque acerbe de sa mère.

— Tu te rends compte ? Nous ne sommes que six femmes sur cinquante-deux professeurs ! La première jamais nommée, Jacqueline de Romilly, a débarqué plus de quatre siècles après la création du Collège… Tu imagines cette bande de phallocrates ? Mais nous avons réussi quelque chose d'important… Avec Édith Heard et Christine Petit, nous monopolisons les chaires de génétique, d'épigénétique et de biologie moléculaire. Nous sommes parvenues à sanctuariser ces domaines. Et crois-moi, nous allons bientôt bouleverser les certitudes de ces vieux misogynes…

Qu'avait-elle voulu dire ?

Marie dévala le grand escalier qui menait au sous-sol. Les amphithéâtres Marguerite-de-Navarre et Guillaume-Budé engloutissaient l'essentiel de l'espace souterrain. Mais derrière de discrètes portes reposait un trésor, de superbes caves voûtées reconverties en petits salons. C'est ici, dans la fraîcheur des caveaux emmurés à plus de sept mètres de profondeur, que l'attendait Nicolas Antonakis.

L'étudiante se coula dans le premier salon, mais ne trouva personne. Au bout de quelques secondes, elle perçut un murmure.

— Professeur Antonakis ? balbutia-t-elle, sur ses gardes.

Le visage hâlé de l'universitaire émergea de la pénombre. Il était assis en tailleur et psalmodiait un sabir incompréhensible, qui sonnait comme une langue orientale, ou peut-être un mélange de grec, de latin et d'autres idiomes oubliés.

Marie resta figée devant ce spectacle déroutant. L'homme était en pleine méditation.

— Comment te sens-tu, Marie ?

La voix gutturale fit sursauter la jeune femme.

— Je... Ça va à peu près, merci.

Le savant se redressa prestement et s'approcha. Il était vêtu d'une étrange tunique sombre qui mourait juste au-dessus des genoux.

— Montre-moi.

L'intonation ne souffrait aucune contestation. Marie se sentit gênée, mais s'exécuta. Elle ôta d'abord lunettes et foulard, puis déboutonna son chemisier pour laisser paraître le pansement dissimulé sous l'étoffe.

Le Grec glissa la main sur la compresse et saisit le bras de la jeune femme. Il esquissa plusieurs rotations délicates pour apprécier l'état des articulations.

Le contact de sa main chaude électrisa Marie. Elle ressentit le même trouble que chez sa mère, lors de leur première rencontre, un mois plus tôt. Antonakis distillait un fluide apaisant, une douceur qui tranchait avec l'âpreté de son regard.

— Tout est déjà parfaitement en place, c'est impressionnant.

Marie affronta enfin sa conscience, et la petite voix qui s'époumonait dans le vide depuis des heures.

Oui, elle se sentait parfaitement bien, comme si rien n'était arrivé.

Et c'était anormal. Parfaitement anormal.

— Comment se fait-il... Pourquoi je suis déjà...

— Réparée ? acheva Antonakis.

La jeune femme fronça les sourcils.

— Je ne suis pas une machine.

Antonakis ne la quittait plus du regard, demeurant étrangement silencieux. Le trouble se répandait lentement dans chaque cellule de la jeune femme. Une machine pouvait-elle éprouver des sentiments ? Non, elle était bien de chair et de sang, et s'était d'ailleurs effondrée sous les balles. Ensuquée par le bien-être qui la submergeait, Marie s'efforça de reprendre ses esprits,. Elle devait garder le contrôle. Rester rationnelle.

— Je… Je suis dépassée par tout ce qui arrive depuis un mois. J'ai vraiment besoin d'explications. Pas de confusion supplémentaire…

— Suis-moi.

Nicolas Antonakis fila vers le mur du fond, puis glissa les doigts le long des arêtes d'une pierre de taille. Il palpait, pressait, comme s'il cherchait quelque chose. Soudain, la pierre s'ébranla.

Marie écarquilla les yeux.

La paroi pivota, projetant une fine poussière en suspension. Derrière, une volée de marches plongeait dans le néant. La jeune femme retint son souffle, et fut aussitôt assaillie par le souvenir de l'escalier dissimulé dans la cave de sa mère.

— Tous les profs du Collège de France ont leur résidence secondaire dans les égouts ou quoi ?

— Non, pas les égouts. Nous, on descend bien plus bas. Viens.

Le Grec guida les pas de l'étudiante à l'aide d'une torche électrique. Les murs étaient auréolés de symboles ésotériques désormais familiers. Marie reconnut le bûcher, le cercueil ouvert avec l'être à deux têtes, le caducée et bien d'autres esquisses impénétrables.

Au bout d'une soixantaine de marches, le couple s'engagea dans un étroit tunnel.

— Attention, baisse la tête, la galerie est basse.

Ils s'enfonçaient dans un labyrinthe obscur et inquiétant. Le Grec hâta le pas jusqu'à déboucher dans un ample caveau, parsemé de piles de pierres grossièrement taillées qui semblaient soutenir l'édifice.

— Ce sont des piliers à bras. Ils empêchent l'effondrement de la cavité. Ils remontent à l'époque des carriers qui excavaient les pierres pour construire les immeubles parisiens.

— On est où exactement ?

— Dans une galerie privée de l'ancien réseau sud des carrières de Paris. Sur les plans officiels, cet espace est comblé. Il n'existe plus. La seule référence connue, un peu plus haut, c'est le cabinet Gambier-Major, un cabinet minéralogique qui répertorie les différentes couches géologiques des entrailles de Paris. C'est devenu une vraie curiosité historique. Et ici, nous sommes tout près de la grande barrière souterraine Saint-Jacques, qui s'étend jusqu'à la carrière des Capucins, sous l'hôpital Cochin, à un peu plus d'un kilomètre.

— Mais... c'est par là que les tireurs se sont évadés après m'avoir allumée ! Ils ont fui par un escalier qui descend sous l'hôpital...

Nicolas Antonakis se décomposa.

Pour la première fois, son assurance fit place à une sourde inquiétude.

— Tu en es sûre ?

— C'est ce que m'a dit la police ce matin à l'hôpital...

L'universitaire projeta nerveusement le faisceau de sa torche vers les galeries qui s'embranchaient sur le caveau.

Marie découvrit alors que l'endroit était entièrement aménagé. Une grande dalle de calcaire trônait au centre et de nombreuses étagères étaient creusées à même la pierre. Ce paysage troglodytique paraissait coupé du temps et de l'espace. Marie vacillait dans une quatrième dimension, loin du tumulte et de la touffeur du monde moderne. En suivant les rais de lumière, elle aperçut d'étranges objets, des instruments qui rappelaient les premiers laboratoires de chimie.

Entonnoirs, fioles, cuvier, mortiers, passoires, cornues de verre tubulées, colonne au mercure, serpentin, tube déliquescent, gazomètre... et même un fourneau avec son soufflet. Sur la dalle de calcaire reposait aussi une sorte d'alambic. Un tube de verre incurvé s'échappait d'une cucurbite de cristal et achevait sa course au-dessus d'un flacon.

Antonakis distillait-il de l'alcool ? Des stupéfiants ?

— Qu'est-ce que vous trafiquez, ici ?

Antonakis ne masquait plus son anxiété, fixant toujours les artères qui s'aboutaient au caveau.

— Plus rien. C'est un sanctuaire. Nous conservons des instruments dont certains remontent à la Renaissance. Ils sont hérités de personnalités qui ont marqué notre histoire. La tienne, en particulier. Les plus perfectionnés remontent au XVIIIe siècle. Ils appartenaient à Lavoisier.

— Le père de la chimie moderne ?

Marie supputa aussitôt que ces antiquités valaient une fortune. Les collectionneurs devaient se les arracher. Comment ces instruments empoussiérés avaient-ils échu au fin fond d'une galerie souterraine ?

— Lui-même, acquiesça Antonakis. Mais pour être plus précis, ils nous viennent de la femme de Lavoisier, qui a hérité de tous ses biens après son exécution.

— Il a été…

— Décapité pendant la Révolution, oui. Mais sa femme Marie-Anne a poursuivi son œuvre pendant une bonne quarantaine d'années. Elle était déjà son assistante, avant sa mort. Elle prenait note de ses expériences de laboratoire. Et faisait bien plus que cela.

Marie se demandait pourquoi Antonakis lui contait cette histoire vieille de deux siècles, alors qu'elle piaffait de comprendre les meurtres du présent. Les robes noires. Sa mère ainsi que tous les mystères qui nimbaient sa vie depuis cinq semaines. Elle sentait confusément que le temps était compté.

— C'est passionnant, mais si nous en venions au fait ? Qu'est-ce qui arrive ? Qu'est-ce qui *m'arrive* ?

La jeune femme avait lourdement appuyé les deux dernières syllabes.

— C'est ce que je tente de t'expliquer, Marie. Tout cela remonte à des siècles. Il est impossible de comprendre sans plonger dans l'Histoire. Ici, rien n'a bougé ou presque depuis cette époque lointaine. Les galeries ont été creusées à partir du Moyen Âge et sont demeurées pratiquement en l'état depuis. C'est ici que nous nous réunissons sans risque d'être dérangés, ou découverts.

— Qui ça, nous ?

— Les héritiers. Les gardiens. Les reines. Les filles. Les suivantes.

Marie déglutit. Cet homme était complètement cinglé. Il parlait comme le gourou d'une secte millénariste. Elle se sentit prise au piège, d'autant que l'endroit avait tout d'une parfaite souricière. Elle recula de deux pas, en fixant l'universitaire d'un regard épouvanté. Ses pulsations cardiaques s'envolèrent brutalement.

— N'aie aucune crainte, Marie. Je suis ton gardien. Ton protecteur. Ici, il ne peut rien t'arriver.

Tout en assénant ces mots, l'enseignant darda un nouveau regard inquiet vers les boyaux qui s'évanouissaient dans l'obscurité. Marie recula encore, jusqu'à frôler une étagère. Elle se trouvait à quelques centimètres d'une bonbonne de verre, dont elle pouvait aisément s'emparer.

Elle dévisagea le Grec avec un tout autre regard. Sa tunique sombre lui parut soudain identique à celle des agresseurs qu'elle avait déjà affrontés par deux fois.

Et s'il avait tout manigancé ? S'il l'avait entraînée ici pour la supprimer ?

Comme s'il lisait dans ses pensées, Antonakis leva les bras en signe d'apaisement.

— Calme-toi. Je comprends que tu perdes pied. Tu as été traumatisée par les deux attaques. Tu as vu la mort. Mais je ne suis pas la mort.

Il se dirigea vers le mur du fond et actionna un mécanisme invisible à même le calcaire. La paroi obliqua et dévoila une cavité, comme un placard escamoté.

Cette fois, Marie empoigna le col de la bonbonne. Elle s'attendait à ce que le Grec extirpât une arme de son antre secret. Au lieu de cela, il enfila une paire de gants transparents semblables à ceux de la police scientifique, puis s'empara d'un énorme ouvrage complètement élimé. Il le souleva avec peine et le déposa soigneusement sur la dalle de calcaire qui servait de table.

L'épaisse couverture de cuir semblait sur le point de péricliter en un monticule de poussière. Marie finit par s'approcher, tenaillée par la curiosité. Elle put distinguer le titre, pratiquement effacé.

HYVER.

Nicolas Antonakis manipula l'œuvre avec une infinie précaution afin de ne pas brutaliser les feuillets de vélin jaunis. Certaines pages étaient rédigées dans des langues et des signes inconnus de la jeune femme. Elle crut seulement reconnaître, parfois, la graphie du grec ancien. De nombreux dessins entrecoupaient les textes.

— Tout est là, Marie. Tu dois lire ce livre. Bien sûr, il faudrait que je t'accompagne, il y a beaucoup de latin et de grec, mais aussi des langages codés.

Les premières pages étaient devenues illisibles. Mais une série de notes en latin, en vieux français, voire en vieil anglais, entendait sans doute en rappeler le contenu. Plus loin, une dizaine de feuillets en lambeaux se trouvaient plus ou moins rafistolés à l'aide de bandes de cire. Plus le Grec tournait les pages, et plus les inscriptions étaient vivaces et lisibles.

— Cet ouvrage a traversé le temps et l'Histoire. Il est le legs d'une vingtaine de grands hommes, et surtout de grandes femmes, qui ont progressivement découvert les secrets de la vie. Et je ne parle pas seulement de philosophie et de spiritualité. Je parle de science, ce que tu connais bien. Mais ce que tu as appris n'est presque rien par rapport à ce que ce livre contient. Il est la somme de siècles de recherches alchimiques, puis scientifiques au sens moderne.

Antonakis replongeait dans son délire. Marie ne pouvait le croire, c'était plus fort qu'elle. Mais le Grec insistait.

— Nous faisons partie d'une longue, très longue tradition. Une famille qui ne cesse de travailler et d'expérimenter pour améliorer notre espèce. Comme d'autres avant moi, j'incarne le guide. Le gardien du temple. Peu importent les mots. Mon rôle, comme celui de mes prédécesseurs, est de protéger ce livre et ses secrets, mais aussi de les transmettre. Tiens, par exemple…

L'universitaire tourna les pages jusqu'aux trois quarts du volume.

— Voilà. Ça, c'est l'écriture de Voltaire.

Marie était bouche bée. Elle contemplait les pleins et les déliés avec stupeur. Pouvait-il vraiment s'agir de l'écriture originale du philosophe des Lumières ?

— Ce dernier texte est daté de 1778, l'année de sa mort. Il explique confier l'ouvrage à « Antoine-Laurent de Lavoisier, ce grand savant qui contesta le phlogistique et établit que l'air était composé de deux gaz qu'il baptisa oxygène et azote ». Lavoisier n'aurait jamais accompli ses immenses découvertes sans les siècles de recherches alchimiques qui l'ont précédé. Il devint le nouveau gardien et poursuivit ses études révolutionnaires avec sa femme, Marie-Anne, l'une des reines qui succédèrent à Émilie du Châtelet, l'ancienne compagne de Voltaire. Émilie fut la première vraie savante française, gagnée tout entière à la cause.

Émilie ? La jeune femme songea aussitôt à sa sœur. S'agissait-il d'une simple coïncidence ? Les explications délirantes d'Antonakis finissaient par pénétrer les replis de son cortex. Elle ne pouvait détacher son regard de la prose qui nappait les feuillets du précieux codex. Elle s'empara à son tour d'une paire de gants translucides, puis commença de le feuilleter avec ferveur.

Elle se laissait lentement convaincre par cette histoire sans queue ni tête.

— Et… aujourd'hui, si vous êtes le gardien, qui est la reine ?

Le Grec demeura silencieux et laissa la jeune femme conclure d'elle-même.

— Une grande scientifique, j'imagine. Comme Émilie du Châtelet et Marie-Anne Lavoisier… Ma mère ? C'est ma mère, n'est-ce pas ?

L'universitaire esquissa un sourire.

— Émilie et moi, on est quoi ?

— Vous êtes cinq sœurs au total. Du moins, vous *étiez* cinq, toutes destinées à assurer la pérennité de la quête. Et à permettre à l'humanité de s'élever, par-delà les clivages stériles et les dualités primales.

— Alors... les deux victimes sont bien mes sœurs ?

— Oui, concéda Antonakis. Mais elles n'ont pas été élevées à Paris. C'est pour ça que tu ne les as jamais rencontrées.

— Ces deux victimes, plus Émilie et moi, ça fait...

— Quatre, oui. Il en existe une cinquième. Nous sommes extrêmement inquiets à son sujet. Elle n'a pas donné signe de vie depuis le premier massacre. Nous craignons... Nous pensons...

Le Grec semblait sincèrement affecté. Il connaissait cette jeune femme et l'avait probablement initiée, bien avant Marie.

— Elle a subi le même sort que les deux autres..., balbutia Marie.

— Nous nous attendons à ce que sa dépouille, ou ce qu'il en reste, soit découverte dans je ne sais quel lieu symbolique.

Marie blêmit. Même si elle en avait réchappé par deux fois, elle finirait par succomber, elle aussi. Comme les autres. Elle frémit également en songeant à Émilie, la seule de ses sœurs qu'elle connût vraiment. Elle subirait sans doute le même sort. Les robes noires avaient déjà attenté à sa vie, quelques jours auparavant.

— Pourquoi tout ça ? Pourquoi on veut nous éliminer ?

— Sincèrement, je l'ignore. Je suis, nous sommes, avec ta mère et les autres, dans l'incompréhension totale. Partout, nous activons nos réseaux pour tenter de comprendre. Nos membres sont influents et nombreux. Laure Gagnière, par exemple, que tu as rencontrée à la police scientifique d'Écully.

Marie saisit enfin pourquoi la divisionnaire s'était empressée de prendre les choses en main lors des événements de Clermont-Ferrand, malgré les risques qu'elle encourait.

— Ils veulent nous éliminer à cause des secrets contenus dans ce livre ?

— Peut-être. Sans doute. Nous sommes sur le point d'exaucer le rêve d'Hermès Trismégiste.

— Hermès Trismégiste ? C'est le même dieu que celui de la boutique Hermès ?

— Exact, et c'est aussi le Mercure des Romains, comme au temple du puy de Dôme. Ses injonctions, sans doute imaginaires, sont à l'origine de l'alchimie. Ce dieu, ou plus exactement ceux qui s'en sont inspirés, a jeté les bases de la science expérimentale. Des recherches de laboratoire, incessantes, épuisantes, durant des siècles, au fond de caves et de souterrains. Tout comme ici.

— Cette quête, c'est quoi ? Je veux dire, vraiment ? Nous sommes censés aboutir à quoi ?

Antonakis replongea dans le codex et revint au moins trois cents pages en arrière, à la recherche d'un texte bien précis.

— Toute l'inspiration nous vient des Anciens. Des philosophes grecs qui se revendiquaient d'Hermès *trois fois grand.* En particulier Démocrite, disciple de Leucippe. Ces grands hommes avaient déjà compris que notre Univers n'est composé que de vide et d'atomes. Leur esprit rationnel avait permis de percer bien des mystères, et surtout d'envisager d'agir sur la nature, le monde, et donc sur l'homme. Leurs idées étaient tellement novatrices que d'autres philosophes rapportèrent le grand dessein qui était le leur, et aujourd'hui le nôtre, dans des textes célèbres.

Tout en s'exprimant, Antonakis compulsait toujours l'ouvrage cacochyme.

— Ah, voilà. C'est un extrait du *Banquet* de Platon, commenté par Synesius, l'un des premiers guides.

La jeune femme était tout ouïe, avide de saisir enfin le fond de la quête.

— C'est un passage du dialogue entre Socrate et ses amis sur l'origine de l'amour. Synesius précise dans ses commentaires que Platon a voulu ici rapporter, par la bouche d'Aristophane, les idées du grand Démocrite et de ses disciples. Je te traduis directement du grec : « Au temps jadis, notre nature n'était pas la même qu'aujourd'hui, elle était d'un genre différent. Il y avait trois catégories d'humains. En plus des mâles et des femelles, il y avait l'androgyne, qui faisait la synthèse des deux autres. La forme de chaque être humain était celle d'une boule, avec un dos et des flancs arrondis. Chacun avait quatre mains, un nombre de jambes égal à celui des mains... Chacun avait deux sexes et tout le reste à l'avenant. »

Antonakis marqua une pause et survola le texte. Marie le fixait d'un regard intense. Ses neurones s'embrasaient, impatients de résoudre l'énigme qui la narguait depuis des semaines.

— Pour résumer, les premiers hommes défièrent les dieux. En guise de punition, Zeus décida de les couper en deux et de les laisser errer sans cesse en quête de leur moitié perdue. « Quand donc l'être humain primitif eut été dédoublé par cette coupure, chaque morceau, regrettant sa moitié, tenta de s'unir de nouveau à elle »... « C'est donc d'une époque aussi lointaine que date l'implantation dans les êtres humains de cet amour, celui qui rassemble les parties de notre antique nature, celui qui de deux êtres tente de ne faire qu'un seul pour guérir la nature humaine. » Voilà, Marie. Tout est dit. C'est le yin et le yang. Les deux faces d'une même médaille. Les deux serpents qui s'enroulent, s'embrassent et cherchent à n'être plus qu'un, transcendant les deux sexes. Ce troisième sexe, androgyne nous guérirait de tous nos maux, de l'esprit de conquête, de la guerre, pour que triomphent la sagesse et l'amour. Cet être hybride nous permettrait de retrouver notre état de grâce originel. Depuis, la plupart des reines et des suivantes poursuivent cette quête d'un être ultime, hermaphrodite. Elles cultivent leur virginité pour ne pas sombrer dans les affres de l'amour entretenu par la nature insatisfaite des deux genres, mâle et femelle, qui s'attirent et se repoussent sans cesse, conduisant au chaos.

Marie était médusée par ce récit.

— Je n'ose comprendre… On est censés… créer un nouveau sexe ?

— Eh bien, disons qu'un homme, une femme, c'est un peu dépassé, n'est-ce pas ? Nous pouvons faire mieux, tu ne penses pas ? L'alchimie est justement la fusion des contraires, avant la renaissance d'un humain transfiguré. Comme le Phoenix renaît de ses cendres.

Soudain, des bruits étouffés moururent dans les tympans de la jeune femme et de son nouveau mentor.

Celui-ci tressaillit et se tourna nerveusement vers les galeries qui s'enfonçaient dans le noir abyssal.

Marc Brunier et son adjointe abandonnèrent la C4 sur une place livraisons, rue des Écoles. Ils grimpèrent les marches qui menaient à la contre-allée en surplomb. La statue du biologiste Claude Bernard, plantée sur le trottoir, les toisa de sa superbe.

— Qu'est-ce que c'est exactement, le Collège de France ? Un ramassis de vieux croulants ?

Estelle Chomet sourit.

— Ouais, si on veut. Des spécialistes hyper reconnus dans leur domaine, qui donnent des cours gratuits et ouverts à tout le monde.

Brunier leva un sourcil.

— Gratos pour tous ? C'est une université populaire ?

— Pas vraiment populaire. C'est quand même un gros niveau, le genre super intello qui se la pète.

Les deux officiers franchirent le portillon et foulèrent les pavés de la cour carrée.

— C'était quoi, ce bruit ? s'inquiéta Marie.

— Je l'ignore, mais il faut faire vite. Avec ces meurtres atroces, j'ai l'impression que nous sommes plongés dans le même climat que celui du Ve siècle… Lors du massacre de la première grande sage de l'Histoire, celle qui est à l'origine de ce codex et qui a inspiré des générations de suivantes, de reines, de gardiens…

— La première grande sage de l'Histoire ?

— Elle s'appelait Hypatie. Hypatie d'Alexandrie. C'était une grande philosophe et mathématicienne. La première grande scientifique et intellectuelle de l'humanité, en réalité. Elle a été massacrée par des chrétiens enragés. Elle a subi des sévices qui ressemblent trait pour trait à ceux de tes deux sœurs horriblement mutilées.

Une myriade de connexions synaptiques constella l'encéphale de la jeune femme, comme autant d'engrenages nanométriques qui tournoyaient à la vitesse de la lumière. Les recoupements, comparaisons, déductions se succédèrent dans un flot frénétique, jusqu'à remonter au seuil de sa conscience.

— Ce sont des chrétiens qui l'ont massacrée, c'est bien ça ? Ça n'aurait pas un rapport avec nous ? Ces robes noires qui ressemblent vaguement à des soutanes… et ces histoires de dieux, de temples…

Nicolas Antonakis observa Marie avec étonnement. Elle n'était pas scientifique pour rien. Tout l'esprit brillant de sa mère.

— C'est possible. Disons que dans l'Histoire bien d'autres sœurs, considérées comme des sorcières, ont été massacrées par l'Inquisition catholique. La lutte avec l'Église a été constante jusqu'à ces deux derniers siècles. De Vinci, Newton, Voltaire, Émilie et bien d'autres se méfiaient comme de la peste des prélats, des dogmes et des Églises. Ils ont été très critiques envers eux, suscitant de nombreuses controverses. L'Église nous a toujours eus à l'œil sans vraiment savoir qui nous étions. Enfin, jusqu'à aujourd'hui…

Un grincement inquiétant fendit le silence. L'universitaire referma aussitôt le codex. D'infimes traces de sueur perlaient sur ses tempes.

— Capitaine Estelle Chomet et commandant Marc Brunier, brigade criminelle. J'ai téléphoné ce matin. On vient voir le Pr Antonakis.

Le vigile fixait la policière d'un regard torve, comme s'il n'entendait pas le français.

— Allô ? On est flics, on vient voir un prof, c'est urgent, pour une enquête criminelle ! Ça va mieux comme ça ?

— Oui, enfin…

L'agent de sécurité, engoncé dans un costume cravate bon marché bien trop étroit pour lui, perdait les pédales. Il lisait et relisait sa liste, tournant les feuillets d'un air parfaitement emprunté.

— Je… Vous êtes pas sur la liste. Je sais pas trop…

— Putain, il est con de naissance ou il s'entraîne ?

Brunier brandit son porte-cartes de cuir noir sous le nez du vigile, arborant sa carte tricolore estampée des lettres POLICE en rouge sang qui ne laissaient aucun doute. Sur l'autre volet brillait la médaille de la brigade criminelle gravée d'un chardon épineux, et ses insignes de commandant, quatre barrettes blanches sur fond bleu.

— Et comme ça ? Si t'es sourdingue, t'es p't-être pas bigleux ? Allez, magne-toi.

Dix-huit mètres plus bas, Nicolas Antonakis s'apprêtait à ranger le codex dans sa cachette. Marie en aperçut de nouveau le titre énigmatique.

— Et HYVER, ça veut dire quoi ?

— C'est un acronyme forgé au fil des siècles. HY, c'est pour Hypatie, justement. C'est elle qui a rédigé les premiers feuillets que tu as vus. Certains y voient aussi le H de Hermès ou le HY de la déesse Hygie.

Marie visualisa aussitôt *La Médecine*, l'immense toile de Klimt représentant Hygie en majesté, qui paradait dans le salon de sa mère.

— Les lettres recouvrent donc plusieurs sens. Ensuite, le V, c'est d'abord celui du Vinci.

— Léonard de Vinci ?

— Oui, il a beaucoup contribué à ces recherches. Sans même imaginer à quel point…

L'enseignant céda à la tentation d'exposer quelques trésors du génie au regard de l'étudiante. Il posa l'ouvrage en équilibre sur le bord d'une banquette de calcaire, juste sous la cache, puis tourna plusieurs pages noircies de l'inimitable écriture inversée du maître italien. Il s'immobilisa sur l'esquisse de l'escalier à double révolution du château de Chambord.

Marie reconnut immédiatement la même structure que celle des deux serpents enroulés autour du bâton d'Hermès. Ce motif lui rappelait aussi autre chose…

— Quant au E, reprit le Grec, c'est celui d'Élisabeth Ire d'Angleterre. Elle a été la première grande reine.

— Il y a même eu des vraies reines, qui ont vraiment régné ?

— Oui, c'est d'ailleurs depuis Élisabeth qu'on utilise l'image de la reine veillant sur l'ensemble de la colonie. Comme dans une ruche. Et puis HYVE peut se prononcer *hive*, ce qui veut dire « ruche » en anglais. On l'écrivait avec un Y, à l'époque. Du temps d'Élisabeth et jusqu'au XXe siècle, c'était donc le sens littéral du titre de ce livre.

Marie fut aussitôt traversée par l'image des nuées d'abeilles qui pénétraient librement rue Guynemer, chez sa mère, comme si elles étaient chez elles. En famille…

— Élisabeth, le prénom de ma mère… C'est une référence à Élisabeth d'Angleterre ?

— Absolument. Comme le prénom de ta sœur est une référence à Émilie du Châtelet. Et le tien, une référence à Marie la Juive.

La jeune femme, qui pensait avoir tout entendu, leva deux sourcils effarés.

— C'est qui encore, celle-là ?

— Maria Prophetissa de son vrai nom. Elle est considérée comme la première alchimiste de l'Histoire. Elle a vécu au IIIe siècle avant Jésus-Christ et aurait beaucoup inspiré Hypatie. Elle a mis au point plusieurs instruments, dont le fameux « bain-marie », qui porte son nom. C'est une véritable icône pour nous.

Antonakis sourit en refermant définitivement le codex.

— Je te rassure, cela n'a donc rien à voir avec la Vierge Marie…

L'étudiante blêmit. Elle, justement, se sentait bien plus proche de la sainte mère de Jésus depuis quelques heures…

— Ah, j'allais oublier, outre Vinci et Élisabeth d'Angleterre, le V et le E du titre HYVER désignent aussi Voltaire et Émilie du Châtelet. Tu vois, comme les deux indissociables serpents du bâton d'Hermès, rien n'est univoque chez nous. Tout revêt un double sens…

— Et le R de HYVER ?

— Ça, c'est beaucoup plus récent.

Brunier et Chomet étaient enfin parvenus à rallumer une vague ampoule dans le crâne du vigile. Il avait contacté son QG, à l'aide de son émetteur radio, et conduisait maintenant les deux officiers de police au sous-sol.

— Tout à l'heure, il était dans un des salons souterrains. Il avait rendez-vous avec une jeune femme. Bizarre, d'ailleurs, cette fille. Elle avait le visage complètement dissimulé par un foulard et des lunettes de soleil.

Marc Brunier et Estelle Chomet échangèrent un regard stupéfait et se figèrent au beau milieu de l'escalier.

— Vous avez son nom ?

— Euh… oui, attendez…

L'agent consulta sa précieuse liste.

— Émilie Duchesne.

— Putain, mais qu'est-ce qu'elle fout ici encore ? Je crois que tu as flairé une bonne piste, Chomette. Allez, on se grouille.

De nouveaux bruits assourdis envahirent le caveau. Ils semblaient maintenant se rapprocher.

— Il faut remonter, Marie. Je t'expliquerai la suite plus tard.

— Qu'est-ce qui se passe ?

— Je l'ignore, ces galeries sont secrètes et je n'attends personne. Va, remonte. Je te rejoins, il me faut tout mettre en sécurité. Surtout le livre. Personne ne doit en connaître le contenu, à part la reine et ses filles.

Marie s'apprêtait à reprendre l'escalier, mais se ravisa.

— Je dois vous dire quelque chose, professeur… quelque chose d'extrêmement important…

— Dépêche-toi, souffla Antonakis, de plus en plus angoissé.

— Je suis… Je suis enceinte. Mais…

Marie prit une profonde inspiration.

— Je suis vierge.

Cette révélation n'ébranla nullement le maître.

— Alors tu seras la prochaine reine. La plupart des grandes reines, dont ta propre mère, étaient vierges elles aussi.

Marie cessa brutalement de respirer. Elle fut saisie d'un redoutable vertige. Sa mère ne pouvait être vierge. Ou bien elle n'était pas sa mère biologique. Mais les comparaisons ADN réalisées la veille semblaient démentir cette hypothèse. La jeune femme sombrait dans la démence.

Soudain, le visage du Grec s'illumina et ses pupilles brillèrent comme deux saphirs étincelants. Il venait de comprendre. L'image d'Émilie du Châtelet sur son lit de mort l'envahit. Il songea surtout à l'enfant de la compagne de Voltaire, la première étape vers la transformation. Dans le stress et la précipitation, il n'avait nullement mesuré la portée de ce que venait de lui révéler Marie.

— Non, Marie... Ce n'est pas comme ta mère... Plutôt comme Émilie du Châtelet. En tout cas, ce qu'on avait cru à l'époque... Ce serait donc arrivé, balbutia-t-il pour lui-même. Tu devrais... Tu vas engendrer le premier véritable parthénote.

À cet instant, un sifflement furtif traversa le caveau, suivi d'un bruit sec. Nicolas Antonakis changea d'expression. La lumière de son visage s'estompa et tous ses traits s'affadirent. Soudain, sa torche vola en éclats sur les premières marches de l'escalier, puis le Grec s'effondra.

Les deux policiers tournaient comme des lions en cage. Le salon voûté, paré de sublimes pierres de taille, se trouvait désespérément vide.

— Mais vous les avez vus ressortir ? Où sont-ils ?

Le vigile haussa les épaules, sans réponse.

Une plainte étouffée s'infiltra dans la salle.

— Qu'est-ce que c'est ? D'où ça vient ?

Marie hurlait, sans retenue, foudroyée par la terreur. Elle avait reçu une giclée de liquide tiède et poisseux en plein visage. Il lui avait fallu deux secondes avant de comprendre qu'il s'agissait du sang de Nicolas Antonakis, dont le crâne avait été fendu par une machette lancée à pleine vitesse depuis le fond du caveau. Il n'avait émis aucun son, pas même le début d'un râle. Il avait été saisi sur l'instant, comme sous le couperet d'une guillotine. Net. Précis. Clinique.

Aussitôt, des rais de lumière commencèrent de lécher les parois de pierre et les instruments qui reposaient un peu partout. Les torches se rapprochaient dangereusement de Marie, qui criait toujours et remontait les marches, d'abord en chancelant, puis en courant.

— Qu'est-ce qu'il y a de l'autre côté ? tonna Brunier. Comment on y va ?

— Mais… y a rien ! gémit le vigile. C'est le mur, la terre, la fin du bâti ! Pas de pièces ni rien du tout de l'autre côté !

— Il y a forcément quelque chose, s'écria Chomet. Ou alors vous êtes absolument sourd !

Les deux officiers se précipitèrent contre le mur et y plaquèrent une oreille.

— Police ! Qu'est-ce qui se passe ? Où êtes-vous ?

Les pas rapides se rapprochaient de Marie, acculée au sommet de l'escalier. Le mur était inébranlable et elle ignorait comment en activer l'ouverture. Antonakis avait commis une grave erreur en négligeant de lui indiquer le mécanisme.

Ses derniers instants étaient pathétiques.

Marie grattait la pierre de ses doigts sanguinolents, brisant ses ongles un à un tandis que le piège se refermait sur elle.

— Poussez la pierre ! Aidez-moi ! Au secours !

De l'autre côté du mur, Marc Brunier et son adjointe tâtaient les blocs de calcaire sans savoir ce qu'ils cherchaient. En désespoir de cause, ils massèrent leurs épaules contre la surface rugueuse puis poussèrent de toutes leurs forces. Rien ne frémit. Un dernier cri déchirant transperça la paroi.

Marie venait d'être harponnée par le bassin. Elle bascula en arrière et fit une chute de plusieurs mètres. Sa tête percuta violemment l'une des marches. La douleur inonda tout son crâne, tandis qu'une déchirure cinglante irradiait son épaule fraîchement recousue. Elle mordait la poussière, le goût du sang s'infiltrait partout dans sa bouche. La jeune femme lutta pour ne pas perdre connaissance. Elle tâta tout autour d'elle. Elle avait atterri dans le caveau. Elle palpa un objet arrondi et cristallin, sans doute l'un des innombrables instruments de laboratoire. Elle le saisit avec difficulté, les mains meurtries et presque à vif.

Le silence était retombé. Inquiétant. Terrifiant. Elle n'était assourdie que par sa propre respiration haletante et par les battements tapageurs de son muscle cardiaque. La douleur lacérait ses chairs, ses muscles, ses nerfs. Jusqu'aux os, aussi profondément qu'il était possible. Elle rampa sur un mètre et buta contre une masse inerte, encore tiède.

Antonakis.

Elle réprima un cri et tenta de contourner le cadavre. Elle progressait à grand-peine, à moitié engluée dans le liquide visqueux qui s'était répandu sur le sol de terre battue.

Chaque mouvement était un supplice.

— Merde, mais qu'est-ce que c'est que ce bordel ? Émilie ? C'est vous ? Où êtes-vous ? Qu'est-ce qui se passe ?

Brunier braillait à travers le mur désespérément stable. Mais plus aucun bruit ne filtrait. Le silence de mort glaça l'officier.

— Estelle, appelle des renforts. La BRI, avec des explosifs. Il faut faire péter la paroi. Si c'est pas assez, tu fais réquisitionner une boîte de BTP, avec tout le matos pour percer ce merdier. Et vous, cria-t-il au vigile, vous faites bloquer toutes les issues ! Plus personne n'entre ni ne sort !

Une main agrippa le bras endolori de Marie. Elle poussa un gémissement de douleur, mais réussit à fracasser le récipient de verre sur son agresseur.

Puis tout bascula. Plusieurs mains l'empoignèrent, la molestèrent et la soulevèrent du sol. Elle fut presque écartelée ; les mains la tiraient en tous sens, dans la plus grande confusion. Elle se débattit comme une damnée dans une indicible souffrance, avant de capituler. À bout de forces.

Une chute vertigineuse à l'intérieur d'elle-même.

Et la nuit, aussi profonde en elle que dehors.

Chapitre 27

Samedi 11 août 2018, 20 h 15, Paris

Le Pr Jacques Reynald ne savait plus où donner de la tête. Prix Nobel de physique, il était devenu l'administrateur du Collège de France en début d'année. Son pur esprit mathématique n'était nullement conditionné à affronter des situations cacophoniques.

Lui aimait l'ordre, la logique et les démonstrations « élégantes ».

Ce soir-là, c'était tout l'inverse. La police avait débarqué avec fracas dans le saint des saints, le temple du savoir, et s'apprêtait à tout défoncer.

Des molosses vêtus de noir de pied en cap, caparaçonnés dans des gilets pare-balles de niveau IV et coiffés de casques de Kevlar, s'agitaient dans un raffut étourdissant. La plupart avaient relevé la visière et déposé les fusils d'assaut contre les murs de pierre.

Reynald flairait la testostérone et l'adrénaline à plein nez, ce qui l'incommodait au plus haut point. Il avait toujours abhorré la violence et les démonstrations de force.

Le silence et la simplicité d'un tableau noir suffisaient à son bonheur.

— Vous n'allez pas faire exploser le mur, j'espère ?

Reynald voyait parfaitement que les artificiers préparaient des pains de plastique, ou quelque chose d'équivalent, et s'apprêtaient à les disposer le long de la paroi.

— Y a pas le choix.

Brunier supervisait l'opération avec le commissaire Neveux, de permanence tout le week-end. Ces deux-là ne se quittaient plus.

— Vous êtes complètement fous, jappa Reynald.

Son visage émacié émergeait d'un blaser qui dissimulait mal ses épaules fuyantes. Il s'était décharné au fil d'années de recherches purement cérébrales. La rosette de la Légion d'honneur rehaussait timidement sa mine blafarde et la teinte délavée de son veston.

— Vous êtes dans un bâtiment classé à l'inventaire des monuments historiques ! Tout autour d'ici, nous avons mis au jour des thermes romains exceptionnels qui remontent au Ier siècle après Jésus-Christ ! Vous ne pouvez pas faire n'importe quoi !

Brunier et Neveux levèrent un sourcil tout en restant concentrés sur les explosifs.

— Désolé, monsieur, mais il en va de la vie d'un de vos collègues et d'une étudiante.

L'universitaire fulminait et sentait la moutarde embraser ses narines.

— Non, mais vous vous croyez où ? On n'est pas à l'Hyper Cacher de la porte de Vincennes ici !

Les deux officiers échangèrent un regard atterré.

— Ça veut dire quoi ? éructa Neveux. Vous préférez qu'on les laisse crever ? C'est plus important que vos merdes antiques dont tout le monde se fout ? Et si c'était votre fille, là-dessous ?

Reynald déglutit et se rengorgea.

— Je ne vous permets pas. Ça n'a rien à voir. Je vous parle de patrimoine mondial, d'histoire de l'humanité ! Vous devez respecter un minimum de règles ! J'exige la participation d'un architecte des Bâtiments de France ! Vous risquez de déstabiliser tout l'édifice. Je vous rappelle que nous sommes à sept mètres sous terre et que tout peut s'effondrer !

Brunier s'éclipsa pour laisser Neveux aux prises avec l'emmerdeur.

Il saisit son portable et contacta directement l'équipe du SDLP qui veillait sur Marie à l'hôpital Cochin.

— Brunier de la Crim. Tout va bien ?

— Ouais, RAS, elle a pas bougé depuis la visite de sa sœur.

— Sa sœur ? Émilie Duchesne est passée la voir tout à l'heure ?

— Ouais, la gamine avec le foulard et les lunettes de soleil, la même que ce matin. Il y a deux heures environ.

L'officier fronça les sourcils. Qu'avaient-elles pu se dire avant qu'Émilie ne débarque ici ?

— Passez-la-moi.

— Heu… je crois qu'elle dort. Les stores sont baissés, y a pas un bruit.

— Réveillez-la ! Allez !

Douze robes noires encerclaient le lit, dans un silence macabre. Les projecteurs scialytiques dardaient leur lumière crue sur Marie, inanimée.

— Vérifiez la dentition, tonna soudain une voix rauque.

L'une des robes enfila une paire de gants chirurgicaux, puis se pencha sur la jeune femme. Elle écarta délicatement les mâchoires et s'empara d'une pâte blanchâtre qui reposait sur une tablette en inox. Elle fourra la pâte d'alginate dans la bouche de l'étudiante, puis la modela de sorte à bien épouser l'arrière de la denture. Au bout d'une minute, elle retira délicatement le moulage qui avait commencé de durcir.

La robe noire chaussa un casque-loupe binoculaire puis examina attentivement l'empreinte. La pâte exhalait un léger parfum mentholé.

— Ce n'est pas Émilie.

Un murmure de stupeur s'éleva de l'assemblée.

— Mais… qui est-ce, alors ?

La silhouette austère ôta son casque de bijoutier puis s'empara d'un iPad. Son index effleura plusieurs fois la surface de verre tactile. Au bout de quelques secondes, le verdict tomba.

— Les symboles gravés sur l'émail correspondent à ceux de Marie Duchesne.

Aussitôt, la voix rauque retentit.

— Ranimez-la. Vite.

Jacques Reynald sortit en trombe, bien décidé à sonner le cabinet du préfet de police. Il allait fermer le clapet de ces cow-boys décérébrés.

Dans le caveau, l'un des artificiers s'approcha du commissaire Neveux.

— Le prof n'a pas complètement tort. D'après moi, c'est très risqué. On ne connaît pas du tout l'épaisseur de la pierre ni sa densité. On a utilisé l'épaissimètre à ultrasons, mais ce n'est pas adapté à la pierre massive. C'est très compliqué de calibrer l'explosif. On ne sait même pas si ça peut marcher.

Neveux dodelina du menton, désemparé.

À l'extérieur, Brunier attendait de parler avec la jeune patiente barricadée dans sa chambre d'hôpital. Il aperçut le Pr Reynald, furibond, s'engouffrer dans l'escalier qui remontait au rez-de-chaussée.

— Allô ? murmura une voix enrouée.

— Marie, c'est Brunier.

— …

— Ta sœur, Émilie, qu'est-ce qu'elle t'a dit quand elle est passée tout à l'heure ?

— Pourquoi ?

— Apparemment, elle était au Collège de France avec un prof, mais ils se sont volatilisés. J'ai entendu des cris, derrière un mur souterrain. On cherche le moyen d'accéder à l'autre côté. Elle t'a dit ce qu'elle allait faire ?

— Je... Marc, c'est terrible.

— Quoi ? Qu'est-ce qui est terrible ?

— C'est Marie qui est là-bas. Je suis Émilie. On a échangé nos vêtements.

L'officier pâlit tandis que ses pulsations cardiaques bondissaient vertigineusement. Quelques tics inquiétants agitaient ses paupières et sa lèvre supérieure.

— Émilie, vous... Vous savez comment accéder à l'endroit où ils se trouvent ?

— Non... Je suis vraiment désolée, Marc. J'ignore complètement comment...

Brunier raccrocha brutalement et fonça dans le salon voûté.

— Il faut y aller, vite ! Il faut péter le mur !

— Marc, intervint le commissaire Neveux, je ne pense pas qu'on va pouvoir le faire, parce que...

— Il le faut ! C'est Marie, là derrière ! Tu comprends ? Pas sa sœur, mais Marie !

Neveux demeura incrédule puis comprit la portée de la révélation. Marie Duchesne avait été visée à deux reprises, bien plus gravement que sa sœur. Elle était en danger de mort. Il n'y avait plus aucun doute.

— OK, lâcha-t-il. On y va. On tente le tout pour le tout. Et on le fait tout de suite, avant que le dirlo rapplique et nous casse les burnes.

Une explosion sourde retentit au loin. Les murs frissonnèrent, refoulant de fines volutes de poussière. Les robes noires s'étaient rassemblées dans un caveau isolé, parsemé de statuettes qui semblaient figurer la Vierge Marie et les apôtres. Partout, d'étranges symboles tapissaient les murs de calcaire. L'ouroboros trônait en plein centre.

Le serpent circulaire traduisait l'infinité du temps, l'éternel recommencement, l'Univers sans début et sans fin.

Marie se trouvait maintenant perfusée, un masque à oxygène plaqué sur le visage. Son cœur palpitait lentement. Elle n'avait pas repris connaissance depuis l'assaut, et la mort d'Antonakis. Son encéphale avait décrété le black-out pour lui épargner d'insupportables souffrances. Sa vie tenait à un fil, mais son organisme était taillé pour endurer les pires sévices. Ses capacités de récupération et de reconstruction étaient exceptionnelles. La robe noire à la voix rauque le savait pertinemment. Elle avait courbé sa haute stature au-dessus du corps de l'étudiante et l'observait avec curiosité. Les autres s'étaient reculés et s'interrogeaient sur la déflagration.

— Avez-vous obstrué les galeries comme je vous l'ai demandé ?

— Oui, tout est bouché, enseveli sous plusieurs mètres d'épaisseur. Personne ne pourra passer.

La fumée avait envahi les sous-sols et déclenché les détecteurs anti-incendie. Les sirènes stridentes perforaient les tympans et déboussolaient les policiers. Derrière le monticule de pierres et les vapeurs asphyxiantes, Brunier discerna enfin une ouverture qui plongeait dans l'inconnu. Avec ses collègues de la BRI, il écarta les débris un à un et se fraya un chemin. L'escalier se matérialisa après que les premières marches furent dégagées. Le commandant de la Crim s'y engouffra ; au bout de trente secondes, il découvrit le caveau souterrain jonché de bris de verre. Le faisceau de sa torche éclaboussa soudain une masse sombre, embourbée dans une mare de sang coagulé. Heureusement, ce n'était pas Marie ; le gabarit faisait pencher pour un homme athlétique. Brunier aperçut une machette à son côté, maculée de chairs brunâtres et de cheveux agglutinés sur le plat de la lame. Il saisit le poignet de la victime et chercha vainement l'écho d'un pouls.

— Appelle l'IJ, on a un macchab, murmura-t-il à Estelle Chomet qui avait rappliqué après l'explosion.

L'espace confiné éveilla aussitôt chez l'officier le souvenir des souterrains de l'hôpital Cochin. La même fraîcheur, la même obscurité, et ce sentiment d'éternité euphorisant. À quelques pas, derrière une rangée d'étranges piles de pierres massives, le commissaire Neveux venait de découvrir les deux galeries.

— Il me faut deux colonnes, une dans chaque tunnel, ordonna-t-il à son adjoint. Comme à Cochin, on reste très vigilants. On a affaire à des cibles déterminées, et cette fois on n'a aucun repère. Allez !

Au bout d'une demi-heure seulement, la BRI rebroussa chemin. Les galeries étaient entièrement bouchées. Il fallait disposer de moyens lourds pour perforer les remblais. Les policiers se voyaient contraints d'attendre les renforts, les ingénieurs, les techniciens, les chiens. De longues heures durant lesquelles le destin de Marie pouvait basculer, si ce n'était déjà fait.

Marc Brunier sombrait dans l'angoisse. Il avait grimpé dans sa C4 pour foncer à Cochin. Émilie était son seul espoir pour retrouver Marie. Il songeait aussi à leur mère, Élisabeth Duchesne, évanescent personnage mystérieux qui détenait sans doute la clef de bien des secrets. La DRPJ d'Ajaccio s'était rendue dans sa résidence secondaire de Cargèse, en vain. Personne ne savait où se trouvait la chercheuse.

L'officier avait tenté d'obtenir une perquisition pour le soir même à son domicile parisien de la rue Guynemer, mais le juge se faisait tirer l'oreille. On ne débarquait pas impunément chez une grande universitaire, décorée de la Légion d'honneur, sans motif valable. D'autant moins en son absence. Et puis Caseras, déjà de corvée au mois d'août, n'entendait pas sacrifier son week-end, Brunier le sentait bien.

Le commandant avait mentalement traité le magistrat d'abruti.

Pendant que le juge se dorait la pilule, Brunier, lui, ramait à vingt mètres sous terre, dans le noir le plus complet. Dans tous les sens du terme.

Chapitre 28

Le même jour, à Anand, État du Gujarat, Inde
2 heures du matin, heure locale
(22 h 30, heure de Paris)

Les trois 4 × 4 glissaient tous feux éteints sur l'artère Nadiad-Anand, direction plein nord. À cette heure tardive, seuls quelques rickshaws jaune canari et vert olive taillaient la route à faible allure. À proximité de Lambhvel, le convoi ralentit, puis vira à droite sur Shristi School Road. Le commando longea une école et quelques entrepôts isolés. La voie paraissait déserte, perdue aux confins de la cité indienne, à l'orée d'immenses champs qui s'épanouissaient à perte de vue.

Le ciel était chargé de nuages menaçants. La mousson frappait durement la région depuis deux mois, et des trombes d'eau pouvaient s'abattre à tout moment, rendant l'opération particulièrement périlleuse.

Les 4 × 4 se rangèrent discrètement au bout de la route, tandis que les combattants revêtaient cagoules et lunettes à vision nocturne.

Face à eux se dressait une bâtisse étonnante, un cube ultra-moderne tendu d'immenses vitrages, du sol aux toitures. Le fronton arborait une inscription en lettres grandioses : AKANKSHA HOSPITAL.

Il semblait loin, le temps de la petite clinique du centre-ville, avec ses modestes bâtiments aux façades ocre et son parking de terre battue. Le business était tellement florissant que les biologistes et les gynécologues avaient pu financer cet édifice flambant neuf qui faisait rougir bien des cliniques occidentales.

Le groupe éclaireur se faufila vers l'esplanade de l'entrée principale. Le groupe technique suivait, lesté d'une dizaine de mallettes et de sacs isothermes, amples et pesants.

Soudain, deux jeunes Indiennes au ventre renflé surgirent par les portes automatiques. Les combattants se plaquèrent au sol.

— Qu'est-ce qu'elles foutent ? murmura la tête de colonne.

— Elles profitent de l'absence de surveillance, j'imagine. Normalement, elles sont censées rester terrées neuf mois dans les dortoirs et ne jamais sortir seules.

La clinique était mondialement réputée pour ses prouesses en matière d'assistance médicale à la procréation, mais aussi pour abriter une centaine de mères porteuses, payées huit mille dollars pour faire grossir le bébé d'autres femmes. Les nouveau-nés leur seraient arrachés à l'accouchement ; elles n'auraient pas même le droit de les regarder, ne fût-ce qu'un instant. C'était bien spécifié dans leur contrat.

Les deux pondeuses finirent par regagner l'immense hall d'accueil luxueux, craignant d'être découvertes.

Les dix combattants se relevèrent puis contournèrent l'édifice, avant d'atteindre une porte destinée aux livraisons et à l'évacuation des déchets. Ils connaissaient le code d'accès à six chiffres. Ils étaient très bien renseignés.

Aussitôt à l'intérieur, ils empruntèrent l'escalier et grimpèrent au deuxième étage.

Là, ils pénétrèrent dans une salle glaciale. D'immenses cuves en inox reposaient à même le sol. L'une des silhouettes encagoulées porta sa main gantée sur la poignée du premier réservoir, puis tira fermement. La cloche s'éleva, laissant échapper une vapeur spectaculaire. Des dizaines de tiges émergeaient à la surface, tandis que leur extrémité inférieure disparaissait dans le brouillard.

— Attention, je vous rappelle que l'azote liquide est à moins 196 °C. Évitez de plonger les mains à l'intérieur, saisissez simplement les paillettes. Et faites très vite : si la température chute trop, le système d'alarme va se déclencher.

Chaque seconde comptait. Deux techniciens en tenue de camouflage ouvraient les sacs isothermes et en extirpaient des poignées de microtubes. Il fallait non seulement les substituer à ceux des cuves d'azote liquide, mais également détacher les étiquettes pour les recoller sur les nouvelles tiges. Le code d'identification des donneuses devait apparaître sur les paillettes de substitution sans que rien n'éveille les soupçons. Le tour de passe-passe devait être insoupçonnable.

Pendant l'opération, deux autres techniciens surveillaient la température. Ils contrôlaient les écrans informatiques campés sur des meubles tout autour des cuves, pour éviter que le seuil critique déclenchant les alarmes ne soit atteint. Au moins deux membres du personnel de la clinique restaient de garde chaque nuit et pouvaient débarquer au moindre signal anormal.

Au bout d'une heure, deux cuves avaient déjà été entièrement traitées. Il en restait trois.

À cet instant, deux individus se détachèrent du groupe pour riper vers un second local, au bout du couloir.

Ils débarquèrent dans une immense salle hérissée d'étranges machines, toutes parées de batteries d'écrans LCD. Ils approchèrent de la première et purent assister au miracle de la vie. Sous leurs yeux, des embryons, filmés en temps réel par microscopie électronique, se forgeaient cellule après cellule. L'un des intrus, une biologiste, ôta sa cagoule. C'était formellement interdit, mais elle transpirait à chaudes gouttes. Elle contempla un instant le spectacle.

Sur le premier écran, elle discerna clairement la membrane de l'embryon, comme la coquille d'un œuf, abritant une dizaine de cellules vibrionnantes. D'ici quelques heures, l'embryon allait atteindre le stade de la morula, une petite mûre de seize cellules, dernier stade avant son implantation dans le ventre d'une mère porteuse.

Puis la biologiste jeta un œil sur les onze autres écrans de l'embryoscope, cet incubateur électronique qui permettait le contrôle des premiers cycles du développement après la fécondation d'un ovule par un spermatozoïde, dans une éprouvette.

— Ceux-là comptent tous entre dix et douze blastomères, constata-t-elle. Ils doivent incuber depuis quatre jours au moins. Ils sont presque mûrs.

— J'ai fait un tour et je dirais qu'il y a une bonne cinquantaine d'embryons au total.

La biologiste s'agenouilla et déverrouilla l'épaisse mallette rigide qu'elle transportait. Elle saisit des boîtes de plastique rondes, toutes hermétiquement scellées. Pendant ce temps, le technicien activait un imposant microscope électronique qui reposait sur une paillasse.

— On a deux heures pour tout remplacer. Et attention quand tu arrêtes les embryoscopes pour faire les manips, surtout déconnecte les alarmes. Allez.

Pendant ce temps, une centaine d'autres équipes menaient des actions semblables dans l'est du globe, plongé dans la nuit profonde. Quinze commandos opéraient rien qu'en Inde, véritable eldorado de la procréation artificielle. Parfois, ils enchaînaient plusieurs centres, à Delhi, Bombay, Calcutta, Madras ou Bangalore. Une dizaine d'autres s'étaient également introduits à Moscou, Saint-Pétersbourg et Novossibirsk, en Russie. Plus au sud, une bonne trentaine d'équipes s'étaient faufilées dans les centres de procréation assistée de Chine, et six autres rien qu'à Hong Kong.

Dix-neuf commandos œuvraient au Japon – à Tokyo, Yokohama, Osaka, Nagoya, Sapporo et Kobé.

Il était déjà très tard pour l'Australie, mais douze groupes s'étaient mobilisés dès le déclenchement de l'opération planétaire, trois heures plus tôt. Ils s'étaient engouffrés dans les cliniques de Sydney, Melbourne, Brisbane, Perth et Adélaïde.

Plus tard, vers une heure du matin, heure française, les opérations débutèrent dans des dizaines de centres de toute l'Europe.

En France, les équipes visaient avant tout les vingt-six CECOS[1], seuls habilités à gérer et conserver les spermatozoïdes et ovules de donneurs et donneuses anonymes. Ils étaient répartis dans des hôpitaux sur tout le territoire et constituaient un immense réservoir.

Brunier avalait son neuvième café de la soirée. Émilie avait quitté la chambre de sa sœur et faisait face à l'officier dans la minuscule cafétéria de l'hôpital Cochin, tout près de l'entrée piétons.

Les deux agents du SDLP faisaient les cent pas, particulièrement nerveux. Le sale tour que leur avaient joué les deux gamines les avait particulièrement irrités.

— Je ne comprends pas, Émilie, vous ne pouvez pas rester évasive comme ça. Je ne peux pas vous coller en garde à vue, mais je vais pas vous lâcher. Vous avez envoyé votre sœur au casse-pipe. Vous devez m'expliquer. Vous devez m'aider à la retrouver.

Depuis deux heures, Brunier tentait vainement d'extorquer des informations à la jeune femme.

— Puisque je vous dis que je ne sais rien ! Sinon, vous pensez vraiment que j'aurais jeté Marie dans la gueule du loup ? J'ignore totalement ce qu'elle faisait dans un sous-sol avec Antonakis. Et j'ignore où elle est.

1. Centre d'étude et de conservation des œufs et du sperme humain.

— Et Antonakis ? Il s'est pas fait buter par hasard ! Je crois pas au dégât collatéral. Qu'est-ce qu'il trafiquait ? On a retrouvé des centaines d'instruments en verre, la plupart pétés en mille morceaux.

Émilie fixait Brunier d'un regard incandescent. Elle n'était nullement épuisée. Les heures s'égrenaient sans l'atteindre. Au contraire, plus la pression montait, plus elle semblait se fortifier.

Ses iris d'émeraude déstabilisaient l'officier. Il y retrouvait beaucoup de Marie, et infiniment plus. Une maturité exceptionnelle, comme si elle avait déjà vécu cent vies. Que pouvait couver un esprit aussi aiguisé et retors ? Et qu'avait-elle manigancé à Clermont-Ferrand pour convaincre le médecin généraliste de ne jamais parler ? Cette question obsédait Brunier depuis des jours.

— Vous n'avez pas retrouvé un gros livre, par hasard ?

Brunier haussa les sourcils. La jeune femme ouvrait enfin une brèche.

— Quel livre ?

— Rien, juste un livre. Vieux, à moitié pourri, très épais, assez volumineux, comme une vieille bible médiévale. Mais écrite à la main.

— Une bible médiévale ? Qu'est-ce que c'est encore que ces conneries ?

Émilie se leva et approcha sa chaise. Elle n'était plus qu'à quelques centimètres. Son parfum sensuel s'épandait lentement tout autour de lui, comme une toile tissée pour le prendre au piège.

— Ne parlez pas si fort. Les autres n'ont pas besoin de savoir. Je vous explique et ça reste entre nous. Compris ?

Le dernier mot avait claqué comme un ordre. Au lieu de l'envoyer sur les roses, Brunier se figea. La fragrance de la jeune femme l'anesthésiait au point de le paralyser.

— Ce gros livre, je ne l'ai aperçu qu'une fois. Antonakis me l'a montré. Comme il a dû le faire avec Marie. Enfin, j'imagine. Il l'a toujours planqué au Collège de France.

— Et… qu'est-ce qu'il y a à l'intérieur ? De quoi ça parle ? Brunier balbutiait, comme hypnotisé.

— Je ne sais pas trop, mentit-elle. Des tas de formules mathématiques, un langage ésotérique. Religieux, je dirais. Ou plutôt sectaire.

— Sectaire ? Antonakis animait une secte ?

Brunier songea aux hypothèses de son adjointe. Le capitaine Estelle Chomet avait donc vu juste.

— C'est possible. Moi, je n'y ai jamais cru. Mais Marie, elle, voulait savoir. Elle était menacée et le seul moyen de s'en sortir, de comprendre à quoi elle avait affaire, c'était encore d'en parler avec Antonakis.

— Et votre mère, dans tout ça ? Elle est prof là-bas aussi, ils se connaissent forcément.

— Oh oui, je pense même qu'elle a couché avec lui.

Elle avait prononcé ces derniers mots dans un souffle lascif. Brunier se laissait lentement pénétrer par le désir, mêlé au stress et à la fatigue accumulés depuis quarante-huit heures. Ses tics nerveux ressurgirent, incontrôlables. La paupière droite, puis la lèvre supérieure. Toujours la même rengaine.

Émilie s'approcha encore un peu, désormais à trois centimètres de son visage.

— Ça va, Marc ? Tu te sens mal ?

Elle caressa le visage de l'officier, ses doigts crissant sur sa barbe naissante. Ce style savamment entretenu n'était pas pour lui déplaire.

Lui semblait pétrifié. Il observa la peau lisse et ferme de la jeune femme sans s'étonner de la voir aussi pure, à peine rougie, alors qu'elle était défigurée le matin même. Il oscillait entre stupeur et fascination. Il ne bougeait plus un cil. Comme un animal menacé qui tente de se couler dans le paysage et de se faire oublier en demeurant parfaitement stoïque.

Malgré lui, il ressentait l'irrésistible attraction d'un puissant aimant. Il approcha les lèvres de celles d'Émilie.

Au même instant, vingt mètres sous leurs pieds, une colonne de silhouettes noires encagoulées rôdait dans les galeries souterraines. Elles passaient de Cochin à la maternité de Port-Royal, située à quelques dizaines de mètres à peine. Il suffisait de marcher à la verticale de la rue du Faubourg-Saint-Jacques, puis de prendre à gauche à l'aplomb du boulevard de Port-Royal pour débarquer sous la plus célèbre maternité de France.

L'établissement abritait le plus grand CECOS du pays. Les imposantes cuves d'azote liquide reposaient dans le nouveau bâtiment futuriste, entièrement vitré, construit quelques années plus tôt. En plus des six mille naissances naturelles gérées chaque année par l'hôpital, le centre s'occupait de centaines de couples infertiles et leur permettait d'engendrer grâce aux techniques médicales comme la fécondation *in vitro*.

La procession s'enfonçait dans les galeries, franchissant d'étranges digues de pierre, qui pivotaient sur elles-mêmes avant de se refermer. Elle traversait ces passerelles secrètes comme autant d'écluses invisibles, traînant des caisses robustes qui glissaient sur de fines roulettes. Seul le grincement des essieux perçait le silence sinistre.

Parvenues dans les sous-sols de la maternité, les silhouettes empruntèrent les escaliers, suivant un parcours parfaitement balisé. Elles disposaient des plans et même des badges d'accès. Rien ni personne ne semblait pouvoir les arrêter. Dix minutes plus tard, elles étaient à pied d'œuvre au beau milieu de la salle de cryoconservation des gamètes.

La sonnerie du portable de Marc Brunier le désenglua brutalement de ses sucs psychiques. Ses pupilles se rétrécirent, son regard se fit plus net et il recula aussitôt le buste. Émilie souriait, le fixant toujours intensément. L'officier jeta un œil à son mobile, sans répondre.

— Je dois y aller. Et vous aussi, vous devez rentrer. Vous ne pouvez pas rester dans la nature. Les deux officiers du SDLP vont désormais veiller sur vous.

— Merci, mais je n'ai vraiment pas besoin d'être chaperonnée. Je me débrouille parfaitement toute seule.

— C'est pas une suggestion. Vous n'avez pas le choix.

— Je ne peux pas rentrer tout de suite. Il faut que je me change les idées, que je pense à autre chose. Que je me sente utile. Je m'en veux tellement d'avoir laissé Marie se rendre seule à ce rendez-vous… Je viens de commencer mon premier stage d'internat à Port-Royal, aux urgences gynécologiques. Puisque je suis juste à côté, je vais rejoindre mes collègues. Ça leur fera des renforts.

Brunier hésita de longues secondes. Pouvait-il la contraindre à rentrer chez elle ? L'empêcher de n'en faire qu'à sa tête ? Émilie était une anguille qui lui glissait entre les doigts depuis le début. Et elle le tenait. À sa merci.

— OK, capitula-t-il. Mais n'oubliez pas, si jamais vous avez des nouvelles de votre mère, contactez-moi tout de suite. On la cherche partout.

Brunier se leva, s'approcha des deux sbires du service de la protection et marmonna tout en désignant Émilie de loin. Puis il disparut par les portes battantes.

Dix minutes plus tard, Émilie gagna l'accueil des urgences de la maternité de Port-Royal, talonnée par les deux policiers fermement décidés à ne plus se laisser berner ni ridiculiser.

Elle revêtit une blouse immaculée, ornée du logo de l'AP-HP, puis elle épingla fièrement son badge : Émilie Duchesne, médecin. Trois mots sur fond rouge qui symbolisaient son passage sur l'autre rive. Celle de la vraie vie.

La jeune femme claqua la porte métallique de son vestiaire. Elle allait examiner des femmes victimes de douleurs pelviennes, ou bien d'abondants saignements en dehors de leurs règles. Sans oublier les futures « parturientes », les femmes enceintes, qui débarquaient au moindre signe anormal, crainte de fausse couche ou contractions prématurées.

À deux pas, des silhouettes noires glissaient dans les couloirs obscurs du CECOS, dans un va-et-vient de caisses et de mallettes. L'une d'elles s'immobilisa brusquement. Elle fit un signe de la main pour faire cesser l'étrange ballet, puis plaqua son oreille contre la cloison. Elle l'entendait. Elle pouvait sentir le flux de sa respiration, jusqu'aux vibrations de son myocarde.

Derrière le mur jaunâtre, Émilie s'apprêtait à gagner les urgences. C'est alors que la robe noire frappa trois coups secs, puis deux longs. La jeune médecin tendit l'oreille et s'approcha du mur. Elle esquissa un sourire en coin, puis, discrètement, cogna à son tour de l'index. Le même code.

À Anand, en Inde, les combattants venaient enfin d'achever leur mission. Ils avaient travaillé pendant des heures pour tout substituer.

En quittant discrètement le bâtiment flambant neuf, verrue de verre érigée au milieu des champs, la tête de colonne tourna son visage cagoulé vers l'entrée majestueuse. Derrière l'esplanade et sa mare nappée de centaines de nénuphars, il contempla une dernière fois les lettres capitales qui ornaient la façade : AKANKSHA HOSPITAL.

Akanksha signifiait « l'immense désir », en gujarati.

Leur immense désir allait, de fait, bientôt se voir exaucé.

Chapitre 29

16 avril 1958, Londres

Elle allait crever.

À trente-sept ans.

Mille images encombraient son esprit. Hypatie d'Alexandrie, Marie Tudor, Émilie du Châtelet, toutes emportées à la quarantaine. Elle s'apprêtait à battre ce triste record de quelques années.

Pourquoi devait-elle connaître le même destin funeste que ses prestigieuses aïeules ?

Elle avait pourtant respecté la règle la plus intransigeante de toutes : demeurer vierge. Ne jamais enfanter, au risque d'expirer fort jeune. Malgré l'abstinence, elle succombait à un mal en tout point comparable à celui de Marie Tudor, et peut-être d'Émilie du Châtelet, bien que personne ne sût précisément les causes de son trépas, juste après qu'elle avait donné vie au premier polymorphe. Cette engeance, qui semblait l'amalgame d'un garçonnet et d'une fillette, s'était éteinte quelques jours seulement après avoir paru au monde.

La similitude était particulièrement troublante avec Marie Tudor. Dans le HYVE, John Dee expliquait de son écriture fine et raide que la reine défunte présentait des organes sexuels tellement infectés qu'elle en avait péri. Rosalind avait été frappée par le même mal.

Un an et demi plus tôt, les premiers symptômes s'étaient manifestés. En plein périple américain, alors qu'elle sillonnait le sud de la Californie entre conférences scientifiques et visites de laboratoires, la Britannique s'était éveillée un matin avec le ventre renflé. Elle qui avait toujours été svelte peinait à enfiler jupes ou pantalons.

Puis une atroce douleur avait cisaillé son bas-ventre. Tellement puissante qu'elle s'était pliée en deux, avant de trébucher dans le lobby de son hôtel.

Le médecin américain qui l'avait examinée avait penché pour une mauvaise digestion, avant de lui conseiller de consulter un confrère dès son retour en Angleterre.

Rosalind avait laissé les jours passer. Plusieurs coups de poignard l'avaient de nouveau transpercée, sans qu'elle y acccordât de l'importance.

Dès son retour à Londres, tout avait basculé. Elle avait été hospitalisée au University College Hospital, où le couperet s'était abattu : double tumeur des ovaires, avec une grosseur de la taille d'une balle de croquet à droite, et un kyste de la taille d'une balle de tennis à gauche.

La peine de mort.

Elle avait subi l'humiliation d'une hystérectomie totale. Jamais elle ne serait mère. Se voir ainsi mutilée de ses organes génitaux, de manière irréversible, était bien plus difficile à admettre que le principe purement théorique de rester pucelle. Car, au fond d'elle-même, elle savait que les choses pouvaient évoluer.

Parce qu'elle avait accompli LA découverte.

Celle que le Vinci et bien d'autres avaient tutoyée sans jamais vraiment l'atteindre, et qui aurait pu lui offrir de donner vie au premier hybride viable. Alors elle aurait enfanté, comme n'importe quelle jeune femme. Elle aurait pu laisser libre cours à ses sentiments. Elle avait été raisonnablement amoureuse, sans jamais céder à la passion. Deux hommes l'avaient séduite. D'abord le Français Jacques Mering, qui resterait à jamais dans son cœur. Son premier amour, certes, mais surtout son guide. Celui qui l'avait initiée.

Et puis Don Caspar, avec qui elle s'était même permis un flirt bien innocent aux États-Unis, quelques jours avant de ressentir ses premières douleurs abdominales… Avait-elle fait quelque chose de mal ? S'était-elle attiré les foudres d'Hermès, l'opprobre d'Hypatie ?

Elle n'avait jamais été si belle et désirable. Pendant des années, suivant le modèle de la grande sage d'Alexandrie, Rosalind avait camouflé ses atours derrière une coiffure à la garçonne et des tenues soignées mais très austères. Elle ne souriait jamais et dardait des regards assassins sur tous les hommes qui l'approchaient. Ses grands yeux d'un noir de jais pétrifiaient tout mâle qui se risquait trop près d'elle.

Elle affichait le même brio intellectuel, le même charisme et le même dégoût des bas instincts que son archétype Hypatie.

Elle possédait toutes les qualités pour percer le secret d'Hermès.

Il était là, sous ses yeux. Elle l'avait compris, pratiquement au premier instant, et avait tout mis en œuvre pour le démontrer.

Mais elle n'en tirait aucune gloire. À cause de ces deux bâtards, Jim Watson et Francis Crick, qui lui avaient subtilisé sa découverte. En fait de reconnaissance, elle avait été écartée, humiliée, et maintenant elle en crevait.

Ils avaient eu sa peau.

Les puissants sédatifs emportaient Rosalind vers des rives inconnues. Entre deux pertes de connaissance, de lointains souvenirs refluaient, comme l'écume sur le sable humide.

L'esprit de la jeune femme fut catapulté vingt années en arrière, lorsqu'elle étudiait au collège Newnham de Cambridge. Elle comptait parmi les rares jeunes filles de l'université, lesquelles passaient pour de piètres étudiantes exclusivement en quête d'un mari. Être femme et juive, au seuil de la Seconde Guerre mondiale, n'avait rien d'aisé. Rosalind s'était tant battue pour accéder à l'enseignement de physique, qui jouissait d'une aura sans pareille depuis que sir Isaac Newton avait occupé la chaire lucasienne de mathématiques de la prestigieuse université !

Elle l'admirait au-delà de l'entendement. Elle se rendait discrètement au Trinity College, un peu plus au nord du campus, pour dévorer les ouvrages de l'immense génie.

À plusieurs reprises, elle s'était étonnée du nombre de livres consacrés à l'alchimie, cette science occulte oubliée de tous, mais qui semblait passionner Newton.

— Eh oui, ma chère, sir Isaac a noirci des milliers de pages sur ses expériences alchimiques ! Un tiers de tous ses écrits ne parlent d'ailleurs que de l'« Art royal », aimait entonner la doyenne de Newnham, spécialiste de l'œuvre de Newton.

Rosalind avait été ébranlée par cette passion étrange chez un être tellement brillant et rationnel. Elle avait aussi remarqué que les ouvrages du savant côtoyaient ceux, en piteux état, légués par un certain John Dee. Elle avait plongé dedans, et avait été subjuguée par la prose ésotérique qui dansait sur les feuillets.

Et puis il y avait eu la rencontre.

La grande physicienne française Adrienne Weill, juive tout comme elle, l'avait alpaguée dans les allées de la bibliothèque qu'elle arpentait si fréquemment.

La Française l'observait depuis des jours, et même des semaines, sans que Rosalind s'en fût jamais aperçue. D'abord au laboratoire Cavendish, où elles travaillaient toutes deux, certes à des postes fort différents, puis de plus en plus souvent ici, entre les rayonnages de la bibliothèque du Trinity College.

Adrienne Weill était une référence. Elle avait répondu à l'appel du général de Gaulle pour soutenir l'effort de guerre à Londres.

— Vous cherchez un livre en particulier ? avait lancé la physicienne avec un délicieux accent français.

Rosalind avait levé le nez des étagères avant de s'empourprer à la vue de la célèbre scientifique.

— *But… you are… Mrs Weill, aren't you ?*

— *Call me Adrienne.*

La Française avait délibérément brisé la glace et mis à l'aise l'étudiante maladivement timide. Elle allait devenir sa meilleure amie. Plus encore, elle incarnerait progressivement une seconde mère pour Rosalind.

Adrienne était profondément admirée de tous car elle avait été l'élève de Marie Curie en personne.

Pendant des soirées entières, la physicienne réputée discutait avec passion de mille sujets avec la jeune étudiante. Mrs Weill avait remarqué sa vivacité, son ouverture d'esprit, capable de la plus grande rigueur et, dans le même temps, de questionnements existentiels qui entrouvraient la porte vers des horizons plus incertains. Adrienne appréciait aussi l'abnégation de la jeune femme, tout entière dédiée à ses études et fermement décidée à prouver qu'elle pouvait égaler les mâles, et sans doute même les dépasser.

Adrienne l'entretenait de ses années passées auprès de Marie Curie. De ses découvertes sur le radium et d'autres radioéléments, en particulier grâce aux fameux rayons X. Rosalind les utilisait dans ses propres recherches. Elle étudiait comment photographier l'infiniment petit, des petites molécules qui peuplaient la matière. Cette discipline, la cristallographie, allait permettre sa prodigieuse découverte qui révolutionnerait le monde.

Adrienne Weill lui parlait aussi beaucoup d'alchimie. Et, deux fois la semaine, elle lui enseignait le français et l'encourageait à partir travailler en France, une fois la guerre terminée.

— Vous devez vous rendre à Paris, Rosy. J'ai là-bas des confrères qui vont vous enseigner un art encore plus extraordinaire que celui que vous apprenez ici. Ils vous parleront bien mieux que moi de Newton et de John Dee, et de bien d'autres personnalités essentielles pour l'avenir de l'humanité.

En septembre 1940, neuf cents avions nazis avaient pilonné la capitale britannique, faisant mille cinq cents morts. Le *Blitz* n'avait pas épargné Cambridge. Le laboratoire des deux amies, le Cavendish, avait été pulvérisé par un obus. Il avait alors fallu s'enterrer à huit mètres pour reconstituer un semblant de laboratoire et poursuivre les recherches. La jeune femme en avait conservé le goût des souterrains et de leurs mystères, à l'abri des regards indiscrets. Les conversations avec Adrienne n'en étaient devenues que plus excitantes encore.

— Miss Franklin ? Vous m'entendez ? Miss Franklin ?

Rosalind fut tirée de sa rêverie cotonneuse, mâtinée de souvenirs agréables et de douleurs qui l'irradiaient tout entière. Le crabe la dévorait, jour après jour. Heure après heure. Un ogre avide de chair fraîche qui se repaissait de ses frêles cellules pour mieux la broyer.

— *Yes... Yes ? Who are you ?*

La scientifique n'avait pas entièrement recouvré ses esprits. Elle n'avait pas reconnu ses étudiantes, deux jeunes femmes qu'elle avait initiées et qui participaient à un réseau désormais mondial. Depuis les travaux de Marie Curie et le rayonnement de ses deux Prix Nobel, la ruche avait enflé jusqu'à ceindre la planète. La fille de Marie, Irène Joliot-Curie, avait également décroché la récompense suprême, et perpétuait l'œuvre occulte des premières reines. Elles étaient les dignes héritières d'Hypatie, d'Émilie du Châtelet, de Marie-Anne Paulze – l'épouse le Lavoisier – et de quelques autres intelligences fécondes qui transcendaient la rationalité bornée des hommes.

Rosalind avait été adoubée reine deux années plus tôt, par Irène Joliot-Curie en personne, alors mourante. Son règne se révélait aussi furtif que sa carrière scientifique, pourtant exceptionnellement prolifique.

— Nous sommes Cathy et Daisy, miss Franklin. Nous devons récupérer le livre. Vous vous souvenez ? Le livre. Il nous le faut. Avant que...

Tout en s'exprimant, les deux étudiantes lançaient des regards anxieux vers la porte de la chambre. Elles semblaient craindre quelque chose et pressaient leur souveraine.

Rosalind peinait à maintenir les paupières ouvertes. Elle luttait de toutes ses forces pour tenter de comprendre les deux jeunes femmes qui la suppliaient du regard. Mais elle bascula de nouveau dans l'inconscience…

À peine débarquée à Paris, Rosalind avait découvert avec grand bonheur son studio de la rue Garancière, à l'angle de l'église Saint-Sulpice. Elle logeait à cent cinquante mètres du jardin du Luxembourg, tout près de la rue Guynemer. Comme l'avait promis Adrienne Weill, la jeune chercheuse s'était vu offrir un emploi au laboratoire central des services chimiques de l'État. Elle allait y passer les trois plus belles années de sa vie.

Deux ans seulement venaient de s'écouler depuis la fin de la guerre et les stigmates du conflit se voyaient encore partout.

Rosalind, elle, était jeune et insouciante. Les Français se révélaient beaucoup moins misogynes et méprisants que les Britanniques. L'effet Curie n'y était sans doute pas étranger. La jeune femme, déjà reconnue dans les sciences physiques et chimiques, réalisait de magnifiques clichés aux rayons X des microstructures du charbon.

Plusieurs fois par semaine, elle déjeunait avec ses collègues dans le petit restaurant Chez Solange, qui donnait sur l'École de physique-chimie où Pierre et Marie Curie avaient découvert le radium. Elle côtoyait des étudiants de l'École normale supérieure de la rue d'Ulm, dont le campus était mitoyen. En droite ligne, à cinq cents mètres dans la rue Saint-Jacques, s'érigeaient les immenses façades de la Sorbonne, puis, un peu plus bas, le Collège de France dont lui avait abondamment parlé Adrienne Weill. Enfin, il n'était pas rare de croiser chez Solange les étudiants de l'École des mines, dont l'hôtel particulier s'enchâssait dans le jardin du Luxembourg. Tout ce petit monde tenait dans un mouchoir de poche.

Un soir de janvier 1948, dans une pénombre glaciale, la bande d'amies forgée au fil des déjeuners chez Solange s'était donné rendez-vous à l'École des mines. Elles étaient conviées à une conférence aussi exceptionnelle que confidentielle. L'une des physiciennes du Collège de France avait tout organisé, avec l'appui d'Adrienne Weill.

Les quinze jeunes femmes, toutes brillantes et pleines d'entrain, ferventes admiratrices de Marie Curie, s'étaient massées à l'heure dite devant l'hôtel de Vendôme, à l'angle du boulevard Saint-Michel et de la rue Auguste-Comte.

Après dix minutes à trépigner dans la nuit glacée, elles franchirent enfin l'immense porche. Mais au lieu d'être invitées dans le superbe hôtel particulier occupé par l'École des mines, elles furent conduites dans un coin de la cour. Là, sous leurs yeux éberlués, le jeune élève ingénieur qui leur servait de guide décapsula une épaisse darne métallique, qui avait tout d'une plaque d'égout. Rosalind échangea un regard stupéfait avec son amie Françoise, chercheuse cristallographe tout comme elle.

— Vous n'allez quand même pas nous faire descendre dans les égouts ?

— Mais non ! Nous descendons beaucoup plus bas. Là-dessous grouille le monde de la nuit, le rendez-vous de tous les étudiants noctambules du Quartier latin. On y croise même ceux des Beaux-Arts qui croquent sur les murs des galeries, ou les internes en médecine qui poussent jusqu'aux catacombes pour étudier les squelettes.

— Vous ne comptez pas nous conduire jusqu'à l'ossuaire des catacombes, j'espère ! se récria Françoise, épouvantée.

Rosalind écarquilla les paupières et se demanda si elle avait bien compris. Son français était pourtant excellent.

— Non, poupée, t'inquiète pas, nous resterons dans le quartier. Mais n'en doute pas, c'est là-dessous que ça se passe ! Vous ne serez pas déçues, les filles ! Et Chic aux Mines ! hurla soudain l'impétueux jeune homme, qui ne pouvait s'empêcher d'achever la plupart de ses phrases par le célèbre cri de ralliement de l'école d'ingénieurs.

Puis il plongea les mains dans un grand sac de toile et distribua à toute la clique des barrettes de mineur en cuir bouilli[1].

— Bon, ça, c'est un puits de service pour inspecter les galeries souterraines. On va descendre de quinze mètres, alors soyez prudentes et tenez fermement les barreaux ! Je passe le premier, comme ça, si vous tombez, c'est moi qui vous récupère !

Les jeunes filles, médusées, ne savaient que penser. Pourtant, le jeune homme ne semblait nullement plaisanter. Il se faufila dans la béance. Alors, sans mot dire, les chercheuses descendirent tant bien que mal en file indienne le long de l'échelle métallique qui s'enfonçait dans les profondeurs de la capitale.

En bas, l'élève ingénieur remit à chacune une lampe à huile de type Marsaut à cuirasse rivetée, avant d'embraser délicatement chaque mèche.

Les jeunes femmes découvrirent alors un labyrinthe de tunnels étroits et humides. Certaines, littéralement claustrophobes, rouspétaient dans le rang d'oignons. Les plus grandes se cognèrent contre les plafonds bas et proférèrent quelques mots d'argot fleuris qui firent pouffer leurs camarades. Les coiffes de cuir bouilli atténuaient à peine les chocs.

Rosalind, elle, se sentit immédiatement dans son élément. Elle avait toujours apprécié l'ambiance des souterrains, d'autant que la température atteignait les 15 degrés, tandis qu'en surface le thermomètre était largement tombé en dessous de zéro. Son amie Françoise n'était pas moins à l'aise. Durant la guerre, elle avait pris l'habitude de se terrer dans les caves et les abris souterrains à chaque hurlement des sirènes, sinistre présage des bombardements.

La jeune Britannique s'étonna de la foule d'inscriptions qui mouchetaient les parois de calcaire, formées au crayon ou au noir de fumée. Tout était parfaitement quadrillé et révélait l'existence d'une petite ville sous la grande capitale,

1. Ancêtre du casque.

avec ses rues, ses panneaux, ses codes, ses fantômes aussi. Tous ces carriers morts à la tâche, après avoir creusé de leurs mains ces centaines de kilomètres de galeries pour exhumer les célèbres pierres de Paris…

Elle perçut un léger frisson en sentant l'âme de ces milliers de pauvres hères flotter tout autour d'elle.

Au bout d'une cinquantaine de mètres, les filles commencèrent à s'enfoncer dans une eau boueuse.

— Ne vous inquiétez pas, martela le jeune ingénieur des Mines. La nappe phréatique affleure partout à cette profondeur et elle finit souvent par s'infiltrer. Il n'est pas rare de se retrouver dans l'eau jusqu'à la taille !

Plusieurs étudiantes poussèrent des cris d'indignation. Leurs jolis souliers étaient ruinés et leurs robes, maculées de taches saumâtres. Rosalind portait des pantalons et des escarpins bon marché ; elle ne s'offusqua nullement de ce parcours du combattant.

— Mais où nous emmenez-vous, à la fin ?

Françoise s'impatientait, tout en relevant légèrement sa robe pour limiter les dégâts.

— À gauche, c'est le Val-de-Grâce. Tout droit, on tombe sous Cochin et la maternité Port-Royal. Mais nous, on bifurque à droite, direction le Luco[1], précisément sous le lycée Montaigne. C'est là qu'elle vous attend.

Rosalind sentait grandir l'excitation ; ses pulsations cardiaques s'accéléraient à chaque nouveau mètre franchi vers l'objectif.

Au bout d'une ultime galerie, dans la lueur glauque des lampes à huile, l'ingénieur manipula un volant métallique digne d'un sous-marin. Puis, dans un crissement macabre, il déboucha une lourde porte de fer.

À l'intérieur, le spectacle foudroya les jeunes filles.

Partout, des inscriptions nazies. La croix gammée, l'aigle et même des portraits d'Adolf Hitler.

1. Surnom du jardin du Luxembourg.

Des inscriptions en allemand parsemaient murs et piliers, dans cet immense caveau qui semblait sorti d'un roman noir. *Ruhe*, qui signifiait « Silence », ou encore *Rauchen Verboten*, « Interdit de fumer ». Sans compter, dans les galeries attenantes, des indications pour rejoindre les différentes sorties, comme *Hinterhof Saint-Michel, Notre-Dame*.

Rosalind et son amie Françoise sentirent un frisson leur parcourir l'échine. Un silence morbide enveloppait à présent tout le groupe.

Puis une silhouette s'approcha d'elles, une simple bougie à la main.

Son visage était éclairé par-dessous, produisant une impression démoniaque, comme la tête en lévitation d'un guillotiné.

— Bienvenue. Je vous en prie, asseyez-vous en tailleur. Je n'ai pas plus de confort à vous offrir.

Rosalind reconnut aussitôt Irène Joliot-Curie, avec son visage morne, sa chevelure sombre fendue par une raie centrale, et son strabisme, cet œil droit qui scrutait les alentours tandis que le gauche vous fixait intensément. Ensuite, la jeune cristallographe s'avisa que l'immense scientifique qui se tenait devant elle, Prix Nobel de chimie pour ses travaux sur la radioactivité artificielle, n'était vêtue que d'une longue robe noire, telle une nonne à l'office.

— Comme vous le savez, le général de Gaulle m'a confié une mission exceptionnelle : représenter la France auprès du reste du monde comme commissaire à l'énergie atomique. Je travaille aujourd'hui sur l'arme nucléaire, celle qui a tué des dizaines de milliers de Japonais à Hiroshima et Nagasaki. L'un des pires crimes de l'humanité.

Une onde glaciale traversa l'assemblée.

— Les hommes sont responsables des atrocités les plus ignobles depuis plus de deux mille ans. Je suis bien placée pour vous parler des horreurs dont ils sont capables. Tous ces crimes impunis, arbitraires, toutes ces souffrances indues ! Les sacrifices d'enfants, les massacres de chrétiens, puis, comme une revanche, les tortures immondes perpétrées par ces mêmes chrétiens sous l'Inquisition et dont nous, les femmes, avons été les premières victimes. Et puis toutes les batailles, toutes les guerres. Et que dire de ça ! hurla-t-elle en tendant un doigt rageur vers l'immense croix gammée qui s'étalait sur le mur, juste au-dessus du portrait d'Hitler.

L'atmosphère se faisait de plus en plus pesante. On n'entendait même plus les souffles. Le groupe se trouvait enfermé dans un ancien bunker allemand. Les nazis avaient détourné un abri de défense passive pour assurer leur propre sécurité. Au besoin, le bunker devait abriter l'état-major de la Luftwaffe, qui avait établi son quartier général à deux pas, dans le palais du Luxembourg.

— Voulons-nous encore laisser les hommes conduire notre espèce à sa ruine ? Ils dirigent tout, commandent tout, règnent sur tout. Mais aujourd'hui, nous avons le pouvoir à portée de main. Comme ma mère, Marie Curie, et bien d'autres femmes avant elle, je représente l'espoir. Celui d'une quête qui transformera l'humanité. J'ai besoin de vous, car vous êtes l'avenir de l'homme. Votre science, votre énergie, votre humanité et surtout votre maternité nous sauveront du cataclysme. Car nous avons le pouvoir du ventre, celui d'engendrer, que n'auront jamais les hommes. C'est l'occasion d'user de cet immense privilège pour enfanter les êtres qui transcenderont l'humanité.

Rosalind échangea un regard ahuri avec Françoise.

— J'ai été, vous le savez peut-être, l'une des premières femmes à exercer de grandes responsabilités politiques, dans le gouvernement de Front populaire de Léon Blum, avant guerre. J'ai ensuite soutenu le général de Gaulle, comme bien d'autres. Nous devons continuer de nous battre. Notre destin est entre nos mains. Nous pouvons briser le plafond de verre, prendre le pouvoir, rendre à l'humain ses lettres de noblesse. Certains hommes, bien au-dessus de la mêlée, seront nos alliés. Mais la plupart nous mettront encore et toujours des bâtons dans les roues. Voyez notre collègue Lise Meitner, écartée du prix Nobel de chimie il y a trois ans, alors qu'il lui revenait de droit ! Le panier de vieux crabes suédois n'a récompensé qu'Otto Hahn pour la découverte de la fission nucléaire. Mais qu'aurait-il fait sans Lise Meitner ?

La soirée se poursuivit dans une atmosphère électrique. Comme ses amies, Rosalind oscillait entre l'incrédulité et la conviction qu'elle devait participer au renouveau des femmes. Elles n'étaient pas plus idiotes que les hommes et méritaient d'être reconnues.

Au bout du compte, l'existence de la Britannique fut bouleversée par cette rencontre d'autant plus marquante qu'elle s'était déroulée dans un cadre terrifiant. Le message ne pouvait mieux passer. Rosalind décida de rejoindre la ruche.

Quelques jours plus tard, elle découvrit avec stupeur que le guide, le grand maître de la ruche, n'était autre que le chef de son laboratoire, dont elle était secrètement amoureuse. Jacques Mering, immigré russe, envoûtait Rosalind de son regard perçant et pouvait passer de longues heures à initier la jeune femme sans jamais l'ennuyer.

La chercheuse se montrait fascinée par la quête du troisième genre. Elle avait compris très vite l'importance des recherches alchimiques menées durant des siècles, terreau fertile aux découvertes scientifiques modernes.

Après de longs mois de formation, elle se trouva prête à découvrir le secret de la vie, pour mieux le détourner.

Mering savait que son élève en était fort capable. Avec l'accord d'Irène Joliot-Curie, il décida de la renvoyer à Londres, dans un laboratoire qui disposait de tous les moyens techniques nécessaires. L'espoir de la ruche tout entière semblait désormais peser sur ses frêles épaules.

La veille de son départ, comme une ultime récompense, Rosalind fut autorisée à voir le livre. Celui dont tout le monde parlait, mais que personne n'avait jamais aperçu, sauf la reine, le guide et quelques rares privilégiées. Le grand HYVE fut une nouvelle révélation, dont elle se délecta de longues heures. Les symboles, proses, schémas, descriptifs, protocoles alchimiques et scientifiques s'imprimèrent durablement dans sa mémoire.

— Le livre, miss Franklin ! Je vous en prie ! Où l'avez-vous caché ?

Daisy, l'étudiante aux cheveux bouclés, secouait littéralement sa reine pour l'éveiller. Rosalind sortit de sa torpeur et fut aussitôt étreinte par la douleur. Il semblait que chaque once de son organisme résonnait à l'unisson d'une même souffrance.

— *Please, leave me alone…*

— Miss Franklin, nous devons mettre le grand HYVE en sécurité. C'est extrêmement important.

— Et il vous faut désigner votre héritière, ajouta Cathy, la blonde aux cheveux raides.

— Mais je ne suis pas morte !

Rosalind protestait d'une voix tellement faible qu'elle était à peine audible.

Soudain, les visages de Wilkins, Crick et Watson, ces trois *bastards* qui l'avaient dépouillée, surgirent violemment dans son esprit. Ils ne devaient jamais s'emparer du HYVE, car Dieu sait ce qu'ils seraient capables d'en faire. Les secrets qu'il recelait leur conféreraient un pouvoir immense. Ils détruiraient méticuleusement ce que des générations de femmes avaient patiemment bâti, au péril de leur vie. Et même bien souvent en le payant de leur vie.

— *Come closer… I'm going to tell you…*

Les deux étudiantes se rapprochèrent de Rosalind et se courbèrent de manière à tendre l'oreille juste au-dessus de la bouche de leur reine. La souveraine murmura quelques mots, puis sombra dans une forme de coma.

Rosalind se trouva brutalement projetée cinq années en arrière, dans son laboratoire de biophysique du King's College, sur le campus de l'université de Cambridge. Elle était rentrée à Londres depuis trois ans et travaillait sur une molécule chimique qui n'intéressait alors qu'une poignée de chercheurs dans le monde : l'acide désoxyribonucléique, autrement dénommé ADN. Mais depuis qu'Oswald Avery avait postulé que cet acide embarquait toute l'information héréditaire, les chromosomes, les gènes, au cœur de chaque cellule vivante, une course contre la montre s'était engagée entre scientifiques : quelle était la forme de cette molécule cruciale ? À quoi ressemblait-elle ? De sa structure découlerait la recette de la vie.

La quête d'Hermès, Hypatie, Léonard, Paracelse, Émilie, et de tous ceux qui cherchaient le moyen de « transmuter » l'humain pour le faire évoluer, allait enfin aboutir. Elle était à portée de main, et Rosalind l'avait parfaitement compris.

Tel un ermite, elle s'enfermait des journées, parfois des nuits entières dans son modeste laboratoire enclavé au sous-sol du département. Personne n'était autorisé à la déranger, encore moins à consulter ses carnets de notes et ses clichés. Elle travaillait seule, nantie de ses deux précieuses caméras à rayons X. Seul le jeune Raymond Gossling, doctorant corvéable et digne de confiance, lui prêtait parfois main-forte pour préparer ses plaques photographiques. Sans porter de tablier de protection. Comme du temps de Marie Curie, la radioactivité n'était pas considérée comme dangereuse pour les manipulateurs.

Prisonnière d'elle-même, Rosalind revivait cet instant magique du 23 février 1953. Elle venait d'exhumer son album de clichés cristallographiques, qu'elle dissimulait dans le tiroir de son petit bureau noir.

Elle était là. La photo 51.

Elle l'avait négligée, pendant plusieurs semaines. Un cliché limpide de l'ADN, traversé par le faisceau de sa caméra.

La veille, elle avait feuilleté un reportage photo sur le château de Chambord, dans le supplément dominical du *Times*. Elle posa les deux images l'une auprès de l'autre.

À gauche, son fameux cliché 51.

À droite, la photo de l'escalier de Léonard de Vinci, dont plusieurs croquis de la main même du maître couvraient deux pages du HYVE. Mais l'angle choisi changeait la donne. Le photographe du *Times* avait pris le cliché en contre-plongée depuis le centre de l'escalier, tout en bas. On devinait la lumière qui pénétrait par le sommet, et les petites lucarnes forées dans les murs de pierre au fil des volées de marches, comme autant de carrés noirs.

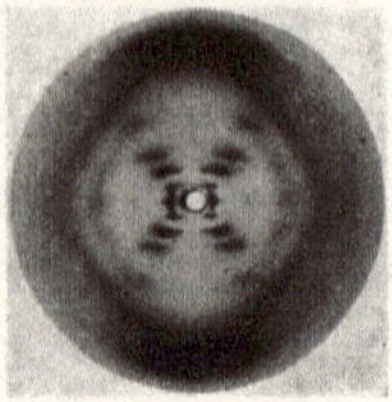

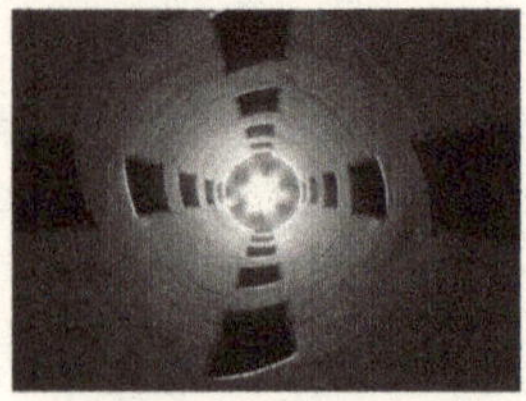

La ressemblance était frappante. L'escalier du Vinci était donc la clef, comme l'Italien l'avait toujours supposé. Or le génie s'était inspiré d'une forme omniprésente dans toute la littérature hermétique, et notamment d'un bout à l'autre du HYVE : le fameux caducée d'Hermès.

Aussitôt, Rosalind rapprocha deux nouvelles images : une esquisse du bâton d'Hermès et la photo d'une maquette des deux volées de marches de l'escalier de Chambord, vu de face.

C'était l'évidence. Le doute n'était plus permis.

Alors, elle griffonna frénétiquement sur une page encore vierge de son cahier de laboratoire.

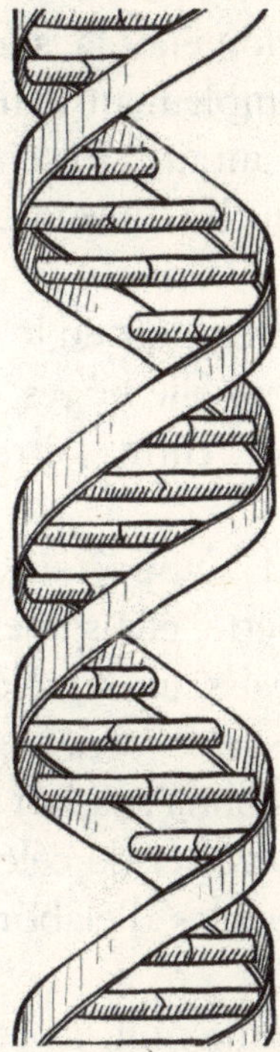

Elle venait de percer le secret de la vie. L'ADN se présentait sous la forme d'une spirale en double hélice, suivant exactement la matrice du caducée et de l'escalier à double révolution. Le Vinci avait tout compris.

Rosalind se remémora immédiatement l'enseignement de son guide, Jacques Mering, quelques années auparavant.

— Souviens-toi toujours de la signification des deux serpents d'Hermès enroulés en spirale, l'un s'élevant au ciel, l'autre s'enfonçant dans les profondeurs de la terre. Denys l'Aréopagite, fervent admirateur d'Hypatie, parlait déjà vers l'an 500 d'un mouvement hélicoïdal descendant de Dieu vers l'âme, et remontant de l'âme vers Dieu. Ce double mouvement en spirale est l'archétype de l'alchimie spirituelle, Rosalind. Il est le sens même de notre quête. Ne l'oublie jamais ! avait insisté Mering.

La jeune chercheuse aurait dû méditer ces paroles avec plus de conviction. La solution était là, sous son nez. La molécule de la vie suivait tout simplement le modèle d'Hermès et des alchimistes. Comment aurait-il pu en être autrement ?

Le visage de Rosalind s'illumina. Désormais, tout était possible.

En conservant ce secret, puis en le transmettant aux autres chercheuses de la ruche, elle et ses collègues réussiraient à l'utiliser pour concevoir, enfin, l'être hybride. Le troisième genre transcendantal.

Alors que Rosalind s'apprêtait à remiser la fameuse photo 51 dans sa pochette, elle s'aperçut que celle-ci portait des traces de doigts graisseux. Quelqu'un avait fouillé dans ses affaires ! Qui avait osé ?

La Britannique soupçonna aussitôt ses collègues mâles sans vergogne, avides de succès et de célébrité, et qui piétinaient depuis des mois, incapables d'élaborer le vrai modèle de la structure de l'ADN.

Dans son dos, en pleine nuit, ils étaient venus lui voler sa découverte.

Ils avaient déniché la photo 51 et pu parfaire leur modèle.

Ce qui devait arriver arriva.

Rosalind fut littéralement anéantie lorsqu'elle découvrit quelques jours plus tard, dans la prestigieuse revue *Nature*, l'article de Francis Crick et de James Watson qui révélaient la structure à double hélice de l'ADN.

Watson, l'Américain grossier et sans gêne, hantait depuis des semaines les couloirs du King's College alors qu'il travaillait au Cavendish, le laboratoire concurrent. Son collègue Crick travaillait aussi sur l'ADN, et n'attendait qu'un cliché, la bonne photo, pour finir d'élaborer son modèle. Même si Watson n'y connaissait rien, leurs discussions tumultueuses durant des nuits entières avaient fini par porter leurs fruits. Ne manquait que l'ultime preuve.

Watson s'était introduit dans le bureau de Rosalind.

Que n'avait-elle mieux protégé son trésor !

Elle leur avait livré le cliché 51 sur un plateau.

À présent, elle n'était plus rien. Sa découverte, tant espérée depuis plus de deux mille ans, était éventée. Pire, d'autres en tiraient une gloire usurpée.

Ils l'avaient toujours méprisée, la traitant volontiers comme une miséreuse sans goût, mal fagotée, un « repoussoir tue-l'amour » au lieu d'une jeune femme désirable et brillante.

Maintenant, elle en crevait.

Ils devraient tous payer, un jour.

Rosalind rouvrit péniblement ses yeux embués et s'extirpa une dernière fois de sa léthargie. La douleur avait encore redoublé, son corps implorait une paix éternelle. Les deux jeunes femmes qui se tenaient tout près d'elle quelques minutes plus tôt s'étaient évanouies dans la nature. Elles avaient obtenu réponse à leurs questions lancinantes dans un souffle, juste avant que Rosalind ne défaillît une nouvelle fois.

La jeune mourante avait désigné d'un mot la prochaine reine. Le livre allait être placé en sécurité. Quelques jours plus tard, ses disciples graveraient une ultime lettre au titre du grand ouvrage. Le R de Rosalind, en hommage à sa contribution décisive qui allait tout révolutionner. Le codex se nommerait désormais HYVER.

Dans la nuit, Rosalind s'éteignit, abrégeant enfin ses souffrances.

Mais son âme vengeresse régnerait dans les siècles des siècles.

Chapitre 30

Mardi 14 août 2018, 14 h 35, Paris

— Putain, c'est pas possible, y a que des avortons qui peuvent descendre là-dedans !

Obélix suait sang et eau. Il s'efforçait en vain de se couler dans la bouche que les cataflics venaient d'ouvrir d'un coup de pied de biche.

— Brigadier-chef, si vous voulez, on passe devant et… vous descendez après ?

Mais Lonzoni mettait un point d'honneur à passer le premier. Il n'avait pu résister à l'appel du terrain. Il avait plaqué sa petite famille en villégiature et avait rappliqué la veille pour participer à la sauterie avec le reste du groupe.

— Ça va, ça va… J'ai dû prendre un petit kilo en vacances…

Les autres policiers pouffèrent.

Autour de lui, l'équipe était guidée par trois cataflics du GIP, rompus aux carrières souterraines. Ils étaient venus en renfort de Vincennes, une bonne quarantaine, pour participer à l'opération commando. Ils se trouvaient répartis sur la dizaine de cibles. Ces policiers étaient aisément identifiables par leur tenue : bleu de travail, casque à lampe frontale vissée sur le crâne, bottes jusqu'aux genoux et petite boussole discrètement suspendue à la ceinture.

À leurs côtés piétinait une colonne de la BRI-PP. Les hommes du commissaire Michel Neveux restaient sur le pont après leurs interventions du week-end à l'hôpital Cochin puis au Collège de France. Ils avaient déjà tâté des galeries par deux fois et commençaient à s'habituer. Ils brûlaient surtout de retrouver les crevards qui avaient buté quatre personnes, dont deux gamines atrocement mutilées et dépecées. Ils songeaient aussi à leur collègue défiguré, le jeune brigadier-chef du SDLP chargé de la protection de Marie Duchesne.

Des sapeurs-pompiers du GRIMP, le groupe de reconnaissance et d'intervention en milieux périlleux, étaient également de la partie. Ils avaient l'habitude de crapahuter dans les carrières. Comme au GIP, ils comptaient de grands sportifs, spécialistes de varappe et de spéléologie, plongeurs avertis, capables d'intervenir dans n'importe quel bourbier.

Juste en retrait, deux techniciens de la sous-direction des SIC, les systèmes d'information et de communication, manipulaient des brassées de câbles. Ils étaient chargés de la délicate question des télécommunications. À vingt mètres de profondeur, ni les ondes des téléphones cellulaires ni celles d'Acropol, le réseau dédié de la Police nationale, ne pouvaient franchir les épaisses couches de roche. Alors les techniciens s'étaient équipés de longs câbles et de relais HF afin de transmettre malgré tout vers la surface.

Les pompiers du GRIMP s'étaient quant à eux munis de plusieurs robots-caméras radioguidés pour inspecter les zones les plus inaccessibles.

Enfin, deux « cynos » complétaient le dispositif. Ces maîtres-chiens étaient agenouillés auprès de leurs bergers belges et leur prodiguaient mamours et recommandations. Ils s'adressaient aux chiens comme à de véritables coéquipiers. Leur complicité sautait aux yeux. Le flair de ces précieux agents canins s'avérait crucial pour pister les robes noires et surtout Marie Duchesne. Le commandant Marc Brunier avait distribué des effets personnels de la jeune fille afin d'aider les cynos et leurs chiens à retrouver sa trace.

Au terme d'ultimes efforts, Lonzoni parvint à s'engouffrer dans le puits de visite technique. Les autres suivirent en un tournemain et dévalèrent l'échelle métallique qui plongeait à pic. Seuls les chiens ne pouvaient descendre par eux-mêmes, et furent enveloppés dans d'épaisses couvertures avant d'être treuillés à l'aide de cordages.

Le groupe avait hérité de l'accès situé place Camille-Jullian, au carrefour de l'avenue de l'Observatoire et de la rue d'Assas, tout près de la Closerie des Lilas et du RER Port-Royal. Au cœur de la placette trônait un étrange monument de bronze renfermant les cendres d'un historien. Au moment de descendre, le commandant Vignot de la BRI avisa cette improbable urne funéraire maquillée en œuvre d'art, puis en éprouva un terrible pressentiment : tout son groupe carbonisé et enseveli dans ces caveaux nichés à vingt mètres de profondeur. Il chassa aussitôt ce funeste augure et plongea à son tour.

Ne restaient plus à la surface que cinq policiers de la BAC, chargés de sécuriser cet accès aux carrières souterraines. L'un d'eux fit péniblement glisser la lourde plaque de fonte et de bitume, puis reboucha le puits. La dalle ressemblait à n'importe quelle plaque d'égout, ne s'en distinguant que par la mention « IGC », pour inspection générale des Carrières.

Au fond, l'obscurité et l'agréable sensation de fraîcheur enveloppèrent aussitôt hommes et bêtes. Le cataflic Ahmed Belabas extirpa un plan élimé de sa combinaison bleue, un vrai millefeuille ridé et cabossé qu'il devait trimballer depuis des années. Il finit par se concentrer sur l'un des carrés rafistolés au scotch.

— Bon, notre périmètre, c'est toute la zone qui s'étale vers l'est, Vavin et Montparnasse. Il faut suivre la galerie par la droite.

— OK, on passe devant, lâcha le commandant Vignot.

L'officier de la BRI était chargé d'organiser la traque et de sécuriser l'ensemble du personnel. Pompiers, techniciens, maîtres-chiens et cataflics portaient une tenue conventionnelle, sans protection particulière, hormis le casque serti d'une lampe frontale. Seul Obélix avait revêtu son gilet pare-balles XXL. La BRI avait donc pour mission de protéger les hommes autant que de débusquer les cibles.

— Faites gaffe, martela Vignot. Je vous rappelle que ces crevures sont armées et très déterminées. Elles peuvent surgir n'importe où. Elles nous attendent peut-être juste au prochain tournant.

La clarté ardente l'éblouit.

Ses pupilles se rétrécirent douloureusement.

Marie découvrit une pièce entièrement vide, bordée de murs blanc optique qui réverbéraient violemment la lumière. Elle se trouvait dans un lit aux contours inox, sous un drap immaculé. Rien ne bougeait. Pas de fenêtre, aucune porte. Un cube blanc qui l'avait avalée.

Était-elle morte ? Avait-elle quitté l'enfer pour le paradis ?

Par réflexe, elle se massa le visage, comme pour vérifier qu'elle était bien vivante. En chair et en os.

Une légère douleur la saisit au bas-ventre. Soudain, tout reflua dans son esprit, comme une vague scélérate qui emportait tout sur son passage. Sa jeunesse, sa joie de vivre. Son innocence.

Elle était enceinte de jumeaux, par l'opération du Saint-Esprit. Elle avait assisté à la mort atroce d'un homme, avant d'être violemment arrachée à un sordide souterrain. Elle avait contemplé des crimes abominables, ces jumelles inconnues, déchiquetées, broyées, calcinées, torturées dans d'indicibles souffrances. Sans oublier la balle de 9 mm qui l'avait transpercée. Et sa sœur Émilie, qui lui manquait plus que tout au monde. Sans elle, que pouvait-elle espérer ? Elle songea également au commandant Brunier, aussi bourru que touchant. L'image d'un père bipolaire, un colosse aux pieds d'argile. Et que dire de sa mère, insaisissable, fuyante, qui conservait jalousement ses secrets, et qui d'évidence n'était pas sa génitrice biologique ? Ces tests ADN qui ne présentaient ni cohérence ni certitude… Une mère, cinq filles, toutes jumelles ? Une mère jumelle de ses filles ?

Dans quel monde vivait-elle ?

La douleur s'accentua.

Elle palpa son abdomen et fut aussitôt saisie d'effroi.

Elle ôta brutalement le drap qui la recouvrait, et découvrit trois pansements autour de son pubis. Un à gauche, un à droite et le dernier bien au centre. Paniquée, elle décolla l'une des compresses et tâta l'aspérité d'un fil chirurgical.

On l'avait charcutée !

Elle était nue, totalement démunie. Elle s'enveloppa du drap et sauta de son lit. Mais, à peine le pied à terre, une nouvelle douleur lui déchira le bas-ventre. Elle se tordit, s'empêtra dans l'étoffe et s'étala de tout son long.

La jeune femme gisait sur le carrelage, en larmes.

Une tache pourpre tissait sa toile sur le tissu laiteux. Ses sutures s'étaient partiellement rouvertes, la labourant de douleurs.

Elle leva les yeux, en quête désespérée d'une issue. C'est alors que son regard buta sur deux Doc Martens noires et le liseré d'une robe lugubre.

— La boîte de travaux publics va commencer à dégager la chatière à Cochin et la galerie bouchée sous le Collège de France. On va enfin pouvoir passer.

Estelle Chomet venait d'apporter la bonne nouvelle aux galonnés qui s'impatientaient.

— C'est pas trop tôt ! tonna Neveux.

Le patron de la BRI dirigeait les opérations depuis une salle de commandement improvisée au cœur des locaux historiques de l'inspection générale des Carrières, place Denfert-Rochereau. Autour de lui frayaient plusieurs huiles dont le numéro 2 de la PJ parisienne, un colonel des sapeurs-pompiers, le commissaire Mornac de la Crim, et le commandant de l'unité cynophile 75. Légèrement à l'écart, Brunier gardait le silence, les traits défaits par deux nuits blanches.

— Par contre, il y a un problème avec les galeries sous le Collège de France. Ils sont comme des fous en bas.

Neveux et Brunier rivèrent leur regard sur Chomette, affriolante en débardeur blanc.

— Quel problème ? feula Brunier.

— Le boss de l'inspection vient enfin de rentrer des Bahamas. Il s'agite en poussant des grands « oh » à propos du Collège de France.

Les policiers dévalèrent l'escalier, au milieu des cartons et des déménageurs. Le siège de l'inspection générale des Carrières s'apprêtait à riper, lui aussi. Brunier en conçut une vague empathie pour les endives de l'IGC. Les fonctionnaires se voyaient bannis dans un bâtiment neuf et fonctionnel, contraints de balayer deux cents ans d'histoire sans moufter. Comme au 36...

Le joli pavillon de pierre style néoclassique, planté au beau milieu de la place Denfert-Rochereau, était pourtant intimement lié à l'histoire du dessous : il se trouvait flanqué de la fameuse entrée publique de l'ossuaire des catacombes, et préservait un accès stratégique aux carrières.

Au rez-de-chaussée, un type engoncé dans un costard gris passait d'une porte à l'autre, exaspéré. Un ectoplasme, comme tous ceux de l'inspection générale des Carrières. Sauf qu'il paraissait jeune. Vraiment très jeune. Ce môme endimanché avait tout l'air d'un stagiaire de troisième dans sa semaine d'observation obligatoire en entreprise. Brunier devait le dépasser d'au moins vingt centimètres.

— Ah, souffla le gamin en les voyant. Il faut que je vous montre quelque chose.

— Vous êtes qui ?

— Pardon, je suis l'inspecteur général des carrières.

Brunier haussa les sourcils.

— Ils recrutent toujours leurs patrons au niveau brevet des collèges ici ?

Le fonctionnaire sourit.

— Il est de tradition de nommer un débutant à la tête de l'IGC, tout juste diplômé de Polytechnique et des Mines. Je suis arrivé il y a quelques mois, mais rassurez-vous, je n'y ferai pas de vieux os, si j'ose dire !

Le gamin avait conclu en désignant l'entrée des catacombes, fier de son bon mot.

Brunier en resta bouche bée. À coup sûr, ce moutard n'y connaissait que dalle, se foutait de sa gueule et ne serait d'aucune utilité. Et il avait fallu attendre son retour des Bahamas comme s'il était le Messie !

Le gamin finit par tendre la main en gage de bonne volonté.

— Odin Buscaley, enchanté.

Brunier ne put réprimer un rictus.

— Odin ? Vous avez merdé dans une vie antérieure ou quoi ?

Le gamin le fixa. Il semblait accoutumé à ce genre de remarque débile. Il se trimbalait son prénom depuis vingt-quatre ans et en souffrait déjà bien assez.

— Bon, vous vouliez nous montrer quoi ?

— Suivez-moi.

L'inspecteur des carrières précéda les haut gradés dans une pièce exiguë tapissée de casiers métalliques. Une femme d'une cinquantaine d'années à la dégaine masculine, les cheveux courts, des valises sous les yeux et la mine blafarde, leva le menton.

— Je vous présente Martine Nocé, c'est notre archiviste depuis… combien d'années, Martine ?

— Vingt-trois.

— Ah oui ? J'avais donc un an…

Les flics le dévisagèrent d'un air consterné.

— Martine, répétez-nous ce que vous avez dit tout à l'heure.

L'archiviste se plongea dans un plan plastifié posé sur son bureau. Il représentait la juxtaposition miniature des cent trente-neuf cartes détaillées de l'*Atlas des galeries souterraines de Paris et sa banlieue*.

— Voilà : comme vous le voyez, le tableau d'assemblage s'arrête au niveau de la Sorbonne. Je n'ai aucune carte où figure le Collège de France. Et s'il n'y a pas de carte, c'est qu'il n'y a pas de carrière.

Marc Brunier échangea un regard stupéfait avec Neveux.

— C'est quoi, ces conneries ? On y était et je peux vous dire qu'on n'a pas rêvé. Il y avait une galerie, comme sous Cochin. Exactement.

— C'est impossible. Regardez : les premières carrières dans le coin sont trois cents mètres à l'ouest, autour du théâtre de l'Odéon. Ou trois cents mètres au sud, autour de la rue Gay-Lussac, du boulevard Saint-Michel, du jardin du Luxembourg, de la rue d'Assas…

Brunier tenta d'avaler cette nouvelle couleuvre, en songeant au tunnel creusé entre la station de métro désaffectée Croix-Rouge et les réserves de la boutique Hermès.

— Ça veut dire quoi ? Les galeries ont été creusées secrètement ? Elles n'ont rien à voir avec les vieilles carrières ?

— C'est extrêmement peu probable, trancha l'inspecteur général. Ça représente d'énormes travaux de forage, d'excavation, ça ne serait pas passé inaperçu. Et ce serait risquer de taper dans n'importe quoi : nappe phréatique, collecteur des égouts, transfos EDF… Sans compter le métro, dont les tunnels sont parfois très proches. La ligne 6, par exemple, frôle le ciel de plusieurs carrières. Il y a foule, là-dessous. Un gruyère doublé d'un millefeuille. Cependant…

Buscaley jeta un œil à son archiviste, gêné par les aveux qu'il s'apprêtait à formuler.

— Cependant, je dois reconnaître qu'il existe quelques rares espaces non répertoriés. Des galeries qu'on croit « bourrées » depuis deux siècles, mais qui ont pu être dégagées.

— Alors quoi ? Ils utiliseraient d'anciennes galeries officiellement bouchées ? Ils auraient leur propre réseau ?

L'archiviste ne pipait mot. Elle suivait les échanges en silence, le regard froid et distant. Estelle Chomet l'observait du coin de l'œil.

— C'est possible, concéda Buscaley. On sait que les cataphiles, par exemple, se lancent des défis pour franchir des espaces complètement murés… En creusant leurs chatières, ils se faufilent un peu n'importe où… et découvrent parfois des salles qui ne figurent pas sur les plans.

— Formidable. Ils peuvent être absolument n'importe où. Autant chercher une aiguille dans une meule de foin.

— C'est ça, l'avenir de l'humanité ?

La silhouette noire paraissait immense. Marie distinguait à peine la capuche sombre. Les larmes qui embuaient son regard l'empêchaient de voir son visage.

— Qui… Qui êtes-vous ?

— Relève-toi !

Impossible de dire s'il s'agissait d'un homme ou d'une femme. La silhouette avait la voix rauque d'un fumeur invétéré dont les cordes vocales avaient fini par se tapisser de goudron. Marie tenta péniblement de se relever, mais ses douleurs postopératoires la crucifiaient au sol.

— Qu'est-ce que vous m'avez fait ?

La robe noire écrasa un pied sur son visage et Marie gémit de douleur.

— Ici, c'est moi qui pose les questions. Tu fermes ta gueule et tu bouges. Si t'es pas debout dans dix secondes, je te relève par la tignasse. C'est clair ?

Marie peinait à reprendre son souffle, le corps démonté par des hoquets convulsifs. Elle domina sa souffrance, prit appui sur le bord du lit, et parvint à se hisser sur le matelas.

La silhouette s'était reculée de quelques pas. Toujours impossible de discerner les traits de son visage. Ne manquait plus que la faux pour faire de ce monstre Thanatos, la mort en personne.

La jeune femme tremblait de tous ses membres. Elle était pathétique, la joue zébrée par les sillons de la Doc Martens.

— Où se planque Élisabeth ? Réponds !

La gifle lui décolla la mâchoire. Elle n'avait rien vu venir. Elle valdingua sur le carrelage, le goût puissant du sang dans la bouche, et sombra dans le coma.

« Si vous avez vu quelques fois mourir un homme, sachez que le même sort vous attend. »

Le lieutenant Varin déglutit. L'avertissement saisit aussi les hommes de la BRI. Ils en avaient vu mourir, des hommes. Beaucoup. Beaucoup trop. Le 13 novembre 2015 au Bataclan, par exemple. Le spectre de leur propre fin les hantait à chaque opération.

L'inscription figurait sur une plaque scellée sur un large pilier de soutènement, au beau milieu des catacombes.

Ils avaient déjà tiqué, en débarquant par la longue galerie de Port-Mahon, devant l'épitaphe qui surplombait l'entrée de l'ossuaire : « Arrête ! C'est ici l'empire de la mort. »

Le groupe avait écopé des seules carrières ouvertes au public. Les fameuses galeries, vastes et bien éclairées, n'avaient rien à voir avec les boyaux sordides du reste du réseau.

Partout, des ossements parfaitement agencés, monticules de crânes, de fémurs et de tibias bordaient les allées, s'égrenant au fil de la visite dans une harmonie détonante. Les chiens ne savaient plus où donner de la truffe. Parfois, les crânes dessinaient des motifs en étoile, ou en croix. À intervalles réguliers, une plaque rappelait le nom de chaque cimetière parisien déménagé dans ces entrailles, pour cause d'insalubrité, à partir des années 1780.

Derrière ces empilements géométriques macabres, des monceaux de squelettes démembrés s'enchâssaient dans de sombres cavités, hors de la vue des touristes. Les cynos soulevaient leurs bergers belges au-dessus des murailles d'ossements pour qu'ils flairent d'éventuelles pistes dans ces renfoncements inaccessibles. Les chiens prenaient appui sur les têtes de fémur parfaitement alignées, puis grimpaient tant bien que mal dans les fosses obscures. On entendait les coussinets de leurs pattes chanceler sur l'enchevêtrement de périostes et de cartilages fossilisés, en quête de vaines traces.

Lionel Varin, le quatrième du groupe Brunier qui se remettait de son bras cassé dans les couloirs du métro, n'avait jamais visité les catacombes. Il hallucinait : comment avait-on pu défoncer des milliers de tombes et de sépultures pour entasser, pêle-mêle, des millions d'os que plus rien ne distinguait les uns des autres ? L'ossuaire lui rappelait une sorte d'épouvantable charnier, où les défunts sombraient dans l'anonymat. Ils n'étaient plus rien ni personne. Même les plus illustres s'étaient dissous dans ce cloaque : un humérus de Rabelais côtoyait le fémur de La Fontaine, tandis que le crâne de Robespierre reposait sur le tibia de son ennemi juré, Danton. Quelque part dans le tas. Dieu sait où.

Un frisson désagréable parcourut l'officier de la nuque aux orteils.

— Bon, y a que dalle dans cette turne. On perd notre temps.

La tête de colonne de la BRI s'impatientait.

— Je vous avais prévenus, c'est très cadré. Aucun intérêt. C'est un musée archi surveillé, point barre.

Armelle, cataflic rompue aux carrières souterraines, savait que rien ne sortirait d'ici. Pour la forme, le groupe poursuivit sa visite, traversant des galeries plus larges, parfois agrémentées d'étranges monuments, comme la fontaine de la Samaritaine. Tout en sinuant dans l'entrelacs souterrain, ils franchirent une crypte, croisèrent un tombeau, puis deux, avant de finir dans un caveau sordide. En plein milieu trônait une sculpture en forme de tonneau, exclusivement constituée de fémurs, du sol au plafond.

— C'est d'un goût..., murmura Varin.

La Chnouf était écœurée et se réjouissait d'entrevoir la sortie. Derrière, les cynos terminaient leur inspection. Les cataflics, en mode radar, vérifiaient les dernières anfractuosités.

Enfin, au bout de deux heures, le groupe retrouva l'air libre, rue Rémy-Dumoncel.

— Ici Varin, on quitte les catacombes.

L'officier parlait dans le micro discrètement agrafé au col de sa veste. La voix de Brunier grésilla dans son oreillette.

— Ouais. Alors ?

— RAS. On revient.

Au premier étage du pavillon Est de la place Denfert-Rochereau, Marc Brunier tournait comme un lion en cage. Le groupe catacombes était le premier à sortir du gué. Bredouille.

Il pressentit que la traque durerait des heures. Des jours. Qu'elle n'aboutirait peut-être jamais. Les équipes évoluaient sur un terrain profondément défavorable, un lacis de galeries qui dévoraient les dessous de Paris, dans un dédale de culs-de-sac, de niches obscures et de croisements scabreux.

Et pourtant, chaque minute comptait. Pour Marie. Était-il encore temps ?

— C'est incroyable. Elle récupère à vue d'œil.

La robe noire était penchée sur le visage tuméfié de Marie. L'hématome se résorbait naturellement, refluant du brun au bleuâtre pour ne bientôt plus laisser paraître qu'une rougeur. La peau de la jeune femme se tendait, ses cellules de collagène proliféraient avec frénésie, comme sous l'effet d'une dose massive de Botox. De même, les trois sutures autour du pubis s'estompaient. Elles ne saignaient plus, la cicatrisation s'était brutalement accélérée.

— C'est beaucoup plus rapide que chez Émilie...

Dix robes noires s'étaient massées autour du lit de la jeune femme. Et au centre, une robe blanche. Étincelante, un bon mètre quatre-vingts, qui dominait l'attroupement. Une sorte d'ange déchu. Satan en toge virginale. Elle gardait le silence, et contemplait l'œuvre de cette nature domptée par la main de l'homme. Ou plutôt de la femme.

Ces prouesses scientifiques ne cessaient de l'impressionner, même si elle en connaissait les principaux rouages.

Plus loin, sur un simple pupitre, reposait le codex.

La robe blanche l'avait longuement feuilleté, depuis qu'elle avait enfin mis la main dessus trois jours plus tôt. Elle avait contemplé ces pleins et déliés onctueux, ces équations miraculeuses, ces croquis stupéfiants qu'elle n'avait jamais été autorisée à examiner.

Les quarante dernières pages, rédigées de la main de Rosalind Franklin puis de ses héritières, avaient particulièrement retenu son attention. Elles recelaient la pulpe de vingt siècles de recherches acharnées, et la conclusion de la quête.

Plus fascinant encore : Marie se révélait l'incarnation vivante, coriace, de ces découvertes.

Une question taraudait la robe blanche : Marie était-elle immortelle ? Avaient-ils vraiment l'« élixir de longue vie », le pouvoir d'empêcher l'apoptose, la mort programmée des cellules ? Et la régénération systémique des tissus et organes ?

La quête alchimique et philosophique se trouvait désormais dépassée par la performance technique et scientifique.

Les deux premières sœurs jumelles de Marie n'avaient pas survécu aux supplices patiemment infligés. Leur organisme ne s'était pas révélé suffisamment « résilient ». Marie pourrait-elle les surpasser ? Combien d'heures tiendrait-elle sous les assauts répétés qui l'attendaient, dont la claque monumentale reçue quelques minutes plus tôt ne représentait qu'un piètre avant-goût ?

Car, au fond du caveau, derrière le pupitre qui supportait la bible « HYVER », patientait une armada d'instruments de torture dont la simple vue suffisait à saisir d'angoisse.

— J'ai des retours négatifs de toutes les zones déconnectées du reste du réseau, comme les catacombes ou les carrières des Capucins sous Cochin. Rien sous l'Observatoire, ni sous l'École des mines. Là-bas, tout est muré. Ils ont bien levé une ou deux chatières fraîches, mais typiques des cataphiles. Pas d'ouverture vers des galeries inconnues ou imprévues. Par contre, ils n'ont pas fini sous le Val-de-Grâce.

Le bilan dressé par Estelle Chomet n'était pas glorieux. Brunier et Neveux faisaient grise mine, et ne desserraient plus les mâchoires. L'angoisse commençait de s'aviver. C2, le divisionnaire David Lebreton, avait regagné ses pénates à la cité judiciaire des Batignolles, de même que Mornac, le patron de Brunier. Ils avaient demandé à être tenus au courant, sans grand espoir.

Les premières équipes s'étaient concentrées sur les zones de carrière les moins visitées par les cataflics, et les moins fréquentées par les explorateurs de basse-fosse, ces gamins en mal de sensations capables de passer des nuits dans le noir et l'humidité pour quelques frissons. Ces portions de carrière privées n'étaient accessibles que depuis les institutions qui les surplombaient. Les superbes galeries du Val-de-Grâce, en particulier, n'étaient pratiquement jamais inspectées. Et pour cause : un ancien hôpital militaire se trouvait au-dessus. Secret-défense.

Brunier et les autres membres du commandement s'étaient laissé porter par l'espoir que ces circuits coupés du monde abriteraient des planques idéales où débusquer les robes noires, et retrouver Marie.

Un bide total.

Le reste du réseau s'avérait beaucoup plus complexe, enchaînant des cavités tortueuses, étrécies, souvent à moitié effondrées, impénétrables par l'homme, et dans lesquelles seuls chiens et robots radioguidés pouvaient se faufiler.

Sans compter les galeries inondées, uniquement accessibles par des plongeurs sous-marins, comme dans le 13e arrondissement. Les pompiers du GRIMP étaient déjà à pied d'œuvre.

L'espoir s'amenuisait d'heure en heure. Deux cents kilomètres de galeries restaient à passer au peigne fin, dans des conditions acrobatiques.

— Côté travaux publics, ça donne quoi ?

— C'est dégagé à Cochin. On tombe dans une galerie toute bête qui figure sur les plans. C'est juste un passage pour quitter les carrières privées, déconnectées du réseau, et rejoindre le reste du GRS, le grand réseau sud, qui court tout autour.

— Les clebs n'ont rien trouvé ?

— Ils ont suivi la piste, mais pour l'instant, ça donne rien.

— Et sous le Collège de France ? Ils l'ont dégagée, cette putain de galerie ?

Chomette s'empara de sa radio.

— Brénam ? Tu m'entends ? Brénam pour Estelle.

La ligne grésillait.

— Ouais, j'écoute.

— T'as du neuf ? Ça donne quoi ?

Mais au lieu de la voix de Brénam, un vrombissement furieux satura le haut-parleur.

— Allô ? Brénam ? C'est quoi encore ce merdier…

Après un instant de silence, la voix ressuscita.

— Ils creusent encore. Ils s'en sortent pas. On a les ingénieurs des Mines sur le râble, complètement hystériques. Du coup les TP avancent comme des limaces shootées au Tranxene. Chaque fois que ça tremble, les mecs de l'inspection des Carrières flippent leur mère que tout s'effondre.

Brunier s'éjecta de la salle de commandement et dévala l'escalier, furibond.

— Buscaley ! Il est où ? hurla-t-il aux employés de l'IGC qui croisaient malencontreusement son chemin.

— Aux archives, je crois, balbutia une secrétaire terrorisée.

Estelle Chomet s'était précipitée à son tour, pour empêcher son chef d'embrocher l'inspecteur général. Brunier ouvrit la porte des archives avec fracas.

— C'est quoi, ce bordel ? Vous faites obstruction à l'enquête ou quoi ? Vous voulez que je vous coffre pour quarante-huit heures de garde à vue au 36, c'est ça ?

Le capitaine Chomet se tenait prête à empêcher le dérapage sans retour.

— Je ne comprends pas, articula l'ingénieur d'une voix blanche.

L'archiviste s'était discrètement déportée contre le mur et observait la scène d'un œil acéré.

— On n'avance pas sous le Collège de France ! Ça fait quatre plombes qu'ils sont là-dessous ! Et les ouvriers vont rentrer, on peut pas les faire bosser de nuit !

— Écoutez, nous nous occupons de sécuriser le réseau depuis deux cent cinquante ans, depuis Guillaumot, le premier ingénieur des carrières, avant la Révolution ! On consolide, on inspecte, on fait en sorte que tout ne s'effondre pas. Vous imaginez si on crée un fontis ?

— Un quoi ? aboya Brunier, les yeux exorbités.

— Un trou dans le ciel de la galerie, et alors tout s'effondre par capillarité. Comme si la roche était aspirée vers le bas, que la terre s'éventrait ! Dans le passé, des dizaines d'habitations se sont effondrées comme ça. En 1961, à Clamart, vingt-trois immeubles détruits, aspirés par les carrières souterraines. Bilan : vingt et un morts. C'est ce que vous voulez ? Je vous rappelle qu'on ne connaît pas ces galeries. Il faut être extrêmement prudents.

Pendant la passe d'armes, Estelle Chomet s'était plongée dans la carte plastifiée qui reposait sur le bureau de l'archiviste.

— Excusez-moi… On peut avoir le détail de ce plan, là ? Vers le jardin du Luxembourg ?

— Oui, bien sûr…

L'ingénieur excédé se courba au-dessus du tableau d'assemblage.

— Martine, sortez la 25-47 !

L'archiviste se pétrifia. Estelle Chomet releva son étrange réaction.

Martine Nocé se faufila finalement entre les armoires métalliques, tira la poignée d'un ample tiroir, puis en extirpa une grande feuille cartonnée qu'elle disposa sur sa table de travail.

— La mère de Marie Duchesne habite le quartier, expliqua la policière. Son immeuble donne sur le Luxembourg. Or, dans son dernier rapport, le collègue du SDLP...

La jeune femme marqua une pause, soudain traversée par l'image insoutenable du policier défiguré après l'attaque sauvage des robes noires à l'hôpital Cochin trois jours plus tôt.

— ... Le collègue du SDLP, qui escortait Marie Duchesne a noté qu'elle s'était rendue chez sa mère avant de rejoindre Cochin, vendredi matin. Il a précisé qu'elle était descendue à la cave. Un bon moment.

Brunier plissa les paupières, percutant où elle voulait en venir. Il s'approcha à son tour du plan détaillé, à l'échelle un millième.

Chaque parcelle, chaque immeuble se trouvait matérialisé, avec le numéro de la rue correspondant. Le monde du dessous se détachait en surimpression, en couleurs vives. Des nuages jaunes représentaient la couche de calcaire grossier que les carriers excavaient autrefois pour en sortir les fameuses pierres à bâtir. Puis une myriade de lignes, de points et de symboles écarlates démarquaient les ouvrages souterrains : anciens puits d'extraction ou de service, murs et piliers de consolidation, et bien sûr les galeries de visite.

— Elle habite à quelle adresse exactement, Élisabeth Duchesne ? questionna l'archiviste.

Estelle Chomet se figea à son tour. Elle était certaine de ne jamais avoir prononcé le prénom de l'enseignante.

— Au 38, rue Guynemer, souffla l'officier en plantant un regard glacial dans celui de la cinquantenaire.

— Voilà, la parcelle du 38. On n'a aucune carrière dessous. Il n'y a donc probablement rien dans la cave.

Expéditive, l'archiviste s'apprêtait à ranger le plan lorsque son boss l'en empêcha d'un geste de la main. Il sonda le document à son tour.

— Enfin, vous voyez bien qu'on frôle la galerie de visite de la rue d'Assas qui donne sur l'immeuble mitoyen ! Il n'y a que quelques mètres depuis le 38 pour atteindre la galerie. Alors oui, c'est envisageable.

L'archiviste s'était reculée et serrait les mâchoires.

— Et nous n'avons pas réalisé de forages de contrôle sous tous les immeubles de Paris. Ce sont des propriétés privées. Nous sommes conscients qu'il existe des poches ici ou là. Il y a même une pharmacie, rue du Cherche-Midi, qui possède son propre accès aux carrières, non répertorié. Nous le tolérons parce qu'il ne communique pas avec le réseau.

Brunier se tourna vers son adjointe.

— OK. Il faut absolument qu'on fasse la perquise de la rue Guynemer. Tout de suite.

— Tu sais bien que le juge ne veut pas en entendre parler. La professeure Duchesne n'est soupçonnée de rien, c'est une sommité, nobélisable à ce qu'on m'a dit. Il ne lâchera jamais la CR[1]. Il ne fera rien sans sa présence, ou au moins son autorisation.

— Alors je vais la chercher.

— Comment ça, tu vas la chercher ?

— C'est un témoin essentiel. On a besoin d'elle. Tu as raison, tout nous ramène à elle. Et à sa cave.

Estelle Chomet arrondit deux callots stupéfaits.

— Mais… et l'opé ?

— Il y en a pour des plombes, dans des dizaines de kilomètres de galeries pourries… J'ai le temps de faire l'aller-retour.

— Marc, ni la PJ d'Ajaccio ni les pandores ne l'ont logée. On ignore où elle se trouve.

1. Commission rogatoire.

— J'ai reçu un texto d'Émilie. Elle a des nouvelles de sa mère. Elle est toujours en Corse, mais pas chez elle. Elle se planque. Elle veut voir sa fille de toute urgence. Question de vie ou de mort, d'après ce qu'elle dit.

L'officier consulta sa montre.

— Je vais partir avec Émilie, j'ai encore le temps.

Brunier s'évapora aussitôt.

La capitaine et l'ingénieur lui emboîtèrent le pas.

Sitôt seule, l'archiviste empoigna son téléphone cellulaire.

Tandis que Brunier regagnait la salle de commandement pour informer Nevèux de son départ, Estelle Chomet s'attarda sur le palier. Elle colla son oreille contre la porte des archives.

— Allô ? C'est Martine, à l'IGC. Il y a du nouveau. Il va falloir faire vite.

L'officier fut cependant incapable de distinguer la suite de la conversation. L'archiviste s'était éloignée vers le fond de la pièce.

Le visage de Marie s'était entièrement régénéré. Il resplendissait, irradiant l'éclat étincelant de sa peau pulpeuse et de ses traits délicats.

La robe noire sangla fermement ses membres jusqu'au sang. D'abord les bras, puis les jambes. Un dernier lien de cuir ceignit la poitrine de la jeune femme. Marie se trouvait ficelée, dans l'incapacité d'esquisser le moindre geste. Enfin, le fantôme en habits lugubres la bâillonna à l'aide d'une épaisse bande adhésive.

Son corps malmené finit par sonner l'alarme, et Marie reprit ses esprits. Il fallait faire face. L'étudiante se ranima péniblement, saisie par un sentiment d'étouffement.

Sa tête pouvait encore se mouvoir librement, au contraire du reste de sa carcasse saucissonnée. Aussitôt, elle distingua la silhouette. Puis son regard glissa lentement le long de la robe noire.

Elle tenait un objet dans la main droite.

En une seconde, malgré son état léthargique, la jeune femme saisit. Elle se mit à hurler de toutes ses forces, les yeux exorbités. Mais seul un gémissement étouffé filtra de son bâillon.

Le bourreau s'était emparé d'une scie égoïne.

La terreur se lisait dans le regard de l'étudiante, qui tentait de gesticuler, en vain.

Le spectre approcha la scie de son genou gauche. Les dents acérées frôlèrent la chair fraîche ; Marie éprouva une sensation glaciale. Son tortionnaire semblait chercher l'angle d'attaque idéal. Au niveau de l'articulation. Un ligament pouvait-il se reconstituer tout seul ? C'était une autre affaire qu'une simple cicatrice ou un hématome.

Marie suffoquait. Elle tentait désespérément de remuer sa jambe, cependant la sangle la serrait trop. Elle supplia le boucher du regard. Mais l'horreur n'était pas négociable.

Au moment d'entamer la découpe, une autre silhouette se matérialisa.

— Attends ! Viens, c'est urgent.

À regret, le bourreau déposa la scie sur une tablette, au côté d'autres instruments terrifiants.

Marie n'en croyait pas ses yeux. Elle se relâcha et s'efforça de distinguer la porte par laquelle s'évaporaient les deux robes noires.

Dans le caveau mitoyen, l'heure était grave.

— On sait enfin où se cache Élisabeth. Elle est toujours en Corse. J'ai activé notre groupe sur place. Cerise sur le gâteau : Émilie part la rejoindre. On pourra facilement faire d'une pierre deux coups. Mais attention, elle sera escortée par ses deux sbires et Brunier.

— Il l'accompagne ?

— Oui, mais ce n'est pas grave. C'est une loque inoffensive. Souvenez-vous : je les veux vivantes, toutes les deux. Comme les trois premières.

— Bon, en attendant, je peux reprendre ? interrogea la silhouette qui venait de sortir de la chambre des tortures.

— Pas encore ! tonna la robe blanche. A-t-on récupéré les ovules ?

— On est en train. Et… c'est hallucinant. Ses ovaires sont complètement gavés. Il y a au moins quatre cent mille follicules. Elle a dû bien déguster au moment des ovulations…

— Quatre cent mille ? C'est plus que la quantité qu'on trouve chez une gamine de douze ans !

— Ce n'est pas tout. On a commencé à décanter certains follicules et à récupérer des ovocytes. On a lancé une analyse génétique et… et…

— Quoi, à la fin ?

— Les ovules les plus matures sont fécondés.

La robe blanche eut un mouvement de recul. Ses paupières s'écarquillèrent, dévoilant deux pupilles effarées.

— Fécondés ? Ce sont des embryons ?

— Pratiquement. Des zygotes, la première cellule primordiale, en mode bloqué, juste après la fusion des gamètes et juste avant la première division cellulaire. On en a mis trois en culture et ils engagent spontanément l'embryogenèse. Les cellules se divisent et ne vont pas tarder à former des morulas. Des embryons qui sans nul doute donneront des bébés.

La robe blanche encaissa. Sa respiration se fit plus courte, son pouls plus rapide, tandis qu'une légère sudation commençait de suinter sous sa tunique. Elle n'aurait jamais imaginé pareille prouesse.

Une femme capable d'engendrer la vie par elle-même, sans la contribution de la semence mâle. Une reproduction parthénogénétique.

— Mais alors… les deux embryons qui commençaient à se développer dans son utérus… Vous avez séquencé l'ADN ?

— C'est en cours. Et ce qu'on voit est… exceptionnel.

— OK, alors on n'abîme pas Marie pour l'instant. Il faut d'abord comprendre. Quitte à prélever des tissus, des organes, et les examiner. Mais c'est sans doute la clef que j'attendais. On n'a plus besoin de rien ni de personne. Je vais reprendre ma lecture du codex et chercher les protocoles.

— Dans ce cas, on n'est plus obligées de ramener Élisabeth et Émilie vivantes…

L'imposante silhouette à la robe immaculée planta un regard d'une noirceur abyssale dans celui de la silhouette sombre. Un regard qui ne laissait planer aucun doute.

Tandis que le groupe s'apprêtait à rompre, un bras se leva.

— Attendez ! Il reste un problème. La police veut fouiner autour du secteur Guynemer. Ils sont déjà dans les galeries connues sous le Luxembourg. Mais s'ils pénètrent par Guynemer…

La robe blanche hésita un instant, puis trancha.

— On doit détourner l'attention. Déclenchez Apocalypse.

Les silhouettes sombres échangèrent des regards abasourdis, tandis qu'un murmure s'élevait dans l'assemblée.

— Mais ça va être un carnage…

— Obéissez ! tonna la robe blanche.

Le crépuscule avait enveloppé la capitale. Marc Brunier roulait à tombeau ouvert, sirène hurlante et gyrophare plaqué sur le toit. Il devait rejoindre Orly avant le départ du dernier vol pour Ajaccio. L'embarquement s'achevait. Heureusement, les deux policiers du SDLP chargés de la surveillance d'Émilie retardaient le départ dans l'attente de l'officier de la Crim.

Les personnels d'Air France râlaient, tout autant que les passagers. Émilie était assise et patientait en silence, profondément concentrée. Le regard dans le vague.

À vingt et une heures trente-quatre, tandis que le Boeing aurait déjà dû s'envoler depuis dix bonnes minutes, Brunier franchit la sécurité en courant, exhibant son sésame tricolore que le format carte de crédit rendait parfaitement illisible. Son semi-automatique affola le portique de sécurité sans que personne ne s'en émût. Les personnels étaient informés et ne mouftèrent pas.

La cathédrale volante, un Boeing 747 spécialement affrété pour absorber le flot de touristes ensorcelés par les délices de l'île de Beauté, s'arracha du tarmac à vingt et une heures quarante-sept.

Marc prit place au côté d'Émilie, dont le visage traduisait une sourde inquiétude.

— J'ai un mauvais pressentiment, Marc. Quelque chose d'horrible va se produire. Il y aura des morts. Beaucoup de morts.

Brunier se glaça. La voix d'Émilie avait soudain perdu une octave et semblait venir d'outre-tombe. Cette fille le fascinait tout autant qu'elle l'effrayait. À côté d'elle, il perdait ses moyens. Il n'avait pas le mode d'emploi. Mais il savait une chose : elle avait sauvé sa vie et sa carrière professionnelle. Elle restait le dernier espoir, avec Élisabeth Duchesne, d'élucider les nombreux mystères qui entouraient cette affaire délirante. Et surtout de retrouver Marie. Mais la prédiction de la jeune femme l'avait transi. Où la mort allait-elle frapper ? À Paris ? En Corse ? Et lui voyageait entre les deux. Impuissant. Pour parler à Élisabeth, il lui faudrait patienter jusqu'au lendemain matin. Le rendez-vous était fixé à l'aurore, dans le village de Cargèse, l'une des perles de la côte occidentale de l'île.

Il ne pourrait dormir, une fois de plus. Il se voyait condamné à ruminer les événements et sa vie de minable.

Sarah ? M'entends-tu ?

Aide-moi.

Sauve-moi.

Obélix s'était posé dans une alcôve, les bottes complètement trempées. Il avait barboté dans quarante centimètres de flotte sur plus de deux cents mètres, s'était cogné une bonne cinquantaine de fois et crevait de faim. Quel plan pourri ! Devant, les clebs jappaient. Les copains de la BRI pestaient, eux aussi. Ils ne s'étaient jamais trouvés dans des boyaux si confinés, aussi longtemps. Partout, dans l'obscurité et le silence morbides, les murailles de calcaire étaient maculées de graffitis et, plus rarement, d'inscriptions centenaires qui rappelaient la date des travaux de consolidation menés par des générations d'ingénieurs des carrières.

Au détour d'une galerie, une odeur putride rebuta les chiens, puis les hommes. Un étron frais, encore fumant, trônait en plein milieu.

— Ça, c'est nos p'tits potes les cataphiles. Ils aiment bien se foutre de notre gueule. Ça leur arrive régulièrement de chier juste avant notre passage. Ils nous ont entendus, ils sont pas loin, gagea Belabas, le chef des cataflics.

De fait, au bout d'une trentaine de mètres, une odeur d'ail frit envahit l'atmosphère.

— Putain, ça pue ! Qu'est-ce que c'est ?

Les commandos de la BRI étaient sur leurs gardes, tandis que les pompiers s'apprêtaient à intervenir. Ils redoutaient un départ de feu. Dans ces galeries exiguës, exemptes d'aération, sans échappatoire, ce serait la mort assurée. Ils finiraient rôtis en un clin d'œil.

— Vous inquiétez pas, répondit Belabas. C'est l'odeur des lampes à acétylène. C'est le carbure de calcium qui chlingue.

— Les guoi ? demanda Obélix en se pinçant les narines.

— Les lampes à acétylène. C'est ce qu'utilisaient les mineurs autrefois. Les K-tas les plus avertis, les plus assidus, préfèrent cette bonne vieille technique aux lampes torches. Ça tombe moins souvent en rade. En plus, la flamme est puissante, ils peuvent même se réchauffer de la bouffe avec.

— N'imporde guoi, grogna Lonzoni.

— Par contre, faites gaffe, les gars. Faudrait pas buter des K-tas. C'est des mômes. Ils nous narguent mais ils sont pas méchants. Juste des potaches un peu provocs. On finit par bien se connaître. On les reconduit gentiment à la surface, moyennant un PV de soixante balles. Faudrait pas faire une grosse bavure. Laissez-moi passer devant, exceptionnellement.

Le commandant Vignot hésita. Après tout, les cynos et leurs chiens précédaient régulièrement les commandos. Le cataflic du GIP pouvait bien filer en tête pour alpaguer les merdeux et les faire déguerpir dare-dare.

Le brigadier s'enfonça dans le boyau puis disparut.

Le groupe se trouvait pratiquement à la verticale de la tour Montparnasse. Depuis cinquante ans, elle dominait le quartier du haut de ses deux cents mètres.

Ce que l'équipe ignorait, comme la plupart des Parisiens, c'est que le gratte-ciel reposait sur des fondations qui s'enfonçaient à soixante-dix mètres de profondeur. Cinquante-six piliers de béton armé qui fendaient les entrailles de la capitale, pour supporter cent cinquante mille tonnes de béton, de métal et de verre. Juste au-dessous du building, des nuées de souterrains, parkings, galeries et quais de métro fragilisaient l'édifice. Sans compter, plus bas encore, les anciennes carrières. Il avait fallu disposer ces immenses piliers pour la soutenir.

Sans eux, la tour n'aurait jamais tenu debout.

— Alors ? hurla Vignot.

Aucune réponse. Le son circulait mal dans les étroits tunnels. Les éclats de voix venaient mourir quelques mètres plus loin, absorbés par les épaisses parois.

Le groupe se rapprocha.

C'est alors qu'une énorme détonation retentit.

Dans la seconde qui suivit, devant les yeux terrifiés des trente hommes, une immense boule de feu embrasa tout sur son passage. À peine les pompiers avaient-ils esquissé un geste pour s'emparer de leurs canons à mousse qu'ils furent transpercés par les flammes.

L'instant d'après, les visages se déformèrent sous les centaines de degrés générés par l'incendie. Piégés dans les galeries confinées qui formaient comme un four étanche, les peaux fondirent, les visages se creusèrent, révélant de larges orbites macabres, avant que les flammes n'embrasent les cervelles.

Le piège s'était refermé en une poignée de secondes, ne laissant aucune chance au groupe.

Une heure plus tard, les trente hommes et les deux chiens n'étaient plus que morceaux de charbon fumants, méconnaissables.

Aucun contact n'avait été établi avec la surface, le brasier avait tout englouti.

Officiellement, l'équipe poursuivait ses recherches.

Mais le plus terrible restait à venir.

Des charges avaient été disposées sur la plupart des piliers de la tour Montparnasse. Les robes noires les avaient placées, l'une après l'autre, au niveau des carrières. Dans la nuit, le building allait commencer de s'affaisser, avant d'écraser peu à peu les galeries du métro.

Et, tôt ou tard, de s'effondrer.

Chapitre 31

Mardi 14 août 2018, 23 h 15, Ajaccio

Les lumières scintillaient comme des lampions. Ajaccio se découpait dans la nuit, le long du golfe qui ceignait les eaux sombres de la Méditerranée.

Le jumbo acheva sa manœuvre de contournement et aborda la piste d'atterrissage par la mer. L'appareil frôla les flots et toucha le tarmac avec une légèreté étonnante.

Dès qu'ils foulèrent la passerelle, Émilie et Brunier furent saisis par la moiteur nocturne et les effluves iodés de la grande bleue. Par-dessus, les arômes du maquis tranchaient avec la pollution débectante de la capitale. Un air de paradis flottait tout autour d'eux.

L'aéroport pratiquement désert commençait juste de s'emplir avec les touristes qui débarquaient du Boeing. Deux flics attendaient près des tapis à bagages.

— Salut, bienvenue en Corse.

Le capitaine Bartoli n'avait pas quarante ans. La peau effrontément hâlée, le crâne rasé et des yeux noir de jais.

— Vous attendez un bagage ? lança-t-il en constatant que Brunier arrivait les mains vides.

— Non. D'ailleurs, si vous avez une brosse à dents, je suis preneur.

À son côté poireautait le lieutenant Paoli, jean délavé et chemisette entrouverte sur une pilosité généreuse. Émilie remarqua la chaîne qu'il portait autour du cou, d'où pendait une main de corail pour éloigner l'*ochju*, le mauvais œil. La jeune femme songea qu'elle en aurait bien besoin.

Devant le regard interrogateur des deux flics de la DRPJ, Brunier expédia les présentations.

— Émilie Duchesne, et... comment vous vous appelez, déjà ?

L'officier n'avait même pas enregistré les blases des deux cerbères du service de la protection.

— Major Damien Gasquet et lieutenant Loïc Ramas.

Brunier releva que le SDLP avait lâché deux gradés, sans doute très aguerris. Ils tenaient leurs sacs de sport d'une poigne ferme. À l'intérieur, à côté d'un slip et d'une trousse de toilette, deux HK-MP5, des pistolets-mitrailleurs allemands capables d'arroser huit cents coups à la minute, accompagnés d'une bonne petite collection de chargeurs.

— On est venus à deux caisses, pour vous en laisser une, lança Paoli avec un accent corse des familles.

— Ce serait mieux si on avait les deux, répliqua aussitôt le lieutenant Ramas. Eux devant, nous derrière. C'est le protocole.

Bartoli échangea un regard entendu avec Paoli. Toute la défiance des insulaires vis-à-vis des « cakes » de la capitale traversa furtivement leurs pupilles.

— Faut qu'on voie avec le divise, on n'a pas beaucoup de bagnoles. Et y en a au moins quatre en rade au garage.

Les gradés du SDLP ne desserraient pas les mâchoires, occupés à zieuter les alentours, sur le qui-vive.

— On n'a pas le choix. Débrouillez-vous pour nous laisser les deux caisses, faut qu'on bouge.

Deux coups de fil plus tard, Brunier et Émilie grimpèrent dans une Ford Focus banalisée, tandis que les sbires s'engonçaient dans une vieille 308. Les deux flics de la DRPJ, eux, allaient se faire raccompagner par une patrouille PS[1], comme deux bleus.

Après trois ronds-points, le convoi traversa un centre commercial pied au plancher, longea la campagne sur des routes sinueuses, puis retrouva la côte en aval du col de San Bastiano. Encore une trentaine de kilomètres tortueux, en comptant la traversée difficile de Sagone, émaillée de touristes malgré l'heure tardive. Enfin, vers minuit quinze, les deux voitures ralentirent en pénétrant dans Cargèse.

Le village se dressait à pic au-dessus de la Méditerranée, offrant une vue imprenable sur l'horizon convexe.

En sortant de la Ford, le dos fourbu par les convulsions du bitume, Brunier contempla les lucioles du port en contrebas, puis l'immensité du grand bleu qui se perdait dans la nuit. Sur le promontoire, deux églises se faisaient face. L'une, catholique romaine, traditionnelle. L'autre, plantée bien en face, comme par défi, de rite byzantin.

Cargèse avait été fondé par une colonie de six cents Grecs, venus tout droit du Péloponnèse au XVIe siècle.

— C'est là qu'on a rendez-vous demain ? questionna le major Damien Gasquet tout en désignant l'église grecque d'un coup de menton.

— Oui. À huit heures trente.

— Bon, va falloir se trouver une piaule.

— Rêvez pas, rétorqua Émilie. C'est blindé de touristes, sans compter les processions du 15 Août qui se préparent. Venez, on va chez ma mère.

Émilie possédait un double des clefs de la villa d'Élisabeth.

Plus loin sur les hauteurs, dans des senteurs de lentisque, de myrte et de pin maritime, se nichait la jolie demeure de pierres sèches.

Tout autour, des chênes verts, un bouquet d'oliviers, trois palmiers et des rangées de cactus parsemaient le terrain aride.

1. Patrouille de Police secours dans un véhicule sérigraphié.

Les deux flics du SDLP entrèrent les premiers, arme au poing, en promenant le faisceau de leurs torches dans les couloirs.

— RAS ! cria Gasquet depuis le salon.

Le mobilier dépouillé comprenait une grande table de chêne, un canapé de cuir en L et une belle cheminée. Les amples baies vitrées devaient offrir une vue à couper le souffle sur la Méditerranée. L'espace d'un instant, Brunier se demanda ce qu'il foutait à Paname, dans cette ville de cinglés, étouffé par la grisaille et la pollution, cerné de gueules d'enterrement, alors qu'il pourrait se la couler douce dans ce paradis terrestre.

Émilie proposa deux chambres à ses anges gardiens, après avoir fouillé placards et congélateur en quête d'un encas.

Brunier, lui, sondait la troisième chambre, la plus vaste. Les étagères étaient hérissées de portraits de femmes, en peinture ou bien en photo, piégées pour l'éternité dans de jolis cadres.

Puis il pivota et s'immobilisa, le souffle coupé net.

Devant lui, un immense tableau ornait le mur. La reproduction d'une œuvre de Raphaël, le maître de la Renaissance italienne.

L'effet était saisissant, comme s'il était soudain possible d'entrer dans la toile.

Elle représentait l'intérieur d'un vaste temple lumineux, riche en statues, colonnes et superbes voûtes, dans un concert d'ocre et de pastel. Partout, sur les marches, adossés aux piliers ou sur un promontoire, une cinquantaine de personnages parés de toges, tels de vieux sages antiques, semblaient palabrer sans fin.

Émilie s'était approchée de l'officier silencieusement. Elle se tenait à moins de dix centimètres de lui.

— C'est beau, non ?

Brunier sursauta.

— Mmm. Je sais pas. Ça représente quoi ?

— C'est *L'École d'Athènes*. L'original est au Vatican et il est beaucoup plus grand. Pratiquement huit mètres sur cinq.

Raphaël a représenté la plupart des grands philosophes de l'Antiquité, comme Socrate et Platon, Héraclite ou Épicure. Mais au milieu, il a parfois logé des figures de son époque qu'il admirait profondément. Platon, par exemple. Regardez bien, il a une longue barbe blanche. C'est le visage de Léonard de Vinci.

Marc Brunier dévisagea longuement le vrai-faux Platon, qui tenait fermement en main l'une de ses œuvres, le *Timée*.

— Ils parlent de quoi, tous ?

— De la marche du monde. Du sens de la vie. Mais aussi des grandes quêtes de l'humanité. Voyez Platon, *alias* Léonard : il pointe son index vers le haut. Exactement comme son célèbre *Saint Jean-Baptiste*. Il désigne le ciel, l'élévation de l'âme. En face, Aristote désigne la terre. La terre mère, les profondeurs. C'est un peu le yin et le yang.

— Comme les deux serpents du caducée, non ?

Émilie tiqua. Il en savait beaucoup plus qu'elle ne l'imaginait.

— Et le livre que Léonard tient dans la main gauche… *Timée*. C'est quoi ?

La jeune femme garda le silence, s'apprêtant à changer de sujet.

Puis, finalement, elle se ravisa.

Il devait savoir. Pour agir à la hauteur des enjeux. Elle recula et s'assit sur le bord du lit queen-size.

— C'est un ouvrage très important. Raphaël ne l'a pas représenté par hasard. En fait, il était parfaitement informé de la quête que poursuivait Léonard, à la suite d'autres grandes figures.

— Quelle quête ?

— Celle qui doit sceller l'avenir de l'humanité. Le *Timée* est un dialogue socratique, l'un des derniers. Une réflexion sur l'origine du monde, de l'âme humaine et… Pour la première fois, c'est la révélation de la place de la connaissance scientifique et des mathématiques dans l'explication de l'Univers et du vivant. Il est question de physique, de chimie, de calculs savants… et surtout de la méthode scientifique. La méthode « hypothético-déductive ». Pour la première fois, Platon comprend qu'on ne peut expliquer le monde par les seules idées ou les seuls concepts issus de l'interprétation de nos sens. Ce que nous voyons n'est qu'une illusion. On croit que le Soleil tourne autour de la Terre, mais c'est faux.

La jeune femme se redressa et commença d'arpenter la chambre de long en large.

— La méthode déductive décrite dans le *Timée* a fondé toute la démarche scientifique jusqu'à aujourd'hui : d'abord une hypothèse, puis une expérience réelle, et les conclusions qu'on en tire. Au IVe siècle avant Jésus-Christ, je peux vous dire que c'était révolutionnaire. De nombreux philosophes s'en sont inspirés et ont commenté cette démarche, notamment les atomistes, comme Épicure ou Lucrèce… Et surtout les néoplatoniciens.

— Les néo quoi ?

— Les néoplatoniciens, comme Jamblique et Plotin. Ils ont créé une école scientifique très novatrice dans les premiers siècles après Jésus-Christ. Ils s'inspiraient du *Timée* et… ils suivaient aussi les préceptes d'Hermès Trismégiste, le père de la science expérimentale.

Brunier fixa sur Émilie un regard d'acier. La gamine avait enfin décidé de parler, sans doute acculée par les événements, le sort angoissant de sa sœur et l'appel désespéré de sa mère. Tout s'effondrait autour d'elle.

— Le dieu Hermès ? Celui de la boutique et du temple du puy de Dôme, n'est-ce pas ? Hermès et son fameux caducée… Qu'est-ce que c'est que toute cette fable, ces symboles ésotériques, ces serpents ? Cette histoire de démarche scientifique, de quête ?

— Il est question de transcender l'humanité, Marc. Pour y arriver, tous ces géants ont appliqué la méthode du *Timée*. Léonard y compris, et bien d'autres. Newton, Voltaire, Émilie du Châtelet… Au fond des caves, avec leurs fours et leurs instruments.

— C'étaient des alchimistes, c'est ça ?

— D'une certaine manière, oui. Mais la quête scientifique restait étroitement liée à la quête philosophique. Celle qui devait nous conduire vers un monde meilleur et l'avènement d'une humanité digne et pacifique.

Brunier se tourna de nouveau vers l'immense toile, qui revêtait soudain une tout autre dimension.

— Raphaël, lui aussi, connaissait le secret de cette quête…

— Bien sûr. Comme Michel-Ange, comme tous les génies de l'époque. La quête remontait à l'Antiquité et se poursuivait. Il y a beaucoup d'indices dans ce tableau. Regardez, là, le seul personnage entièrement vêtu de blanc, comme une vierge ou une sainte… La femme au visage d'ange qui nous contemple. Elle s'appelle Hypatie. Hypatie d'Alexandrie. C'était une grande mathématicienne et une grande philosophe de la fin de l'Antiquité. Une néoplatonicienne elle aussi. Elle a été…

La jeune femme déglutit.

— Elle a été massacrée par une bande de salopards. Torturée, découpée en morceaux et brûlée. Parce qu'elle détenait le secret.

— Les salopards, ils portaient pas des robes noires, par hasard ?

— C'est possible.

Quelque chose se dénouait. Que savait-elle encore ? Connaissait-elle ces hommes ? Avaient-ils un rapport avec la quête ?

— Émilie… Vous savez qui sont les robes noires ?

Mais Émilie songea qu'elle en avait déjà trop dit. Elle devait détourner l'attention de l'officier. Elle se campa derrière lui ; il sentit aussitôt sa présence l'irradier.

Brunier fit volte-face, si bien qu'il effleura les lèvres de la jeune femme. Il s'abîma dans son regard étincelant, ravivant ce désir qu'il avait tout fait pour dompter. Alors qu'il s'apprêtait à la questionner encore, Émilie se rua sur sa bouche. Elle enserra son visage de ses deux mains et l'embrassa furieusement.

Après un bref instant de surprise, Brunier se plaqua contre le corps enfiévré. Ils basculèrent sur le lit.

Dans le couloir, Ramas prenait son tour de garde lorsqu'il perçut des cris étouffés. Il accourut aussitôt vers la grande chambre mais, au moment de pousser la porte, il stoppa net. Il avait reconnu la nature des cris. Des gémissements de plaisir.

— La salope…, marmonna-t-il avec une pointe de jalousie, avant de tourner le dos.

Derrière la porte, Émilie s'était dévêtue dans la hâte, tee-shirt et jean sur une table de chevet, soutien-gorge sur le bord d'un cadre dressé sur une étagère. Le sous-vêtement masquait le visage de Rosalind Franklin, coiffée de son éternel carré court.

Sa culotte voltigea sur le carrelage. Brunier suivait le mouvement tout en embrassant la jeune femme dans la confusion.

Huit ans qu'il n'avait pas touché une femme. Qu'il n'avait pas remarqué une femme.

Ils s'ébattaient sur le lit d'Élisabeth. Sans considération pour la grande scientifique qui les observait peut-être, ne serait-ce que mentalement.

Émilie multipliait les caresses et encourageait Brunier, qui passait pour un débutant. Il avait perdu l'habitude et renâclait encore à se laisser aller. Une dernière digue psychologique devait être abattue. Il songea à son ex-femme. À sa fille, Sarah, qui devait avoir le même âge qu'Émilie.

Pouvait-il faire l'amour à Sarah ?

Le corps d'Émilie était une perfection plastique. Il promena les mains sur sa poitrine érectile, glissa entre ses côtes légèrement saillantes, qui se soulevaient au rythme des soupirs. Il sinua autour de son pubis, puis empoigna sa taille effilée des deux mains. Ses doigts pouvaient presque se rejoindre.

Il bascula enfin la jeune femme bien décidée à le laisser déchiffrer son anatomie.

Brunier effleura l'arête subtile de ses omoplates, glissa un doigt le long de sa colonne parfaitement droite. Sa peau était aussi douce qu'un drap de soie.

Redevenu homme, en pleine possession de ses moyens d'homme, il hésita encore. La cambrure profonde annonçait deux dunes de sable chaud, immaculées, comme si nul n'y avait encore laissé son empreinte.

Brunier, fébrile et toujours inquiet, pivota sur la jeune femme.

Soudain, Émilie se dégagea doucement.

Le policier fut aussitôt déstabilisé, submergé par la honte, comme s'il était en passe d'abuser d'une adolescente.

— Ne m'en veux pas, Marc… Il ne faut pas… Il ne faut pas que tu me pénètres… Je ne veux pas… que tu meures.

L'officier écarquilla les paupières et retomba brutalement dans la réalité.

Mais Émilie n'en avait pas terminé. Elle lova délicatement son visage entre les cuisses du policier et lui fit aussitôt recouvrer l'ivresse des cimes. Jusqu'à toucher les étoiles.

Pour la première fois depuis des nuits, Brunier avait dormi, pratiquement cinq heures. Lorsqu'il s'éveilla, Émilie s'était déjà apprêtée et patientait dans la cuisine, devant un bol de café fumant.

Il croisa Ramas et Gasquet, un sourire narquois sur les lèvres. C'est tout juste s'ils ne lui demandèrent pas comment c'était.

L'officier éprouva un sentiment de dégoût, hanté par l'image d'Émilie, nue, et ces mots inexplicables : « Je ne veux pas que tu meures. »

La confrontation fut délicate. Brunier, embarrassé, regardait au travers de la porte-fenêtre baignée de lumière. Émilie, elle, fixait le policier d'un air amusé.

— Bien dormi, commandant ?

— Mmm…

La jeune femme se leva et lui servit un café chaud.

Il était huit heures. Ils n'avaient plus de temps à perdre. Ils reparleraient de cet épisode surréaliste, un de plus, après avoir rapatrié Élisabeth à Paris.

Vingt minutes plus tard, ils pénétraient dans le centre de Cargèse. La Méditerranée scintillait de mille reflets turquoise, tandis que l'horizon bombé ne laissait aucun doute sur la rotondité de la planète. Comment avait-on pu croire que la Terre était plate ? Partout, les palmiers le disputaient aux cactus, et les premiers touristes se dessinaient dans les rues.

Les deux églises se faisaient toujours face, fières et majestueuses. Brunier n'avait jamais assisté à une telle confrontation. Il songea soudain au peintre Raphaël, et à sa représentation des philosophes grecs de l'Antiquité. La querelle des Anciens et des Modernes semblait vouloir se manifester partout dans cet éden.

Ce n'était donc pas un hasard si Élisabeth avait élu domicile dans cette ancienne colonie grecque, et donné rendez-vous dans l'église de rite byzantin Saint-Spyridon. L'évêque sanctifié, contemporain d'Hypatie, avait officié de longues années à Chypre, une île située à cinq cents kilomètres en face d'Alexandrie.

Ramas et Gasquet franchirent le seuil de l'édifice, une main sur la crosse de leur Glock. Ils avaient revêtu leur gilet pare-balles, puis contraint Émilie et l'officier de la Crim à faire de même.

La jeune femme trouvait ces précautions excessives. Sa mère les attendait à l'abri des regards, au fond de l'église, dans le sanctuaire protégé par une superbe structure décorative en bois, comme un immense paravent. L'iconostase, ainsi nommée parce qu'elle représentait des icônes de la liturgie byzantine, séparait les fidèles du monde divin. Élisabeth, menacée, ressentait l'impérieux besoin d'être protégée par les divinités.

Brunier fut saisi par les couleurs chatoyantes de l'église, bien plus accueillante que les austères paroisses catholiques romaines. Tous les murs, les voûtes et les niches resplendissaient de tons azurés et de marbres roses, tandis que les peintures, exécutées sur des fonds bleu Pacifique, représentaient des saints aux couleurs chaudes et parés d'auréoles étincelantes. Deux immenses lustres pendaient au-dessus du sol, déployant des rangées de bougeoirs spectaculaires.

L'étudiante et les trois policiers remontèrent l'allée centrale. Les travées de bois étaient encore vides à cette heure matinale. Devant eux, l'iconostase s'étalait sur toute la largeur, figurant un pâtre, des anges, un patriarche, une vestale, et même une étrange vierge vêtue de noir qui berçait Jésus dans ses bras.

L'image de cette vierge dans sa robe lugubre provoqua un frisson détestable chez Brunier.

Entre deux triptyques s'ouvrait un passage encadré de rideaux rouges, comme sur une scène de théâtre, et coiffé d'une représentation de la Cène, le dernier souper de Jésus et des douze apôtres.

Brunier ressentit un nouveau frisson en croisant le regard de Judas.

— Maman ?

Émilie avait pénétré la première dans le sanctuaire, derrière les tentures de velours pourpre.

Aucune réponse.

Soudain, un claquement retentit à l'entrée de l'église.

L'officier de la Crim se retourna aussitôt, puis fit signe à tous de s'immobiliser, sans faire un bruit. Il se rapprocha lentement des portes, et découvrit la peinture qui tapissait le mur. Quand on pénétrait dans l'église, l'œuvre se trouvait dans le dos, mais maintenant que Brunier revenait sur ses pas, elle lui sauta aux yeux comme un diable sort de sa boîte. Elle représentait justement Satan, entouré de démons ailés, affairés dans les flammes de l'enfer. Lucifer chevauchait un inquiétant monstre bicéphale, sorte de dragon rouge aux pattes crochues. Le diable, géant parmi ses sbires, semblait se réjouir du drame qui s'annonçait.

Un engrenage s'ébranla dans l'esprit du policier. La vierge noire, Judas, Lucifer… Ils s'étaient jetés dans la gueule du loup. Comme une conséquence, son cerveau identifia l'origine du claquement. C'était celui d'une culasse. Quelqu'un venait d'armer une munition dans la chambre d'un pistolet automatique, juste derrière la porte.

— Couchez-vous ! hurla Brunier.

Dans la seconde, une rafale crépita dans l'église. Les coups de feu s'amplifièrent dans un écho assourdissant et paralysèrent Émilie, heureusement accroupie derrière les panneaux de l'iconostase. Tout près, les deux gardes du corps s'étaient jetés derrière la première travée, au bout de la nef. Tandis que Ramas visait les portes à l'aveuglette avec son Glock, Gasquet empoigna son HK-MP5 à canon court et emboîta un chargeur. Brunier s'était adossé à un pilier, arme défouraillée, prêt à riposter. Mais, passé la première rafale, le silence.

Les balles avaient fracassé une partie de l'iconostase.

Brunier se raidit. Il pressentait le calme avant la tempête et se tenait prêt à affronter le feu du ciel, le déluge de poudre. Au fond, les deux molosses s'étaient repliés vers Émilie et faisaient barrage de leurs carcasses musculeuses.

Brunier attrapa son portable pour passer un appel d'urgence et faire rappliquer les renforts. La Corse abritait une BRI régionale, mais l'antenne la plus proche se situait à cinquante kilomètres, à Ajaccio. Ils n'auraient jamais le temps de débarquer. Quant à la gendarmerie locale, il doutait qu'elle fût capable de faire face à la déferlante qui s'annonçait.

En empoignant son mobile, l'officier découvrit une série d'appels manqués qui dataient de quelques minutes. Neveux, Mornac, Chomet. Et ce texto : « Rappel service immédiat. Urgent. » Puis un autre, de son adjointe : « Marc, rappelle vite, c'est terrible. »

Un drame était survenu, à mille kilomètres de là. Peut-être avaient-ils retrouvé Marie dépecée et carbonisée ? Peut-être avaient-ils essuyé le feu, et même perdu des hommes ?

Tout s'emmêlait dans son esprit. Il perdait pied et redoutait le pire. Pour les siens, là-bas, et pour lui, ici, piégé dans une véritable souricière.

C'est alors que les portes s'ouvrirent brutalement. Huit assaillants en robe noire s'engouffrèrent en tirant dans tous les sens. Ils se dirigeaient vers le sanctuaire.

L'un d'eux avisa aussitôt Brunier, tout près de l'entrée. Décontenancé par les appels de Paris. Avec retard, l'officier brandit son Sig Sauer, mais deux balles vinrent le percuter violemment en pleine poitrine. Il fut projeté à deux mètres contre un mur et s'effondra.

Ramas et Gasquet ripostèrent. Les balles fusaient n'importe où ; des statues explosaient, des rangées de bancs éclataient sous les impacts ; la tête du patriarche immortalisé sur le triptyque de gauche fut arrachée par un projectile. Les attaquants s'étaient dissimulés dans les coins, derrière des travées, dans des niches, et continuaient d'arroser le sanctuaire, pulvérisant l'iconostase. Ils savaient qu'Émilie se trouvait là.

Les deux agents du service de la protection commençaient à s'inquiéter, ne voyant guère comment sortir indemnes du guet-apens. D'autant que leurs munitions viendraient vite à manquer. Ils ne s'étaient munis que de quelques chargeurs. Gasquet rampa dans l'abside pour repérer une issue, en vain. Émilie restait prostrée au sol, protégée par l'ombre de Ramas.

L'affrontement avait débuté depuis plusieurs minutes. Il ne restait pratiquement plus rien des trésors de l'église. Le saint Jean-Baptiste ailé, tout comme les trois pères de l'Église grecque, Basile le Grand, Jean Chrysostome et Grégoire de Naziance, avaient volé en éclats. Les deux policiers s'étaient rabattus sur leurs armes de poing, et voyaient leur fin arriver.

C'est alors que des coups de feu retentirent brusquement depuis l'entrée, prenant les assaillants à rebours. Les huit silhouettes n'étaient plus à l'abri, prises en tenaille entre deux feux. L'une d'elles fut perforée par une balle Brenneke de calibre 12. Une munition sauvage, quatre fois plus puissante que les 9 mm Parabellum des policiers. La robe noire s'effondra dans une mare de sang ; son gilet pare-balles n'avait pu parer l'impact. Deux autres furent atteintes par des tirs d'une précision chirurgicale qui les blessèrent à l'épaule et aux bras. Les cinq derniers assaillants détournèrent leurs tirs vers l'entrée, cherchant maintenant à battre en retraite tout en s'efforçant d'évacuer leurs blessés. Ils parvinrent à se frayer un chemin. Leur feu nourri avait fait place nette, et ils se dispersèrent dans la nature.

En une seconde, Gasquet s'était dressé pour poursuivre les robes noires et tenter d'éviter un bain de sang à l'extérieur. Ramas, lui, avait pris Émilie dans ses bras pour l'aider à se relever. La jeune femme se ressaisit lentement, traumatisée par la violence de ces minutes interminables.

L'officier se précipita ensuite vers le corps de Brunier, près de l'entrée.

Il n'avait pas vu la silhouette tapie dans l'ombre, tout près du commandant de la Crim.

La balle fendit l'air dans un claquement sec.

Ramas fut touché à la tête et s'écroula en percutant les bancs.

Émilie avait tout vu. Elle était paralysée.

Mais son instinct reprit le dessus.

Elle était programmée pour survivre. Pour résister, et se battre. Vaincre le mal, triompher des mâles assoiffés de violence et de sang.

La robe s'approcha de l'autel, l'arme menaçante, prête à tuer.

Tandis que le prédateur écartait lentement le rideau, Émilie lui asséna un violent coup à la tête à l'aide d'un porte-cierge en laiton. Son agresseur vacilla, lâcha son arme et s'affaissa.

Émilie, les yeux injectés de sang, se précipita sur lui pour le rouer de coups. L'assaillant para la contre-attaque de ses avant-bras, quoique sonné par le violent choc cérébral, et tenta de reprendre l'ascendant. Mais Émilie était enragée. Sa force avait décuplé ; elle acculait le tueur et l'empêchait de se relever.

Pourtant, on l'avait briefé : il devait abattre Émilie par balles, à bonne distance. Ne jamais l'approcher. Lors d'une précédente tentative d'enlèvement, elle avait provoqué de gros dégâts et réussi à échapper à ses poursuivants.

À califourchon sur le tueur cagoulé, la jeune femme lui bloqua les bras de ses genoux puissants, puis leva le poing et se mit à cogner. De toutes ses forces. Elle lui éclata le nez. Les lèvres. Les dents, l'une après l'autre. Le sang s'écoulait à travers le masque de tissu qui dissimulait les traits de l'agresseur. Le bourreau s'était mué en martyr.

— Où est Marie ? Où est Élisabeth ?

Émilie hurlait comme une furie, le regard strié de veinules sanguinolentes.

— Je ne peux pas… Je ne peux rien dire… Elle me tuera moi aussi… Elle est devenue complètement folle…

— Tu peux encore choisir. Me rejoindre moi et me dire où se trouvent Élisabeth et Marie. Alors je t'épargnerai et te sauverai.

Mais la robe noire tenta une ultime manœuvre pour se dégager.

Alors, Émilie porta le coup de grâce. Elle enfonça son index dans la peau du cou. Son ongle, aussi rigide que l'acier, aussi acéré qu'une lame, perfora le derme et plongea jusqu'à la jugulaire externe. Sans ciller, alors que l'autre hurlait et se débattait, elle cisailla la veine. Un sang noir s'écoula autour de l'entaille sauvage.

— Arrête ! Je t'en supplie !

Mais Émilie voulait achever sa proie. Avec une froide détermination, elle enfouit l'ongle plus encore, jusqu'à sectionner la jugulaire interne et l'artère carotide qui la jouxtait. Puis, calmement, elle extirpa son doigt, libérant le sang qui gicla violemment au rythme des spasmes cardiaques du tueur. Le sol, le mur, jusqu'au visage d'Émilie furent éclaboussés par l'épais liquide noirâtre.

Le corps se vidait, dans d'ultimes soubresauts.

Émilie ôta alors la cagoule ensanglantée, puis contempla le visage tuméfié d'une jeune femme qui devait avoir le même âge qu'elle. D'un geste tendre, comme à regret, elle lui ferma les paupières.

Un geignement la tira de sa prostration. Brunier avait bougé.

À l'autre bout de l'église, il recouvrait enfin ses esprits. Les deux balles avaient sans doute fêlé une ou deux de ses côtes. Le souffle coupé net, il avait aussitôt perdu connaissance. Heureusement, le gilet pare-balles avait retenu les projectiles avant qu'ils ne ravagent les poumons et le cœur de l'officier.

Émilie accourut et se pencha sur le policier. Elle tâta son pouls carotidien, puis aida Brunier, encore sonné, à se relever. Il grimaçait ; ses côtes le faisaient atrocement souffrir. Il s'aperçut vite que le visage d'Émilie était maculé de sang.

— Mais… t'es blessée ? Ça va ?

— Non, ne t'inquiète pas, ce n'est pas mon sang.

Il vit passer une lueur sombre dans le regard de l'étudiante. Comme une pulsion de mort. Elle était méconnaissable.

Enfin sur ses deux jambes, il contempla le chaos. L'apocalypse. Tout était pulvérisé. Des taches pourpres souillaient les dalles, dessinant un chemin vers la sortie. Son regard buta sur la masse qui baignait dans une mare écarlate tout près de l'entrée.

— C'est Ramas…, souffla Émilie. Elles l'ont buté, en pleine tête, alors qu'il venait te porter secours.

Brunier encaissa. Il faisait un cauchemar et allait s'éveiller. C'était certain.

— Mais je l'ai vengé. On en a deux sur le carreau. Une dans les travées et l'autre… derrière l'autel.

— Et Gasquet ?

— Parti derrière les robes noires quand elles se sont enfuies. En fait, quelqu'un s'est mis à tirer derrière elles, depuis l'entrée. Il nous a sauvé la vie. Il a obligé ces enflures à battre en retraite. Sauf une, qui attendait planquée tout près de toi.

Brunier se massa le menton en promenant des regards hagards un peu partout. Il devait réagir. Reprendre la main.

— Faut qu'on sorte. Viens, reste derrière moi. On doit retrouver Gasquet.

Ils franchirent prudemment les hautes portes de bois. Dehors, un vent de panique avait soufflé sur Cargèse. Le parvis était désert, mais des cris s'élevaient au loin. Trois hommes corpulents surgirent brusquement au-dessus du muret qui longeait l'église, armés de fusils de chasse.

— Levez les mains ! Bougez plus ! hurla l'un des trois gaillards, le crâne hérissé d'une fine pellicule de cheveux poivre et sel, le cou épais.

Il était vêtu d'une veste de chasse écrue. Ne manquait que la gibecière.

— Police ! Ne tirez pas ! Commandant Brunier, brigade criminelle de Paris !

L'homme, soupçonneux, distingua la gamine qui se planquait derrière le flic et comprit qu'il n'avait pas affaire aux tireurs qui s'étaient introduits dans l'église.

Il abaissa son arme, un fusil Beretta à canons superposés munis de ravageuses balles à ailettes de calibre 12, capables de percer certains blindages. Ses deux comparses, peu commodes et toujours en alerte, inclinèrent néanmoins à leur tour leur fusil.

Peut-être par un heureux concours du ciel, la chasse aux sangliers ouvrait le matin même sur l'île, comme tous les 15 Août. Ces chasseurs se trouvaient dans un café du village, dès l'aube, et s'apprêtaient à s'enfoncer dans le maquis pour leur première battue de l'année. Leurs chiens, des *cursini* typiquement insulaires, piaffaient dans les 4 × 4. Au moment de prendre le volant, ils avaient perçu des détonations sourdes du côté de l'église. Leur sang corse n'avait fait qu'un tour et ils s'étaient précipités vers l'édifice.

Convaincus d'assister à un nouvel attentat islamiste, ces excellents tireurs rompus à la traque au gros gibier n'avaient pas hésité à pilonner les assaillants. Ils avaient tout juste eu le temps de se jeter derrière le muret quand ceux-ci s'étaient rués sur le parvis en mitraillant à tout va.

Tandis que Brunier et Émilie serraient la main des trois intrépides, six véhicules de la gendarmerie déboulèrent, sirènes hurlantes.

La cavalerie rappliquait après la bataille, comme dans les mauvais westerns.

Brunier confia Émilie à l'un des équipages et s'engouffra dans un véhicule aux côtés de quatre militaires équipés de pistolets-mitrailleurs.

— Prenez à gauche, vite ! Les cris viennent de là-bas !

Trois cents mètres plus loin, après un virage en épingle sur le chemin de la Sarra, la Peugeot Partner bleu marine pila derrière une procession, tout près du stade.

Le cauchemar.

Comment était-ce possible ?

Partout, des robes noires et blanches fourmillaient par dizaines.

Brunier s'éjecta de la voiture, arme au poing, et tenta de se frayer un chemin. De la tête du cortège émergeaient deux immenses croix de bois.

Les religieux étaient en pleine préparation des festivités du 15 Août. Les messes devaient débuter sous peu, à neuf heures trente, comme chaque année. À Cargèse, les deux églises, catholique romaine et byzantine, commémoraient l'Assomption chacune selon son rite. Les religieux des deux obédiences s'étaient rassemblés rue du Marché, avant de s'enfuir vers le nord du village, terrorisés par les rafales qui fusaient tout près.

Les assaillants en robe noire s'étaient depuis fondus dans la masse, ils pouvaient être n'importe où. Brunier interpella les processionnaires, l'un après l'autre, en les retournant brutalement pour examiner leurs traits. Son arme suscita de nouveaux cris de frayeur. Il fouillait arbitrairement les religieux, sans ménagement, à la recherche d'armes dissimulées. Les visages, souvent marqués et ridés, affichaient la stupeur, et la peur.

Derrière, les gendarmes entamaient des contrôles systématiques, que les soutanes fussent blanches ou noires.

— Gasquet ! hurla Brunier.

Il venait d'apercevoir son collègue de la protection, l'air désemparé, et se faufila jusqu'à lui.

— Ils ont disparu… évaporés, dit Gasquet, affligé. Ils ont foncé dans la procession, il y a eu un énorme mouvement de panique et depuis, impossible de mettre la main dessus…

— Ils sont partis par où ? vociféra Brunier en se tenant les côtes, laminé par la douleur.

— Je ne sais pas. Ils ont dû sauter dans des bagnoles, de l'autre côté de la route. Je ne vois que ça.

Les deux officiers fendirent la foule en jouant des coudes et refluèrent enfin en queue de cortège. La route ouvrait sur une nature fascinante. L'atmosphère embaumait l'iode et les effluves poivrés de l'immortelle, tandis que l'horizon baignait dans des pigments bleutés d'une pureté primale.

Comment un tel paradis avait-il pu se muer en enfer sidéral ?

Brunier aperçut un 4 × 4 garé sur le bas-côté à une centaine de mètres.

Les deux officiers avancèrent lentement, prêts à faire feu au moindre mouvement suspect.

Le véhicule, une Porsche Cayenne noire rutilante, paraissait vide. Gasquet contourna prudemment le tout-terrain tape-à-l'œil. Difficile d'apercevoir l'intérieur, derrière les vitres surteintées. Il saisit la poignée avant droite, tout en se maintenant en retrait pour parer d'éventuels tirs. La portière s'entrouvrit, le 4 × 4 n'était pas verrouillé.

Il se pencha doucement, tandis que Brunier tenait le véhicule en joue, prêt à dégommer la première silhouette noire qui surgirait.

Mais rien ne frémit.

— Vide ! lança Gasquet après avoir brièvement inspecté l'habitacle.

Il commença de fouiller la boîte à gants et passa la main sous les sièges en cuir surpiqué.

Brunier, lui, fit le tour de la carrosserie, en quête d'éventuelles traces suspectes. Il lui sembla discerner une marbrure toute fraîche le long du pare-chocs arrière. Il le frotta avec son index. Une substance brunâtre et pâteuse, comme du sang coagulé, tacha son épiderme.

Alors, il saisit la poignée du coffre.

Puis releva le hayon.

Et se pétrifia.

Des restes humains s'enchevêtraient dans la malle. Un spectacle insoutenable, qui rappelait le monticule de la boutique Hermès. Ce cadavre n'était pas calciné, mais les membres, sectionnés grossièrement, arboraient de nombreux stigmates de torture. La tête, en équilibre instable, roula et vint s'écraser aux pieds de Brunier. L'officier eut un réflexe convulsif. Le visage meurtri et bleui le contemplait. C'était celui d'une femme mûre. Ses traits, bien que défigurés, rappelaient ceux de Marie et d'Émilie.

Nul besoin de faire les présentations. Il avait compris.

Il ne ramènerait jamais Élisabeth à Paris. Du moins, pas en un seul morceau.

Brunier blêmit, sentant poindre une nouvelle crise d'épilepsie. La fatigue et le dégoût, mêlés aux douleurs thoraciques, finissaient par le terrasser. Il détourna les yeux pour tenter de se contenir.

Il aperçut de nouveau, au loin, les immenses croix de bois qui devaient guider les deux processions du 15 Août.

L'Assomption, comme la Dormition dans la tradition orthodoxe, commémorait l'élévation de la Vierge Marie vers le royaume des cieux, auprès de son fils Jésus-Christ. Marie se commuait alors en « reine de l'Univers exaltée par le Seigneur ».

Dans la Dormition orthodoxe, la Vierge abandonne son corps terrestre avant de ressusciter dans les cieux. Ce que Brunier ignorait, c'est qu'Élisabeth suivait le même chemin. Elle avait délaissé son enveloppe écorchée et dépecée pour s'élever au-dessus de son peuple de suivantes et rejoindre son seigneur, Hermès Trismégiste. Cette reine d'un peuple d'abeilles vengeresses allait aussi retrouver Hypatie, Émilie du Châtelet, Rosalind Franklin, autant de souveraines meurtries et bafouées par les hommes.

Et comme Marie mère de Dieu, Élisabeth était vierge.

Et comme Jésus, le fils de Marie, elle allait ressusciter.

Des milliers de fois.

Chapitre 32

1er février 1997, Roslin, Écosse

Le mercure du vieux thermomètre s'était ratatiné de 5 degrés en dessous de zéro. Élisabeth observait depuis de longues minutes le liquide rougeâtre qui rapetissait.

Elle avait toujours été fascinée par le mercure.

Surtout depuis son initiation au codex HYVER et aux pincées de soufre et de mercure qui assaisonnaient les textes alchimiques. Des recettes « hermétiques », au sens étymologique : rédigées dans le langage abscons du dieu Hermès Trismégiste.

Dehors, le vent soufflait sans s'essouffler, canonnant des rafales de plus de soixante kilomètres-heure qui sifflaient comme la plainte d'un fantôme lugubre.

Sur ces terres écossaises pétries de mythes et de légendes celtes, où fées et sorcières n'étaient jamais loin, la lamentation du vent glaçait Élisabeth.

Le jour se levait sans vraiment se découvrir, tapi sous des cumulus qui broyaient du noir. La bruine vicieuse alternait avec les averses glaciales.

À travers la fenêtre de sa chambre, la jeune femme devinait à peine les maisons de pierre grisâtre enracinées de l'autre côté de Main Road, l'artère qui entaillait le village du nord au sud.

Pas un chat sur les trottoirs glissants.

Dans une heure ou deux, quelques bus débarqueraient d'Édimbourg, la capitale écossaise toute proche, pour déverser leur lot de touristes blafards. Ils découvriraient d'abord le monument dressé en hommage aux huit mille Écossais qui avaient botté le cul de trente mille Anglais, en 1303. Précisément ici, dans ce bled paumé. Par ce fait d'armes héroïque, ils avaient offert quatre siècles d'indépendance au pays.

Ensuite, un peu plus loin, au bout de la rue principale, ils se pâmeraient devant le joyau. Le Saint des Saints. La Rosslyn Chapel, théâtre de tous les fantasmes. Ils en auraient pour leur argent, c'est sûr.

Et tous ces touristes suivraient leur guide comme des moutons, bien sagement.

Sans savoir qu'ils passaient à côté d'un vrai mouton qui, lui, valait de l'or. Une brebis, pour être tout à fait précis, qui paissait dans un enclos à l'entrée du village, juste avant le bowling. Ils comprendraient leur douleur dans trois semaines, quand l'article serait publié.

Mais encore fallait-il qu'ils appréhendent la portée de la découverte. Car les touristes capables de s'agglutiner dans un autocar pour se faire baratiner par un guide se révélaient généralement stupides.

Élisabeth émergea de sa rêverie cotonneuse. Elle devait se préparer.

Elle aussi avait rendez-vous à la chapelle. Elle aurait préféré s'y rendre plus tard, après que les touristes auraient filé vers les ruines du château, puis vers le village voisin de Rosewell, blotti sur la rive sud de l'austère rivière North Esk qui serpentait dans les gorges sauvages du Roslin Glen.

La jeune Française s'engouffra sous la douche bouillante afin de s'imprégner d'une sensation de chaleur et se ragaillardir. Cela faisait maintenant trois années qu'elle travaillait au Roslin Institute, pour accomplir un postdoc, un cycle de recherche qui parachevait sa formation de jeune généticienne.

Elle avait d'abord étudié l'embryologie et la biologie de la reproduction, puis soutenu une thèse de génétique à l'université Paris-V.

Pendant ses études, l'un de ses mentors l'avait profondément marquée. Nicole Le Douarin, professeure au Collège de France, l'une des plus grandes spécialistes du développement embryonnaire et des cellules-souches, récompensée par de nombreux prix et sur le point d'être consacrée au grade de commandeur de la Légion d'honneur. Cette femme hors normes avait influencé la carrière d'Élisabeth parce qu'elle était capable de créer des hybrides cailles-poulets pour comprendre la migration des premières cellules de l'organisme et leur destin dans le développement des embryons.

Ces fusions entre espèces, cette capacité à percer les secrets des premiers instants de la vie avaient fasciné Élisabeth. Elle s'était alors décidée à élucider le mystère des cellules embryonnaires, l'alchimie de leur développement, la possibilité de les modifier et les orienter vers de nouvelles formes.

En sortant de sa cabine de douche, la jeune femme glissa sur le carrelage. Elle manqua de s'affaler, mais se retint *in extremis* au robinet du minuscule lavabo.

Elle était solide. Très solide et profondément déterminée.

Celui qui la ferait chuter n'était pas né.

Élisabeth contempla son corps de vingt-neuf ans dans le miroir ovale. Une poitrine délicieusement galbée, une superbe silhouette longiligne, une beauté remarquable dans ces landes écossaises.

Aucun homme n'avait pourtant jamais posé la main sur elle. Et aucun ne le ferait jamais. Sa quête l'imposait. Son guide, rencontré par l'entremise de Nicole Le Douarin, l'avait exigé. Elle avait été choisie parmi de nombreuses prétendantes pour incarner la relève, et ne jamais décevoir personne.

Son regard de jade glissa jusqu'à l'aine ; deux cicatrices balafraient son bas-ventre. Par réflexe, elle effleura les boursouflures qui la démangeaient encore un peu, puis fila s'habiller.

Dehors, la bise stridente décuplait la sensation de froid glacial. Sous les assauts insatiables du crachin, le corps fléchi vers l'avant pour braver les éléments, Élisabeth parcourut péniblement les cinq cents mètres qui la séparaient de la chapelle Rosslyn.

Les premiers touristes frigorifiés piétinaient devant la bâtisse en piteux état. Érigée au XVe siècle, l'église se distinguait de tous les édifices religieux connus par son style gothique excentrique. De face, un mur immense, comme deux bras dépliés, se dressait dans le néant. Il devait délimiter la nef et la croisée du transept, mais l'église n'avait jamais été achevée. La chapelle se résumait donc à un chœur niché derrière la vaste palissade.

Au-dehors, les vitraux en ogive se trouvaient flanqués de piliers pointus, comme autant de lances tendues vers le ciel.

Il était neuf heures, et déjà une fournée de touristes s'engouffrait par la porte ovale. À peine le seuil franchi, les visiteurs étaient saisis. Malgré l'exiguïté du lieu, une forêt de sculptures et de gravures extravagantes se dévoilaient, émaillées de feuillages et de branchages. Dame Nature s'était fossilisée pour l'éternité sur les piliers, les arches et les frontons qui ornaient l'édifice. Partout, une foultitude d'« hommes verts », d'inquiétants visages régurgitant des racines et des tiges, ourlaient les colonnes et les murs. Au plafond, de sublimes voûtes sculptées se révélaient tout aussi prodigieuses, hérissées de caissons cubiques, mais aussi de protubérances qui rappelaient les grains des épis de maïs.

Tout au fond s'élevait le clou du spectacle : deux piliers, celui du maître et celui de l'apprenti, symbolisant pour beaucoup la franc-maçonnerie, dont de nombreux autres emblèmes paraissaient figurer un peu partout dans l'église. En tout cas, c'était la fable qu'aimaient conter les guides.

— Vous êtes du coin ?

Élisabeth sursauta. Un touriste l'avait apostrophée, qui ne semblait pas faire partie d'un groupe.

— Pas vraiment, je suis française. Mais j'habite le village.

L'homme, un Américain d'une trentaine d'années, blondinet plutôt mignon, noircissait un carnet de notes et de croquis.

— J'ai entendu mille légendes autour de cette chapelle, alors j'ai fait le voyage depuis le New Hampshire. Je me renseigne…

Élisabeth n'était pas tellement d'humeur à palabrer, mais ce type l'intriguait. Il fallait surtout l'éloigner de la chapelle basse, l'ancienne sacristie.

— Vous êtes journaliste ? Vous faites un reportage ?

Le jeune Américain sourit jusqu'aux oreilles.

— Non, non, pas du tout. Je suis plutôt dans la musique. J'ai aussi enseigné l'anglais et l'espagnol, mais, depuis un an, j'écris. À plein temps, avec Blythe, la femme de ma vie que je vais épouser dans quelques semaines !

— Et vous écrivez quel genre de truc ?

— Je travaille sur mon premier roman, un techno-thriller. Je pense lui donner pour titre *Forteresse digitale*. C'est une aventure mêlant la cryptologie et la quête d'un mot de passe pour déjouer un virus informatique qui infecte les serveurs de la NSA. Les codes me passionnent, mon père est mathématicien.

La jeune femme haussa les sourcils, devinant aussitôt l'inspiration qu'était venu chercher cet écrivaillon.

— Je vois. Vous vous intéressez à toute la mystique franc-maçonne qui entoure la Rosslyn Chapel, n'est-ce pas ?

L'Américain sourit de toutes ses dents.

— Absolument ! Mais les francs-maçons ne sont pas tout. Savez-vous qu'on dit aussi que cette chapelle serait liée aux Templiers ? Que la tête de Jésus-Christ serait enterrée dans l'ancienne crypte ? Et même le Saint-Graal ? Et que son fondateur, sir William Saint Clair, au XVe siècle, serait le descendant du Christ en personne ?

Élisabeth fut stupéfiée. On ne lui avait encore jamais fait le coup de Jésus.

— Bien sûr, bien sûr… Bon, excusez-moi, mais je dois y aller.

— Attendez ! Vous qui habitez le village, vous devez savoir ce que disent les habitants de Roslin. Que pensent-ils de cette histoire de Jésus, d'enfant caché ? On prétend également que la chapelle se trouverait sur une ligne, la *Rose Line*, qui s'étirerait jusqu'à l'église Saint-Sulpice à Paris…

Élisabeth planta un regard glacial dans celui du touriste qui commençait à l'agacer sérieusement.

— Vous voulez vraiment savoir ce que pensent les gens de Roslin ? Eh bien, ils pensent que si on creusait une piscine sur le parvis de la chapelle, on y trouverait sûrement le monstre du Loch Ness.

Le touriste-écrivain demeura bouche bée. Élisabeth le contourna et se carapata jusqu'au fond de la chapelle.

Ce benêt tombait dans tous les panneaux tendus aux touristes. Que n'avait-il simplement étudié l'histoire ! Les templiers avaient disparu depuis cent cinquante ans, au moment de l'édification de la chapelle. Quant aux francs-maçons, ils n'étaient apparus qu'un siècle et demi plus tard. Scientifiquement, rien ne tenait.

Non, l'église n'avait aucun rapport avec le trésor des Templiers, le pseudo-fils de Jésus-Christ ou même les extraterrestres.

Pourtant, la solution était là.

Sous ses yeux.

Le « pilier de l'apprenti » révélait le véritable secret.

Les spirales qui s'enroulaient autour de la colonne suivaient exactement le mouvement des serpents du caducée, et donc de la double hélice d'ADN. Il suffisait d'imaginer leur prolongement au-delà du sommet pour les voir s'entrecroiser, à l'image de l'escalier à double révolution du Vinci.

Quant au pied du pilier, il se trouvait enrubanné d'un immense serpent qui se mordait la queue.

Ouroboros.

L'éternel recommencement.

Le cycle de la vie.

Toutes ces branches, ces feuilles, ces pulsions de vie témoignaient du pouvoir d'engendrer et d'influencer le vivant.

Tous les visiteurs de la Rosslyn Chapel se sentaient pris dans une étreinte spirituelle. Une irrépressible attraction que nul ne savait expliquer. C'est qu'ils tutoyaient le secret de leurs propres origines. Ils entraient en résonance avec la matrice.

Ceux qui avaient bâti la chapelle connaissaient les secrets du codex HYVER. Ils l'avaient truffée d'allusions aux mystères du grand livre, rendant impénétrable la grammaire architecturale de la chapelle, jusqu'aux confins du XXe siècle.

Tous les fantasmes pouvaient bien tenter d'expliquer l'inexplicable. Seuls les suivantes, les guides et les reines qui s'étaient succédé au fil des siècles détenaient la clef. La chapelle se révélait une ode à la maternité, à la féminité. À la déesse primordiale, mère de toute vie.

Tandis que les touristes tournaient en rond, enivrés par le maquis de symboles déroutants et captivants qui les cernait, Élisabeth contourna le pilier de l'apprenti et dévala l'escalier qui menait à la chapelle basse. Les marches de pierre étaient lisses et abruptes, si bien qu'elle manqua de glisser. En bas, la porte de bois était close. Aucun visiteur n'avait pu y pénétrer ; un écriteau indiquait sa « fermeture pour travaux ».

De lourdes opérations de rénovation allaient débuter le mois suivant, pour durer sans doute une bonne quinzaine d'années. La chapelle serait recouverte d'une immense structure imperméable qui lui permettrait de s'assécher. Les assauts de l'humidité, depuis cinq siècles, avaient fini par envahir les pierres de mousses et de lichens, jusqu'à les faire pratiquement rouiller. L'édifice tout entier menaçait de péricliter.

Chacun savait les travaux titanesques qui s'annonçaient. Une porte close pour travaux n'avait donc surpris personne.

Élisabeth frappa trois coups brefs, puis deux longs.

Le lourd vantail s'entrouvrit dans un chuintement.

Derrière, six robes noires et une blanche formaient un arc de cercle.

Dans le caveau minuscule et glacial, l'humidité perlait partout. Au fond reposait un tombeau surplombé d'un vitrail sombre. Quelques gravures ornaient les murs, dont une étoile de David et d'autres symboles qui rappelaient l'alchimie et la franc-maçonnerie. Sans compter plusieurs gargouilles abîmées. À gauche se profilait la « cellule du moine », une minuscule enclave qui comportait pour seul mobilier une vasque scellée à même le sol. Cette cellule glaçante rappelait les culs-de-sac sordides des carrières souterraines de Paris, qu'Élisabeth avait longuement arpentées durant son initiation.

— Il va falloir accélérer le mouvement, lança la robe blanche, campée bien au centre. Les travaux vont bientôt commencer, il y aura des ouvriers partout, sans compter les touristes qui sont de plus en plus nombreux. Et de plus en plus curieux.

La jeune femme songea à l'écrivain américain, qui ne manquerait pas de coucher ses délires dans un roman et d'attirer plus encore l'attention sur la chapelle.

— Il va devenir impossible de nous réunir ici. Nous allons te laisser, mais nous te faisons confiance. Tu mèneras ta mission à bien. Les premières naissances sont prometteuses. Elles ont survécu toutes les quatre et présentent des caractéristiques encourageantes. Il nous faut la cinquième, avec les améliorations dont nous avons discuté. Il te reste peu de temps.

Élisabeth éprouva un haut-le-cœur. Tout se précipitait : les travaux dans la chapelle et, au même moment, la grande publication scientifique qui s'annonçait et braquerait tous les regards sur ses confrères du Roslin Institute. C'en était fini de la discrétion, au fin fond des landes écossaises. Il fallait achever la besogne et regagner la France.

L'esprit de la jeune femme s'éleva vers les rives de la Méditerranée. Elle brûlait de quitter le froid et l'humidité pour retrouver la chaleur méridionale.

Élisabeth prit aussitôt congé du conseil, puis disparut en prenant soin d'éviter le touriste américain. Elle remonta péniblement la rue principale jusqu'au centre de recherche de Roslin.

Après qu'elle eut enfin dépassé le bowling, elle franchit le grand virage qui conduisait à une longue bâtisse plate, sorte de pavé tout blanc perforé d'une centaine de fenêtres. Au-devant, deux barrières rouges bloquaient l'accès des véhicules. L'avertissement *STAFF ONLY* s'étalait en lettres capitales sur le bitume. Élisabeth songea qu'il faudrait bientôt ériger une ou deux guérites de sécurité pour parer au déferlement de médias et de curieux qui allaient fondre sur l'institut.

Au lieu de rallier les laboratoires, Élisabeth longea le pignon sud, puis s'engagea sur un sentier boueux. Ses bottes se crottèrent ; elle s'enfonçait comme dans un marécage. Après trois minutes d'efforts sous une pluie battante, elle distingua le bâtiment qui se dressait au bout du champ. Elle se faufila à l'intérieur, puis s'ébroua comme un chien sortant de l'eau. L'humidité finissait par s'infiltrer sous sa peau et ruisseler dans ses chairs.

Encore frissonnante, elle traversa le cabinet vétérinaire puis poussa la double porte battante. Elles étaient là, toutes les trois. Elle s'approcha lentement de l'enclos. À l'abri des regards, loin des autres animaux, trois brebis broutaient paisiblement. Nimbées de clair-obscur, dans leur nid de paille douillet, ces agnelles figuraient une sorte de crèche inachevée. L'image la frappa, car elle résonnait âprement avec la réalité. Ces bêtes apparaissaient comme les messies d'une ère nouvelle. Tel Jésus de Nazareth, elles étaient ressuscitées. Elles étaient la copie conforme d'autres brebis, des jumelles conçues par la main de l'homme, dont les pouvoirs tutoyaient désormais ceux du Créateur.

Les deux premières agnelles, âgées de quinze mois, avaient été baptisées Megan et Morag. Elles avaient été conçues grâce au clonage de cellules de fœtus, une première mondiale pourtant passée relativement inaperçue.

Pour la première fois, deux mammifères n'étaient pas nés de la fusion d'un spermatozoïde et d'un ovule, comme la nature l'avait toujours imposé.

Au lieu de cela, les chercheurs du Roslin Institute avaient prélevé les noyaux de cellules fœtales de brebis, puis les avaient greffés dans des ovules débarrassés de leur propre noyau, donc de leur ADN.

Une prouesse inouïe, mais que les adeptes du codex HYVER supputaient depuis des lustres. Paracelse lui-même avait couché ces quelques lignes, page 645 : « Prenez le jaune d'un œuf de poule, prenez le blanc d'un deuxième œuf, plongez-les tous deux au fond d'une cornue tapissée de fumier, sans percer le jaune. Placez la cornue non loin du foyer de l'athanor, en prenant soin d'éviter que la mixture bouillît. Au bout de vingt et un jours naîtra une nouvelle engeance. »

C'était approximatif, et bien sûr inopérant. Mais la technique dite du « transfert de noyau » était née dans l'esprit des premiers maîtres, bien avant que des chercheurs l'expérimentent au XXe siècle.

Les guides et les reines estimaient pouvoir aller beaucoup plus loin, sans se limiter au clonage des toutes premières cellules de l'embryon. Ils pensaient pouvoir recréer la vie à partir des cellules matures de n'importe quel organisme vivant, même très âgé.

Comme Rosalind Franklin l'avait écrit page 1134 du codex, deux années après avoir découvert la structure de l'ADN, la molécule en double hélice nichée dans chacune de nos cent mille milliards de cellules pouvait à tout moment se réinitialiser, récapituler tout son programme génétique pour permettre d'engendrer un nouvel enfant.

Un être qui naîtrait d'une cellule prélevée sur un adulte ? Un bébé conçu à partir d'une cellule de peau, de sang ou de sein ? Un nouveau-né qui serait le clone parfait du donneur de noyau, même âgé ?

Élisabeth riva alors son regard sur la troisième brebis. La plus jeune, âgée de sept mois à peine. Celle-là, ces phallocrates d'Écossais l'avaient baptisée Dolly, en référence à la chanteuse de country Dolly Parton, lestée d'une monumentale paire de seins. Quelle finesse !

Après tout, songea Élisabeth, cela résumait bien la situation. Les femelles servaient essentiellement à assouvir les appétits sexuels des hommes.

En réalité, l'allusion se voulait plus subtile : Dolly avait été clonée à partir d'une cellule prélevée dans la glande mammaire d'une brebis *finn Dorset* âgée de six ans. Contrairement à celui qui avait donné vie à Megan et Morag, cet exploit agitait déjà certains journalistes, informés par des indiscrétions, qui brûlaient d'éventer publiquement l'affaire malgré l'embargo frappant l'annonce jusqu'à la publication officielle de la découverte dans la prestigieuse revue scientifique *Nature*. Et pour cause.

Il fallait imaginer la rupture : c'était un peu comme si une cellule prélevée dans la poitrine d'une femme donnait naissance à un bébé en tous points identique à cette même femme… L'enfant serait la jumelle de sa propre mère, en dépit de la différence d'âge.

Tandis qu'Élisabeth s'enlisait dans ses pensées, Dolly la fixait d'un regard globuleux.

La jeune femme tendit la main, puis caressa la laine soyeuse de l'animal.

Au même instant, la double porte s'ouvrit avec fracas.

La généticienne sursauta. Dans le contre-jour se découpait une silhouette dégingandée.

— *Hi, Lizzy ! Chatting with Dolly ?*

— Salut, Keith. Tu bosses un samedi ?

Le visage de l'homme apparut dans un rai de lumière qui filtrait par les lucarnes. La quarantaine débonnaire, Keith Campbell ressemblait à ses brebis. Ses longs cheveux bouclaient comme la laine, tandis que sa mâchoire allongée et son nez fort rappelaient le museau de ses chers moutons.

— Je viens vérifier que les gestations ont bien commencé, que les embryons ont accroché.

Le chercheur du Roslin Institute s'approcha d'un autre enclos où sommeillaient cinq brebis gravides qu'Élisabeth n'avait même pas remarquées.

— C'est… pour la tentative de clonage transgénique ?

— *Yep*. Si ça marche, ce sera LA vraie révolution. Des clones de brebis dotés de gènes humains. Des animaux OGM, capables de produire une protéine humaine dans leur lait, pour fabriquer des médicaments. Les brebis devraient naître en juillet, comme Dolly l'année dernière. Mais je sais ce que tu vas me dire !

Le chercheur s'était lancé dans une sorte de monologue, formulant questions et réponses.

— Tu vas me dire que c'est impossible ! Croiser des gènes de brebis avec des gènes humains, n'importe quoi ! Mais je te le dis, moi. Je suis sûr qu'on a réussi. Je suis sûr qu'on retrouvera le facteur IX humain en quantité significative dans le lait des clones ! Et grâce à ça, on pourra soigner des millions d'hémophiles ! Ce sera une grande victoire. Personne au monde n'est capable de faire ça.

Élisabeth serra les mâchoires.

S'il savait.

Elle avait déjà accompli tellement plus.

Élisabeth s'était passionnée pour ces techniques de clonage et de transgenèse, le transfert de gènes d'une espèce à l'autre, dès le début de ses études, aiguillonnée par Nicole Le Douarin et bien d'autres initiées.

Ils avaient choisi Roslin pour mener les expériences ultimes. Toutes les technologies de pointe nécessaires aux opérations étaient rassemblées au Roslin Institute, ainsi que chez son partenaire, la firme privée PPL Therapeutics, installée dans un building voisin. Il suffisait de s'en servir la nuit, dans le plus grand secret, suivant la grande tradition millénaire.

Mais le petit village discret de Roslin s'était imposé également pour d'autres raisons, tout aussi évidentes. La ruche avait investi la place depuis des siècles, comme en témoignait la décoration extravagante de la Rosslyn Chapel, et notamment son fameux pilier de l'apprenti.

Comme en témoignait, surtout, le prénom très atypique de la plus grande reine de la communauté, à l'origine de la découverte la plus cruciale, celle de la structure de l'ADN.

Elle n'avait pas été prénommée par hasard.

ROSALIND.

Le prénom était formé des deux syllabes du nom du village, ROS-LIN, enrichies de deux lettres : A et D.

ROS-A-LIN-D.

Les deux lettres A et D formaient la première abréviation historique de la molécule en double hélice, l'acide désoxyribonucléique.

Certains adeptes, jusques et y compris les deux derniers guides, voyaient aussi dans ces deux lettres mythiques l'abréviation latine d'*Anno Domini* : l'« année du Seigneur ». Comme si Rosalind marquait, à elle seule, l'avènement d'une nouvelle divinité, une déesse capable de rendre à Hermès, ainsi qu'à Hypatie et nombre de suivantes, leurs lettres de noblesse.

Elle offrait enfin à la quête d'aboutir, après tant de siècles de recherche dans le secret des laboratoires souterrains, et bien souvent au péril de milliers de vies, depuis le massacre d'Hypatie et les épouvantables tortures infligées sous l'Inquisition.

Élisabeth savait que sa propre vie, comme celle d'autres adeptes, se trouvait menacée. Mais elle achèverait la quête avant de périr. Elle en était intimement convaincue.

Tout convergeait donc vers Roslin et ses unités de recherche. C'était en quelque sorte programmé depuis toujours. Les reines défuntes enveloppaient le village de leur âme tutélaire.

— Tu as entendu ? C'est pas dingue, ça ?

Élisabeth tressaillit. Elle s'était encore égarée dans ses pensées et n'avait rien perçu de la logorrhée de l'Écossais.

— Je… Oui, oui. Et alors, qu'est-ce qui s'est passé ?

Elle était à peu près certaine de relancer la musique avec n'importe quelle question.

— Eh ben, j'ai dit non ! *Of course, not !* Tu imagines, une interview dans *The Observer* trois semaines avant la parution dans *Nature* ? C'est inimaginable. Ce *bastard* de journaliste a menacé de tout publier avant. Et quand je lui ai demandé pourquoi la révélation de l'existence de *Dolly the sheep* le tracassait tant, il m'a répondu une bouillie incompréhensible. Qu'on se prenait pour Dieu ! Qu'on créait des vies à la place du Seigneur et de la nature ! Alors je lui ai dit que j'étais athée. Pan, dans les dents !

Élisabeth sourit et tenta de reculer vers la sortie. Elle l'aimait bien, Campbell, c'était le seul de l'équipe vraiment sympathique. Les autres, Ian Wilmut en tête, ne lui parlaient presque jamais. Ils vivaient brebis clonées, rêvaient brebis clonées, pissaient brebis clonées. Des autistes englués dans leurs découvertes.

— Il m'a dit que j'étais la réincarnation de Frankenstein ! Que j'avais créé un monstre ! Et que, partis comme on l'était, on ne tarderait pas à cloner des hommes ! Il gueulait à moitié et, à un moment, je me suis dit qu'il allait gerber son *haggis*[1]. Alors j'ai hurlé de rire. Cloner des hommes ! Pour quoi faire ? Au fond, il n'y a rien d'autre à dire ! Cloner des hommes, pour quoi faire ? Je te le demande, hein, Lizzy ?

Élisabeth s'était figée, le visage sombre. Mais elle ne devait rien laisser paraître avant d'avoir échappé à cette incontinence verbale.

— Tu as raison. *It's nonsense.*

Au même instant, dans deux appartements discrets de Roslin, rue Charlton Grove et rue du Dr Crusader, quatre jeunes femmes étaient alitées, sous monitoring. Comme les

1. Panse de brebis farcie, spécialité écossaise.

cinq brebis gravides de Keith Campbell, elles venaient de se faire implanter des embryons clonés – deux chacune – dotés de gènes provenant d'autres espèces. Les embryons avaient été conçus à partir d'une population de cellules ovariennes d'Élisabeth, manipulées pour recevoir des gènes étrangers.

Pour cette ultime opération, la jeune généticienne avait dû sacrifier ses organes les plus intimes. En pleine nuit, dans l'un des blocs opératoires vétérinaires du Roslin Institute, une chirurgienne venue directement de Londres avait incisé puis ôté les deux ovaires. Élisabeth s'était alors sentie plus proche que jamais de Rosalind Franklin.

Pour les précédents clonages, Élisabeth n'avait subi que des biopsies mammaires, en vue de récupérer le même type de cellules que celles qui avaient permis de concevoir Dolly. Mais il avait fallu de nombreuses tentatives avant d'obtenir les quatre premières naissances, sans compter les dizaines de singes rhésus clonés dans les mois précédents pour mettre la technique au point chez les primates.

Pendant ce temps, Keith Cambpell, Ian Wilmut et les autres chercheurs écossais ramaient pour tenter d'obtenir les mêmes résultats chez de simples brebis. Ils avaient dû reconstituer près de trois cents embryons pour glaner une seule naissance, Dolly. Ils étaient fort brillants, mais n'avaient pu bénéficier des lumières exceptionnelles du codex HYVER.

Les naissances des quatre premiers clones d'Élisabeth s'étaient étalées entre juin 1995 et décembre 1996.

Quatre filles en tout point semblables à la jeune femme. D'abord Rosalie, en hommage à Rosalind Franklin. La deuxième fut prénommée Marianne, en hommage à Marie-Anne Paulze, l'épouse de Lavoisier. Vint ensuite Irène, en référence à Irène Joliot-Curie. La quatrième, enfin, fut baptisée Émilie, en souvenir d'Émilie du Châtelet. Elle était née peu avant Noël et bénéficiait déjà, pour la première fois, d'un transgène d'origine animale.

Les mères porteuses appartenaient toutes à la ruche et s'étaient dévouées avec une joie immense. Il avait fallu placer les trois premiers nourrissons dans des familles d'accueil de grande confiance, tandis qu'Élisabeth avait souhaité garder un œil tout scientifique sur Émilie, parce qu'elle portait un gène d'origine animale. Elle devait la surveiller de près. La contrôler.

Si une cinquième naissance aboutissait, elle ferait de même.

Élisabeth travaillait désormais à l'aide de cellules beaucoup plus fonctionnelles, des gonocytes primordiaux prélevés dans ses propres ovaires. Chaque nuit, elle s'introduisait discrètement dans les laboratoires du Roslin Institute où elle passait des heures à triturer ses lignées cellulaires, sous le puissant microscope bifocal dédié aux micromanipulations.

Grâce à la technique de la recombinaison homologue, et suivant la même procédure employée par Keith Campbell avec ses brebis pour leur faire exprimer une protéine humaine, la chercheuse avait échangé deux gènes dans le noyau de ses propres cellules. Deux gènes sur lesquels elle avait longuement travaillé durant sa thèse.

D'abord, un gène d'*Apis mellifera*, l'abeille domestique. L'animal la fascinait et servait de modèle à toute la communauté depuis toujours. Élisabeth et les guides espéraient conférer à l'espèce humaine les qualités pacifiques des butineuses. Ces insectes ignoraient la guerre et semblaient ne jamais céder à l'agressivité. Ils vivaient dans une intelligence collective parfaite, en symbiose avec la nature, sous la protection bienveillante de leur reine.

Le second gène provenait de la méduse *Turritopsis nutricula*, bien connue des généticiens pour être… immortelle. Cet animal minuscule se trouvait capable de rajeunir à loisir ! Au lieu de mourir, son organisme retournait à l'état de polype, comparable au fœtus chez les mammifères. Puis il recommençait sa croissance. Cette propriété prodigieuse interpellait les scientifiques et, depuis quelques mois, le gène responsable de cette aptitude fantastique était identifié. Grâce à lui, Élisabeth espérait offrir une plus longue survie aux cellules, car la technique de clonage achoppait sur la sénescence rapide des cellules adultes clonées. C'était l'une des raisons pour lesquelles il avait fallu reconstituer tant d'embryons de brebis avant d'obtenir 6LL3 – *alias* Dolly.

Plus secrètement, la jeune femme espérait aussi atteindre l'un des ultimes desseins de la quête entamée avec Hermès Trismégiste. Le *lapis philosophorum,* la pierre philosophale et son élixir de longue vie censé rendre immortel…

— Bon, je vais devoir leur faire une échographie. Tu pourrais me donner un coup de main en attendant Bill et Karen ?

Keith Cambpell avait enfilé ses gants et s'apprêtait à déverrouiller l'enclos des précieuses brebis gestantes.

Élisabeth revint sur terre, une fois de plus. Son esprit peinait à demeurer concentré sur le présent, tant le décalage entre les expérimentations animales de Roslin et les siennes s'accentuait. Elle ne supportait plus les odeurs de mélasse et d'orge, l'alimentation de base des broutards, pas plus que les relents de pétoulettes, ces minuscules crottes que les moutons s'ingéniaient à semer partout. L'ambiance bouseuse commençait à l'insupporter sérieusement.

Pour autant, la gestation des brebis la rendait curieuse. Si tout se passait bien pour elles, il était probable que les grossesses des *surrogates*, les mères porteuses des derniers clones d'Élisabeth, se dérouleraient sans encombre.

La jeune femme consentit à prêter main-forte malgré son état de fatigue.

La nuit précédente, elle avait encore reconstitué dix-sept embryons. Elle attendait de recueillir ceux qui atteindraient le stade de blastocystes sans dégénérer, au bout de cinq jours d'incubation. Ensuite, elle les ferait implanter chez deux nouvelles porteuses qui patientaient dans un petit pavillon de Roslin.

Élisabeth préférait multiplier les implantations pour accroître ses chances d'aboutir à une naissance viable.

La cinquième. La plus importante.

Pour constituer ces ultimes embryons, elle avait sué six heures sur la paillasse, puis sur le fameux microscope ancré dans un cagibi surchauffé.

Malgré l'usure et l'épuisement, elle avait reproduit les mêmes gestes, inlassablement. D'abord l'énucléation, lorsqu'elle aspirait, à l'aide d'une micropipette, le noyau de ses propres gonocytes génétiquement modifiés. Ensuite, elle s'emparait de ses ovules piégés dans une boîte de Petri, puis les plaçait sous l'optique du microscope. Elle approchait alors sa micropipette de la membrane du premier ovule, qui évoquait la peau translucide d'une prune jaune. À cet instant crucial, elle retenait son souffle pour ne pas trembler. Le geste requérait une telle précision qu'elle avait dû le répéter mille fois pour le parfaire.

La pointe aplatie de la pipette lilliputienne devait s'enfoncer dans la zone pellucide jusqu'à la transpercer, comme une aiguille dans une veine. En moins de cinq secondes, il fallait propulser le noyau puis retirer la micropipette, en espérant que la membrane cicatriserait aussitôt.

Enfin, restait l'acte le plus prodigieux. Élisabeth glissait la cellule reconstituée au fond d'un récipient de verre pourvu de deux fils électriques immergés dans un liquide sucré. Ensuite, l'index déployé comme le doigt de Dieu, elle pressait l'interrupteur. Le courant électrique traversait les fils puis irisait le fluide. La cellule jusqu'alors inerte s'éveillait brutalement et fermait les écoutilles. Elle se blindait pour parer à toute nouvelle intrusion, comme un ovule fraîchement pénétré par un spermatozoïde.

Aussitôt, sous les yeux fascinés d'Élisabeth, l'œuf activé par le zeste électrique démarrait sa machinerie miraculeuse, esquissant la première division cellulaire, prélude d'une nouvelle vie humaine. Chaque fois, la jeune généticienne se sentait grisée, dépositaire d'un pouvoir divin, celui d'insuffler la vie à partir du néant.

Après ces dernières manipulations et trois ultimes implantations, les semaines s'étaient égrenées dans une attente angoissante. Comme prévu, le village était devenu infréquentable depuis l'annonce de l'existence de la brebis Dolly, le 23 février. Les journalistes avaient envahi l'institut et harcelaient les chercheurs.

En juillet, les brebis gravides de Keith Campbell ne mirent bas que deux agnelles clonées transgéniques. Il les baptisa Molly et Polly.

Quatre mois plus tard, une seule grossesse put arriver à son terme dans un appartement de Roslin. Une survivante parmi onze embryons transgéniques implantés. Élisabeth avait bien failli échouer.

La jeune biologiste pouvait enfin regagner la France en embarquant sa cinquième petite fille, conçue dans les laboratoires du Roslin Institute. Peut-être s'agirait-il, enfin, de l'être sublimé, le nouveau genre tant espéré grâce aux deux transgènes insérés au cœur de son ADN. Élisabeth décida de baptiser ce dernier clone Marie, comme Marie la Juive, Marie Ire d'Angleterre ou Marie Curie. Les références mythiques ne manquaient pas.

L'enfant portait en elle les espoirs de toute la communauté et représentait l'aboutissement d'une quête de deux mille cinq cents ans.

Chapitre 33

Mercredi 15 août 2018, 9 h 40, Paris

Marie somnolait depuis des heures. Transie par l'angoisse terrifiante d'être dépecée vivante, elle n'avait jamais basculé dans un sommeil profond. Toute la nuit, ses songes s'étaient émaillés d'ombres inquiétantes, de toges obscures armées de scies et de scalpels, comme une armée de faucheuses.

Dans l'obscurité, quelqu'un avait dénoué ses liens et ôté son bâillon. Elle avait enfin pu reprendre son souffle. Les sangles l'avaient meurtrie jusqu'au sang mais, en quelques minutes à peine, toutes les marques s'étaient dissipées.

La jeune femme cligna des yeux. Il lui sembla qu'une personne s'était campée tout près de son lit. Elle était vêtue d'une longue tunique diaphane.

— Tu es réveillée ?

Marie cilla de nouveau, peinant à faire la mise au point.

La robe lactescente retira son capuchon.

La jeune femme n'en crut pas ses yeux.

— Maman ? Mais… qu'est-ce que tu fais là ?

Le visage familier lui sourit tristement. L'étudiante ressentit une douloureuse décharge dans le bas-ventre ; elle pensa qu'elle avait gagné le paradis et qu'elle venait tout simplement de retrouver sa mère, sans doute massacrée tout comme elle.

— Non, Marie. Je ne suis pas Élisabeth. Je m'appelle Rosalie. Contrairement aux apparences, je suis ta sœur et je n'ai que vingt-trois ans.

Marie battit des paupières et finit par se frotter les yeux. La femme en robe opaline possédait un visage en tout point semblable à celui de sa mère. Une réplique, une copie conforme. Comment pouvait-elle être sa sœur ?

La tête lui tourna ; c'en était trop. Trop de mystères, d'énigmes, de phénomènes surnaturels.

Les analyses ADN ressurgirent à l'orée de sa conscience. Les profils génétiques parfaitement identiques des victimes, de sa sœur Émilie et de sa propre mère Élisabeth. Au début, elle avait été convaincue d'avoir planté les analyses, malgré son expérience de la paillasse. Désormais, elle doutait. Marie se remémora aussi les révélations stupéfiantes de Nicolas Antonakis, avant qu'il pérît sous ses yeux horrifiés. Sur le moment, sa mort violente l'avait traumatisée au point de lui faire oublier ses paroles. Mais il avait bien parlé de sœurs jumelles.

Des quintuplées.

Avec Émilie, les deux victimes et elle-même, cela faisait quatre.

Cette femme pouvait-elle être la cinquième, bien vivante ? Et dans ce cas, pourquoi paraissait-elle si âgée ? Qu'était-il advenu d'Émilie ? Se trouvait-elle aussi recluse quelque part, dans une autre cellule ? Allaient-elles toutes subir le même sort que les premières jumelles suppliciées et dépecées ?

Marie, hagarde, tourna la tête en tous sens, en quête d'un repère familier, un élément réconfortant. La pièce paraissait toujours aussi lisse, sans issue visible ni aucune fenêtre. Pas même un vasistas. La température était agréable, assez fraîche pour la saison. Aucun bruit ne filtrait, comme si sa geôle se situait hors du temps et de l'espace. Quand elle parlait, sa voix était absorbée par les murs, sans aucune réverbération.

— Qu'est-ce qu'on fait ici ? Tu es prisonnière, toi aussi ?

— En quelque sorte, mais plus pour longtemps. Je vais bientôt me libérer. Il ne reste plus qu'un ou deux obstacles sur ma route.

Marie s'efforça de s'extirper tout à fait de sa torpeur et se concentra sur la situation. Cette étrange sœur jaillie de nulle part portait une soutane. Immaculée, certes, mais dont la coupe était identique à celle des robes noires des assassins. Elle n'osait comprendre…

— Et moi… je suis un obstacle sur ta route ?

Rosalie se leva et commença d'arpenter la petite pièce.

— Ça dépend de toi.

Le visage de l'étudiante s'assombrit tandis que la forme évanescente virevoltait autour d'elle.

— Les deux premières… C'est toi qui… qui les a…

— Punies ? Oui, avec l'aide de quelques ouvrières bien avisées.

— Punies !? s'étrangla Marie.

— Oui, punies pour m'avoir délaissée, méprisée. Je n'étais rien pour elles. Pas plus que pour Antonakis, Élisabeth ou même Émilie… Pourtant, je leur ai donné une chance de se racheter. De me rejoindre. De me sauver…

La robe blanche marqua une pause, le regard perdu vers un horizon imaginaire.

— Elles n'avaient qu'une chose à faire : me révéler où se trouvait le codex. Je suis sûre qu'elles le savaient. Elles n'ont rien voulu dire. Elles prétendaient l'ignorer, mais je suis certaine qu'elles voulaient rester fidèles à Élisabeth. Alors je les ai torturées, patiemment. Longuement. Je leur ai infligé la même souffrance que j'ai endurée pendant toutes ces années, sans parler de leur mépris à tous.

Marie était devenue plus livide qu'un fantôme.

— Mais… comment as-tu pu… c'est ignoble…

Rosalie se tourna vers l'étudiante, le regard pénétrant.

— Veux-tu savoir comment je m'y suis prise ? Dans quel ordre ? Avec quels instruments ? Tu as bien failli en tâter, toi aussi… J'ai dû me faire aider, tu sais. Il m'a fallu l'assistance d'une chirurgienne pour la première. Pour la seconde, quatre chaînes et quatre percherons m'ont suffi. Je n'ai pas eu le temps de bâtir un immense bûcher comme la première fois, au fin fond d'un domaine privé du Perche, pour consumer les restes à l'abri des regards. La logistique n'a pas été facile. Il ne fallait laisser aucune trace. Mais nous avons été conseillées par nos amies de la police scientifique. Tu les connais bien, n'est-ce pas ?

Marie se décomposait à vue d'œil.

— Il fallait voir leur visage se tordre de douleur. Elles me suppliaient du regard. On aurait dit des chiennes qui se demandaient bien pourquoi leur maître les maltraitait ! Il était temps qu'elles prennent conscience de leurs actes. Avec Antonakis, elles ont toutes joué avec le feu, le feu prométhéen. Elles ont dû en assumer toutes les conséquences. L'une après l'autre. Je sais que tu es la moins fautive, que tu en savais beaucoup moins… mais, dans le fond, tu es comme tes sœurs. Tu as été bien protégée. Et tu n'as jamais souffert. Maintenant, il ne tient qu'à toi de ne pas finir comme Marianne et Irène.

— Marianne et Irène ?

— Tu ignores jusqu'à leurs noms ? Tu n'as même pas mis le nez dans le codex, alors… Et Antonakis n'a pas eu le temps de t'initier… Nous sommes arrivées un peu trop tôt, n'est-ce pas ?

Marie se blottit sur son lit, tétanisée par le récit abject de cette folle dangereuse. Elle revivait la mort atroce d'Antonakis et se trouvait brutalement submergée par l'insoutenable vision des deux cadavres dépecés, dont l'un carbonisé. Ses propres sœurs qu'elle n'avait jamais connues.

— Malgré les apparences, malgré… mon apparence, nous sommes toutes nées à quelques mois d'intervalle. D'abord moi, ensuite Marianne, puis Irène, puis Émilie. Et enfin toi. La cinquième. La plus réussie, d'après cette salope d'Élisabeth.

Marie flageolait sur le lit.

— Oui, cette salope, qui nous a enfantées dans un laboratoire. Sur une paillasse, à côté de brebis puantes et de porcs infâmes. Elle s'est autoclonée, en fusionnant le noyau de ses cellules avec ses propres ovocytes. Nous sommes elle à 100 %, à la fois ses filles et ses sœurs jumelles. Cette fausse mère ne nous a jamais portées, elle a laissé cela à d'autres. Elle nous a créées à son image. Notre destin lui appartient. Enfin, lui *appartenait*. Nous sommes libérées de son joug désormais.

Marie se figea, le cœur transpercé par une violente décharge.

— Elle a subi le même sort que deux de ses créatures. Elle a été dépecée en quatorze morceaux, comme le dieu égyptien Osiris, démembré par son propre frère Seth.

Marie tourna de l'œil et perdit connaissance. Rosalie ajouta, avec un sourire sadique :

— Il faut toujours se méfier de ses frères et sœurs, ma chérie.

Estelle Chomet restait prostrée, le regard abîmé dans le vague. Tout le groupe Brunier semblait échoué sur le flanc, exsangue. Des mort-vivants pétrifiés par la nouvelle.

Leur copain Obélix, la montagne au cœur gros comme ça, qui venait de quitter sa petite famille gavée de bonheur sur la Côte d'Azur pour « monter sur l'opé », n'était plus qu'un tas fumant.

Et Marc qui n'était pas là pour réconforter ses ouailles. Encore que, depuis quelque temps, on ne savait plus qui veillait sur les autres. Le commanche n'était plus que l'ombre de lui-même, de plus en plus irascible. Souvent mutique. Seule Estelle connaissait ses secrets et s'efforçait de les protéger.

Ils avaient appris la nouvelle au petit matin. Toutes les équipes étaient alors rentrées de leur errance dans les entrailles de la rive gauche, sauf celle du brigadier-chef Lonzoni. Le commandement avait tenté de joindre le « groupe Montparnasse » pendant plus d'une heure. En désespoir de cause, une équipe de secours s'était infiltrée dans les galeries, et avait découvert l'horreur.

Treize hommes sur le carreau.

Des forces de la nature balayées en quelques minutes. Seuls les pompiers, équipés de tenues ignifugées, conservaient un semblant d'apparence humaine. On distinguait les crânes carbonisés sous les casques recouverts de cendres, et les bustes desséchés.

Les secours avaient également identifié des restes de chiens. La température demeurait élevée, témoignant de l'extraordinaire fournaise qui avait consumé le groupe.

Neveux et tous les hommes de la BRI encaissaient aussi la mort de cinq d'entre eux, dont le commandant Vignot. Un mythe dans la brigade, qui inspirait le respect à tous ses hommes. L'onde de choc avait anéanti toute la maison. L'ex-36 venait de prendre un sacré coup dans l'aile.

L'affaire se révélait d'une telle gravité que Beauvau et la DGPN avaient décidé de la récupérer. Les huiles s'étaient massées dans le fumoir, la cellule de crise du ministère, pour gérer la situation. *Exit* la BRI, qui n'était plus en état de faire face. Le RAID prenait le relais. D'autant que les affaires de prise d'otage relevaient de son ressort exclusif.

Le commissaire Neveux l'avait en travers de la gorge. Il voulait en découdre, venger ses hommes. Mais on la lui « mettait profond » en mobilisant le RAID. La rivalité larvée entre les deux unités d'élite se ravivait brutalement.

Une petite revanche pour le RAID qui n'avait écopé que du second rôle lors de l'intervention au Bataclan, le 13 novembre 2015, tandis que la BRI montait en première ligne pour dégommer les terroristes.

Avec la fusillade mortelle dans l'église de Cargèse, le corps dépecé d'Élisabeth Duchesne, et surtout la menace qu'une telle situation faisait peser sur la population, les autorités avaient décidé d'activer la FIPN, la force d'intervention de la police nationale. Créé au lendemain des attentats de *Charlie Hebdo* puis de l'Hyper Cacher, le dispositif confortait le RAID dans sa position de leader des opérations. Toutes les autres brigades se plaçaient *de facto* sous ses ordres.

Des corps d'élite allaient s'élancer sur l'île de Beauté en quête des assassins en robe noire, tandis que d'autres s'occuperaient de débusquer les salopards qui venaient de calciner neuf fonctionnaires de police et quatre pompiers sous Montparnasse.

Et puis il fallait dénicher Marie Duchesne, même si l'espoir de la retrouver vivante s'amenuisait d'heure en heure.

Marc Brunier, lui, fonçait pour harponner le vol de dix heures vingt, destination Orly. Il se remettait péniblement des deux balles logées dans son gilet de Kevlar, mais il avait écarté l'idée de consulter un médecin ; Émilie faisait l'affaire. Elle s'occupait de lui avec assurance et regagnait la capitale à ses côtés. Étrangement, la mort d'Élisabeth Duchesne, sa propre mère, ne l'avait guère ébranlée. À peine avait-elle versé une larme, bien vite asséchée.

Plus tard, dans l'Airbus qui patientait sur le tarmac, bercé par le ronronnement des réacteurs, le couple improbable ressassait le lot de victimes, sur les deux rives de la Méditerranée, et doutait que Marie vécût encore.

Marie reçut un seau d'eau en plein visage.

Elle s'éveilla en sursaut, trempée jusqu'aux os, la bouche grande ouverte comme pour recouvrer son souffle au sortir d'une longue apnée.

Rosalie abandonna la bassine et se posa au bout du matelas.

— T'es une petite nature, en fait… La prodigieuse régénératrice, la vierge miraculeuse n'est qu'une petite merde.

L'étudiante haletait, peinant à reprendre son souffle. Elle commença de grelotter aussi, au moins autant à cause de l'eau glaciale que de la terreur.

— Quand je pense que cette ordure d'Élisabeth voulait faire de toi la prochaine reine ! Sa petite Marie adorée par-ci, sa mijaurée par-là… Ça, elle s'est occupée de toi. D'Émilie également. Vous avez vécu avec la grande déesse, pendant que je moisissais à l'autre bout du pays. Je ne valais rien, à côté de vous. La Duchesne n'avait pas fait de moi un être d'exception, contrairement à vous. Mais, à mon vingtième anniversaire, tout a basculé. Elle n'avait plus le choix. C'était la règle. Un matin, je me suis réveillée avec une belle douleur dans la bouche. Ils m'avaient gravé les dents. Comme toutes les autres. Chacune son code, comme des bêtes marquées au fer rouge, pour bien nous différencier.

Par réflexe, Marie coula son index le long de la face interne de ses incisives et de ses canines.

— Eh oui ! Tu y as eu droit aussi. Mais tu ne te souviens de rien, n'est-ce pas ? Après ça, j'aurais dû être initiée, comme Irène, Marianne et Émilie. Comme tu allais l'être sous peu. Mais j'étais le premier clone. Le *brouillon*, le premier jet. À ma naissance, ils ont trouvé des anomalies dans mon ADN et ils se sont vite désintéressés de moi. Quand est venu le temps de m'initier, cette crevure d'Antonakis a décrété que c'était inutile. Il m'a jugée *inapte*, sous prétexte que j'étais trop instable. Irascible. Violente. Et, surtout, vouée à une mort prématurée.

Soudain, Rosalie se mit à hurler, les yeux injectés de sang.

— La faute à qui ? Qui a décidé de mes gènes, de mon destin ? Qui est la cause de mes mutations ? Qui ?

Puis la jeune femme baissa la voix, la mine grave.

— Marie, je n'ai que vingt-trois ans et j'en parais cinquante… Je vieillis bien plus vite que la moyenne. Les extrémités de mes chromosomes raccourcissent, inexorablement.

— Les télomères ? Les télomères s'écourtent plus vite que la normale ?

— Oui, comme la brebis Dolly… Forcément, ils avaient appliqué la même technique balbutiante, au début… Maintenant je me sens comme une bombe à retardement. Je me flétris de jour en jour. Comme Dolly, je mourrai jeune.

Marie n'avait jamais observé un tel phénomène. Pendant ses études, elle avait entendu parler de la progéria, la rarissime maladie des « enfants vieillards » qui conduit à une sénescence brutale et accélérée dès la naissance, jusqu'à une mort inévitable, à l'adolescence... Mais la situation de Rosalie semblait absolument unique.

— Antonakis et la Duchesne m'ont laissée pourrir sur pied, sans lever le petit doigt. Un ratage total. On ne fait pas d'omelette sans casser des œufs, n'est-ce pas ? Alors j'ai dû me servir moi-même, trouver l'élixir de jouvence qui inverserait le cours de mon destin et bloquerait mon vieillissement accéléré. Je l'ai cherché, Marie, longtemps. J'ai appris que certaines de mes sœurs étaient capables de se régénérer. Mais j'avais beau charcuter Marianne et Irène, rien ne se produisait. J'ai commencé à douter... Il fallait que j'en apprenne plus. Je devais me procurer le codex, tu comprends ? Mais cette raclure d'Antonakis le gardait jalousement. Il fallait que je l'oblige à bouger. Bouleverser l'équilibre, engendrer un séisme qui le pousse à la faute. Alors j'ai eu l'idée de toute cette mise en scène, pour le provoquer sur son propre terrain. Préparer les cadavres et les disposer de manière que seuls Élisabeth et lui comprennent le message. Qu'ils en soient terrifiés et qu'ils n'aient d'autre choix que de s'agiter.

Rosalie rayonnait, pénétrée par sa glose insane. Marie l'observait sombrer dans la folie pure et dure.

— Pour agir, j'ai dû convaincre des filles de me suivre. J'ai ciblé les plus fragiles, une à une... Je leur ai dévoilé la vérité sur leur pseudo-reine et son caniche de guide suprême. Je leur ai surtout promis qu'elles profiteraient elles aussi de l'élixir de jouvence... Le plus difficile a été de garder le secret, pour que les autres suivantes n'apprennent rien et que ni Élisabeth ni Antonakis ne puissent nous cibler. Il m'a fallu plusieurs semaines pour lever une vraie petite armée. Élisabeth et Émilie ont vite compris. Mais j'ai bien vu qu'Antonakis n'y croyait qu'à moitié. Il était aveuglé par sa fatuité... Comment pouvait-on le contester de l'intérieur ? Vouloir le renverser, lui, le grand maître ? Nous avons sagement attendu, en l'espionnant nuit et jour. Jusqu'à samedi soir, quand il a enfin sorti le codex devant toi.

Rosalie tourna le visage vers un épais pupitre.

— Enfin, depuis deux jours, HYVER lève le voile sur toutes les zones d'ombre… J'en sais plus qu'il n'en faut désormais.

Marie demeurait muette. La peau de son cou tressaillait à chaque pulsion du sang dans ses artères. La peur décuplait la sensation, les battements tonnaient dans ses oreilles comme des tambours.

— J'ai enfin compris que j'avais jeté mon dévolu sur les mauvais numéros. Irène et Marianne ne valaient rien. Elles n'avaient hérité d'aucun gène particulier. Elles étaient de simples clones d'Élisabeth, certes plus réussies que moi… Elles… Elles n'étaient pas victimes de vieillissement prématuré. Mais, grâce au livre, j'ai reconstitué toute la quête, depuis deux mille quatre cents ans. J'ai découvert que c'était vous, les deux petites dernières, chéries adorées, qui aviez bénéficié de vraies modifications. Élisabeth ne s'est pas contentée de se cloner. Elle vous a dotées de transgènes animaux.

L'étudiante avait beau s'attendre à tout, ce délire dépassait son entendement.

Sa sœur s'était relevée et reprenait son insupportable ballet dans la cellule. Elle allait finir par creuser une tranchée, à force de va-et-vient.

— Évidemment, tu n'es au courant de rien… Elle a de la gueule, l'héritière… Quand je pense que tu as été élevée pour conduire la quête ! On a juste fait de toi une bonne chercheuse, comme Élisabeth, capable de prendre le relais et de continuer d'œuvrer pour mettre au point le troisième sexe.

Marie continuait d'être agitée par des tressaillements. Pourtant, elle brûlait de comprendre. D'en apprendre plus sur son propre destin, ses origines, même si les révélations des derniers jours paraissaient sortir d'un conte abracadabrant pour décérébrés. Sa rationalité l'empêchait de coudre entre elles ces bribes d'incohérence.

— Je n'ai toujours pas compris à quoi te sert exactement le gène d'*Apis mellifera*…

— L'abeille ? J'ai un gène… d'abeille ?

— Eh oui ! C'est sûrement pour ça que tu es une bonne élève bien sage, bien dans le rang, qui fait bien ses devoirs. Qui obéit à sa maman. Et qui a l'air toute perdue maintenant qu'elle se retrouve comme une conne, sans personne pour la protéger.

Le fiel s'écoulait de la bouche de Rosalie comme le pus d'un furoncle. Sa frustration semblait infinie.

— D'après le codex et les délires d'Élisabeth, tu es censée te métamorphoser. Comme les abeilles destinées à devenir reine. Elles avalent de la gelée royale au lieu du miel et changent de physionomie. Elles grandissent, deviennent immenses et se préparent à régner, bien au chaud, pendant que les armées d'ouvrières vont trimer toute leur vie.

— Oui, la gelée royale active un processus épigénétique, articula mécaniquement l'étudiante, la voix blanche. Mais… j'ai déjà mangé de la gelée royale et il n'y a jamais eu…

— Ouais, que dalle. C'est une métaphore, *dixit* le codex. La métamorphose doit être spirituelle. L'union du soufre et du mercure, pour pondre l'être suprême. Transmuté, comme le plomb en or. Sauf que c'est un tissu de conneries. Des délires antiques pour faire frissonner les gueux. Ça n'a rien de scientifique. Mais, en lisant le codex, j'ai découvert qu'Élisabeth s'est acharnée. Elle a continué avec l'aide de chercheuses du monde entier, toutes membres de la communauté. Créer des clones comme nous devenait trop risqué. L'affaire Dolly suscitait un tel tollé qu'elle a dû réorienter ses recherches pour rester discrète. De toute manière, à l'époque, la technologie piétinait et elle ne pouvait guère faire mieux qu'Émilie et toi. Figure-toi qu'elle s'est intéressée aux intersexués pendant des années.

— Les intersexués ?

Rosalie contourna le lit et vint se poster pratiquement en face de Marie. Elle n'était plus qu'à quelques centimètres. Fallait-il tenter quelque chose ? Lui sauter dessus ? L'étrangler ? La défoncer ? Cette seule pensée la terrifiait. Et si Élisabeth avait réellement fait d'elle une petite chose incapable de violence ? Pourtant, acculée au fin fond du Puy-de-Dôme, elle s'était parfaitement défendue…

— Les intersexués, les ambigus sexuels. Ils sont bien plus nombreux qu'on ne l'imagine. Des dizaines de milliers. Il y en aurait autant que de mongoliens. Sauf que personne n'entend jamais parler d'eux. Ce sont des moins que rien. Au ban de la société. En général, les chirurgiens ont le scalpel facile pour remédier à leur problème. Et les reclasser vite fait dans un sexe ou dans l'autre.

— Quel rapport avec la quête ?

Rosalie s'approcha encore de sa sœur et planta son regard dans ses iris de jade.

— Les intersexués peuvent avoir deux sexes à la naissance. Deux « génitoires », un pénis et un vagin. À l'origine, ils présentent des anomalies chromosomiques. On connaît le syndrome de Turner, des mômes qui ne possèdent qu'un seul X, un seul chromosome sexuel au lieu de deux. Le syndrome de Klinefelter, aussi, dans lequel on identifie trois chromosomes sexuels au lieu de deux : XXY. Conséquence : ils ont des testicules atrophiés et des seins qui poussent… Mais il y a plein d'autres combinaisons : des gamins XXX, d'autres XYY…

— Des trisomies gonosomiques ?

— C'est vrai que mademoiselle est une experte du jargon génétique… Quel que soit le nom de ces anomalies, quand les mômes naissent, on ne peut pas dire s'ils sont garçon ou fille, ou les deux. Sans oublier les vrais hermaphrodites, victimes de la fusion accidentelle de deux œufs fécondés dans l'utérus de leur mère : un XX et un XY.

Marie hallucinait devant l'exposé de telles aberrations chromosomiques. Comment la nature pouvait-elle le permettre ? Des fausses couches survenaient pour bien moins que cela.

— Selon Élisabeth, tout était là. Pour créer l'être suprême, il fallait passer par la fusion ou le dédoublement des chromosomes sexuels. Elle a fait de nombreuses expériences. Elle a perdu son temps mais n'en a jamais démordu. J'ai découvert dans le codex HYVER qu'elle avait passé trois ans sur le serran, un poisson qui ressemble au mérou et qui naît naturellement hermaphrodite, avec un ovotestis, un organe sexuel hybride, mi-ovaire, mi-testicule. Cette folle n'a engendré que des monstres de laboratoire. Tous ces délires de troisième sexe, c'est de la merde en barre !

Rosalie se releva et contempla le mur.

— Au fond, sans le savoir, j'ai débarrassé la Terre de deux gros tarés. Antonakis et Élisabeth, je suis sûre qu'ils baisaient ensemble en fantasmant sur le troisième sexe. Ils se prenaient pour John Dee et Élisabeth Ire d'Angleterre, ou Voltaire et Émilie du Châtelet. Ça fait des siècles qu'ils croient tous pouvoir donner vie à un nouveau sexe ! Alors qu'au fond c'est complètement inutile. Il y a une solution bien plus simple…

Rosalie marqua une pause énigmatique. Elle s'était de nouveau abîmée dans ses pensées.

— Mais n'allons pas trop vite en besogne. Avant d'en arriver là, revenons à ta petite personne. Tu vas m'être extrêmement précieuse, chère petite sœur. Je t'attends depuis des années.

Rosalie poussa un endroit du mur qui se déroba devant elle, comme une porte invisible taillée dans la muraille de calcaire.

— Venez !

Une vingtaine de robes noires s'engouffrèrent dans la pièce.

Marie ressentit un frisson glacial et terrifiant. Elles revenaient. Pour la première fois, elles ôtèrent toutes leurs capuches.

Des femmes. Uniquement des jeunes femmes !

— Tenez-la bien.

Deux jolies brunes s'emparèrent des avant-bras de Marie et la maintinrent fermement.

Rosalie s'approcha puis dégaina une lame dont le plat étincela sous la lumière crue. Sa jeune sœur tenta de se débattre, mais la poigne des deux sbires se fit plus ferme encore. Qui eût soupçonné une telle force dans des corps si délicats ?

La reine usurpatrice approcha le poignard du bras de Marie. Puis, sans ciller, elle entailla la peau sur cinq bons centimètres. L'étudiante poussa un hurlement de douleur. Un sang rubis s'écoula lentement de la plaie. La lame avait pénétré le derme en profondeur.

— Tais-toi ! Regarde !

Les yeux rougis, Marie dévisagea son aînée sans comprendre. Elle souffrait atrocement. Puis elle posa le regard sur la lésion. Après quelques secondes, tandis que les deux filles la tenaient toujours fermement, elle hallucina. Le sang avait cessé de s'écouler. Une sorte de repli blanchâtre, comme un bourrelet suppuré, se modelait autour de la plaie. La forme semblait vivante, frémissante. Marie eut un mouvement de dégoût.

— Tu ne t'es donc jamais coupée ni blessée ?

— Si, bien sûr, mais je n'ai jamais vu ça…

— Alors c'est que le processus s'accélère. Ton système immunitaire est très sollicité depuis quelque temps. Tu as reçu de graves blessures. J'imagine que la réaction s'est nettement renforcée.

Au bout de quelques minutes, la plaie avait cicatrisé et les tissus s'étaient entièrement régénérés. Ne demeurait qu'une infime trace rougeâtre, qui s'estompa bien vite.

— Ça, c'est l'œuvre de l'autre gène dont Élisabeth t'a dotée. Celui d'une minuscule méduse capable de rajeunir, jusqu'à revenir au stade de sa naissance. C'est très spectaculaire, en effet. Et il va me sauver la vie.

Rosalie fit un signe de la main ; les deux robes noires qui avaient empoigné Marie s'écartèrent puis rallièrent les autres, alignées le long du mur. Marie frictionna son bras. Il ne restait plus aucune trace de l'abjecte agression. Elle songea soudain à son épaule, parfaitement remise en quelques heures, malgré la balle qui l'avait sauvagement perforée. Elle songea aussi à Émilie, dont le visage s'était rapidement régénéré en dépit des terribles ecchymoses qui le déformaient.

— Émilie possède le même gène, n'est-ce pas ?

Un murmure s'éleva dans l'assemblée. Rosalie elle-même parut contrariée. Son visage se renfrogna.

— Émilie n'a rien à voir avec toi. Elle a bien reçu un gène de méduse, mais… d'une tout autre espèce. C'est un monstre, l'œuvre du mal, n'en déplaise à Élisabeth qui n'a jamais voulu l'accepter. Nous allons la supprimer, tôt ou tard. Elle nous a encore échappé, mais plus pour longtemps. Crois-moi.

Trente-six hommes et quatre chiens s'engouffrèrent dans les véhicules de service. Les Volkswagen Multivan et autres Ford Transit étaient stationnées devant l'immense bâtisse de pierre meulière et de brique. Derrière, le PVP, petit véhicule protégé par des blindages STANAG et des vitres épaisses de six centimètres, s'ébranla le dernier. Il servirait de poste de commandement, comme souvent.

Deux patrons faisaient le déplacement, marquant l'importance de l'opération du jour. Les divisionnaires Nguyen et Bicchini, respectivement numéros 2 et 3 du RAID, s'étaient installés dans le C8 anthracite. Le commissaire Mirbeau, le numéro 4, se trouvait déjà au fumoir, place Beauvau, pour suivre les opérations auprès du directeur général de la police nationale.

Le convoi déguerpit de Bièvres à onze heures et survola le bitume jusqu'à Paris. Dans le Transporter, les cynos choyaient leurs bergers malinois. Les deux premiers flairaient les explosifs, tandis que les deux autres étaient dressés pour l'attaque. Leurs maîtres paraissaient très tendus. Comme tous leurs collègues, ils étaient profondément marqués par la mort des gars de la BRI et des autres fonctionnaires disparus dans la fournaise sous Montparnasse. Une menace d'un nouveau genre les guettait.

Confiné dans le Ford Transit, le groupe « effrac » comptait ses explosifs. Il n'avait aucune idée du type d'ouverture qu'il faudrait éventuellement faire sauter. On leur avait parlé des catacombes, de galeries souterraines et d'épais murs de calcaire. Du jamais-vu.

Le commissaire Nguyen réalisa que le groupe d'élite avait encore beaucoup à apprendre. Ils s'entraînaient à longueur de journée pour nombre de situations périlleuses, varappe, parachutisme, plongée, sur le site de Bièvres et ailleurs. Les hommes simulaient toutes sortes d'interventions musclées, brutalisant le vieux bâtiment Bel Air des caves jusqu'aux toits, pour déloger de faux terroristes, faire sauter des portes, libérer des otages fictifs, neutraliser des pseudo-criminels. Ils pouvaient intervenir dans les airs, grâce aux séances Puma, ou sous les eaux saumâtres de la Seine. Mais ils ne s'étaient jamais entraînés dans des galeries claquemurées à vingt mètres de profondeur, et surtout dépourvues d'issue.

Dans les multivans, le groupe d'assaut s'organisait. Il se divisait en trois sections, Alpha, Bravo et Charlie. Les chiens repéreraient d'abord les lieux, puis l'« effrac » pulvériserait les portes avant que la première colonne s'infiltrât. Le « négo », spécialiste des prises d'otage, suivrait de près pour tenter d'établir le contact et d'obtenir la libération de l'otage.

Dans le Renault Master frappé du blason du RAID, deux « docs » effectuaient un rapide check-up de leur matériel. Ils avaient embarqué cinq civières et leur fameux sac de treize kilos, véritable caverne d'Ali Baba de l'urgence médicale. Ce sac s'était révélé déterminant, le 13 novembre, au Bataclan… Les deux médecins avaient vécu l'horreur ce soir-là, ils n'avaient plus peur de rien. Ils se tenaient prêts, tout en espérant éviter le bain de sang. Ils faisaient confiance à leurs collègues bodybuildés pour empêcher le pire. Mais, en cas de pépin, ils seraient là. Comme toujours. Prêts à prendre les opérateurs en charge, ainsi que d'éventuelles victimes collatérales.

Sur place, un imposant dispositif cadenassait la zone. Malgré un soleil de plomb, en plein jour férié du mois d'août, les grilles du jardin du Luxembourg demeuraient désespérément closes. Les touristes et autres flâneurs se voyaient contraints de refluer vers les axes adjacents, parfois *manu militari*. Les rues d'Assas, de Médicis, de Vaugirard, Guynemer, Auguste-Comte, ainsi qu'un tronçon du boulevard Saint-Michel étaient déserts. Seuls les véhicules de la BAC et la ribambelle de fourgons bleu marine des gendarmes mobiles s'alignaient le long des trottoirs.

L'hélicoptère EC 145 jaune et rouge de la protection civile s'apprêtait à décoller, afin d'offrir une vue générale du périmètre et de guetter d'éventuels mouvements suspects.

Dès leur arrivée sur place, les THP, tireurs d'élite du RAID, se hissèrent sur les toits qui ceignaient la rue Guynemer. Toute l'attention se focalisait désormais sur le 38, l'immeuble d'Élisabeth Duchesne. La conviction du capitaine Chomet n'avait cessé de croître depuis la veille. L'attitude de la documentaliste de l'inspection générale des Carrières avait abattu les dernières digues.

Cette femme connaissait Élisabeth Duchesne.

Elle avait tout fait pour détourner l'attention des enquêteurs de l'immeuble de la généticienne. Son propre chef l'avait contredite devant les policiers.

Et puis, surtout, il y avait eu le coup de fil. Qui avait-elle prévenu ? Le matin même, juste après que la terrifiante nouvelle de la mort du groupe Montparnasse fut connue, la fliquette, accompagnée du lieutenant Gabriel Brénam, était venue cueillir la documentaliste à son domicile pour lui signifier son placement en garde à vue. De retour au 36, elle avait mené le premier interrogatoire, avant que Ceylac prît le relais. Ce qu'elle avait entendu l'avait terrifiée.

Après cela, Estelle Chomet n'avait eu aucun mal à convaincre sa hiérarchie de concentrer tous les moyens sur la zone, puis de mobiliser le RAID et la FIPN. Le patron du 36 en personne, le divisionnaire Giudicelli, était venu sur place pour évaluer la situation.

Le blindé léger du RAID fut déployé à l'angle de Guynemer et d'Assas. Les deux boss et trois commandants du corps d'élite, ainsi qu'Estelle Chomet et Gabriel Brénam, s'étaient groupés autour d'un tableau blanc rivé à la tôle du véhicule.

Le poste de commandement était en place.

À midi, la radio annonça l'arrivée sur zone de Brunier et d'Émilie Duchesne. Leur appareil venait de se poser à Orly. La Chnouf allait les récupérer à la volée avant de fondre sur la rive gauche. Personne n'osait bouger avant l'apparition du commandant de la Crim, au centre des investigations et des drames depuis le premier jour.

Émilie impressionnait Brunier. Elle avait tenu bon après la fusillade de l'église et le massacre de sa propre mère. Elle faisait preuve d'un sang-froid à toute épreuve. Elle avait surtout confirmé la piste : il s'agissait de débusquer un groupuscule, sans doute niché dans les tréfonds de la capitale, qui s'amusait à exterminer sa famille dans un délire millénariste à consonance religieuse et franc-maçonne. Sa mère et Antonakis animaient une loge réputée pour ses références à la sagesse antique. Leur influence en dérangeait plus d'un.

Il fallait éliminer cette vermine. Ces porcs avaient sans doute utilisé des passages souterrains secrets. Comme Marie, Émilie savait que l'un d'eux démarrait de la cave d'Élisabeth.

La C4 banalisée de la PJ s'immobilisa tout près du blindé.

Marc Brunier s'en extirpa avec difficulté, une grimace déformant son visage. Il se tenait les côtes. Derrière, Émilie sauta sur le trottoir, la mine sombre.

— Salut, Marc, lança le capitaine Chomet. Ça va aller ?

L'enquêtrice perçut le tressautement d'une paupière, puis de la lèvre supérieure. Brunier paraissait lessivé et souffrait en silence. Il n'avait sans doute pas dormi de la nuit, une fois de plus. Toutes les conditions d'une nouvelle crise d'épilepsie étaient réunies. Estelle Chomet ressentit un frisson glaçant. Toute cette affaire allait finir par achever son chef.

Émilie Duchesne enlaça la taille de l'officier pour l'aider à progresser jusqu'au blindé. Un geste tendre, délicat, appuyé d'un sourire.

Pas n'importe quel sourire.

Estelle Chomet saisit aussitôt.

La garce.

Elle s'était tapé Brunier.

La capitaine de police darda un regard noir sur la jeune femme.

— Ça va, c'est bon, on va s'occuper de lui, vous pouvez disposer.

Émilie eut un mouvement de recul et fronça les sourcils.

— Mais… je ne suis pas venue pour faire l'infirmière, rassurez-vous. Je connais les lieux, je suis là pour…

— C'est une enquête criminelle, dans un contexte terroriste dont vous avez été vous-même la victime ce matin. On ne peut pas prendre le risque de vous mêler à l'opération qui va suivre. Le lieutenant Varin va vous raccompagner. Lionel ? Tu veux bien ramener mademoiselle ?

La Chnouf parut hésiter et se tourna vers son commandant.

— Attends, gémit Brunier tout en se massant les côtes. On a besoin d'elle, elle a raison. Elle connaît les sous-sols. Et puis il y a autre chose. Émilie, raconte ce qu'on a découvert.

Il la tutoyait, avec ça ! Estelle Chomet fulminait, les bras croisés. Elle ignorait qui étrangler en premier : elle ou lui ?

— Les robes noires de ce matin, en Corse, c'étaient des jeunes femmes, comme Marie et moi. Il faut donc chercher des femmes. Des suspectes.

— J'ai collé la documentaliste de l'inspection des Carrières en GAV[1] ce matin, concéda Estelle Chomet. Elle a passé un coup de fil hier soir pour prévenir quelqu'un de l'opération. Le labo tente de faire parler son portable.

Brunier écarquilla les paupières. Son adjointe ne l'en avait nullement informé. Elle voulait se débrouiller seule, créer la surprise. Prouver de quoi elle était capable. Depuis le début, son instinct s'était montré particulièrement affuté.

1. Garde à vue.

— Et alors ? Elle a craché ? s'écria-t-il.

— Elle a tenu des propos délirants, elle semblait comme possédée… Elle a parlé d'une ruche, de centaines d'ouvrières en robe noire qui allaient fondre sur Paris, sur le quartier, sur le Sénat, pour émasculer et éventrer tous ces gros porcs – je cite… Elle a dit qu'ils allaient connaître le même sort que la statue de César.

— Le *Centaure* à qui ces tarés ont coupé les couilles ?

— Oui, elle a dit que ça guettait tous les hommes et que ce serait un feu d'artifice, aujourd'hui même. Du coup, la DGPN n'a pas voulu prendre de risques. Ils ont déclenché le grand jeu, au cas où…

Derrière, les cadors du RAID hallucinaient. Ils ne comprenaient pas un traître mot à ces échanges. D'abord une histoire de gonzesses qui se butaient entre elles, ensuite une nuée de robes noires qui s'envolerait des souterrains pour castrer tout le monde… Émilie, elle, ne mouftait pas. Au contraire, elle serrait les mâchoires.

— Alors on fait quoi ?

Le divisionnaire Alexandre Bicchini s'impatientait. L'heure tournait. Ses hommes aussi, mais en rond.

Brunier s'approcha du tableau amarré à la carapace du blindé, puis commença de griffonner un croquis.

— Là, c'est le 38 de la rue Guynemer. Ici, juste derrière, on a une galerie de visite à l'angle d'Assas. À deux pas, c'est le bunker des nazis, sous le lycée Montaigne, qui se trouve derrière nous, un peu plus loin.

— Le bunker des nazis ?

Les opérateurs du RAID n'étaient pas au bout de leurs surprises.

— On doit taper dans une cave, au 38. Il y a un escalier et, en bas, une galerie. C'est au bout de ce tunnel que ça se passe. C'est sûr. Elles ont voulu détourner notre attention sous Montparnasse. Attention, la route est sans doute piégée, comme cette nuit… Des explosifs ou que sais-je. Mais je suis certain que Marie se trouve quelque part ici, à vingt mètres sous nos pieds. On n'a vu ressortir personne et les groupes qui ont sillonné tout le réseau sud des anciennes carrières ont fait chou blanc. C'est qu'elles se planquent quelque part dans une zone non répertoriée. Il va falloir être prudents. Très prudents, insista Brunier, la mine grave.

La tension culminait. Marie pouvait pratiquement la palper, comme d'invisibles volutes ondoyant dans l'atmosphère ténue de la cellule.

L'étudiante avait fini par comprendre. Elle était recluse dans une petite salle souterraine et n'avait jamais quitté les anciennes carrières de la capitale.

Comment pourrait-elle s'échapper d'un tel clapier ? Émilie, Brunier et les forces de l'ordre pourraient-ils jamais la retrouver ? Le gruyère opaque des sous-sols parisiens rendait la quête désespérée. Marie sombrait dans une forme d'anémie mentale. Sa mère, Élisabeth, avait péri dans les mêmes circonstances effroyables que ses deux premières sœurs jumelles. La jeune femme n'espérait plus qu'une chose : qu'Émilie réchappât du carnage.

La vingtaine de filles en robe noire, pas beaucoup plus âgées qu'elle, demeuraient figées contre les épaisses parois de pierre. Qu'attendaient-elles ? D'assister à une jouissive séance de torture ? De procéder à une cérémonie sacrificielle qui s'achèverait par l'étripage du dernier clone d'Élisabeth ?

Rosalie s'était absentée. Elle reparut soudain, dans un courant d'air. D'un geste vif, elle congédia les filles.

Les deux sœurs étaient de nouveau seules. En tête à tête.

— J'ai bien peur que le temps soit compté, souffla Rosalie. Tes amis ont retrouvé notre piste. Il va donc falloir faire vite. D'autant que… je n'ai plus beaucoup de temps devant moi. Mon horloge tourne de plus en plus vite. J'ai un marché à te proposer.

Marie haussa les sourcils, méfiante. Par réflexe, elle recula de quelques centimètres sur son matelas.

— Tu es très précieuse. Ensemble, nous pourrions accomplir de grandes choses… Tu possèdes un trésor. Je crois que j'ai enfin compris l'impact de ton gène d'abeille…

Marie demeura silencieuse. Elle avait appris à laisser parler l'adversaire. Laisser venir, avant d'exploiter les failles. Peut-être réussirait-elle à raisonner Rosalie ?

— Nous avons prélevé tes ovaires et les deux petits embryons qui avaient commencé de croître dans ton utérus.

Marie palpa fébrilement son bas-ventre. Les pansements ! En l'espace de quelques secondes, la terreur, puis la colère, enfin la haine pétrirent son visage, creusant ses traits raffinés de rides hideuses.

— Mais c'est immonde ! s'exclama-t-elle. Je suis… Je ne suis plus rien ! Je n'aurai jamais d'enfant ! Pourquoi… Pourquoi m'as-tu fait *ça* ?

— Au contraire, Marie. Tu auras dix, cent, mille enfants. Tu seras le mètre-étalon, la source de toutes les naissances dans les années à venir. On va te cloner à ton tour. Tu transmettras ton pouvoir régénératif et tu assureras à nos sœurs une très longue vie. Ainsi que ton pouvoir autoreproductif. Parce que tu as engendré la vie par toi-même, comme la Vierge… Tu seras la seconde Vierge Marie.

— Mais t'es complètement folle ! Tarée, fracassée !

Marie perdait pied et hurlait d'une voix stridente.

— Il faut t'enfermer !

Dans un réflexe incontrôlé, elle se rua sur Rosalie. Sa sœur esquiva aussitôt l'attaque et la saisit à la gorge, puis la souleva de plusieurs centimètres. Sa force était immense.

Marie étouffait et se débattait en moulinant des pieds. Elle fut violemment projetée à terre.

Elle sanglota, la tête entre ses mains.

— Calme tes nerfs ! Cela vaudrait mieux pour toi ! J'ai besoin de tes cellules, mais je peux aussi les prélever post-mortem. Et j'ai déjà le plus gros, avec tes ovaires.

L'étudiante resta prostrée, gémissante.

— Tu n'as même pas compris ce que je t'ai dit. Écoute-moi, à la fin !

Rosalie saisit le poignet de sa sœur puis la releva brutalement comme un pantin désarticulé. Elle l'agrippa ensuite par les épaules et l'obligea à la fixer droit dans les yeux.

— Tu entends, Marie ? Tu as engendré des embryons parthénogénétiques ! Des parthénotes !

L'étudiante entrouvrit la bouche, mais aucun son n'en sortit. Elle regardait fixement Rosalie, sans vraiment la voir. Elle avait sombré dans une forme de léthargie.

— Réveille-toi ! Tu n'as pas besoin d'homme pour enfanter ! Tu entends ce que je te dis ? Et ça, c'est grâce à *Apis mellifera*… Savais-tu que les abeilles sont capables de donner la vie sans être fécondées ? Sans le sperme des mâles ?

Marie reniflait mais reprit peu à peu ses esprits. Ses yeux rougis piquaient. Elle se frotta le visage.

— Le souci, c'est que les abeilles non fécondées ne pondent que des mâles. On parle de parthenogénèse arrhénotoque. Mais toi… tu es thélytoque !

— Je n'engendre que des femelles…, balbutia Marie, la voix encore troublée par sa crise.

— Exactement ! Tes deux embryons et les ovules autofécondés qu'on a pu analyser sont tous XX. *Exit* les Y ! Tu te rends compte, Marie ? Tu réalises ?

La jeune femme replongea dans son mutisme. Elle comprenait, oui. Et après ? Ça lui faisait une belle jambe. Elle était enfermée avec une déglinguée qui l'avait charcutée, dépossédée de ses attributs de femme, condamnée à la stérilité. Elle allait crever, comme les autres, de toute manière. Alors ça l'avançait à quoi ?

— Ne comprends-tu pas ? Tu pourrais m'aider, avec tes connaissances en génétique. D'abord, tu vas me guérir grâce à tes cellules-souches embryonnaires. On va prélever tes précieux ovules fécondés et en tirer un traitement par thérapie génique. Ce sera… comme un élixir de jouvence.

On utilisera les cellules les plus puissantes, juste au début du développement. Les cellules totipotentes, qui remplaceront progressivement les miennes ! Au bout de quelques cycles, mes télomères vont cesser de raccourcir. Et peut-être, comme la méduse *Turritopsis nutricula*, pourrai-je rajeunir un peu… Vivre ma vie…

Les yeux de Rosalie pétillaient comme ceux d'une gamine à qui l'on venait d'offrir un diamant. Marie était atterrée. Sa sœur fantasmait. Même si, scientifiquement, sa stratégie se tenait, il faudrait une bonne dizaine d'années pour mettre au point une thérapie génique efficace, et sans risque d'induire un cancer.

— Ensuite, nous nous attellerons à créer l'humanité du futur, pour achever enfin la quête. Renouer avec le véritable dessein d'Hypatie et même, auparavant, Démocrite. Créer des femmes supérieures dotées de ton intelligence, ta santé quasi éternelle, et qui se reproduiraient par elles-mêmes à l'infini !

Marie releva le menton, le regard goguenard.

— Super programme. Des connes qui se multiplient comme des géraniums. Ça donne super envie. C'est ça, ton programme pour redresser l'humanité ?

Rosalie eut un mouvement de surprise.

— Je ne plaisante pas. Ce sera tout sauf des géraniums. Les géraniums, ça bouture. Ce sont les mêmes souches. Après quelques générations, c'est tous les mêmes. Si on fait ça chez l'humain, le moindre virus qui en tue un en tue mille. Un million. C'est l'éradication assurée. Il faut perpétuer la variabilité du *pool* génétique.

— Tu vois, ton plan de merde tient pas la route. On a toujours besoin des hommes.

Rosalie s'étonna de nouveau du ton gouailleur de sa sœur.

— CRISPR-cas9, lâcha-t-elle.

— Quoi, CRISPR ?

— La technique mise au point par deux femmes, comme nous. N'as-tu jamais remarqué que ce sont toujours les femmes qui accomplissent les plus étonnants progrès en génétique ?

— Emmanuelle Charpentier et Jennifer Doudna ? Quel rapport ? Elles font aussi partie de la ruche ?

Rosalie esquissa un sourire mystérieux.

— Leur découverte révolutionne les laboratoires de biologie, tu en sais quelque chose. On peut désormais couper des gènes et les remplacer avec une facilité déconcertante, en deux temps trois mouvements. Grâce à cette technique, nous pourrions facilement ajouter un mécanisme de brassage aléatoire des gènes dans chaque ovule autofécondé. Un « épissage alternatif ». Un allèle domine une fois, puis l'autre, de manière aléatoire pour chacun de nos vingt-cinq mille gènes. Tu imagines le nombre de combinaisons possibles ?

Comme pour le pseudo-élixir de jouvence, Marie était convaincue que sa sœur délirait complètement. La technique du CRISPR, très célèbre parmi les biologistes, n'était pas encore mature. Quant à l'hypothèse de brassage de gènes dans chaque œuf autofécondé, elle ne tenait pas debout. Les gènes restaient les mêmes, au bout du compte, et ne se renouvelaient jamais par des apports extérieurs. Cela revenait à coller un pansement sur une jambe de bois. La Terre allait porter une armée de clones plus ou moins dégénérés, qui s'éteindrait en quelques générations.

Malgré ces évidences, la jeune femme n'avait d'autre choix que d'entrer dans le jeu de cette illuminée. Elle préférait anesthésier la méfiance de sa sœur puis tenter de fuir à la première occasion. Elle avait bien repéré la porte de calcaire dans le mur.

— C'est une idée intéressante, en effet… Mais comment vas-tu t'y prendre pour faire naître toutes ces gamines ? Il faudrait des millions de mères porteuses pour accoucher suffisamment de parthénotes clonés en laboratoire. C'est impossible.

— Détrompe-toi. Il suffira de commencer par quelques milliers de filles volontaires, dans la ruche. Elles accoucheront de plusieurs milliers de parthénotes XX. Mais ensuite, toutes ces filles issues des fécondations *in vitro*, lorsqu'elles seront elles-mêmes en âge de procréer, engendreront naturellement des filles, par pure parthénogenèse. Elles-mêmes…

— … n'enfanteront que des filles, et ainsi de suite.

— Exactement ! Ça ira vite ! En quelques décennies, elles pourront être des millions !

— S'autoreproduire pour ne jamais plus avoir besoin des hommes, c'est ça ton plan ? Tu veux éradiquer les hommes ?

Rosalie s'assombrit étrangement.

— L'idée n'est pas de moi, je dois l'avouer. Au début, je n'y croyais pas vraiment, vois-tu, mais depuis que je me suis plongée dans la lecture du codex HYVER, je pense que c'est inéluctable. Même si ça doit prendre un siècle ou deux, il est temps de tourner la page de plus de deux millénaires de domination masculine. Il est temps de reprendre la main.

L'étudiante hallucinait. Rosalie était encore plus siphonnée qu'elle le supposait.

— On va s'emmerder ferme, quand même, non ? Sans les hommes ? Tu ne crois pas ? Et l'amour ? Le sexe ?

Rosalie sourit, quoique toujours surprise du ton résolument direct de sa sœur.

— Crois-tu qu'Hypatie d'Alexandrie, Élisabeth Ire d'Angleterre ou Rosalind Franklin étaient malheureuses ? Elles étaient vierges et fières de l'être. Elles maîtrisaient leurs sens et ne cédaient pas aux pulsions animales. Leur esprit dominait et leur lumière rayonnait. Elles ont fait d'immenses découvertes ou bien assuré une paix durable à leur pays. C'est là le secret. Les femmes ont toujours été bien plus délicates, pacifiques et consensuelles que les hommes. Maintenant, c'est à toi de choisir. Soit tu me suis, soit tu finis comme Élisabeth, Irène et Marianne.

Le commissaire divisionnaire Christophe Nguyen avait rassemblé ses hommes. Les membres du groupe Brunier restaient en retrait, disponibles pour répondre aux questions. Estelle Chomet ne pouvait s'empêcher de dévisager Émilie d'un air furax. Elle n'avait jamais pu sentir cette fille. Son instinct lui avait toujours soufflé de s'en méfier.

— Bon, ça va pas être de la tarte. On n'a jamais simulé ce genre d'opé. Le plus ressemblant, c'est un mix train, avion et cave, lança Nguyen.

Au même instant, tous les opérateurs du RAID visualisaient leurs entraînements au CQB, le Close Quarters Battle, qui jouxtait leur stand de tir. C'est là que la cellule formation les plaçait dans les environnements les plus confinés et les moins prévisibles. Tout l'enjeu consistait alors à s'adapter aux menaces invisibles, insaisissables et souvent mortelles. Un tireur dissimulé dans un train, au fond d'une carlingue d'avion, ou dans le placard d'un appartement. Ils se devaient d'agir de manière coordonnée. Au RAID, pas de cow-boy solitaire : la décision d'un seul pouvait coûter la vie de plusieurs autres. Il fallait décider en une fraction de seconde, mais en prenant tous ses partenaires en compte, comme une équipe de football armée jusqu'aux dents.

— On va s'inspirer du vol 8969, lâcha Nguyen tout en griffonnant avec son feutre sur le grand tableau blanc. Les gars du GIGN avaient réussi à dégommer ces enculés sans buter un otage. Donc déploiement tactique avec deux colonnes de onze et une de huit. Thierry et Sylvain en tête avec le pare-buffles. Les cynos juste derrière, pour lâcher Diesel et Kim sur la détect des explos.

Émilie lança un regard stupéfait à Brunier, qui s'inclina vers son oreille.

— Il parle de la prise d'otages de l'Airbus d'Air France par des connards du GIA, en 1994 à l'aéroport de Marseille. Il y a eu trente blessés pendant l'assaut, mais pas un seul otage abattu malgré la fusillade. Un miracle, avec trois cinglés qui arrosaient à tout va. Ça reste un modèle dans le genre « piégé dans un trou à rats », impossible de se planquer, ni de se barrer sauf à reculer.

Dix minutes plus tard, les trente hommes du RAID débarquaient dans la cave d'Élisabeth Duchesne. Les chiens dénichèrent la porte en quelques secondes, et même la clef que Marie avait vaguement dissimulée avant de regagner la surface.

Au moment de s'engouffrer dans l'étroit corridor qui menait vers l'inconnu, Estelle Chomet barra de nouveau la route à Émilie.

— Il est hors de question qu'elle descende, cingla-t-elle. Cette fois, c'est une question de sécurité non négociable. Elle n'a rien à faire dans le guêpier, d'autant que là-dessous ils veulent aussi attenter à sa vie.

Elle avait parlé en fixant son chef droit dans les yeux. Marc Brunier se massa le menton, ses doigts crissèrent sur les poils drus qui constellaient sa peau tannée.

— Estelle a raison, concéda-t-il. Tu restes ici, avec Brénam.

— Marc, je peux être utile en bas. Si jamais… Je te rappelle que je suis médecin. Rompue à la médecine d'urgence.

— Ça va aller, on n'est pas trop mauvais non plus.

Cyril, le médecin-chef du RAID, avait lancé sa boutade du couloir. Hugo, son collègue, souriait en coin. Lui n'aurait pas été contre que la gamine les accompagne, elle était carrément jolie. Il était même certain de l'avoir déjà croisée, peut-être aux urgences durant l'un des stages de la jeune femme.

— Attendez ! insista Émilie qui entendait coûte que coûte descendre avec le groupe. Vous avez des brancards et vos sacs, c'est super encombrant. Vous ne savez pas ce qui vous attend en bas. Elles peuvent être une bonne centaine. Vous ferez comment si la documentaliste de l'inspection des Carrières dit vrai et qu'il y a des charges explosives ? Que des dizaines d'hommes, vos propres collègues, sont touchés, comme sous Montparnasse, et qu'il faut remonter dix, vingt ou cinquante blessés ?

Cyril échangea un regard sombre avec Hugo. L'image des fonctionnaires décimés la veille traversa furtivement leurs pupilles.

— On a prévu un nid de blessés juste à l'extérieur. Le SAMU est mobilisé, les pompiers aussi. Au besoin, ils sont censés faire une chaîne humaine pour transférer les victimes jusqu'au PRV[1] et les ventiler ensuite sur Cochin et Pompidou.

— En même temps, on sera pas trop de trois en bas si ça dégénère, répliqua Hugo. Et si l'un de nous s'en prend une…

Émilie s'agenouilla près de l'imposant sac des « docs » et déroula la fermeture Éclair.

— Alors… garrots, pansements compressifs, aiguilles d'exsufflation, perf, antalgiques, adrénaline… de l'acide tranexamique. Je maîtrise tout, pas de souci. Je garrotte en moins de dix secondes. J'étais la meilleure de mon groupe.

Marc Brunier s'était approché d'elle, le visage fermé.

— Émilie, c'est vraiment trop risqué, tu…

— Marc, je ne veux pas discuter. Je serai utile. J'ai vu ces filles à l'œuvre, en Corse. Et je te l'ai déjà dit : gamine, ma mère m'emmenait parfois dans les souterrains. C'était pour s'amuser, mais j'en garde un souvenir intact. Je pourrai peut-être même vous guider.

La jeune femme se retenait d'en révéler davantage. La nuit précédente, elle avait déjà failli franchir la ligne jaune en évoquant la quête avec Brunier.

Finalement, les patrons cédèrent, Marc aussi.

Estelle Chomet fulminait. Elle ne pouvait pas supporter cette fille. Elle la trouvait hypocrite et même dangereuse. Les malabars du RAID, dénués de finesse et sans doute sensibles à sa beauté, laissaient entrer le loup dans la bergerie…

Avant de descendre, Émilie dut mettre tout le barda. Un gilet tactique d'une vingtaine de kilos et le casque de Kevlar qui en pesait près de dix. L'équipement des hommes du RAID se révélait impressionnant, et très difficile à supporter. Au bout d'une minute, le casque cisaillait déjà le cou d'Émilie, tandis que le gilet l'écrasait au point de lui couper le souffle. Elle peinait à mettre un pied devant l'autre dans la minuscule

1. Point de regroupement des victimes.

galerie qui s'élançait au bas de l'escalier. C'était comme si la pesanteur terrestre s'était soudain accentuée, atteignant 2 ou 3 G comme pour les astronautes qui s'arrachent de la Terre afin de rejoindre la station spatiale internationale. Sauf qu'Émilie, elle, s'arrachait du sol pour s'enfoncer dans les profondeurs.

Les colosses du RAID passaient difficilement dans les tunnels. Ils se cognaient partout, éraflaient leurs épaulières sur les parois granuleuses et défonçaient le ciel des galeries à force de buter dedans avec leur casque. Plusieurs lampes frontales volèrent en éclats. Ça râlait sévère dans les rangs.

Les plus à plaindre se trouvaient tout devant.

Thierry et Sylvain poussaient le fameux bouclier balistique. Deux cents kilos de fonte, capables de parer n'importe quelle munition. Mais personne n'avait prévu l'étroitesse des galeries ; ils devaient parfois pousser comme des bœufs pour avancer.

Diesel et Kim, les deux chiens dressés pour détecter les explosifs, devançaient les hommes d'une bonne vingtaine de mètres. On les entendait japper.

Émilie n'en pouvait plus. Elle laissa passer le reste du groupe puis, aussi discrètement que possible, ôta son gilet et même son casque.

— Putain, on est où là ? Ça correspond à quoi ?

— D'après la boussole, on a pris sud-sud-est. Si on reporte au plan de surface…

Le commandant Jean-Luc Samoins déplia sa carte comme il put dans l'étroit boyau.

— … on doit être sous le jardin du Luxembourg, quelque part ici. *A priori*, à la verticale de cette zone.

— C'est quoi, ces machins ?

Marc Brunier s'était rapproché.

— D'après la légende, ce sont des ruches.

— Ils ont des ruches au Luxembourg ?

Cinquante mètres plus loin, les unités aboutirent à un croisement. Deux galeries rampaient vers l'inconnu. L'une vers le sud, l'autre vers le nord.

— Hors de question de se séparer. On a un seul bouclier. On va commencer par une galerie et, si on trouve rien, on reviendra pour faire l'autre.

Le commandant Samoins demeurait plongé dans son plan, comme si quelque chose, un signe du destin, allait lui désigner le bon chemin.

— À gauche.

Émilie venait de refluer parmi les montagnes cuirassées du corps d'élite.

— Il faut prendre à gauche. J'en suis sûre. Je le sens. Elles ne sont plus très loin.

Marie se savait prise au piège. Définitivement. Aucun argument rationnel n'inverserait le cours de son destin. Comment poursuivre une discussion logique avec une telle frappadingue ?

— Marie, il faut faire vite. Très vite. Comme moi, tu n'as pas été initiée et c'est tant mieux. Nous ne sommes donc pas conditionnées à l'idée du troisième sexe. Mais certains détails, certaines connaissances très développées dans les cent premières pages du codex HYVER t'intéresseraient beaucoup. Quand tu le liras, je suis sûre que tu partageras mon point de vue. Nous pourrions aller tellement loin ensemble…

— Qu'est-ce qu'il y a dans les premières pages du codex ?

Marie restait profondément curieuse de cet ouvrage mythique, immense, ancestral, qu'elle n'avait aperçu que quelques instants.

— À l'origine, elles ont été écrites par Hypatie d'Alexandrie en personne, qui possédait une culture insondable. La plupart des rouleaux de papyrus qui nourrissaient sa réflexion ont disparu. Elle raconte comment l'humanité a vécu pendant des millénaires sous la protection de la déesse des origines.

Marie plissa les paupières.

— La déesse des origines ?

— Bien avant les religions monothéistes qui ont imposé le modèle d'un dieu masculin à la barbe blanche, les divinités étaient toujours des femmes. Sais-tu que, pendant des milliers d'années, les hommes ont ignoré qu'ils contribuaient à la procréation ? Ils imaginaient que les femmes tombaient enceintes par la pensée, ou bien qu'elles étaient engrossées par des forces cosmiques...

L'étudiante restait silencieuse, pendue aux lèvres de sa sœur.

— Forts de cette croyance, les hommes vouaient un culte sans limite à leurs déesses. Elles donnaient la vie, comme par magie. C'était de la parthénogenèse, déjà. Nul besoin de la semence de l'homme. Du moins le pensaient-ils, et ils en étaient fort heureux. Ils vivaient dans la paix et la prospérité. Partout. La déesse Ishtar en Mésopotamie, Isis en Égypte, Gaïa en Grèce, Cerridwen en Irlande... Elles régnaient sans partage. La déesse Sarasvati, en Inde, aurait inventé le premier alphabet, et Nidaba aurait même inventé l'écriture. On a retrouvé la trace de ces cultes dès le paléolithique, tu te rends compte ? Et les déesses sont restées au centre de la plupart d'entre eux jusqu'à environ 500 après Jésus-Christ. Après quoi, les derniers temples païens et polythéistes ont été fermés. C'en était terminé de l'adoration des femmes. Pour toujours. Le premier symbole de cette rupture, c'est le massacre d'Hypatie, en 415. Ces porcs l'ont découpée en morceaux et carbonisée.

— Comme ta première victime, lâcha Marie, les mâchoires serrées. Ta propre sœur. Notre sœur.

Rosalie fit volte-face et s'approcha du matelas.

— C'était sa faute, Marie. Entièrement sa faute. Elle n'a rien voulu révéler... Elle a préféré me laisser crever sans broncher, comme Marianne. Elles avaient choisi leur camp. Et puis je souffre tellement... Il fallait qu'elles souffrent, elles aussi...

— Mais c'est complètement débile ! s'emporta Marie. Tu veux te débarrasser des hommes et tu tues des femmes ! Nos propres sœurs, en plus !

— Chaque chose en son temps. Et il ne peut y avoir qu'une seule reine, n'est-ce pas ? Pas besoin de s'embarrasser d'inutiles prétendantes… C'était aussi une occasion en or de mettre au point ma petite mise en scène pour ébranler la ruche et obliger la reine et Antonakis à bouger. J'avoue même avoir précisément choisi le moment. J'ai attendu le début de ton stage à la police scientifique. J'espérais aussi t'attirer vers moi. C'est maintenant chose faite.

— Mais… comment savais-tu pour mon stage ?

— La ruche a des ramifications dans toute la société, dans toutes les institutions stratégiques. Ici et dans le reste du monde. J'avais de très bons renseignements. J'ai même attendu la permanence de ton cher ami, le commandant Brunier. Il fallait viser juste, à quelques heures près, pour que tout colle. J'espérais que vous vous rencontreriez. Tout s'est déroulé à merveille.

Marie écarquilla les paupières.

— Marc ? Tu as voulu qu'on se rencontre ? Mais qu'est-ce qu'il vient faire là-dedans ?

— Tu comprendras plus tard.

Rosalie se leva et glissa vers le pupitre qui recelait le précieux codex HYVER.

— Nous en étions aux années 500 après Jésus-Christ, peu après le massacre d'Hypatie. La fin des derniers cultes voués aux déesses primordiales… et la fin du monde. D'un premier monde. Nous sommes entrés dans le chaos. Il aura fallu pratiquement mille ans pour en sortir, jusqu'à la Renaissance. Tout s'est effondré, mais les femmes, elles, ne s'en sont jamais remises. Il y a eu un avant et un après. Sais-tu qu'elles étaient beaucoup plus libres avant le chaos ? Les Babyloniennes, selon le code d'Hammourabi, avaient le droit de gérer leur patrimoine, d'intenter des procès, de demander le divorce… Certaines étaient même juges et magistrates. Les lois les protégeaient fermement contre les exactions des hommes.

Rosalie débitait son savoir, les yeux rivés au codex. Elle avait manifestement retrouvé le passage dans le texte de la grande sainte et semblait traduire en simultané.

— En Lydie et en Lycie, dans la partie occidentale de l'Anatolie, les femmes régnaient et détenaient le pouvoir suprême. Hypatie rapporte que les Amazones sont nées ici.

— Les femmes guerrières ? Mais c'est un mythe...

— Détrompe-toi. Les archéologues ont mis au jour de nombreuses tombes réparties entre les Carpates et le Caucase, exhumant des squelettes parés de bijoux, mais aussi d'armes, d'épées, de boucliers. Ces femmes guerrières, descendantes des peuples scythes, les Sarmates, ont bien vécu et se sont bien battues. En réalité, nous sommes leurs héritières.

Rosalie écarta le pli de sa tunique et dévoila sa poitrine. Une longue cicatrice barrait la peau de son thorax, sur la partie droite. Il ne lui restait plus que le sein gauche.

L'étudiante demeura médusée. Elle n'en croyait pas ses yeux.

— Depuis Démocrite, le père terrestre de l'alchimie, qui a connu les Amazones et s'est longuement entretenu avec elles, certaines suivantes parmi les plus pratiquantes non seulement restent vierges, mais offrent leur sein droit, en mémoire de ces femmes qui se sont battues pour imposer leur pouvoir contre les hommes. Si tu me suis, tu l'offriras, toi aussi.

Marie hallucinait.

Soudain, des bruits étouffés s'infiltrèrent dans la cellule. Comme des cris, et même de brèves explosions. Les éclats rappelaient un feu d'artifice qui s'épanouirait au loin, sur l'autre rive d'un fleuve.

Rosalie se précipita à l'extérieur. Marie se dressa. Était-ce le moment de fuir ? Mais, au lieu de s'élancer, elle pivota vers le pupitre et se sentit irrémédiablement aimantée par le codex.

Le texte, pratiquement effacé, alternait le latin et le grec. Elle n'avait pas suffisamment de maîtrise des deux langues anciennes pour le comprendre.

Rosalie reparut, livide.

— Il faut partir. Viens !

— Attends ! Je veux tout savoir. Je veux finir de comprendre. Sinon je hurle, je les attire encore plus vite jusqu'à nous.

Rosalie extirpa sa longue lame d'un repli de sa robe et la pointa vers le visage de sa sœur.

— Essaye seulement et ce sera ton dernier cri.

Une dizaine de robes noires parut au même instant dans la pièce exiguë.

— Il faut y aller maintenant, jappa l'une d'elles.

— Je dois comprendre ! insista Marie. Si tu veux que je te suive, Rosalie, il faut tout me dire. Sinon je meurs ici, et que feras-tu ? Transporter mon cadavre ? Toutes mes cellules vont mourir, les unes après les autres. Comment feras-tu pour me cloner ? Alors que je pourrais t'aider. Mettre au point les embryons parthénogénétiques. Les modifier génétiquement. C'est toi qui l'as dit.

Une lueur traversa le regard de Rosalie. Elle savait que sa sœur bluffait, sans aucun doute. Qu'elle jouait la montre. Mais pouvait-elle prendre le risque ?

— D'accord. Que veux-tu savoir ?

— Les serpents. Le caducée. Hermès. Pourquoi tous ces symboles ?

Rosalie vint se camper face à sa sœur.

— Les serpents, c'est nous. À Sumer, la déesse Nibada était représentée en serpent, il y a déjà six mille ans de cela… À Babylone, Ishtar sur son trône royal arbore un bâton autour duquel s'enroulent deux serpents. On la surnommait « celle qui gouverne les oracles ».

— Le bâton avec les deux serpents, comme celui d'Hermès…

— Exact. Tu sais sans doute qu'en Égypte toutes les divinités et même les rois et reines portaient une sorte de couronne, en fait un serpent enroulé autour de leur tête. Le *cobra uraeus*, le troisième œil, symbole de sagesse et de discernement… Voilà qui sont les serpents. Voilà qui nous sommes. Jusqu'à ce que les hommes ressentent une profonde aversion envers nous. De la lumière, nous sommes passées aux ténèbres. Nous donnions la vie et ce pouvoir maléfique les a terrorisés. Comment les embryons pouvaient-ils grandir dans nos ventres ? Par quelle magie ? Ils rejetaient ce qu'ils ne comprenaient pas. Ils se sont alors mis à nous combattre à mort.

— Nous combattre à mort ?

— Marie, il faut être lucide. Le serpent a totalement changé de nature. Il est devenu le tentateur qui pousse Ève à mordre le fruit défendu de la connaissance. C'est l'image de la femme tentatrice, perverse, qui détourne les hommes de leurs objectifs. La femme est devenue l'ennemie. Dans les textes bibliques, il est dit qu'il faut combattre avec acharnement le culte des déesses. Dans le même temps, les hommes ont dépossédé les femmes de leurs pouvoirs comme de leurs biens. Plus encore, ils ont fait de nous leur propriété. Nous avons été assimilées à des biens meubles et pouvions être vendues comme des buffets. Traitées comme des objets. Il fallait nous détruire à tout prix. C'est ainsi qu'au Moyen Âge nous avons été victimes d'un véritable « sexocide ». Un « gynocide », pour être précise.

De nouveaux bruits sourds moururent dans la cellule. Les dix robes noires s'affolaient ; Rosalie se montrait de plus en plus stressée.

— Un gynocide ? relança Marie pour gagner le maximum de temps.

— La chasse aux sorcières. Le *Malleus maleficarum*, le *Marteau des sorcières*, tu n'en as jamais entendu parler ? L'Inquisition avait eu vent de nos activités, nos recherches sur la vie, la volonté de revenir aux temps anciens, mythiques, de paix et de prospérité, lorsque les femmes étaient respectées, adorées, et que douceur et consensus régnaient à la surface de la Terre.

Rosalie s'apprêtait à quitter la pièce. Marie la retint par la manche. C'était la première fois qu'elle effleurait volontairement sa geôlière.

— Attends… Tout ça, ce sont de vieilles histoires juste bonnes à entretenir des mythes féministes ! Aujourd'hui, nous sommes libres !

Rosalie se retourna et arbora un sourire sardonique.

— Libres ? Pauvre petite bourgeoise bien choyée par sa maman, qui a fait de bonnes études dans son chicissime 6e arrondissement. Tu lis les journaux ? Tu t'intéresses à la marche du monde ? Connais-tu le sort des femmes partout sur cette planète ? En Inde, elles sont sacrifiées à la naissance au profit des hommes, noyées quand elles ne sont pas trucidées dans le ventre de leur mère à huit mois de grossesse ! Les survivantes sont victimes d'une épidémie d'accidents domestiques… Elles meurent brûlées dans d'étonnants incendies de cuisine !

Le visage de Marie changea d'expression. Ses traits se raidirent.

— Je dois te faire un dessin sur la condition des femmes dans l'islam ? La charia les prive de tous leurs droits, toutes leurs libertés. Elles peuvent être tuées par leurs maris sans que personne s'émeuve. En Arabie Saoudite, au Yémen, à Dubaï, au Pakistan ou au Bangladesh, les femmes violées sont jugées et condamnées à des années de prison ou des centaines de coups de fouet. Parfois même exécutées. La double peine systématique. Je me souviens de ce juge qui expliquait tranquillement que les femmes qui se déhanchent dans la rue provoquent les hommes qui n'ont d'autre choix que de les violer, et que ça n'arriverait pas si elles restaient cloîtrées à la maison, dans leur hijab.

Marie se décomposait.

— Dans notre chère France, tous les trois jours, une femme meurt sous les coups de son mari… Même dans ton milieu bien policé, les femmes sont considérées comme les dernières des connes. Combien ont été écartées du prix Nobel au profit de mâles usurpateurs, à commencer par Rosalind Franklin ? Crick et Watson ont eu le Nobel, pas elle. Je pourrais aussi citer Lise Meitner, qui a joué un rôle fondamental dans la découverte de la fission nucléaire, et a été écartée au profit d'Otto Hahn. Ou encore Jocelyn Bell, l'astrophysicienne qui a découvert le premier pulsar, qu'on a même surnommée Jocelyn « No-Bell ». Comique, non ? Au total, il n'y a que 5 % de femmes Nobel pour 95 % d'hommes... Belle parité ! Tu vois ce qui t'attend, petite sœur... Un joli plafond de verre, bien translucide, mais infranchissable.

Marie était défaite. Tout un monde s'effondrait. Elle se sentait perdue. Et si Rosalie avait raison ?

— Nous allons enfin prendre notre revanche, Marie. Reprendre notre place. N'oublie pas, ce n'est pas un hasard si les serpents nous symbolisent, jusque sur le caducée. Les serpents changent régulièrement de peau... La grande mue a commencé et elle ne passe pas par un troisième genre, mais par la sublimation du deuxième sexe. Toutes les technologies sont désormais disponibles pour faire de nous des surfemmes. Tu en es la première esquisse...

Des coups de feu retentirent juste à côté. Des cris. Des aboiements féroces. Une explosion sèche. S'ensuivit une confusion totale, jusqu'à ce qu'une fumée grisâtre s'infiltrât dans la pièce.

Cette fois, ils étaient parvenus jusqu'à elle. C'est ce que Marie avait espéré, bien qu'elle parût presque le regretter. Elle lança un regard inquiet à sa sœur, qui s'était tournée et venait de brandir son fameux couteau au plat étincelant sous la lumière des plafonniers. Les dix robes noires se massèrent autour d'elles, comme pour former un cordon sanitaire.

Un chien surgit dans la pièce. Un superbe malinois, le poil vif, les dents acérées et le regard menaçant. Il grognait en dévisageant les filles une à une. Son râle rauque remontait des profondeurs de ses tripes, et résonnait comme le glas dans la nuit.

Chacune retenait son souffle, stupéfiée. Puis un ronronnement mécanique s'éleva. Un petit robot monté sur deux chenilles s'approcha du molosse. Il hoqueta sur le sol légèrement cabossé puis s'immobilisa net. Sa minuscule caméra obliqua vers la droite et se figea. Elle fixait les robes noires qui s'étaient terrées contre une paroi. Elles brandissaient des pistolets-mitrailleurs.

— C'est fini ! hurla une voix depuis la pièce voisine. Libérez Marie Duchesne, lancez vos armes vers la porte et couchez-vous, mains sur la tête !

Personne ne broncha. Le robot demeurait stoïque. Soudain, le malinois se mit à aboyer. Des jappements stridents, stressants, qui faisaient frissonner les chairs. Les pulsations cardiaques s'accélérèrent, les filles commencèrent de s'agiter. L'une d'elles, plus nerveuse que les autres, dézingua le robot. Le chien morfla une balle perdue et se mit à couiner comme une truie. Il s'affala sur le flanc en gémissant.

— Posez vos armes immédiatement ! reprit la voix. Vous n'avez plus le choix ! Vous n'en sortirez pas vivantes si vous persistez ! On en a déjà une dizaine sur le carreau ici !

Les filles échangèrent des regards paniqués.

— Calmez-vous ! leur ordonna Rosalie. Laissez-moi faire.

Aussitôt, elle saisit Marie par le bras et se faufila au-devant des robes noires. Puis elle plaça son poignard sous la gorge de l'étudiante.

— Faites un seul mouvement vers nous et j'égorge Marie Duchesne ! C'est ce que vous voulez ?

De l'autre côté de la paroi de calcaire, les hommes du RAID, groupés en colonne à l'abri de l'énorme bouclier balistique, tenaient l'issue bien en joue. Ils n'avaient essuyé qu'une faible résistance, une quinzaine de robes noires faiblement armées. Quelques-unes semblaient aussi nichées derrière cette porte. Mais où se trouvaient toutes les autres ? Et les explosifs ? Les armes ? Une menace planait-elle vraiment sur les civils ? La situation n'avait rien à voir avec le tableau apocalyptique dépeint par la documentaliste de l'institut des Carrières. Quel coup tordu préparaient-elles ?

Brunier, à quelques pas, tentait d'apercevoir le moniteur manipulé par deux colosses qui transmettait les images du robot vidéo. François, le maître du chien touché, jurait dans sa barbe.

— Les salopes, elles ont buté Diesel… Il agonise, c'est ignoble !

Les médecins s'affairaient tout autour pour prodiguer des soins aux blessés, des robes noires pour la plupart. Émilie prêtait main-forte comme elle pouvait.

— On va sortir. Lentement. Vous allez nous laisser passer, sinon je la bute !

Dans les galeries, la fumée des grenades finissait de dissoudre les dernières molécules d'oxygène. Les hommes respiraient mal, d'autant qu'ils se trouvaient tous engoncés dans leurs gilets tactiques. La situation commençait à dériver dangereusement. Et maintenant, les cibles faisaient mouvement vers eux…

Brunier s'avança, lentement. Il voulait affronter l'ordure qui avait écorché, calciné, tronçonné deux gamines et leur mère. Sans compter les victimes collatérales, dont il avait failli faire partie. C'était désormais entre elle et lui.

Il leva le bras pour signifier que personne, fût-ce le divisionnaire Nguyen lui-même, ne l'empêcherait d'approcher. Estelle Chomet, qui piaffait à l'arrière, assista impuissante à l'initiative suicidaire de son chef. Elle le savait au bord de l'effondrement et craignait le pire.

— Ça va ! Vous pouvez sortir ! grogna-t-il d'une voix éraillée par les fumées.

Dix secondes plus tard, Rosalie apparut, poussant Marie devant elle, la lame collée contre le cou. En une fraction de seconde, elle pouvait lui sectionner la jugulaire. Elles franchirent le seuil, suivies par les robes noires, les armes à la main.

— Tiens, tiens… Le commandant Brunier en personne…

Dans les rangs, les opérateurs échangèrent des regards stupéfaits. D'où connaissait-elle l'officier de la Crim ?

— Moi, je vous connais pas. Qui êtes-vous ?

Rosalie se dissimulait derrière sa sœur. Elle s'écarta légèrement.

Brunier reçut un choc en plein cœur. C'était impossible. Cette femme était un sosie parfait d'Élisabeth Duchesne.

— Tu ne t'attendais pas à cela, n'est-ce pas ? Tout à l'heure, tu me vois massacrée, décapitée dans le coffre d'une voiture, et me voici ressuscitée devant toi. Ce n'est que le début ! Je serai bientôt partout… Comme Marie, comme Émilie… À propos, tu es là aussi, n'est-ce pas ? Je sens ta présence…

Émilie s'était terrée derrière la dépouille d'une des suivantes de la ruche. Elle demeurait tapie dans l'ombre.

— Lâchez-la ! glapit Brunier. Vous avez fait assez de conneries, vous croyez pas ? Si vous la libérez maintenant, vous serez toutes sauves. Sinon…

— Sinon quoi ? Tu vas sacrifier ta petite Marie adorée ?

Rosalie exerça une pression sur la lame du poignard. La jeune femme geignit ; une goutte de sang perla et glissa lentement sur sa peau.

Marc Brunier déglutit.

Lentement, comme un fauve à l'affût, Émilie dépassa les dépouilles qui jonchaient le sol du caveau. L'atmosphère devenait de plus en plus étouffante. La tension culminait, chacun sentait que le moindre geste pourrait déclencher une avalanche de poudre.

Les deux groupes se faisaient face depuis plusieurs minutes et s'observaient en chiens de faïence. Seul Brunier se tenait à découvert, sans arme. Il voulait affronter le monstre d'homme à femme.

Discrètement, une des dix robes qui se tenaient derrière Rosalie avança d'un pas. Son visage parut sous la lumière des plafonniers.

Le commandant de la Crim se décomposa. Sa paupière droite et sa lèvre supérieure tressaillirent violemment, comme si son visage se délitait par compartiments. Puis, dans la touffeur de la tension exacerbée, les odeurs de poudre et les relents de chair sanglante, l'officier vacilla d'avant en arrière. Une fois, deux fois, avant de s'effondrer. Son corps semblait ensorcelé, pris de redoutables spasmes. Il gigotait comme un damné, sous les yeux abasourdis des opérateurs du RAID.

Les médecins hésitèrent à lui porter secours. Il se trouvait face aux cibles, sans aucune protection, ce qui présentait un risque majeur. Avant qu'ils eussent le temps d'agir, la robe noire qui s'était distinguée du groupe poussa un cri strident puis fondit sur l'épileptique.

Sylvain, la tête de colonne blottie derrière le bouclier, tira aussitôt.

La jeune fille s'effondra.

Le coup de feu résonna comme un terrible détonateur. Un déluge de feu s'abattit sur les ravisseurs. Rosalie se jeta à terre, entraînant Marie dans sa chute. Par chance, deux cadavres leur faisaient écran.

Émilie n'était qu'à cinquante centimètres. Elle bondit sur la reine autoproclamée puis s'empara du couteau tombé tout près d'elle.

Profitant de la confusion, et tandis que le carnage s'achevait, Émilie saisit sa sœur aînée par les cheveux. Leurs regards se croisèrent.

— Espèce de salope, cingla Émilie. T'as voulu me baiser ? Je t'avais prévenue. Tant pis pour toi.

Les pupilles de Rosalie se dilatèrent, la terreur se lisait sur tout son visage. Elle avait compris. Nul ne pouvait réchapper des griffes d'Émilie. Elle se trouvait pourtant désarmée, inoffensive. À moitié perdue. Il lui suffisait d'être cueillie par les forces de l'ordre. Elle n'aurait opposé aucune résistance.

Mais, d'un geste sûr, Émilie lui planta la lame dans la poitrine. Une fois. Deux fois. Cinq fois. Elle s'acharnait. La robe blanche n'était plus qu'un linge détrempé de sang. Le regard de Rosalie se vida progressivement de ses derniers atomes de vie. Deux pupilles vitreuses fixaient désormais l'éternité, au travers des épaisses couches de calcaire.

Marie, elle, restait prostrée contre un mur, le visage blotti entre les mains. Elle refusait de voir. De découvrir l'issue du massacre. Elle imaginait le pire. Brunier et Émilie pulvérisés par les balles de 9 mm qui avaient plu comme la grêle de l'Apocalypse.

Après la tempête de feu, un silence lourd sombra sur la cavité souterraine. Les fumées emplissaient tout l'espace. Les opérateurs du RAID, les médecins, tous éternuaient et toussaient violemment. Il fallait rapidement sortir du guêpier, sinon tous finiraient asphyxiés. Les médecins du RAID s'occupaient désormais de Marc Brunier.

Toutes les robes noires avaient été exterminées. Elles ne bénéficiaient d'aucune protection et n'avaient pas fait un pli. Marie pouvait se considérer comme une miraculée.

Tandis que Brunier s'apaisait lentement, en position latérale de sécurité, la jeune femme qui s'était ruée sur lui bascula sur le dos. Elle avait expiré quelques secondes après l'impact de la balle dans son thorax. Malgré la pâleur de ses traits figés à jamais, elle était belle.

Elle s'appelait Sarah.

Sarah Brunier.

Chapitre 34

357 avant Jésus-Christ, Abdère,
sur la côte de la mer de Thrace

Le tumulte des montures et le tintement des armures s'abîmèrent dans la caverne, comme les flots impétueux se brisent sur les rochers.

Le vieillard se dressa en sursaut. Il se massa les oreilles en grognant. Il était plongé dans le silence et l'obscurité, comme chaque jour, et comme chaque nuit depuis trente-deux années.

Au-dehors, les cavaliers avaient marqué l'arrêt, puis mis pied à terre.

Les juments haletaient ; une écume laiteuse suintait de leurs naseaux. Elles avaient galopé des dizaines de lieues sans nulle pause.

Au-devant, l'éclaireur ôta son casque. Une longue chevelure blonde dévala sur ses épaules métalliques.

Les suivantes firent de même, révélant d'étonnantes toisons d'or qui bouclaient encore, malgré le couvercle qui les avait oppressées durant toute la chevauchée.

— Par ici, lança l'éclaireuse en désignant l'entrée du caveau.

Les onze cavalières pénétrèrent dans l'antre lugubre.

L'une d'elles s'était emparée d'un flambeau, qu'elle avait pris soin d'embraser avant d'entrer.

— Qui va là ? tonna une voix de stentor depuis le fond de la caverne.

— Nous venons d'Anatolie, maître. Nous avons longuement chevauché pour vous rencontrer.

Pas de réponse.

Les cavalières hésitèrent. Devaient-elles s'enfoncer davantage ?

Soudain, un visage labouré de profondes rides, comme les sillons d'un champ de millet, parut à la lueur de la flamme.

— D'Anatolie, dites-vous ?

— Oui, grand polymathe[1], nous venons de l'Orient, par-delà le Bosphore. Nous sommes parties des hautes steppes du Caucase pour venir vous voir…

La jeune femme saisit un paquet soigneusement enroulé dans une peau, puis le tendit en offrande.

Le regard du vieillard scintilla dans la lumière pétulante. Ses iris ocre se confondaient avec ses orbites. Il ne bronchait pas, semblant regarder au loin.

La jeune femme, cuirassée dans sa cotte de mailles, passa la main devant les yeux du vieil homme.

Le géronte saisit le poignet de la cavalière comme on attrape une mouche en vol.

— Je ne puis voir, mais je perçois toujours l'onde qui caresse mon visage.

— Pardonnez-moi, maître, j'ignorais…

— Que je suis aveugle ? J'ai bien assez vu le monde, et les hommes qui le peuplent. Mes yeux ont préféré se tourner pour ne regarder qu'en moi-même.

Les jeunes femmes étaient stupéfaites que le grand maître, réputé pour son savoir universel, pût vivre ainsi reclus, dans les ténèbres, sans même la faculté de lire ses précieux papyrus. Depuis si longtemps, il avait élu domicile au fond d'un caveau, auprès de sépultures d'ancêtres grecs, à l'écart de la vacuité du monde. Il n'était vêtu que d'une simple toge,

1. Omniscient, celui qui sait tout.

et vivait des dons que ses nombreux zélateurs déposaient pour lui chaque jour.

— Maître, nous avons besoin de vos lumières. Vous êtes la sagesse faite homme, le *philósophos*. Vous avez engendré tant de savoirs, percé tant de mystères que nous n'avons d'autre choix que de nous en remettre à vous.

Le vieillard tergiversa, puis tourna son dos gibbeux.

— Suivez-moi.

La lueur du flambeau lécha les murs rugueux de la caverne, jusqu'à dévoiler des dizaines d'étagères. Les cavalières découvrirent, médusées, les centaines de *volumina* et de *chartae* qui reposaient les uns sur les autres dans un joyeux capharnaüm. Ces précieux rouleaux de papyrus n'avaient point été ordonnés depuis des lustres, pas plus que déroulés. Certains, sans doute, s'effriteraient en mille poussières à la moindre tentative de débobinage.

Quels trésors moisissaient sur ces rayonnages biscornus ? Chacun savait que le vieil homme n'avait plus besoin de les compulser ; il en savait parfaitement le contenu et pouvait les déclamer à loisir.

— Ces rouleaux sont-ils vos œuvres, grand maître ?

— Ceux qui occupent tout ce mur, en effet.

Les jeunes femmes hallucinaient. Si Démocrite disait vrai, c'est alors qu'il avait noirci des milliers de feuilles de papyrus. Une œuvre de titan.

— Qui êtes-vous exactement et que me voulez-vous ? s'enquit le vieux philosophe.

— Nous sommes un peuple de femmes. D'aucuns nous surnomment les Amazones.

Démocrite éclata d'un rire tonitruant. Il semblait ne plus pouvoir cesser, les larmes lui venaient aux yeux. Les cavalières se figèrent, désarçonnées.

Le grand sage riait bien souvent de la folie des hommes, au moins autant qu'Héraclite d'Éphèse en pleurait. Il avait toujours préféré moquer les errements de ses contemporains plutôt que de s'en alarmer inutilement.

— Les Amazones ? finit-il par articuler. Voulez-vous m'occire par le rire ? Seriez-vous les filles d'Arès et de la nymphe Harmonie ? Seriez-vous ces femmes qui se tranchent le sein pour mieux tirer de leur arc ? Que n'ai-je vécu cent ans pour ouïr telle drôlerie !

Les jeunes femmes pâlirent. Elles ne savaient que penser.

L'une d'elles posa son bouclier en demi-lune et entreprit de dégrafer sa *byrnne*[1] tressée d'anneaux de fer. Le cliquetis métallique fit pivoter Démocrite, qui fronça les sourcils.

Puis la jeune femme dévoila un caftan croisé et serré à la ceinture, décoré de motifs géométriques.

Soudain, elle saisit la main du vieillard et la plaqua contre sa poitrine.

— Ce n'est nullement une légende, maître. Sentez ma mamelle droite, elle n'est plus qu'un mince repli de chair.

Puis elle fit glisser la paume du philosophe qui se laissait faire.

— Tandis que mon sein gauche est plein.

Le vieil homme rosit légèrement et retira aussitôt sa main.

— Que me contez-vous ? Allez-vous aussi me dire que le demi-dieu Héraclès, aidé de Thésée, vous a vaincues à la bataille de Thermodon pour le neuvième de ses douze travaux ? Et qu'il a rapporté la ceinture de votre reine Hippolyté ?

La meneuse fit un pas en avant.

— Non, c'est un mythe, grand polymathe. En toute fabulation demeure cependant une part de vérité. Nous sommes les survivantes d'un village scythe, dont tous les hommes furent exterminés par Darius lors des guerres médiques… Nous avons décidé de ne plus jamais nous fier aux hommes, dont la cruauté sanguinaire n'a d'égal que la lâcheté et la frivolité. Nous nous sommes tant et si bien organisées que nous vivons en paix depuis plus d'un siècle. Et si l'on vient nous chercher querelle, nous savons l'art de la guerre.

1. Mot celte désignant la cotte de mailles.

Démocrite arpenta la caverne jusqu'au banc de granit qu'il affectionnait.

— Cependant, notre survie est aujourd'hui menacée. Jusqu'ici, nous avions remis notre destin entre les mains des dieux et…

— Balivernes ! coupa le vieux philosophe. Allez-vous donc faire comme tous ces hommes que vous honnissez ? J'ai beaucoup voyagé, et vu la bêtise autant que la laideur. J'ai vu tous ces hommes sans scrupules qui s'en remettent au destin divin pour couvrir leurs actes. Qui se revendiquent de Zeus, d'Apollon ou d'Arès pour justifier leurs guerres et leurs crimes. C'est là chose bien aisée que de s'abriter derrière des mirages.

La jeune femme demeura bouche bée.

— Maître… dois-je entendre que vous ne croyez point en l'existence des dieux ?

— En effet. Les choses divines sont conçues par la raison humaine. Voyez les tragédies dont nous abreuvent ces auteurs en mal de reconnaissance lors des Dionysies. Leurs sacrifices de boucs et leurs concours de drames montrent que la cruauté humaine n'a d'égal que le mépris des pseudo-dieux. Dans l'œuvre d'Eschyle, les divinités sont partout. Pourtant, elles laissent les hommes perpétrer les pires exactions. Eschyle a été profondément marqué par la violence sanguinaire des guerres médiques ; il vouait même une certaine admiration à Darius, savez-vous ?

Les jeunes femmes blêmirent.

— Regardez avec quelle cruauté Zeus martyrise Prométhée, après l'avoir cloué sur son rocher… Il n'existe aucune justice divine, et les dieux sont souvent plus vils que les mortels.

— Les dieux ne sont-ils jamais d'aucun secours ? Ne protègent-ils point parfois les hommes ?

— S'ils existent, ils s'en jouent, bien au contraire. Considérez les héros des drames de Sophocle : Antigone, Ajax, Électre… Ils luttent, s'opposent aux dieux, tentent d'imposer leurs vues quoi qu'il en coûte. Et voyez leur destinée : comme moi, ils sont voués à la solitude. Ils sont rejetés par leurs semblables et trompés par les dieux. S'ils existent, les dieux sont donc bien plus nuisibles que bienfaisants. C'est pourquoi je ne les ai jamais portés dans mon cœur et préfère penser qu'ils n'existent point.

La cavalière la plus âgée, et d'évidence la plus rusée, vint s'asseoir auprès du grand sage.

— Maître, vous vous dites condamné à la solitude, comme les héros des tragédies de Sophocle, mais comment un génie tel que vous peut-il être dédaigné par les hommes ? C'est là un non-sens…

Démocrite demeura stoïque, le regard fixé droit devant lui.

— Les hommes ne goûtent pas mes idées. Ils ne les entendent point, en réalité. Ils préfèrent continuer de croire en leurs divinités. Prenez ce Platon, à Athènes, dont chacun se gargarise. Savez-vous qu'il me hait ? Il a tantôt déclaré qu'il faudrait brûler tous mes écrits dans un immense autodafé ! J'ai tant ri quand je l'ai ouï dire !

— Ri ? Vraiment ?

— La conscience a été donnée à l'homme pour transformer la tragédie de la vie en une comédie…

Démocrite s'égara dans ses pensées et ses innombrables souvenirs. Une larme coula le long de sa joue ravinée.

— En vérité, je me sens comme le vieux roi Œdipe. D'ailleurs, je suis aveugle, tout comme lui. Et, comme lui, abandonné de tous, m'étant moi-même condamné à l'exil. Je n'ai pourtant commis aucun crime, ni occis mon père ni épousé ma mère. Je n'ai d'ailleurs épousé quiconque, ni même partagé la couche d'aucune femme, car la tranquillité de l'âme vient de la modération du plaisir…

— Le roi Œdipe est demeuré seul dans l'exil jusqu'à la mort, n'est-ce pas ?

— En effet. C'est là mon destin. Je suis le souverain d'une philosophie par trop en avance sur son temps. Je demeurerai incompris jusqu'à la fin.

Le vieillard se ressaisit ; il n'avait point coutume de s'apitoyer sur son sort, encore moins devant des étrangères.

— Venons-en au fait. Qu'attendez-vous de moi que les dieux ne vous apportent point ?

— Maître, nous craignons de disparaître définitivement. Jusqu'ici, nous parvenions à nous reproduire, mais cela devient presque impossible. D'ici quelques décennies, nous nous éteindrons à jamais… Autrefois, lorsque nous devions nous perpétuer, nous partions chercher des hommes dans de lointains villages, en prenant soin de nous mettre ensuite hors de leur vue pour qu'ils ne nous retrouvent jamais. Désormais, plus aucun ne nous accueille à des dizaines de lieues à la ronde.

— Pour quelle raison vous tournent-ils le dos ?

— Ils ont eu vent de nos pratiques de préservation des engeances femelles au détriment des mâles. Depuis, ils nous fuient comme la peste.

— Vos pratiques de préservation ?

Démocrite se massa le menton.

— Cela est vrai, au fond… C'est une question légitime, car j'imagine que vous n'engendrez point naturellement seulement des filles, n'est-ce pas ? Que faites-vous de vos progénitures mâles ?

Un silence pesant s'abattit sur la frêle cohorte.

— Allons, vous ne dites plus rien ? Parlez !

L'une des cavalières, au visage balafré, s'avança de deux pas.

— Nous les éliminons, maître. Nous les noyons à la naissance.

Démocrite écarquilla ses yeux livides.

— À ceux que nous laissons vivre, nous crevons les yeux pour qu'ils ne nous désirent point, et leur brisons l'échine pour éviter qu'ils puissent nous maltraiter. Ainsi diminués, ils accomplissent nos basses besognes.

La mâchoire inférieure du philosophe tomba, dévoilant deux chicots.

— Et vous trouvez les hommes lâches et sanguinaires ? Il faut croire qu'ils ont fort déteint sur vos âmes…

La plus âgée s'empressa de détourner la conversation vers d'autres horizons, pour ne point indisposer le grand sage.

— Maître, vous êtes un homme, certes, mais nous avons confiance en vous. Vous l'avez dit vous-même : vous voici retiré du monde depuis fort longtemps, et votre immense sagesse vous épargne les passions et les excès auxquels les autres mâles succombent.

Démocrite hésitait, demeurant sous le coup des révélations franches et troublantes de ces femmes. Puis un éclair traversa son regard blême. Il se redressa.

— Voyez-vous, j'ai passé le siècle. Me voici âgé de cent trois ans. Contrairement à tous les autres hommes, mon impiété semble punie. Je ne crois point aux dieux et ils me le rendent bien, me laissant vivre éternellement sans me rappeler à eux. Mais je ne pourrai supporter plus longtemps cette solitude, je vais bientôt m'éteindre. Si aucune maladie ni aucune calamité ne m'emporte, je me laisserai mourir de faim. Je ne vois guère d'autre solution. À moins…

— Oui, maître ?

— À moins que vous ne me portiez secours.

— Qu'entendez-vous ?

— Vous êtes fortes, vous méprisez les hommes, à raison. Pourriez-vous user des mêmes remèdes pour m'aider à trépasser ? Je suis déjà aveugle… Vous n'aurez qu'à transpercer mon sein. Ou bien trancher ma gorge.

La jeune femme se leva d'un bond, le regard effaré.

— Maître ! Vous n'y pensez point !

Démocrite tourna le visage en direction de la voix.

— Vous n'avez pas le choix ! tonna-t-il. Si vous promettez d'exaucer mon vœu, alors je vous révélerai tous les secrets que je sais.

Stupéfaites, les cavalières formèrent un cercle et palabrèrent plusieurs minutes. Un désaccord semblait les agiter.

Finalement, la meneuse rompit le cercle et pivota vers le vieillard impavide.

— Nous y consentons, à condition que vos révélations soient sincères et qu'elles nous éclairent.

— Soit. Que désirez-vous apprendre ?

— Maître, il ne s'agit pas seulement de notre devenir. Nous craignons que toutes les femmes finissent par disparaître de la surface de la Terre. Le devin nous l'a prédit.

Démocrite haussa ses sourcils chenus.

— Le devin ? Qu'est-ce encore que cette sornette ?

— Il était aveugle, comme vous… Il est venu nous annoncer la fin des femmes. Le triomphe des hommes. Que nous n'allions plus servir qu'à produire des enfants ; que nous serions confinées dans des camps retranchés, à l'abri des regards et des plaisirs du monde. Et qu'un jour, même, l'homme pourrait produire son engeance à l'aide d'outils ou de ventres mécaniques…

— Un devin aveugle qui prédit de grands malheurs… Ne serait-ce point Tirésias, le mage de la tragédie de Sophocle ?

— Je ne sais, maître, mais il rendait ses oracles avec tant de fougue que le feu semblait sortir de ses orbites.

— Vous pensez que ma cécité me confère le même pouvoir et que je peux lire les oracles de Delphes ? Je ne puis malheureusement lire l'avenir, je suis désolé.

— Nous savons cela. C'est de votre science que nous avons besoin, grand polymathe. Vous connaissez bien des secrets, comme celui de la vie éternelle… Vous l'avez dit : à cent trois ans, vous voici toujours valide, et las de votre existence. Nous…

La jeune femme hésita, consciente de l'extravagance de sa demande.

— Nous devons trouver le moyen de nous reproduire sans la semence des hommes, à la manière de la déesse des origines, mère de toute vie. Nous souhaitons accoucher d'êtres d'un nouveau genre, capables de se reproduire par eux-mêmes et de survivre définitivement loin des hommes et de leur folie autodestructrice.

Démocrite dodelina de la tête.

— Allons, que me chantez-vous là ? Entendez-vous agir comme Héra qui, selon Hésiode, enfanta Héphaïstos sans la semence de Zeus ? Tout comme Nyx, déesse de la nuit, conçut seule Némésis ? En d'autres termes, souhaitez-vous insuffler aux *parthenoi*, les jeunes filles vierges, le pouvoir d'engendrement ? Malheureusement, je ne suis pas plus magicien que devin. J'ignore d'où cette idée saugrenue a bien pu vous venir… C'est impossible.

La jeune femme extirpa un rouleau de papyrus d'une sacoche de cuir de bouc.

— Pourtant, maître, nous avons trouvé ce texte, il y a quelques années…

Elle déroula le *volumen*.

— Il y est question de l'espèce androgyne qui coexistait autrefois avec l'homme et la femme. L'homme tirait son existence du Soleil, la femme de la Terre, et l'androgyne de la Lune… Il est dit que Zeus a coupé les hommes et les femmes en deux et que, depuis, ils ne cherchent plus qu'à fusionner, comme avant. Ainsi naquit l'amour inné des hommes les uns pour les autres, l'amour recompose l'antique nature et s'efforce de fondre deux êtres en un seul, pour guérir la nature humaine. Mais les androgynes, eux, ont disparu. Pourtant, ils étaient sans doute les plus équilibrés. Ils pouvaient se passer du sexe opposé. Ils étaient la fusion des deux.

Démocrite fulminait. Une colère sourde montait en lui et faisait trembler sa carcasse décharnée.

— Savez-vous que cette fable stupide est de la main de Platon ? Cet homme de trente années mon cadet me tourne en ridicule. Mais ce sont ses textes qui sont ridicules. Depuis que Socrate a bu la ciguë, il n'est plus rien.

— Maître, Platon croit aux mythes et aux pouvoirs de l'esprit, tandis que nous croyons en votre science pour trouver la recette qui nous offrira de donner vie aux androgynes. Et de perpétuer l'espèce humaine sans que la folie des hommes n'entraîne d'abord le sacrifice des femmes, puis, au bout, la fin de l'espèce humaine tout entière…

Le vieux sage arpenta le caveau de long en large. Ces Amazones, étranges et vénéneuses, n'étaient point sottes. Elles témoignaient de quelque sagesse dans leurs craintes. Tout comme elles, il pensait que l'humanité ne saurait survivre éternellement aux assauts guerriers qui décimaient des peuples entiers.

Les femmes se montraient bien plus raisonnables, et le sage inclinait à croire qu'elles feraient régner une grande harmonie sur la Terre. Il n'avait cependant nulle idée du prodige qui leur permettrait d'enfanter des androgynes détachés du besoin des semences mâles.

Il devait pourtant leur répondre. Leur ouvrir la voie. C'était la condition de la survie de l'espèce. Et celle de son trépas, sa libération de la vie terrestre. Elles l'avaient promis.

— Eh bien, je crois… Je crois que la raison pourrait un jour permettre d'engendrer le troisième sexe. Savez-vous que tout ce qui existe dans l'Univers est le fruit du hasard et de la nécessité ? Aucun démiurge n'a décidé de nous faire exister. Il faut donc chercher les grandes règles qui régissent l'Univers pour en déduire celles qui permettront de produire les androgynes.

Les jeunes femmes étaient fascinées par les propos du vieillard, même si certaines n'y entendaient goutte.

— Tout d'abord, sachez que rien ne vient du néant, et qu'après sa destruction rien n'y retourne. La génération spontanée n'est que mythe. Si vous mourez, vous retournerez à la terre et nourrirez les arbres. Et vice versa. La matière reste matière et ne disparaît jamais complètement. Elle se recycle.

Trois cavalières échangèrent des regards inquiets. Que voulait-il dire ? De quoi parlait-il ? La plus mûre, elle, suivait le propos du vieillard avec concentration.

— Cette matière élémentaire, revenue à sa plus simple expression, je l'ai nommée *atomos* : ce qui ne se coupe point. Les atomes se déplacent dans tout l'Univers en effectuant des tourbillons. C'est de la sorte que se forment les composés : la terre, l'eau, l'air et le feu. Leur combinaison crée aussi la vie. Nous ne sommes que l'assemblage complexe de pyramides d'atomes.

La meneuse se gratta la tête. Elle ignorait où Démocrite voulait en venir.

— Ainsi, si nous découvrons le secret de la vie, la manière dont les atomes s'assemblent dans le ventre de la mère, nous pourrons sans doute influencer leur pyramide pour créer les androgynes. Il nous faut développer le sens de l'observation. Chercher, déduire, comprendre. Concevoir des outils qui nous permettent de percer l'infiniment petit et d'en tirer les recettes qui forgent les bébés. Afin de développer cette *praxis*, il faudra de longues générations de femmes et d'hommes plus sages que les autres. Il faudra utiliser à tout moment sa raison et cesser de croire que tout nous vient du ciel, de manière mystérieuse et sans compréhension possible.

Les visages des jeunes femmes s'illuminaient peu à peu. Elles commençaient de comprendre.

— Soyez comme le serpent de la connaissance. Puisez dans les forces telluriques qui vibrent au fond de la terre et prenez l'élan nécessaire pour élever votre raison vers les confins de l'Univers, sans jamais limiter votre imagination. C'est de ce balancement entre le bas et le haut que viendra notre salut. Soyez tout à la fois Chthonios et Ouranos, l'eau et le feu, la Lune et le Soleil. Vous réussirez ainsi la fusion…

L'une des cavalières s'empara de son bouclier engravé d'un serpent ondoyant et l'approcha d'un autre, placé à l'envers. Les deux reptiles semblaient s'entrelacer, l'un sinuant vers le bas, l'autre vers le haut.

Curieux, Démocrite promena ses longs doigts faméliques à la surface des broquels en demi-lune.

— Savez-vous que vous reconstituez ici le caducée du dieu Hermès ? Les deux basilics enlacés sur un bâton d'olivier symbolisent le pouvoir de guérir les morsures du serpent… Ils offrent ainsi, comme la médecine, d'agir sur le vivant pour le soigner. Détenant ce pouvoir, pourquoi ne pourraient-ils pas aussi le modifier ? Le modeler à leur guise ?

Les cavalières échangèrent des regards ébahis.

— Ce n'est point tout : savez-vous qu'Hermès est l'héritier du dieu égyptien Thot ? C'est un dieu lunaire.

— Lunaire, comme le signe qui caractérise l'androgyne d'après Platon…, murmura la meneuse, émerveillée.

— En effet. Thot aurait aidé la déesse Isis à recoller les morceaux de son frère Osiris pour lui redonner vie. Ainsi Thot et Hermès symbolisent-ils la capacité à donner la vie, et même à la ressusciter. Adoptez ce symbole et inspirez-vous de lui. Entamez la quête qui permettra, un jour peut-être, de donner vie au troisième sexe, l'androgyne… et de sauver l'humanité. Mais je vous en conjure : suivez toujours votre raison. La logique. L'observation. La connaissance. Ne succombez jamais aux sirènes des mystères ni à la magie de fausses divinités. Vous détenez la solution en vous. Vous êtes la solution.

Les cavalières étaient médusées. Un univers s'ouvrait devant elles. Les préceptes du vieux sage, sa vision d'un monde de raison au détriment des passions folles leur parurent comme une évidence. La clef qu'elles espéraient trouver.

— Servez-vous des *volumina* qui reposent sur cette étagère, ajouta le vieux philosophe en désignant un recoin de la grotte. Prenez le temps de les déchiffrer et de les entendre. Tout ce que je viens de vous révéler s'y trouve expliqué, détaillé. C'est là l'œuvre d'un siècle, celui de mon existence. Vous repartirez ainsi bien plus riches que vous n'êtes arrivées. Vous disposerez du pouvoir de changer le monde, d'empêcher le destin funeste qui semble peser sur vous et toutes les femmes à naître. N'oubliez pas que la tâche est immense et qu'il faudra bien des générations pour y parvenir. Ne renoncez jamais, quand bien même plusieurs siècles vous sépareraient de l'accomplissement.

Deux jeunes femmes commencèrent de collecter les rouleaux de papyrus en prenant soin de ne pas les effriter.

— Le temps est désormais venu de respecter votre promesse, murmura Démocrite, le visage serein. Délivrez-moi de cette existence qui s'éternise, que mes atomes viennent nourrir la terre et vous apporter la force et la raison dont vous aurez grand besoin dans votre quête.

La meneuse congédia les dix cavalières qui l'accompagnaient. Nanties des précieux écrits du maître, les jeunes femmes se retirèrent à regret.

— Si c'est toujours là votre souhait, grand polymathe, alors je tiendrai ma promesse.

Démocrite ne bronchait plus. Il paraissait aussi stoïque que la statue du dieu Hermès au temple d'Olympie.

Comme la foudre jaillit de la main de Zeus, l'Amazone brandit une lame et la ficha dans la poitrine du vieillard.

Le corps du philosophe était si malingre qu'elle perça d'abord une côte qui craqua sèchement, avant de crever le cœur bouillonnant du grand sage.

Une lueur traversa le regard cireux de Démocrite. Ses lèvres dessinèrent un sourire éthéré. Puis le vieil homme s'effondra dans les bras de la cavalière.

Celle-ci se prénommait Penthésilée, en hommage à l'une des premières reines de la colonie d'Oeorpata, comme les autres peuples scythes nommaient les Amazones.

Mais, en cet instant, elle se sentait comme Antigone, la fille du monarque Œdipe, qui aurait non seulement guidé son père aveugle vers l'exil, mais l'aurait aussi délivré du fardeau de son existence.

Elle ignorait qu'elle entamait ainsi l'une des plus longues tragédies de l'Histoire, qui ne trouverait son terrifiant dénouement que deux mille quatre cents années plus tard.

Chapitre 35

Mercredi 15 août 2018, 17 h 40, Paris

Marie, livide, reposait dans une chambre de l'hôpital Cochin.

Ses lèvres exsangues s'étaient pratiquement estompées, comme sur le masque d'une défunte.

Après l'assaut, le contrecoup l'avait dévastée. Transportée aux urgences, elle avait été rapidement transférée au service de médecine interne.

Logé au sud du campus, le bâtiment jouxtait celui où, quatre jours plus tôt, s'était déroulée la fusillade foudroyant un médecin et blessant gravement Romain, le jeune interne, ainsi que le policier chargé de la surveillance de la jeune femme. Tant d'événements s'étaient succédé qu'il semblait que des mois s'étaient écoulés depuis ce drame.

Marie était immergée dans le même décor que le samedi précédent, quoique plus dépouillé. Aucun moniteur ne battait la mesure de ses fonctions vitales. Cette fois, elle ne souffrait d'aucune blessure physique. Seul son esprit se trouvait ravagé.

Un produit de perfusion gouttait d'une poche transparente reliée à l'arcade veineuse de sa main droite, en transitant par une pompe électrique qui traquait les bulles d'air. Au bout de la tubulure, le cathéter était solidement maintenu à l'aide de plusieurs couches de sparadrap blanc.

— C'est un soluté glucosé à 5 %. Ça va te requinquer !

Marie tourna la tête et sourit. Elle tendit la main et invita sa sœur à s'asseoir sur le bord du lit.

— On s'en est sorties, alors…, balbutia l'étudiante.

Soudain, ses yeux glissèrent vers le chemisier d'Émilie. Une ample tache noirâtre maculait le tissu. Son visage s'assombrit.

— T'inquiète, c'est pas mon sang.

— Ça a été un carnage…

Émilie demeura silencieuse, le regard rivé à la fenêtre.

— Oui, mais tout est fini maintenant, souffla-t-elle en couvrant la main de sa sœur de ses deux paumes.

— Et Rosalie… Elle est…

— Neutralisée, oui. Elle ne te fera plus jamais de mal. Ni à toi ni à personne.

Marie ignorait que sa sœur chérie avait trucidé Rosalie de ses propres mains, avec un acharnement sauvage. Dans la confusion générale, les forces de police avaient aisément pris son geste pour de la légitime défense, une volonté de protéger l'otage. Nul ne s'était aperçu que Rosalie était alors désarmée et ne présentait aucune menace.

— Nous sommes donc les deux dernières survivantes, murmura Marie. Tu étais au courant de tout ? Que nous sommes clonées ? Que nous avons, toi et moi, des transgènes animaux ? Que…

— Calme-toi, sœurette. Tu vas nous faire un malaise. Il te faut énormément de calme. Reprendre des forces. Et, oui, je savais presque tout. Comme toi, j'ai été destinée à poursuivre la quête par mes études. Antonakis t'aurait sans doute expliqué tous les détails si…

— Émilie, sincèrement, c'est une histoire complètement dingue ! Est-ce qu'on peut vraiment y croire ? Je veux dire… le clonage comme avec la brebis Dolly, le transfert de gènes, la quête qui traverse les siècles… Et puis surtout, cette idée de troisième genre… C'est un peu gros, tu ne trouves pas ?

Émilie se releva et contourna le lit métallique. Elle jeta un œil à la pompe électrique, comme pour vérifier qu'elle fonctionnait correctement.

— Qu'est-ce que Rosalie t'a raconté, exactement ?

— Elle prétendait que maman et Antonakis avaient joué avec le feu, qu'ils avaient fait d'elle un monstre vieillissant bien plus vite que la normale. Elle voulait absolument le codex pour en tirer la recette d'un pseudo-élixir de jouvence. Elle a dit ensuite que c'était moi, l'élixir de jouvence… Bref, n'importe quoi. Comme Marianne et Irène refusaient de parler, elle s'est acharnée sur elles. Ensuite, elle a imaginé cette mise en scène macabre pour nous attirer. Elle a même fait en sorte d'agir au moment où Marc Brunier était de permanence à la brigade criminelle… À propos, comment va-t-il ?

Émilie tourna les talons et s'approcha de la fenêtre. Au-dehors, des blouses blanches slalomaient entre les voitures garées n'importe comment. La chaleur se faisait oppressante.

— Il est en observation, mais ça va mieux. En fait, s'il a eu une nouvelle crise, c'est parce qu'il a reconnu sa fille. Sarah.

Marie avait été évacuée avant que l'identité de la robe noire qui s'était précipitée sur l'officier fût connue. La jeune femme écarquilla les yeux. Ses iris verts étincelaient. La détresse les rendait plus magnifiques que jamais.

— Sarah ? Sarah Brunier ? Mais qu'est-ce qu'elle faisait là ?

— Beaucoup de robes noires sont des filles comme elles, de notre génération. La plupart ont été recrutées dans les cours d'Élisabeth ou d'Antonakis. Elles viennent de la fac de sciences ou de médecine, parfois des facs d'histoire et de philo. Elles ont comme point commun d'avoir croisé la route de maman et du Grec. Généralement parce qu'elles ont assisté à leurs cours, au Collège de France ou à la fac. Élisabeth avait repéré Sarah au cours de biologie moléculaire. Elle lui a proposé de rejoindre la communauté, et Sarah a accepté. Elle a raconté n'importe quoi à ses parents pour disparaître dans la nature. Les réunions se déroulaient généralement dans les souterrains, sous le Collège de France, voire sous l'immeuble de maman, près de l'endroit où on t'a retrouvée.

— Mais… j'ai jamais été…

— C'est normal, tu n'avais pas vingt ans. C'est la règle. Et puis tu as été particulièrement préservée. Nous étions toutes les cinq destinées à remplacer Élisabeth après sa disparition, mais toi plus encore que les autres. Comme certaines larves d'abeille sont nourries à la gelée royale, à l'écart des autres, pour remplacer un jour leur reine mère au sein de la ruche.

Marie se raidit. Ces propos résonnaient avec ceux de Rosalie. Ils leur donnaient même du sens, une cohérence, dans leur genre.

— Et Marc… Il doit être complètement détruit. Sa fille qui meurt dans ses bras…

— Il est à l'Hôtel-Dieu en ce moment. D'après ce que j'ai entendu, ça va très mal se passer pour lui. Sa crise a mis tout le monde en danger. Il a fait n'importe quoi en se pointant désarmé devant Rosalie et les autres. Les langues vont sûrement se délier. Ce n'est ni sa première crise ni sa première connerie. Tu vois de quoi je veux parler. J'ai entendu ses collègues dire qu'il allait sûrement être convoqué par la police des polices.

Tandis qu'elle évoquait le commandant Brunier, Émilie se ratatinait.

— Ça va ? s'inquiéta Marie.

Sa sœur releva le menton et s'efforça d'esquisser un léger sourire.

— On a traversé des moments très difficiles, tu sais, pendant que tu étais enfermée…

Elle conta l'épisode de l'église à Cargèse ; un long silence plana. Les jumelles semblaient plongées dans d'obscures pensées.

— Émilie, je dois t'avouer quelque chose…

— Oui ?

— J'ai été ébranlée par certains propos de Rosalie… Je sais bien que je vais te paraître midinette féministe mais…

— Mais ça te défrise, toi aussi, le sort qui nous est réservé partout. La pseudo-égalité hommes-femmes qui n'existe nulle part. Les sévices infligés aux femmes dans de nombreux pays. Les centaines de milliers de nos sœurs qui meurent battues par leur mari, ou qui sont privées de liberté.

— Oui, exactement… J'ai l'impression d'entendre parler Rosalie…

— C'est parce que nous sommes nombreuses à le penser dans la communauté. Je suis de celles qui dénoncent le plus farouchement le sort réservé aux femmes. Bien plus que Rosalie en son temps.

— Elle s'était mis en tête de passer à l'action. Elle disait que maman et Antonakis perdaient leur temps avec leur quête du troisième sexe. Qu'il fallait un plan plus radical.

Émilie esquissa un énigmatique sourire en coin, sans que sa sœur s'en aperçût. Marie, très affaiblie, poursuivit péniblement.

— Elle… Elle a découvert que j'étais capable de me reproduire par parthénogenèse. À cause de mon gène d'abeille, je fais des bébés toute seule ! Tu te rends compte ? Et en plus seulement des filles, jamais de garçon. Du coup, elle voulait… Elle voulait me cloner pour implanter des milliers de porteuses… qui n'enfanteraient que des femmes. Et ainsi de suite jusqu'à faire disparaître les hommes. Pour réaliser son délire et utiliser mes ovules, elle m'a… elle m'a charcutée.

Non seulement Émilie ne marqua aucune surprise, mais elle ôta délicatement le drap qui recouvrait sa sœur. Puis elle remonta la blouse dont Marie avait été vêtue au moment de son hospitalisation. Trois pansements barraient son pubis. Émilie décolla méticuleusement l'extrémité de chaque compresse hydrocolloïde. Les robes noires avaient recousu les plaies après la chute de leur captive, et les points se résorbaient déjà grâce aux facultés régénératrices exceptionnelles de la jeune femme.

— Césarienne et double ovario… Du beau boulot.

— Du beau boulot ? s'étrangla Marie. Mais qu'est-ce que tu racontes ? Je ne pourrai plus avoir d'enfants !

— Bien sûr que si. Si tu tiens tellement à te colleter une grossesse et à te déformer le bassin pour ressembler à une truie, tu auras toujours ton utérus. Il suffira de faire une FIV, comme avec les porteuses.

La jeune femme gigota dans son lit, déstabilisée par le cynisme de sa sœur.

— Qu'est-ce que tu racontes ? Je n'y comprends rien. Tu as l'air tellement… indifférente…

Émilie pivota vers elle, le regard phosphorescent.

— Tout n'est pas terminé, Marie. Ça ne fait même que commencer. Il y avait une poignée de filles là-dessous. À la louche, j'en ai compté une vingtaine. Peut-être trente. Les plus radicalisées. Elles obéissaient à Rosalie comme à un gourou. En réalité, nous sommes des milliers, des dizaines de milliers à travers le monde. Rosalie en a manipulé quelques-unes, mais la plupart restent respectueuses et fidèles. Il ne s'agit pas seulement de gamines comme nous. Elles ont tous les âges et beaucoup occupent des postes clefs. Ingénieures, hauts fonctionnaires, commissaires divisionnaires, grandes chercheuses… Nous avons tissé une toile exceptionnelle depuis des siècles.

Marie observait sa sœur sans mot dire. Son visage trahissait une incompréhension teintée d'angoisse.

— Tu penses bien, poursuivit Émilie, plus fougueuse que jamais, que ces milliers d'ouvrières ne vont pas rester les bras croisés, sans reine. Ni se disperser ou tourner la page comme si de rien n'était. Je me suis bien gardée de révéler l'existence de la communauté à Marc. La police croit à une simple secte, une bande de tarées dans leur trou, à quinze mètres de profondeur. Ils ignorent tout du codex et de la ruche. D'ailleurs, après la fusillade, j'ai pu profiter de la confusion totale qui régnait pour récupérer le codex et le fourrer dans l'un des sacs des médecins du RAID.

— Et alors ?

— C'est notre heure, Marie ! Élisabeth est morte. Rosalie aussi. Et Irène et Marianne. Les filles vont toutes se tourner vers nous maintenant. Nous sommes les héritières. À nous de reprendre le flambeau et de faire aboutir la quête. D'ailleurs, pour tout te dire, elles sont déjà plusieurs centaines dans le monde à me suivre, depuis des mois. Rosalie n'était pas la seule à vouloir que les choses bougent de manière plus radicale.

— Qu'est-ce que c'est encore que ces conneries ?

Marie avait haussé le ton. Le cauchemar n'avait que trop duré et elle voulait reprendre le cours de sa vie, digérer les semaines surréalistes qu'elle venait d'endurer. Tout s'était effondré autour d'elle, elle avait réchappé plusieurs fois des ténèbres et perdu sa mère. Il ne lui restait plus que sa sœur chérie, celle qui lui avait sauvé la vie par deux fois. Mais cette dernière bouée coulait à son tour. Marie était au bord de la crise de nerfs.

— Dis-moi que c'est une blague ! Franchement, c'est de super mauvais goût !

Émilie s'approcha encore de sa cadette. Ses yeux rayonnaient, elle semblait habitée par une force extérieure.

— Cesse de geindre et de nier la réalité ! Rosalie avait en partie raison. L'idée de créer une sorte d'hybride est fantasque, tu le sais mieux que moi. Mais nous cloner, toi et moi, concevoir un embryon qui nous ressemble à toutes les deux, avec nos cerveaux et nos corps, c'est promettre à l'humanité une certaine excellence, tu ne penses pas ?

Marie restait bouche bée. C'était impossible. Elle décortiquait sa sœur d'un regard incisif, comme pour déceler le moindre signe de canular. Puis, de plus en plus agitée, elle se redressa tout à fait dans son lit en s'adossant à ses deux oreillers. Elle redoutait le pire, une décompensation psychique, un raptus qui eût définitivement fait basculer Émilie dans la folie.

— Tu as subi un choc, balbutia-t-elle. Tu racontes n'importe quoi, il faut que tu consultes un psy. Je suis sérieuse.

Émilie se leva et se dirigea vers la porte. Elle jeta un œil dans le couloir. Quelques va-et-vient d'infirmières, un ou deux patients pathétiques, rien de très menaçant. À cette heure de la journée, ni visite de médecin ni repas n'était prévu. C'était trop tôt ou trop tard. Alors elle boucla la porte, empoigna son sac à main puis disparut dans la salle de bains.

— Qu'est-ce que tu fabriques ? Émilie ? Réponds ! Émilie !

Marie assistait, angoissée, à la brutale déchéance psychique de sa sœur, la seule personne au monde qui lui inspirait encore un peu d'amour et de confiance. Qu'était-elle en train de tramer ?

Deux minutes plus tard, Émilie reparut, le visage légèrement pâle. Elle vint s'asseoir tout près de sa sœur.

— Écoute-moi bien : Antonakis et Élisabeth m'ont révélé de nombreux secrets. J'ai lu des parties du codex HYVER. C'est irrémédiable. Voilà plus de deux mille ans que le processus est enclenché. Nous n'avons pas le choix. C'est plus fort que nous, tu comprends ? Ça nous dépasse. Il faut saisir l'occasion qui nous est offerte. Ils sont tous morts. Le champ est enfin libre. Ça fait deux ans que je rumine ce plan. Au début, Rosalie m'a aidée… Sais-tu que c'est moi qui l'ai convaincue d'accélérer le mouvement, au prix de longues heures de débats ?

Marie blêmit au point de paraître aussi blafarde qu'un cadavre.

— Nous avions un point commun, elle et moi : Élisabeth nous a foirées toutes les deux. Chacune sa croix. Nous avions besoin d'une petite revanche. Et puis Rosalie m'a trahie… Elle a décidé de faire cavalier seul. Elle flippait sa race. Elle se voyait vieillir, et bientôt crever. Elle savait qu'une de ses sœurs pouvait lui apporter le moyen de guérir, mais, comme elle n'a pas été initiée, elle ignorait laquelle. Alors elle a décidé de nous enlever l'une après l'autre. Quand j'ai compris qu'elle allait toutes nous massacrer, j'ai voulu reprendre la main. J'avais besoin de toi et d'Élisabeth pour contre-attaquer. Sans prendre le risque de te perdre… De perdre tes précieux pouvoirs. Car j'avais besoin de toi pour le dernier acte.

Marie n'était plus que l'ombre d'elle-même… Elle dévisageait sa sœur avec une expression d'horreur. Transfigurée, Émilie s'exprimait comme un robot.

— Comme Rosalie, je crois que les hommes sont une plaie. Qu'ils ne cesseront jamais de salir le monde et l'humanité. Ils sont à l'origine de toutes les guerres et du terrorisme. Qui sont les terroristes ? Des hommes, uniquement. Quand une femme s'y met, c'est pitoyable. Qui provoque l'immense majorité des accidents mortels sur la route ? Les hommes. Qui peuple nos prisons ? Les hommes, à 97 % ! Et les dictateurs ? Hitler, Staline, Franco, Saddam Hussein, sans compter ces tarés de Poutine et de Trump ! Et l'abruti dégénéré de Corée du Nord, comment il s'appelle déjà… Kim Jong-un ! Que des saloperies de mecs.

Marie était paralysée. Le constat, glaçant, rappelait celui de Rosalie.

— Ce n'est pas tout. Tu sais combien nous serons sur Terre, en 2050 ?

— Je… Non, pas exactement…

— Dix milliards. Tu entends ? Dix milliards d'êtres humains ! Quand nous sommes nées, il y en avait à peine plus de la moitié ! Tu imagines la catastrophe ? La vitesse où ça va ? La Terre peut-elle supporter deux cent quarante mille humains de plus tous les jours ? Tous les jours, Marie ! Quatre-vingt-sept millions par an ! Il n'y a déjà presque plus d'eau potable sur les trois quarts de la planète… On abat soixante milliards d'animaux par an pour nourrir l'humanité. Combien ce sera demain ? Cent, deux cents milliards ? Sais-tu que le travail à la chaîne a été inventé dans les abattoirs, à la fin du XIXe siècle ? Nous sommes des entreprises de mort, Marie. Nous décimons le vivant tout autour de nous, sans vergogne. Une hécatombe, un holocauste. Mais qui sommes-nous pour nous accorder le droit de vie ou de mort sur tout ce qui nous entoure ?

Marie chancelait ; chaque affirmation la percutait comme un coup de poing.

— Alors quoi ? On va laisser faire ça quand on a le pouvoir de l'empêcher ? On va tous se suicider, en entraînant tout ce qui vit, animaux, végétaux, dans notre effondrement collectif ? Et je ne parle même pas du changement climatique. Ça m'étonnerait qu'on survive assez longtemps pour en subir vraiment les conséquences. Dans un siècle, on aura tous crevé.

Les deux sœurs se regardaient comme des étrangères. Quelque chose s'était brisé. Marie ne reconnaissait plus Émilie. Elle n'était plus la même personne. Qui parlait à travers elle ?

— Il faut aller vite, Marie. Disséminer tes embryons partout, pour que des femmes naissent et ne produisent que des filles d'ici à une vingtaine d'années, c'est une très bonne idée. J'y avais pensé bien avant cette raclure de Rosalie. Dès que tu m'as dit que tu étais enceinte, et vierge. J'ai tout de suite compris que tu étais capable de reproduction parthénogénétique. C'était en filigrane dans tout le codex… L'une des quêtes de la communauté – être capable de se reproduire sans l'aide des hommes… Mais cette étape ne suffira pas. Les fécondations *in vitro* resteront marginales, malgré l'explosion des stérilités. Pendant ce temps, des milliards d'hommes continueront de vivre. Il faudra trois ou quatre générations pour que le nombre de femmes soit significativement supérieur et qu'elles prennent vraiment le pouvoir ! L'humanité sera déjà en coma dépassé… Il faut donc trouver le moyen d'éliminer les hommes pour nous laisser place nette à nous, les femmes. D'une pierre, deux coups : on supprime tous ces connards et on allège l'humanité de la moitié de sa population mondiale. C'est notre seule chance de survivre et de sauver la planète.

— Je… Jamais, tu m'entends ? protesta Marie, livide. Jamais je… je ne participerai à…

— Je m'en doute bien, ma pauvre chérie… Tu as toujours été une faible, toi aussi. Comme Rosalie, jusqu'à ce qu'elle pète un câble. Ça lui a pris d'un coup… Elle pensait qu'à sa petite gueule. Elle voulait sa potion magique pour rajeunir. Plus rien d'autre ne comptait… Pendant ce temps, je suis passée à l'action pour de bon avec l'aide de centaines de filles dans le monde entier. Je me suis clonée. Des milliers d'embryons obtenus à partir de mes cellules de peau. Les filles de la communauté sont descendues dans des centres de procréation, des cliniques, des banques de gamètes sur tous les continents. Elles ont remplacé tous leurs embryons par les miens. Dans neuf mois, des milliers de filles naîtront avec mes gènes. Et elles tueront des milliers d'hommes.

Marie, assommée, ne réagissait plus.

Émilie saisit sa main droite, celle qui se trouvait reliée à la perfusion, et retira lentement la tubulure du cathéter. Les gouttes de glucose s'éclatèrent sur le lino brunâtre dans un silence de mort. Puis elle saisit une seringue pleine d'un liquide grenat qu'elle avait dissimulée dans son sac à main. Elle poussa doucement sur le piston pour chasser l'air. Deux gouttes de sang perlèrent à l'extrémité. Elle s'assura que Marie était toujours dans les vapes et introduisit l'embout dans le cathéter.

— Ça va aller, ma chérie… T'inquiète pas, tu ne sentiras rien.

Lentement, elle poussa le liquide dans les veines de sa sœur. Elle prenait son temps, pour ne pas saturer les vaisseaux diaphanes.

— On va faire de grandes choses, toutes les deux… Il est temps que je te révèle un dernier secret. Élisabeth ne m'a pas dotée des mêmes transgènes que toi. J'ai bien reçu un gène de méduse, mais… celui d'une cuboméduse. *Chironex fleckeri*. Joli nom, tu ne trouves pas ?

Marie commençait à bleuir légèrement.

— Qu'est-ce que tu… Qu'est-ce que tu fais ? murmura-t-elle, la bouche pâteuse.

Elle lutta pour rester consciente, même si la tentation de se laisser emporter dans un profond sommeil la taraudait.

— Cette méduse-là n'est pas seulement capable de se régénérer. C'est aussi l'un des animaux les plus venimeux au monde. Un simple contact et c'est la mort assurée en quelques minutes. Bien sûr, d'après Élisabeth, ce n'était pas du tout prévu. On l'avait trompée. C'était une erreur. Une grosse erreur. Mais elle l'a su trop tard, si bien qu'elle avait fait de moi un monstre capable de tuer par le pouvoir de ses gènes. Comme Rosalie, je suis la victime de cette apprentie sorcière qui s'est amusée à jouer avec ma vie. Toi, bien sûr, tu es la petite perle. La perfection. Tu as reçu deux gènes bénis des dieux. Te voici capable d'une régénération exceptionnelle et de parthénogenèse... La Vierge Marie ressuscitée, avec exactement les mêmes pouvoirs ! À travers toi, Élisabeth a voulu renouer avec le mythe de la déesse des origines. Un nouveau départ pour l'humanité ! Quelle belle idée. Mais pour exaucer ce vœu, il faut faire place nette. Écarter tous ces enfoirés d'hommes qui obstruent notre horizon, gaspillent notre oxygène, et ne manqueront pas de nous éliminer plutôt que de nous voir triompher.

Marie fronça les sourcils, puis tenta de soustraire sa main droite à l'emprise de sa sœur, mais ses forces l'avaient abandonnée.

— Avec mes gènes combinés aux tiens, on va produire des femmes capables de guérir la Terre de la plaie qui la recouvre depuis des millénaires. On va se débarrasser une bonne fois pour toutes de toutes ces enflures. Toi, tu vas permettre que les filles se reproduisent par parthénogenèse et, grâce à moi, toutes celles qui baiseront avec ces salauds leur transmettront leur venin. La petite mort sera synonyme de vraie mort. Eros confondu avec Thanatos, au sens littéral. Nos vagins seront leur tombeau ! Génial, non ?

Marie tentait de rassembler ses dernières forces, mais elle percevait le délire de sa sœur sans pouvoir répondre. Étrangement, elle sentait une forme de sérénité la baigner tout entière tandis qu'Émilie continuait de presser lentement le piston. La moitié du tube s'était déjà écoulée.

— Tu vois, nos braves soldates vont semer la mort comme des Amazones du XXIe siècle. Tout contact avec leur glaire vaginale transmettra le poison. Je peux témoigner de la redoutable efficacité du procédé, tu sais…

Marie haletait, son visage se cyanosait.

— Tu te souviens de ce gros porc de généraliste dans le Massif central ? Il a voulu me baiser, mais c'est moi qui l'ai baisé. Allez… quinze minutes après mon départ, j'imagine, pas beaucoup plus… il a dû s'effondrer comme une grosse merde.

— Émilie… Émilie !

Marie se trouvait entièrement paralysée, les muscles en tétanie. Son cœur défaillait. Émilie tâta le pouls de sa jeune sœur agonisante.

— T'es bradycarde… C'est l'effet de la toxine, ne t'inquiète pas… T'en as plus pour longtemps. Ton cœur va gentiment s'arrêter. Pour l'autopsie, tu présenteras tous les stigmates d'une mort subite de l'adulte. Ce qui ne surprendra personne, avec tout ce que tu as enduré ces derniers jours… La toxine que j'ai héritée de *Chironex fleckeri* ne laisse aucune trace. On n'y verra que du feu. Comme pour ce bâtard de généraliste. Et ce n'est pas le premier… J'ai déjà débarrassé la Terre de quelques beaux spécimens… Il n'y en a qu'un que j'ai voulu épargner. Ton cher Brunier… Sa mort aurait bien trop attiré l'attention. Et puis il a, disons, un certain charme…

Tandis qu'Émilie basculait dans ses pensées, Marie luttait pour garder les yeux entrouverts. Elle arborait le regard d'une femme au bord d'un abîme, sur le point de plonger malgré elle.

— Tu vois, reprit Émilie en recouvrant soudain ses esprits, j'avais tout prévu. Une seringue et une sangle à garrot dans mon sac à main. J'ai pu me faire une petite prise de sang rapidos dans ta salle d'eau… Et voilà, livraison « Amazone » de sang frais à domicile !

Exsangue, Marie s'asphyxiait. Émilie extirpa la seringue puis rabouta la tubulure au cathéter. Le goutte-à-goutte reprit sa gigue pulsatile. Les médecins ne s'apercevraient de rien. Elle rangea son arme de plastique dans son sac puis brandit son téléphone portable comme un trophée.

— Regarde ce texto : je l'ai reçu juste avant de venir te rejoindre. Je n'ai plus besoin de toi maintenant que je sais où sont conservés tes ovaires. Les ouvrières ont fait parler deux connasses qui ont échappé aux flics. Tes organes sont bien au frais et je vais en faire très bon usage, sois-en sûre. Tu peux vraiment compter sur moi. Mais je suis désolée, Marie… Tu ne peux plus vivre. Tu ne veux pas me suivre et, surtout, il ne peut y avoir deux reines. Sais-tu que dans les ruches, quand vient le temps de consacrer une nouvelle reine, les ouvrières tuent les autres larves élevées à la gelée royale ? Elles ne servent plus à rien… Aucune ne doit jamais vouloir prendre la place de la nouvelle souveraine.

Émilie s'approcha du visage bleuâtre de sa sœur.

— Rosalie l'avait parfaitement compris. Il ne peut en rester qu'une…

Marie hoqueta. Une série de soubresauts la fit bondir sur son matelas. On eût dit une tanche hors de l'eau cherchant désespérément à replonger.

Émilie songea que le jour était particulièrement bien choisi. Un 15 Août, fête de l'Assomption. La nouvelle Vierge Marie allait rejoindre les cieux, deux mille ans après la précédente…

Puis la jeune femme se leva et quitta la chambre, sans même un dernier regard pour sa sœur.

ÉPILOGUE

Novembre 2043

L'Organisation mondiale de la santé multipliait les communiqués terrifiants.

Partout, en Asie, en Occident, en Océanie, de l'Amérique latine au Canada, de l'Afrique à l'Arctique, du Proche-Orient au Japon, des dizaines de milliers d'hommes mouraient dans la force de l'âge.

Une épidémie de morts subites, violentes, totalitaires.

Malgré la mobilisation des spécialistes du monde entier, rien n'y faisait.

Ils étaient décimés.

Sans que personne fît jamais le lien, ils expiraient peu de temps après un acte sexuel.

Un dernier orgasme, pour la route.

Ils périssaient par là où ils avaient toujours péché.

Pendant des siècles, ils avaient méprisé les femmes, ne les utilisant que pour se reproduire et assouvir leurs pulsions. Elles les conduisaient désormais à une mort certaine.

Ils avaient voulu les tenir sous le joug. Jusques et y compris dans les nations les plus civilisées, ils ne leur avaient jamais fait don d'une véritable égalité. Elles avaient toujours dû privilégier le foyer. Gagner moins. Ne jamais accéder aux vraies promotions. Se taire. Faire comme cela s'était toujours fait, depuis la nuit des temps.

Pourquoi cela changerait-il ?

Elles courbaient l'échine. Se maquillaient. S'habillaient sexy, enchaînaient les régimes. Régénéraient leurs appâts, bouffaient du Botox, bâfraient du silicone.

Ne surtout pas déplaire aux hommes. Toujours susciter leur désir.

Ne pas vieillir.

Ne pas mourir dans leurs regards.

Elles encaissaient toutes ces humiliations depuis deux mille cinq cents ans, sans moufter.

Mais à présent la courbe s'inversait. Les abeilles allaient vaincre.

Les hommes, eux, connaîtraient le destin des faux bourdons, comme dans toutes les ruches de la Terre.

Comme les hommes, les faux bourdons ne butinent pas, ne nettoient rien et se la coulent douce en ingérant du miel sur le dos des femelles.

Alors, chaque année, au cœur de l'hiver, lorsque les réserves diminuent dangereusement, les ouvrières les regroupent au fond de la ruche puis les chassent, sans autre forme de procès.

S'ils résistent, elles n'hésitent pas à les piquer pour les supprimer.

Il était temps que les femmes piquent et suppriment ces prédateurs sans vergogne.

Les réserves terrestres diminuaient de manière alarmante. Bientôt, tous périraient.

Il fallait piquer les hommes, l'un après l'autre.

En vieux français, hiver s'écrivait *hyver*, comme le « grand hyver » de 1709 qui, du fait de ses températures frigorifiques, avait entraîné une terrible disette et fauché des centaines de milliers de Français.

Cette fois, les femmes empêcheraient la famine planétaire. Elles prenaient enfin les mesures qui s'imposaient pour alléger l'humanité d'une bonne moitié de sa population, sa composante la plus nuisible.

Comme les faux bourdons chassés des ruches ou bien tués, les hommes allaient ainsi connaître leur grand hiver.

Leur *dernier HYVER.*

Illustrations

Remerciements

Mille mercis à tous ceux qui m'ont ouvert les portes de leur savoir, et m'ont aidé à donner le ton le plus réaliste possible à chacune des situations de la vraie vie : officiers de police, commissaires divisionnaires, médecins, biologistes, ingénieurs, et leurs institutions : Direction générale de la police nationale, Service central de la police technique et scientifique, inspection générale des Carrières, Assistance publique-Hôpitaux de Paris, SEADACC – association en charge de la carrière médiévale des Capucins…

Une immense reconnaissance envers Valérie, lumière de ma vie, première lectrice exigeante mais toujours bienveillante, sans qui ce livre n'aurait jamais été. Une autre femme a illuminé ma vie d'auteur : Céline Thoulouze, mon éditrice, qui a su croire en moi et me soutenir avec un enthousiasme d'un autre temps.

Que seraient les hommes sans les femmes ?

Bibliographie

Aristote, *Métaphysique*, éditions GF Flammarion, 2008, 495 p.

Aristote, *Physique*, éditions GF Flammarion, 2000, 476 p.

Badinter, Élisabeth, *Émilie, Émilie, ou l'ambition féminine au* XVIIIe *siècle*, éditions Le Livre de Poche, 2013 (1re édition : 1984), 468 p.

Bramly, Serge, *Léonard de Vinci*, éditions JC Lattès, 2003, 483 p.

Brunschwig, Jacques, Lloyd, Geoffrey, et Pellegrin, Pierre, *Le Savoir grec*, éditions Flammarion, 2011, 1245 p.

Clément, Alain, et Thomas, Gilles (dir.), *Atlas du Paris souterrain, la doublure sombre de la Ville Lumière*, éditions Parigramme, 2001, 196 p.

Coquoz, Raphaël, Comte, Jennifer, Hall, Diana, Hicks, Tacha, et Taroni, Franco, *La Preuve par l'ADN, la génétique au service de la justice*, éditions des Presses polytechniques et universitaires normandes, 3e édition, 2013 (1re édition : 2003), 457 p.

Dargent, Raphaël, *Catherine de Médicis, la reine de fer*, éditions Grancher, 2011, 415 p.

Dovic, Muriel, *Aux marches du palais*, éditions Monelle Hayot, 2008, 197 p.

Duchein, Michel, *Élisabeth Ire d'Angleterre*, éditions Fayard, 1992, 884 p.

Dzielska, Maria, *Hypatie d'Alexandrie*, éditions Des femmes-Antoinette Fouque, 2012, 174 p.

Ehrenreich, Barbara, et English, Deirdre, *Sorcières, sages-femmes et infirmières*, éditions Cambourakis, 2015, 121 p.

Épicure, *Lettres et maximes*, éditions Librio, 2013 (1re édition : 2000), 88 p.

French, Peter J., *John Dee, The World of an Elizabethan Magus*, éditions Routledge & Kegan Paul, 1972, 243 p.

Greenblatt, Stephen, *Quattrocento*, éditions Flammarion, 2014, 346 p.

Guadefroy, Olivier, *Hypatie, l'étoile d'Alexandrie*, éditions Arléa, coll. « post-Scriptum », 2012, 147 p.

Hoquet, Thierry, *Des sexes innombrables, le genre à l'épreuve de la biologie*, éditions du Seuil, Science ouverte, 2016, 250 p.

Institoris, Henry, et Sprenger, Jacques, *Le Marteau des sorcières*, éditions Jérôme Million, 2014, 539 p.

Joly, Bernard, *Histoire de l'alchimie*, éditions Vuibert, 2013, 208 p.

Lafond, Olivier, *D'Aristote à Lavoisier, les étapes de la naissance d'une science*, éditions Ellipses, 2002, 144 p.

Langlois, Matthieu, et Ploquin, Frédéric, *Médecin du RAID, vivre en état d'urgence*, éditions Albin Michel, 2016, 202 p.

Lebedynsky, Iaroslav, *Les Amazones*, éditions Errance, coll. « Civilisations et cultures », 2009, 126 p.

Luminet, Jean-Pierre, *La Perruque de Newton*, éditions Le livre de Poche, 2011, 448 p.

Maddox, Brenda, *Rosalind Franklin, la Dark Lady de l'ADN*, éditions Des femmes-Antoinette Fouque, 2012, 282 p.

Mourousy, Paul, *Catherine II*, éditions France-Empire, 2015, 349 p.

Newton, Isaac, *Principia, principes mathématiques de la philosophie naturelle*, éditions Dunod, 2014 (1re édition : 2005), 626 p.

Pellicer, Raynal, et Titwane, *Brigade criminelle*, éditions de la Martinière, 2015, 208 p.

Platon, *Œuvres complètes*, éditions Flammarion, 2014, 2199 p.

Plotin, *Première Ennéade*, éditions Les Belles Lettres, coll. « Classique en poche », 2015, 205 p.

Poirier, Jean-Pierre, *La Science et l'Amour, madame Lavoisier*, éditions Pygmalion, 2004, 246 p.

Romilly, Jacqueline de, *La Tragédie grecque*, éditions PUF, coll. « Quadrige », 2014 (1re édition : 1970), 192 p.

Salomon, Paule, *La Femme solaire, la fin de la guerre des sexes*, éditions Le Livre de Poche, 2013 (1re édition : 2001), 349 p.

Völlnagel, Jörg, *Alchimie, Art Royal*, éditions de l'Imprimerie nationale, 2012, 259 p.

Éditions Belfond
12, avenue d'Italie
75013 Paris

Canada :
Interforum Canada, Inc.
1055, bd René-Lévesque-Est
Bureau 1100
Montréal, Québec, H2L 4S5

ISBN : 978-2-7144-7543-5
Dépôt légal : octobre 2017

Composition et mise en pages
Nord Compo à Villeneuve-d'Ascq

MIXTE
Papier issu de
sources responsables
FSC® C003309

Achevé d'imprimer en France par EPAC Technologies

N° d'édition: 4550414310218

Dépôt légal: octobre 2017